Knaur.

*Im Knaur Taschenbuch Verlag ist bereits
von der Autorin erschienen:*
Die Kaffeeprinzessin

Über die Autorin:
Karin Engel lebt und arbeitet als Journalistin und Autorin an der Westküste Schleswig-Holsteins, in Dithmarschen. Sie schreibt seit 15 Jahren für Frauenmagazine über Psychologie und aktuelle Themen. Die Liebe hat sie vor zehn Jahren an die Küste geführt, doch ihre Wurzeln liegen in Bremen, denn sie ist eine echte »Tagenbarin«, wie die gebürtigen Bremer genannt werden, deren Großeltern und Eltern ebenfalls in der Hansestadt an der Weser geboren wurden. Ihr erster Roman, »Die Kaffeeprinzessin«, war ein großer Erfolg.

Karin Engel

Das Erbe der Kaffeeprinzessin

Roman

Knaur Taschenbuch Verlag

Besuchen Sie uns im Internet:
www.knaur.de

Originalausgabe August 2007
Copyright © 2006 by Knaur Taschenbuch.
Ein Unternehmen der Droemerschen Verlagsanstalt
Th. Knaur Nachf. GmbH & Co. KG, München
Alle Rechte vorbehalten. Das Werk darf – auch teilweise –
nur mit Genehmigung des Verlags wiedergegeben werden.
Umschlaggestaltung: ZERO Werbeagentur, München
Umschlagabbildung: Bridgeman Art Library
Satz: Adobe InDesign im Verlag
Druck und Bindung: Clausen & Bosse
Printed in Germany
ISBN 978-3-426-63182-9

2 4 5 3 1

Prolog
1956

Niemand nahm von dem neunjährigen Kind, das an diesem späten Sonntagnachmittag auf einem weißen Pony am Ufer der Weser entlangtrabte, Notiz. Nur hier und da streifte es ein Blick, flogen ihm ein paar stumme Fragen hinterher. Aber an heißen Sommertagen wie diesem, da platinblonde Damen ihre perlmuttfarbenen Königspudel am Osterdeich spazieren führten, halbstarke Jungs im Gras lagen, sich gegenseitig in die Rippen pufften und den Mädchen in den schwingenden Petticoats hinterherpfiffen und Ehepaare im Sonntagsstaat gemessenen Schritts ihren Wohlstand zeigten, galten das Pony und seine Reiterin nur als ein Requisit mehr in dem Reigen der Indizien, die in der Summe den Beweis erbrachten, dass man wieder wer war in Deutschland.

Der Wind kitzelte schwarz schimmernde Locken aus Luizas streng geflochtenen Zöpfen und trocknete die feinen Schweißperlen auf Nase und Stirn. Das hellblaue Samtkleid war völlig ungeeignet für einen Ausritt und viel zu warm für die Jahreszeit, doch sie liebte den leuchtenden Stoff, weil er genau der Farbe ihrer aquamarinblauen Au-

gen entsprach und damit, so meinte sie, von ihren dunklen Haaren und der Haut ablenkte, die gerade noch als gebräunt durchgehen mochte.
Als sie den Hafen erreichte, schlug ihr Herz schneller. Sie zügelte das Pony, saß ab und wartete im Schatten eines Reederei-Gebäudes, dass der Strom der Arbeiter, der zwischen den Schiffen und den Speichern hin und her wogte, abriss. Sachte legte sich die Dämmerung über das geschäftige Treiben, und schließlich läutete eine Schiffsglocke den frühen sonntäglichen Feierabend ein. Nach einer halben Stunde waren auch die letzten Schritte verklungen, und Luiza führte das Pony am Zügel.
»Psst, Komet«, wisperte sie und legte den ausgestreckten Zeigefinger auf ihre gespitzten Lippen. »Wir müssen ganz leise sein.«
Das Pony wackelte mit den Ohren, und Luiza war überzeugt, dass es sie verstanden hatte. Es war ihr einziger Freund, neben den Elfen natürlich, und verstand sie eigentlich immer. Als sie den ersten der Speicher erreichten, die ihrer Mutter gehörten, fingerte sie einen Schlüssel aus einer der Satteltaschen und steckte ihn ins Schloss der Seitentür, die leise aufglitt. Rabenschwarze Dunkelheit schlug Luiza entgegen, und sie biss sich auf die Lippe. Was sollte sie jetzt nur tun? Ihr schöner Plan zerrann mit den Tränen, die ihr über die zarten Wangen liefen. An alles hatte sie gedacht, nur nicht daran, eine Taschenlampe oder wenigstens eine Kerze und Zündhölzer mitzunehmen. Doch ohne einen Funken Helligkeit würde sie oder schlimmer noch Komet zwischen all den Kaffeesäcken stürzen. Ihr würde nichts anderes übrig bleiben, als zur Villa zurückzureiten und ihre Schätze vor Maries und Susannes neugie-

rigen Blicken zu verbergen, damit sie sie ihr nicht wegnahmen.
Gerade als sie wieder aufsitzen wollte, fiel ihr Blick auf die Schiffe, deren Ladungen vorhin gelöscht worden waren. Der geschwungene Schriftzug am Bug des einen ließ Luiza wie elektrisiert innehalten – *Brasilia*. Sie schluckte und schlang die Arme um den Hals des Ponys. Sie würde das Liebste verlassen müssen, das sie hatte. Mit der Ernsthaftigkeit einer Neunjährigen erkannte sie, dass der Preis zwar hoch war, aber nicht zu hoch im Vergleich zu dem, was sie verlieren würde, wenn sie diese Chance nicht ergriff. Und Komet würde sie gewiss verstehen. Sie küsste ihn auf die Nüstern, dann nahm sie die Satteltaschen von seinem Rücken und schlich zur Gangway.

Wenn Anita Lindström lächelte, formten sich ihre Wangen zu zwei prallen Bäckchen, die wie aufgepumpt aussahen und Gefahr liefen, die Unterlider ihrer rehbraunen Augen zu zwei Wülsten zu quetschen, wenn sie nicht durch Anitas erstaunliche mimische Disziplin daran gehindert wurden. Schon als Teenager hatte sie durch stundenlanges Training ihr Lächeln in das Format gezwungen, das Gesundheit und süße Unschuld ausstrahlte und ihr heute gutes Geld einbrachte. Sie war blond, fünfundzwanzig Jahre alt, trug die Haare wie Maria Schell und hatte schon in drei Reklamefilmen reüssiert. Genau die Richtige also.
Anita starrte in die Kaffeetasse, nahm vorsichtig einen Schluck und ließ dann dieses Lächeln sich über die ganze Szenerie legen wie ein Sonnenstrahl.
»Dieses Aroma! O Liebling, von heut an gibt es für dich ...« – hier senkte sie die Stimme eine Nuance und

sah ihrem Schauspielerkollegen Sebastian Lambard kokett in die Augen – »... für uns ... nur noch AnKa. Andreesen-Kaffee – der sanfte Genuss.«
»Und Schnitt! Danke schön, ihr beiden. Zehn Minuten Kaffee... Verzeihung, AnKa-Pause.«
Die Beleuchter lachten beifällig über den Kalauer, schalteten auf Pausenlicht und kletterten von ihren Hochsitzen hinunter in die Halle. Die Maskenbildnerin schlenderte zu Anita und Sebastian hinüber und begutachtete mit zusammengezogenen Augenbrauen das Make-up der beiden. Die Requisiteurin rückte die Kaffeetassen auf dem hellblauen Nierentisch wieder zurecht, pustete ein imaginäres Staubkörnchen von der schimmernden Resopalfläche und zupfte pro forma an den drei rosa Nelken in der schmalen Tütenvase herum. Der Kameramann zündete sich eine Zigarette an und schaute zu Niklas Fischer hinüber.
»Blau ist blöd«, raunte er ihm zu, als der Regisseur an ihm vorbei auf eine Frau in einem gepunkteten dunkelroten Seidenkostüm zuging. »Die Farbe lässt die Gesichter wie Milch und Spucke aussehen.«
»Dann mach was mit dem Licht«, brummte Niklas zurück.
Der Kameramann hob die Hände. »Schon gut, schon gut, man wird doch noch mal was dazu sagen dürfen ...«
Niklas ignorierte ihn. »Teresa, wir müssen darüber reden.«
»Wenn es etwas Neues ist, gern. Wenn du mir allerdings nur die üblichen Vorhaltungen machen willst, können wir uns das sparen.«
Niklas ließ sich auf den mit Leinen bespannten Regiestuhl neben ihr fallen. Der Stoff knarzte im Duett mit Niklas'

Knien, und Teresa warf ihm einen besorgten Blick zu. Niklas war nicht mehr der Jüngste, aber er war einer der Besten der Branche. Er beugte sich vor, stützte die Unterarme auf die Oberschenkel und legte die Fingerspitzen wie zu einem lässigen Gebet zusammen.
»Bist du sicher, dass du das so haben willst? Diese klebrige Süße, dieses verlogene Getue? Alle tanzen den Tanz um das Goldene Kalb namens schöne heile Welt. Aber du?«
»Niklas, bitte! Das haben wir doch schon zigmal durchgekaut. Ja, ich will es so. So und nicht anders.«
»Darf ich dich daran erinnern, dass deine Mutter Pionierarbeit auf diesem Gebiet geleistet hat? Sie war die Erste, die der Werbung nicht die Authentizität geopfert hat ...«
»Ich weiß«, sagte Teresa ungeduldig.
Sie kannte all die Geschichten, die sich um Felicitas Andreesens sensationellen Dokumentarfilm rankten, den sie mit Niklas und Steffen Hoffmann, Teresas Stiefvater, in Brasilien auf der Plantage von Terra Roxa gedreht hatte. Felicitas hatte damals, kurz vor der Weltwirtschaftskrise, den Weg der Kaffeekirsche vom Baum in der Hochebene von São Paulo über ihre Metamorphose zur gerösteten Bohne bis in die deutsche Kaffeekanne verfolgt und darauf bestanden, alles zu zeigen und kaum etwas zu beschönigen – die Hitze, die über den Feldern lag wie irisierendes Gold, und den Schweiß, der die Blusen der Frauen tränkte und die Rücken der Männer glänzen ließ, flinke dunkelbraune Hände, die mit traumwandlerischer Sicherheit die reifen roten Kaffeekirschen pflückten und die grünen verschonten, muskulöse Arme, die mit hölzernen Rechen die in der Sonne ausgelegten Früchte wendeten und sie zur Nacht mit Planen bedeckten, damit kein Tautropfen sie

erneut benetzte. Felicitas hatte selbst durch den Film geführt, der in vielen deutschen Kinos als Vorprogramm gelaufen war und ihr und Andreesen-Kaffee ungeheure Popularität geschenkt hatte.
»Meine Stiftung ...«
»Damit wirbst du aber nicht.«
»Und du scheinst vergessen zu haben, dass Mutter auch andere Reklame betrieben hat. Glamouröse Auftritte von Schauspielerinnen ...«
»Durchaus nicht«, unterbrach Niklas sie, »aber erinnere dich, dass ihr Text ›Andreesen-Kaffee – genießen mit gutem Gewissen‹ lautete und darauf hinwies, dass Felicitas sich für die faire Entlohnung der Plantagenarbeiter eingesetzt hat. Das hier«, er lehnte sich zurück und breitete resigniert die Arme aus, »hätte sie nicht gutgeheißen.«
»Doch, das hätte sie«, beharrte Teresa und blitzte Niklas aus aquamarinblauen Augen an. »Die Zeiten haben sich geändert, und dieser Tatsache hätte Mutter sich gewiss nicht verschlossen. Und selbst wenn – ich leite jetzt das Werk, und ich entscheide. Du weißt ebenso gut wie ich, dass man heute keinen Blumentopf gewinnen kann, wenn man die Dinge zeigt, wie sie sind. Sollen wir Anita Lindström etwa sagen lassen, dass ein Pfund Bohnenkaffee dreizehn Mark fünfzig kostet und Otto Normalverbraucher dafür elf Stunden arbeiten muss? Sollen wir zeigen, wie die brasilianische Regierung Tausende Tonnen Kaffeebohnen bei Santos ins Meer schütten lässt, nur um den Preis stabil zu halten?« Niklas schwieg, und Teresa fügte hinzu: »Der Fernseher trägt das gute Leben in die Wohnstuben, eines, wo es kein Gestern gibt, dessen man sich schämen müsste. Statt Kaffee zu trinken und sich zu un-

terhalten und dabei zu riskieren, auf Abgründe zu stoßen, wollen die Menschen sehen, wie andere Kaffee trinken und sich unterhalten und das Wirtschaftswunder genießen.« Sie machte eine Pause. »Wenn du aussteigen willst ...«
Niklas schüttelte den Kopf. »Nein, keine Sorge. Ich habe dir mein Wort gegeben, aus alter Verbundenheit.«
Teresa sprang auf und küsste ihn leicht auf die Wange. »Danke dir. Wir sehen uns morgen. Und grüß Diana Landauer von mir«, sagte sie lächelnd.
Anerkennende Blicke folgten ihrer grazilen Gestalt, die schnellen Schrittes die Halle durchquerte, gerade so, dass es beschäftigt und nicht nach Flucht aussah. Teresa winkte den Beleuchtern und den Schauspielern zu und brachte ein gelassenes Lächeln zustande, während sie innerlich bebte.
Brasilien, immer und immer wieder Brasilien. Konnte Niklas nicht einfach den Mund halten?

Die Uhr schlug zehn, als Teresa die weiße Villa an der Parkallee erreichte. Sie stellte ihren schwarzen Karmann Ghia neben Doras Mercedes, überlegte kurz, ob sie das Verdeck schließen sollte, ließ es aber bleiben. Die Nacht würde keinen Regen bringen, nur diamantene Sterne, mit denen der Himmel sich schmückte. Am Fuß der Marmortreppe, deren Stufen durch jahrzehntelanges Kommen und Gehen glatte Mulden in der Mitte aufwiesen, blieb Teresa einen Moment stehen und sog den Duft der späten Stunde ein, die nach Hitze und verblühenden Rosen roch. Die geschwungenen Bürgermeisterlampen ergossen ihr fahles Licht über Hainbuche und Lebensbaum, die das siebzehntausend Quadratmeter große Grundstück umfriedeten, und den samtgrünen Rasen, der sich den englischen Rosen zu Füßen legte. Teresa liebte das Haus, auch wenn es nur den wenigsten Menschen, die dort gelebt hatten, Glück gebracht hatte.

Kaum hatte sie die schwere Eingangstür geöffnet, stürzte Marie ihr entgegen, Susanne im Schlepptau.

»Teresa«, stieß Marie atemlos aus und fasste sich an die wogende Brust, »es ist ... etwas passiert!«

»Beruhige dich doch, Marie«, entgegnete Teresa, ließ ihre Tasche fallen und nahm die alte Frau sanft bei den Schultern. Marie, seit einem halben Jahrhundert in Diensten der Andreesens und mittlerweile fast siebzig, durfte sich nicht aufregen. Das Herz wollte nach Auskunft des Arztes nicht mehr so recht. »So schlimm wird es doch nicht sein.«

»Doch«, sagte Susanne mit kaum verhohlener Sensationslust in den Augen. »Luiza ist fort.«

»O mein Gott!« Teresa erbleichte. »Habt ihr auch überall nachgesehen? In den Abseiten, im Keller, in den Ställen?«

»Natürlich, gnädige Frau«, antwortete Susanne mit einem Unterton von Gereiztheit.

Marie sah sie scharf an und ergänzte: »Nachmittags hat sie in ihrem Zimmer gespielt, später wollte sie Komet striegeln. Wir haben uns nichts dabei gedacht. Doch als sie zum Abendessen nicht erschienen ist, haben wir das ganze Haus und den Garten auf den Kopf gestellt. Nichts. Dann haben wir versucht, Dora bei Christian zu erreichen, aber da hat niemand abgenommen. Schließlich haben wir die Polizei benachrichtigt ...«

»Warum habt ihr mich nicht angerufen, um Himmels willen?«

»Haben wir«, sagte Marie gepresst. »Aber in diesem Filmstudio haben sie offensichtlich andere Dinge zu tun, als ans Telefon zu gehen.«

Teresa seufzte. Wäre sie nach dem Gespräch mit Niklas nur gleich nach Hause gekommen. Stattdessen war sie ziellos durch Bremen gefahren, um den Kopf freizukriegen. Sie schloss die Augen und versuchte, die Beklemmung, die sich um ihre Brust legte, zu ignorieren.

»Was sagt die Polizei?«

Marie blickte betreten zu Boden. »Dass sie nichts machen können. Noch nicht. Und dass es sich gewiss nur um einen Dumme-Mädchen-Streich handelt. Vielleicht hat sie ja auch nur Angst vor den Zeugnissen, meinte der Beamte. Wenn sie bis morgen früh nicht wieder aufgetaucht ist, sollen wir uns wieder melden. Der hat Nerven!«

»Hoffentlich ist sie mit niemandem mitgegangen«, raunte Susanne und schrie auf, als Marie ihr eine Kopfnuss verpasste. »Ist doch wahr!«, beharrte sie trotzig. »So ein kleines hübsches Ding ist doch leichte Beute für ...«

»Du hältst jetzt besser den Mund!«, fuhr Teresa das Mädchen an. »Macht bitte Kaffee. Stark, mit viel heißer Milch. Ich muss nachdenken.« Sie wandte sich zum Wintergarten, überlegte es sich aber anders. Luizas Zimmer lag im ersten Stock. Einst hatte Felicitas es bewohnt und mit allerlei Theaterrequisiten aus dem Fundus des Schauspielhauses zu einer exotischen, aber gemütlichen Kulisse ausgestattet, in der sie das strenge Reglement, das früher in der Villa geherrscht hatte, vergessen konnte. Teresa hatte den ebenholzschwarzen Elefanten aus Tschaikowskys Ballett *Der Nussknacker* ebenso an seinem Platz gelassen wie die bunten Decken und die reich verzierte Truhe einer werkgetreuen Inszenierung von Mozarts *Die Entführung*

aus dem Serail, doch mit einem weißen Bettchen, Mobiles mit Kasperlefiguren und weißen Phantasiepferdchen sowie einer Tapete mit rosa Röschen für ein mädchengerechtes Ambiente gesorgt.
Teresa stöhnte auf. Jagende Angst lähmte jeden klaren Gedanken, und mühsam versuchte sie, sich an die Hoffnung zu klammern, dass das Schicksal nicht so grausam sein konnte, ihr noch ein Opfer abzuverlangen. Ihr geliebtes Kind. Nein, es musste eine andere Erklärung geben.
Forschend blickte sie sich um. Nichts deutete darauf hin, dass etwas in ihrer Tochter vorgegangen war, das ihr, Teresa, verborgen geblieben war. Die Puppe, die sie so liebte, saß brav in ihrem mit kariertem Stoff bezogenen Kinderwagen, der Kaufmannsladen sah wie immer picobello aus, der kleine rote Arztkoffer mit dem weißen Kreuz auf der Vorderseite lehnte sorgsam verschlossen an Luizas Nachttisch, weil sie ihn stets griffbereit haben wollte, falls ihre Mutter, Komet oder Marie des Nachts krank werden sollten und ihrer Hilfe bedurften. Teresa lächelte wehmütig in sich hinein. Ihre kleine Tochter besaß das Herz einer Samariterin; keine Wespe durfte in ihrer Gegenwart getötet werden.
Nichts war anders als sonst. Zum ersten Mal jedoch fiel Teresa auf, wie aufgeräumt es aussah, vielleicht zu aufgeräumt für eine Neunjährige. Entsprach diese Ordnung Luizas Charakter, oder hielt man sie in der Schule dazu an? Teresa musste sich eingestehen, dass sie es nicht zu sagen vermochte.
Sie öffnete die Schreibtischschublade. Die Buntstifte lagen in Reih und Glied, daneben eine rote Mappe, in der Luiza ihre Zeichnungen aufbewahrte. Teresa schlug die

Mappe auf und blätterte die farbenfrohen Seiten durch – braune Ponys mit zu kurzen Beinen und zu großen Ohren, eine Blumenwiese, in deren Mitte ein schiefes rotes Haus stand, mächtige Bäume mit wackligen Zweigen, an denen rote Früchte baumelten, ein lachender Mann, der mit ausgebreiteten Armen auf einem braunen Ballon saß, auf den mit ungelenken Buchstaben das Wort »Kaffee« geschrieben worden war, und schließlich ein Schiff mit roten Segeln, zwei Frauen an Bord, die größere mit gelbem, die kleinere mit schwarzem Haar, die einem Mann an Land zuwinkten.
Unschlüssig blieb Teresa stehen und starrte in den Raum, als würde ihr aus irgendeiner Ecke die Antwort auf ihre Frage entgegenwispern und sie hätte sie bislang nur überhört. Schließlich löschte sie das Licht.
Auf dem Weg in die Halle fiel ihr Blick auf den Stapel Post vom Sonnabend, den zu sichten ihr keine Zeit geblieben war, ebenso wenig wie für die zuoberst liegende Zeitung. Geistesabwesend nahm sie die Briefe und die Zeitung und wandte sich zum Wintergarten. Kaffeeduft erfüllte den mit Palmen, Kakteen und Peddigrohrmöbeln im Kolonialstil ausgestatteten Raum. Zu angespannt, um sich zu setzen, blieb Teresa stehen und nahm einen Schluck von dem starken Kaffee. Halb elf. Sie würde der Polizei jetzt Beine machen, und wenn sie den Polizeipräsidenten selbst aus dem Schlaf klingeln musste. Sie zog das Telefon näher zu sich heran, während ihr Blick über die erste Seite der *Weser Nachrichten* wanderte. In der Meldungsspalte ganz unten leuchteten ihr die schwarzen Buchstaben entgegen. »Willkommen in der Hansestadt« hieß die Rubrik, und darunter standen die Namen der Schiffe, die im Bremer Hafen festgemacht hatten – *Señorita*, ein Schoner aus

Spanien, *Annika,* eine Viermastbark aus Dänemark, *Brasilia,* ein Kreuzfahrtschiff aus Brasilien ...
Teresa hielt den Atem an. Eine Idee durchzuckte sie. Luizas Zeichnung ... Konnte es sein ...? Aber wieso ...? Intuitiv wusste sie, dass ihre Ahnung sie nicht trog, und sie griff zum Telefon.
»Polizei Bremen!«, nuschelte eine Stimme desinteressiert in ihr Ohr.
»Teresa Andreesen«, sagte sie so ruhig wie möglich. »Verbinden Sie mich bitte mit dem zuständigen Beamten für ... nun ja, ausgebüxte Kinder.«
Eine Stunde später klingelte es an der Haustür. Ein Polizist tippte sich an die Mütze und begrüßte Teresa lächelnd. Hinter ihm stand ein kräftiger braun gebrannter Mann in dunkelblauer Uniform und Kapitänsmütze, eine kleinlaute Luiza an der Hand. Grenzenlose Erleichterung durchflutete Teresa.
»Gott sei Dank«, murmelte sie, sank in die Knie und umarmte ihre Tochter. »Tu das bitte nie wieder, hörst du?«
»Guten Abend, gnädige Frau«, sagte der Mann mit der Kapitänsmütze mit hartem Akzent. »Mein Name ist Octavio da Silva, ich bin der Kapitän der *Brasilia*. Wir haben ihre Tochter unversehrt in einem der Rettungsboote gefunden. Weiß der Himmel, wie sie es geschafft hat, an den Wachen vorbeizukommen.«
»Ihr Tipp war goldrichtig«, sagte der Polizist. »Das nenne ich Mutterinstinkt. Das Pony gehört vermutlich auch der jungen Dame.« Lässig wies er auf seinen Kollegen, der Komet führte, die Satteltaschen über die Schulter geworfen hatte und die Villa abschätzig betrachtete.
Teresa nickte. »Marie, Susanne, schickt nach dem Stalljungen, er soll sich um Komet kümmern«, sagte Teresa

leise und zu Kapitän da Silva gewandt: »Möchten Sie einen Moment hereinkommen?«
»Vielen Dank, das ist sehr freundlich, aber ich denke, Ihnen steht der Sinn jetzt nicht nach fremder Gesellschaft. Sie erreichen mich bis übermorgen im Hafen, falls Sie sich den Ort des Geschehens anschauen möchten.« Er zog eine Karte aus der Innentasche seiner Uniform. »Sie erreichen das Schiff unter dieser Nummer. Rufen Sie vorher kurz an, dann stehe ich Ihnen zur Verfügung.« Da Silva lächelte unergründlich, und tausend Fältchen legten sich um seine schwarzen Augen, die wie Onyx schimmerten. »Gute Nacht, Frau Andreesen.«
Der Kies knirschte, als die drei Männer die Auffahrt hinuntergingen. Der Stalljunge, mit offenem Hemd und barfuß, tauchte aus der Dunkelheit auf und stürzte auf Komet zu. »Das ist vielleicht 'n Ding«, rief er strahlend. »Und ich hatte schon Angst, dass ich das Gatter offen gelassen hab.« Er streichelte das Pony. »Jetzt gibt's erst einmal eine Portion Hafer, hm? Hast Hunger, nicht wahr?« Leise auf das Tier einredend, verschwand der Junge mit ihm in Richtung der Stallungen.
Energisch wies Marie Susanne an, trotz der Wärme heiße Milch mit Honig zuzubereiten, falls das Kind sich eine Erkältung eingefangen hatte.
»Oder sonst was«, meinte Susanne. »Man weiß ja nie, was die aus dem Ausland hier einschleppen.«
»Susanne, rede keinen Blödsinn!« Teresa hatte es schon mehr als einmal bedauert, dass sie sich hatte breitschlagen lassen, Maries Nichte als Hilfe einzustellen. Susanne hielt sich für etwas Besseres und die Arbeit als Hausangestellte für unter ihrer Würde. Aber dieses Problem musste sie ein andermal lösen. Jetzt ging es einzig und allein um Luiza.

Was mochte sie nur dazu getrieben haben, ihr geliebtes Pony allein zu lassen und sich auf ein Schiff zu stehlen? Wollte sie allen Ernstes nach Brasilien durchbrennen, um ihren Vater zu finden, von dessen Existenz sie nichts, absolut gar nichts wissen konnte? Und wenn ja, warum?
»Bist du böse, Mama?«, fragte Luiza und setzte sich auf den Rand ihres Bettes, als wollte sie gleich wieder flüchten.
»Nein. Ich möchte nur wissen, warum du fortgelaufen bist.«
Luiza seufzte und begann zu weinen. »Ich weiß nicht ... Es hat mich so gezogen ...«
Teresa nickte. »Was hast du denn alles mitgenommen auf deine große Reise?« Sicher war es klüger, sich auf Umwegen an Luizas Beweggründe heranzutasten.
Luiza schluckte und wischte sich die Tränen ab. »Die Elfen in den Kaffeetassen«, murmelte sie.
»Die Elfen?«
»Ja. Wenn du und Marie und Susanne Kaffee getrunken habt, dann sind sie unten am Boden, manchmal auch am Rand. Sie sehen ganz braun aus, aber das ist nur, damit sie nicht jeder sieht. Aber ich kann sie sehen, und sie erzählen mir Geschichten.«
»Ich verstehe«, sagte Teresa, die nichts verstand, aber spürte, wie wichtig die Elfen für ihre Tochter waren. »Was erzählen sie denn so?«
»Oh, das ist ganz verschieden. Lustige und traurige Sachen. Dass Susanne drei Kinder haben wird, aber keinen Mann. Dass Marie noch lange bei uns bleibt ...«
»Und was noch?«
Luiza stockte. »Einmal haben sie mir gesagt, dass du Papa lieb hast und dass er gar nicht tot ist ...«, flüsterte sie, den

Blick gesenkt, »... und in Brasilien lebt. Und auf uns wartet ... Und dass Esperanza heilen kann wie Anaiza ...« Sie kletterte vom Bett, öffnete ihre Satteltaschen und wickelte zwei goldgefasste Kaffeetassen aus einem Handtuch. »Schau, das sind die Tassen ...«
»Aber Kind, die sucht Marie doch schon seit Weihnachten!«
»Ich weiß«, entgegnete Luiza zerknirscht. »Aber in diesen Tassen waren die Elfen, die von Papa erzählt haben. Ich musste sie einfach behalten. Schau nur.« Sie hielt Teresa die beiden Tassen hin, in denen eine dunkelbraune Masse klebte. »Und Omas Talisman hab ich auch mitgenommen. Wenn ich ihn ans Ohr halte, spricht er zu mir. Aber ich verstehe die Sprache nicht.« Sie hielt Teresa die hölzerne Figur hin, die Felicitas vor fast fünfzig Jahren von Anaiza bekommen hatte. Anaiza ... Manuel ... Teresa hielt den Atem an. Was ging hier vor? Sie zwang sich, ruhig zu bleiben.
»Was meinst du, wollen wir erst einmal schlafen gehen? Die Elfen möchten bestimmt auch, dass das kleine Mädchen jetzt die Äuglein schließt und etwas Schönes träumt, nicht wahr?«
Luiza setzte sich auf, den Ausdruck einer geduldigen Erwachsenen in den aquamarinblauen Augen. »Mama, das sind keine Kindermärchen. Das sind meine Freunde. Sie hänseln mich nicht wegen meiner dunklen Haut. Sie verstehen mich. Ich suchte einen Ort, an dem sie sich wohl fühlen würden, und dachte, die Kaffeeschuppen im Hafen ... Aber dann sah ich das Schiff ...« Sie brach ab.
»Ist ja gut, meine Kleine. Jetzt schlaf ein wenig, einverstanden?«
Luiza nickte und schlüpfte unter die Daunendecke. Sie

schlief ein, noch bevor Teresa das Licht gelöscht hatte. Marie kam ihr entgegen, die dampfende Milch auf einem Tablett, daneben zwei Kekse.
»Sie schläft schon«, sagte Teresa müde.
»Soll ich trotzdem ...?«, fragte Marie und betrachtete die Milch zweifelnd.
»Ist schon recht. Gute Nacht, Marie.«
Langsam ging Teresa die Treppe hinunter, aufgewühlt und voller Schuldgefühle.
Was immer Luiza dazu befähigte, Dinge zu sehen und zu hören, die sie nicht wissen konnte, ängstigte sie nicht so sehr wie die Erkenntnis, dass sie, Teresa, ihrer Tochter einen Teil ihrer selbst vorenthalten hatte. Sie hatte sie mit Geschenken überhäuft, ihr das Wichtigste aber verweigert – die Wahrheit. Doch das Leben lässt sich nicht aussperren, es macht sich bemerkbar, irgendwie und irgendwann. Wenn sie ihrer Tochter helfen wollte, musste sie eine Entscheidung treffen.

TEIL I
1934–1939

1

*D*a vorn!« Der Pilot wies mit dem Kopf nach rechts, und Felicitas Hoffmann blickte von ihren Akten hoch in das unendliche Blau dieses Septembertages, das am Horizont schon in das elfenbeinerne Grau der sich ankündigenden Dämmerung sank.
Sie rutschte auf ihrem Sitz ein wenig nach vorn. Ganz gleich, wie oft sie diesen Anblick schon hatte erleben dürfen, genoss sie ihn doch jedes Mal aufs Neue.
Der Pilot grinste, und Felicitas lächelte zurück. Sie wusste, dass der junge Mann sie bewunderte. Nach ihrem ersten Flug hatte er anerkennend durch die Zähne gepfiffen und gemeint, die meisten Frauen würden sich zimperlich geben und kleine spitze Schreie ausstoßen, sobald er die Motoren startete. Doch Felicitas hatte sich weder von dem ohrenbetäubenden Lärm noch von der schwindelerregenden Höhe, die die zweimotorige Ju 50 erreichte, je ins Bockshorn jagen lassen. Zweimal im Monat flog sie morgens nach Hamburg oder Leipzig, nahm ihre geschäftlichen Termine wahr und kehrte abends wieder zurück.
Elegant glitt die kleine Maschine übers Blockland und das schwarzbunte Vieh auf den Wiesen, das gleichmütig wei-

terkaute, flog über die Vorstadt, in der die Arbeiter und Angestellten Bremens, auch die ihres Unternehmens, in engen Häusern mit akkurat gepflegten Vorgärten wohnten, über Schwachhausen, den Bürgerpark, die prächtige Parkallee, wo Felicitas und ihre Familie wohnten, und schließlich über den Kunstpark, der in ganz Deutschland berühmt war für seine architektonische Kühnheit und die Einzigartigkeit seines Konzepts, das ausschließlich Frauen ein Forum für ihre Kunst bot. Seit seiner Eröffnung vor fünf Jahren erfreute sich der Park zunehmender Beliebtheit bei den Bremern, vor allem aber bei Gästen aus dem ganzen Reich und dem angrenzenden Ausland. Hingerissen betrachtete Felicitas die Schauspielschule mit dem pagodenförmigen blauen Dach, das in der Sonne glänzte wie Lapislazuli, den Kreis der Ahornbäume, die ein Yin-Yang-Motiv bildeten, das man nur aus der Luft erkennen konnte, die anmutig fließenden Spazierwege, die die Ateliers der Künstlerinnen miteinander verbanden, und das mit Palmblättern gedeckte Plantagenhaus, in dem der Dokumentarfilm über die Herstellung von Kaffee gezeigt wurde, den Felicitas, Steffen und Niklas in Brasilien gedreht hatten. Nun gut, er passte nicht wirklich ins Konzept des Parks, aber Felicitas hatte nicht widerstehen können, ihrer originären künstlerischen Idee einen Platz zu geben, den ihr niemand streitig machen konnte. Bis auf das Reichskulturministerium. Um ihr Lebenswerk zu retten, hatte sie Zugeständnisse machen und einige Künstlerinnen vor die Tür setzen müssen, deren Exponate zu wild, zu fremd, zu abstrakt waren. Auch der verbliebene Rest konnte nicht unbedingt als vom »völkischen Geist« beseelt bezeichnet werden, alle schrammten sie haarscharf an dem Verdikt vorbei, das Goebbels für Kunst

ersonnen hatte, die er nicht verstand – entartete Kunst. Wenn Felicitas an die vielen geflohenen deutschen Künstler dachte, wurde ihr übel vor Hass und Abscheu gegen das, was in Deutschland vorging. Sie verscheuchte den Gedanken und konzentrierte sich auf das Bild, das ihr zu Füßen lag.
Heinrich wäre so stolz auf sie. Damals, vor zwanzig Jahren, als die Vorstellung für dieses kühne Unternehmen sie wie eine Vision überfallen hatte, hatte er, der älteste Sohn der reichen Kaffee-Andreesens, nicht wirklich daran geglaubt, dass seine Frau, ein junges Ding, so einen Plan in die Tat umzusetzen imstande sein könnte. Sie war das verhätschelte Kind zweier Schauspieler, war zwischen Kulissen, Requisiten und abgegriffenen Rollenbüchern aufgewachsen und hatte ihren eigenen Traum von der Bühne für die Liebe zu Heinrich begraben. Um zur Überraschung aller ganz erstaunliche andere Talente zum Leben zu erwecken – Tatkraft und Entschlossenheit, taktisches Kalkül und die Härte, die es braucht, um ein Unternehmen dieser Größe im Griff zu haben.
Felicitas lächelte in sich hinein. Der Kaiser hatte nicht schlecht gestaunt, als sie ihm, hochschwanger, beim Festbankett im Bremer Rathaus vor der Toilette aufgelauert hatte, um ihm ihre Idee nahezubringen und sich seiner Unterstützung zu vergewissern. Ihre Schwiegermutter wäre beinahe in Ohnmacht gefallen, aber Heinrich hatte sie bewundernd und verliebt angeschaut. 1913 ... das Leben hatte seine strahlende, scheinbar unbesiegbare Pracht noch vor ihr ausgebreitet. So lange her ...
Sanft setzte die kleine Maschine auf.
»Das war leider unser letzter Rundflug«, sagte der Pilot bedauernd auf dem Weg zu Felicitas' Wagen. »In Zukunft

dürfen wir nur noch von Norden einfliegen. Befehl von ganz oben.«
Felicitas nickte, ohne eine Miene zu verziehen. Es tat nicht gut, Unabänderliches zu bedauern.

Als Felicitas in die Villa Andreesen zurückkehrte, zog ein verführerischer Duft durch die Halle – Kükenragout. Marie verstand sich eher auf die deftigen Bremer Gerichte als auf die französische Küche, die Felicitas bevorzugte, und nachdem die Haushälterin zur letzten Dinnereinladung das Trüffelsoufflé als traurige undefinierbare Masse aus dem Ofen gezogen hatte, hatte Felicitas beschlossen, zukünftig auf sämtliche kulinarischen Raffinessen zu verzichten. Wurden ihr in anderen Bremer Häusern auch Filetspitzen in Weißwein vorgesetzt, mussten die Gäste bei Andreesens mit gepflegter Hausmannskost vorliebnehmen. Was günstiger war, weniger an Felicitas' Nerven zerrte und zudem den Vorteil hatte, dass die Familie in Kaufmannskreisen als bodenständig galt, allen Eigenwilligkeiten, die Felicitas sich leistete, zum Trotz.
Sie schaute auf ihre Taschenuhr, ein Geschenk von Heinrich, die sie stets bei sich trug. Die Papiere in ihrer Aktenmappe mussten warten. In einer Stunde würden die Gäste eintreffen. Sie musste sich noch umziehen und die Anforderungen des Tages mit Rouge und Lidstrich von ihren Zügen tilgen, was heute eindeutig länger dauerte als noch vor fünf Jahren. Leichtfüßig nahm sie zwei Treppenstufen auf einmal und lächelte, als sie ihrer in dem großen goldgerahmten Spiegel gewahr wurde. Nein, eigentlich konnte sie sich nicht beklagen. Gewiss, die Wangenpartie ließ ein wenig an Festigkeit zu wünschen übrig, und die steilen Falten über der Nasenwurzel gaben ihrer Miene einen

etwas strengen Ausdruck, aber die aquamarinblauen Augen funkelten herausfordernd wie eh und je, und ihre Figur hatte, obwohl sie vier Kinder geboren hatte, nichts Matronenhaftes an sich. Nur um die Taille hatte sie ein wenig zugelegt, doch das war nichts, woran Felicitas einen Gedanken verschwendete, solange sie eine Schneiderin hatte, deren geschickte Schnittkunst ein Nilpferd auf Stromlinie bringen würde.
Sie stürzte ins Schlafzimmer, riss die Spiegeltür ihres Kleiderschranks auf und nahm nach kurzem Zögern das dunkelrote Kleid aus chinesischer Seide vom Bügel. Der tiefe Ausschnitt war zwar gewagt, aber die züchtigen langen Ärmel stellten die Balance zwischen Provokation und Noblesse wieder her.
»Mutter, bist du da? Kann ich hereinkommen?«
Clemens. Wie immer im unpassendsten Moment und voller Zuversicht, dass ihm die Aufmerksamkeit seiner Mutter gewiss war. Sein Charme bestand zu einem Gutteil aus dieser entwaffnenden Unverfrorenheit und seinem burlesken Gehabe, mit dem er aus jeder Begegnung einen Auftritt machte. Er war seinem Großvater Max Wessels wie aus dem Gesicht geschnitten und hatte zweifelsohne dessen großes Talent geerbt. Während Felicitas ungerührt vor ihrer Frisiertoilette sitzen blieb und Make-up ins Gesicht klopfte, marschierte ihr Sohn mit großen Schritten, die Hände in den Hosentaschen, durch das Schlafzimmer, von der Tür zum Balkonfenster und wieder zurück, hin und her, bis er schließlich in der Mitte stehen blieb und theatralisch die Arme ausbreitete.
»Ich bin außerstande, eine Entscheidung zu treffen.«
»Wenn ich wüsste, worum es geht, könnte ich vielleicht etwas dazu sagen«, gab Felicitas amüsiert zurück und ver-

teilte mit einem Gänsequast großzügig losen Puder auf Wangen, Stirn, Kinn und Dekolleté.

Clemens strich sich eine widerspenstige braune Locke aus dem Gesicht und lehnte sich mit verschränkten Armen gegen den fragilen Spiegel.

»Was bist du für eine schöne Frau! Welch ein Jammer, dass du deine Bühnenkarriere wegen Papa aufgegeben hast.«

»Noch ein Wort«, sagte Felicitas kühl, »und du fliegst raus.«

»Entschuldige«, erwiderte Clemens zerknirscht. »Nun, es ist so: Der neue Intendant, dieser Stange, hat mir ein Engagement angeboten. Dreimal Komödie, zwei Klassiker, einen Liebhaber – und mit etwas Glück und wenn Klaus Marmann nach München geht, den Mephisto.«

»O Clemens, was für eine gute Nachricht!« Felicitas strahlte. Bis zu diesem Moment hätte sie keinen Pfifferling für Clemens' Laufbahn gegeben, denn Max Wessels hatte bis zu seinem Tod vor zwei Jahren nichts Besseres zu tun gehabt, als öffentlich gegen Hitler zu wettern, bis man ihm die Intendantur des Schauspielhauses entzogen hatte. Max hatte sich um Kopf und Kragen geredet ohne Rücksicht auf seinen Enkel, und das konnte ihm Felicitas über das Grab hinaus nicht verzeihen, denn an diesem Erbe hatte Clemens schwer getragen. Der Ruf seines Großvaters eilte ihm voraus, ganz gleich, an welchen Bühnen er vorsprach, und überdies neigte Clemens selbst dazu, kein Blatt vor den Mund zu nehmen. Wie oft hatte Felicitas ihm einzuschärfen versucht, etwas mehr Fingerspitzengefühl walten zu lassen, das man brauchte, um das künstlerisch Wünschenswerte mit dem politisch Machbaren unter einen Hut zu bringen. Aber wenn Stange den

jungen Hitzkopf tatsächlich engagieren wollte, zählte Talent offensichtlich heute doch noch etwas, nicht nur die rechte Gesinnung.
»Ich freue mich sehr für dich«, sagte sie.
Abrupt wandte er seinen Blick von ihr und setzte seinen Dauerlauf durch das Zimmer fort. »Wie kann ich das Angebot annehmen? Du weißt, dass ich mir nichts sehnlicher wünsche, aber welcher Mensch von Herz und Verstand kann mit Barbaren kooperieren, die das hohe Gut des eigenen Volkes, seine Bücher, auf den Scheiterhaufen werfen!« Die »Aktion wider den undeutschen Geist«, die der Nationalsozialistische Studentenbund ausgerechnet auf dem Spielplatz an der Nordstraße, dem traditionellen Versammlungsplatz der Bremer Arbeiterbewegung, im Beisein der SA, der Hitlerjugend und einer johlenden Menschenmenge durchgeführt hatte, hatte Clemens zugesetzt. »Gesa hat damit wohl kein Problem«, fügte er ironisch hinzu.
»Lass deine Schwester aus dem Spiel. Sie versucht, ihren Weg zu finden, gerade so, wie du es tust«, erwiderte Felicitas und erhob sich.
Resigniert winkte Clemens ab. »Ich sehe keinen Weg vor mir, absolut keinen.«
»Vielleicht denkst du einmal darüber nach, dass Stange mit dem Angebot ein nicht unerhebliches Risiko auf sich nimmt«, sagte Felicitas schneidend. Wenn sie eines hasste, dann dieses gottverdammte Selbstmitleid. »Die Zeiten sind nicht einfach, aber es nützt niemandem, am wenigsten dir, wenn du dich hängen lässt. Du hast genau zwei Möglichkeiten. Entweder du nimmst es an und zeigst allen Skeptikern, was du kannst, oder du lässt es sausen. Du hast die Wahl.« Sie küsste Clemens flüchtig auf die Wange

und hob die Augen gen Himmel. »Im Übrigen muss ich mich jetzt um meine Gäste kümmern ...«

»Tststs«, neckte Clemens seine Mutter. »Das wird doch bestimmt wieder eine puppenlustige Angelegenheit! Wen erwartest du denn?«

»Van der Laakens, den Baumwollhändler Berger und seine Mutter, Frank Middeldorf ...«

»Brrr.« Clemens machte ein Gesicht, als hätte er in eine Zitrone gebissen, und schnarrte: »Darf ich Ihnen, verehrte Frau Hoffmann, als kleines Zeichen meiner Bewunderung diese Vanilleschote überreichen?«

Felicitas verkniff sich das Lachen. Clemens hatte das enervierende Timbre des Gewürzgroßhändlers Middeldorf gar zu gut getroffen.

»Ich verstehe nicht, wie du dich mit diesem Typen abgeben kannst«, beharrte Clemens. »Er ist geizig, über die Maßen langweilig und sitzt im Dickdarm des Gauleiters von Weser-Ems ...«

»Nun ist es aber genug«, sagte Felicitas ärgerlich. »Wenn du dich benimmst, kannst du gern zum Essen bleiben, andernfalls ...«

»Gott steh mir bei«, erwiderte Clemens mit unwiderstehlichem Grinsen, küsste seine Mutter auf die Wange und verließ feixend das Schlafzimmer.

Felicitas schüttelte nachsichtig den Kopf. Wurde der Junge denn nie erwachsen? Was er vorne mit Charme und Geist aufbaute, stieß er, wenn er seinem Werk den Rücken wandte, mit dem Hintern wieder um. Andererseits, war es nicht natürlicher für einen jungen Menschen, gegen eine von oben diktierte Gleichmacherei zu opponieren, als sie, wie die Mehrheit es tat, kritiklos, Lemmingen gleich, zu inhalieren und ihr widerstandslos zu folgen? Im Gegensatz zu seinem Zwillingsbruder Christian, der mehr nach Heinrich schlug, hatte Clemens die rebellische Ader der Wessels geerbt, die Max auf den Intendantenstuhl gehievt und danach in Teufels Küche gebracht, seine Frau und Felicitas' Mutter, Helen Wessels, aus der Ehe fort in eine leidenschaftliche Liebesbeziehung zu einem ostpreußischen Gutsverwalter und Felicitas an die Spitze eines der größten Bremer Unternehmen getrieben hatte.

Mit List, Mut und einer Portion Härte hatte sie es verstanden, aus dem wenigen, was der Börsenkrach 1929 an Vermögen übrig gelassen hatte, kraftvoll einen neuen Anfang zu gestalten – Heinrichs Patent für den magenschonenden Kaffee verschaffte ihr eine unangefochtene Marktstellung. Während andere Kaffeeröster und die Baumwoll- und Tabakhändler noch unter der Rezession und der scharfen Devisenbewirtschaftung und den damit verbundenen Einfuhrkontrollen litten, hatte Felicitas nicht nur das Bremer Werk ausgebaut, sondern auch eine Niederlassung in Ostpreußen gegründet und damit den mächtigen Leipziger Kaffeeunternehmern schlaflose Nächte bereitet.

Zugegeben, dieser Charakterzug hatte ihr und ihren Eltern nicht immer Glück gebracht, aber ohne eine Portion Dynamit im Blut war es nicht möglich, das Leben bei den Hörnern zu packen und zu bezwingen. Man muss dafür jedoch nicht auf die Barrikaden klettern und Fahnen schwingen, dachte Felicitas. Es gibt elegantere Wege, seine Ziele durchzusetzen.

Felicitas erhob sich und strich die leise knisternde Seide glatt. Die Schläge der Standuhr drangen dumpf durch die Villa – neunzehn Uhr. Wo um Himmels willen blieb Steffen?

Beethovens Violinkonzert schwebte über dem Wintergarten und konkurrierte gegen dezentes Geschirrgeklapper und wohltemperiertes Geplauder. Die ärgerlich hohen Kaffee- und Baumwollpreise hatte die gepflegte Gesellschaft nur kurz gestreift, um sich rasch und etwas ausführlicher dem Thema zu widmen, das Bremen seit einigen Wochen beschäftigte – Hitlers in Aussicht gestellter Besuch in der Hansestadt.
»Es wäre ja wohl gelacht«, sagte Wilhelm van der Laaken dröhnend und spießte ein Stückchen von dem saftigen Huhn auf, »wenn wir es nicht schaffen würden, ihn endlich an die Weser zu locken.«
»Die Formulierung ›locken‹ scheint mir doch ein wenig danebengegriffen«, schulmeisterte Frank Middeldorf maliziös. »Der Terminplan des Führers lässt wenig Raum für Unwesentliches.«
»Mein lieber Middeldorf, Sie wollen doch wohl nicht behaupten, die Verleihung der Ehrenbürgerwürde der Stadt Bremen und die Eröffnung der Nordischen Kunsthochschule seien Kinkerlitzchen! Zweimal hat der Bürgermeister ihn eingeladen, zweimal hat er abgesagt. Das ist doch, mit Verlaub, ein Schlag ins Gesicht aller … ähm … patriotischen Bürger.« Van der Laakens rundes Gesicht rötete sich vor Empörung, doch bevor der alte Patriarch der Bremer Tabakhändler zu einem seiner gefürchteten verbalen Rundumschläge ansetzen konnte, wandte sich Felicitas ihm lächelnd zu.
»Allerdings muss man doch zugeben, dass fast jedes Dorf im Reich den Führer zum Ehrenbürger ernannt hat. Wenn er alle diese Urkunden persönlich in Empfang nehmen würde und für den Bau der Autobahn und andere zukunftsweisende Projekte keine Zeit mehr aufbringen

könnte, würden sich die Bremer doch als Erste darüber ereifern, nicht wahr? Würden Sie mir bitte das Salz reichen, Herr van der Laaken?«

»Selbstverständlich, gnädige Frau«, murmelte van der Laaken und wich dem sanft tadelnden Blick seiner Ehefrau aus, die wie stets in zarte elfenbeinfarbene Spitze gehüllt war, welche ihr blasses Gesicht noch blasser erscheinen ließ.

»Nun, ich denke, den Stapellauf der *Scharnhorst* auf der AG Weser wird sich Hitler nicht entgehen lassen. Dieser Ostasiendampfer wird alle anderen in den Schatten stellen«, hielt Roland Berger ungeachtet Felicitas' subtilem Hinweis, das Thema zu wechseln, daran fest. Das Herz des Baumwollhändlers schlug für die Schifffahrt, und nur die Verpflichtung, das Erbe seines früh verstorbenen Vaters anzutreten, hatte ihn davon abgehalten, auf einem der Überseedampfer anzuheuern. Statt die sieben Weltmeere zu bereisen, saß der Fünfundzwanzigjährige nun seit fünf Jahren in Bremen fest, gestrandet im Berger'schen Kontorhaus am Wall, fünf Häuser neben den Büros von Andreesen-Kaffee. Die Enttäuschung, seiner wahren Passion niemals nachgeben zu dürfen, hatte sich in seine Züge gegraben und ließ ihn wie eine gekränkte Ausgabe von Willy Birgel wirken. Genau jener Typ, den bestimmte Frauen gar zu gerne erretten würden, dachte Felicitas und streifte Teresa hin und wieder mit einem prüfenden Blick. Doch ihre sechzehnjährige Tochter machte nicht den Eindruck, als wäre sie von Berger beeindruckt. Manierlich verspeiste sie das Kükenragout und beantwortete die Fragen ihrer Tischnachbarin, Eugenia Berger, die sich mäßig interessiert nach Teresas Reitkünsten erkundigte.

»Für die Olympischen Spiele wird es, fürchte ich, wohl

nicht reichen«, sagte Teresa artig. Hochleistungssport interessierte sie überhaupt nicht, aber ganz Felicitas' Tochter, wusste sie, wie man elegant ein neues Gesprächsthema aufs Tapet brachte, und Eugenia Berger nahm den Faden bereitwillig auf.
»Du meine Güte, in der Tat sind ja schon alle ganz verrückt danach. Ich verstehe zwar so gut wie nichts von Sport, aber sind diese vielen Disziplinen, man spricht ja von hundertsechsundzwanzig, nicht ein wenig zu viel des Guten?«
»O nein, ganz und gar nicht, im Gegenteil«, schaltete sich Frank Middeldorf ein. »Diese Spiele stellen eine historische Chance für unser Land dar, denn endlich werfen wir das Joch des Ersten Weltkriegs ab, indem sie hier in Deutschland ausgerichtet werden.«
»Immerhin, lieber Middeldorf«, sagte Berger, »haben wir diesen Krieg angezettelt. Es war schon ein Wunder, dass wir bereits wieder vor sechs Jahren, 1928, an den Spielen teilhaben durften.«
Felicitas runzelte die Stirn. Dieser Abend zerrte an ihren Nerven. Nicht nur Steffen glänzte durch Abwesenheit, auch Elisabeth hatte es vorgezogen, Reißaus zu nehmen. Sie beneidete ihre greise Schwiegermutter, die gleich nach dem Sherry mit leidendem Gesichtsausdruck auf ihr Alter hingewiesen, sich entschuldigt und zum allgemeinen Bedauern zurückgezogen hatte. In Wirklichkeit gab die Gesundheit der Neunzigjährigen keinen Anlass zur Klage, und Felicitas wusste, dass Elisabeth es sich bei einem Glas Rotwein und leiser Operettenmusik in ihrem Schlafzimmer im Obergeschoss gemütlich gemacht hatte, während Teresa und sie, Felicitas, hier unten Konversation treiben mussten. Es war so anstrengend und zugleich von quä-

lender Langeweile. Welche Themen auch immer sie anschnitten, Middeldorf und van der Laaken kehrten wie eine hängengebliebene Schallplatte immer wieder zu denselben ermüdenden Sujets zurück. Gleich würde Middeldorf gegen Amerika zu Felde ziehen, wo sich eine breite Basis gegen den Austragungsort Berlin formierte und die Sportler aller teilnehmenden Länder aufforderte, die Spiele zu boykottieren, solange Hitler die deutschen Juden weiter diskriminierte. Daraufhin würde van der Laaken sich ereifern, seine Frau würde ihm die Hand mahnend auf den Unterarm legen und so weiter und so fort. Es brauchte nur einen strammen Nazi wie Frank Middeldorf, um eine Gesellschaft in Ödnis verenden zu lassen. Mochten Einladungen wie diese auch das Schmieröl in den geschäftlichen Beziehungen sein, so war Felicitas doch jedes Mal heilfroh, wenn sie es hinter sich hatte.
»Das IOC und Hitler haben sich längst geeinigt«, hörte sie Middeldorf mit halbem Ohr sagen, »natürlich werden jüdische Sportler starten.«
»Nun ja, die Fechterin Helene Mayer lebt seit zwei Jahren in den USA«, gab Roland Berger zu bedenken. »Sie ist Halbjüdin ...«
»Und was ist mit Werner Seelenbinder?«, hielt Middeldorf dagegen. »Immerhin ist unser Deutscher Meister im Ringen ein aktenkundiger Kommunist und darf trotzdem starten.«
»Ich muss um Verzeihung bitten!« Mit einem Ton, der das Gegenteil von dem ausdrückte, was er gesagt hatte, betrat Steffen den Wintergarten. »Wir haben noch eine brandaktuelle Meldung auf Seite eins unterbringen müssen.« Formvollendet küsste er den Damen die Hand und nickte den Herren zu.

»Wie aufregend«, zirpte Eugenia Berger. »Darf man erfahren, um welches Ereignis es sich handelt, oder müssen wir bis morgen früh warten?«
Felicitas sah das Unheil kommen, doch ehe sie etwas dagegen unternehmen konnte, entfaltete Steffen eine druckfrische Zeitungsseite. »Ich ahnte doch, dass es Sie interessieren würde. Hier: ›Wie die *AIZ*, eine Prager Zeitung, schreibt, ist Hitlers Versicherung, die Nichtarier bei den Olympischen Spielen zu berücksichtigen, angeblich Schall und Rauch. Zum Beweis veröffentlichte die Zeitung eine Chronik der systematischen Ausschaltung der jüdischen Bevölkerung aus dem Sport sowie Fotos von jüdischen Sportlern, die nicht mehr starten dürfen.‹«
Stille. Dann fragte Frank Middeldorf gefährlich leise: »Herr Hoffmann, was wollen Sie damit sagen?«
Steffen hob irritiert die Augenbrauen. »Aber wir müssen doch entlarven, welche Lügen über das Deutsche Reich andernorts verbreitet werden. Die Bewegung gegen die Olympischen Spiele ist breit gefächert, Arbeiter- und Sportverbände in ganz Europa sind der Meinung, dass die nationalsozialistische Idee sich nicht mit dem olympischen Gedanken verträgt. Meinen Sie nicht, dass man seine Feinde kennen sollte, um sie zu bekämpfen?«
»Selbstverständlich«, erwiderte Middeldorf. »Die Frage ist aber doch, inwieweit unsere deutsche Presse solchen Elementen ein Forum bieten muss.«
»Sofern man ihnen auf diese Weise die Maske der Verführung vom Gesicht reißen kann, spricht wohl kaum etwas dagegen.« Steffens Stimme troff vor Ironie, und Middeldorf hätte ein Idiot sein müssen, um es nicht zu bemerken, doch zu Felicitas' Erstaunen lenkte der Gewürzhändler ein.

»Nun ja, ich verstehe nichts von der Journaille.«
»Ich auch nicht, und ich bin mit einem Chefredakteur verheiratet!« Felicitas' Lachen perlte durch den Raum und glättete den Rest der Welle, die zur Woge hätte werden können. Die Gäste stimmten ein, Stühle wurden gerückt, Kragen unauffällig gelockert. Zeit für Kaffee und Cognac.

»Bist du wahnsinnig geworden? Wie kannst du Middeldorf derart provozieren?«
»Der kann das vertragen. Du hast doch gesehen, wie er den Schwanz eingezogen hat.« Steffen lächelte und fuhr sacht mit der Hand über Felicitas' Wange. »Vertrau mir. Ich kann Typen wie ihn ganz gut einschätzen. Außerdem würde ich nichts tun, was dich in Gefahr bringen könnte.«
Felicitas wandte sich ab und ging schweigend in das Ankleidezimmer, das mit dem Schlafzimmer durch einen großzügigen Durchbruch verbunden worden war, die letzte einer Reihe von Baumaßnahmen, mit denen sie dem gesamten Obergeschoss der Villa Andreesen einen anderen Zuschnitt und ein anderes Ambiente verpasst hatte. Sie hatte sich nicht überwinden können, das Bett, in dem Heinrich, ihr verstorbener Mann, und sie leidenschaftliche Stunden verbracht hatten, und die Räume, in denen sie gelebt, gestritten, gelacht und geweint hatten, mit einem anderen Mann zu teilen, auch wenn sie ihn noch so sehr liebte. Und nachdem Ella, Heinrichs jüngere Schwester, geheiratet hatte und ausgezogen war, und Anton, Heinrichs jüngerer Bruder, und dessen Frau Désireé nicht gedachten, ihr Haus in der Pagentorner Straße wieder aufzugeben und in die Parkallee zurückzukehren, hatte

Elisabeth den Plänen ihrer Schwiegertochter zugestimmt. So besetzte eine Kolonne von Handwerkern drei Wochen lang die erste Etage, riss die Innenwände sämtlicher Räume mit Ausnahme der Kinderzimmer nieder, baute Rundbögen und kleine Mauervorsprünge und bemalte Wände mit durchscheinendem goldenem Ocker, wie es dem von Felicitas gewünschten maurischen Stil entsprach. Nur ihr eigenes Zimmer, diese mit Theaterrequisiten und Erinnerungen beladene Sphäre der Vergangenheit, ließ sie, wie es war.

Von weitem und ganz zart vernahm Felicitas die ersten Takte von Mozarts *Jupiter-Sinfonie* und lachte leise auf. Elisabeth besaß wirklich eine bemerkenswerte Konstitution. An einem anderen Abend wäre sie vielleicht noch auf einen Sprung zu ihr in den rechten Flügel gegangen, wie sie es öfter tat, um bei einem Sherry in Elisabeths ungeheuer britischem Salon ein wenig über die Gäste zu lästern oder sich einen von ihren scharfsinnigen Ratschlägen zu holen, wie dieses und jenes Problem in der Firma am besten zu handhaben sei. Aber nicht heute.

Achtlos ließ sie die seidene Robe zu Boden gleiten und schlüpfte in ein weißes Nachthemd, bodenlang und zart wie ein Windhauch. Es verfehlte seine betörende Wirkung selten, doch Felicitas war nicht in der Stimmung für leidenschaftliche Umarmungen. Rasch schlüpfte sie unter die Bettdecke.

»Himmel noch mal, war das anstrengend«, murmelte sie, gab Steffen einen müden Kuss und hoffte, er würde sich damit zufriedengeben.

»Noch böse?«, fragte er leise, und sie schüttelte stumm den Kopf, um einer Diskussion aus dem Weg zu gehen, für die sie zu erschöpft und die ohnehin sinnlos war.

Sie löschte das Licht auf ihrer Seite und schloss die Augen, die Seiten zählend, die Steffen leise umblätterte. Wahrscheinlich las er wieder eins der verbotenen Bücher, die er gerettet und in einer Abseite versteckt hatte.

Wann es begonnen hatte, vermochte Felicitas nicht genau zu sagen, doch mit jedem Tag verlor sich ein Stückchen jener liebevollen Vertrautheit, die ihr gemeinsames Leben so besonders gemacht hatte. Nur fünf Jahre lag es zurück, da Steffen Hoffmann sie behutsam aus der langen, allzu langen Trauer um Heinrich geführt hatte. Sie hatte Geborgenheit gesucht und bei ihm, dem ruhigen, gebildeten, humorvollen Mann, gefunden. Und noch viel mehr – Steffen gab ihr das Vertrauen in die eigenen Fähigkeiten zurück, die Lust, Neues zu wagen, und den Mut, gegen den Strom zu schwimmen. In Brasilien auf Don Alfredos Kaffeeplantage in der Hochebene von São Paulo hatte ihre Liebe begonnen, mit jedem Meter Zelluloid, den sie abdrehten, wuchs die Faszination, die beide füreinander empfanden. Drei Jahre später heirateten sie, und nie, niemals hätte Felicitas es für möglich gehalten, dass sie und Steffen einander fremd werden könnten. Daran war nur diese verdammte Zeitung schuld. Seitdem Steffen die *Weser Nachrichten* leitete, entfaltete er ein seltsames Sendungsbewusstsein. Gewiss, er war nicht so dumm, sich der Gleichschaltung der Presse durch die Nazis offen zu widersetzen, doch er vertraute darauf, dass die Bremer, die traditionell eher zur Sozialdemokratie neigten, zwischen den Zeilen zu lesen fähig waren und die Botschaft eines kritischen Nebensatzes hier und einer ironischen Schlagzeile dort verstünden. Die Rechnung ging auf. Während die *Weser Nachrichten* siebzigtausend Exemplare täglich verkauften, brachte es die nationalsozialistische Alternative *Der Nordstern* nur auf eine Auflage von knapp fünfunddreißigtausend. Da nützte es auch nichts, dass das Reichspropagandaministerium eine Woche der NS-Presse in Bremen beging, ein Musikkorps der Schutzpolizei vor dem Rathaus aufspielen ließ, SA- und SS-Leute den *Nordstern* in jedes Haus trugen, Werbeschilder aufstellten und per Lautsprecher ihre Parolen in allen Straßen verbreiteten. Die Bremer blieben stur und hielten den *Weser Nachrichten* die Treue. Die Verleger, ein älteres Brüderpaar, das seinen Wohnsitz ins klimatisch freundlichere Zürich verlegt hatte, zeigten sich sehr angetan von Steffens eleganter Art, der braunen Ideologie eine lange Nase zu drehen, und schickten in regelmäßigen Abständen hübsche Postkarten aus der Schweiz und im Herbst letzten Jahres sogar eine nicht unerhebliche Gratifikation. Felicitas hätte stolz auf Steffen sein können, wenn nicht der Erfolg seiner Strategie ihn unvorsichtig und ein wenig hochmütig gemacht hätte. Sein provozierender Auftritt heute Abend war nicht der erste dieser Art und bestimmt nicht der letzte, und wenn Felicitas nicht riskieren wollte, dass die Gestapo morgen vor ihrer Tür stand, musste sie dem Einhalt gebieten. Die Wut verscheuchte ihre Erschöpfung.

»So kann es nicht weitergehen.« Ihre Stimme klang frostiger, als sie es beabsichtigt hatte. Sie wollte ihn nicht abkanzeln, sondern nur zur Vernunft bringen, und deshalb hätte sie gern sanft etwas hinzugefügt, irgendetwas, doch ihr fiel nichts ein. Alles, was sie wollte, war, dass er aufhörte, sich wie Michael Kohlhaas zu benehmen. Steffen schlug das Buch zu und sah sie mit seinen grünen Augen an.

»Verzeih, Liebes, aber diese Bande von Speichelleckern ist einfach unerträglich.«

»Meinst du nicht, dass es klüger wäre, das Beste aus der politischen Situation zu machen? Wir beide tragen einen Haufen Verantwortung – für uns, für die Familie und die Mitarbeiter. Wir sollten sie schützen, statt sie durch blindes Heldentum zu gefährden.«

»Man kann aus dem Nationalsozialismus nicht das Beste machen, weil er nicht einen Funken Gutes enthält. Er wird Tod und Verderben über die Deutschen bringen …«

»Du liebe Zeit, Steffen, wach auf! Die Nazis sind doch nur eine vorübergehende Erscheinung! Schau mal, 1932 haben mehr als 62 Prozent der Bremer gegen die Harzburger Front aus Hitler, von Papen, Hugenberg und Seldte gestimmt, und selbst bei der Reichstagswahl im vergangenen Jahr haben 52,9 Prozent Hitler ihre Stimme verweigert. Die Bremer stehen mit ihrer Meinung gewiss nicht allein da.«

»Felicitas, du machst dir etwas vor«, sagte Steffen gereizt.

Aufgebracht funkelte Felicitas ihn an. »Ich muss mich nicht verteidigen, aber lass dir eins gesagt sein: Andere Unternehmer sind 33 der Partei beigetreten, du kennst doch diesen Elitezirkel, der Himmler direkt in den Hintern kriecht, um Staatsaufträge zu bekommen. Wenn ich an diesen Mehlbaron aus Nürnberg denke, wird mir schlecht. Zu solchen Leuten gehöre ich nicht, und du wirst mir das nicht einreden.«

»Nein, aber du verkehrst mit ihnen. Wo ist der Unterschied?«

»Was soll ich deiner Meinung nach denn tun? Andreesen-Kaffee verkaufen und auswandern?«

»Keine schlechte Idee«, erwiderte er leichthin, wechselte aber sofort den Ton und sah Felicitas eindringlich an. »Ich

meine es ernst, Felicitas, wir können nicht dasitzen und abwarten.«
»Doch, genau das können wir!«
Ihre Blicke trafen sich, wütend der ihre, ungläubig und fassungslos, als hätte Felicitas gerade verkündet, in die Partei eingetreten zu sein, der seine. »Wo ist die Frau geblieben, die Don Alfredo für sein Verbrechen zur Rechenschaft gezogen hat? Wo ist dein Sinn für Gerechtigkeit geblieben?«
»Das eine hat doch mit dem anderen nichts zu tun!« Resigniert legte Felicitas sich zurück und starrte schweigend an die Decke. Jedes weitere Wort schien sinnlos und trieb sie nur noch mehr voneinander fort.

Eine Stunde später lag sie immer noch wach, während Steffens regelmäßige Atemzüge ihr verrieten, dass er tief und fest schlief. Zu aufgewühlt, um Ruhe zu finden, stand sie leise auf, wickelte sich in ihren Morgenrock und huschte aus dem Schlafzimmer über den Flur in ihr kleines Reich, in das sie sich von jeher zurückzog, wenn sie ihre Gedanken ordnen und ihre Gefühle sortieren wollte. Sie machte Licht und betrachtete zufrieden das exotische Interieur mit dem ebenholzschwarzen Elefanten, den asiatischen Wandbehängen, orientalisch geschnitzten Tischchen, den vielen Kerzenleuchtern aus Messing und der Vitrine mit der hölzernen Figur, die ihr einst Anaiza im Dschungel nahe Terra Roxa geschenkt hatte. Hier hatte sie heimlich an ihrem Konzept für den Kunstpark gearbeitet, bevor sie Heinrich eingeweiht und vom Gelingen ihres kühnen Plans überzeugt hatte. Hier hatte sie auch die Idee für den Dokumentarfilm und den sensationellen Reklamefeldzug für Andreesen-Kaffee entwickelt. Irgendetwas in diesem Zimmer verlieh ihr die Kraft, die Probleme des Alltags vor der Tür zu lassen und Raum für aufregende, inspirierende, bahnbrechende Vorhaben zu schaffen. Was immer es war, es war genau das, was sie jetzt brauchte, um den Streit mit Steffen zu vergessen und nicht darüber nachzugrübeln, wie es mit ihnen weitergehen sollte, und in Herz und Hirn Platz zu machen für eine neue, große Idee.

Olympia! Olympische Spiele und Andreesen-Kaffee! Felicitas schalt sich, nicht längst darauf gekommen zu sein, dass die Athleten mehr brauchten als Sportbekleidung, tägliche Verpflegung und ein Dach über dem Kopf. Middeldorf, der über exzellente Kontakte nach Berlin verfügte, hatte durchblicken lassen, dass der Norddeutsche Lloyd mit der Kantinenbewirtschaftung im Olympischen Dorf beauftragt worden war. Doch der Lloyd war kein Kaffeeröster, also brauchte er, um die Athleten mit Kaffee zu versorgen, einen Kompagnon, und sie, Felicitas, würde alles daransetzen, dass seine Wahl auf sie und Andreesen-Kaffee fallen würde. Vermutlich hatten ihre Konkurrenten aus Hamburg und Leipzig ihre Kooperationsangebote bereits unterbreitet, doch die Tatsache, dass diesbezüglich noch keine Entscheidung gefallen war, ließ Felicitas hoffen. Eine zündende Idee genügte, um alle anderen in den Schatten zu stellen.

Sie nahm einen Skizzenblock und einen dicken roten Buntstift zur Hand und notierte alles, was ihr zu dem Thema einfiel, strich allzu Verrücktes wieder durch und malte rote Kringel um brauchbare Ansätze. Ein zartes Klopfen ließ sie zusammenfahren. Die Tür wurde geöffnet, und Teresa stand auf der Schwelle, hellwach. Mit einem Blick umfasste sie die Situation, schloss leise die Tür und setzte sich zu Felicitas' Füßen.

»Darf ich dir helfen?«
Felicitas lächelte entwaffnet. Schon als kleines Mädchen hatte Teresa es geliebt, ihrer Mutter bei der Arbeit zuzusehen, mucksmäuschenstill und stundenlang.
»Meinst du nicht, dass es dafür ein bisschen zu spät ist? Du solltest schlafen, mein Kind ...«
Teresa schüttelte ihr zerzaustes Haar aus dem Gesicht und wand es zu einem aschblonden Knoten, was ihre strengen Züge unterstrich. Im letzten Jahr hatte sich der Babyspeck endgültig verabschiedet, alles Weiche, Mädchenhafte mitgenommen und eine herbe Schönheit offenbart, die so kühl und unergründlich wirkte, dass selbst Felicitas gelegentlich vergaß, dass Teresa erst sechzehn Jahre alt war. Das Seidenkleid, das sie heute Abend getragen hatte, hatte sie sehr erwachsen aussehen lassen, doch in dem karierten hochgeschlossenen Baumwollnachthemd mit den beiden roten Schleifen auf den Ärmeln steckte unübersehbar ein junges Mädchen, das etwas auf dem Herzen hatte. Und Felicitas wusste sehr genau, was das war. Wie ihr Vater Heinrich Andreesen war Teresa durchdrungen von dem Bedürfnis nach Harmonie. Ihre ausgeprägte Sensibilität ließ sie Unstimmigkeiten schon im Ansatz erkennen und mit diplomatischem Geschick glätten. Misslang ihr das, litt sie mehr unter den Auseinandersetzungen als die Kontrahenten selbst. Es lag auf der Hand, der Abend hatte Teresa zugesetzt, die Spannungen zwischen ihr, Felicitas, und Steffen bedrückten sie. Felicitas zögerte, entschied sich jedoch, nicht darauf einzugehen. Es wurde Zeit, dass Teresa lernte, sich das Leid der anderen nicht zu eigen zu machen. Flüchtig schlich sich der Gedanke in Felicitas' Bewusstsein, dass sie im Begriff war, so zu handeln wie ihre eigene Mutter, Helen Wessels,

deren Unnahbarkeit sie nie verstanden und gehasst hatte, doch ehe der Gedanke zur Erkenntnis reifen konnte, hatte sie ihn auch schon abgeschüttelt.
»Hier«, sagte sie und hielt Teresa den Skizzenblock hin, »ich mache mir Gedanken, wie ich unseren Kaffee am geschicktesten ins Olympische Dorf schmuggeln kann ...«
Teresa las mit gerunzelter Stirn. »Du willst Buden rund um das Dorf aufbauen?«
»Warum nicht?«
»Ach, ich weiß nicht, das hat so etwas ... so etwas Sesshaftes.«
»Wie meinst du das?«
»Na ja, Kaffee zieht doch um die halbe Welt, bevor wir ihn trinken können.« Teresa sprang auf und ging zu der Vitrine hinüber, in der eine geschnitzte Figur, beleuchtet vom Kerzenschein, schimmerte wie Onyx. »Denk doch nur an Brasilien! Wie lang dauert es allein, bis die Kaffeekirsche geerntet, getrocknet und zum Hafen gebracht wird.«
Felicitas lächelte darüber, wie geschickt Teresa mal wieder auf ihr Lieblingsthema zu sprechen kam. Teresa liebte Kaffee, seinen Duft, sie liebte die Lagerhäuser am Hafen, das gediegene Kaffeehaus am See und das Kontorhaus am Wall, in dem stets frisch gebrühter Kaffee angeboten wurde. Vor allem aber liebte sie es, wenn Felicitas von Brasilien erzählte, von den Kaffeeplantagen auf Terra Roxa, von Anaiza und ihrem Schattenkaffee, und nie wurde sie es müde, die alten Geschichten wieder und wieder zu hören. Wie gern wäre sie einmal dort.
Behutsam öffnete Teresa den kleinen Messinghaken, der die Vitrine verschloss, und nahm die Skulptur in die Hand, die eine lachende, vor Lebensfreude überschäumende Sei-

te zeigte und eine dunkle, traurige, hoffnungslos verzweifelte. Felicitas hatte sich der Faszination dieses kleinen Kunstwerks nie entziehen können und freute sich, dass es Teresa ebenso erging.

»Wie alt warst du, als Anaiza dir die Figur schenkte?«, fragte Teresa, ohne den Blick von der Skulptur zu wenden.

»Das weißt du doch«, entgegnete Felicitas, fuhr aber dennoch fort: »Ich war gerade achtzehn und auf Hochzeitsreise mit deinem Vater.«

»Und da …?«

»Nun ja, Brasilien hatte mir seine zwei Gesichter offenbart, die fast schmerzliche Schönheit der Landschaft, die Gelassenheit der Menschen, aber auch die Schattenseiten einer Gesellschaft, die die Sklaverei offiziell abgeschafft hatte, sie inoffiziell jedoch weiter praktizierte.« Wenn sie an Terra Roxa dachte, zog sich ihr Herz zusammen. Felicitas meinte, das Geräusch der Palmblätter zu hören, die leise rauschend wie ein Fächer hinter ihr zusammenschlugen, als sie in den Dschungel eintauchte. Der Duft der feuchten Hitze stieg ihr in die Nase, sie sah die große Hütte aus Palmwedeln und notdürftigen Bretterwänden, ging hinein und erschrak, als sie das junge Mädchen erblickte, das auf einem Lager aus würzig riechenden Kräutern lag und gegen den Wundbrand, den Tod und die Scham ankämpfte, von weißen Männern vergewaltigt und geschlagen worden zu sein. Sie war mit einem Gast von Don Alfredo zusammengestoßen, und als er sie festhalten wollte, hatte sie ihm in die Hand gebissen. Felicitas hatte ihre Hilfe angeboten, doch Anaiza, die schweigsame, unergründlich wirkende Frau aus dem Dschungel, hatte sie mit ihren kohlschwarz glänzenden Augen durchdringend

angesehen und auf Portugiesisch gesagt, dass der Zeitpunkt dafür erst noch komme, »wenn die Zeit der Tränen vorüber ist«. Felicitas erschauerte, als sie darüber nachsann, wie hellsichtig Anaizas Worte gewesen waren, die in einem Halbsatz die grausamen Folgen des Ersten Weltkriegs und Felicitas' persönliches Schicksal zusammengefasst hatten.
»Und dann hat sie dir die Figur geschenkt?«
»Ja, ohne ein weiteres Wort. Aber ich wusste, ich würde wiederkommen und Anaiza, dem Mädchen und vielleicht auch anderen helfen. Ich wusste nicht genau, wie ich es anstellen sollte, doch mit der Figur hatte Anaiza mir eine Aufgabe mit auf meinen Weg gegeben.«
»Deswegen hast du den Kunstpark gebaut, nicht wahr?«, sagte Teresa eifrig. »Damit Frauen aus aller Welt ein Forum haben, sich und ihre Kunst darzustellen, und sich auf diese Weise mehr Respekt und Achtung erkämpfen.«
Felicitas nickte.
»Und du hast begonnen, mit Anaiza Geschäfte zu machen.«
»Ja, und so bescheiden der Erlös aus dem Schattenkaffee auch ist, so sehr erfüllt es mich mit Genugtuung, ihr und den anderen Frauen zu helfen.« Felicitas blickte Teresa augenzwinkernd an. »Hilfsbereitschaft zu zeigen ist wunderbar, sofern man es sich leisten kann.«
Doch Teresa schüttelte den Kopf. »Du tust immer nur so zynisch, Mama. Du weißt, dass das Wundervollste an der Geschichte Anaizas Geschenk ist. Für mich wäre es das jedenfalls. Eine Vision zu haben, eine Aufgabe …«
»Das kommt noch früh genug«, erwiderte Felicitas leichthin. »Sei froh, dass du unbeschwert erwachsen werden kannst.«

»Du hattest in meinem Alter doch auch schon große Ziele. Du wolltest zur Bühne ...«

»Und habe es nicht getan.«

»Aber du hattest wenigstens eine Idee, was du aus deinem Leben machen willst. Ich habe nicht mal den Ansatz einer Ahnung«, schimpfte Teresa.

»Doch, den hast du. Dort«, entgegnete Felicitas und wies auf Teresas Herz. »Dein Weg ist tief verborgen in deinem Innern, aber eines Tages wirst du ihn deutlich vor dir sehen.«

»Meinst du wirklich?« Teresa hob den Blick, die Verzweiflung der Jugend in den Augen, doch Felicitas widerstand der Versuchung, auszusprechen, was ihrer Meinung nach auf der Hand lag. Dass Teresa die ideale Nachfolgerin für das Unternehmen war, würde sie selbst erkennen müssen, sonst würde sie niemals das Gefühl loswerden, in eine Rolle hineingepresst worden zu sein, die sie gar nicht vorgehabt hatte zu spielen. Allerdings würde ein wenig subtile Nachhilfe von Felicitas' Seite sicherlich nicht schaden. »Ich meine das wirklich«, sagte sie. »Aber wolltest du mir nicht eigentlich helfen? Wie bringen wir Andreesen-Kaffee zu den Olympischen Spielen?«

»Nicht nur mit Buden«, antwortete Teresa energisch, »sondern mit beweglichen Verkaufstresen, die von Eseln gezogen und mit den Requisiten geschmückt werden, die für die Kaffeeländer typisch sind – Kaffeesäcke, Palmblätter, Gitarren, Orangen ...«

»Du meinst, wir betonen die Herkunft des Kaffees und damit das internationale Flair der Spiele ...«

»... und gleichzeitig die gute alte Bremer Kaffeetradition, indem wir Kaffeebüchsen und -becher und Kaffeepralinen und was uns sonst noch einfällt mit unserem Schriftzug versehen und verkaufen.« Teresa strahlte, und Felicitas nickte anerkennend. Nein, sie täuschte sich nicht. Mochte Gesa auch zum Film streben, Clemens zum Theater und Christian in die Medizin, ihre jüngste Tochter würde ihre Erbin sein.

2

Das Kaufhaus an der Obernstraße glich einem Bienenstock. Eigentlich gehörte es mit zu den vierundneunzig jüdischen Geschäften, die seit dem 31. März 1933 boykottiert werden sollten, doch nur einen Tag später war es wie durch ein Wunder von der Liste verschwunden und hatte seine Tore wieder öffnen können. Angeblich hatten die Geschäftsführer zugesichert, die zweiundfünfzig jüdischen Angestellten zu entlassen, was, wenn man es mit dem stillen Widerstand ernst meinte, ein mehr als triftiger Grund war, dieses Haus nicht mehr zu betreten. Andererseits wurden die Waren so preisgünstig angeboten, dass jemand, der auf den Pfennig achten musste, und das waren nicht wenige, einfach nicht daran vorbeikam, hier einzukaufen.
Kopfschüttelnd blieb Ella in der Porzellanabteilung vor einem Waschkrug stehen, einem dickbauchigen »Modell Adolf« mit Hitlers Porträt. Demnächst wird's wohl auch Nachttöpfe mit dem Konterfei des Führers geben, dachte Ella und lächelte grimmig. Das wäre doch mal eine gute Idee – scheiß auf Hitler. Aber dazu würde es wohl leider nicht kommen. Zwar prangte auf vielen Gebrauchsgegenständen, Spielen und Kinderbüchern mittlerweile ein Ha-

kenkreuz im Zahnradkranz, ein Siegel, das man sich in Albert Speers »Amt für Schönheit der Arbeit« ausgedacht hatte, doch Goebbels hatte den inflationären Einsatz des Siegels inzwischen verboten. Kinderbälle oder Schokoladendosen mit Hakenkreuzen zu verzieren verletze die Würde der nationalsozialistischen Symbole, hieß es.
Ella rückte die Brille zurecht, die wie immer ein wenig schief auf ihrer Nase saß, und wandte sich den Regalen mit günstigem Geschirr zu. Sie wunderte sich jedes Mal aufs Neue, wie nachlässig die Mädchen im Gebrauch von Tellern, Tassen, Gläsern und Schüsseln waren. Fast täglich ging beim Abwaschen irgendetwas zu Bruch, und Ella oder eine der Lehrerinnen redeten den Mädchen ins Gewissen, sorgsamer mit Dingen umzugehen, die ihnen nicht gehörten. Doch dies war vermutlich genau der Punkt. Menschen achteten nur, was sie besaßen, auch wenn sie sich denjenigen, die ihnen die Dinge zur Verfügung stellten, eigentlich dankbar statt gedankenlos erweisen sollten. Da die Ermahnungen nicht fruchteten und Ella weder die Mittel noch die Lust hatte, ständig Geschirr nachzukaufen, hatte sie beschlossen, jedem Mädchen ein eigenes Essgeschirr mit Monogramm zu schenken, in der Hoffnung, dass der persönliche Besitz pfleglicher behandelt werden würde.
Sie entschied sich gegen die günstigeren, aber ungleich gröber gefertigten Steingutwaren und für zwei Service aus weißem Porzellan mit zartrosa Rosen. Dann händigte sie der Verkäuferin eine Liste mit den Monogrammen aus und erschrak, als sie den Preis hörte.
»Vielleicht möchten Sie es lieber selbst versuchen?«, sagte die junge Frau mitfühlend. »Mit Porzellanfarbe und ein wenig Übung ...«

Ella schüttelte den Kopf. Nein, daraus würde nichts werden. Bevor die Mädchen den Pinsel angesetzt hatten, wären gewiss schon zwei Tassen zerbrochen. Und ihren Mann mochte sie nicht um den Gefallen bitten, der hatte weiß Gott genug zu tun.

Sie bedankte sich, steckte den Zettel ein, auf dem die Verkäuferin das Abholdatum notiert hatte, und eilte zur Kasse. Mit einem raschen Blick auf die runde Uhr, die wie ein Mond an einer Wand zu schweben schien, vergewisserte sie sich, dass es erst kurz vor vier war. Zeit genug, um am Liebfrauen-Kirchhof eine Bratwurst zu essen, bevor sie um halb fünf ihren Unterricht erteilen sollte. Genau genommen handelte es sich nicht um Unterricht im klassischen Sinn, sondern um einen Gesprächskreis, den Ella ins Leben gerufen hatte, um den Mädchen Politik, Geschichte und Kunst von der Antike bis heute aus weiblichem Blickwinkel nahezubringen. Da sie nicht daran gewöhnt waren, zu debattieren und ihre Meinung zu äußern, gestaltete Ella diese Stunden entweder in dem gemütlichen Kaminzimmer in der Schule oder in einem der Kunstpark-Pavillons im Bremer Stadtpark und sorgte stets für einige Leckereien und Limonade, um die Atmosphäre heiter und entspannt zu machen. Bislang hielt sich der Erfolg allerdings in Grenzen. Was auch kein Wunder ist, dachte Ella nachsichtig. Wenn man vierzehn, fünfzehn oder sechzehn war, schien es sicher verlockender, mit dem BDM Ausflüge zu unternehmen, an Lagerfeuern zu sitzen, zu singen und Volkstänze zu erlernen, als darüber nachzudenken, welche Kämpfe die Frauen ausgefochten hatten, um 1918 zum ersten Mal wählen zu dürfen. Ella hätte man, als sie in dem Alter war, gewiss nicht von der Faszination germanischer Rundtänze um dicke Eichen überzeugen können. Aber sie war ja auch stets einen anderen, ganz eigenen und selbst für ihre Familie unverständlichen Weg gegangen. Von der behüteten, reichen Andreesen-Tochter zur Gründerin und Leiterin einer Schule für Waisenmädchen. Es war weiß Gott nicht leicht gewesen, diesen Weg zu finden und ihn nach vielen Umwegen konsequent zu verfolgen, aber sie hatte es geschafft. Selbst ihre Mutter hatte neulich in einem seltenen Anflug von Großmut zugegeben, ihre Tochter lange, allzu lange unterschätzt zu haben.

Mit Genuss verspeiste Ella die wunderbar würzige Rostbratwurst, riss die trockene Brötchenhälfte in kleine Teile und warf sie den rund um den Wurstpavillon herumlungernden Spatzen und Tauben zu. Ein besonders mutiger Spatz stürzte sich auf das größte Stück und versuchte es vor seinen neidischen Artgenossen in Sicherheit zu bringen, musste die Beute aber aus drei Metern erreichter Höhe fallen lassen und setzte ihr unverdrossen nach, ungeachtet der Tatsache, dass das Stück auf der Hutkrempe einer alten Dame gelandet war, die sich erschrocken aufschreiend den Strohhut vom Kopf riss. Der Spatz floh, die alte Dame schaute verwirrt umher, und die Umstehenden verbissen sich ein Lachen. Ella liebte es, bei Claußen zu essen. Stets gab es etwas zu sehen, zu schmunzeln, zu erleben. Hier im Herzen der Stadt, unweit vom Bremer Dom und der Sögestraße, fanden sich Senatoren ein und Kaufleute, Verkäuferinnen und leichte Mädchen, Schüler des nahe gelegenen Gymnasiums und Matrosen, Reedersgattinnen und Gouvernanten – ein Spiegelbild der Bremer Gesellschaft, die die Wurst auf einen gemeinsamen Nenner brachte. Natürlich gab es auch Schaschlik und natürlich gab es auch noch jede Menge anderer Wurstbrate-

reien, doch wer etwas auf sich hielt, aß Rostbratwurst bei Claußen.
Für Ella hatte der Pavillon auch deshalb eine besondere Bedeutung, weil sie hier per Handschlag das Geschäft ihres Lebens gemacht hatte, den Kauf des Gebäudes am Osterdeich, das seit drei Jahren ihre Schule beherbergte. Sie hatte sich zwar ein anderes Objekt in den Kopf gesetzt, doch kurz vor Vertragsabschluss hatte der Besitzer, der eigentlich nach Österreich zu seiner Tochter und seinem Schwiegersohn hatte umziehen wollen, es sich anders überlegt. Der Grundriss des Hauses, seine Größe und der herrliche Garten – Ella war untröstlich gewesen.
Der Zufall oder eine Laune des Schicksals hatte Ella wenige Wochen nach dieser niederschmetternden Nachricht den Senftopf aus der Hand fallen lassen, der in tausend Teile zerbrach und den rehbraunen Nerzmantel des wurstessenden Gastes neben ihr über und über mit unschönen graugrünen Spritzern verzierte. Die Frau nahm es erstaunlicherweise mit Humor, stellte sich als Witwe des Studienrates a. D. Senkpiel vor und schien erfreut, eine Gelegenheit gefunden zu haben, sich mitzuteilen. Das Gespräch floss unauffällig dahin, wurde jedoch sehr lebhaft, als Ella einer Eingebung folgend von ihren unfreiwillig gestoppten Plänen zu erzählen begann. Die beiden Frauen einigten sich schnell. Nachdem Ella das geräumige Anwesen am Osterdeich gleich am nächsten Tag besichtigt hatte, vereinbarten sie einen Notartermin, der Ella zur neuen Besitzerin erklärte und der kinderlosen Minna Senkpiel die Mittel sicherte, die sie brauchte, um kurz darauf in die Vereinigten Staaten zu emigrieren.
Zwei Jahre hatten Ella und ihr Mann Thomas Engelke das Gefühl genossen, im Paradies gelandet zu sein. Ellas Plan,

eine Schule für alleinstehende Frauen und deren Kinder zu eröffnen, war zwar am Widerstand der Behörden gescheitert, doch sie ließ nicht locker, bis man ihr wenigstens die Eröffnung einer Schule für Waisenmädchen genehmigte. Thomas und Ella steckten ihr ganzes Vermögen in das Haus, kauften Mobiliar für die Klassenzimmer, richteten behagliche Schlafzimmer für die Mädchen ein, ließen das Dachgeschoss zu einer Wohnung mit einem Atelier für Thomas umbauen und waren berauscht von der Gewissheit, den Schwächsten der Gesellschaft tatkräftig und sinnvoll helfen zu können.

Nach der kleinen Meike, die Polizisten im Schnoor aufgegriffen hatten und deren Alter der Amtsarzt auf »vielleicht sechs, vielleicht acht« geschätzt hatte und die sich wochenlang weigerte, ein Sterbenswort von sich zu geben, kamen die Geschwister Anneliese und Hannelore, dann Katinka, Swantje, Wiebke, Ursula … Es war nicht einfach, den Kindern die Disziplin der Schule nahezubringen und ihnen gleichzeitig Geborgenheit zu schenken, da die meisten irritiert, mitunter sogar abweisend auf die ungewohnte Zuwendung reagierten. Doch Ella und die Lehrerinnen ließen sich nicht entmutigen.

Ja, damals … Es schien Ewigkeiten her. Ella schritt schnell aus und bemerkte mit Genugtuung, dass sie begann zu schwitzen. Bewegung war das Beste gegen dunkle Gedanken, die sie in letzter Zeit häufig heimsuchten. Es war aber auch zu dumm. Der Leiter der Schulbehörde, der ihre Arbeit mit außerordentlichem Wohlwollen begleitete, hatte Ella gesteckt, dass für Ende des Jahres ein Erlass zu befürchten stand, demzufolge auch die Privatschulen in ihrer Unterrichtsgestaltung nicht mehr frei und Leiter wie Lehrer solcher Anstalten nur dann tätig sein dürften, wenn es »im Geiste nationalsozialistischer Weltanschauung« geschah. Über die Zulassung der Lehrkräfte würde im Einzelnen der Senator für das Bildungswesen zu entscheiden haben. Wenn sich das bewahrheitete, und Ella zweifelte keine Sekunde daran, würden sie in ernsthafte Schwierigkeiten geraten, denn Ella hatte zwei Lehrerinnen eingestellt, die eine liberale, moderne Gesinnung besaßen, so dass es nur einen Ausweg gab – sie mussten dem Senator Theater vorspielen, ihn glauben machen, dass sie die neuen Lehrinhalte selbstverständlich mit Inbrunst vertreten würden. Ein riskanter und ein wenig naiver Plan, aber der einzige, den sie hatten. Erschwerend kam hinzu, dass Thomas' Vergangenheit als Sozialdemokrat und Ellas bescheidene Rolle in der Bremer Frauenbewegung aktenkundig waren.

Das schmiedeeiserne Tor ächzte, als Ella es öffnete, und sogleich verflog ihre düstere Stimmung. Zwei der Mädchen, Swantje und Meike, ließen einen selbst gebastelten roten Drachen im Sommerwind steigen, Anneliese und Wiebke lagen bäuchlings im Schatten der mächtigen Platane, und Andi, der schwarz gelockte Schulhund, setzte so vergeblich wie begeistert einem Zitronenfalter hinterher. Ella sog das Idyll auf, als müsste sie es für immer in ihrem Herzen festhalten.

»Guten Tag, Frau Engelke«, rief die lebhafte Anneliese und winkte. »Ist es heute nicht viel zu heiß für den Unterricht?«

»Keine Sorge, es gibt gekühlte Erdbeerlimonade«, antwortete Ella augenzwinkernd und setzte ihren Weg zum Haus fort. Andi hatte sie entdeckt und sprang vor Freude winselnd an ihr hoch. Während sie den Hund streichelte und leise auf ihn einredete, fragte sie sich, ob sie nicht zu viel versprochen und Fräulein Zinke die Erfrischung wie verabredet heute früh angesetzt hatte. Alle, die hier arbeiteten, waren eben nicht nur Lehrerinnen, sondern auch Küchenhilfen, Seelentrösterinnen, Putzfrauen, je nachdem, wo gerade eine helfende Hand nötig war. Mehr Hausangestellte als die Köchin konnten Ella und Thomas sich nicht leisten, und die hatte heute Vormittag einen Arzt aufsuchen müssen, weil sie sich mit dem Fleischmesser so tief geschnitten hatte, dass sie froh sein konnte, wenn ihr Zeigefinger überhaupt dranblieb.

Ella versetzte Andi einen Klaps. An der Haustür wartete Fräulein Zinke. Die kleinen, sorgfältig manikürten und gefalteten Hände ruhten wie stets unterhalb ihres flachen Busens, ihr streng gescheiteltes kinnlanges schwarzes Haar mit der einen grauen Strähne umspielte weich ihre etwas groben Züge mit dem kräftigen Kinn, von denen Thomas zu ulken pflegte, der liebe Gott habe vergessen, sie ins Reine zu zeichnen, und nichts deutete darauf hin, dass die Gelassenheit, die die ältere Lehrerin im Allgemeinen ausstrahlte, erschüttert worden war. Dennoch hatte Ella das unbestimmte Gefühl, dass etwas geschehen war.

»Frau Engelke, wir haben eine Aufgabe zu meistern«, sagte Fräulein Zinke denn auch prompt, als Ella in Hörweite war. Ihre Augen zeigten sowohl Besorgnis als auch Entschlossenheit, und Ella verkniff sich ein Lächeln. Das war typisch. Bei ihrem Vorstellungsgespräch hatte Ella »die vielfältigen Probleme« geschildert, die der Alltag und der Unterricht in einer Schule für Waisenmädchen mit sich bringen würde, doch Fräulein Zinke hatte resolut und knapp erwidert, sie bevorzuge das Wort Aufgabe. Diese Einstellung hatte Ella sehr beeindruckt, so sehr, dass sie sie in die Schulstatuten aufgenommen hatte – »Paragraf 5. Wir haben keine Probleme, sondern Aufgaben, die wir meistern wollen.«

Die beiden Frauen zogen sich in den angenehm kühlen Schulflur zurück, und Fräulein Zinke deutete nach oben.

»Die Aufgabe befindet sich aus Gründen, die Sie gleich erkennen werden, in meinem Privatzimmer.«

Irritiert folgte Ella ihrer Kollegin.

»Delia, hier ist unsere Schulleiterin. Du kannst Vertrauen zu ihr haben.«

Am Fenster saß ein schlankes Mädchen, den Rücken zur Tür, aufrecht, aber nicht steif. Tizianrote Strähnen ringelten sich aus dem festen Nackenknoten, mit dem sie versucht hatte, die Mähne zu bändigen. Neben dem Stuhl lag ein Bündel hastig zusammengeschnürter Kleider.

»Guten Tag«, sagte Delia fest und drehte sich um. Dunkelbraune, wache Augen dominierten ein spitzes Gesicht, dessen rechte Seite geschwollen und blutunterlaufen war und rotlila leuchtete.

»Um Himmels willen«, rief Ella, »wer hat dich denn so zugerichtet?«

»Ein paar Klassenkameradinnen«, antwortete Delia und zuckte mit den Schultern, als würde es sich nur um einen kleinen Streit unter Gleichaltrigen handeln und nicht um nackte Gewalt, die man ihr angetan hatte.

»Sie hänseln sie wegen ihres Vaters, rennen hinter ihr her und ziehen sie an den Haaren. Heute hat ihnen das wohl nicht mehr gereicht.« Fräulein Zinke war so wütend, dass ihre gewohnte Contenance sie verließ. Ihre Stimme zitterte leicht.

Delia schüttelte den Kopf. »Ganz so war es nicht. Gerda, das ist die Anführerin, hat mich gefragt, wann ich trotz meines verbrecherischen Vaters endlich wieder zum BDM gehen und damit meiner Pflicht als deutsches Mädchen nachkommen wolle, und da habe ich geantwortet, dass ich keinen Wert darauf lege, körperlich und geistig auf die zukünftige Rolle der Frau als Mutter und Gefährtin des Mannes vorbereitet zu werden, und dass mir dieses schwachsinnige Gefasel vom Typ der deutschen Frau, die ergänzend neben den Typ des deutschen Mannes tritt und deren beider Vereinigung die rassische Wiedergeburt unseres Volkes bedeutet, schon lange zum Hals heraushängt.«

Ella und Fräulein Zinke tauschten einen erstaunten Blick. Delia war offensichtlich mit einem für eine Sechzehnjährige erstaunlichen rhetorischen Scharfsinn gesegnet, jedoch nicht mit der Bauernschläue, sich im richtigen Moment verbal zurückzuhalten.

»Ein einfaches ›Ich weiß nicht‹ hätte vielleicht auch genügt«, sagte Ella, konnte sich aber ein pädagogisch unkluges Lachen nur mit Mühe verbeißen. Das System bot jedem einen Platz, Aufmärsche signalisierten Einigkeit, eine uniforme und homogene Masse taumelte im Glücksgefühl des »Jeder für alle, alle für jeden«, und dennoch setzten einige diesem ideologischen Geschwür den Reichtum eines freien Geistes entgegen. Zweifelsohne waren diese Gedanken richtig, doch Ella schwankte zwischen Hochachtung und der Besorgnis, wie sie dies unterstützen sollte, ohne sich und die Schule zu gefährden.

»Gut, Delia, du bleibst zunächst bei uns, wenn du willst, und ich rede mit deinem Schulleiter. Dann sehen wir weiter.« Sie lächelte Delia aufmunternd zu und verließ mit Fräulein Zinke das Zimmer.

»Wie haben Sie das Mädchen aufgegabelt?«, fragte Ella auf dem Weg ins Lehrerzimmer.

»Ich wollte in der Pause rasch noch ein Pfund Erdbeeren für die Limonade besorgen und habe den Küchenausgang benutzt. Als ich zurückkehrte, stand Delia wie aus dem Boden gewachsen vor mir.« Fräulein Zinke schüttelte den Kopf. »Die Familie hatte es wirklich nicht leicht.« Sie hielt kurz inne und fügte dann erklärend hinzu: »Delia ist die Tochter von Hendrik Nussbaum.«

»Hendrik Nussbaum?«, wiederholte Ella. Der Sozialdemokrat, der ihrer Schwägerin Felicitas wieder und wieder Knüppel zwischen die Beine geworfen hatte, um den Bau des Kunstparks zu verhindern.

»Wir waren Nachbarn am Peterswerder, gute Nachbarn. Delias Schwestern sind, soweit ich weiß, schon vor drei Jahren nach England ausgewandert, weil ihr Vater das so wollte. Er hat damit gerechnet, dass sich die Lage für ihn über kurz oder lang zuspitzen würde. Aber er wollte wohl seine kranke Frau nicht im Stich lassen. Mechthild Nussbaum hatte Krebs und ist vor Kurzem gestorben.«

»Und warum ist Delia in Bremen geblieben?«

»Aus dem gleichen Grund, denke ich. Gelegentlich habe ich ihr Nachhilfe in Latein gegeben, das einzige Fach, das ihr nicht besonders liegt. Es ist Ihnen sicher nicht entgangen, wie hochintelligent das Mädchen ist, aber auch extrem eigensinnig.«

»Nein, natürlich nicht. Was ist mit ihrem Vater?«

»Nachdem ich Delias Verletzungen versorgt und mich vergewissert hatte, dass ich das Mädchen in dem Zustand allein lassen kann, bin ich mittags zur Polizei gegangen, aber da konnte oder wollte mir niemand weiterhelfen. Und bei der Gestapo am Wall wurde mir nur zynisch versichert, dass ein Mann wie Hendrik Nussbaum gewiss das bekomme, was er verdiene.« Sie schnaubte verächtlich.

»Welche Schule besucht Delia?«
»Das Adolf-Hitler-Gymnasium an der Luisenstraße.«
»Auch das noch«, stöhnte Ella. Der Rektor war ein harter Brocken. Am besten brachte sie es gleich hinter sich.

Wie zu erwarten gewesen war, hatte sich der Rektor nicht kooperativ gezeigt und war nicht einen Zentimeter vom Weg der Paragrafen gewichen. Auch Ellas Hinweis, Delias Verletzungen seien seinem Ruf als unfehlbarer Schulleiter, der seine Schülerinnen im Griff hatte, nicht besonders zuträglich, hatte ihm nur ein geringschätziges Lachen entlockt. Erst als Ella so gelassen wie möglich hinzufügte, er könne doch froh sein, eine missliebige Schülerin loszuwerden, deren Herkunft mit einem Makel behaftet war, hatte der wohlbeleibte Mittsechziger, dessen rundes, glänzendes Hamstergesicht Sympathie auf den ersten Blick weckte, kurz gezögert. Die Versuchung war groß, das las Ella aus seiner Miene, doch entweder gönnte er ihr die Genugtuung nicht, doch noch ihren Willen durchzusetzen, oder er wollte trotz allem nicht auf eine seiner besten Schülerinnen verzichten.
»Montag früh zur ersten Stunde findet sich Delia wieder zum Unterricht ein«, sagte er und stand auf. Ella blieb sitzen.
»Delia ist sechzehn Jahre alt, sie ist ganz allein und völlig verängstigt. Sie wird dem Unterricht nicht folgen können aus Furcht vor dem Nachhauseweg, aus Furcht, wieder verprügelt zu werden.« Das entsprach zwar nicht ganz der Wahrheit, aber der Zweck heiligte die Mittel.
»Frau Engelke, was ich Ihnen gesagt habe, war keine Diskussionsgrundlage, sondern eine Entscheidung. Ich werde meiner Fürsorgepflicht nachkommen und mich darum

kümmern, dass das Mädchen in Ruhe gelassen wird. Wenn Sie mich jetzt bitte entschuldigen wollen ...«
»Sie können mich ruhig hinauswerfen, durch die Hintertür komme ich wieder hinein«, gab Ella kühl zurück und nickte ihm zu. Die Schlacht hatte er gewonnen, den Krieg aber noch nicht. Hoch erhobenen Hauptes verließ sie das Büro des Rektors.

3

Mit einem Ruck, denn Gesa pflegte einer möglichen Katastrophe ohne Federlesens ins Auge zu sehen, zog sie den Frotteeturban vom Kopf und ließ das Handtuch achtlos auf den Boden neben den Küchenausguss fallen. »Sehr schön«, murmelte sie halblaut, als sie das Ergebnis ihres ersten Wasserstoffsuperoxid-Einsatzes in dem kleinen Handspiegel begutachtete. Ihre vor einer halben Stunde noch dunkelblonden Haare glänzten in hellem Honiggelb, ein hübscher Ton, nicht so strahlend wie Jean Harlows Platinblond, aber auffällig genug, um die Blicke der Leute auf sich zu ziehen. Der richtigen Leute. Das hätte sie schon viel eher tun sollen, dann wäre ihre Karriere gewiss schon aus den Startlöchern geschossen. Ein praller Hintern, ein wohlproportionierter Busen und die richtige Haarfarbe entschieden über Sein oder Nichtsein beim Film, da konnten Clemens und ihre Mutter hundertmal das Gegenteil behaupten. Jeder wusste, dass Theaterschauspieler kaum eine Chance beim Film hatten. Sie übertrieben vor der Kamera furchtbar, weil sie es gewohnt waren, für Zuschauer in zig Metern Entfernung zu spielen, und nicht begriffen, dass das Zelluloid die feinste Regung ihres Mienenspiels registrierte. Und dieses Chargieren nannte Clemens dann »wahres Talent«. Was hatte ihm sein »wahres Talent« außer einigen unwichtigen Rollen in Theatern der hintersten Provinz denn eingebracht? Gewiss, auch ihre Erfolge hielten sich noch in den engen Grenzen der Komparserie. Nur mit detektivischem Spürsinn mochte man sie in dem kleinen Ruderboot ausmachen, das in einer Szene in *Hochzeit am Wolfgangsee* zu sehen war, oder als eine der Spaziergänger wiedererkennen, die in Carl Boeses Schmonzette *Gruß und Kuss, Veronika* am Blumenladen der Titelheldin vorüberflanierten, doch Gesa dachte nicht daran, sich davon entmutigen zu lassen.

Energisch kämmte sie sich das feuchte Haar, das sich anmutig um ihr herzförmiges Gesicht kringelte. Ihre Familie würde sich noch wundern. Sorgfältig cremte sie sich ein und prüfte, ob kein Brauenhärchen aus der Reihe tanzte. Ungeschminkt strahlte Gesa blitzblanke Vitalität aus, doch ihr war der mit Lidstrich, Wimperntusche und dunkelrotem Lippenstift gezauberte Anblick der sinnlich-erotischen Gesa lieber, weil sie das Spiel, das damit einherging, besser beherrschte. Sie sah sich in die Augen und verzog das Gesicht. Hätte sie bloß das Aquamarinblau ihrer Mutter geerbt. Die funkelnde Kälte hätte ihrem Aussehen jene exquisite Note gegeben, um die sie Felicitas und Teresa heiß beneidete. Aber sei's drum, auch ohne dieses Erbe entsprach Gesa genau dem Typ, der dazu geboren war, die Leinwand zu erobern, und sie hatte nicht vor, sich diese Chance entgehen zu lassen.

»Es wird kalt ohne dich.« Gesa zog den Vorhang, der die

winzige Küche, die zugleich als Bad diente, vom ebenso winzigen Wohn- und Schlafzimmer trennte, beiseite, und Niklas schnappte nach Luft. »Du siehst umwerfend aus«, sagte er mit ehrlicher Bewunderung, und das Begehren glomm erneut in seinen Augen auf. »Komm her.« Gesa näherte sich dem Bett, und er zog sie an sich. Seine Finger strichen über ihren flachen Bauch hinauf zu den weichen, wogenden Brüsten, massierten die Brustwarzen so fest, dass Gesa aufstöhnte, und mit einer schnellen Bewegung hob Niklas sie auf seinen Schoß und drang in sie ein. Während er sie mit einer Hand festhielt, suchten die Finger der anderen nach der Perle in Gesas Schoß und reizten sie im Rhythmus seiner Stöße. Eine akrobatische Leistung, die ihre Wirkung nicht verfehlte. Als Gesa sich dem Höhepunkt näherte, erlaubte Niklas es sich, seiner eigenen Lust zu folgen, bis sie beide aufschrien. Als die Wellen der Lust verebbten, ließ Niklas sich auf den Rücken fallen und zog Gesa mit sich. Eine Weile lagen sie eng umschlungen, bis seine Finger begannen, ihre Schulterblätter nachzuzeichnen, die Rundungen ihrer Taille und den Schwung ihrer Hüften.

»O nein«, sagte Gesa kichernd und versuchte sich von ihm zu lösen. »Ende der Vorstellung. Wir sind sowieso schon spät dran, und ich habe mir gewiss kein neues Kleid gekauft, um heute im Bett zu bleiben. Los, du Faulpelz.«

»Du hast viel mehr davon, wenn du mit mir hierbleibst«, sagte er mit gespielt tiefem Timbre und wildem Errol-Flynn-Blick.

»Wenn du mich nicht sofort loslässt«, entgegnete sie mit Lilian-Harvey-Schmollmund, »hole ich die Polizei und erzähle denen, was du für schmutzige Dinge mit einem ehrbaren Mädchen anstellst.« Ihre Blicke trafen sich, doch

Gesa war nicht bereit, die Worte zu lesen, die sich darin formten. Geschmeidig entwand sie sich seiner Umarmung, und ihr Ton wurde eine Spur frostiger. »Es macht mir nichts aus, allein zum Odeon zu gehen, aber ich kann es nicht ausstehen, zu spät zu kommen.«
»Gewöhn dich beizeiten daran, Schatz, Filmstars scheren sich einen Teufel um die Uhrzeit und erscheinen, wann es ihnen passt«, erwiderte Niklas grinsend, doch Gesa spürte, dass sie ihn gekränkt hatte, und gab ihm rasch einen Kuss auf die Wange, bevor sie aufsprang und das silberne Abendkleid aus dem Schrank zerrte und es sich vor die nackte Brust hielt.
»Vielleicht kann ich dich ja doch überreden, mit der Sensation des Abends auf die Premiere zu gehen, was meinst du?«
»Schon gut, schon gut. Aber versprich dir nicht zu viel davon. Die Filmleute kreisen viel zu andächtig um sich selbst, als dass sie ihre Aufmerksamkeit einer interessanten Neuerscheinung schenken könnten.«
»Nicht, wenn sie mit einem echten Filmregisseur aufkreuzt.«
Niklas lächelte gutmütig. Die Bemerkung war reichlich übertrieben. Dennoch durfte er sich seit seinem Achtungserfolg mit *Immer wenn du da bist*, einer leichten Komödie mit dem beliebten Starlet Solveig Vermogen, zum Kreis der Erwählten zählen. Man hatte Notiz von ihm genommen und lud ihn zu Galas und Premieren ein, die er nur ungern besuchte, weil es ihm widerstrebte, als menschlicher Füllstoff, und nichts anderes war es doch, für anderer Leute zu großzügig konzipierte Selbstdarstellungsabende zu dienen.
»Sie haben bloß Angst, die Bude nicht voll zu kriegen«,

hatte er Gesa wissen lassen, doch sie sah die Dinge anders.
»Füllstoff hin oder her, es geht darum, dabei zu sein. Klappern gehört nun mal zum Handwerk.«
Niklas aber war bei seiner Haltung geblieben, so dass in Gesa irgendwann der Verdacht aufkeimte, er wolle sich nicht mit ihr zeigen, was sie ihm mit ihrer direkten Art auch sofort auf den Kopf zugesagt hatte – mit dem Ergebnis, dass er zwei Tage später mit der Einladung vor ihrer Tür stand.
»Du siehst, ich tue alles für dich«, hatte er ironisch gesagt, und sie hatte gelacht, weil sie beide es besser wussten.
Ihre Verbindung beruhte einzig und allein auf der körperlichen Anziehung, die sie füreinander empfanden. Vor fünf Jahren, als sie ihm in seinem Bett in Bremen ihre Unschuld geschenkt hatte, um ihm die Fotos, die er von ihr gemacht hatte, zu bezahlen, war das noch anders gewesen. Eine kurze, verschwitzte Angelegenheit, die sie so rasch vergaß, wie sie sich darauf eingelassen hatte. In Berlin waren sie sich vor kurzem wieder über den Weg gelaufen, und nach einem wilden Ausflug in versteckte Etablissements, wo man noch ohne Probleme ein wenig Kokain und Jazzmusik genießen konnte, in ihrer Wohnung gelandet, um überrascht festzustellen, dass aus dem egoistischen Liebhaber und der unterkühlten Frau von einst eine hochexplosive erotische Mischung entstanden war. Sie brannten füreinander, doch Gesa war nicht so dumm, diese Leidenschaft mit Liebe zu verwechseln, noch dem verführerischen Gedanken zu verfallen, Niklas sei bereit, mehr für sie zu tun als für jede andere Frau vor ihr, und das waren nicht wenige. Er sah gut aus, war muskulös, ohne wie ein Schrank auszusehen, und wusste, welche

Knöpfe ein Mann drücken musste, um einer Frau wahres Vergnügen zu bereiten. Mit Niklas war die Zeit der vorgetäuschten Orgasmen vorbei, und abgesehen von seinen nutzbringenden Kontakten war dies Grund genug, ihm nicht allzu arg zuzusetzen.

Gesa erwiderte sein Lächeln und warf ihm eine Kusshand zu.

Kurze Zeit später verließen sie ihre Wohnung. Gesas hohe Absätze klapperten auf den abgetretenen Treppenstufen und hallten in dem nur notdürftig beleuchteten Hinterhof wie ein zu lautes Metronom, das den Takt zum *Radetzkymarsch* vorgab. Gesa ging schnell, weil sie es vermeiden wollte, in ihrem glamourösen Aufzug gesehen zu werden, der die Nachbarn unweigerlich auf die Idee bringen würde, sie verfüge über Geld. Erstens wollte sie keinen Einbruch provozieren, und zweitens schuldete sie dem Vermieter noch Geld. Felicitas' monatlicher Wechsel reichte gerade für das Lebensnotwendige, und die Miete gehörte weniger dazu als eine Investition in die Zukunft in Form eines teuren Kleides und eines Taxis, das sie zum Odeon am Kurfürstendamm brachte.

Scheinwerfer tauchten die Masse der Menschen, die sich das Spektakel nicht entgehen lassen wollten und dicht aneinandergedrängt auf die Ankunft von Albert Lieven und Carola Höhn warteten, in ein unwirkliches Licht, Taxis und schwarze Limousinen hielten hintereinander und brachten den Verkehr zum Erliegen, Pfiffe und ohrenbetäubendes Hupen bildeten einen infernalischen Klangteppich. Besorgt legte Niklas seine Hand auf ihre Schulter. Doch weder der Lärm noch die fürsorgliche Geste schienen Gesa zu erreichen. Wie hypnotisiert starrte sie auf den roten Teppich. Alles, was sie wollte, lag direkt vor ihr.

4

Die Stadt ertrank in Rot. Hakenkreuzfahnen, wohin der Blick auch fiel.
Ella und Delia kämpften sich durch die Menschenmassen, die zur AG Weser strömten, um die Ankunft des Reichskanzlers zu erleben. Nach zwei kurzfristigen Absagen hatte man nicht mehr so recht daran glauben mögen, dass Hitler tatsächlich zum Stapellauf des prächtigen Ostasiendampfers erscheinen würde. Man war eher geneigt, dem Gerücht, er möge die einstige sozialdemokratische Hochburg nicht und meide sie deshalb wie der Teufel das Weihwasser, Glauben zu schenken. Aber nun stand er leibhaftig auf Bremer Boden, umringt von Generaldirektor Stapelfeld, General von Blomberg und dem Reichsverkehrsminister von Eltz-Rübenach. Die Arme schnellten nach oben, und ein kleines blondes Mädchen wackelte mit dem obligatorischen Blumenstrauß zögernd auf die Männer zu, knickste und lief, nachdem Hitler ihm über die Zöpfe gestrichen hatte, erleichtert zu seiner Mutter zurück.
Ella zog die Schultern hoch und vergrub das Gesicht im Nerzbesatz ihres Mantels. Es war bitterkalt an diesem 4. Dezember, und bis auf die BDM-Truppe und eine Abordnung der Hitler-Jungen, die vor Kälte, aber sicher auch vor fiebriger Erwartung rote Wangen hatten, trugen die meisten der Umstehenden dicke Schals, Mützen und Handschuhe und traten von einem Bein auf das andere, um den Kreislauf in Schwung zu bringen. Suchend schaute sie sich um, doch die anderen Schülerinnen und die Lehrerinnen waren nirgendwo auszumachen. Sie mussten

sich im Gedränge verloren haben. Ihr Blick streifte die Tribüne und blieb an Felicitas hängen.

»Guck mal, da oben ist Felicitas Hoffmann, meine Schwägerin«, sagte Ella zu Delia und wies auf die mit rotem Samt und einer Hakenkreuzfahne, deren Rot sich mit dem des Samtes biss, verkleidete Tribüne.

Delias Augen weiteten sich vor Bewunderung. »Die Kaffeeprinzessin?«

Ella nickte und lächelte. Falls Hendrik Nussbaum daheim über seine einstige Widersacherin hergezogen sein sollte, war seine feindliche Haltung nicht auf fruchtbaren Boden gefallen.

»Die ist toll«, sagte Delia. »Ein viel besseres Vorbild für ein Mädchen, das etwas aus seinem Leben machen will, als das Gesülze von der Mutterschaft, die angeblich unsere wichtigste Aufgabe sein soll.«

»Scht«, machte Ella, doch Delia grinste und fügte einen Ton leiser hinzu: »Besonders begeistert sieht Frau Hoffmann auch nicht aus.«

Das stimmte, Felicitas hatte ihr offizielles, stets ein wenig abweisend wirkendes Gesicht aufgesetzt, und dennoch bildeten das helle Oval mit den gleichmäßigen Zügen und das aschblonde Haar einen lichten Punkt inmitten der dunkel gekleideten und behüteten Riege der Kaufleute und Senatoren, die die Ehre hatten, der Zeremonie in unmittelbarer Nähe des Reichskanzlers beizuwohnen.

Nicht zum ersten Mal staunte Ella über Delias Beobachtungsgabe. Dennoch besaß sie nicht das Talent, Freunde zu gewinnen oder sich wenigstens hin und wieder denen anzuschließen, die ihrer strengen Prüfung standhielten. Sie war gleichbleibend freundlich, blieb aber immer auf

Distanz. Fräulein Zinke war der Ansicht, die Tatsache, dass Delia gezwungen war, weiterhin das Adolf-Hitler-Gymnasium zu besuchen, und am Osterdeich lediglich Kost und Logis in Anspruch nehmen dürfe, trage zu ihrer zurückgezogenen Haltung bei, und Ella hatte ihr zugestimmt. In der Tat war die Situation nicht günstig für die Entwicklung eines sensiblen, hochintelligenten Mädchens, und gewiss diente ihre Abwehr nur einem Grund – sich vor weiteren Verletzungen zu schützen. Umso wichtiger fand Ella es, sich so unaufdringlich und zugleich intensiv wie möglich um sie zu kümmern. Ihre Bemühungen fruchteten zwar nur allmählich, doch gerade eben hatte Ella begriffen, was Delia aus der Reserve locken könnte.

Während sie darüber nachsann, plätscherten die großen Worte an ihr vorbei, glitt der Dampfer unter »Heil Hitler«-Rufen in die Weser, der Reichskanzler und sein Minister entschwanden zurück zum Bahnhof, und die Bremer strömten heim.

»In der Kürze liegt die Würze«, raunte Felicitas Ella ironisch zu, als sie die Stufen der Tribüne vorsichtig hinuntergestiegen war, um ihre Schwägerin und deren junge Begleiterin zu begrüßen.

»Das kann man auch von dir sagen«, gab Ella trocken und leise zurück. »Wie bist du denn Herrn Middeldorf so schnell losgeworden?« Dann winkte sie Delia, die in höflichem Abstand gewartet hatte, näher und sagte laut: »Darf ich dir Delia Nussbaum vorstellen? Ich habe dir neulich von ihr erzählt.« Sosehr ihre Schwägerin Hendrik Nussbaum auch gehasst hatte, so unerwartet mitfühlend hatte sie auf Ellas Schilderung der Ereignisse reagiert und ihr ihre Hilfe zugesichert, falls sie vonnöten sein sollte, und

nicht zum ersten Mal war Ella der Gedanke durch den Kopf geschossen, dass Felicitas der widersprüchlichste Mensch war, den sie je gekannt hatte.
»Aber ja«, erwiderte Felicitas und reichte Delia die Hand. Das junge Mädchen errötete und nestelte sich so hastig die Fäustlinge herunter, dass sie zu Boden fielen.
»Was haltet ihr von einem heißen Kakao bei Andreesen?«, fragte Felicitas. »Ich brauche dringend deine Hilfe, Ella, in drei Wochen ist Weihnachten, und ich habe keine blasse Ahnung, womit ich Elisabeth, Gesa, Clemens und Christian eine Freude bereiten kann, ganz zu schweigen von Désirée und Anton.« Sie brach ab und wandte sich an Delia: »Und du«, meinte sie lächelnd, »kannst mir doch ganz bestimmt sagen, was sich eine Sechzehnjährige sehnlich wünscht, nicht wahr?«
Felicitas' Mangel an Takt ärgerte Ella, doch Delia machte es offensichtlich nichts aus, so unverblümt daran erinnert zu werden, dass es Menschen gab, die nicht so allein waren wie sie. »Nicht wirklich, aber ich könnte es ja versuchen«, erwiderte sie.
Felicitas nickte. »Dann sind wir uns ja einig.«
Auf dem Weg zu ihrem Auto sagte sie halblaut, damit Delia, die hinter ihnen herstapfte, es nicht hörte: »Mach nicht so ein Gesicht. Es nützt ihr nichts, wenn wir so tun, als wäre sie keine Waise. Du glaubst doch nicht im Ernst, dass wir Hendrik Nussbaum jemals wieder zu Gesicht bekommen. Außerdem erfahren wir auf diese Weise, was wir Delia schenken können. Ich gehe doch recht in der Annahme, dass du sie Heiligabend zu uns einzuladen gedenkst?«
Ella nickte. Offensichtlich war sie leicht zu durchschauen.
»Wenn es dir nichts ausmacht. Ich habe das Gefühl, dass

Delia ein wenig Zuspruch von jemandem gebrauchen könnte, den sie bewundert.«
Felicitas grinste. »Ich hoffe nicht, dass du dabei an mich denkst.«

5

Stolz ragte die Spitze der Edeltanne bis knapp unter die Decke des Glasdachs, das das silbrigfahle Tageslicht in den Wintergarten strömen und ihn hell und großzügig wirken ließ. Felicitas hatte lange nach einem Architekten gesucht, der ihre Vorstellungen umzusetzen imstande war, doch der Aufwand hatte sich gelohnt.
»Die Palmen sehen ein bisschen beleidigt aus, weil sie Konkurrenz bekommen haben«, sagte Teresa und kletterte auf die Leiter, einen Karton mit fein gearbeiteten rot glänzenden Kugeln in der Hand, die sie an den oberen der weit geschwungenen Tannenäste befestigen wollte.
»Ich glaube, dass liegt eher daran, dass Marie mal wieder vergessen hat, sie zu gießen«, erwiderte Felicitas belustigt und kramte in den beiden Kisten, in denen sich in einem wilden Durcheinander Kerzen und Kerzenhalter, Weihnachtskugeln, Engelshaar, Lametta, Strohsterne und filigrane Figürchen aus Messing befanden sowie Weihnachtsmänner, Harfen, Trompeten und Engel. »Jedes Jahr nehme ich mir vor, den Baumschmuck sorgfältig zu behandeln oder das Sortieren Marie zu überlassen, aber es endet immer in einem Chaos. Hier.« Sie stand auf und reichte Teresa die golden ziselierte Baumspitze, deren unterer Rand so beschädigt war, als hätte sich eine Maus an ihm gütlich

getan, die aber seit mehr als fünfzig Jahren den Weihnachtsbaum der Andreesens krönte und erst ausgewechselt werden durfte, wenn sie ganz und gar auseinandergebrochen wäre. Auch der Tannenbaumständer hatte schon bessere Zeiten gesehen, aber Heinrichs Urgroßvater hatte das hölzerne, mit einem grünen Zaun eingefasste Geviert eigenhändig gezimmert, es musste deshalb in Ehren gehalten werden. Immerhin war es stabil, hielt jeden Stamm, egal wie mächtig, mit vier Schrauben fest in der Senkrechten und machte sich auch noch besonders hübsch und anheimelnd, wenn das Geviert mit Orangen, Äpfeln und Nüssen gefüllt wurde.
»Gut so?« Teresa sprang von der Leiter und begutachtete ihr Werk. Felicitas nickte, und gemeinsam machten sie sich daran, die unteren Äste des gewaltigen Baums zu schmücken. Eigentlich hatte Felicitas überhaupt keine Zeit dafür. In ihrem Arbeitszimmer lauerten einige unbeantwortete Schreiben, Elias Frantz, der Leiter der Andreesen-Labore, hatte ihr einen Berg handschriftlicher Notizen in die Hand gedrückt, die seine gesammelten Ideen für neue Kaffeeprodukte enthielten, und außerdem hatte sie sich dringend um drei Bewerbungen für den Kunstpark zu kümmern. Drei ihrer besten Künstlerinnen waren Knall auf Fall emigriert und mussten ersetzt werden. Doch das alles hatte zu warten.
Obgleich sie nicht religiös war, berührte der Zauber des Festes Felicitas im Innersten, überflutete sie mit bewegenden Bildern von Heiligabenden mit ihren Eltern Max und Helen und deren Gabe, die aufgeregte Erwartung ihrer kleinen Tochter mit hinreißenden Geschichten und liebevollen Geschenken aufs Schönste zu erfüllen. Später hatte sie begriffen, dass der Heiligabend nicht nur, aber

eben auch eine weitere Kulisse für die brillante Schauspielkunst ihrer Eltern darstellte, was nichts daran ändern konnte, dass Felicitas jedes Jahr aufs Neue versuchte, diesem Urgefühl perfekter Harmonie wieder nahezukommen. Steffen hatte ihr erst gestern vorgeworfen, sie benutze Weihnachten als Vehikel, um ihr schlechtes Gewissen zu beruhigen und wenigstens einmal im Jahr »auf Familie zu machen«, wie er es nannte. Zwar war das Argument nicht ganz von der Hand zu weisen, traf aber eben nur die halbe Wahrheit. Weihnachten markierte für Felicitas einen Neuanfang, einen festlichen Versuch, allen das Gefühl von Geborgenheit zu vermitteln, egal, wie viel Streit und Meinungsverschiedenheiten ihnen die letzten Jahre beschert hatten. Aus diesem Grund hatte sie auch Anton und Désirée jedes Jahr eingeladen, wenngleich die Kluft aus Misstrauen und Eifersucht zwischen ihnen nur schwer zu überbrücken war. Felicitas würde ihm niemals verzeihen, dass er versucht hatte, sie des Betrugs zu bezichtigen, um die Geschäftsführung von Andreesen-Kaffee zu übernehmen, und er seinerseits würde sich nie damit abfinden, dass auf Geheiß seiner Mutter Elisabeth Andreesen nicht er, der Zweitgeborene, das Werk nach Heinrichs Tod leiten sollte, sondern seine Schwägerin. Aber dennoch, sie waren eine Familie und deshalb verpflichtet, den Konflikt für einige Stunden ruhen zu lassen.
»Fertig!«, rief Teresa und klappte die Kartons zu. »Er sieht noch besser aus als im letzten Jahr, findest du nicht?«
»Ja«, erwiderte Felicitas. Sie beobachtete ihre Tochter. Wie viel Lebensfreude aus jeder ihrer Bewegungen sprach. Nicht zum ersten Mal erkannte sie resigniert, dass man dazu neigte, sich mit den charakterlichen Problemen an-

derer viel intensiver auseinanderzusetzen, als einen Gedanken an das Vollkommene zu verschwenden. Teresa war mutig und loyal, liebevoll und mitfühlend – und wurde deshalb viel zu oft für schwierige Situationen eingespannt. Auch jetzt fiel Felicitas niemand ein, dem sie die Aufgabe anvertrauen konnte. Gesa war zu selbstverliebt, Christian zu ernst und Clemens zu großspurig.

»Ella und Thomas werden heute nach der Bescherung in der Schule zu uns kommen«, begann sie vorsichtig. »Sie werden einen Gast mitbringen. Die Tochter von Hendrik Nussbaum. Delia hat Schlimmes erlebt. Würdest du dich ein wenig um sie kümmern?«

»Natürlich. Wofür interessiert sie sich denn so?«

Felicitas breitete die Arme aus. »Ich habe keine Ahnung. Sie ist sehr intelligent, hat aber Schwierigkeiten, Kontakt zu knüpfen und Vertrauen zu fassen. Ihre Mutter ist vor einiger Zeit verstorben, und ihr Vater ... befindet sich ... nun, vermutlich in Haft.«

Ein Schatten flog über Teresas Gesicht, und sie wollte etwas erwidern, als ihr Gespräch von Steffen und Elisabeth unterbrochen wurde, die kauend in den Wintergarten spazierten, begleitet von einem unwiderstehlichen Duft von Zimt und Vanille.

»Ihr habt genascht«, sagte Teresa streng.

»Und wie! Marie hat sich selbst übertroffen. Diese Vanillekipferl!«

»Vergiss nicht die Dominosteine«, ergänzte Steffen genießerisch. »Wir konnten einfach nicht widerstehen.« Er zwinkerte Elisabeth zu, und beide grinsten, hocherfreut, die Neigung zu allem, was süß war und dick machte, miteinander zu teilen und die beneidenswerte Veranlagung zu besitzen, trotzdem schlank zu bleiben.

»Wie dumm, dass es für Naschkatzen nachher nur ein winziges Geschenk gibt«, entgegnete Felicitas trocken und fügte listig hinzu: »Es sei denn, sie erklären sich bereit, die restlichen Geschenke einzupacken ...«
»Um Himmels willen, noch mehr Geschenke? Hast du das halbe Kaufhaus leer gekauft?«, fragte Steffen.
»Darauf könnt ihr wetten!« Felicitas lachte und ließ die drei allein. Eine Stunde blieb ihr noch, bis die ersten Gäste eintrudeln würden, Zeit genug, um auf ihrem Schreibtisch Klarschiff zu machen. Sie arbeitete zügig und konzentriert, sagte zwei Künstlerinnen ab, einer zu, verwarf zwei Drittel von Elias Frantz' unleserlichen Notizen, heftete den Rest sorgfältig ab und steckte die Akte in ihre Mappe. Das Kuvert aus feinstem Bütten lag auf dem Stapel der Weihnachtspost, die sie zum Schluss in Angriff nahm. Die Schreibmaschinenschrift war gewöhnlich, der Inhalt scharf wie ein Florett. »Die Angst wird in Zukunft Ihr ständiger Begleiter sein.«
Felicitas starrte auf die Buchstaben, doch nichts erinnerte sie an ähnliche Briefe, die sie wie andere reiche Bremer auch gelegentlich erhielt. Das gab sich wieder. Sie zuckte mit den Schultern, knüllte das Blatt zusammen und zielte auf den Papierkorb. Treffer, versenkt.

Die Stille, die am Morgen noch über dem Anwesen gelegen hatte, wich am Vormittag aufgeregter Geschäftigkeit. Aus der Küche drang das Geräusch von klapperndem Geschirr, eiligen Schritten zwischen Backofen und Speisekammer, Gelächter, Wortfetzen und wütendem Schluchzen der beiden Hausgehilfinnen, die sich ungerecht behandelt fühlten. Marie wehte durchs Haus wie ein Wirbelwind, beanstandete mit strenger Miene hier ein

Stäubchen und dort eine Schramme auf dem Holzfußboden, die nicht ordentlich gewachst worden war, und scheuchte den Hausburschen vom Dachgeschoss bis zum Salon, damit in jedem Kamin ein ordentliches Feuer brannte.
Dorothee und Pierre trafen als Erste ein. Der Zug war hinter Paris in einer Schneewehe stecken geblieben, und sie hatten die halbe Nacht nicht schlafen können aus Sorge, Heiligabend in Waggon 2 zubringen zu müssen. Beide waren übernächtigt, aber guter Dinge und strahlten, offenkundig immer noch so verliebt ineinander wie bei ihrer Hochzeit vor sechs Jahren. Ihre Mädchen, die dreijährige Stefanie und die vierjährige Sarah, purzelten in die Villa und nahmen sie mit unüberhörbarer Lebendigkeit in Beschlag.
Kurz nach ihnen standen Helen und Martin vor der Tür. Constanze half ihrem Vater aus dem Wagen, und gestützt von ihr und seiner Frau Verena taumelte Carl schwer atmend in die Halle. Trotz seines Alters war der Gutsherr immer noch ein Bär von einem Mann, wenngleich der Schlaganfall vor mehr als zwanzig Jahren ihn seiner Kraft und Behändigkeit größtenteils beraubt hatte. Dennoch glich es einem Wunder, dass er imstande war, die weite Fahrt vom ostpreußischen Sorau nach Bremen auf sich zu nehmen. Felicitas hatte den Plan, die Reise zu fünft in einem Auto anzutreten, wahnwitzig gefunden, doch Carl hatte darauf bestanden. Er hasste es, mit fremden Menschen in einem Waggon eingepfercht zu sein, und nahm lieber das Risiko auf sich, das es bedeutete, mit einem altersschwachen, gelegentlich asthmatisch röchelnden Wagen unterwegs zu sein.
»Ihr seid verrückt«, sagte Felicitas seufzend, umarmte

Carl und Verena und wandte sich dann, eine Spur weniger herzlich, ihrer Cousine Constanze zu und schließlich ihrer Mutter und deren zweitem Mann. Helen entging die Bedeutung der von ihrer Tochter gewählten Reihenfolge nicht, und sie schoss ihr einen warnenden Blick zu.
Martin nahm Felicitas ohne Umstände in den Arm. »Gut siehst du aus.«
»Das will ich meinen«, schaltete Steffen sich vergnügt ein. »Ich gebe ja auch mein Bestes, sie glücklich zu machen.« Galant küsste er Helens Hand. »Und du, liebe Schwiegermama, siehst aus wie das blühende Leben.« Er klopfte Martin auf die Schulter. »Komm, lass uns das Gepäck holen. Der Hausbursche ist mit seinen Nerven am Ende, und ich kann ein wenig Bewegung gebrauchen.«
»Und ihr«, mahnte Elisabeth, »wärmt euch jetzt erst einmal mit einem heißen Punsch auf.« Plaudernd ging sie mit Constanze, die finster dreinblickte, voran in den Salon.
»Welche Laus ist ihr denn nun schon wieder über die Leber gelaufen?«, fragte Felicitas.
»Alexander«, antwortete Helen kühl. »Er hat seiner Mutter geschrieben, dass er in St. Petersburg bleiben will.«
»Es hieß doch, er wolle nur ein paar Wochen bei seinem Vater bleiben.«
»Offensichtlich hat er es sich anders überlegt. Ich finde, man kann es ihm nicht verdenken, seine Heimat ist nun einmal Russland, schließlich ist er dort aufgewachsen. Aber natürlich ist Constanze außer sich.«
»Das kann ich mir vorstellen«, erwiderte Felicitas. »Das heißt, wir sollten sie mit Glacéhandschuhen anfassen.«
»Gute Idee. Im Übrigen gilt das nicht nur für deine Cousine«, sagte Helen, ohne Felicitas anzusehen. »Das eben war nicht nötig. Ich war der Meinung, wir hätten unsere

Streitigkeiten längst begraben, aber das ist offensichtlich nicht der Fall.«
»Es tut mir leid«, erwiderte Felicitas ebenso kühl. Jetzt war gewiss nicht der richtige Moment, um ihre Mutter mit dem zu konfrontieren, was ihr Vater ihr, Felicitas, auf dem Sterbebett anvertraut hatte. Und wieder einmal fragte sie sich, ob sie je den Mut aufbringen würde, die eine Frage zu stellen, die sie seit Jahren umtrieb.

»Wer bin ich?«
Stefanie und Sarah schürzten die Lippen und dachten angestrengt nach. »Onkel Clemens?«
»Hach, ihr Ahnungslosen! Ich bin der Schneeflock, und dies ist meine Schneeflockenfrau.« Das seltsame Paar, das von Kopf bis Fuß in Gänsedaunen gehüllt war, begann zu tanzen und sich zu drehen, was durch die steifen Kostüme zu komisch aussah und die Kinder in begeistertes Juchzen ausbrechen ließ. Stefanie, die wildere der beiden Schwestern, sprang auf und klammerte sich an Clemens' Beine.
»Du bist mein Schneeflockenonkel! Tanz mit mir!«
Clemens nahm sie auf den Arm, wirbelte sie umher und setzte sie behutsam wieder ab, um sich ihrer Schwester zuzuwenden. »Na, und du, kleines Mädchen, darf ich bitten?« Sarahs Augen glänzten vor Freude, ihre Wangen wie zwei blank polierte Äpfel. Sie kletterte vom Sofa und schlug der Länge nach hin. Ehe sie begreifen konnte, was passiert war, nahm Clemens sie hoch und sang lauthals das Lied vom Schneeflockenmann. »Ich tu mir niemals weh, denn ich bin ganz aus Schnee ...« Sarah blinzelte ihre Tränen fort und versteckte ihr Gesicht verlegen in den weichen Daunen.

»Kinders, was ist denn hier los?« Elisabeth schlug lachend die Hände zusammen.
»Entschuldigen Sie, gnädige Frau«, entgegnete die Schneeflockenfrau und nahm ihre Daunenmaske vom Gesicht. »Wir haben gerade die Vormittagsvorstellung unserer Weihnachtsoperette beendet und hielten es für eine gute Idee, die Kinder zu überraschen.«
»Und Sie hatten recht! Herzlich willkommen, Dora.« Elisabeth reichte der Schauspielerin die Hand und lächelte sie höflich, aber reserviert an. Mehr Zugeständnisse war sie nicht zu machen bereit. Alles in ihr sträubte sich zu akzeptieren, dass die ehemalige, viel zu junge Geliebte von Max Wessels nach dessen Tod eine Verbindung mit ihrem Enkel pflegte. Deren wahre Natur hatte sich zwar noch nicht offenbart, und Clemens schwor Stein und Bein, dass er Dora in der Zeit der Trauer Trost gespendet habe und daraus eine wunderbare Freundschaft entstanden sei, doch Elisabeth misstraute seinen hehren Worten.
»Ich wäre auch nicht begeistert, eine achtunddreißigjährige Schwiegertochter zu bekommen, wenn mein Sohn selbst erst zwanzig ist«, hatte Felicitas zugegeben. »Aber ihm den Umgang mit ihr zu untersagen wäre weltfremd. Clemens würde sich das nicht bieten lassen, und außerdem spielen sie am selben Theater. Und ein Verbot würde die Sache nur spannender machen, meinst du nicht?« Also hatten sie sich darauf geeinigt, Dora Henning zum Fest einzuladen.
»Frohe Weihnachten, Dora«, sagte Felicitas. Ihrer Miene war nicht zu entnehmen, was sie dachte, nur in ihren Augen glomm ein Funke herzlicher Sympathie auf. Dora hatte sich nach Max' Tod diskret und umsichtig verhalten, keinem Reporter auch nur ein Sterbenswörtchen über ihr

Zusammenleben anvertraut und das kleine Erbe, das Max ihr zugedacht hatte, erst angenommen, nachdem Felicitas ihr versichert hatte, dass sie den letzten Willen ihres Vaters selbstverständlich respektiere. Dora Henning, davon war Felicitas überzeugt, war eine Frau von Format. Und schön und elegant dazu. Nur eben nicht die Richtige für ihren Sohn. »Ich zeige Ihnen, wo Sie sich umziehen können, denn so wollen Sie vermutlich nicht feiern.« Sie lächelten sich zu, und Felicitas fragte sich, ob sie Dora bei der Gelegenheit ein wenig auf den Zahn fühlen sollte, verwarf den Gedanken aber wieder, als Dora auf dem Weg nach oben stehen blieb.
»Ich habe gehört, die Theaterschule des Kunstparks ist sozusagen verwaist.«
»Das ist leider richtig«, gab Felicitas zu.
»Nun, was halten Sie davon, wenn ich mich darum kümmere? Ich würde sehr gern mein Wissen weitergeben und ein wenig, nun ja, pädagogisch wirksam werden, wenn Sie verstehen, was ich meine.«
»Ich denke, ja.« Felicitas erfasste blitzschnell, welche Möglichkeit Dora ihr gerade eröffnet hatte. Natürlich teilte die Freundin ihres verstorbenen Vaters dessen liberale Ansichten, hatte sie aber nie hinausposaunt, so dass ihr Leumund für die Nazis einigermaßen unbescholten sein musste. Wenn sie Dora die Leitung der Schule anvertraute, würde sie zwei Fliegen mit einer Klappe schlagen: Sie bekäme eine exzellente Schauspiellehrerin, die überdies klug genug war, ihre Ansichten subtil zu vertreten – und Dora würde Clemens seltener zu Gesicht bekommen.
»Es ist vielleicht nicht der geeignete Moment, um ...«
»Aber warum nicht?«, unterbrach Felicitas sie. »Ich finde Ihre Idee ausgezeichnet.«

Als Felicitas eine halbe Stunde später in den Salon zurückkehrte, kamen ihr in der Halle Clemens, immer noch im Daunenkostüm, sein Bruder Christian und ihre Schwester Gesa entgegen.
»O mein Gott, was für eine furchtbare Fahrt«, seufzte Gesa und winkte ihrer Mutter lässig zu. »Die Abteile waren rappeldicke voll, und in unserem saß ein Ehepaar aus Pankow, das eine Gans dabeihatte. Eine lebendige Gans, wohlgemerkt. Könnt ihr euch das vorstellen? Dieser Gestank! Es war nicht zum Aushalten, und Christian hat die ganze Zeit geschlafen und mir ins Ohr geschnarcht. Alles, was ich will, ist ein Bad und meine Ruhe. Ist mein Zimmer noch meins oder ist es deinen vielen Umbauten zum Opfer gefallen, Mutter?«
»Frohe Weihnachten, Gesa«, erwiderte Felicitas ungehalten. »Wie immer ist deine gute Laune das schönste Geschenk.«
Gesa zuckte mit den Schultern und tänzelte die Treppe hinauf.
»Was hast du mit deinem Haar gemacht?«
»Seiner natürlichen Leuchtkraft ein wenig auf die Sprünge geholfen.«
»Es sieht gelb aus«, sagte Felicitas kopfschüttelnd zu Christian. »Findest du nicht?«
»Frohe Weihnachten, Mutter«, entgegnete er in gespielter Strenge, Felicitas' Ton nachahmend. Sie lachte und nahm ihn in den Arm. »War nicht Clemens der Tunichtgut und Schauspieler, während du der gute Sohn bist, der brav Medizin studiert?«
»Ja, aber manchmal spricht selbst aus mir das theatralische Erbe.« Sein Lächeln war ebenso charmant wie das seines Zwillingsbruders, doch Christian strahlte eine innere

Ruhe aus, die nur ein Mensch besaß, der seine Berufung gefunden hatte und ihr folgte. Die Tatsache, dass er von klein auf lieber über den Büchern gesessen hatte als im Sandkasten und dass ihm das Wissen so zuflog wie anderen Kindern die Ideen für Streiche, hatte Felicitas stets sowohl fasziniert als auch besorgt. Und auch jetzt, da er sich zu einem Musterstudenten entwickelt hatte, fürchtete sie, dass er über dem Lernen das Leben vergaß. Doch die Medizin war nun einmal seine Welt, eines Tages eine Praxis auf dem Land zu führen sein Traum. Und sie würde gewiss nichts dagegen unternehmen, das Schicksal wählte seine eigenen Korrekturen.
»Ich packe meine Sachen aus, und dann helfe ich dir, einverstanden?«
»Komm, Bruderherz«, sagte jetzt Clemens, »erzähl mir, was die Berliner Damenwelt so treibt.«
Christian warf Felicitas einen spitzbübischen Blick zu.
»Nun ja, da wären Mitzi und Zenzi …«
»Zenzi? Bist du nach München geflüchtet, und wir ahnen nichts davon?«
Die Brüder entfernten sich lachend, und Felicitas' Herz flog ihnen hinterher. Sie waren wunderbare Söhne. Auch wenn Felicitas nicht das Ideal einer Mutter verkörperte, liebten sie sie ohne Wenn und Aber, ganz im Gegensatz zu Gesa, die keine Gelegenheit ausließ, sie an ihre Unzulänglichkeiten zu erinnern.
Im Salon wurden unterdessen Kaffee, Tee, Schnittchen und Kuchen gereicht, ein kleiner Imbiss, der genug Platz ließ für den Festschmaus am Abend. Elfriede ging mit der Kaffeekanne herum und schenkte ein, ihr Mann Arthur saß auf der Kante eines Sessels und drehte verlegen seine Daumen umeinander.

»Frohe Weihnachten, ihr beiden«, sagte Felicitas strahlend, umarmte Elfriede und nahm ihr die Kanne aus der Hand.
»Ach, mein liebes Kind!« Elfriede stupste Arthur an, und er schoss hoch, um sich zu verbeugen, was Felicitas verhinderte, indem sie ihm ihre Wange zum Kuss hinhielt.
»Schon vergessen, dass wir jetzt verwandt sind?«, raunte sie ihm so leise zu, dass die anderen es nicht hören konnten.
»Natürlich, natürlich«, murmelte er und sank zurück in den Sessel. Felicitas schenkte ihm ein aufmunterndes Lächeln. Mehr als dreißig Jahre hatten Elfriede und Arthur Engelke als gute Geister in Felicitas' Elternhaus in der Contrescarpe gewirkt, und sie gewöhnten sich nur allmählich an die Tatsache, durch die Heirat ihres Sohnes Thomas mit Ella Andreesen zur Familie zu gehören und damit zu denen, die bedient wurden, nicht umgekehrt. Es war ihnen deutlich anzumerken, wie fremd sie sich in dieser Rolle fühlten. Vor allem Arthur hätte wohl liebend gern den Sessel mit seiner Schubkarre getauscht, die Kaffeetasse mit seiner Heckenschere und den guten Anzug mit der Lederschürze, und er tat Felicitas leid. Sie liebte die beiden Alten von Herzen, sie waren die Seele der Contrescarpe 6, zwei Anker, wenn der Rest der Welt Schiffbruch erlitt, und deshalb hatte Felicitas ihnen angeboten, auch nach dem Tod ihres Vaters in dem Haus wohnen zu bleiben.
Die Kaffeerunde verlief gemütlicher, als Felicitas erwartet hatte. Clemens gab Anekdoten vom Theater zum Besten, und Pierre ergänzte ihn, indem er die Diven der französischen Oper, an der er als Solo-Violinist beschäftigt war, nachmachte. Worte und Witze flogen hin und her, dann

begannen sie die Bremer Honoratioren durch den Kakao zu ziehen.
»Beeilt euch«, japste Steffen und wischte sich die Lachtränen fort. »Wenn Anton und Désirée erscheinen, ist es mit dem Spaß vorbei.«
Eine Sekunde hing die Bemerkung im Raum und zersplitterte das Gefüge, das die aufgeräumte Stimmung geschaffen hatte. Keiner von uns weiß, was die anderen in Wahrheit denken, ging es Felicitas durch den Kopf. Und keiner will es wirklich wissen. Jeder hofft, dass er auf der richtigen Seite steht, aber keiner weiß, wo sie beginnt und wo sie endet.
Dora rettete die Situation. »Was haltet ihr beiden davon, mit der Mama und mir auf die Suche nach Weihnachtsengeln zu gehen? Ich hab gehört, dass sie sich gern im Schnee verstecken.« Fragend sah sie Dorothee an, die sofort aufsprang.
»Eine gute Idee. Ein wenig frische Luft wird uns guttun. Constanze, kommst du mit?«
»Nein, Pa muss jetzt seine Medikamente nehmen.«
»Ach was«, wehrte Carl ab und machte mit der gesunden linken Hand eine Bewegung, als würde er ein Insekt verscheuchen. »Geh nur, die Tabletten kann mir deine Mutter geben.«
Die Runde zerstreute sich, und Felicitas atmete auf. Elisabeth tätschelte ihr die Hand. »Es geschehen noch Zeichen und Wunder. Ich hatte erwartet, dass du Steffen zurechtweist. Dass du es nicht getan hast, lässt mich hoffen.«
»Worauf?«, fragte Felicitas misstrauisch.
»Nun, dass ihr eure Probleme in den Griff bekommt. Ich müsste schon blind und taub sein, um nicht zu bemerken, dass ihr in Schwierigkeiten seid.«

»Wir ... haben nur unterschiedliche Ansichten«, entgegnete Felicitas vage.
Elisabeth beugte sich vor, und ihr Griff wurde erstaunlich fest. »Lass es nicht zu, dass dieses Würstchen von einem Reichskanzler deine Ehe ruiniert.« Abrupt ließ sie Felicitas' Arm los. »Jetzt weißt du, wie ich denke. Und wie denkst du?« Ohne eine Antwort abzuwarten, stand Elisabeth auf und ging aus dem Salon.

Den Rest des Nachmittags verbrachte jeder damit, die Zeit bis zur Bescherung möglichst entspannt zu überbrücken. Elisabeth widmete sich Mozarts *Figaro*, Verena und Carl hatten sich für ein Schläfchen zurückgezogen, Christian saß völlig versunken über einem dicken Buch am prasselnden Kaminfeuer in der Bibliothek und machte sich gelegentlich auf einem Klemmbrett Notizen. Helen und Martin waren zu einem Spaziergang in den Bürgerpark aufgebrochen, und Dorothee und Pierre lasen ihren Mädchen Weihnachtsgeschichten vor und bastelten mit ihnen Strohsterne, um ihre wachsende Aufregung so liebevoll wie vergeblich zu dämpfen. Während Elfriede mit Marie in der Küche einen Plausch über die Füllungsvarianten für Enten hielt, streifte Arthur durch den Garten, sah sich ab und zu prüfend um, ob niemand ihn beobachtete, und knipste dann mit geübter Hand hier einen verdorrten Zweig ab, dort einen wilden Trieb.
Felicitas stand am Fenster, halb entkleidet, weil sie gleich ein Bad nehmen wollte, und sah, wie Dora, Teresa und Clemens ihm zuwinkten, als sie an den Rosen vorbei zu den Stallungen schlenderten. Plötzlich fuhren sie erschrocken auseinander. Gesa preschte auf ihrem Hengst Apoll in gestrecktem Galopp hinter den Eichen hervor. Sie lach-

te, aber selbst auf die Entfernung erkannte Felicitas, dass Gesa Angst hatte. Apoll stand seit Wochen allein, getrennt von den Stuten, und sein ungebärdiges Wesen verlangte nach einer Herausforderung, die seine Aggressivität befriedigen würde. Er stieg, und mit einem schrecklichen dumpfen Geräusch schlug Gesas Körper auf dem Kiesweg auf. Apoll stieg wieder, während Dora und Teresa entsetzt schrien und Clemens versuchte, seine Zügel zu ergreifen.
Felicitas griff nach dem Bademantel und flog die Treppe hinunter, gefolgt von Steffen auf Socken. »Christian!«, schrie sie. Christian stürzte aus der Bibliothek und lief mit Felicitas und Steffen durch die Halle zur Hintertür.
»Ruft einen Arzt, schnell!«, rief er Marie und Elfriede zu, die ihnen mit angstgeweiteten Augen entgegenliefen. Mit zitternden Händen griff Marie zum Telefon.
Gesa lag auf dem Rücken, ihr Atem ging flach. Das rechte Bein war in einem unnatürlichen Winkel vom Körper weggestreckt, die Arme lagen ausgebreitet, als wollte sie jemanden umarmen.
»Wir müssen den Stiefel aufschneiden«, sagte Christian, und ohne ein Wort reichte ihm Arthur sein Taschenmesser, mit dem er eben noch die Zweige gestutzt hatte. Behutsam setzte Christian die Klinge an, die zum Glück scharf genug war, einigermaßen mühelos durch das Leder zu schneiden, ohne Gesa unnötige und vermutlich schmerzhafte Bewegungen zuzumuten. Der Stiefel sprang auf, und Gesas rechter Knöchel schwoll augenblicklich an. »Holt Decken«, ordnete Christian sachlich an. »Wir müssen sie warm halten, bis der Arzt kommt.« Keiner wagte zu fragen, warum Christian sie nicht ins Haus bringen wollte, doch er beantwortete die stumme Frage. »Ich

fürchte, sie hat sich einige Rippen gebrochen, möglicherweise haben sie ihre Lunge verletzt.«
»O Gott«, stieß Felicitas aus, »wie oft habe ich gesagt, dass wir den Hengst verkaufen müssen ...«
»Aber Mama, es ist doch Gesas Lieblingspferd. Wie hättest du das tun sollen?«, flüsterte Teresa und fügte hinzu: »Das hätte sie dir nie verziehen. Außerdem hast du ihn doch selbst so gern geritten.«
Felicitas entgegnete nichts darauf. Wider besseres Wissen dieses Tier zu behalten war einer der unzähligen zumeist ungeschickten Versuche, Gesas ablehnende Haltung ihr gegenüber aufzuweichen. Wohin das führte, sah Felicitas jetzt, und auch, dass es an der Zeit war, ihr Verhältnis zueinander endlich zu bereinigen. Wenn noch Zeit bliebe ... Felicitas unterdrückte ein Schluchzen. Steffen zog sie an sich, aber sie wehrte ihn ab. Apoll wieherte in der Ferne.
Auf den Stock gestützt und kerzengerade kam Elisabeth vom Haus herüber. Mit großen Schritten eilte der Arzt an ihr vorbei, murmelte ein hastiges »Guten Abend« und beugte sich über Gesa. Nach wenigen Minuten nickte er und winkte zwei Sanitäter heran, die Gesa vorsichtig auf eine Trage legten und zudeckten.
»Gut, dass Sie den Stiefel aufgeschnitten und sie nicht bewegt haben«, sagte er in die Runde.
»Das war Christian. Er studiert Medizin, er glaubt, die Lunge ist verletzt«, platzte Teresa heraus, und der Arzt lächelte sie an und wandte sich dann Christian zu.
»Welches Semester?«
»Drittes«, antwortete Christian.
»Solche Kollegen können wir brauchen«, sagte der Arzt anerkennend und klopfte Christian auf die Schulter. Dann wechselte er den Ton. »Ich möchte Sie nicht beunruhigen,

aber ich fürchte, sie hat in der Tat innere Verletzungen. Ich bringe sie jetzt in die St.-Jürgen-Klinik, und dann sehen wir weiter.«
»Ich komme mit«, sagte Felicitas. »Ich ziehe mich nur schnell um.«
»Ich begleite dich.« Steffen sah Felicitas an, in seinen Augen die stumme Bitte, ihn nicht abzuweisen. Felicitas nickte.
»Wir kommen auch mit«, sagten Teresa und Christian zugleich. Clemens' Blick glitt unentschlossen von Felicitas zu Dora und wieder zurück.
»Es macht keinen Sinn, wenn wir alle die Klinik belagern«, sagte Elisabeth energisch. »Nun macht schon«, trieb sie Felicitas und Steffen zur Eile an. »Wir kümmern uns um die anderen.«
Als Felicitas und Steffen außer Sichtweite waren, ging Elisabeth Richtung Stallungen.
»Großmutter, hältst du es für klug ...«, wandte Clemens vorsichtig ein, aber Elisabeth unterbrach ihn.
»Sage mir nicht, was ich zu tun habe.« Und entschlossen setzte sie ihren Weg fort.
Der Park lag in der Dämmerung, die Eichen, beleuchtet von Bürgermeisterlaternen, warfen mächtige Schatten. Ein leichter Wind bauschte die Weiden, die den Pfad zu den Stallungen säumten. Die Stuten wieherten, als sie die Schritte hörten. Elisabeth blieb stehen und schnalzte leise. Apoll stand vielleicht zwanzig Meter neben der Tränke, sein schwarzes Fell glänzte von Schweiß, weißer Schaum tropfte ihm aus dem Maul, und er wieherte kaum vernehmbar. Elisabeth schnalzte wieder, und Apoll riss den Kopf hoch. Instinktiv spürte sie, dass mit dem Tier irgendetwas nicht in Ordnung war. Vorsichtig ging sie auf

ihn zu, die Tatsache ignorierend, dass sie neunzig war und nicht mehr über die Schnelligkeit und die Kraft verfügte, die man brauchte, um ein aus der Kontrolle geratenes Pferd zu dominieren. »Komm her«, raunte sie. Nur noch ein Meter trennte sie von dem Hengst, als sie es sah. Erst hielt sie es für Schweiß, doch als der Kies unter Apoll sich rot färbte, erkannte sie, dass es Blut war, das unter dem Sattel hervorquoll und zu Boden tropfte.

Knusprig braun und verführerisch duftend wartete der Festbraten darauf, verspeist zu werden. Doch die Stimmung war gedrückt, keiner fand den Appetit, Maries kulinarisches Meisterwerk zu würdigen.
»Wäre es nicht besser, wenn wir ins Krankenhaus fahren würden?«, fragte Helen, doch Elisabeth schüttelte den Kopf und blickte verstohlen zur Uhr.
»Ich bin erschöpft«, sagte sie. »Bitte esst weiter. Ich lege mich eine halbe Stunde hin, und dann wollen wir schauen, was das Christkind unseren kleinen Mädchen gebracht hat, nicht?«
Stefanie und Sarah nickten beglückt. Obschon sie den Ernst der Situation durchaus begriffen, brachte niemand es übers Herz, ihnen die Bescherung zu versagen.
Elisabeth erhob sich und verließ den Salon, wandte sich jedoch nicht zur Treppe, sondern schlich zur Hintertür. Sie hatte sich mit dem Tierarzt, der seit Jahren die Pferde der Andreesens betreute, aber dennoch natürlich nicht erfreut reagiert hatte, am Heiligabend zu einem Notfall gerufen zu werden, bei den Stallungen verabredet. Warum Elisabeth es für besser hielt, niemandem von Apolls Verletzung zu erzählen, vermochte sie nicht zu sagen, und so kam sie sich ein wenig lächerlich vor, im Schutz der Dun-

kelheit durch den Garten zu hasten, als wäre sie auf dem Weg zu einem heimlichen Geliebten. Sie lächelte grimmig. Steinalt, aber immer noch Sehnsucht im Herzen und genug Phantasie, darunter zu leiden, dass diese Zeiten vorbei waren. Sie scheuchte den Gedanken fort. Dr. Ehrenberg wartete bereits.
Apoll stand in seiner Box, die linke Hinterhand und die Flanke zitterten unkontrolliert. Der Tierarzt schnalzte leise und schob sich langsam an der Wand entlang. Sacht berührte er Apolls Nüstern, streichelte seinen Kopf und wanderte behutsam weiter zum Hals und zum Bauch. Vorsichtig öffnete er den Sattelgurt und hob den Sattel an. In dem Moment warf Apoll den Kopf zurück und stieg. Der Sattel flog über die Bretterwand, schoss knapp an Elisabeths Kopf vorbei und blieb im Gang liegen.
»Hoho, ist ja gut, mein Apoll, ist alles halb so schlimm.« Die leise gesprochenen Worte beruhigten den Hengst, und Dr. Ehrenberg machte sich daran, den Rücken des Tiers zu untersuchen. »Kein Wunder, dass er durchgegangen ist. Er hat mehrere Verletzungen, aber ich habe keine Ahnung, wie er sich die zugezogen haben könnte.« Er nahm eine Spritze aus seiner Tasche. »Ich werde die Stellen betäuben und vernähen. Morgen ist er wieder auf dem Damm.«
Elisabeths Gedanken überschlugen sich, doch sie zwang sich, konzentriert nachzudenken. Die Verletzungen befanden sich im vorderen Teil des Rückens. Da wohl kaum davon auszugehen war, dass Gesa ihr Tier hatte quälen wollen, musste es eine andere Ursache geben. Ihr Blick fiel auf den Sattel. Sie wuchtete ihn herum und betastete den blutgetränkten hellen Filz. Sechzig Jahre ihres Lebens war sie geritten, sie wusste, wie sich die Innenseite eines

Sattels anfühlte, wie die Nähte zu verlaufen hatten und wo sie sich kreuzten. Ungläubig starrte sie auf die drei Schnitte, die kaum zu sehen waren. Sie drückte den Filz flach, und drei Rasierklingen kamen zur Hälfte zum Vorschein, die jemand so geschickt festgenäht hatte, dass sie senkrecht blieben. Der Druck des Sattels allein reichte nicht aus, die Klingen in das Fleisch des Tiers zu treiben, aber sobald ein Reiter aufsaß, sich zum Galopp vorbeugte und die Oberschenkel an den Sattel presste ... Welcher Mensch war so abgrundtief böse, einem Tier so etwas anzutun? Ein Dummejungenstreich war das ganz gewiss nicht. Wer dies zu verantworten hatte, hatte es auf Gesas Leben abgesehen. Oder auf Felicitas' ... Mühsam stand Elisabeth auf. Sie spürte jeden einzelnen Knochen und fühlte sich plötzlich so erschöpft, wie sie vorhin vorgegeben hatte, es zu sein.

Dorothee und Constanze hatten Stefanie und Sarah zusammen mit den neuen Püppchen gerade ins Bett gebracht, als Ella, Thomas und Delia eintrafen und entsetzt hörten, was Teresa zu berichten hatte.
»Was sollen wir nur tun?«, fragte Ella. »Wäre es nicht besser, in die Klinik zu fahren?«
»Oma will, dass wir hierbleiben. Sie sagt, wir machen es nur noch schlimmer, wenn wir wie die aufgescheuchten Hühner um die Ärzte herumrennen.«
Ella schnaubte. »Das ist so typisch. Sie kommt nicht auf die Idee, dass Felicitas vielleicht ein wenig Unterstützung nötig haben könnte. Ich meine, sie muss doch vor Sorge außer sich sein.« Sie warf ihrer Mutter und Helen, die ein wenig abseits saßen und leise miteinander sprachen, einen empörten Blick zu.

»Sie sind von einem anderen Kaliber als du, Schwesterherz«, sagte Anton, der Ellas Blicke verfolgt hatte. Désirée legte ihm mahnend die Hand auf den Arm. »Das ist durchaus als Kompliment zu verstehen«, fügte er in gespielter Unschuld hinzu. »Frauen wie sie können wir in Deutschland gut gebrauchen. Zäh wie Leder, hart wie Kruppstahl ...«

»Ach Anton, nun lass es doch gut sein«, seufzte Désirée. Nach ihrem Auszug aus der Villa, dem ein furchtbarer Streit zwischen Anton und seiner Mutter vorangegangen war, hatte es eine kurze Zeit gegeben, da Anton und Désirée wieder etwas mehr zueinander gefunden hatten. Die verwöhnte, ein wenig dumme junge Frau hatte an Format gewonnen, indem sie gezwungen war, ein Leben ohne Dienstboten und die Annehmlichkeiten eines vornehmen Haushalts wie der Villa zu führen. Anton seinerseits hatte seiner Spielsucht abgeschworen und sich den Nationalsozialisten verschrieben. Doch je eifriger er um sein Fortkommen in der Partei bemüht war, desto schneller versandete Désirées Vorstellung vom gemeinsamen Glück. Anton vernachlässigte sie wie eh und je und behandelte sie mit zynischer Geringschätzung, und Désirée schlüpfte zurück in die Rolle der demütigen Ehefrau.

»Magst du mir helfen, das Chaos zu beseitigen, das die Mädchen beim Auspacken der Geschenke angerichtet haben?«, wandte Teresa sich an Delia, um der angespannten Unterhaltung zu entgehen und überdies das zu tun, was Felicitas ihr aufgetragen hatte, wenngleich sie instinktiv wusste, dass Delia und sie nicht viel miteinander verband. Delia wirkte viel erwachsener, wie sie mit gefalteten Händen dasaß und ihre Blicke unaufdringlich von einem zum anderen wandern ließ. Jetzt sah sie erstaunt hoch, und Te-

resa hätte sich ohrfeigen können, als ihr bewusst wurde, dass Delia ihre Frage als unverhohlenen Hinweis auf ihre einfache Herkunft missverstehen könnte. »Oder wir spielen eine Partie Halma«, fügte sie lahm hinzu.
In Delias wachen Augen glomm ein amüsierter Funke auf, als sie erwiderte: »Schach wäre mir lieber.«
»Tut mir leid, das habe ich nicht gelernt, genau genommen habe ich mich nie dafür interessiert. Mein Bruder Clemens spielt allerdings ganz vorzüglich. Clemens?«
»Ich eile«, schmetterte er in sattem Bass und zwinkerte Delia zu. »Gespielt wird nach meiner Regel, und die lautet: Keine Tränen, auch wenn ich dich nach drei Zügen schachmatt setze.«
»Demnach wäre ein Ohnmachtsanfall erlaubt?«, gab Delia schlagfertig zurück.
Clemens lachte und führte sie zu dem mit grünem Leder bezogenen Spieltisch am anderen Ende des Salons. Wie sie die Figuren aus Ebenholz und Elfenbein sortierten und in Reih und Glied auf das Brett stellten, fesselte Teresas Aufmerksamkeit. Als ob sie das schon hundertmal zusammen gemacht hätten, dachte sie bei sich und warf Dora einen verstohlenen Blick zu, deren Züge keinerlei Regung zeigten. Dennoch war Teresa überzeugt, dass Dora die Vertrautheit zwischen den beiden durchaus nicht entgangen war.
Unterdessen hatten Ella, Thomas, Anton und Désirée die Idee aufgegriffen und sich einen Platz im Wintergarten gesucht, um sich mit Canasta die Zeit zu vertreiben, die immer langsamer zu vergehen schien. Teresa sammelte das achtlos fortgeworfene Geschenkpapier ein und machte es sich danach auf dem Sofa bequem, um in ihren neuen Büchern zu blättern. Am meisten freute sie sich über Jorge

Anamegas *Geschichten aus Brasilien*. Schon mit den ersten Sätzen verlor sie sich in der anderen Welt, die Sorge um Gesa geriet ebenso in den Hintergrund wie das leise Lachen, das gelegentlich zwischen Clemens und Delia hin und her perlte, wenn einer von ihnen eine Figur geschlagen hatte. Ellas Worte jedoch, die sie eindringlich an Anton richtete, drangen zu ihr durch. »Ich habe dich nie um etwas gebeten, Anton, aber jetzt brauche ich deine Hilfe. Der Vater des Mädchens ...« Sie brach ab, als sie Teresas Blick bemerkte, und fuhr so leise fort, dass Teresa nichts mehr verstehen und sich wieder in die Schilderung des Amazonas vertiefen konnte.

Warum zum Teufel dauerte das bloß so lange! Felicitas verlor allmählich die Geduld, ihr Hintern tat weh vom stundenlangen Sitzen auf Holzstühlen, die sie nicht einmal ihrem Personal zumuten würde, und ihr Magen rebellierte. Ihr war fast schwindlig vor Hunger und vor Wut. Krankenschwestern und Ärzte hasteten geschäftig durch die grell beleuchteten, in trostlosem Elfenbein gestrichenen Gänge, und keiner hatte es für nötig gehalten, von ihnen Notiz zu nehmen, seit sie Gesa in den Operationssaal geschoben hatten. War das ein gutes Zeichen, eines, das dafür sprach, das die Verletzungen halb so schlimm waren? Oder ein schlechtes? Was, wenn Gesa stürbe ... Wenn sie ein Krüppel sein würde ...
Steffen, der sicher war zu wissen, was in seiner Frau vor sich ging, nahm ihre Hand. Doch Berührung war das Letzte, was Felicitas jetzt ertrug. Sie stand auf und begann auf dem Flur hin und her zu gehen, um Abstand zu gewinnen von Steffen, von dieser Klinik, von der ganzen Welt. Nur in der Konzentration auf sich selbst würde

sich der schützende Mantel der Kälte um sie legen, der die quälenden Gedanken abschirmte. Das grau marmorierte Linoleum dämpfte das Klackern ihrer hohen Absätze. Ihre Finger krampften sich um die goldene Taschenuhr, als wollten sie die Zeit zwingen, schneller zu vergehen. Vor ihrem inneren Auge sah sie Heinrichs Gesicht, so deutlich wie schon seit Jahren nicht mehr, hörte seine weiche Stimme, sah, wie er Gesa auf dem Schoß wiegte und wie sie ihre Ärmchen um seinen Hals schlang. Gesa war ein schwieriges Kind gewesen, trotzig und ständig von Zorn erfüllt, als wäre das Leben an sich eine immerwährende Ungerechtigkeit, und der Tod ihres geliebten Vaters hatte sie nur in diesem Glauben bestärkt. Als sie heranwuchs, hatte sie Zuflucht in einem kühlen Zynismus gesucht, mit dem sie ihre Verletzlichkeit überspielte, und Felicitas, zu ungeduldig und mit sich selbst beschäftigt, um einen Zugang zu ihrer Tochter zu finden, verlor die Zuversicht, dass die Pubertät Gesas Ecken und Kanten glatt polieren würde. Gewiss, sie finanzierte Gesas Ambitionen und achtete darauf, sie genauso fürsorglich und liebevoll zu behandeln wie ihre drei Geschwister, doch das täuschte weder sie noch Gesa darüber hinweg, wie ihr Verhältnis tatsächlich beschaffen war. Gelegentlich überfiel Felicitas der Vorsatz, irgendwie und endlich einmal die Dinge zwischen ihnen zu bereinigen, doch sie hatte keine Ahnung, wie sie das anstellen sollte. Was hätte sie auch zu sagen gehabt? Bitte vergib mir, dass dein Vater tot ist? Bitte verzeih, dass ich mich nicht auf dich gefreut habe, als ich dich austrug, weil mir ständig übel war und du es mir unmöglich machtest, meine Pläne voranzutreiben?
Sie schnaubte und zündete sich eine Zigarette an. Wahr-

scheinlich würde gleich ein Zerberus von einer Krankenschwester um die Ecke sausen und ihr das Rauchen verbieten. Umso besser! Dann würde sie aus ihr herauspressen, wie es um ihre Tochter stand, Herrgott noch mal! Tränen stiegen ihr in die Augen. Eine Tür klappte, und ein Arzt zog sich mit müder Geste die OP-Maske vom Gesicht. Während er sich die Handschuhe abstreifte, ging er auf Felicitas zu.
»Frau Hoffmann?«
»Wie geht es meiner Tochter?«
»Sie dürfen hier nicht rauchen.«
»Ach was ...«
»Aber«, fuhr er fort, und ein Strahlen legte sich über sein breites sympathisches Gesicht, »wenn das Ihre Art ist zu feiern, rauchen Sie nur zu Ende. Ihre Tochter hat es geschafft.«
Felicitas schloss die Augen.

6

Drei Tage später ließ Gesa sich auf eigene Gefahr aus der Klinik entlassen.
»Tun Sie sich den Gefallen und bleiben Sie hier, bis die Verletzungen auskuriert sind«, mahnte der Arzt, der sie operiert hatte, mit sorgenvollem Blick. »Ihre Lunge ist noch angegriffen, und ob der Knöchel und das Schienbein wieder korrekt zusammengewachsen sind, können wir erst sagen, wenn wir den Gips abnehmen, also frühestens in zwei Wochen.« Er stockte, als er Gesas Entschlossen-

heit spürte. »Sie dürfen nicht vergessen, dass Sie einen komplizierten Trümmerbruch erlitten haben. Ihr Bein musste mit einer Metallplatte stabilisiert werden. Wenn Sie es zu früh belasten, gefährden Sie nicht nur den Heilungsverlauf, Sie müssen aller Voraussicht nach erhebliche Schmerzen in Kauf nehmen. Ich will Ihnen keine Angst machen ...«
»Dann lassen Sie es doch bitte auch«, unterbrach ihn Gesa. »Ich bin vierundzwanzig und also für mich selbst verantwortlich, und ich hoffe, dass Sie den Mund halten.«
»Fräulein Andreesen, ich mache mir ernstlich Sorgen um Ihre Gesundheit«, beharrte der Arzt, und Gesa seufzte.
»Sehen Sie, ich bin Ihnen wirklich dankbar, aber ich muss unter allen Umständen zurück nach Berlin.« Überdies hatte sie es gründlich satt, sich von dicken alten Krankenschwestern herumkommandieren zu lassen und jeden Nachmittag eine Flut rührend besorgter Verwandter zu ertragen, die um ihr Bett herumstanden und sie betrachteten wie ein Insekt unterm Mikroskop. Am meisten fürchtete sie sich vor Felicitas' Besuchen, davor, dass ihre Mutter den Unfall zum Anlass nehmen würde, ihre Schuldgefühle vor Gesa auszubreiten, um Absolution zu erlangen und ihrer beider Verhältnis zu klären. Doch da gab es nichts zu klären, sie verstanden sich einfach nicht, hatten sich nie verstanden, und dieser emotionalen Distanz verdankte Gesa ihre Fähigkeit, sich andere Menschen und deren Probleme vom Leib zu halten, sich nicht einzulassen auf Verstrickungen gleich welcher Art, die sie nur unnötig von ihrem Weg ablenken würden. Zum Glück war Felicitas nie allein im Krankenhaus erschienen. Die Schleusen der Vergangenheit blieben also geschlossen. Gut so.

»Dann bleibt mir nur, Ihnen viel Glück zu wünschen«, sagte der Arzt reserviert und verließ kopfschüttelnd das Krankenzimmer. Vorsichtig ließ Gesa sich aus dem Bett gleiten und nahm die Krücken zur Hand. Sie rümpfte die Nase, keilte sie in die Ecke und hüpfte auf einem Bein zum Waschtisch. Kalter Schweiß legte sich auf Stirn und Nase, und ein stechender Schmerz durchfuhr sie. Von ferne meinte sie Felicitas' und Elisabeths Stimmen zu hören und humpelte zurück zum Bett.
»Liebes, wie geht es dir heute?« Elisabeth ließ sich auf einen Stuhl fallen und öffnete ihre Handtasche. »Ein wenig Obst, die Zeitung von heute, Pralinen ...«
»Ich werde fett wie Mae West«, murmelte Gesa, und Elisabeth lachte.
»Nie im Leben. Außerdem hast du abgenommen. Kein Mensch will eine Wasserleiche auf Zelluloid sehen. Also greif zu.«
Gesa klopfte auf ihre Schenkel. »Von wegen. Meine Beine sind gerade im Begriff, eine attraktive Stromlinienform anzunehmen ...«
Felicitas, die stehen geblieben war, taxierte ihre Tochter kühl. »Was soll der Unsinn? Du wirst in der Klinik bleiben, ob es dir passt oder nicht!«
Gesa lachte grimmig. »Hat der Arzt seinen Mund nicht halten können, nein? Tut mir leid, aber mein Entschluss steht fest. Auch in Berlin soll es den einen oder anderen Mediziner geben, der mich weiterbehandeln kann.«
»Aber du brauchst Pflege. Wer soll sich denn in Berlin um dich kümmern?«
»Keine Sorge, da gibt es jemanden.«
»Davon bin ich überzeugt.« Felicitas' Stimme troff vor Ironie, und Gesa starrte sie wütend an.

»Spiel dich bloß nicht als sorgende Mutter auf«, sagte sie aufgebracht.
»Genug.« Elisabeths energischer Ton stoppte die heranrollenden Wogen. »Felicitas, setz dich hin. Gesa, hör auf, dich wie ein verzogenes Gör zu benehmen. Hört mir zu, alle beide. Ich will, dass ihr euch vertragt, und ich will, dass du in Bremen bleibst, Gesa. Wir müssen jetzt zusammenhalten, und zwar mehr denn je.« Erst ungläubig, dann immer entsetzter hörten sie, was Elisabeth zu sagen hatte. »Wir müssen den Tatsachen ins Auge sehen«, schloss sie. »Ohne Zweifel handelt es sich nicht um einen Unfall, sondern um einen Anschlag, der einer von euch beiden galt. Keiner außer euch reitet Apoll.« Die Worte hingen im Raum, bleischwer, wie eine unsichtbare dunkle Macht.
Felicitas fing sich als Erste wieder. »Wenn ich dich richtig verstehe, hat derjenige viel Mühe aufgewandt, die Rasierklingen so einzunähen, dass sie nicht verrutschen. Das bedeutet zum einen, dass er sich den Sattel unauffällig ausleihen oder sich lange genug unerkannt im Stall aufhalten konnte, und zum anderen, dass er Wert darauf legt, dass sein raffinierter Plan als solcher erkannt wird. Wenn er Apoll eine Droge verabreicht hätte, Tollkirsche oder etwas Ähnliches, hätte dies zwar die gleiche Wirkung gehabt und er wäre durchgegangen, aber wir hätten sein Verhalten auf eine Kolik geschoben oder auf sein ohnehin nicht sehr sanftmütiges Wesen.«
Elisabeth nickte langsam. »Ich glaube, du hast recht. Er will sich an unserer Angst weiden, zugleich aber sicherstellen, dass er seine kriminelle Intelligenz bewundern. Überdies hätte er die Droge Apoll kurz vor dem Ausritt verabreichen müssen, was kaum möglich gewesen wäre.

Der präparierte Sattel dagegen bot ihm die Möglichkeit, in aller Ruhe abzuwarten, wann es eine von euch erwischt.«
»O Gott«, stöhnte Gesa angewidert, »wir haben es bestimmt mit so einem perversen Typen zu tun. Wahrscheinlich hockt der den ganzen Tag in einem Büro, achtet darauf, dass seine Ärmelschoner nicht dreckig werden, kriecht dem Chef in den Hintern und geht nach Feierabend zu einer Domina, um sich ordentlich verhauen zu lassen, bevor er seine ekelhaften Pläne schmiedet.«
Elisabeth guckte sie schockiert an. »Du hast ja eine blühende Phantasie …«
»Wie dem auch sei«, schnitt Felicitas ihr das Wort ab, »wir sollten damit zur Polizei gehen.« Plötzlich fiel ihr der anonyme Brief wieder ein, dem sie so wenig Beachtung geschenkt hatte und der vermutlich längst im Küchenofen verfeuert worden war, wie alles weggeworfene Papier im Hause Andreesen. Dennoch nahm sie sich vor, den Papierhaufen in der Küche unter die Lupe zu nehmen, sobald sie wieder zu Hause waren. Nein, sie würde nicht mit ansehen, wie sie alle in einen schrecklichen Albtraum gerieten. Entschlossen stand sie auf. »Ich mache mich auf den Weg. Nachher sollten wir überlegen, wie wir das Gelände und die Villa besser vor Eindringlingen schützen. Vielleicht hat Steffen ja eine Idee.« Sie beugte sich vor und küsste Gesa flüchtig auf die Wange. »Mach dir keine Sorgen. Den Kerl haben wir eher hinter Schloss und Riegel, als du deine erste Hauptrolle im Kasten hast.«
»Mutter?« Der Schreck hatte Gesa die Farbe aus dem Gesicht getrieben, aber sie wirkte keineswegs ängstlich. Mit fester Stimme sagte sie: »Ich reise trotzdem nach Berlin zurück.«
Felicitas fuhr herum.

»Sieh mich nicht so an. Es hat doch keinen Sinn, hier herumzusitzen, während in Berlin die besten Rollen vergeben werden. Und ... «, sie stockte, »... und ehrlich gesagt glaube ich nicht, dass der Kerl es auf mich abgesehen hat.«

»Wie du meinst«, entgegnete Felicitas kühl. Und zu Elisabeth gewandt: »Ich nehme den Wagen und sage dem Fahrer, dass er dich in einer Stunde abholen soll. Bis nachher.« Ohne ein weiteres Wort drehte sie sich um und verließ das Krankenzimmer. Krachend fiel die Tür ins Schloss.

Genervt hob Gesa die Arme hoch und ließ sie auf die Bettdecke fallen. »Es ist immer das Gleiche ...«

»Man sollte annehmen, ihr wärt erwachsen genug, eure Differenzen vernünftig miteinander zu besprechen und auszuräumen«, meinte Elisabeth und bugsierte den Stuhl näher an Gesas Bett.

Gesa nahm Elisabeths Hand, die papieren und zerbrechlich in der ihren ruhte und sie mit einem Mal voller Schrecken gewahr werden ließ, dass diese Hand sie vielleicht schon bald, zu bald nicht mehr halten und trösten würde, und so zwang sie sich, ihre böse Bemerkung hinunterzuschlucken, um ihrer Großmutter das Herz nicht zusätzlich schwer zu machen, indem sie sich bockig und unversöhnlich zeigte. »Weißt du«, sagte sie sanft und streichelte die faltige kleine Hand, »es ist ja nicht so, dass ich Mutter nicht mag. Ich bewundere sie sogar für ihren unbeugsamen Willen und diese Kraft, mit der sie die Dinge anpackt und nicht lockerlässt. Als ich ein Kind war, habe ich nicht verstanden, warum es für Mutter wichtiger war, sich in einem Kontor zu verschanzen, statt mit mir zu spielen, und es hat mich furchtbar wütend gemacht, doch ich gehöre nicht zu den Menschen, die ihre Unzulänglichkeiten auf die Versäumnisse ihrer Eltern zurückführen. Vielleicht sind wir uns einfach nur zu ähnlich.«

Elisabeth hob die Augenbrauen. »Das stimmt schon, aber sich zurückzuziehen ist keine Lösung.« Ihr Ton wurde eindringlicher. »Ich beobachte schon länger, wie du dich von der Familie isolierst, Gesa. Du bist auf diese Idee fixiert, eine berühmte Filmschauspielerin zu werden, und nimmst kaum noch etwas anderes wahr. Was bleibt dir, wenn dieser Traum sich nicht erfüllt? Wenn du deine Gesundheit aufs Spiel setzt – für nichts? Was ist das für eine verrückte Idee, jetzt abzureisen – mit einem Gipsbein! Glaubst du im Ernst, deine Karriere läuft dir davon, weil du ein paar Wochen ausfällst?«

»Ach, Oma ...«

»Nenn mich nicht Oma!«

»Großmutter, beim Film herrschen andere Gesetze ...«

»Die ich aufgrund meiner fortschreitenden Senilität nicht zu begreifen imstande bin, ja?« Als Gesa den Blick senkte und nichts entgegnete, fuhr sie fort: »Oder steckt hinter alldem womöglich etwas ganz anderes? Ein Mann? Wer ist es?«

»Unsinn. Niklas holt mich bloß mit dem Wagen aus Bremen ab. Mehr ist da nicht.«

»Niklas?«

»Du kennst ihn doch. Der Regisseur, mit dem Mutter in Brasilien gedreht hat.«

»O ja, ich erinnere mich. Ein flotter junger Mann, sehr attraktiv. Und wenn er extra von Berlin nach Bremen fährt, nun, dann musst du mir nicht weismachen, dass er nichts für dich empfindet. Und wenn er etwas für dich empfindet, wird er einsehen, dass du lieber noch eine Weile in ärztlicher Obhut bleiben solltest.«

»So wie du das sagst, klingt alles ganz verdreht.« Gesa seufzte und rutschte tief unter die Bettdecke. Sie mochte es nicht zugeben, aber sie fühlte sich total erschöpft. Ihr Bein schmerzte entsetzlich, und bei dem Gedanken, dass sie nur um Haaresbreite einem feigen Mordanschlag entronnen war, wurde ihr übel. Sie wollte fort, nur fort. Gegen ihren Willen füllten sich ihre Augen mit Tränen. Sanft strich Elisabeth ihr übers Haar. »Ist ja gut, Liebes. Ruh dich jetzt aus. Morgen sehen wir weiter.«

Am nächsten Tag untersuchten zwei Polizeibeamte den Tatort. Unschlüssig und voll ängstlichem Respekt näherten sie sich Apoll, wichen zurück, als der Hengst schnaubte und mit den Augen rollte, und verließen seine Box, ohne eine Spur ausfindig gemacht zu haben, was Felicitas nicht anders erwartet hatte. Sie konfiszierten den präparierten Sattel und nahmen die Aussagen von Felicitas, Clemens, Dora, Elisabeth, dem Tierarzt und Gesa auf, die danach sofort nach Berlin abreiste.

Als das Land den Winter abschüttelte und die ersten Knospen und Triebe die Rückkehr des Frühlings anzeigten, drohten die Ermittlungen im Sande zu versickern, der Schrecken, der sie alle eine Weile umklammert hielt, verblasste, und die Überlegungen, die sie anstellten, wer für die Tat verantwortlich sein könnte, verloren an Schärfe. Insgeheim hatte Felicitas Anton im Verdacht gehabt, aber eine Intrige zu schmieden, wie er es in der Vergangenheit getan hatte, und einen Mord zu planen, waren eben doch zwei verschiedene Dinge. Obwohl sie Anton nicht mochte, seine Bosheit abgrundtief verabscheute und seine Hinterhältigkeit fürchtete, musste sie ihm dennoch zugestehen, dass er seine Macht als rechte Hand des Gauleiters

Weser-Ems nutzte, um die Polizeiarbeit in ihrer Sache unermüdlich voranzutreiben. Das würde er gewiss nicht tun, wenn er fürchten musste, selbst entlarvt zu werden. Abgesehen von Anton war Felicitas niemand eingefallen, der sie, und um sie ging es, darin war sie sich mit Gesa einig, so sehr hasste, dass er sie töten wollte. Gewiss war sie von zähen und umtriebigen Konkurrenten im Kaffeegeschäft umzingelt, gewiss hatte sie sich bei den Arbeitern in der Vergangenheit nicht nur Freunde gemacht – aber Mord? Das traute sie einfach niemandem zu.

Steffen schlug schließlich vor, sich mit einer Reise für eine Weile aus der Schusslinie zu bringen, und zu ihrem eigenen Erstaunen und Elisabeths stiller Genugtuung stimmte Felicitas zu. Kurz vor Ostern bestiegen sie die Fähre, die sie über den Kanal nach Dover und von dort nach London bringen sollte. Ein kühler Wind zerrte an Felicitas' Haaren, als sie an Deck stand, und schäumende Gischt spritzte hoch und benetzte ihr schönes Gesicht. Selbstvergessen sah sie den watteweißen Wolken zu, die sich zu fedrigen Gebirgen auftürmten, und genoss das Schreien der Möwen. Sie hatte sich lange nicht mehr so unbeschwert gefühlt. Glücklich suchte sie Steffens Blick.

7

*E*llas Hoffnung, dass der Kontakt mit Felicitas sich förderlich auf Delia auswirken würde, hatte sich nicht erfüllt, im Gegenteil, ihr Schützling zog sich noch mehr in sich zurück. Immerhin wurden ihre ernsten Züge jetzt häu-

figer von einem stillen Lächeln erhellt, obwohl die Frage, wo ihr Vater sich aufhielt, ob er überhaupt noch am Leben war, immer noch nicht geklärt war. Fräulein Zinke hielt Delias neues Interesse am Theater für die Ursache dieser Entwicklung. Seit Dora Henning die Leitung der Theaterschule im Kunstpark übernommen hatte, verbrachte Delia fast jeden Nachmittag dort, studierte die klassische Bühnenliteratur von Goethe bis Shakespeare, erledigte kleinere Büroarbeiten, kümmerte sich um die Requisiten für die Aufführungen der Schauspielschüler und nahm gelegentlich am Sprech- und Stimmunterricht teil. Dora hatte sich rasch an Delias ständige Anwesenheit gewöhnt, ihr zurückhaltendes, gelassenes Auftreten brachte Ruhe in die quirlige, aufgeregte Atmosphäre der Schule, und wenn sie auch stets ein wachsames Auge auf die Begegnungen von Clemens und Delia hielt, hatte sie keinen Anlass, unzufrieden mit ihrer jungen selbst ernannten Assistentin zu sein.
»Es ist alles in bester Ordnung«, hatte sie Ella versichert. »Delia ist nicht der Typ, für den die Bühne sein Ein und Alles ist. Sie nimmt ihre Aufgaben nur erfreulich ernst. Vielleicht hat ihr eben dies gefehlt – das Gefühl, gebraucht zu werden.«
Dennoch machte Ella sich Sorgen. Als sie Thomas davon erzählte, wiegte er den Kopf und meinte schließlich: »Vermutlich ist sie heimlich in Clemens verliebt. Anders kann ich mir ihr plötzliches Beseeltsein vom Theater nicht erklären. Ich meine, mit ihrem Verstand könnte das Mädchen Physik studieren. Stattdessen klammert sie sich an eine bedeutungslose Theaterschule, in der Sechsjährige Ballett tanzen und Fünfzehnjährige das *Käthchen von Heilbronn* runterleiern.« Er grinste Ella spitzbübisch an,

und prompt fiel sie auf seine gespielte Provokation herein.
»Von wegen! Die Schule leistet erstklassige Arbeit ...« Sie brach ab, als sie bemerkte, wie der Schalk in seinen Augen tanzte, und griff nach seinen Pinseln, die, im Ausguss liegend, grüne, blaue und rote Farbrinnsale auf der weißen Emaille hinterließen. »Und du? Was für ein quietschbuntes Kinderbild soll das denn werden? Das kauft doch kein Mensch!« Lachend lief sie ins Nebenzimmer und riss das Tuch von der Leinwand – ein sattes Alpenpanorama mit röhrendem Hirsch im Hintergrund. Es verschlug ihr die Sprache. »Du hast dich mal wieder übertroffen«, murmelte sie und trat näher. »Bist du sicher, dass niemand den Trick bemerkt?«
Thomas schüttelte den Kopf. »Das Bild hat Anton bestellt. Es entspricht ganz gewiss dem Geschmack, den man in seinen Kreisen pflegt. Und ich kann mir nicht vorstellen, dass er Verdacht schöpft.«
Ella brachte ein schiefes Lächeln zustande. Ihr war der Kunsthandel ihres Mannes nicht geheuer, doch sie wusste, dass er den einmal eingeschlagenen Weg fortsetzen würde, ganz gleich, wie sie darüber dachte. Sie wandte sich von dem Bild ab.
»Ich halte es für das Beste, jetzt gleich mit Delia zu reden. Die Sache geht mir nicht aus dem Kopf. Wenn du recht hast, kann ich die Uhr danach stellen, wann sie in Kummer und Herzeleid versinkt. Clemens liebt Dora und wird sie niemals aufgeben.«
»Ich glaube nicht, dass du etwas aus ihr herausbekommen wirst«, rief Thomas ihr hinterher, doch sie war schon auf dem Weg nach unten.
Als sie in Delias Zimmer trat, erkannte sie mit einem

Blick, dass Thomas' Ahnung richtig war. Auf Delias Schreibtisch lagen Zeitungsausschnitte und Bühnenporträts von Clemens – Clemens in Junkeruniform, Clemens als Schneeflockenmann, Clemens als Ritter und als Narr, Clemens, Clemens, Clemens.
»Kann ich nicht einmal auf Toilette gehen, ohne dass du mir nachspionierst?«
Ella fuhr herum. Mit Eiseskälte in den Augen, wie ein Raubvogel, der lange Zeit nach Beute gesucht hatte, um schließlich sein Ziel zu entdecken und sich darauf zu stürzen, funkelte Delia sie an.
»Delia«, Ella nahm ihren Mut zusammen, »diese Geschichte ...«
»Lass nur«, schnitt Delia ihr das Wort ab. »Das verstehst du nicht.« Als sie Ellas gekränkten und besorgten Blick bemerkte, fuhr sie ein wenig sanfter fort: »Du kannst nichts dagegen tun. Ich will Clemens. Ich liebe ihn.«

8

London vibrierte vor Lebenslust. Sobald der feuchte, undurchdringliche Nebelschleier, der über der Stadt lag, von einer freundlichen Frühlingssonne gelüftet worden war, strömten die Menschen, Briten wie Gäste aus dem Ausland, in den St. James' Park, um das wunderbare Wetter für einen Spaziergang zwischen Blumenrabatten und steinalten Linden auf den geschwungenen, sorgfältig geharkten Kieswegen zu nutzen. Kleine Jungen in Tweedanzügen und blasse Mädchen in pastellfarbenen

Kleidchen und gewaltigen Seidenschleifen im hellroten Haar trotteten brav neben ihren Nannys her, die sich suchend umsahen, ob ihr heimlicher Verehrer wie verabredet an einem Baum lehnte, um auf eine scheinbar zufällige und daher unverfängliche Begegnung zu lauern. Wichtig dreinblickende Herren in dunklem Cut und mit Zylinder durchmaßen den Park mit langen Schritten, unterwegs zu einem bedeutsamen Geschäftstreffen und deshalb die Schönheit der Umgebung ignorierend. Hier und da begrüßten sich unverkennbar reiche, nach der neuesten Mode gekleidete Damen, verweilten eine kurze Zeit und tauschten die neuesten Klatschgeschichten aus dem Hochadel aus. »Indeed?« war die Floskel, die Felicitas und Steffen öfter hörten als jede andere, wenn sie an solchen Grüppchen vorbeikamen und unfreiwillig einige Gesprächsfetzen auffingen. Irgendwann ging Felicitas voller Schalk dazu über, in solchen Momenten Steffen mit weit aufgerissenen Augen anzuschauen und spitz und unüberhörbar »Oh my God! And what did the Earl of …« zu quietschen, um dann, wenn ihr die Aufmerksamkeit der Gruppe gewiss war, so zu tun, als würde sie im leisen Flüsterton fortfahren. Die entgeisterten Blicke, die sie beide daraufhin verfolgten, ließen sie ein ums andere Mal in Gekicher ausbrechen, als wären sie fünfzehn statt über vierzig.

Seitdem sie in London waren, hatten sie in stillem Einvernehmen weder über die Familie und die dramatischen Ereignisse noch über das Kaffeeunternehmen und die Zeitung und schon gar nicht über die politische Entwicklung in Deutschland gesprochen. Das pulsierende Leben der britischen Hauptstadt steckte sie an, sich treiben und mitreißen zu lassen. Begierig, keinen Palast, keinen Platz und kein Museum zu verpassen, machten sie sich jeden Vormittag nach dem Frühstück im Regency an der Vauxhall Bridge Road zu Fuß auf den Weg durch den St. James' Park, vorbei am Westminster Abbey, dem House of Parliament und hinunter zur Themse. Im Britischen Museum staunten sie über die ägyptischen Artefakte, in der National Portrait Gallery studierten sie die ernsten Gesichter aus der Tudor-Ära, und sie erklommen die fünfhundertdreißig Stufen vom Eingang der St.-Pauls-Kathedrale bis zu ihrem höchsten Punkt und genossen den Ausblick über ganz London.

Wenn sie Hunger verspürten, suchten sie sich ein bescheidenes Pub, bestellten Gurken-Sandwiches und lachten über den unsagbar dünnen, nach nichts außer heißem Wasser schmeckenden Kaffee. Am späten Nachmittag kehrten sie zurück ins Hotel und warfen sich schachmatt aufs Bett, massierten sich gegenseitig die wunden Füße und liebten sich, sofern sie nicht zu müde waren. London schien sie wieder zu dem Paar zu machen, das sie einst gewesen waren, das sich ohne Worte verstand und im gleichen Takt schwang, und ganz allmählich und ohne dass es ihr bewusst wurde, begann Felicitas auf den Frieden zwischen ihnen zu vertrauen.

Sobald die Dämmerung die typischen Londoner Nebel über der Themse aufsteigen ließ, von den zahllosen Straßenlaternen in ein milchiges Licht getaucht, kleideten sie sich wieder an und ließen sich von einem der schwarzen Taxis in die Oper oder ins Ballett nach Covent Garden fahren, um teilzuhaben an der barocken Szenerie aus schimmernden Lüstern, knisternden Seidenkleidern, schwerem Parfum, aufgetürmten Locken und blitzenden Juwelen. Wurden die Lichter gelöscht, verschmolz Felicitas mit dem Geschehen auf der Bühne. Wie lange war sie nicht mehr im Theater gewesen! *Le Sacre du Printemps*, *Manon Lescaut*, *Die Kameliendame* – die ergreifendsten Stücke des Tanzes und der Weltliteratur zogen, furios inszeniert und grandios besetzt, an ihr vorüber wie ein Wirbel aus Farben und Melodien, großen Gesten und eindringlichen Worten. Sie genoss jede Sekunde.

An einem dieser Abende holte die Realität, die sie so gnädig in Ruhe gelassen hatte, wieder ein. Sie hatten Karten für die Zwanzig-Uhr-Vorstellung von Shakespeares *Der Kaufmann von Venedig*, jenem Stück, das die Grausamkeit der Titelfigur als Folge erlittenen Unrechts darstellt. Shylock, der Jude, ein von der christlichen Gesellschaft zutiefst verletzter, diskriminierter Mensch, verlangt unbarmherzig die Einlösung des Schuldscheins, den ihm der Kaufmann Antonio, ein Christ, unterschrieben hat. Er besteht darauf, auch wenn dies Antonios Todesurteil bedeutet. Ausgetrickst und blamiert von einer juristischen Spiegelfechterei, ist Shylock am Ende der geprellte Bösewicht. Felicitas' Vater hatte diese Rolle mehr als einmal verkörpert, ihr eine zu Herzen gehende verzweifelte Widersprüchlichkeit verliehen, und sie konnte nicht widerstehen, den Vergleich mit dem gefeierten britischen Schauspieler Sir Harold Mortimer in dieser Rolle anzustellen, und obwohl die Brisanz des Stücks sie beide für einen Moment hatte zögern lassen, freute Felicitas sich jetzt auf die Vorstellung. Doch sie hatte die Briten unterschätzt. Als das Taxi vor dem altehrwürdigen Royal Court Theatre hielt, liefen an die dreißig Demonstranten vor dem Theater auf und ab, hielten Plakate hoch und skandierten etwas, was sie nicht verstand, doch zweifellos ging es dabei um Hitler, die Juden und deren Diskriminierung.

»Have a nice time«, wünschte ihnen der Taxifahrer und tippte sich ironisch an die Schirmmütze. Steffen reichte ihr seinen Arm. »Komm, ich lasse mich weder daheim noch in London von anderen Menschen davon abhalten, das zu tun, was ich für richtig erachte.«
Die Inszenierung, die sie in einer Loge verfolgten, verzichtete auf politische Anspielungen und Seitenhiebe gegen den Nachbarn auf dem Kontinent, und dennoch lag eine gereizte Anspannung in der Luft. Als sie das Theater nach fast drei Stunden verließen, atmete Felicitas erleichtert auf.
»Ich konnte mich gar nicht auf das Stück konzentrieren. Von allen Seiten haben sie uns missbilligend angestarrt, als wären wir gerade aus dem Tower geflohen.«
Steffen lächelte. »Das ist Unsinn, und du weißt es. Niemand macht uns verantwortlich für das, was in Deutschland geschieht. Nur die Scham darüber, die kann uns keiner nehmen.« Er bückte sich und hob eins der Plakate auf, das halb zerrissen im Rinnstein lag. »Hier muss es wohl noch hoch hergegangen sein«, meinte er und glättete das Papier. ›German Nazis, destroyers of the human rights.‹ Recht haben sie. Wäre nur schön, wenn ihre Regierung das ebenso sähe und deutliche Worte dafür fände, statt um Hitler herumzuscharwenzeln, als hätte er den Heiligen Gral gefunden.«
Hätte Felicitas diesen Moment vorübergehen lassen und ihn aus dem Protokoll dieser unbeschwerten Tage in die Fußnote verwiesen, hätte sich die Illusion eines Neuanfangs ihrer Liebe noch länger aufrechterhalten können, doch ihr Realitätssinn ließ es nicht zu.
»Als ob das so einfach wäre«, sagte sie. »Wie würdest du denn zum Beispiel unseren Bürgermeister davon überzeu-

gen, dass er sich für Andreesen-Kaffee in Berlin starkmacht? Ich habe ihm vor Augen geführt, wie gut es nicht nur unserem Unternehmen, sondern auch der Stadt zu Gesicht stünde, wenn die Olympia-Athleten Kaffee aus Bremen trinken würden. Aber ich konnte sagen, was ich wollte, er blieb störrisch wie ein Maulesel.« In der Tat hatte Bürgermeister Röhmcker ein Gesicht gemacht, als hätte er in eine Zitrone gebissen, als Felicitas vor ihrer Abreise nach London im Rathaus vorstellig geworden war. »Der Norddeutsche Lloyd stehe schon mit anderen Röstereien in Verhandlungen, meinte er. Mein Konzept sei viel zu aufwändig. Es gehe doch nur darum, die Leute mit Kaffee zu versorgen, und so weiter und so weiter. Überdies sehe man in Berlin den Kunstpark mit äußerster Skepsis. Ich konnte mir die Bemerkung gerade noch verkneifen, dass der Park längst geschlossen wäre, wenn es so wäre. Aber Röhmcker weiß genau, dass gegen die Künstlerinnen nichts vorliegt.« Sie bemerkte nicht, dass Steffens Gesichtsausdruck immer finsterer wurde. Missmutig kickte er das zerknitterte Plakat weg. Es hatte zu regnen begonnen, dicke Tropfen, die, durchleuchtet von dem matten Licht der Laternen, wie flüssige Diamanten schimmerten. Beide achteten nicht darauf und stapften schweigend weiter. Als Felicitas ihn schließlich fragend ansah, stieß er hervor: »Warum verzichtest du nicht einfach auf Olympia? Die Spiele werden ohnehin nur missbraucht, um die Welt über die wahren Absichten der Nazis zu täuschen.« In einem plötzlichen Impuls nahm er sie bei den Schultern. »Felicitas, lass uns hierbleiben, in London. Wir gehen fort aus Deutschland und lassen das alles hinter uns. Hier können wir wieder frei atmen. Ich könnte aufhören, um den Brei herumzuschreiben, und endlich die Wahrheit sagen.«

Entgeistert starrte Felicitas ihn an. Hatte Steffen eigentlich je begriffen, was ihr die Firma bedeutete – die wunderbare Möglichkeit, nicht das für eine Frau übliche Leben zwischen Küche und Kindern führen zu müssen? War ihm nicht bewusst, dass sie große Verantwortung empfand für die eintausendfünfhundert Arbeiter, denen sie gerechteren Lohn zahlte, als es die meisten Unternehmer taten? Und die Familie. Sollte sie die greise Elisabeth zurück- und ihre Kinder, wenngleich erwachsen, sich selbst überlassen? Wie er so dastand, mit blitzenden grünen Augen, voller Überzeugung, das einzig Richtige zu denken, erkannte sie und wehrte sich zugleich gegen diese Erkenntnis, dass ihre Liebe im Begriff war zu verlöschen. Sie sah zutiefst unglücklich drein, und mit einem Mal riss Steffen sich zusammen.
»Tut mir leid«, murmelte er. Er zog seine Smokingjacke aus und legte sie ihr über die bloßen Schultern. »Was hältst du davon, wenn wir uns mit Bernhard treffen? Ich weiß nicht, ob er sich zurzeit in der Stadt aufhält, aber einen Versuch wäre es wert. Vielleicht könnte er dir helfen.«

Die letzten Takte der Musik klangen aus, als Felicitas und Steffen am nächsten Abend das Restaurant des Savoy betraten. Unwillkürlich hielten sie einen Moment inne, als sie der Atmosphäre aus aristokratischer Noblesse und amerikanischer Ballroom-Lässigkeit, die ihnen entgegenschlug, gewahr wurden. Der schwarze Trompeter, wie die fünf anderen Musiker der Combo in rotes Jackett und schwarze Hose gekleidet, stand auf, um sich für den Applaus für sein Solo zu bedanken. Voller Lust an dieser Musik, stimmten sie ein weiteres Jazzstück an. Felicitas hatte sich bislang keine Gedanken darüber gemacht, doch

mit einem Mal fühlte sie sich angesichts der Tatsache, dass es dies vor nicht allzu langer Zeit auch in Deutschland gegeben hatte, seltsam unbehaglich. Jetzt gab es nur noch ein paar wenige geheime Lokale, in denen Swing gespielt wurde und wo man jederzeit damit rechnen musste, verhaftet zu werden.
Suchend glitt ihr Blick von Tisch zu Tisch. Als sie Bernhard entdeckte, schlug Felicitas' Freude, ihn wiederzusehen, sogleich in Ärger um, denn er saß an der Bar, ein Glas Whiskey vor sich, links von ihm eine schlanke Brünette, rechts eine Blondine, die ein unverschämt hoch geschlitztes grünes Seidenkleid trug und Bernhard etwas zuflüsterte, woraufhin er in schallendes Gelächter ausbrach.
»Er hat sich nicht verändert«, bemerkte Steffen.
»Offensichtlich nicht«, erwiderte Felicitas säuerlich.
Der Kellner brachte sie an ihren Tisch und rückte ihr den chintzbezogenen Messingstuhl zurecht.
»Would you please inform Mr. Servatius, that Mr. and Mrs. Hoffmann are arrived?«, bat Steffen ihn in holprigem Englisch. Der Kellner deutete einen Diener an und ging zur Bar hinüber. Bernhard drehte sich um, grinste, wandte sich dann wieder seinen Begleiterinnen zu und hauchte jeder einen Kuss auf die Wange. Dann kam er strahlend zu Felicitas und Steffen.
»Wie schön, euch zu sehen!« Er setzte sich und winkte dem Kellner, der sofort herbeieilte und in näselndem Ton eine Reihe verschiedener Menüs aufzählte. Schließlich bestellten sie Hummersuppe, Châteaubriand und Crème brûlée als Dessert. »Ihr seid selbstverständlich meine Gäste«, sagte Bernhard und schnitt Steffens Widerspruch sofort ab. »Ich bestehe darauf. Und nun wollen wir unser

Wiedersehen gebührend begießen. Wie wäre es mit einem Dom Perignon?«
»Wunderbar«, sagte Felicitas freundlich, aber mit einem ironischen Unterton, der Bernhard nicht entging. Gutmütig zwinkerte er ihr zu, nicht bereit, den Fehdehandschuh aufzunehmen.
»Das wurde ja auch mal Zeit, einen alten Freund in der Fremde zu besuchen. Wie gefällt euch London? Wart ihr schon in Covent Garden?«
Während Steffen von ihren Erlebnissen in London erzählte, wurden sie immer wieder unterbrochen. Distinguiert wirkende Herren im Cut, den Zylinder in der Hand, manche mit einem weißen Schal um den Hals, wie man es in Paris trug, blieben an ihrem Tisch stehen, nickten Felicitas und Steffen höflich zu und wechselten ein paar Worte mit Bernhard. Die meisten von ihnen Briten, doch waren auch ein Franzose, zwei Italiener und einige Deutsche darunter, deren Gesichter Felicitas vage bekannt vorkamen, ohne dass sie zu sagen vermochte, woher sie sie kannte. Felicitas war beeindruckt. Ganz offensichtlich waren Steffens Informationen richtig: Bernhard war tatsächlich zu einem sehr gefragten Architekten und Gartengestalter mit internationaler Kundschaft avanciert, und es schien, dass er mit der ihm eigenen zynischen Gelassenheit sein Netzwerk einflussreicher Kontakte, über das er schon in Bremen verfügt hatte, hier erfolgreich ausgebaut hatte. Der Sprung von der Weser an die Themse war ihm auch äußerlich gut bekommen. Für einen Fünfzigjährigen war sein Bauch bemerkenswert flach, das einst schwarze Haar war von wenigen grauen Strähnen durchgezogen, was seinem scharf geschnittenen Gesicht mit dem markanten Kinn mehr Seriosität verlieh.

Aber du bist und bleibst ein gewissenloser Pirat, dachte Felicitas, schwankend zwischen Ablehnung und leiser Bewunderung. Zweifellos würde Bernhard in der Lage sein, seinen Einfluss für sie geltend zu machen, er brauchte nur die richtigen Leute anzurufen, doch ebenso stand fest, dass sie dafür einen Preis würde zu zahlen haben, und sie war nicht sicher, ob sie dazu bereit war.
Doch schon hatte Steffen das Thema angeschnitten, plötzlich und unvermittelt, als wollte er die leidige Sache so schnell wie möglich hinter sich bringen. »Hast du eine Idee, wie Felicitas sich die Versorgung der Olympioniken mit Andreesen-Kaffee sichern kann?«
Felicitas runzelte die Stirn. Was dachte sich Steffen dabei, einfach für sie zu sprechen! Wie ein dummes Gänschen, dem die Ehe den Schneid abgekauft hatte, stand sie jetzt vor Bernhard da. Bemüht, sich ihren Ärger nicht anmerken zu lassen, legte sie Steffen sanft die Hand auf den Arm. »O bitte, lasst uns nicht vom Geschäft sprechen. Wir wollen uns amüsieren, nicht wahr?« Und mit einem koketten Blick zu Bernhard fuhr sie fort: »Unser Bürgermeister ist nun wirklich nicht der erste störrische Kerl, den ich zu guter Letzt doch noch vor meinen Karren spannen kann.« Abrupt stand sie auf. »Und nun entschuldigt mich bitte einen Moment.«
Mit undurchdringlichem Gesichtsausdruck sah Bernhard ihr nach, wie sie sich geschmeidig an den Tischen vorbei einen Weg bahnte. Die champagnerfarbene Seide schwang im Takt ihrer Bewegungen und zeichnete dezent den Schwung von Taille und Hüften nach. Viele Blicke folgten Felicitas; sie war ohne Zweifel eine der attraktivsten Frauen im Savoy. Steffen schien das allerdings nicht zu bemerken, seine Augen waren auf das Glas geheftet, das er geis-

tesabwesend zwischen Daumen und Mittelfinger kreisen ließ.
»Was ist los mit dir, alter Knabe?«, fragte Bernhard leichthin. »Sorgen?«
Steffen schüttelte den Kopf. »Nicht direkt. Es ist nur einfach so ...« Er stockte, unsicher, ob er Bernhard trotz der langen Zeit, die sie einander kannten, noch vertrauen konnte, und fügte schließlich vage hinzu: »Ich habe mich schon mal wohler gefühlt.«
»Habt ihr Streit wegen dieser Olympia-Geschichte? Ich hatte den Eindruck ...«
»Sie hat sich in den Kopf gesetzt, die Athleten müssten ihren Kaffee trinken. Aber das ist es nicht. Es ist ...«, er machte eine vage Handbewegung, »das alles.«
»Wenn ich dich nicht besser kennen würde, würde ich dir raten, es wie ich zu machen«, erwiderte Bernhard lässig. »Ich suche mir die Rosinen aus der missratenen Torte und warte ansonsten ab, bis die anderen das ungenießbare Zeug vernichtet haben. Aber ich fürchte, dafür bist du nicht der Typ.«
»Nein, wohl nicht. Manchmal wünschte ich, es wäre so.«
»Wegen Felicitas?«
»Auch. Unsere Ehe verläuft seit einiger Zeit nicht sehr harmonisch. Wir haben ... Differenzen. Sie ist dir sehr ähnlich, packt die Dinge an, biegt sie sich so zurecht, dass sie in ihr Weltbild passen, und nimmt den Rest einfach nicht wahr.« Als hätte er zu viel preisgegeben, hob er abwehrend die Hände. »Versteh mich nicht falsch, ich mache ihr keinen Vorwurf. Aber ich muss für mich einen Weg finden, in irgendeiner Form Widerstand gegen diesen Irrsinn zu leisten. Worauf steuern wir denn zu? Die allgemeine Wehrpflicht wurde wieder eingeführt und die

entmilitarisierte Rheinlandzone besetzt. Wer jetzt noch an Hitlers Beteuerungen glaubt, der Frieden sei ihm heilig, ist doch völlig vernagelt.«
»Aber als Chefredakteur hast du doch das beste Instrument in der Hand, das ein Journalist haben kann. Schreib zwischen den Zeilen, erfinde anonyme Leserbriefschreiber, was weiß ich.«
»Ja, was weißt du! Die Zensur sitzt uns ständig im Nacken, und die Redaktion ist unterwandert von Helfershelfern der Partei, die sich darüber mokieren, dass ich meinen Eintritt hinauszögere. Ich meine, ich will mich nicht beklagen, ich habe es wirklich besser getroffen als viele meiner Kollegen, die sie auf die Straße gesetzt haben.« Er machte eine Pause. »Trotzdem genügt es mir nicht, an doppeldeutigen Schlagzeilen zu feilen, während im Untergrund ganz andere Sachen geplant werden.«
Beunruhigt sah Bernhard seinem Freund in die Augen. »Du bringst Felicitas in Gefahr, wenn du so weitermachst.« Seine Gelassenheit war plötzlich dahin. Mit unterdrücktem Zorn in der Stimme fuhr er fort: »Geh doch in den Untergrund! Lass dich verhaften und zu Brei schießen. Denke nicht an Felicitas, die dann zum zweiten Mal einen Menschen verliert, den sie liebt. Ist es das, was du willst?« Er lehnte sich zurück und schüttelte den Kopf. »Wie feige ihr Helden in Wirklichkeit seid. Für eine große Sache wollt ihr kämpfen, aber keine Verantwortung für die Menschen übernehmen, die ihr zurücklasst.«
»Feige sind ja wohl eher Männer wie du, die so lange katzbuckeln, bis sie jegliches Profil verlieren. Von Charakter ganz zu schweigen.«
Bernhard lächelte ironisch. »Ich habe mir weiß Gott nichts vorzuwerfen. Während des Ersten Weltkriegs habe

ich Monate in einem dieser elenden U-Boote gesessen und mein Leben für Volk und Vaterland und einen debilen Kaiser riskiert. Meines Wissens hast du damals studiert, statt deinen Hals zu riskieren. War es nicht so?«

Weil Felicitas an den Tisch zurückkehrte, antwortete Steffen nicht. Gleichwohl war die Spannung zwischen den beiden Männern nicht zu übersehen. Steffen starrte vor sich hin, Bernhard schenkte wortlos Champagner nach. Als die Kapelle einen Slowfox spielte, stand Bernhard auf.

»Felicitas, würdest du mir das Vergnügen eines Tanzes gewähren?«

»Gern.« Sie glitt in seinen Arm, und eine Weile überließen sie sich schweigend der einschmeichelnden Melodie. Seine Umarmung raubte ihr fast den Atem und ließ ihre Gedanken in die Vergangenheit wandern, zurück zu jener einen Nacht vor vielen Jahren, in der sie sich geliebt hatten, wild und ungestüm. Sie hatten nie über das Geschehene gesprochen noch darüber, was es ihm und ihr bedeutet hatte, doch die Erinnerung war unauslöschlich in ihrem Herzen eingebrannt. Selbst die sanfte Liebe zu Steffen hatte diese Nacht nicht vergessen machen können. Felicitas' Gesicht brannte, und sie mied Bernhards Blick, damit er nicht in ihren Augen las, was er nicht wissen sollte.

»Ich werde einen Weg finden, dir zu helfen«, beendete er schließlich das Schweigen. »Ein paar Leute in Berlin schulden mir noch einen Gefallen.« Er brach ab und zwang sie, ihm in die Augen zu sehen. »Mach Andreesen-Kaffee zur Nummer eins in Deutschland. Je erfolgreicher du bist, desto weniger können sie dir am Zeug flicken. Und dann nimm dein Geld und investiere es im Ausland.«

»Um Himmels willen«, murmelte sie, »ich habe mich gerade von meinen letzten Abenteuern dieser Art erholt.«
Bernhard lachte leise. »So schnell wird es keinen zweiten Börsenkrach geben. Allerdings wirst du in absehbarer Zeit Mühe haben, als Deutsche überhaupt noch einen Pfennig woanders als im Reich unterzubringen. Für diesen Fall biete ich dir einen schneidigen, doch sehr gewissenhaften Vermittler in London an.«
»Der vermutlich Bernhard Servatius heißt«, sagte sie trocken. Bernhard grinste, und Felicitas ertappte sich bei dem Gedanken, wie viel amüsanter es mit ihm doch war als mit ihrem Mann.
Als sie zum Tisch zurückkehrten, hatte Steffen sich wieder im Griff, und alle drei bemühten sich, eine unverfängliche Unterhaltung zu führen. Das Thema Olympia wurde nicht mehr angeschnitten. Der Kellner servierte das Essen, das ausgezeichnet war, ihnen aber dennoch die Gelegenheit gab, über die Qualität der englischen Küche zu lästern. Bernhard erzählte, dass er für sein Haus in Chelsea extra eine Köchin aus Deutschland engagiert hatte.
»Annelore bewahrt mich buchstäblich vor dem Verhungern«, bemerkte er lächelnd und fügte hinzu: »Aber gegen Maries Kükenragout kommt natürlich niemand an.«
»Überfällt dich eigentlich manchmal Heimweh nach Bremen?«, fragte Felicitas, deren Blick wie zufällig über Bernhards Hände glitt. Kein Ehering. Was nicht bedeuten musste, dass er allein lebte. Aber wenn es eine Frau gab, hätte er sie dann heute Abend nicht gebeten, ihn zu begleiten? Es sei denn, es handelte sich einmal mehr um eine jener Frauen, die, viel zu blond und viel zu leichtfertig, ihm das Bett warm hielten, aber nicht sein Herz berührten. Sie schalt sich für ihre Neugier und hoffte inständig, dass

Bernhard die tiefere Bedeutung ihrer Frage verschlossen blieb. Seine Miene ließ jedoch nicht erkennen, was er dachte.
»Wenn ich Zeit dafür fände, dann würde es mich vielleicht überfallen. Aber so ...« Er zuckte mit den Schultern. »Ich bin oft wochenlang auf Reisen. In London gibt es kaum mehr Gärten anzulegen, deren Größe eine Herausforderung für mich darstellen könnte. Also muss ich nach Wales und nach Cornwall, gelegentlich auch aufs Festland. In der Nähe von Paris habe ich vor kurzem ein hübsches Labyrinth aus Buchsbaum angelegt.«
»Nun ja, bei so viel internationalem Flair muss dir Bremen ja wie das letzte Kuhdorf erscheinen«, erwiderte Felicitas. Bernhards Augen trafen die ihren, und für eine Sekunde hielten ihre Blicke sich fest, zu lang, um Steffens Aufmerksamkeit zu entgehen.
Wenig später drängte er zum Aufbruch. »Unser Schiff legt in aller Herrgottsfrühe ab.«
»Wie schade«, sagte Bernhard. »Ich hätte euch gern mein kleines Reich gezeigt. Es würde euch bestimmt gefallen.« Er schüttelte Steffen die Hand und küsste Felicitas leicht auf die Wange. »Ich lasse von mir hören.«

9

Im August 1935 wurde Andreesen-Kaffee zum offiziellen Kaffeelieferanten der XI. Olympischen Sommerspiele in Berlin ernannt. Mit derselben Post erreichte Felicitas ein Schreiben von Bürgermeister Röhmcker, der seine Glückwünsche übermittelte und Felicitas in mageren Worten darauf hinwies, dass allerdings sowohl die Wassersportkämpfe in Kiel als auch die für zwei Tage geplante olympische Nachfeier in Bremen ohne Andreesen-Kaffee auskommen müsse. Schließlich sei man sich mit Berlin einig, dass auch andere Kaffeeproduzenten bei der Vergabe solch prestigeträchtiger Aufträge berücksichtigt werden müssten.

Felicitas überflog die letzten Zeilen des Briefs, legte ihn beiseite und nahm noch einmal das Schreiben vom Reichskulturministerium zur Hand, um sich jedes Wort auf der Zunge zergehen zu lassen. Sollten sie in Kiel und Bremen doch ihretwegen Muckefuck trinken! Berlin – das war es, was zählte. Sie hatte es geschafft! Unbändige Freude durchflutete sie. In Gedanken schon damit beschäftigt, wie sie die Produktion umstrukturieren musste, um den Bedarf zu decken, lief sie aus der Halle der Villa in den Garten, wo sie Elisabeth an diesem sonnigen Nachmittag vermutete, als die jähe Erkenntnis, dass nicht sie es geschafft hatte, sondern Bernhard, dass nicht ihr Konzept überzeugt hatte, sondern Bernhards Einfluss, sie ernüchterte. Sie ging in die Bibliothek und setzte sich an ihren Schreibtisch. Ihr Blick wanderte über die Bücher und die Gemälde. Unruhig trommelte sie mit der Spitze des Füllfederhalters auf die lederne Schreibunterlage.

Abhängigkeiten gleich welcher Art waren ihr ein Gräuel, doch sie kam nicht umhin, sich einzugestehen, dass sie nichts dagegen unternommen hatte, in eben diese zu geraten. Gewiss machte es einen Unterschied, ob sich Bernhard für sie einsetzte oder ob sie selbst irgendeinen Stabsführer dazu gebracht hatte, ein gutes Wort an oberster Stelle für sie einzulegen, doch das Ergebnis war dasselbe.

Unschlüssig, wie sie nun reagieren, ob sie Bernhard schriftlich danken oder ihn anrufen sollte, stand sie auf und stellte sich mit verschränkten Armen vor das weit geöffnete Fenster.
Pfauenaugen, Admirale, Zitronenfalter und Kohlweißlinge tanzten um einen Schmetterlingsstrauch, der anmutigen Choreografie der Natur folgend, die die Falter neckend antrieb, herauszufinden, warum ausgerechnet diese Blütenrispen so verführerisch dufteten. Zwei Pfauenaugen wurden es leid und flogen weiter zu den englischen Rosen, die sich in diesem Jahr so üppig rankten, dass Elisabeth noch zwei schmiedeeiserne Bögen hatte setzen lassen, die zusammen mit den bereits vorhandenen einen dicht bewachsenen rosa-weißen Pavillon bildeten. Felicitas beobachtete, wie Elisabeth mit zufriedener Miene den Inhalt ihres Rosenkorbs betrachtete, noch eine Blüte abschnitt und zu den anderen tat und sich dann auf die Liege aus tropischem Hartholz setzte, um einen Schluck Tee zu trinken. Teresa, spärlich bekleidet mit Badeanzug und einem bedruckten Seidentuch, das sie sich um die Hüften geknotet hatte, schlenderte auf ihre Großmutter zu und wechselte ein paar Worte mit ihr, bevor sie sich auf der zweiten Liege ausstreckte. Wie jedes Jahr verzauberte der norddeutsche Sommer mit seinem milden Klima und gelegentlichen warmen Landregen das Anwesen, das in der dunklen Jahreszeit so karg und abweisend wirkte, in ein mediterranes Paradies. Es war Elisabeths gestalterischem Geschick zu verdanken, dass die einheitliche Rasenfläche, die sich von der linken Seite des Hauses bis zu den Stallungen im östlichen Teil des Geländes erstreckte, inzwischen von halbhohen verwitterten Rotsteinmauern unterbrochen wurde, die hier mit Hainbuche und Phlox, dort

mit Geranium, Rittersporn, Wicken und Lavendel anheimelnde Nischen bildeten, denen der nahezu beständige Wind nichts anhaben konnte. Erst hinter den Stallungen und damit vom Haus aus nicht sichtbar durfte sich der Rasen wieder ungehindert entfalten und zur wilden Kleewiese werden. Der Gemüsegarten, den Felicitas und Marie im Ersten Weltkrieg angelegt hatten, war längst überwuchert, genau wie das Puppenhäuschen, das Gustav Andreesen vor fast fünf Jahrzehnten für Ella, Anton und Heinrich im hinteren Teil des Gartens hatte bauen lassen und in dem noch Gesa, Clemens, Christian und Teresa gespielt hatten.
Wenn man eins genau weiß von diesem Leben, dachte Felicitas plötzlich belustigt, dann nur, dass es weitergeht. Es sucht sich seine Wege und lächelt über unsere Bemühungen, es zu kontrollieren, weil sich am Ende ohnehin Bahn bricht, was sein soll. Dieser Gedanke, so fatalistisch wie untypisch für Felicitas, besaß in diesem Moment etwas Tröstliches für sie. Langsam ging sie zurück zum Schreibtisch und legte sich einen Bogen Briefpapier zurecht. Sie würde Bernhard freundlich für seine Mühe danken und ihn zu den Spielen nach Berlin einladen, eine elegante Geste, die der Höflichkeit genügte. Abgesehen davon würde sie nicht länger über eine Sache grübeln, die ohnehin entschieden war, sondern ihre Energie besser darauf verwenden, dass sie gelingen möge.
Voll Elan fuhr sie am nächsten Morgen ins Büro, um mit Elias Frantz, seinem neuen Assistenten und dem Prokuristen die anstehenden zusätzlichen Arbeiten zu planen und zu koordinieren. Sie brauchten Lagepläne vom Olympiagelände in Charlottenburg und vom Olympischen Dorf im märkischen Döberitz. Sie mussten festle-

gen, welche Requisiten – Obst, Pflanzen, Geschirr – geeignet waren, das Gesicht der Kaffee produzierenden Ländern deutlich zu machen und wie diese herbeigeschafft und frisch gehalten oder konserviert werden konnten. Die Verkaufsstände und Karren für die Esel mussten konstruiert und gebaut, die Tiere in Spanien gekauft werden. Geeignete Arbeiterinnen mussten gefunden werden, die sich zutrauten, die Stände zu bewirtschaften, und bereit waren zu lernen, wie sie am geschicktesten mit den Eseln umgingen. Genügend Unterkünfte mussten gefunden und die Frage geklärt werden, wo die Esel untergebracht werden konnten oder ob Felicitas eigens für die Tiere Ställe bauen lassen musste. Es mussten Tassen und Teller, Kaffeedosen und Servietten mit dem Schriftzug der Firma bedruckt werden und die Kaffeeproduktion im Bremer Werk ab sofort auf Höchststufe laufen, damit später keine Engpässe in der Versorgung auftraten. Und schließlich mussten sie ein logistisches Wunder vollbringen, Menschen, Tiere, Karren und Produkte pünktlich und unversehrt nach Berlin transportieren zu lassen.

Felicitas hatte genau neun Monate Zeit, dies alles zu bewerkstelligen, und versank vollkommen in dieser Aufgabe. Sie verließ die Villa in aller Herrgottsfrühe, blieb zwölf Stunden und länger im Kontor am Wall und fiel abends todmüde ins Bett.

Der Winter ging ins Land, ein neuer Frühling befreite Weser und Wiesen von Eis und Schnee, und Felicitas dankte dem Himmel, dass kein unerwartetes Ereignis den Alltag in der Villa durcheinandergebracht und sie gezwungen hatte, die Arbeit zu unterbrechen. In stillem Einvernehmen hatten Steffen und sie ihre Streitigkeiten auf sich beruhen lassen. Nur einmal hatte er angemerkt, wie wichtig ihm ihr Glück und ihr Erfolg seien, aber seine zugleich unglückliche wie entschlossene Miene hatte verraten, dass er sich nicht für immer mit den Gegebenheiten arrangieren, sondern eine Veränderung anstreben würde. Bis auf diesen kurzen Moment verlief alles zu Felicitas' Zufriedenheit, und sie war überzeugt, dass kaum etwas sie jetzt noch um ihre Zuversicht bringen konnte.

10

Vier Monate vor Beginn der Spiele reiste Felicitas nach Berlin, um sich vor Ort zu vergewissern, dass die Vorbereitungen für die Kaffeeverkaufsstände beim Olympiastadion und im Olympischen Dorf nach Plan verliefen. Begleitet wurde sie von Werner Briskow, dessen eigentliche Aufgabe es zwar war, dem Laborleiter Elias Frantz zu assistieren, der sich jedoch in den vergangenen Monaten so engagiert bei der Planung und überaus komplizierten Organisation des ehrgeizigen Vorhabens erwiesen hatte, dass sie beschlossen hatte, ihn mitzunehmen. Sein Wissen, reicher an Details als ihres, konnte hier und da nützlich sein, und das zurückhaltende Wesen des jungen Mannes, dessen sanftbrauner Blick hinter Brillengläsern so dick wie Flaschenböden ihm das Aussehen eines strebsamen Oberprimaners verlieh, ließ nicht befürchten, dass er ihr während der Fahrt mit allzu viel Geplauder auf die Nerven fallen würde.
Nach fünf Stunden erreichten sie Döberitz und hielten vor dem Empfangsgebäude des Olympischen Dorfes, das

direkt an der Straße nach Hamburg lag. Ein untersetzter Mann in Uniform eilte herbei, der sich als »Lotze, Sekretär im Reichskulturministerium« vorstellte und sich wortreich für die chaotischen Zustände im Haus entschuldigte. Überall lagen Kabel herum, wuselten Arbeiter hin und her, wurde geklopft, gebohrt und gehämmert. »Die letzten Vorbereitungen, Sie verstehen ...«, sagte er und fügte hinzu: »Ich lasse Ihr Gepäck hinaufbringen, wäre Ihnen aber sehr verbunden, wenn ich Sie jetzt gleich über das Gelände führen dürfte. In zwei Stunden werde ich in Berlin zurückerwartet.«
»Kein Problem«, entgegnete Felicitas und lächelte ihn an, sich im Stillen fragend, ob der Mann sich immer so dienstbeflissen zeigte.
»Wunderbar«, sagte er und warf sich ein wenig in die Brust. »Dann sollten wir keine Zeit verlieren. Wie Sie sicher wissen, wurden die ersten Olympischen Dörfer 1924 in Paris und 1932 in Los Angeles errichtet. Hier ist es nun besonders gelungen, im Rückgriff auf die griechische Tradition einen Ort des Olympischen Geistes zu schaffen, einen geheiligten Ort der Ruhe ...« Er stockte unmerklich, fuhr aber sogleich fort: »... wo sich die männlichen Sportler zurückziehen können. Die Sportlerinnen wohnen in Berlin. Eigentlich darf überhaupt keine Frau dieses Gelände betreten.«
»Ich weiß«, entgegnete Felicitas trocken, »und es hat mich einige Mühe gekostet, die Herren in Berlin davon zu überzeugen, dass ich mir die Gegebenheiten trotzdem ansehen muss, um etwaige Abweichungen von den Lageplänen berücksichtigen zu können. Aber«, fügte sie mit mildem Spott hinzu, »es ist ja nur für eine Nacht.«
Der Sekretär ging nicht darauf ein. »Mit diesem Bau kann

das deutsche Volk städtebaulich, landschaftsgestaltend und baukünstlerisch einen Ausdruck seines innersten Wesens vermitteln.« Als Felicitas nichts erwiderte, wies er mit einer Handbewegung zum Ausgang und ging voran, um ihnen die Tür aufzuhalten.

Während sie über das Gelände liefen, setzte er seinen Vortrag fort: »Das Dorf besteht aus etwa hundertvierzig einstöckigen und fünf zweistöckigen ziegelgedeckten Wohnbauten. Hier sehen Sie das den stilistischen Ideen des Bauhauses verpflichtete Speisehaus mit seinen achtunddreißig für die verschiedenen Nationen bestimmten Speisesälen und Küchen, die ja für Sie von größerer Bedeutung sind, nicht wahr? Gleich erreichen wir das Hindenburghaus. Es verfügt über einen Theater- und Kinosaal, Trainingsräume und eine Ehrenhalle, die in Erinnerung an den 1934 verstorbenen Schirmherrn der Spiele erbaut wurde. Dort drüben befindet sich das Kommandantenhaus, eine Sport- und eine Schwimmhalle, und weiter hinten kommen wir zu dem Ärzte- und Krankenhaus und den Bauten für Verwaltung und Technik. Besonders hübsch ist übrigens der Waldsee mit der finnischen Sauna geraten.« Lotze schnaufte. Das Tempo, das er selbst angeschlagen hatte, überforderte sichtlich seine Kondition. Schwer atmend blieb er schließlich stehen und wischte sich die Stirn mit einem weißen Taschentuch ab, so dass Felicitas und Werner Briskow endlich Gelegenheit hatten, sich in Ruhe umzusehen. Die Häuser lagen perfekt eingebettet zwischen sanften Hügeln und mächtigen Bäumen, und vorwitziges Maiengrün hatte begonnen, die deutlich sichtbaren Narben, die die Bauarbeiten hinterlassen hatten, zu bedecken. Im August würde das am Reißbrett entstandene Propaganda-Dorf eine Idylle sein.

»Eindrucksvoll«, sagte Felicitas mit leiser Ironie, doch Lotze schien das nicht zu bemerken und nickte gewichtig.
»In der Tat. Hier spürt man den urdeutschen Geist einer beseelten märkischen Landschaft und gleichzeitig die Größe des neuen deutschen Geistes. Um das zu erreichen, mussten allerdings massive Erdbewegungen durchgeführt werden. Wir haben Wasserläufe reguliert, alte Bäume verpflanzt und neue angepflanzt. Im Grunde blieb kein Stein auf dem anderen.« Stolz blickte er um sich. »Aber es hat sich gelohnt.«
»Wie ich hörte, haben sich bereits einige ausländische Besucher und die Presse durchweg positiv geäußert«, schaltete Briskow sich ein, und Felicitas warf ihm einen prüfenden Blick zu, um herauszufinden, ob er mit dieser Bemerkung sein Missfallen über die Vergewaltigung einer Kulturlandschaft diplomatisch verpackte oder ob er sich bei Lotze einschmeicheln wollte. Seine Miene ließ jedoch nicht erkennen, was er dachte.
»Das will ich meinen«, erwiderte Lotze und blickte verstohlen auf die Uhr. »Falls Sie noch Fragen haben ...«
»Vielen Dank«, schnitt Felicitas ihm lächelnd das Wort ab. »Aber ich möchte jetzt mein Gepäck auspacken und einige Telefonate erledigen.«
»O gewiss«, sagte Lotze erleichtert. Gemeinsam gingen sie zum Haupthaus zurück.
Ihr Zimmer war mit einem geräumigen Bett, einem antiken Sekretär und einem Bauernschrank eingerichtet, in dem Felicitas rasch ihre wenigen Kleidungsstücke, die sie mitgenommen hatte, verstaute. Ihr Hinweis auf die dringenden Telefonate war nur ein Vorwand gewesen, Lotze loszuwerden. Die Fahrt hatte sie ermüdet, und aufatmend ließ sie sich auf das Bett fallen, als es an der Tür klopfte.

»Entschuldigen Sie die Störung«, sagte Werner Briskow. Röte schoss ihm in die Wangen. »Aber beim Empfang lag ein Brief für Sie, und ich dachte, er sei vielleicht wichtig.«
Felicitas bedankte sich, legte den Brief auf den Sekretär und ging zurück zum Bett. Doch die Müdigkeit war verflogen. Eine dunkle Ahnung stieg in ihr auf und veranlasste sie, aufzustehen und den Brief zur Hand zu nehmen. Das Kuvert trug den Poststempel des Vortags, und das Schriftbild unterschied sich nicht von anderen Schreibmaschinentypen. Dennoch wusste sie, was sie erwartete, als sie den Umschlag aufriss und den Bogen entfaltete.
»Es ist an der Zeit, Sie an Ihren ständigen Begleiter zu erinnern – die Angst. In den letzten Monaten mussten Sie den Eindruck gewinnen, sie habe sich davongemacht, nicht wahr? Aber nein! An Ihrer Stelle würde ich mir Gedanken machen, ob die Teilnahme an den Olympischen Spielen wirklich eine so gute Idee war. Und wie geht es eigentlich Ihrer schönen Tochter?«
Felicitas brach der Schweiß aus, und ihr Herz raste. Ihre Gedanken flogen durcheinander wie aufgescheuchte Dohlen. Was wollte dieser Mensch von ihr? Wo würde er dieses Mal zuschlagen? Warum zum Teufel nannte er seine Bedingungen nicht, von seinem Tun abzulassen?
Sie griff zum Telefonhörer, ließ ihn aber wieder sinken. Steffen würde ihr vermutlich nur raten, sofort nach Hause zu kommen und die Olympia-Sache abzublasen, und das war das Letzte, was sie tun würde. Aufgeben, sich einem feigen Verbrecher beugen, der nicht Manns genug war, mit offenem Visier zu kämpfen, sondern, wie es aussah, daran interessiert war, sie mürbe zu machen, ihren Willen zu brechen, um dann ... Ja, was? Was wollte er damit erreichen?

Einen Moment lang blieb sie wie hypnotisiert sitzen, dann straffte sie sich und griff erneut zum Telefon. Elias Frantz musste jetzt alle Hebel in Bewegung setzen, um sämtliche Kaffeepartien, die das Werk in Kürze Richtung Berlin verlassen sollten, einer eingehenden Prüfung zu unterziehen. Die Kontrollen im ganzen Haus mussten verschärft werden, denn der Hinweis in dem Brief ließ keinen Zweifel daran, an welcher Stelle der Verbrecher versuchen würde, sie zu treffen. Ungenießbarer oder gar vergifteter Kaffee – das wäre der sichere Ruin für sie und das Unternehmen. Und sie musste ihm einschärfen, Stillschweigen zu bewahren und auf keinen Fall die Polizei zu benachrichtigen. Irgendein eifriger Beamter käme in vorauseilendem Gehorsam gewiss auf die Idee, den Vorfall in Berlin zu melden, und dann konnte sie an den Fingern einer Hand abzählen, wann das Reichskulturministerium ihr den glanzvollen Olympia-Auftrag entziehen würde.
Nachdem sie mit Elias Frantz gesprochen hatte, rief sie ihre Tochter in Berlin an.

11

»Seid ihr bereit?«
Gesa nickte und drehte sich zu Niklas um, der seinen Blick prüfend über die zwölf jungen Frauen gleiten ließ, die mit weit ausgeschnittenen, üppig gerüschten Kleidern und hochgetürmten Lockenfrisuren in der nächsten und entscheidenden Szene des Films den stilistisch einigermaßen korrekten Hintergrund für einen australischen Nacht-

club Ende des 19. Jahrhunderts bilden sollten und nun, manche aufgeregt mit hochroten Wangen, andere beherrscht und ein wenig blasiert, darauf warteten, dass der Regieassistent Order gab, wann sie sich in der Kulisse einzufinden hatten. Sie hatten die Szene so oft geprobt, dass jede Komparsin im Schlaf ihre Position gefunden hätte, und dennoch war Gesa so nervös, dass sie die vergangene Stunde fast ununterbrochen auf der Toilette verbracht hatte. Immer noch war ihr speiübel, und besorgt nahm Niklas ihre eiskalte Hand in die seine.
»Was ist mit dir los?«
»Nichts«, wehrte Gesa ab und raffte die Röcke. »Lampenfieber, nichts weiter.« Sie zwang sich zu einem Lächeln und schloss sich den anderen an, die sich scherzend anschickten, die Garderobe zu verlassen.
Das Gekicher wich schlagartig angespannter Konzentration, als Zarah Leander und Willy Birgel an ihnen vorbeischlenderten, mit einem freundlichen Kopfnicken die Gruppe grüßten und dann ihr leises Geplauder fortsetzten. Der Regisseur nahm die beiden Stars des UFA-Films zur Seite und redete gestikulierend auf sie ein, und Gesa vermutete, dass er ihnen letzte Instruktionen ans Herz legte, um der zentralen Szene die richtige Portion Dramatik zu verleihen. Denn gleich würden sie sich wiedersehen, die Varietésängerin Gloria Vane und der ungetreue Sir Albert Finsbury, für den Gloria um ein Haar in dem australischen Straflager Paramatta gelandet wäre, wenn sie sich nicht einer Brautschau gestellt und in dem Farmer Henry Hoyer alias Viktor Staal einen gutmütigen Mann gefunden hätte, der sie jedoch auf dem Hof nicht halten kann, weil der Ruf der Bühne sie in den Nachtclub Sydney Casino treibt, wo sie wiederum Sir Albert begegnet,

der sie beschwört, mit ihr ein neues Leben anzufangen. Da sie ihm jedoch nicht verzeihen kann, begeht er zum Schluss des Films Selbstmord, und Gloria kehrt nach Paramatta zurück, in der Hoffnung, dass Henry sie wieder aufnimmt.
Eine fürchterliche Schmonzette, wie Gesa fand, aber mit Sicherheit würde auch dieser Film mit dem Traumpaar ein Erfolg an der deutschen Kinokasse.
Gesa stellte sich an die vorgeschriebene Position neben einem der runden Nachtclubtische, Scheinwerfer so groß wie Weinfässer tauchten die Szenerie in ein zur schwülen Atmosphäre eines Etablissements dieser Art passendes weiches Licht, der Regisseur rief »Kamera ab!«, und augenblicklich vibrierte das Lokal vor Leben. Während Gesa einem Statisten wie verabredet verführerisch zulächelte, betrat die Leander die Bühne, und Gesa stellte wieder einmal neidlos fest, wie wunderschön die Schwedin war, wie bezwingend ihre Präsenz. So aristokratisch ihre Erscheinung, so bodenständig und uneitel ihr Benehmen. Erst gestern Abend nach der Probe hatte sie Gesa aufmunternd zugezwinkert und mit ihrer dunklen Stimme bemerkt, sie, Gesa, habe Talent, und gewiss werde irgendwann belohnt, wie unermüdlich sie sich einsetze. Mit leuchtenden Augen hatte Gesa ihr nachgesehen und ihr Glück gar nicht fassen können. Sie war Zarah Leander aufgefallen!
Vorsichtig verlagerte Gesa ihr Gewicht auf das linke Bein. Nein, um nichts in der Welt hätte sie auf diese Rolle, ganz gleich, wie unbedeutend sie war, verzichten mögen, die sie dem Assistenten des Produzenten verdankte, mit dem sie sich auf einer Premiere so gut verstanden hatte, dass es später zu zwei, drei Treffen in verschwiegenen Hotels ge-

führt hatte. Selbst wenn sie den Kopf unter dem Arm trüge, würde sie sich nicht krank melden. Dass sie sich überhaupt so schlecht fühlte, lag einzig und allein an Niklas, der sich geweigert hatte, ihr noch mehr von den Tabletten zu besorgen, die sie brauchte, um die Schmerzen im Bein wenigstens für eine Weile zu lindern. Die Ärzte, einer nach dem anderen, hatten sich rundweg geweigert, ihr noch mehr Medikamente zu verschreiben, und stattdessen eine zweite Operation vorgeschlagen, was Gesa wütend abgelehnt hatte. Erst musste sie diesen Film überstehen, dann den nächsten. Der Kontrakt für *Hallo, Janine* mit Marika Rökk lag bereits zur Unterschrift vor, und ganz gewiss hatte sie nicht mit dem Assistenten geschlafen, um die Früchte dieser Affäre jetzt am Baum verfaulen zu lassen.
Danach aber, das hatte sie sich fest vorgenommen, würde sie eine Pause einlegen und sich behandeln lassen. Doch bis dahin brauchte sie diese Tabletten. Eine Weile hatte Niklas ihr welche besorgt, es sich mit einem Mal aber anders überlegt und ihr ins Gewissen geredet. Sie ruiniere ihre Gesundheit, hatte er gesagt, und er werde ihr dabei nicht länger helfen. Sie war völlig außer sich geraten, hatte ihn angeschrien und aus ihrer Wohnung geschmissen, und seitdem wechselten sie auf dem Set kaum ein Wort miteinander.
»Danke, das war's!«, rief der Regisseur und klatschte in die Hände. »Wir machen zehn Minuten Pause.«
Die Komparsen zerstreuten sich. Suchend blickte Gesa sich um und entdeckte ihre Mutter ein wenig abseits in lebhaftem Gespräch mit Niklas. Seufzend setzte sie sich in Bewegung.
»Gesa!« Ihre Mutter strahlte, überrascht und offenkundig erfreut, Niklas hier wiederzusehen. »Warum hast du mir

nicht erzählt, dass ihr zusammenarbeitet? Ich war immer überzeugt, dass er dem Dokumentarfilm treu bleibt.«
»Man muss gelegentlich über seinen Tellerrand schauen«, meinte Niklas. »Aber jetzt müssen Sie mich entschuldigen, die nächste Szene ...« Er küsste Felicitas auf die Wange und ging auf die Beleuchter zu, die sofort begannen auf ihn einzureden.
Felicitas sah ihm nach. »Ein hübscher Bursche.«
»Ich habe wenig Zeit«, sagte Gesa brüsk und verzog einen kurzen Moment ihr Gesicht vor Schmerzen, hatte sich aber sofort wieder in der Gewalt. »Wir drehen gleich die Anschlussszene.«
Verstimmt sah ihre Mutter sie an. »Schade, ich hatte gehofft, wir könnten vielleicht eine Kleinigkeit essen gehen und ein paar Dinge miteinander bereden.«
Gesa schüttelte den Kopf. »Ausgeschlossen, wir sind hier bestimmt nicht vor zehn Uhr fertig. Das hab ich dir doch auch schon am Telefon gesagt. Ich meine, wenn hier dauernd irgendwelche Mütter auftauchen würden, um ihre Töchter abzuholen, würde der Film nie fertig.«
Spott blitzte in den Augen ihrer Mutter auf, aber sie ging nicht auf Gesas letzte, wie sie selber fand, kindische Bemerkung ein.
»Können wir irgendwo ungestört miteinander reden?«
»Nicht wirklich«, antwortete Gesa. »Du siehst ja, überall wird gearbeitet. Was gibt es denn so Wichtiges?«
»Also schön«, sagte Felicitas mit einem Hauch von Resignation in der Stimme und machte eine Pause, bevor sie fortfuhr, die Worte sorgsam abwägend. »Ich habe einen zweiten anonymen Brief erhalten, und der Schreiber nennt deinen Namen und erkundigt sich nach deinem Befinden.«

Gesa wurde blass. »Droht er mir?«
»Nein, das tut er nicht, und aus diesem Grund werde ich auch keinen Poilzeischutz bekommen«, entgegnete Felicitas, die Wahrheit ein klein wenig frisierend. »Weder für dich noch für mich. Ich halte es für das Beste, dir einen Privatdetektiv zur Seite zu stellen, der dich rund um die Uhr im Auge behält.«
Eisiger Schrecken durchfuhr Gesa. Ein Privatdetektiv. Damit konnte sie ihre Tabletten endgültig abschreiben. Wie sollte sie sich illegal Medikamente verschaffen, wenn der Bluthund ihrer Mutter Tag und Nacht auf ihrer Spur blieb? »Auf gar keinen Fall«, sagte sie fest und trat einen Schritt zurück. »Was macht das hier für einen Eindruck? Alle werden über mich lachen.«
»Gesa, jetzt sei doch vernünftig!«, herrschte Felicitas sie ungeduldig an, doch Gesa schüttelte nur trotzig den Kopf.
»Nein, ich lasse mich von niemandem kontrollieren!« Sie drehte sich auf dem Absatz um und ließ ihre Mutter stehen.
Verblüfft sah Felicitas ihr nach. In einem ersten Impuls wollte sie ihr hinterherlaufen, doch aus Erfahrung wusste sie, dass dies die Abwehrhaltung ihrer Tochter nur noch verstärken würde. Andererseits musste sie etwas unternehmen, um Gesa vom Ernst der Situation zu überzeugen. Ihr Blick fiel auf Niklas, der das Gespräch mit den Beleuchtern beendet hatte und sich, die Stirn gerunzelt und einen Zigarillo rauchend, Notizen auf einem Klemmbrett machte. Wie Felicitas schon vorhin bemerkt hatte, schien er ungehalten und schlecht gelaunt, und sie fragte sich, ob er seine Entscheidung, bei einem Film wie diesem mitzuwirken, bereute oder ob seine Verstimmung

etwas mit Gesa zu tun hatte. Nach Weihnachten, als Elisabeth ihr von der Verbindung zwischen ihrer Tochter und Niklas erzählt, sie aber gebeten hatte, Gesa gegenüber nicht zu erwähnen, dass sie davon wusste, hatte Felicitas sich Hoffnungen hingegeben, der Einfluss des fröhlichen, zielstrebigen jungen Mannes könne Gesas schroffes Wesen ein wenig glätten. Zwar war dies ganz offenkundig nicht der Fall, aber weil Felicitas außer ihm niemanden kannte, der ihrer Tochter nahestand, blieb ihr keine andere Möglichkeit, als sich an ihn zu wenden.
»Niklas, könnten Sie mir einen Gefallen tun?«
Er blickte überrascht auf und nickte. »Natürlich. Was kann ich für Sie tun?«
»Es wäre nett, wenn Sie sich ein wenig um Gesa kümmern würden«, begann sie, unschlüssig, ob sie ihm die wahren Beweggründe ihrer Bitte anvertrauen sollte. »Ich mache mir Sorgen um sie.«
Niklas zog an seinem Zigarillo. »Meinen Sie nicht, dass Gesa den Braten sofort riechen würde? Sie ist nicht dumm, und wenn ich ihr Avancen machte, nachdem sie uns hat miteinander reden sehen, wird sie gewiss misstrauisch.«
Felicitas seufzte und beschloss, die Karten auf den Tisch zu legen. »Niklas, sie ist in Gefahr«, sagte sie und skizzierte knapp, was sich gestern ereignet hatte. Bestürzt ließ er das Klemmbrett sinken, und ein Anflug von Panik war in seinen Augen. Er liebt sie, erkannte Felicitas. Vielleicht ist es ihm gar nicht bewusst, aber er liebt sie, unglücklich und verzweifelt.
Die Pause war vorüber, und die Komparsen strömten zurück ins Studio.
»Ich tue, was ich kann«, sagte er leise. »Sie können sich auf mich verlassen.«

Felicitas verließ das Studio und fuhr vom UFA-Gelände in Babelsberg nach Charlottenburg. Am Fuß des Glockenturms, der markanten Attraktion des Olympiageländes, hatte sie sich mit Werner Briskow verabredet. Da das Gespräch mit Gesa weniger Zeit beansprucht hatte als gedacht, erreichte sie den Treffpunkt mehr als eine Stunde zu früh; eine unverhoffte Gelegenheit, eine Weile allein zu sein und die Gedanken zu sortieren. Sie parkte das weiße Cabrio hinter dem Glockenturm, ließ ihn rechts liegen und ging in Richtung Olympiastadion.
»He, wo wollen Sie denn hin?«, brüllte ihr ein Arbeiter nach, der, die Jacke über die Schulter geworfen und die Proviranttasche unter den Arm geklemmt, sich wie die anderen anschickte, den Feierabend pünktlich zu beginnen, doch Felicitas kümmerte sich nicht darum und schlenderte langsam weiter. Das milchige Orange eines prachtvollen Sonnenuntergangs tauchte den gewaltigen Bau, der hundertzehntausend Menschen fassen sollte, in ein unwirkliches Licht, herumliegende Kabel zeichneten bizarre Muster auf die frisch verlegten Gehwege, und leere Zementsäcke und achtlos fortgeworfenes Butterbrotpapier, das von einem leichten Wind bald hierhin, bald dorthin getrieben wurde, verliehen der Szenerie etwas seltsam Trostloses, Gottverlassenes, einer Geisterstadt ähnlich, in die nie mehr ein Mensch einen Fuß setzen würde.
Felicitas sah sich um, wähnte sich allein, zog ihren knielangen engen Rock höher, kletterte behände über die Absperrgitter und gelangte über eine Steintreppe auf die Tribünen. Hier oben nahm der Wind zu, trieb ihr die Tränen in die Augen und ließ sie frösteln. Sie hielt ihre knopflose Kostümjacke mit beiden Händen zu, während ihr Blick über die leeren Ränge wanderte, über die Stahlkonstruk-

tionen für die Flutlichter und das Oval des Rasens, der, von der Dämmerung der Farbe beraubt, wie ein tiefer schwarzer See wirkte. Ein Gefühl unendlicher Verlassenheit beschlich Felicitas. Sie starrte auf die Schwärze vor ihr und meinte hineinstürzen zu müssen, als sich eine schwere Hand auf ihre Schulter legte. Felicitas fuhr herum und erkannte den Arbeiter wieder, dessen Frage sie vorhin ignoriert hatte.

»Entschuldigen Sie, wenn ich Sie erschreckt habe, aber Sie dürfen hier nicht einfach so herumspazieren. Das ist viel zu gefährlich.«

Felicitas nickte, dankbar für die Unterbrechung. »Ich weiß, aber ich konnte der Versuchung nicht widerstehen, einen Blick zu riskieren.«

»Keine zehn Pferde brächten mich freiwillig hier hinauf«, sagte der Mann mit Nachdruck und fügte hinzu: »Ich finde es gespenstisch.«

Felicitas antwortete nicht darauf, gab dem Mann aber im Stillen recht. »Ich gehe dann wohl besser«, sagte sie, und der Mann nickte wortlos.

Gemeinsam stiegen sie die Treppe hinunter. Als sie das Absperrgitter erreichten, kam ihnen Werner Briskow aufgeregt entgegen. »Ich bin etwas zu früh dran, aber offensichtlich konnten Sie es auch nicht abwarten«, sagte er begeistert und breitete die Arme aus. »Ist es nicht gigantisch?«

»So kann man es nennen«, entgegnete Felicitas und warf dem Arbeiter einen Blick zu, den er grinsend erwiderte, bevor er sich auf den Weg machte. »Vielen Dank«, rief sie ihm nach, doch die Dunkelheit hatte den Mann bereits verschluckt. Dann sagte sie ungehalten: »Was für eine blöde Idee, sich um diese Zeit hier zu verabreden. Man sieht ja kaum mehr die Hand vor Augen.«

Werner Briskow lächelte eine Spur zu glatt, und Felicitas meinte zu spüren, wie ihr Herz einen Schlag aussetzte, als ihr bewusst wurde, dass sie völlig allein mit ihm war auf diesem dunklen, ausgestorbenen Gelände, das nicht den neugierigsten Olympiaanhänger noch locken würde, es zu dieser Uhrzeit erkunden zu wollen. Hatte nicht Briskow diesen Treffpunkt vorgeschlagen, die einsetzende Dunkelheit außer Acht lassend oder als willkommene Gelegenheit einkalkulierend? Niemand würde sie hören, wenn sie schrie, niemand ihr zu Hilfe eilen.

Hör auf, du siehst Gespenster, sagte sie sich, die aufkommende Panik mühsam niederkämpfend. Rasch trat sie einen Schritt zurück, schlüpfte aus ihren hochhackigen Schuhen, nahm sie in die Hände, die spitzen Absätze wie eine Waffe auf Werner Briskow gerichtet, und sagte lächelnd, doch mit einem lauernden Unterton: »Ich will mir in der Dunkelheit ja nicht den Hals brechen, nicht wahr?« Ohne auf seine Antwort zu warten, marschierte sie los, nur fort von ihm, zur rettenden Straße, zum Licht der Straßenlaternen und zu ihrem Auto. Sie hörte seine Schritte hinter ihr und lief schneller. Keuchend erreichte sie das Auto und wollte mit fliegenden Fingern aufschließen, doch die Schlüssel glitten ihr aus der Hand, und Werner Briskow griff danach. Felicitas fuhr hoch, bereit, ihm die Absätze ins Gesicht zu schlagen – und hielt inne. Mit der Dunkelheit war auch der Schrecken gewichen. Im Licht der Laternen war Werner Briskow wieder der schüchterne junge Mann, der sie nun betrübt und verwirrt ansah.

»Es tut mir leid«, stammelte er, »ich habe nicht an die Uhrzeit gedacht. Bitte verzeihen Sie mir meine Gedankenlosigkeit. So ein Fehler kommt ganz bestimmt nicht mehr vor.«

Felicitas atmete tief durch, verärgert, sich zum Narren gemacht zu haben, und zugleich im tiefsten Innern verschreckt, weil der Briefeschreiber im Begriff war, genau das zu erreichen, was er ihr prophezeit hatte – die Angst zu ihrem ständigen Begleiter zu machen.
»Schon gut«, erwiderte sie und fügte, einen heiteren Ton anschlagend, hinzu: »Was halten Sie davon, mit mir zu Abend zu essen? Ich bin halb verhungert.«
»Oh, vielen Dank, sehr gerne«, sagte er eilfertig und saß kaum auf dem Beifahrersitz, als Felicitas mit quietschenden Reifen anfuhr.

Während der nächsten beiden Tage waren sie damit beschäftigt, ihre Lagepläne mit den tatsächlichen Gegebenheiten vor Ort zu vergleichen, um erleichtert festzustellen, dass die Bauzeichner perfekt gearbeitet hatten. Sie hatten keinerlei Probleme zu erwarten, Esel, Karren und Verkaufsstände an den Ausgängen zu postieren und sie abends nach den Wettkämpfen wieder in die dafür vorgesehenen Unterstände am Murellenberg zu bringen, die zehn Minuten vom Olympiastadion entfernt errichtet worden waren. Die Konzentration, mit der Felicitas ihren Aufgaben nachging, bekam ihrer angegriffenen seelischen Verfassung gut und gab ihr die Kraft zurück, mit der sie von jeher unangenehme Dinge ins Hinterste ihres Bewusstseins verdrängt hatte. Ganz gelang ihr das dieses Mal jedoch nicht. Wie ein Tier, das Gefahr wittert, aber nicht weiß, aus welcher Richtung sie zu erwarten ist, blieb ein Teil ihrer Aufmerksamkeit stets geschärft. Selbst ihr Schlaf entbehrte seit dem Vorfall im Stadion der Tiefe, schon beim geringsten Geräusch fuhr Felicitas hoch und lauschte in die Dunkelheit.

Doch nichts geschah, weder in Berlin noch in Bremen, wo sie sich unmittelbar nach ihrer Rückkehr davon überzeugte, dass Elias Frantz die nötigen Sicherheitsmaßnahmen durchgeführt hatte.
»Wir sind noch dabei«, sagte er und sah Felicitas sorgenvoll aus umschatteten Augen an. Die Anspannung der letzten Tage war an dem fast Siebzigjährigen nicht spurlos vorübergegangen. »Jede Schraube wird untersucht, aber das kostet Zeit. Hausenberg hat zusätzlich angeordnet, dass die Taschen der Arbeiter morgens und abends durchsucht werden, um auszuschließen, dass irgendein Lump Gift ins Werk schmuggelt.« Mit beiden Händen stützte er sich auf seinen Labortisch und schüttelte den Kopf. »Gegen Sabotage ist man nicht gefeit, ganz gleich, wie wir uns anstrengen, sie zu verhindern. Wenn jemand uns schaden will, schafft er das auch. Es gibt zu viele Schlupflöcher, und der Kaffee geht durch zu viele Hände, ganz zu schweigen von den Kaffeepralinen. Und das Obst, mit dem die Karren dekoriert werden sollen ...«
»Sie machen mir wirklich Mut«, gab Felicitas bissig zurück, rief sich aber sogleich zur Ordnung. Sarkasmus hatte der alte Mann, der sich seit so vielen Jahren über seine eigentliche Aufgabe hinaus für ihr Unternehmen einsetzte, nicht verdient. »Entschuldigen Sie, meine Nerven sind nicht die besten. Sie sollten jetzt nach Hause gehen und ein paar Tage ausspannen, das haben Sie sich redlich verdient. Herr Briskow kann hier weitermachen.«
»Ganz bestimmt werde ich das nicht tun, verehrte Frau Hoffmann«, entgegnete Elias Frantz würdevoll und straffte sich. »Wenn wir Olympia glücklich hinter uns gebracht haben, werde ich – vielleicht – einmal darüber nachdenken.«

Unwillkürlich musste Felicitas lächeln. Elias Frantz würde erst dann das Zepter des Laborchefs abgeben, wenn er das Mikroskop mit einer Kaffeekanne verwechselte, und solange sie es verantworten konnte, würde sie ihn gewähren lassen. Sie nickte ihm zu und wandte sich zur Tür, als er sie leicht am Arm berührte.
»Verstehen Sie mich nicht falsch, ich bin auf Ihrer Seite und überzeugt, dass Sie das Richtige tun, aber die Sache wird sich doch nicht von allein erledigen. Wie wollen Sie dem Kerl das Handwerk legen, wenn Sie sich weigern, die Polizei einzuschalten?«
Felicitas drehte sich zu ihm um und sah ihm in die Augen.
»Ehrlich gesagt, lieber Frantz, habe ich keine blasse Ahnung.«
»Sie setzen möglicherweise Menschenleben aufs Spiel«, fügte er zögernd hinzu.
»Ich weiß«, erwiderte sie leise. »Aber wenn ich Olympia aufgebe, sind wir geliefert.«

12

Das gigantische Ausmaß des Unternehmens erfasste Felicitas erst, als am 1. Juli zwanzig Lastwagen vom Gelände des Andreesen-Werks in Bremen rollten, bis unters Dach beladen mit sechzigtausend Ein-Pfund-Paketen Kaffee für geschätzte 1,7 Millionen Tassen Kaffee für die Athleten und die Besucher der Spiele und für den Verkauf an fünfzig Verkaufsständen und Karren und mit, in einem vergitterten Transporter, ebenso vielen

Eseln, die ihre Panik mit markerschütterndem Gebrüll zum Ausdruck brachten. Die fünfzig Verkäuferinnen reisten wenige Tage später in einem Bus hinterher, dem ein zweiter folgte mit dem Gepäck, pro Nase drei Kostüme, in Farbe und Schnitt den Landestrachten der Kaffeeländer nachempfunden, und ein dritter mit Werner Briskow, dem sie die Verantwortung für die Vorbereitungen in Döberitz übertragen hatte, zwei Eselsführern und den Arbeitern, die die Stände aufbauen sollten.
Felicitas hatte sich entschieden, erst am 20. Juli nach Berlin zu fahren, ein symbolträchtiges Datum, wie sie fand, da an diesem Tag der Fackellauf beginnen sollte, jene von Carl Diem, dem Generalsekretär des deutschen Nationalen Olympischen Komitees, ersonnene Kombination aus klassischem Staffellauf und der Entzündung des »heiligen« olympischen Feuers, das im In- und Ausland den Friedenswillen des Dritten Reiches bekunden sollte.
Während sie das weiße Cabrio von Bremen über Hamburg nach Schwerin und durch Brandenburg nach Berlin steuerte, wurde die Fackel durch die Länder getragen, beginnend zwischen den Ruinen des antiken Olympia, wo dreizehn Mädchen in antiken Gewändern mit einem von der Firma Zeiss hergestellten Hohlspiegel eine Flamme entfachten und nach feierlichen Ansprachen damit das Olympische Feuer auf einem Altar entzündeten. Der Erzbischof von Tripolis segnete die Flamme. Die Zeremonie wurde vom Reichsrundfunk übertragen, und zeitgleich fand vor dem Berliner Rathaus eine Feierstunde statt. Neun Tage später erreichte der Staffellauf Wien, wo das Olympische Feuer auf dem Heldenplatz mit einer Lichtinszenierung begrüßt wurde, die die deutschen Berichterstatter ebenso begeisterte wie der von österrei-

chischen Nationalsozialisten angezettelte Aufruhr, mit dem sie ihren Willen, sich vom Deutschen Reich anschließen zu lassen, kundtaten.
In der Tschechoslowakei stieß die Inszenierung der Deutschen auf heftigen Protest. Weil auf dem offiziellen Plakat mit der Europakarte Teile des Sudetenlandes dem Deutschen Reich bereits zugeordnet waren, wurde an der Strecke mit Kundgebungen, Flugblättern und Plakaten protestiert. In Prag störten hitlerfeindliche Demonstranten die geplante feierliche Entzündung des Feuers, so dass die Olympische Flamme erlosch.
Doch diese Neuigkeiten gingen an Felicitas, den Verkäuferinnen und Arbeitern vorbei, alle waren emsig damit beschäftigt, die Verkaufsstände aufzubauen, mit Stoffen, Schleifen und Landesfahnen herzurichten und die Handhabung der Eselskarren zu üben. Als nicht so schwierig wie erwartet stellte sich der Umgang mit den Tieren heraus, die, nachdem sie wieder festen Boden unter den Hufen hatten, sich willig ins Geschirr spannen ließen und nur selten die den Eseln nachgesagte Sturheit an den Tag legten. Nur gelegentlich hatte einer von ihnen die Faxen dicke, keilte, gerade wenn die Trense sich seinem Maul näherte, wütend aus, ergriff die Flucht und raste zur allgemeinen Heiterkeit über das Olympiagelände, verfolgt von mehreren Arbeitern und Verkäuferinnen.
Obwohl Felicitas sich ständig der Bedrohung gewärtig war, erlebte sie die Zeit als überaus vergnügt. Sie mochte es, selbst tatkräftig zuzupacken, wo eine helfende Hand benötigt wurde, war sich nicht zu fein, mit den Arbeitern ein Bier zu trinken, zu helfen, die Esel zu tränken und das dicke dunkelgraue Fell zu striegeln, bis es glänzte. Sie half den Verkäuferinnen, die Trachtenkostüme anzupro-

bieren, und brachte ihnen eine Handvoll portugiesischer, kolumbianischer, französischer und englischer Worte bei, um ihrem Auftritt den letzten Schliff zu verpassen. Abends fiel sie erschöpft und zufrieden in ihr seidenbezogenes Hotelbett im Adlon und wünschte sich, die Zeit der Vorbereitung auf die Spiele möge länger dauern. Als sie Elisabeth am Telefon erzählte, wie sie die Tage verbrachte, hatte diese ihr dringend geraten, »das Fraternisieren mit den Untergebenen« zu unterlassen, weil es dazu angetan sei, deren Respekt zu untergraben. Doch Felicitas hatte eher den Eindruck, durch ihr unkompliziertes Benehmen in der Achtung ihrer Angestellten zu steigen, und dachte nicht daran, mit einem Mal die Chefin herauszukehren.

Am 1. August schließlich traf die Fackel in Berlin ein, und Felicitas schlüpfte zurück in die offizielle Rolle der erfolgreichen Unternehmerin, die von der Tribüne den Einzug der viertausendneunundsechzig Sportler aus neunundvierzig Ländern verfolgte, von denen nicht mal ein Zehntel Frauen waren. Die Hakenkreuzfahnen flatterten im Wind, Hitler sprach mit seiner seltsam abgehackten Stimme die Eröffnungsformel, und der Marathon-Olympiasieger von 1896, Spiridon Louis, überreichte dem Reichskanzler einen Olivenzweig. »Heil Hitler!« brandete es immer wieder durch das Stadion, tosender Applaus setzte ein, als die österreichische Mannschaft den Hitler-Gruß entbot, und ohrenbetäubendes Pfeifen, da die amerikanischen Sportler sich der Geste verweigerten. Bis auf dieses Detail verlief die Eröffnungsfeier fehlerlos.

Geradezu beängstigend perfekt, dachte Felicitas, als sie, müde vom stundenlangen Ausharren auf der harten Tribünenbank, ins Hotel Adlon zurückkehrte. Andererseits,

konnte sie nicht aus eben dieser seelenlosen Perfektion neue Zuversicht schöpfen? Würde es wirklich jemand wagen, einen Anschlag auf Gesa, sie oder den Kaffee zu verüben – und sich sehenden Auges dem Zorn einer Regierung aussetzen, die dafür bekannt war, kurzen Prozess zu machen? Nur ein Lebensmüder würde das tun. Der Gedanke hob ihre Laune, und beschwingt lief sie durchs Foyer und direkt in Bernhards Arme.
»Was machst du denn hier?«, fragte sie verblüfft und musterte seinen hellen Anzug und den weißen Strohhut belustigt.
»Wie du siehst, befinde ich mich in der Sommerfrische«, entgegnete er selbstironisch. »Was man von dir ja nicht gerade behaupten kann.«
Felicitas sah an sich hinunter. In der Tat hatte sie sich schwergetan, ein passendes Ensemble für die prätentiöse Veranstaltung zu finden, und sich schließlich für ein blaues Kostüm entschieden, dessen Rock überdies zu lang war. »Ich bin ja auch nicht zum Vergnügen hier«, erwiderte sie schnippisch.
»Aber ich«, sagte Bernhard grinsend. »Ich hatte auf Rügen zu tun und dachte, ich nutze die Gunst der Stunde, deine Einladung anzunehmen und mir den einen oder anderen Wettkampf anzusehen.«
»Aber es gibt doch gar keine Karten mehr«, wandte sie ein.
Bernhard öffnete lachend die Innentasche seines Jacketts, aus der einige Billetts lugten. »Du weißt doch, liebste Felicitas, dass ich über ganz besondere Quellen verfüge, die ich im Bedarfsfall anzapfen kann«, erwiderte er und fügte hinzu: »Und in weiser Voraussicht habe ich für den Weitsprung, die Sprintstaffel, das Finale vom Feldhandball

und vom Basketball selbstverständlich jeweils zwei Karten. Das Festspiel Olympische Jugend müssen wir uns aber nicht antun. Nun, was sagst du?«
Wieso nicht, dachte Felicitas und merkte mit Bestürzung, wie ihr Herz zu pochen begann. »Daraus wird nichts. Ich muss mich doch um die Stände kümmern und ...«
»Ach was«, unterbrach er sie mit einem Funkeln in den Augen, »die Esel laufen schon von alleine los. Komm, sei keine Spielverderberin. Willst du einen entwurzelten Londoner, einen heimatlosen Halbjuden etwa im gräulichen Berlin alleine lassen?«
»Sei doch still!«, fuhr sie ihn an, während ihr Blick durch das Foyer flog, besorgt, dass jemand Zeuge ihres Gesprächs geworden war, was nicht der Fall schien. Reporter hantierten mit Notizblöcken und Fotokameras, groß wie Rollbraten, Leute vom Fernsehen, das die Spiele in fünfundzwanzig Berliner Hallen übertrug, liefen mit wichtiger Miene umher, und soignierte Herren in dunklen Anzügen tranken Kaffee und lasen Zeitung. Niemand achtete auf Felicitas und Bernhard.
»Sag ja, und ich behalte meine zweifelhafte Herkunft für mich.«
»Warum lädst du nicht eine von deinen üblichen Bekannten ein?«, entgegnete sie und bereute ihre Bemerkung sofort. Wie dumm war sie denn, ein paar amüsante Tage mit Bernhard auszuschlagen und sich stattdessen allein auf irgendwelchen Empfängen zu langweilen? Außerdem hatte sie allen Grund, ihm entgegenzukommen, verdankte sie ihm doch, ihr Ziel erreicht zu haben. Ihre Miene verriet offenkundig, was in ihr vorging, denn der flüchtige Schatten, der zuvor über Bernhards Gesicht gehuscht war, wich einem amüsierten Lächeln.

»Also sind wir uns einig«, sagte er und lüpfte seinen Hut. »Ich hole dich morgen früh um zehn Uhr ab.« Und ohne ihre Antwort abzuwarten, ließ er sie stehen.

13

Atemlose Stille lag über dem Olympiastadion, als der hochgewachsene Schwarze Anlauf nahm und mit einem gewaltigen, fast übermenschlichen Sprung über den Sand setzte. Vor Aufregung krampfte sich Felicitas' Hand in Bernhards Arm.
»Acht Meter sechs! Das gibt's doch gar nicht!« Sie sprang auf und jubelte mit den Massen mit, die den Star der Spiele feierten. Jesse Owens, wie alle zehn schwarzen amerikanischen Leichtathleten von der deutschen Presse verunglimpft und verhöhnt, hatte erneut mit seiner ungeheuren Leistung die Herzen der Zuschauer gewonnen, und nicht einmal die Tatsache, dass der Deutsche Lutz Long mit der Silbermedaille vorliebnehmen musste, konnte die Begeisterung darüber dämpfen.
»Du hast ja richtig Feuer gefangen«, sagte Bernhard, als der Jubel allmählich nachließ, doch Felicitas lächelte nur und ging nicht darauf ein. Tatsächlich verwunderte es sie selbst, mit welchem Enthusiasmus sie die Wettkämpfe verfolgte, mitfieberte, wenn es um Haaresbreiten ging, und entsetzt aufstöhnte, wenn etwas misslang, wie beim Staffellauf der Damen, als Marie Dollinger und Ilse Dörffeldt das Staffelholz verloren. Sie ließ sich die Regeln des Polospiels erläutern und schrie beim Fußball ständig

»Abseits« oder »Elfmeter!«, weil sie es genoss, aus sich herauszugehen und sich so lebendig und mutwillig wie lange nicht mehr zu fühlen.
Bis auf den Stich schlechten Gewissens, der Felicitas durchfuhr, sobald sie an Steffen dachte, störte nichts die quecksilbrige, inspirierte Spannung dieser Tage. Täglich trafen Lastwagen aus Bremen und Ostpreußen ein, die den dringend benötigten Nachschub brachten, der Kaffee verkaufte sich wie geschnitten Brot, die pittoresken Stände und Eselskarren zählten mit zu den beliebtesten Fotomotiven, und manch eine Verkäuferin war ganz betrunken von dem ungewohnten Gefühl, ständig im Mittelpunkt der Aufmerksamkeit zu stehen. Auch Felicitas konnte sich der Magie nicht entziehen, die es unweigerlich mit sich brachte, zu einer öffentlichen Person erklärt zu werden. Als am siebten Tag der Spiele eine britische Tageszeitung ihr Porträt vor einem der Eselskarren zeigte und Felicitas als »Go for Gold: The Fabulous German Coffee-Lady« titulierte, stieg kribbelnde Erregung in ihr auf, begleitet von übermütigem Stolz. Heimlich kaufte sie fünf Exemplare und versteckte sie zuunterst im Koffer, bevor sie sich sorgfältiger als sonst für das Abendessen umkleidete und zurechtmachte.
Gewöhnlich gingen Bernhard und sie nach den Wettkämpfen zurück ins Hotel, aßen auf dem Weg in kleinen Restaurants und tranken später an der Bar noch ein Glas Champagner. Doch heute Abend hatten sich zu Felicitas' Überraschung Gesa und Niklas angekündigt, und Bernhard hatte für acht Uhr einen der begehrten Tische im Leviathan reservieren können, dort, wo die Menüs zwar nur mittelmäßig gelangen, aber die Revuedarbietungen als die besten in ganz Berlin gerühmt wurden.

Während zehn völlig identisch aussehende Blondinen ein Potpourri populärer Schlager sangen und dazu eine fast akrobatisch anmutende Tanzformation zeigten, beobachtete Felicitas ihre Tochter verstohlen, die mit glänzenden, hungrigen Augen das Geschehen auf der Bühne verfolgte und gut gelaunt Anekdoten von den Dreharbeiten zum Besten gab. Sie wirkte wie ausgewechselt, und so sehr sich Felicitas auch bemühte, sich darüber zu freuen, dass ihre Tochter die Bedrohung so selbstbewusst überspielte, war sie außerstande, eine leise Irritation abzuschütteln.

»Denk dir nur, Mutter, Niklas arbeitet mit Leni Riefenstahl zusammen«, sagte Gesa nun laut und vernehmlich, so dass zwei Damen an den Nebentischen sich neugierig umdrehten.

»Na ja, zusammenarbeiten ist vielleicht nicht das richtige Wort«, wehrte Niklas ab. »Sie hat mir erlaubt, bei den Dreharbeiten für den Olympiafilm ein wenig zu assistieren ...«

»Heißt das, Sie kehren zu Ihrer alten Liebe, dem Dokumentarfilm, zurück?«, fragte Felicitas interessiert.

»Ich muss gestehen, dass ich hin- und hergerissen bin. Der Leander-Film hat mich zwar an meine Schmerzgrenze gebracht, was ich an Kitsch aushalten kann, aber so ganz lassen mag ich vom Spielfilm nicht. Und Propagandafilme finde ich eigentlich ganz und gar verzichtbar. Aber ich will lernen, mehr wissen, sonst komme ich nie über das Niveau meines letzten Films hinaus, und dieses Projekt ist unglaublich faszinierend. Allein, wie die Riefenstahl die Wettkämpfe und das Training der Sportler dokumentiert und gleichzeitig eine Geschichte voller Pathos erzählt, stellt konventionelle Sichtweisen völlig auf den Kopf.« Er machte eine Pause. »Allerdings wird man geteilter Meinung darüber sein ...«

Bernhard grinste. »Das kann ich mir schon vorstellen. Soweit ich weiß, sind absurd hohe Summen in dieses Unternehmen gesteckt worden, um aller Welt zu beweisen, dass Deutschland in der Lage ist, sämtliche bisherigen Spiele zu übertrumpfen. Der Film muss logischerweise genau diese Gigantomanie zeigen, sonst macht er ja für Hitler keinen Sinn.«

»Genau«, pflichtete Niklas ihm zu, erleichtert, offen sprechen zu können. »Die ganze Ästhetik zielt darauf ab zu zeigen, dass die Einzigen, die den olympischen Geist wirklich begriffen haben und ihn deshalb besser als jede andere Nation repräsentieren, die Deutschen sind. Abgesehen von der stilistischen Brillanz, mit der sie das darstellt, ist die Aussage, die damit transportiert werden soll, falsch und auf Dauer ziemlich nervtötend. Ich muss schon sagen, wenn Leni Riefenstahl nicht so eine begnadete Filmkünstlerin wäre, von der ich eine Menge lernen kann, hätte ich längst die Segel gestrichen.«

»Aber du solltest nicht vergessen, dass eine Leni Riefenstahl dir viele Türen öffnen kann«, sagte Gesa, kramte eine goldene Puderdose aus ihrem Abendtäschchen und schloss sie sofort wieder, als sie Felicitas' Blick spürte.

»Liebe Gesa«, entgegnete Bernhard und wies auf die Bühne, »auch wenn es uns allen lieber wäre, ist dies nicht die Realität. Das Getöse um die Spiele lenkt nur vom Eigentlichen ab. Ich glaube nicht, dass man ein allzu politischer Mensch sein muss, um zu begreifen, welche Bedeutung es hat, dass Hitler die Legion Condor nach Spanien entsandt hat, um Franco im Kampf gegen die Antifaschisten zu unterstützen.« Bernhards The-

menwechsel kam so unvermittelt, dass eine kurze Stille eintrat.
»Na ja, ein kommunistisches Spanien ist nun auch nicht besonders erstrebenswert«, warf Felicitas schließlich ein, die nur wusste, dass konservative spanische Generäle von Spanisch-Marokko aus eine Revolte gegen die linke republikanische Volksfrontregierung angeführt hatten.
Bernhard zuckte mit den Schultern. »Mag sein. Vor allem aber erschwert ein kommunistisches Spanien, das sich eng mit Frankreich und der Sowjetunion verbünden könnte, Hitlers Expansionspläne. Er will mehr, mehr Deutschland, mehr von Europa, und wenn er sich mit den italienischen Faschisten, die die Putschisten ebenfalls unterstützen, auf diese Weise gut stellt, ist er einen großen Schritt weiter.« Mit einer eleganten Bewegung griff er nach der Champagnerflasche und schenkte nach. »Interessanterweise sind es viele Kunstschaffende, die sich dem Kampf der Antifaschisten angeschlossen haben. Ich hörte von George Orwell und Ernest Hemingway und vielen anderen Dichtern aus aller Welt, die ihren Schreibtisch mit einem Versteck in den spanischen Bergen getauscht haben.« Seine Augen ruhten mit einem undefinierbaren Ausdruck auf Felicitas, dann glitt sein Blick wieder zu Niklas. »Sind Sie gefährdet, es ihnen gleichzutun?«
»Was redest du denn, Bernhard?«, fragte Felicitas ärgerlich, doch Niklas wehrte lächelnd ab.
»Schon gut, ich finde die Frage völlig legitim. Aber die Antwort lautet: Nein, ich habe keine Ambitionen, nach Spanien zu gehen, und ich glaube, dass dieser Weg nur für die in Frage kommt, die auf der Suche nach einem höheren Ziel und nach dem tieferen Sinn ihrer Existenz sind

oder nach einer Antwort auf die Frage, ob Solidarität möglich ist. So was in der Art.«
Gesa runzelte die Stirn. »Aber dafür muss man doch nicht sein Leben aufs Spiel setzen!«
»Manche schon«, sagte Bernhard gleichmütig. »Andere besitzen die Fähigkeit, daran zu glauben, dass dies alles sie nichts angeht. Und viele denken überhaupt nicht.«
»Ich weiß, dass du mich für eine hirnlose Gans hältst«, gab Gesa scharf zurück, »aber auch dir sollte es nicht entgangen sein, dass die Menschen seit der Antike nach Unterhaltung dürsten, die ihren Alltag ein klein wenig erträglicher macht, und ich bin stolz darauf, mit meinen Fähigkeiten heute dazu beitragen zu können.« Mit einem süffisanten Lächeln fügte sie hinzu: »In den Gärten reicher Leute Fleißige Lieschen und Gerbera einzupflanzen ist dagegen natürlich eine hochpolitische Sache.«
Bernhard lachte lauthals. »Der Apfel fällt nicht weit vom Stamm, liebe Felicitas. Deine Tochter ist genauso giftig wie du, wenn sie in die Enge getrieben wird.«
Das Orchester spielte einen Tusch, der Felicitas' Erwiderung verschluckte, und die Blondinen gaben die Bühne frei für vier schwarz gekleidete Männer, die, mal in grünes, mal in rotes Licht getaucht, in perfekter Synchronizität und atemberaubender Geschwindigkeit weiße Kaninchen aus ihren Zylindern zauberten, brennende Kerzen verschwinden ließen und Spielkarten in rote Rosen verwandelten. Die Begeisterung über die Virtuosität der Künstler lenkte die Unterhaltung auf ungefährliches Terrain, die angespannte Stimmung verflog. Gegen Mitternacht verabschiedeten sich Gesa und Niklas. Als Felicitas und Bernhard wenig später das Varieté verließen, lag die Havelchaussee von einem silbernen Mond beschienen vor

ihnen, und sie beschlossen, sich noch ein wenig die Beine zu vertreten, um sich weiter oben an der um diese Zeit meist noch belebten Heerstraße ein Taxi zu nehmen.
»Wenn ich es nicht besser wüsste, könnte ich auf die Idee verfallen, du würdest dich morgen nach Spanien aufmachen«, sagte Felicitas nach einer Weile und wartete, dass Bernhard etwas erwidern würde. Als er das nicht tat, fügte sie hinzu: »Und ich kann mich des Eindrucks nicht erwehren, dass du mir damit indirekt etwas zu verstehen geben wolltest.« Sie musterte ihn von der Seite und war überrascht zu sehen, dass sich nicht das leise Amüsement, mit dem er dem Leben gewöhnlich begegnete, auf seinem Gesicht zeigte, sondern Anspannung und ein gewisser Trotz, als würde er sich von zwiespältigen Empfindungen bedrängt fühlen und hätte sie lieber jetzt als gleich in den hintersten Winkel seines Wesens zurückgezwungen.
»Du hättest dich mehr um Steffen kümmern sollen«, sagte er mit gepresster Stimme. »Ich fürchte, er ist vom Virus der Sinnsuche infiziert.«
Felicitas zuckte zurück. »Du meinst, er könnte sich dem Kampf der Antifaschisten anschließen?« Sie schüttelte den Kopf. »Ausgeschlossen. Nein, das glaube ich nicht.«
»Dir kann aber doch nicht entgangen sein, dass er an den Zuständen in Deutschland zu verzweifeln beginnt? Dass ihm die Zeitung kein Forum mehr für seine journalistische Aufgabe bietet? Steffen hat die Ethik seines Berufs immer sehr hochgehalten ...«
»Ich weiß.«
»... und da sie ihm mehr und mehr genommen wird, verliert er allmählich den Boden unter den Füßen.«
»Hat er dir das gesagt, damals in London?«
»Nun, er hat es angedeutet.« Bernhard blieb stehen und

suchte ihren Blick. »Steffen ist mein Freund, der einzige, den ich habe, seitdem Heinrich tot ist, und ich fühle mich nicht sehr heldenhaft, mit seiner Frau durchs nächtliche Berlin zu spazieren, während er ...«
Felicitas schnaubte. »Das fällt dir ja reichlich früh ein.« Wütend wandte sie sich ab, gleichermaßen schockiert über die Aussicht, Steffen könnte sich in einen aussichtslosen Kampf stürzen, der doch eigentlich nicht der seine war, wie enttäuscht über die Gefühle, die Bernhard mit ihrem Beisammensein verband und die im krassen Gegensatz zu den ihren standen, die manches Mal und nur für kurze Momente süß und verführerisch durch ihre Adern gebraust waren. Keiner von beiden, schoss es ihr durch den Kopf, verschwendete anscheinend auch nur einen Gedanken an sie. Sollten sie doch beide nach Spanien gehen und sich die Köpfe wegschießen lassen. Verwirrt und zornig ließ sie Bernhard stehen.
»Felicitas!«, rief er ihr hinterher. »Nun sei doch nicht kindisch.«
Eine Bemerkung, die sie erst recht in Rage brachte. Hektisch blickte sie sich um, doch weit und breit war kein Taxi zu sehen. Sie marschierte weiter, überquerte die Heerstraße und war auf dem Weg zum Glockenturm, als Bernhard sie schließlich einholte und am Arm festhielt.
»Ich glaube, du hast da etwas missverstanden«, sagte er rau und brach ab. Das Brüllen mehrerer Tiere hallte über das ausgestorbene Gelände, angsterfüllt, unheimlich.
»Die Esel!«, rief Felicitas. »Das hört sich nach einer Kolik an. Komm, lass uns nachschauen.« Sie liefen los und kamen außer Atem nach fünf Minuten bei den Stallungen an. Die Tür war verschlossen, aber eine zweite, die zu

dem dahinter liegenden lang gestreckten Schuppen gehörte, in dem die Eselskarren und Kaffeestände nachts untergebracht waren, stand sperrangelweit offen, und das Licht brannte.
»Du bleibst hier«, raunte Bernhard ihr zu.
»Ich denke gar nicht daran«, flüsterte Felicitas zurück. Schon beim Gedanken, allein in der Dunkelheit zu warten, wurde ihr übel.
Aufmerksam um sich spähend schlichen sie in den Schuppen.
»Nichts«, sagte Bernhard und zuckte mit den Schultern. »Da hat wohl einer vergessen, das Licht auszumachen. Vielleicht hatte er ein Bierchen zu viel intus.«
»Das glaube ich nicht«, erwiderte Felicitas und ging langsam an den bunt geschmückten Eselskarren und Ständen entlang. »Lass uns nach den Tieren sehen.«
Sie gingen zurück zum Stall und öffneten die Holztür. Die Esel standen in ihren Boxen, schnaubten vernehmlich und äugten ihnen entgegen. Felicitas tätschelte den Hals eines Grauen. »Sie sehen völlig gesund aus. Irgendetwas muss sie erschreckt haben.«
»Wahrscheinlich der Stallbursche«, meinte Bernhard, doch Felicitas schüttelte den Kopf.
»Warum sollte der nachts durch die Ställe laufen? Nein, das war jemand anders.« Sie wandte sich zur Tür. »Es hilft nichts, wir müssen alle Kaffeepackungen untersuchen.«
»Es ist ein Uhr morgens«, gab Bernhard zu bedenken, doch Felicitas war schon in den Schuppen geeilt.
»Tu, was ich dir sage«, forderte sie ihn leise, aber bestimmt auf und begann jedes Kaffeepäckchen mit dem geschwungen Andreesen-Schriftzug in die Hand zu nehmen, zu drehen und zu schütteln.

»Wonach suchen wir eigentlich?«, fragte Bernhard nach einer Weile.
Felicitas nickte grimmig und hielt ein Päckchen hoch. »Zum Beispiel danach.« Das Loch auf der unteren Rückseite des in braungoldenes Papier eingeschlagenen Päckchens war so klein, dass es niemandem eingefallen wäre, ihm eine besondere Bedeutung beizumessen, doch Felicitas wusste es besser. »Eine Injektionsnadel voll Gift …« Fast erleichtert, endlich einen handfesten Beweis zu haben, der die bange Frage beantwortete, ob und wann der Unbekannte erneut zuschlagen würde, holte sie tief Luft und erzählte Bernhard, in welcher Gefahr Gesa, sie und das ganze Unternehmen schwebten.
»Wer könnte dir das antun wollen?«, fragte er behutsam, Mitgefühl und Sorge in der Stimme.
»Ich habe keine Ahnung«, erwiderte sie, bemüht, die Tränen zurückzuhalten. Ohne ein Wort nahm Bernhard sie in den Arm und hielt sie fest umschlungen, was Felicitas vollends die Fassung raubte, weil sie es nicht gewohnt war, sich trösten zu lassen. Sich dem Schmerz und der Schwäche hinzugeben, war ihr stets hinderlich erschienen, wenn es galt, Schwierigkeiten zu überwinden, doch jetzt fühlte sie verwundert, wie sich mit jeder Träne der Knoten der Beklommenheit in ihrer Brust löste.
»Du hast schon ganz andere Dinge gemeistert«, sagte Bernhard schließlich und sah ihr beschwörend in die Augen. »Denk nur an diesen Sozialisten Nussbaum, dessen Mitstreiter dein Haus damals nach dem Krieg stürmen wollten. Du hast dich ihnen so mutig entgegengestellt.« Er reichte ihr ein Taschentuch und fügte hinzu: »Und diesem Schwein wirst du auch das Handwerk legen. Vertrau auf dich, Felicitas. Du besitzt mehr Kraft und Entschlos-

senheit als die meisten Frauen – und Männer –, die ich kenne.«
Geräuschvoll schnäuzte sie sich. »Du hast recht.« Sie begannen die Päckchen mit den winzigen Löchern von den unversehrten zu trennen. Nach einer halben Stunde war die Arbeit getan. Felicitas' rauchblaues Abendkleid aus Moiré und Brüsseler Spitze war staubig, Bernhards weißes Hemd, dessen Ärmel er aufgekrempelt hatte, wirkte auf verwegene Weise schmuddelig.
»Ich schulde dir ein neues Hemd«, sagte Felicitas mit schiefem Lächeln und nahm seine Hand. »Danke für deine Hilfe.«
Er sah ihr in die Augen. Beide fühlten die Stille, die sich auf sie senkte, jenes Innehalten, in dem Zeit und Raum ihre Konturen verlieren und das jedem ersten Kuss vorangeht und das, wenn das Zaudern den Zauber besiegt, sich fürs Erste davonmacht.
Es waren Bernhards Worte, die die Stille beendeten. »Am besten rufst du Werner Briskow jetzt gleich vom Hotel aus an, damit er morgen früh Nachschub hierher bringen lässt. Döberitz wird Tag und Nacht scharf bewacht, dein Kaffee ist dort so sicher wie im Führerhauptquartier.«
Felicitas nickte. »Ab sofort wird jeden Morgen nur noch die für den Tag benötigte Menge Kaffee hierher transportiert werden. Und diese Päckchen«, sie wies auf die annähernd zweihundert Pfund Kaffee, die sie in einer Ecke des Schuppens gestapelt hatten, »schicke ich nach Bremen. Elias Frantz soll sie untersuchen.«
Sie verließen den Schuppen und liefen durch die menschenleeren Straßen, vergeblich nach einem Taxi Ausschau haltend.
»Ich kann gut verstehen, dass du die Polizei da raushalten

willst«, sagte Bernhard nach einer Weile, »aber warum hast du Steffen angesichts der Situation nicht gebeten, dich zu begleiten?«
»Auf seine Vorhaltungen kann ich gut verzichten«, entgegnete Felicitas harscher als beabsichtigt. »Er war von Anfang an gegen mein Olympia-Engagement und würde nur die Gelegenheit nutzen …«
»Aber er ist dein Mann«, schnitt Bernhard ihr das Wort ab. »Vertraust du ihm so wenig?«
Sie ließ die Frage unbeantwortet und sagte stattdessen mit einer unbestimmten Geste: »Es lohnt nicht, sich in Konjunktiven zu ergehen. Steffen ist in Bremen, und du bist hier.«
»Ich reise morgen ab.«
Ungläubig sah Felicitas ihn an, doch seine Miene zeigte keine Regung. »Einen geeigneteren Moment konntest du dir nicht aussuchen«, sagte sie ironisch. »Wo geht es denn hin? London, Paris, Brüssel?«
»Paris«, antwortete er. »Der Termin duldet keinen Aufschub, es tut mir leid.«
»Das muss es nicht«, entgegnete Felicitas leichthin, um ihn nicht spüren zu lassen, wie sehr sie die Deutlichkeit verletzte, mit der er ihr zu verstehen gab, dass ihm andere Dinge wichtiger waren als sie, ganz gleich, in welcher Gefahr sie schwebte. »So war es doch schon immer zwischen uns. Nichts Halbes und nichts Ganzes.«
»Felicitas …«
»Lass gut sein, Bernhard.« Felicitas beschleunigte ihr Tempo, den Blick auf die Straße geheftet, gewohnt, ihren Weg alleine zu gehen.

Drei Tage später teilte Elias Frantz Felicitas das Ergebnis seiner Untersuchungen am Telefon mit.

»Kein Gift. Nicht die leiseste Spur von irgendetwas, das nicht in den Kaffee gehört. Absolut gar nichts«, sagte er mit fester Stimme und fügte etwas kleinlaut hinzu: »Es sei denn, es handelt sich um eine Substanz, die wir nicht kennen und die sich nur schwer nachweisen lässt.«
»Ja, gibt es denn so etwas?«, fragte Felicitas ungehalten.
»Nun ja, in Südamerika setzen Naturvölker ganz erstaunliche Drogen ein, die, wenn sie wohldosiert verabreicht werden, ekstatische Rauschzustände hervorrufen, die aber durchaus tödlich sein können. Die Medizinmänner und heilkundigen Frauen behandeln damit die Kranken. Zum Teil werden diese meist aus Kräutern gewonnenen Substanzen aber auch als Pfeilgifte für die Jagd eingesetzt.«
»Südamerika«, wiederholte Felicitas gedehnt.
»Briskow meinte, ihm sei auch ein hiesiges Wildkraut bekannt, das ebenfalls so gut wie keine Spuren hinterlassen soll.«
»Sie haben mit Briskow darüber geredet? Sind Sie wahnsinnig?«
»Keine Sorge, nur eine kleine Fachsimpelei. Der Junge ist viel zu naiv, um sich etwas dabei zu denken. Nun, dieses Kraut von anderen zu unterscheiden bedarf es eines geübten Blicks. Unser Unbekannter ist also entweder ein gewiefter Apotheker, oder er macht gemeinsame Sache mit einem Unbekannten Nummer zwei ...«
»Oder er gibt ein wissenschaftliches Interesse vor und spannt einen arglosen Kräuterexperten vor seinen Karren«, warf Felicitas ein. »Briskow.«
»Ich würde für den Jungen meine Hand ins Feuer legen«, entgegnete Elias Frantz. »Er ist sozusagen mein Ziehsohn. Sein Vater ist Schweißer beim Bremer Vulkan und konnte mit einem intelligenten zarten Kerlchen nichts anfangen,

als ihn immerfort zu verprügeln und Nichtsnutz zu schimpfen. Außerdem hat der Junge doch gar kein Motiv. Nein, wenn Sie mich fragen, haben wir es mit zwei Unbekannten zu tun, was die Sache nicht einfacher macht.«
»Zwei Beteiligte bedeutet aber auch doppeltes Risiko für sie. Einer könnte die Nerven verlieren und einen Fehler machen, der beide verrät«, sagte Felicitas. Ihr Jagdinstinkt erwachte. »Bitte bringen Sie alles in Erfahrung, was dieses heimische Kraut und die südamerikanischen anbelangt. Ich habe das Gefühl, damit könnten wir ein großes Stück vorankommen. Und ich werde hier die Augen offen halten. Würde mich nicht wundern, wenn diese Verbrecher sich einen Spaß daraus machten, mich zu beobachten.«
Sie legte auf, riss sich den einfachen Strohhut vom Kopf und öffnete die Knöpfe ihres dunkelblauen Ensembles aus weit schwingendem wadenlangem Rock und taillierter Bluse mit halblangen gerüschten Ärmeln auf. Jetzt galt es mehr denn je, ihren Widersachern deutlich zu machen, dass sie sich nicht ins Bockshorn jagen ließ, ja, sie sogar zu provozieren mit einer zur Schau gestellten Stärke, einer lässigen Unbesiegbarkeit, um sie auf diese Weise vielleicht zu einer Unvorsichtigkeit hinzureißen. Felicitas lächelte zufrieden, als sie das leuchtend mohnrote ärmellose und eng geschnittene Sommerkleid vom Bügel nahm. Falls der Briefeschreiber und sein Komplize in Berlin waren, sollten sie etwas zu gucken haben.
Die Wettkämpfe, die sie zuvor mit Bernhard an ihrer Seite so enthusiastisch verfolgt hatte, glitten nun an ihr vorüber. Sie hörte auf, den Medaillenspiegel zu verfolgen, und während die deutsche Mannschaft von Sieg zu Sieg eilte und mit dreiunddreißig Gold-, sechsundzwanzig Silber- und dreißig Bronzemedaillen selbst die Vereinigten Staa-

ten von Amerika auf den zweiten Platz in der Gesamtwertung verwies, beobachtete Felicitas genau, wer sie mit Blicken verfolgte, wer ihre Nähe suchte oder sich bemühte, sie in ein Gespräch zu verwickeln. Sie nahm Einladungen zu Galadiners an, besuchte Empfänge der Partei und einiger Berliner Kaufleute, die Felicitas' originellen Einsatz fürs Vaterland priesen, und wohnte einer Ausstellungseröffnung mit Exponaten zweitklassiger Künstler bei, die ihren Erfolg dem Stempel »völkisch« verdankten, den sie sich selbst willig aufgedrückt hatten. Doch kein Blick und keine Unterhaltung erregten ihren Verdacht und störten den Fluss aus gepflegter Langeweile und selbst auferlegter angespannter Wachsamkeit.
Am 20. August, vier Tage nach dem Ende der Spiele, als alle Verkaufsstände, Eselskarren, die Tiere und die Verkäuferinnen, die Eselsführer und Werner Briskow wieder Richtung Bremen unterwegs waren, verließ auch Felicitas die Hauptstadt, unendlich erleichtert, davongekommen zu sein.

14

Halb Bremen schien auf den Beinen zu sein, Pimpfe in Uniform und mit Hakenkreuzfahnen an den Fahrrädern klingelten so übermütig wie ungeduldig die Reihen der blondbezopften Mädchen durcheinander. Gouvernanten mit ihren Schützlingen in weidengeflochtenen Kinderwagen, stockschwingende Kaufleute, die Anzugjacke salopp über die Schulter geworfen, die Ehefrauen in braven weißen Blusen und halblangen grauen Röcken zu ihrer Rechten, junge Pärchen und fröhliche Familien, SA-Offiziere und Arbeiter, sie alle strömten, ohne auf den Autoverkehr zu achten, über den Osterdeich und die Wiesen hinunter. Felicitas, von der Sonne geblendet, blinzelte über die Windschutzscheibe ihres Cabrios in die Menge, deren Ende nicht abzusehen war. Die Menschen kamen von Hastedt und vom Peterswerder, von der Hamburger Straße und der Stader Straße, und Felicitas, die es hasste, aufgehalten zu werden, schalt sich, nicht daran gedacht zu haben, einen Umweg zu fahren. Genau genommen hatte sie nicht damit gerechnet, dass die Idee der »Nacholympischen Spiele« so viele begeisterte Anhänger finden würde. Sie wandte sich nach links und erblickte das in Bremer Kampfbahn umbenannte Weserstadion, daneben die angeblich größte Tennisanlage Nordwestdeutschlands und dahinter, eher zu erahnen als zu sehen, das Schwimmbad. Das Wahrzeichen der Hansestadt, der Bremer Schlüssel, grafisch geschickt mit den olympischen Ringen verwoben, flatterte an den Fahnenmasten und hieß die japanischen Meisterschwimmer willkommen, die gegen die deutsche Olympiamannschaft antraten, die finnischen Turner, die amerikanische Handballmannschaft und eine Auswahl aus Niedersachsen sowie die Leichtathleten, die von Berlin nach Bremen gereist waren.

Da an ein baldiges Fortkommen ohnehin nicht zu denken war, steuerte Felicitas das Cabrio an die Seite, stieg aus und stakste mit ihren hohen Absätzen vorsichtig ein Stück Wiese hinunter, als ihre Aufmerksamkeit auf den Vorplatz des Stadions gelenkt wurde. Als sie näher kam, lachte sie ungläubig auf. Drei Eselskarren, bis aufs Haar mit den ihren identisch, standen dort, Kinder streichelten die Tiere,

und drei kostümierte Verkäuferinnen boten lauthals den Kaffee einer ihrer Konkurrenten aus Bremen an.
»Das ist einfach lächerlich«, entfuhr es ihr.
»Warum? Ich finde, es ist eine hübsche Idee«, sagte eine bekannte Stimme hinter ihr, und Felicitas fuhr herum.
»Gewiss, doch es ist und bleibt nun einmal meine Idee«, gab sie kühl zurück, ohne den Ton leiser Verdrossenheit unterdrücken zu können.
»Tja, wenn dein Rivale ein Jude wäre, könnte ich ja in deinem Sinne tätig werden und ihn von der Gestapo abholen lassen, aber es handelt sich um einen rechtschaffenen Deutschen. Tut mir leid, Felicitas.«
»Ach, Anton, verschone mich mit diesem Blödsinn«, erwiderte Felicitas.
»Was ist los?« Anton musterte sie mit einem Ausdruck, den sie, hätte sie es nicht besser gewusst, durchaus mit Besorgnis hätte verwechseln können. »Du siehst abgespannt aus. War vermutlich doch ein wenig zu viel für dich, diese Olympia-Sache.«
»Ich weiß, Anton, dass nicht jeder in der Lage ist, sich so über Gebühr einzusetzen«, erwiderte sie und hoffte, dass ihrem Schwager die feine Ironie nicht entging, »aber das persönliche Unvermögen zählt nun einmal nicht, sondern nur das Ergebnis. Wir können uns über Tausende von Bestellungen für Andreesen-Kaffee freuen, wir werden das Versandgeschäft von Japan bis Schottland ausweiten. Das spricht für sich, nicht wahr?« Sie lächelte ihn freundlich an. »Fahnen schwingen kann ich ja später noch.«
»Pass nur auf, dass dein loses Mundwerk dich nicht eines Tages in die Bredouille bringt«, entgegnete Anton missmutig, doch Felicitas sah ihn noch immer lächelnd an.
»Aber für den Fall haben wir doch dich, den schneidigen

Parteigenossen, in der Familie. Was bedeuten denn diese hübschen Abzeichen auf deiner Uniform?«
Anton bedachte sie mit einem bösen Blick und ließ sie stehen.
Felicitas sah ihrem Schwager nach, wie er auf eine Gruppe schwarz bestiefelter SA-Mitglieder zuging, die sofort die rechte Hand nach oben schnellen ließen, als sie seiner gewahr wurden. Anton erwiderte den Hitler-Gruß so nachlässig, wie der Reichskanzler selbst es gelegentlich tat, und marschierte hoch erhobenen Hauptes an ihnen vorbei.
Sein tadelloser Gang mit der unmerklichen Verzögerung war das Ergebnis einer ungeheuren Willensanstrengung, mit der Anton dem Verlust seines linken Beins im Ersten Weltkrieg begegnete. Mit stoischer Ruhe hatte er über Wochen und Monate geübt, das Holzbein so geschickt zu benutzen, bis er und die ganze Familie seine Versehrtheit irgendwann fast vergaßen. Diese Disziplin und der vollständige Mangel an Selbstmitleid hatten Felicitas von jeher Achtung vor ihm abgerungen, aber dennoch blieb Anton ihr unsympathisch, ein latent aggressiver und überheblicher Mensch, den die Arbeit in der und für die Partei auch noch dazu ermunterte, diese charakterlichen Schwächen zu kultivieren. Im gleichen Maße, wie die Anerkennung wuchs, die ihm im Gau Weser-Ems zuteil wurde, schien sein ohnehin nie sehr ausgeprägter Respekt vor den anderen, den Andersdenkenden und Anderslebenden, ins Bodenlose zu stürzen. Felicitas schüttelte den Kopf.
Wie machtvoll strömte das Gift der fixen Idee von der nordischen Rasse durch Antons Adern, dass es sogar die Tatsache, zu einem Viertel jüdisch zu sein, aus seinem Bewusstsein ätzte? Oder entsprang sein Verhalten einem

übermächtigen Bedürfnis, dazuzugehören und das zu bekämpfen, was ihn sich in der eigenen Familie unbehaust fühlen ließ? Das fremde Blut, das durch seine Adern floss, weil seine Mutter ihren Ehemann mit dessen bestem Freund betrogen hatte, dem jüdischen Kaufmann Ludger Servatius?

Trotz der Hitze fröstelte Felicitas. Was mit Anton geschehen war, hatte sie nie so deutlich wahrgenommen wie in diesem Augenblick, und es ängstigte sie, nicht so sehr um Antons willen, sondern weil sie mit einem Mal begriff, was Steffen die ganze Zeit umgetrieben hatte – die Angst vor einer Epidemie des Bösen, die alle ansteckte, die nur die geringste Disposition dafür zeigten. Und wer konnte das für sich ausschließen?

Felicitas drehte sich um und ging den Deich wieder hinauf, plötzlich von der Sehnsucht erfasst, Steffen wiederzusehen und ihre Gedanken mit ihm zu teilen.

Als sie die Halle der Villa betrat, hing der Duft von frisch gebackenem Graubrot in der Luft – eine rührende Geste von Marie, Felicitas mit ihrer Lieblingsspeise willkommen zu heißen. Teresa stürzte die Treppe hinunter und flog in die Arme ihrer Mutter.

»Du warst im Fernsehen! Und in allen ausländischen Zeitungen haben sie Fotos von dir und den Eselskarren gebracht! Du musst alles erzählen, haarklein!« Teresas Überschwang wirkte ansteckend, und Felicitas lachte hell auf.

»Und ich habe allen gesagt, dass die Eselskarren eigentlich deine Idee waren«, entgegnete sie. Teresa lächelte stolz, und Felicitas strich ihr zärtlich über die Wange, erleichtert, dass ihre Tochter die Kränkung, nicht nach Berlin mitreisen zu dürfen, allem Anschein nach überwunden hatte.

Felicitas' Begründung, die Großstadt sei kein Pflaster für ein junges Mädchen, hatte fadenscheinig geklungen, den wahren Grund, nämlich Teresa unter allen Umständen von der tödlichen Gefahr fernzuhalten, hatte sie ihr verschwiegen. Nachdenklich sah sie ihrer Tochter in die aquamarinblauen Augen, die gleichen, die ihr entgegenleuchteten, wenn sie in den Spiegel blickte, und die andere Menschen dazu verführten, auch eine charakterliche Ähnlichkeit in Mutter und Tochter zu vermuten. Doch Felicitas hätte sich niemals mit einer Erklärung zufriedengegeben, die ihr nicht in den Kram passte, ihr Sinn für Dramatik und ihr ausgeprägtes Ego ließen dies damals wie heute nicht zu. Anders Teresa. Es schien Felicitas, als ob ihre Tochter über eine feine Intuition verfügen würde, die sie wissen ließ, was nicht gesagt wurde, und erkennen, was hinter Worten verschleiert lag.

Felicitas fasste sie um die Taille und schlenderte mit ihr zum Wintergarten.

»Was gibt es Neues daheim?« Felicitas' Blick wanderte durch die Halle, glitt von dem geliebten Renoir zu den leicht verschossenen Gobelins, von denen ihre Schwiegermutter sich nicht trennen mochte, hin zu der marmornen Reproduktion von Michelangelos *Pieta* und den mächtigen Renaissance-Leuchtern, die die Statue einrahmten. Die kräftigen Farben des Isfahan leuchteten und schmeichelten dem prachtvollen Ambiente, das Reichtum und Behaglichkeit verband.

»Nicht viel«, antwortete Teresa ausweichend. »Clemens bereitet mit Dora und Delia eine Aufführung von *Penthesilea* im Kunstpark vor. Und Nenn-mich-nicht-Oma-Großmutter ist mit Frau van der Laaken in den Bürgerpark gefahren, ist aber zum Abendessen zurück.«

Felicitas nickte, froh, für eine bescheidene Frist der Entscheidung zu entkommen, ob sie ihre Schwiegermutter über den zweiten anonymen Brief und die damit verbundenen Geschehnisse in Berlin unterrichten sollte, was sie bislang vermieden hatte.
»Und Steffen ist sicher noch in der Redaktion«, sagte sie beiläufig, eigentlich keine Antwort erwartend, und war deshalb umso überraschter, Teresas Verlegenheit zu bemerken.
»Ich weiß es nicht«, sagte sie leise. »Er ist gestern ganz spät heimgekommen und heute in aller Herrgottsfrühe wieder weggefahren. Weder Oma noch ich haben ein Wort mit ihm gewechselt.«
»Na ja, das ist nun wirklich nichts Neues«, gab Felicitas mit einem schiefen Lächeln zurück. Sie nahm ihre Tochter mit beiden Händen an den Schultern. »Weißt du was? Ich ziehe mir etwas Bequemes an, und dann machen wir hinten im Garten ein Picknick mit Maries frischem Brot und Berliner Weiße. Ich hab ein paar Flaschen mitgebracht. Es ist süß, mit Himbeer- oder Waldmeistergeschmack und ein wenig Alkohol. Ein Glas wird uns aber nicht schaden. Was meinst du?«
»Prima«, erwiderte Teresa, doch ihr Lächeln teilte sich ihren Augen nicht mit.

15

Die dicht bewimperten dunkelbraunen Augen des Mannes, der sich Felicitas nicht vorgestellt hatte, ruhten mit einem Ausdruck kalter Gleichgültigkeit auf ihr.

»Wissen Sie, Frau Hoffmann, wir machen uns ernsthaft Sorgen«, sagte er gedehnt und klopfte aufreizend langsam mit der Spitze eines Bleistifts auf die Schreibtischplatte, »und wir wären Ihnen sehr verbunden, wenn Sie mit uns kooperieren würden.«
Felicitas nickte huldvoll und schlug elegant die Beine übereinander. Ihre Knie zitterten leicht, und sie hoffte, dass weder der Mann hinter dem Schreibtisch noch die beiden Uniformierten, die ihn stehend flankierten, es bemerken würden.
»Ich kann mich nur wiederholen«, entgegnete sie freundlich. »Als ich am 20. Juni nachmittags zu Hause eintraf, fand ich bloß meine Tochter Teresa vor, die mir sagte, dass mein Mann sehr früh das Haus verlassen hat. Ich machte mir keine Gedanken, weil er als Chefredakteur mitunter vierzehn Stunden am Tag arbeitet und ich daran gewöhnt bin. Nun, wir aßen mit meiner Schwiegermutter zu Abend und haben noch ein wenig geplaudert. Als ich um elf Uhr zu Bett ging, war mein Mann zwar noch immer nicht wieder daheim, aber, wie gesagt, das bin ich gewohnt.«
»Nun sind aber drei Tage vergangen, und wir fragen uns, warum Sie es immer noch nicht für nötig hielten, sich Gedanken zu machen«, sagte der Mann mit einem lauernden Unterton. »Denn wenn Sie sich Gedanken gemacht hätten, wären Sie doch gewiss zur Polizei gegangen, um eine Vermisstenanzeige aufzugeben. Das haben Sie aber nicht getan. Ein Redakteur der Zeitung hat uns auf das Verschwinden Ihres Mannes aufmerksam gemacht. Kommt Ihnen das nicht selbst ein wenig seltsam vor?«
»Verzeihen Sie, aber ist das nicht meine Sache?« Felicitas riss die Augen auf, bemüht, dem Mann vorzugaukeln,

nicht Überheblichkeit oder Missachtung seines Amtes, einzig ihre weibliche Naivität lasse sie diese Frage stellen, doch der Versuch misslang. Auf seinen Wink hin verließ einer der Uniformierten seinen Posten, trat auf Felicitas zu und ohrfeigte sie, schnell und hart. Ihr Kopf flog herum, und sie schrie auf.
»Bedauerlich, Frau Hoffmann, sehr bedauerlich, dass Sie mich zu gröberen Mitteln zwingen, da es uns doch völlig genügen würde zu erfahren, wo Ihr Mann sich aufhält.« Der Mann beugte sich nach vorn und fixierte sie. »Wir haben Erkundigungen eingezogen. Hier«, er klopfte auf einen dünnen roten Pappordner, »haben wir einige interessante Informationen, die Grund zu der Annahme geben, Ihr Mann könnte abgetaucht sein. Er gilt als Widerständler, als Volksverhetzer.« Nach einer Pause, in der nur das enervierende Geräusch des Bleistifts zu hören war, fuhr er fort: »Frank Middeldorf hat uns zum Beispiel erzählt, dass Ihr Mann defätistische Reden über das Olympia-Engagement des Reiches gehalten hat. Erinnern Sie sich zufällig daran?«
»Ja«, sagte Felicitas leise.
»Nun, dann geben Sie mir doch gewiss recht, wenn ich sein Verschwinden ein wenig verdächtig finde, nicht wahr?«
»Ja. Aber ...«
»Aber?«
Felicitas holte tief Luft. »Mein Mann hat mich verlassen, weil ich ... eine Liaison mit seinem besten Freund hatte.«
»Und jetzt beweint er Ihre Untreue hinter den sieben Bergen bei den sieben Zwergen!«, höhnte der Mann und knallte den Bleistift auf den Schreibtisch.
»Das weiß ich nicht«, erwiderte Felicitas verzweifelt.

»Wir haben schon länger ... Probleme in unserer Ehe, wir haben uns oft gestritten ...«
»Worüber?«
»Nun ja, unsere Ansichten gingen gelegentlich etwas auseinander. Mein Auftrag in Berlin war ihm ein Dorn im Auge ...«
»Warum?«
»Weil er fürchtete, ich könnte einen anderen Mann kennenlernen, und so ähnlich war es ja auch. Als ich Bernhard in Berlin wiedersah, habe ich den Kopf verloren, wir beide haben den Kopf verloren, und Steffen hat es erfahren. Als ich zurück in Bremen war, wusste ich, dass er mich verlassen hat, ich habe es in dem Moment gefühlt, als ich das Haus betrat. Und später habe ich es lesen müssen ... Er will mir nicht einmal sagen, wo er ist, er gibt mir keine Chance.« Sie öffnete ihre Handtasche und holte mit fliegenden Fingern einen zerknitterten, offensichtlich unzählige Male gelesenen Brief heraus und reichte ihn dem Mann. Der riss ihn an sich und überflog die Zeilen.
»Glauben Sie allen Ernstes, dass so ein paar selbstmitleidige Zeilen mich täuschen können?« Der Uniformierte, der Felicitas geschlagen hatte, ging bei diesen Worten erneut in Stellung, doch der Mann winkte ihn zurück und fragte in süffisantem Ton: »Wer ist dieser geheimnisvolle Bernhard? Wie heißt er mit Nachnamen, und wo finden wir ihn – oder existiert er nur in Ihrer beider Phantasie, so wie diese ganze erbärmliche Lügengeschichte?«
»Servatius«, flüsterte Felicitas. »Er heißt Bernhard Servatius.«
Der Mann stutzte, dann brach er in Gelächter aus.
»Kennen Sie ihn?«, fragte Felicitas schüchtern. Jetzt nur

keinen Fehler machen, schoss es ihr durch den Kopf, und so demütig, wie sie es vermochte, senkte sie den Blick.
Der Mann stand auf und trat zur Tür. »Sie können gehen.« An der Tür drehte er sich noch einmal um, und sein Blick nagelte Felicitas auf den harten Holzstuhl. »Vorläufig.«

Das Gestapo-Gebäude lag nur wenige Schritte von ihrem Kontor am Wall entfernt. Schon oft hatte Felicitas beobachtet, wie Menschen es verließen, schnellen Schrittes, die Angst im Nacken. Jetzt gehörte sie zu ihnen, eine Verdächtige, die sich nach allen Seiten umsah, bevor sie es wagte, in ihr Leben zurückzukehren, ein Leben, das für die Männer in den schwarzen Ledermänteln denselben Wert besaß wie das einer Schmeißfliege.
Wie konnte Steffen ihr das nur antun? Nach Spanien zu fliehen, um seinem Bedürfnis, gegen den Faschismus zu kämpfen, gerecht zu werden! Viele Worte hatte er in seinem Brief gefunden, den sie am Abend ihrer Rückkehr aus Berlin unter ihrem Kopfkissen entdeckt hatte – Erklärungen, die sie gnädig stimmen und seinen einsamen Entschluss nachvollziehbar machen sollten, inständige Bitten, nicht an seiner Liebe zu ihr zu zweifeln, die so tief und innig wie eh und je sei, doch aufgezehrt würde, wenn er sich diesen Schritt versage, und die Versicherung, dass er auf ein gemeinsames Leben hoffe, sobald wieder Freiheit in Spanien und Deutschland herrsche.
»Meine geliebte Frau!« Seine Worte würden für immer in ihrem Herzen eingebrannt sein. »Falls die Gestapo dich verhört, gib denen den Brief, in dem ich dich der Untreue bezichtige. So schmerzlich es für dich und für mich ist, dir eine Affäre mit Bernhard, und sei es auch

nur zum Schein, zu unterstellen, so ist es doch die einzige Möglichkeit, dich zu schützen. Die Gestapo greift niemanden an, der gerade den Garten von Emmy Göring umgestaltet hat (so opportunistisch und verwerflich sein Engagement in meinen Augen auch ist). Hab Vertrauen zu ihm, trotz seiner Fehler ist er ein loyaler Freund. Er weiß Bescheid, ich habe ihm ein paar erklärende Zeilen nach London gesandt. Und nun wünsch mir Glück, mein Herz. In Liebe, Steffen.«
Unvermittelt liefen Felicitas die Tränen über die Wangen, die seit vier Tagen darauf drängten, vergossen zu werden, Tränen der Wut, der Verzweiflung und der schmerzhaften Einsicht, tatenlos zugesehen zu haben, wie das Band ihrer Liebe mit jedem Tag brüchiger geworden war, bis es zerriss.
Erleichtert, die meisten ihrer Angestellten in der Mittagspause zu wissen, schlüpfte Felicitas ins Kontorhaus. In ihrem Büro putzte sie sich die Nase und atmete einige Male tief durch.
»Haben Sie eine Minute für mich?« Ohne Felicitas' Antwort abzuwarten, schob sich Elias Frantz durch die Tür. Seine bekümmerte Miene verhieß keine guten Nachrichten. »Es gibt zwei Möglichkeiten«, sagte er schroff. »Entweder wir haben es hier mit Curare zu tun, einem südamerikanischen Pfeilgift, mit dem die Ureinwohner schon einen Teil der Besatzung von Christoph Kolumbus' Schiff zur Strecke gebracht haben. Eigentlich wirkt dieses Gift nur dann tödlich, wenn es direkt in die Blutbahn eindringt. Atmet man es lediglich ein, betäubt es die Sinne für eine Weile, man halluziniert, und es wird einem speiübel. Oder aber es ist das Coniin, das in unserem heimischen Schierling enthalten ist und

genau wie Curare auf die Nerven wirkt. Die Schierlingswurzel sieht der von Pastinaken zum Verwechseln ähnlich, und mischt man sie unters Essen, ist sie so gut wie nicht nachweisbar. Das Problem ist, dass diese Gifte nur in höheren Dosierungen tödlich sind. Die minimalen Spuren, die wir nachweisen konnten, reichen bestenfalls für eine leichte Magenverstimmung aus.« Er kratzte sich am Kopf. »Wenn es sich denn überhaupt um Curare oder Coniin handelt. Mit hundertprozentiger Sicherheit kann ich das nicht sagen.«
»Mit anderen Worten, wir befinden uns in einer Sackgasse«, stellte Felicitas nüchtern fest. »Keine eindeutigen Spuren, nur vage Vermutungen.«
Der Laborleiter nickte. »Tut mir leid, Frau Hoffmann.«
Nachdem Elias Frantz ihr Büro verlassen hatte, stand Felicitas auf und griff nach ihrer Jacke. Sie hatte das Gefühl, ohnmächtig zu werden, wenn sie nicht sofort an die frische Luft hinauskäme, an die Weser, dort, wo das Leben noch nach Sonne und Sommer und Wasser roch statt nach Bitterkeit und Angst. Ein Blick aus dem Fenster ließ sie innehalten. Die schwarze Limousine stand vor dem Kontorhaus, zwei Männer saßen darin und sahen, der eine gelangweilt, der andere finster, geradeaus.
Was für ein Irrsinn, schoss es Felicitas durch den Kopf, zwei Männer für ihre Überwachung abzustellen, obwohl die Gestapo sich doch gleich nebenan befand. Und wissend, dass dies ihre ständigen Begleiter in den nächsten Wochen, vielleicht sogar Monaten sein würden, setzte sie sich wieder an ihren Schreibtisch und vergrub das Gesicht in den Händen. Steffen hatte ihr Leben durch seinen Egoismus gleichsam in ein Gefängnis verwandelt, und mochte sie auch Verständnis für seine Beweggründe auf-

bringen, das hier, schwor sie sich, würde sie ihm niemals verzeihen.
Das Läuten des Telefons ließ sie zusammenzucken.
»Das Schicksal findet schon seltsame Wege, nicht wahr?« Bernhard. »Nun sind wir mit dem Segen deines Ehemanns ganz offiziell ein Liebespaar. Im Moment bin ich hier unabkömmlich, aber sobald es geht, komme ich zu dir, mein Liebling.«
»Du verdammter ...«
»Ich weiß, ich weiß, du hast allen Grund, wütend auf mich zu sein, und ich verspreche dir, es wiedergutzumachen. Ich küsse dich, bis bald.«
»Warte!«, schrie sie, doch Bernhard hatte bereits aufgelegt und sich damit allen Fragen entzogen, die ihr seit Tagen auf der Seele brannten. Warum hatte er sie in Berlin auf eine mögliche Flucht Steffens aufmerksam gemacht, während der bereits seinen Abschiedsbrief formulierte? Was wusste er, was ihr entgangen war?
Felicitas starrte den Telefonhörer an, und plötzlich begriff sie. Bernhard musste davon ausgehen, dass ihr Telefon abgehört wurde. Sein seltsames Gebaren diente nur dazu, die Gestapo zu täuschen und ihr zwischen den Worten mitzuteilen, dass Steffens Brief in London angekommen war und dass er, Bernhard, gewillt war, die Maskerade mitzuspielen. Langsam, wie hypnotisiert, legte sie den Hörer auf.

»Ich schätze, ich war nicht sehr überzeugend«, sagte Bernhard.
»Nun, dass du sie liebst, wird sie dir wohl kaum abnehmen«, entgegnete Pierre und lächelte. »Aber der Sinn der Übung war ja auch ein anderer, und Felicitas ist klug genug, zwei und zwei zusammenzuzählen.«

»Mir ist nicht wohl bei der Sache.« Trotz der Hitze, die seit Wochen wie eine Käseglocke über Paris lag und selbst die dicken Mauern des Hauses am Boulevard St-Michel durchdrang, fröstelte Dorothee und zog ihren hellblauen Schal enger um die Schultern. »Es wäre mir wirklich lieber, wenn wir Felicitas einweihen könnten.«
»Je weniger sie weiß, desto weniger ist sie in Gefahr«, sagte Pierre mit leiser Ungeduld in der Stimme. »Das haben wir doch eingehend besprochen.«
Bernhard nickte. »Pierre hat recht. Und nun sollten wir uns um unseren Flüchtling kümmern.«

16

Kein Regenschirm vermochte dem peitschenden Regen standzuhalten, der an diesem Nachmittag die letzten Blätter von den Bäumen wirbelte und die Berliner Straßen in Sturzbäche verwandelte. Wer konnte, blieb daheim und hieß den November mit heißem Tee und Kerzenschein willkommen, und das waren an diesem Sonntag nicht wenige.
Als Gesa das in warmem Ocker getünchte Gründerzeithaus in der Lützowstraße verließ, fluchte sie leise und zog den Kragen ihres Mantels hoch und die Hutkrempe tiefer, eine hilflose Maßnahme, die nicht verhindern würde, dass sie bis auf die Haut durchnässt die nahe gelegene Mommsenstraße erreichen würde. Ein Taxi konnte sie sich nicht leisten, denn die neue Wohnung verschlang jeden Pfennig, den sie mit den Komparsenrollen verdiente.

Aber sie hätte auch keine Minute länger bei Albrecht Kronauer bleiben können. Der Mann war berühmt und hochgelobt für seine sensible Kameraführung, wie kein Zweiter vermochte er das Gesicht eines Stars zum Leuchten zu bringen, doch sein Genius bedurfte, wie es bei großen Künstlern häufig der Fall ist, eines Widerparts, an dem er sich reiben und entzünden konnte. In den Zwanzigerjahren, als jedes Tanzmädchen wusste, wie man sich eine Linie Kokain elegant verabreichte und mit Whiskey nachspülte, es in gewissen Kreisen sogar als Todsünde galt, nicht obsessiv zu leben, hatte Kronauer sich durch die Berliner Nächte treiben lassen, doch jetzt, da man sich bei derlei Zeitvertreib nicht mehr erwischen lassen durfte, hatte er die beiden oberen Etagen seines Hauses in die Art von düsterem Boudoir verwandelt, die ihm die erotische Spannung schenkte, nach der er lechzte. Allabendlich und an den drehfreien Sonntagen fand sich bei ihm eine illustre Clique ein, um zu trinken und zu zelebrieren, was nicht bekannt werden durfte, und Gesa, nicht ahnend, was auf sie zukommen würde, hatte es als besondere Ehre empfunden, in diesen Kreis aufgenommen zu werden. In den vergangenen Wochen hatte sie sich einige Male mit dem Kameramann in Bars und Restaurants getroffen, ihre Gespräche waren um den Film und die Kunst gekreist, doch Gesa war nicht so dumm, sein Interesse für rein beruflicher Natur zu halten. Sie wusste, dass er mehr von ihr wollte, und ihr war es recht. Kronauer war ein schöner Mann mit wallendem Blondhaar, markantem Kinn und jener Verlebtheit in den Zügen, die die Phantasie aufreizte. Es schien ihr fast, als hätte sie sich ein wenig in ihn verliebt, und so hatte sie sich an diesen Sonntagen eingefügt. Doch heute war sie nicht länger

imstande, Teil dieser bizarren Szenerie zu sein, und wusste nicht, ob sie es je wieder sein würde noch wollte.
Dicke Tropfen drangen durch den dünnen Wollstoff ihres Kostüms, gerade so, als wollten sie sie reinwaschen von dem, was sie überforderte. Als sie ihre Wohnung nach zwanzig Minuten erreichte, atmete sie auf. Sie zog sich aus, trocknete sich ab und schlüpfte unter die Bettdecke, hoffend, ihre aufgewühlten Sinne würden sich von der Wärme beruhigen lassen. Doch der Schmerz in ihrem Bein war so stark, dass sie keinen Schlaf fand, und schließlich stand sie wieder auf, nahm zwei Tabletten mit einem großen Glas Wasser und legte sich erneut hin. Ihr Vorrat, den Kronauer ihr ohne dumme Fragen zu stellen besorgt hatte, war bis auf einen kläglichen Rest verbraucht, und die jagende Angst, dass sie schon morgen, spätestens übermorgen Nachschub haben musste und keine Vorstellung besaß, woher sie den nehmen sollte, denn Kronauer würde sie nicht mehr bitten können, ließ sie nicht zur Ruhe kommen. Dennoch fiel sie nach einer Weile in einen flachen, unruhigen Schlaf.
Als es an der Tür läutete, fuhr sie hoch, überzeugt, nicht mehr als fünf Minuten geschlafen zu haben, doch ein Blick auf die Uhr bewies, dass es immerhin drei Stunden gewesen waren – zwanzig Uhr.
»Gesa?« Christians dunkle Stimme klang besorgt, und Gesa sprang aus dem Bett und warf sich einen Bademantel über.
Himmel noch mal, sie hatte ihren Bruder vergessen, ihren langweiligen Bruder, mit dem sie sich heute zum Abendessen verabredet hatte. In Familie zu machen war in diesem Augenblick wirklich das Letzte, wonach es sie verlangte, und eine Sekunde spielte sie mit dem Gedanken, so zu tun,

als wäre sie nicht daheim. Doch verantwortungsbewusst, wie er war, würde Christian gewiss erst bei ihrer Vermieterin im ersten Stock klingeln und nachfragen, dann Felicitas anrufen und sämtliche Pferde von Berlin bis Bremen scheu machen. Seufzend öffnete sie die Tür.
»Entschuldige, ich muss wohl eingeschlafen sein«, murmelte sie und ließ Christian eintreten.
»Hast du Schmerzen?«, fragte er mitfühlend und legte ihr seine Hand auf die Schulter.
»Nein«, log Gesa und fügte mit leisem Sarkasmus hinzu: »Bin nur ein wenig verkatert.«
Gesa liebte ihren Bruder mit einer lässigen Selbstverständlichkeit, die von der Affenliebe, die große Schwestern in der Regel für die kleineren Brüder aufbringen, weit entfernt war, und hin und wieder genoss sie es, ihn, den Braven, darauf hinzuweisen, dass es auch ein Leben jenseits von Büchern und Mikroskopen gab. Doch heute beließ sie es bei dieser einen Bemerkung. Sie fühlte sich immer noch wie durch die Mangel gedreht.
»Wollen wir lieber ein andermal miteinander essen?«
»Nein, nein, ich zieh mir nur rasch etwas über«, sagte sie leichthin. Aus dem Schlafzimmer rief sie ihm zu: »Weißt du, ich hätte große Lust, mal ganz woanders hinzugehen. Nicht dahin, wo sich halb Berlin trifft. Hast du eine Idee?«
»Am Tiergarten gibt es ein kleines Restaurant, eigentlich mehr eine Pinte, wo ich manchmal zu Mittag esse. Es ist aber wirklich nichts Besonderes.«
»Dann ist es gerade recht.« Sie drehte sich anmutig einmal um die eigene Achse. »Kann ich da so aufkreuzen?«
Christian musterte ihre weiten Hosen und den kleinen Streifenpulli, den Pferdeschwanz und ihr Gesicht, das sie von Rouge und Lidstrich befreit hatte. »Und ob!«

Der Regen hatte nachgelassen, die Straßen lagen wie blank geputzt im Schein der Laternen, und sie beschlossen, zwei Stationen mit der Tram zu fahren und den Rest des Weges zu Fuß zu gehen. Das kleine Restaurant befand sich am südlichen Ende des Tiergartens und hieß seine Gäste mit unaufdringlicher Klaviermusik und dem Duft von frisch gebackenem Kuchen willkommen. Sie setzten sich an den letzten freien der behäbigen, sauber gescheuerten Holztische und bestellten Kaffee, Likör, mit Schinken belegte Brote und Apfelkuchen mit Schlagsahne.
»Bist du auf den Geschmack der einfacheren Dinge gekommen?«, fragte Christian belustigt, als die Kellnerin ihre Bestellungen brachte.
Gesa zuckte mit den Schultern und steckte sich ein Cornichon in den Mund. »Scheint so«, antwortete sie spröde, um ihre widerstreitenden Gefühle zu verbergen, denn plötzlich drängte es sie, ihm zu erzählen, was ihr heute, und nicht nur heute, Nachmittag widerfahren war. Da war ein Sehnen in ihr, sich mitzuteilen, sich zu öffnen und diese Beklemmung, die ihr auf der Seele lag, mit Worten zu bannen. Sie sah ihn an, als sähe sie ihren Bruder zum ersten Mal. Warm und voller Liebe ruhten seine blauen Augen auf ihr, seine Arglosigkeit schnitt ihr ins Herz, und sie wusste, dass sie ihm niemals auch nur ein Sterbenswörtchen von dem anvertrauen durfte, was sie belastete.
»Ich hätte es wissen müssen. Du hast einen heimlichen Geliebten.«
Gesa blickte auf und schaute in ein Paar hellgrüne Augen, die sie mit einer Mischung aus Neugier und leisem Spott musterten. »Hallo, Solveig«, erwiderte Gesa mäßig begeistert.
Die hochgewachsene Frau lächelte und schüttelte ihre

schwarzen Wellen nach hinten. »Kommt her!«, rief sie ihren Begleitern zu, die sich folgsam in Bewegung setzten.
»Guten Abend, Gesa, schön, dich zu sehen«, sagte der eine von ihnen, ein Kollege vom Film, den Gesa flüchtig kannte. Der andere nickte ihr zu, wandte sich aber sofort wieder Solveig zu.
»Wollen wir wirklich hierbleiben?«, fragte er mürrisch. »Mit dem Ambassador kann das hier ja nicht gerade mithalten.«
Geschmeidig glitt Solveig auf den freien Platz neben Christian. »Das ist ja der Witz. Ich kann diese ewig gleichen Restaurants und Gesichter nicht mehr sehen.« Sie machte eine Pause. »Und nun möchte ich wissen, wer der schöne Unbekannte ist.«
»Nur der kleine Bruder«, sagte Christian. Lächelnd sah er Solveig an, die seinen Blick mit einem Ausdruck erwiderte, in dem Koketterie mit Berechnung konkurrierte, und Gesa bedauerte, dass sie ausgerechnet dieses Restaurant aufgesucht hatten.
Als Gesa zwei Stunden später und todmüde in die Mommsenstraße zurückkehrte, wartete Niklas am Treppenabsatz vor ihrer Wohnung auf sie.
»Wo zum Teufel hast du gesteckt?«, fuhr er sie an.
»Was geht dich das an?«, gab sie gleichmütig zurück, zu müde, um sich aufzuregen.
»Ich habe mir Sorgen gemacht«, sagte er. »Du bist den ganzen Tag nicht ans Telefon gegangen ...«
»Niklas, du bist nicht meine Gouvernante«, erwiderte sie seufzend, »auch wenn meine Mutter das gerne hätte.« Bei ihren Worten schlug er die Augen nieder, und sie fügte mit leiser Ungeduld hinzu: »Du taugst nicht zum Detektiv, wirklich nicht. Dein plötzliches Interesse nach un-

serem Streit war viel zu aufgesetzt, um echt zu sein, und ich denke, es ist an der Zeit, diesen Unsinn zu lassen.« Sie schloss die Tür auf, machte aber keine Anstalten, ihn hineinzubitten. »Überdies ist es ja falscher Alarm gewesen. Ich meine, es ist doch nichts passiert, oder? Meine Mutter hat eben Feinde, die sich einen Spaß daraus machen, sie in Aufregung zu versetzen, und so, wie sie mit den Menschen umspringt, kann man ihnen das fast nicht verübeln. Na ja, ein Sturm im Wasserglas, was soll's. Du siehst, es geht mir gut. Also dann, gute Nacht, Niklas.«
»Warte«, sagte er und hielt die Tür fest, um Gesa daran zu hindern, sie zuzuschlagen. »Ich bin noch aus einem anderen Grund hier. Du musst *Hallo, Janine* absagen.«
»Bist du völlig verrückt? Das ist die einzige ernst zu nehmende Rolle, die mir je angeboten wurde!«
»Hör mir doch erst einmal zu!« Mit einer schnellen Bewegung drängte er sich an ihr vorbei und ging in die Küche, öffnete den Kühlschrank und holte eine angebrochene Flasche Weißwein heraus. »Hm, nicht schlecht, Chardonnay. In der nächsten Zeit wirst du weniger trinken müssen, mein Schatz. Großaufnahmen verraten jede Sünde, und ich möchte vermeiden, dass meine Geldgeber am Ende recht behalten, als sie meinten, du seist nicht unbedingt ihre erste Wahl.«
»Wovon redest du überhaupt?« Ostentativ schenkte sie sich ein Glas Weißwein ein und prostete ihm mit aufreizendem Lächeln zu.
»Andreas Dreyer ist emigriert, und mit ihm seine Frau.«
»Rosita ist fort? Aber warum?«
»Du liebe Zeit, Gesa, wo lebst du eigentlich! Du darfst nur künstlerisch arbeiten, wenn du Mitglied der Reichsfilmkammer bist ...«

»Das weiß ich, bin ja selbst Mitglied«, murmelte sie.
»Und?«
»Na ja, Rosita und Andreas konnten nicht hinlänglich beweisen, dass sie in rassenideologischer und politischer Hinsicht, wie es so schön heißt, zuverlässig sind, und ehe sie in irgendeinem Arbeitslager verrotten, haben sie lieber die Konsequenzen gezogen und sind nach Amerika abgedampft.«
»Da sind sie ja in bester Gesellschaft«, sagte Gesa und trank das Glas aus. Der Regen hatte erneut eingesetzt und prasselte gegen die Fenster. »Deutschland verblutet«, fuhr sie unvermittelt fort. »Marlene Dietrich, Fritz Lang, Asta Nielsen, Curt Goetz, Fritz Kortner – alle fort. Immerhin sind noch Marika Rökk und Zarah Leander da.«
»Und Diana Landauer und Niklas Fischer.«
»Wer ist diese Diana Landauer?«
»Eifersüchtig?«, neckte er sie, doch sie zuckte mit den Schultern.
»Quatsch.«
Er lachte laut und fasste sie um die Taille. »Begreifst du denn nicht? Diana – das bist du! Die UFA hat mir die Regie des neuen Films übertragen, den Andreas drehen sollte.«
»Und was hat das mit mir zu tun?«
»Nun, außerdem musste Rositas Part neu besetzt werden. Sie sind einverstanden mit dir, unter der Bedingung, dass du deinen Namen änderst. Gesa klingt zu wenig glamourös. Na ja, und sie sähen es gern, wenn du dir deine Nase korrigieren lassen würdest. Um die Kosten musst du dir keine Gedanken machen. Was sagst du?«
»Du willst mich wohl für dumm verkaufen!«, entgegnete sie und verschränkte die Arme vor der Brust. »Warum

sollte die UFA ausgerechnet auf dich kommen? Außer einem Filmchen, einigen Regieassistenzen und einer Handvoll Dokumentationen hast du doch gar nichts vorzuweisen.«
Niklas lächelte spöttisch. »Im Gegensatz zu dir bin ich sehr geschickt darin, nur solche Affären einzugehen, die mich weiterbringen.«
Irritiert wich Gesa einen Schritt zurück. Nichts von dem, was er sagte, passte zu ihm. Seine kritische Haltung gegenüber der UFA von heute auf morgen über Bord zu werfen und mit irgendwelchen Affären zu prahlen, um dann die Hauptrolle mit ihr zu besetzen, einer Affäre, die längst Vergangenheit war, nein, das war nicht der Niklas, den sie zu kennen meinte. Schon drängten die Fragen sich auf ihre Lippen, als ihre Augen die seinen trafen und sie in ihnen sekundenkurz aufblitzen sah, was ihn bewegte, sich so seltsam zu verhalten. Doch der Gedanke, dass Niklas sie lieben könnte, ausgerechnet sie, schien so abwegig, dass sie ihn kurzerhand Kronauer und seinem Kokain zuschrieb.
»Wir werden ein gutes Gespann abgeben«, bemerkte sie lakonisch und ging in die Küche, um eine neue Flasche Wein zu öffnen.

17

Der neue Wind fegte durchs Land und ließ keinen Stein auf dem anderen. Wer sich gestern in der Illusion wiegte, die Nationalsozialisten wären eine vorübergehende Erscheinung, musste nun begreifen, dass dies ganz und gar

nicht der Fall war, schlimmer noch, dass man sich daran gewöhnt hatte, dass Menschen, mit denen man Wand an Wand lebte, eines Morgens ihr Haus verließen, mit nichts als einem Koffer in der Hand und Todesangst im Herzen. Daran, in einem Land zu leben, das seinen Mitbürgern, sofern sie jüdischen Blutes waren, verwehrte, auf einer Parkbank einen Moment Atem zu holen, ihnen verbot, Kinos, Theater und Museen zu betreten, ihre Berufe auszuüben, sie ausschloss von jeglichem gesellschaftlichen Leben und damit vom Leben selbst. Daran, dass Menschen gefoltert und zu Tode gequält wurden, nur weil sie anderer Meinung waren als der kleine Mann mit dem eckigen gewichsten Bärtchen unter der Nase und seine Schergen, daran, dass nicht einmal mehr die Gedanken frei waren, von den Worten ganz zu schweigen. Abgesehen von den wenigen, die unter höchster Gefahr ihr Dasein einem unorganisierten Widerstand widmeten, gewöhnte Deutschland sich daran, der Bestialität das Heft zu überlassen, ihr nichts entgegenzusetzen außer dem frommen Wunsch des Einzelnen, selbst nicht davon betroffen zu sein, selbst nur Nutznießer der Ordnung zu sein, die auf den Straßen herrschte und Arbeitsplätze schuf, vor allem in der Rüstungsindustrie, was dem Land ungeahnten Aufschwung verlieh, ungeachtet der Frage, wozu so viele Waffen, so viel Munition denn nütze sein sollten. Das Ausland glaubte an die Appeasement-Politik des britischen Premiers Chamberlain, die mit Beschwichtigung und Diplomatie das deutsche Monstrum zu bändigen suchte, und schwieg. Der Terror wurde alltäglich.
Für Felicitas bedeutete die Überwachung durch die Gestapo zwar einerseits eine Einschränkung ihres persönlichen Freiraums, die das zuvor unbekümmerte Leben

der Familie, die Atmosphäre des unerschütterlichen »Uns kann keiner was« erheblich beeinträchtigte. Andererseits und perverserweise war es gerade die Anwesenheit der schwarz gekleideten Männer, die Felicitas zugleich Schutz bot.
Nur noch ein Brief hatte sie erreicht. In dem gratulierte ihr der anonyme Schreiber ironisch zu ihren neuen Begleitern, deretwegen er den Kontakt zu ihr leider ein wenig begrenzen müsse, und kündigte »ein unvergessliches Wiedersehen« an, sobald die Zeit dafür reif sei. »Erfreulich und den zu erwartenden Vorgang beschleunigend wäre es, wenn Sie sich schon einmal nach einer neuen Heimstatt umsehen würden, vorzugsweise in einer der ärmeren Gegenden Bremens, da nicht davon auszugehen ist, dass Sie sich, sobald ich meinen legitimen Anspruch auf das Patent für den magenschonenden Kaffee, das Sie bzw. Ihr verstorbener Gatte unrechtmäßig in Ihren Besitz gebracht haben, geltend gemacht habe, noch etwas Komfortableres leisten können. gez. Curare. PS: Wie niedlich, dass Sie sich die Zeit mit der Suche nach dem Gift vertreiben. Ein wenig mehr Heimatkunde wäre von Vorteil für Sie gewesen. 2. PS: Erschrecken Sie die hübsche Gesa nicht, sie kann nichts für die Verbrechen ihrer Mutter.«
Als sie Bernhard von dem Brief erzählte, nickte er und grinste. »Scheint, dass unser Freund kalte Füße bekommen hat.«
»Ja, und ich weiß nicht, was ich mir mehr wünschen soll – dass die Gestapo mich endlich in Ruhe lässt oder dieser Mistkerl. Beides ist abscheulich.«
»Warum schafft mein verehrter Halbbruder dir diese Bande nicht vom Hals? Ihm müsste doch sehr daran gelegen sein. Ich denke, es macht keinen guten Eindruck beim

Gauleiter, wenn die Familie seines besten Vasallen im Visier der Gestapo steht.«
»Du kennst doch Anton«, entgegnete Felicitas gleichmütig. »Elisabeth hat ihn natürlich sofort gebeten, seinen Einfluss geltend zu machen ...«
»Aber er will sich nicht in die Belange anderer Staatsorgane einmischen. Die Unbestechlichkeit der Ministerien sei ja gerade das Bestechende der neuen Zeit.«
Felicitas lächelte ironisch. »So ähnlich hat er es tatsächlich formuliert. Elisabeth war so zornig, dass sie ihm beinahe an den Hals gesprungen wäre.«
»Das hätte ich gern gesehen.« Bernhard lachte leise. Der Grund ist klar. Er hat Angst, dass man seine Einmischung verdächtig finden und auch ihn unter die Lupe nehmen könnte. Seine Tarnung könnte dahin sein.«
»Aber es weiß doch niemand, dass er nicht Gustavs Sohn ist«, wandte Felicitas ein.
»Ich weiß es, du weißt es, Elisabeth auch. Elisabeth hält dicht, da ist er sich sicher. Aber wir beide sind ein Risiko für ihn.«
Er verstummte, als ein livrierter Kellner herantrat. Mit einem Glas Sekt in der Hand begannen sie an den Exponaten aus Speckstein vorbeizuschlendern, polierte Kostbarkeiten, exotische Tiere darstellend und abstrakte, gleichwohl harmonische Gebilde, denen man nichts »Unvölkisches« nachsagen konnte. Die Künstlerin, Stefanie Adamcyk von der Insel Rügen, eine etwas untersetzte braun gebrannte Mittvierzigerin mit blitzenden schwarzen Augen, genoss sichtlich das Interesse der Gäste und wurde nicht müde, es mit lebhafter Gestik und im Stakkato vorgetragenen Geschichten über die Entstehung ihres Werks wachzuhalten. Felicitas sah sich zufrieden um. Es

summte und brummte im Kunstpark. Halblautes Gemurmel und dezentes Gelächter, klingende Gläser, Richard-Strauss-Melodien, blinkende Orden und knisternde Seide. Dazu eine strahlende Maisonne und kein Wölkchen am Himmel. Sie hatte alle eingeladen, die nicht schon unterwegs in die Sommerfrische waren, denn diese Vernissage musste ein Erfolg, musste das Tagesgespräch in Bremen werden. Die Überwachung durch die Gestapo und Steffens Verschwinden waren nicht unbemerkt geblieben, Gerüchte machten die Runde, Felicitas stehe bereits mit einem Bein im Arbeitslager. Drei große Aufträge waren kurzfristig und unter fadenscheinigen Begründungen storniert worden, und wenn sie dem nicht Einhalt gebot, würde sie in Kürze Konkurs anmelden können.

Aber die Dinge ließen sich an diesem Sonnabendmorgen gut an. Sie hatte zwei, drei vielversprechende Gespräche geführt, ein wenig mit dem Bürgermeister geschäkert und mit zwei Hamburger Kaufleuten, die in Italien und Japan expandierten. Die Gebrüder von Moorbusch hatten nicht auf der Gästeliste gestanden. Bernhard hatte sie einfach mitgebracht, sie Felicitas vorgestellt, und die beiden hatten keine Zeit verloren, die berühmte »Coffee-Lady« wortreich und überaus charmant davon zu überzeugen, in ihr Boot zu steigen.

Mit einem hat Steffen recht behalten, dachte Felicitas und warf Bernhard einen schnellen Blick zu, er ist wahrhaftig ein loyaler Freund. Kein Monat war vergangen, ohne dass er die Gelegenheit genutzt hatte, überraschend in Bremen aufzukreuzen, statt von Berlin, wo er jetzt öfter zu tun hatte, direkt nach London zurückzukehren. Welche Geschäfte ihn in die Hauptstadt führten, erwähnte er mit keinem Wort, und Felicitas fragte auch nicht. Ein Teil von

ihm war ihr stets ein Rätsel geblieben, bis heute konnte sie sich des Eindrucks nicht erwehren, dass er niemanden je einen Blick in die geheimsten Winkel seiner Seele tun lassen würde, und mittlerweile hatte sie erkannt, dass dies der Grund war, weshalb sie sich von ihm zugleich angezogen wie abgestoßen fühlte.
Und dennoch war Bernhard, waren sein Humor, seine lässige Kraft und seine persönliche Integrität Labsal für ihre gereizten Nerven. Er schleppte sie ins Theater und zum Picknick in den Bürgerpark, entführte sie an die Nordsee und nach Worpswede. Bisweilen fühlte sich Felicitas an die Zeit nach dem Ersten Weltkrieg erinnert, da Bernhard schon einmal alles getan hatte, um sie über den Verlust eines geliebten Menschen zu trösten, damals, nachdem Heinrich vermisst gemeldet wurde und es nur geringe Hoffnung gegeben hatte, dass er je gefunden wurde, bis sie sich mit seinem Tod hatte abfinden müssen.
Jetzt, fast zwanzig Jahre später, ähnelte die Situation geradezu gespenstisch jener vergangenen. Steffen war fort, und niemand wusste, wo er war und ob er noch lebte, und Bernhard war an ihrer Seite.
»Ich habe immer noch nichts von Steffen gehört«, bemerkte sie leise.
Er seufzte verhalten und entgegnete: »Wie denn auch? Du kannst darauf wetten, dass die Gestapo es sofort spitzkriegen würde, wenn er versuchen würde, dich zu benachrichtigen, und sie würde es garantiert zum Anlass nehmen, dich noch mehr zu tyrannisieren. Es ist besser so.«
»Besser so? Du hast vielleicht Nerven.« Empört blitzte sie ihn an, dann schüttelte sie den Kopf und strich sich das Haar aus der Stirn. »Entschuldige, du kannst ja nichts dafür, dass ich einen Mann geheiratet habe, dem es wich-

tiger ist, auf dem Feld der Ehre zu sterben, als mit mir zu leben.«
Das klang so bitter, dass Bernhard spontan seinen Arm um sie legte.
»Es geht ihm gut«, sagte er eindringlich. »Aber frage mich niemals, woher ich das weiß. Niemals, hörst du?«
Abrupt ließ er sie los und winkte den beiden Hamburgern zu, die sofort näher kamen und, begeistert von dem Kunstpark, Felicitas mit Fragen bestürmten, ob sich ein ähnliches Vorhaben auch im Ausland realisieren ließe. Während sie antwortete, sah sie Bernhard in der Menge verschwinden. Ihr Herz raste.
Als die Höflichkeit es nach einer Weile endlich gestattete, sich von den beiden zu verabschieden, begab sich Felicitas auf die Suche nach Bernhard. So leicht wollte sie ihn nicht davonkommen lassen. Doch es war unmöglich, ihn unter den vielen Menschen, die durch den Park schlenderten oder plaudernd in kleinen Gruppen beisammenstanden, auszumachen. Erschwerend kam hinzu, dass sie ständig genötigt wurde, stehen zu bleiben, um Komplimente für die gelungene Veranstaltung entgegenzunehmen und hier und da ein paar Worte zu wechseln. Schließlich näherte sich die Vernissage ihrem Ende, die Gäste strebten dem Ausgang zu, und ein Reinigungstrupp machte sich daran, die Reste des Büfetts fortzuräumen, die Gläser einzusammeln und achtlos weggeworfenen Servietten hinterherzujagen, die der leichte Wind über den Rasen trieb, weißen Tauben gleich, die keine Kraft mehr besaßen, sich in die Lüfte zu erheben.
Von weitem sah sie Dora Henning auf sich zukommen.
»Wir haben es geschafft! Wie wäre es mit einem Kaffee?«
»Gute Idee«, erwiderte Felicitas, und gemeinsam gingen sie zu dem weiß getünchten Haus, dessen Fassade mit

Maskenmalereien verziert war, die den Besuchern signalisierte, dass sich hinter diesen Mauern die Schauspielschule befand.

Dora holte einige Male tief Luft, wobei sie leise durch die Nase einatmete und dann den Atem geräuschvoll durch den geöffneten Mund wieder ausstieß. Felicitas lachte und tat es ihr nach.

»Ich habe ganz vergessen, wie gut das tut«, sagte sie, nachdem sie eine Weile schnaufend nebeneinander hergegangen und von dem Reinigungspersonal skeptisch beäugt worden waren.

»Nicht wahr? Ich praktiziere diese Atmung jeden Abend, um die Anspannung aus dem Körper zu bekommen«, erwiderte Dora und lächelte Felicitas zu. »Nicht dass die Aufgabe hier zu anstrengend wäre, aber es gibt schon hin und wieder Situationen, die bewältigt werden wollen.«

»Zum Beispiel?«

Dora blieb stehen, riss die Augen auf und verfiel in einen tapsigen, linkischen Schritt. Dann quäkte sie mit enervierend hoher Stimme: »Sie spielen hier aber nur, was erlaubt ist, oder? Sonst sag ich's meinem Papa, und der ist bei der SA.« Dora schüttelte sich und verwandelte sich wieder in die elegante Vierzigjährige. »Manche BDM-Mädchen sind eine echte Pest. Ich kann sie aber von den Kursen schlecht ausschließen, weil wir sonst in der Tat irgendeinen Uniformträger auf dem Hals haben.«

»Und wie gehen Sie damit um?«

Sie hatten das Haus inzwischen erreicht und traten ein. Links von der Diele befand sich eine kleine Küche, in der es aromatisch nach frisch gebrühtem Kaffee duftete. Dora schenkte zwei Tassen voll, reichte eine Felicitas und stellte Sahne und Zucker auf den Tisch.

»Ich habe eine Geheimwaffe«, nahm sie das Gespräch wieder auf und zwinkerte Felicitas zu. »Sie heißt Delia und ist unglaublich gut darin, die Nervensägen in den Kursen anderweitig zu beschäftigen.«
»Wie das?«
»Sie spornt sie an, selbst Theaterstücke zu schreiben oder Kulissen zu bauen oder Kostüme zu nähen, kurz zu allem, was sie möglichst weit von der Bühne entfernt in Schach hält. Und sie redet ihnen dabei auf bezwingende Weise ein, dass nur sie dieser Aufgabe gerecht werden können.« Dora machte eine Pause und rührte gedankenverloren den Kaffee um. »Wenn sie nicht so jung wäre, könnte man Delias Gabe geradezu als demagogisch bezeichnen.«
»Ich habe Delia nur wenige Male erlebt, und mein Eindruck von ihr ist eher flüchtig«, bemerkte Felicitas. »Meine Schwägerin hat mir jedoch erzählt, dass sie sich ziemlich häufig hier aufhält, und ich hatte mich schon gefragt, ob Sie Ihnen nicht lästig fällt. Aber offenkundig tut sie das nicht.«
»Nein.« Dora stockte und machte eine unbestimmte Handbewegung, als würde sie nach Worten suchen. Schließlich fuhr sie zögernd fort: »Da ist allerdings etwas ...«
»Ja?«
Dora griff nach einem Päckchen Zigaretten, hielt es Felicitas hin, die den Kopf schüttelte, nahm sich eine Zigarette heraus und klopfte die Spitze auf den Tisch, bevor sie sie anzündete und den Rauch langsam entweichen ließ. »Wie Sie wissen, leitet Ihr Sohn inzwischen einige unserer Kurse und ist zum absoluten Liebling aller Schülerinnen avanciert.«
Felicitas lächelte. »Ich weiß, er hat es mir erzählt.«
»Hat er Ihnen auch erzählt, dass Delia es mit ihrer Schwär-

merei ein wenig übertreibt? Sie schmuggelt Liebesbriefe in seine Anzugtaschen und lauert ihm auf, sobald er das Haus verlässt.«
»Nun ja, sie ist achtzehn und verliebt«, erwiderte Felicitas. Sie rief sich Delias schönes Gesicht in Erinnerung und ihre auffallende Klugheit. Eine Verbindung ihres Sohnes mit dieser jungen Frau wäre für beide von Vorteil. Clemens würde von ihrem Realismus und dem messerscharfen Verstand profitieren und sie von seiner Großherzigkeit und seinem unbekümmerten Charme. Überdies war Felicitas die Letzte, die der Herkunft eines Menschen allzu viel Bedeutung beimaß, schließlich hatte sie, Tochter von Komödianten, Jahre unter dem Dünkel ihrer Schwiegermutter gelitten. Warum also nicht? Sie würde den beiden gewiss keine Steine in den Weg legen. »Warten wir es ab«, sagte sie leichthin. »Solange es den Unterricht nicht über Gebühr stört …«
»Nein, das nicht«, erwiderte Dora gedehnt, und mit einem Mal begriff Felicitas.
Bestürzt starrte sie die Frau an, die nur wenige Jahre jünger war als sie selbst, die einmal die Geliebte ihres Vaters gewesen – und nun in ihren Sohn verliebt war. Die Zeichen hatte Felicitas stets gesehen, doch anders als Elisabeth nicht ernst genommen. Empörung flammte in ihr auf, aber noch etwas anderes – Mitgefühl. Was ihr bislang nicht aufgefallen war, jetzt wurde sie es gewahr. Dora sah zutiefst unglücklich aus, feine Linien um Mund und Augen zeugten von dem inneren Aufruhr, der in ihr, der weltgewandten, gebildeten Frau, angesichts dieser unerhörten Gefühle toben musste.
»Ich schätze Sie sehr, Dora«, sagte Felicitas behutsam, »doch versuchen Sie bitte nicht, mich zu Ihrer Verbünde-

ten zu machen.« Sie hielt inne, die Worte sorgsam abwägend, um Dora nicht zu verletzen. »Clemens ist erst dreiundzwanzig Jahre alt. Es wird noch einige Jahre brauchen, bis er in seinem Beruf Wurzeln geschlagen hat. Zurzeit hängt er sein Mäntelchen doch in jede Windrichtung, die nur ein wenig neu und rebellisch riecht. Und dann, wenn er endlich sattelfest ist, wird er eine Familie gründen wollen. Dora, er wird Kinder haben wollen ...«
»Ich weiß.«
»Selbst wenn er Sie jetzt liebt, würde er später darunter leiden, dass Sie ihm diesen Wunsch versagen müssen.« Felicitas verstummte und wandte den Blick ab, inständig hoffend, dass es damit getan sein möge. Sie hatte weiß Gott andere Probleme. Entschlossen erhob sie sich und griff nach ihrer Handtasche. »Wenn Sie mich jetzt entschuldigen wollen, ich habe noch zu tun. Vielen Dank für den Kaffee.«
Dora blieb sitzen, und ein feines Lächeln umspielte ihre Mundwinkel. »Ich muss Clemens diesen Wunsch nicht versagen. Ich erwarte ein Kind von ihm.«

Blitzschnell huschte Delia fort von der Tür, an der sie gelauscht hatte, und schlüpfte unbemerkt aus dem Haus.
Sie ließ es nicht zu, dass auch nur eine einzige Träne ihre Wangen benetzte. Mit jedem Schritt, der sie näher zum Osterdeich und der Waisenschule brachte, erkannte sie klarer, was sie zu tun hatte.
Lautlos schlich sie die Treppe zu ihrem Zimmer hinauf und begann, ihre Sachen aus dem Schrank zu zerren und in den Koffer zu stopfen. Das Leben hatte sie ein weiteres Mal betrogen, gerade als sie gelernt hatte, ihm zu vertrauen. Delia hielt inne und lächelte bitter. So viel Poesie ist

gar nicht nötig, dachte sie. Dir ist nur das passiert, was Tausenden Frauen tagtäglich widerfährt. Ihr Geliebter liebt eine andere. Punkt.
Sie streifte den schmalen Silberring vom Finger und legte ihn zwischen ihre Wäsche. Dann wuchtete sie den Koffer vom Bett und spähte hinunter in die Diele. Offenkundig waren alle Mädchen und die Lehrerinnen noch unterwegs. Fräulein Zinke hatte einen Bus gemietet, damit sie den Sonntagnachmittag einmal an der Ochtum statt wie so häufig im Bürgerpark verbringen konnten. Und wie meist hatte Delia sich dem gemeinsamen Ausflug mit dem Hinweis, sie würde in der Theaterschule gebraucht, entzogen.
»Wohin soll denn die Reise gehen?«
Delia fuhr herum. »Ich weiß es nicht«, antwortete sie wahrheitsgemäß.
»Ist irgendetwas geschehen? Hast du Nachricht von deinem Vater?«
»Nein«, sagte Delia knapp und nahm den Koffer wieder in die Hand.
»Aber Kind, was ist denn mit dir?«, fragte Ella besorgt und kam näher. Wegen stechender Kopfschmerzen hatte sie auf den Ausflug verzichtet und den Nachmittag in ihrer Wohnung unter dem Dach verbracht, während Thomas mit den Mädchen gefahren war und sogar den Hund mitgenommen hatte, damit Ella sich wahrhaftig einmal nur um sich selbst kümmern musste. Die Ruhe hatte ihr gutgetan, und sie war aufgestanden, um den Rest des sonnigen Maitages im Garten zu genießen. Als Delia nichts erwiderte, fuhr sie behutsam fort: »Du bist ja ganz durcheinander.«
»Ich muss weg.«
»Aber hier ist doch dein Zuhause.«

»Lass mich in Ruhe!«
Ella zuckte zusammen. »Ich verstehe. Bevor du gehst, möchte ich dir aber noch etwas geben. Die Kleineren haben es heute für dich gemacht.« Sie ging an Delia vorbei die Treppe hinunter und öffnete die Tür zum Büro. »Hier ist es.« Sie hielt Delia eine Collage aus leuchtenden Farben hin, in deren Mitte eine lachende Frau mit flammendem rotem Haar stand, an jeder Hand mehrere Kinder. »Geh nicht fort, Delia. Du wirst hier gebraucht, mehr, viel mehr, als du ahnst.«

18

Am 1. Dezember 1937 wurde Michael Andreesen geboren.
Lange bevor er sich mit einem markerschütternden Schrei in dieser Welt bemerkbar machen konnte, hatte er bereits das Leben in der Villa in ihren Grundfesten erschüttert. Elisabeth hatte wie vom Donner gerührt auf die Nachricht reagiert und zwei Wochen weder mit ihrem Enkel noch mit Felicitas ein Wort gewechselt. Felicitas ihrerseits floh, sooft sich die Gelegenheit bot, aus dem Haus, nach Hamburg zu den beiden Japan-Investoren, nach Königsberg in die Andreesen-Niederlassung, nach Berlin, um eine Auszeichnung für ihre Verdienste um die Olympischen Spiele entgegenzunehmen. Die zweimotorige Ju kam kaum noch zu Atem, und der Pilot bekam seine Familie nicht mehr zu Gesicht. Der Vater in spe betrank sich zwei Tage hintereinander und schwankte danach zwi-

schen kindlicher Freude und bodenloser Angst vor der Verantwortung, ein Kind in diesen Zeiten zu einem aufrechten Menschen zu erziehen, eine Besorgnis, die er nur Teresa gegenüber eingestehen konnte, dem einzigen Menschen, der sich einem Gespräch nicht entzog. Und Dora ließ die Familie brieflich wissen, dass sie das Kind zu bekommen entschlossen sei, ob mit oder ohne Clemens, mit oder ohne den Segen der Andreesens.
Nach einiger Zeit lichtete sich das Chaos der Gefühle und gab den Blick frei für die einzige Frage, die wichtig war: Was nun? Und die einzige Antwort, die die Andreesen-Frauen, geschult durch die Tücken des widrigen Schicksals, das ihnen in den Jahren zuvor schon nichts geschenkt hatte, in einmütiger Kampfbereitschaft finden konnten: Augen zu und durch.
Vorbei an dem Klatsch der Hansestadt, der Missbilligung und der Häme, vorbei an der Stütze der Konventionen, die Clemens und Dora nicht zurückgehalten hatte, vorbei an den Schuldgefühlen, den Sohn, den Enkel nicht hinreichend vor dem Leben bewahrt zu haben, und vorbei an dem eigenen Widerwillen angesichts der Vorstellung, eine fast zwanzig Jahre ältere Frau winde sich wollüstig in den Armen des Jüngeren.
Schließlich erfuhr der Rest der Familie davon, und ein Termin für die Hochzeitsfeier wurde festgesetzt. Felicitas und Elisabeth waren sich einig, dass Bescheidenheit jetzt nicht das Mittel der Wahl sein konnte. Bescheidenheit bedeutete nur, öffentlich klein beizugeben. Sie entschieden sich deshalb für ein gesundes Mittelmaß, sechzig Gäste, nicht zu viel und nicht zu wenig und vorwiegend aus dem Freundeskreis der Brautleute und damit aus einem Milieu, das sich aus Konventionen ohnehin nicht viel machte.

Zur Überraschung von Professor Becker, der die Schwangerschaft mit großer Besorgnis verfolgte, aber nur Felicitas die medizinische Schieflage einer Spätgebärenden erläutert hatte, verlief die Geburt ohne nennenswerte Komplikationen. Das Baby war nicht schmächtiger als andere, verfügte über prächtige Lungen und besaß ordentlichen Appetit. Die Mutter erholte sich binnen einer Woche, pfiff die Anweisungen des Arztes in den Wind und widmete sich bald darauf wieder der Schauspielschule. Allerdings verzichtete Dora auf die meisten ihrer Rollen im Schauspielhaus, nur die Maria Stuart, Schillers Hommage an die sinnliche, doch mit allen Tricks der Manipulation vertraute schottische Königin und Doras ersehnte Traumrolle, war sie nicht abzugeben bereit. Doch da das Stück nur zweimal im Monat auf dem Spielplan stand, sprach von Seiten des Theaters nichts gegen diese Regelung.
Längst hatte auch Clemens sich gefangen und erwies sich als ambitionierter Vater. Um seinem Sohn beizeiten die Freuden der Kultur nahezubringen, las er ihm jeden Abend Gedichte von Goethe, Eichendorff und Ringelnatz vor, überzeugt, das Kind begreife zwar nicht die Worte, gewiss aber den Rhythmus der Verse, ihre erhabene Schönheit und ihren Witz. Michaels Lachen war ihm Beweis genug, und den Spott seiner Frau, Mutter und Großmutter ließ er gutmütig über sich ergehen.
Der kleine Michael ließ die Villa leuchten. Es schien, als ob seine Existenz die besten Seiten seiner Angehörigen geweckt hätte, gerade so, als wollten sich alle gegenseitig versichern, welch großes Glück es letztlich doch bedeutete, wieder junges Leben im Haus zu haben. Und Michael revanchierte sich, indem er selten schrie.
Vielleicht, dachte Felicitas gelegentlich, verhielt es sich

auch umgekehrt. Da das Baby kaum Probleme bereitete, war es eine Freude, sich großzügig und einfühlend zu geben. Doch wie auch immer, die Wogen im Hause Andreesen hatten sich aufs Schönste geglättet, der Alltag kehrte zurück.

Nur Ellas seltsames Verhalten passte nicht ins Bild. Sie war Clemens gegenüber sehr spröde und schlug die Einladung zur Taufe am 14. März, zu der die ganze Familie anrücken wollte, aus unerfindlichen Gründen aus. Auch Elfriede und Arthur Engelke hatten abgesagt, angeblich, weil die Grippe sie beide bös erwischt habe. Felicitas nahm sich fest vor, Ella zur Rede zu stellen, vergaß es aber, als die Ereignisse dieser Tage persönliche und familiäre Empfindlichkeiten in den Hintergrund drängten.

Hitler erzwang den Rücktritt des österreichischen Bundeskanzlers Kurt Schuschnigg und ließ deutsche Truppen in Österreich einmarschieren. Im Radio hieß es, der Jubel der Bevölkerung kenne keine Grenzen.

Einen Tag nach dem »Anschluss« sagten Pierre und Dorothee ihre Reise nach Bremen ab und ließen durchblicken, dass sie aufgrund des anhaltenden Terrors, den die NSDAP gegen die Juden betrieb, deutschen Boden bis auf Weiteres nicht mehr zu betreten gedachten und in Paris bleiben würden. »Die nehmen doch keine Rücksicht darauf, dass jemand französischer Staatsbürger ist, solange er jüdischen Glaubens ist«, meinte Dorothee am Telefon. »Wer weiß, ob sie Pierre nicht sofort in ein Konzentrationslager stecken. Und mich gleich dazu.«

Obschon ihre Reaktion nachvollziehbar war, legte sich die Nachricht wie Mehltau über die kleine Gesellschaft, die zur Feier des Tages in Andreesens Kaffeehaus am See zusammengekommen war.

»Was sind das bloß für Zeiten«, murmelte Helen und warf Anton, der in Uniform und blank gewichsten Stiefeln erschienen war, einen prüfenden Blick zu.
»Ich habe die Nürnberger Gesetze nicht gemacht«, wehrte er sofort ab. »Aber wenn wir schon beim Thema sind, der Führer will nur erreichen, dass die Juden ausreisen. Insofern verhalten sich Dorothee und Pierre geradezu vorbildlich, wenn sie bleiben, wo sie sind. Wer nicht so schnell begreift, dass Deutschland den Deutschen gehört, braucht eben ein bisschen mehr Druck.«
»Dein Zynismus ist unerträglich«, erwiderte Helen laut und hart. »Was würdest du wohl sagen, wenn man dir morgen verbieten würde, die Straßenbahn zu benutzen, ins Theater zu gehen und deinen Beruf auszuüben? Würdest du deine Heimat sang- und klanglos verlassen oder gleich Selbstmord verüben? Ich wünschte dir, nur einen Tag lang in die Haut eines deutschen Juden schlüpfen zu müssen, dann würdest du nicht mehr so dumm und ignorant daherreden!«
Antons Züge entgleisten, seine Hautfarbe glich schlagartig verdorbener Milch. Nur Felicitas, Elisabeth und Bernhard wussten, dass Helen seinen wunden Punkt getroffen hatte, und einmal mehr fragte Felicitas sich, wie lange Anton seine Lebenslüge noch aufrechtzuerhalten vermochte und welchen Preis er dafür zahlen musste. Andererseits, konnte man es ihm angesichts der Lage verübeln, dass er mit dieser Maskerade versuchte, seine Haut zu retten? Ja, sagte Felicitas sich im Stillen. Er müsste sich noch nicht einmal öffentlich bekennen, Jude zu sein, es würde genügen, nicht mitzutun bei diesem Verbrechen. Er könnte sich auf seine Behinderung berufen und die Uniform ablegen. Aber dafür hatte er sich schon zu weit in das Übel verstrickt.

Ihr Blick glitt über den reich gedeckten Tisch und verfing sich in Bernhards Augen, die sie belustigt musterten, als könnte er ihre Gedanken lesen. Sie runzelte die Stirn und nahm sich vor, ihn endlich zu fragen, wie er es eigentlich bewerkstelligte, ständig von London nach Berlin zu reisen, ohne von den Nazis behelligt zu werden. Das konnte nicht mit rechten Dingen zugehen, und sie würde sich ganz gewiss nicht mehr mit halbgaren Andeutungen zufriedengeben.

»Bitte greift doch zu«, sagte sie betont munter in die Stille. »Unser Ehrengast muss sich leider mit einem Fläschchen Milch begnügen, aber das ist kein Grund, den Braten kalt werden zu lassen, nicht wahr?« Sie hasste sich für dieses Getue, aber Anton bloßzustellen war nicht ihre Aufgabe. Solange Elisabeth ihn deckte, würde sie kein Sterbenswörtchen über seine wahre Herkunft verlieren.

»Ihr könnt drauf wetten, dass selbst in Bremen demnächst Salzburger Nockerl serviert werden«, bemerkte Helen halblaut zu Martin gewandt, der ihr beschwichtigend die Hand auf den Arm legte.

»Das alte Österreich ist doch ohnehin mit 1918 untergegangen«, erwiderte Carl.

Elisabeth pflichtete ihm bei. »Niemand hat an diese Republik wirklich geglaubt, am wenigsten wohl die Österreicher selbst, sonst hätten die Nationalsozialisten ja nicht schon lange vor dem Anschluss Ämter und Behörden unterwandern können.«

»Ich habe von Leuten gehört, die in Salzburg auf Demokraten gemacht haben und heimlich in München der NSDAP beigetreten sind. Für alle Fälle gewissermaßen«, spann Helen den Faden weiter. »Menschen sind Oppor-

tunisten. Wenn wir Hitler hinter uns haben, will keiner ihm je zugejubelt haben.«
»So schnell wird es nicht gehen. Tausend Jahre sind lang«, räsonierte Carl und nahm sich noch von dem Rinderbraten. »Aber ich habe es bald hinter mir.«
»Und zwar schneller, als du denkst. Der Doktor hat gesagt, du sollst nicht so viel Fleisch essen«, wies Verena ihn zurecht und wandte sich erklärend zu Elisabeth. »Die Gicht.«
»Seit wann leidet er unter Gicht?«
»Oh, es begann vor einigen Monaten, nicht wahr, Carl. Der große Zeh schmerzte mit einem Mal so fürchterlich, dass wir sofort den Arzt zu uns riefen ...«
Gegenüber von Elisabeth diskutierten Helen und Martin mit Dora, die sich leise über Hitlers Größenwahn ausließ und das Schlimmste für Österreich befürchtete. Teresa, die rechts von Martin saß, lenkte die Aufmerksamkeit ihrer Schwester rasch fort, indem sie Gesa in ein Gespräch über die Theater in Wien verwickelte, bis Gesa irgendwann halblaut die Bemerkung fallen ließ, ihretwegen hätte man gut auf den Anschluss verzichten können. Schließlich platzte Anton der Kragen.
»Was ist bloß los mit euch?«, rief er laut und erhob das Glas. »Sieg Heil! Das ist das, was alle aufrechten Deutschen in dieser Stunde dazu zu sagen haben dürften!«
»Ist ja gut, Anton«, murmelte Désirée mit einem Ausdruck von Unwilligkeit in den zarten Zügen. »Denk dran, dies ist eine Familienfeier.«
Bernhard erhob ebenfalls das Glas. »Ein Prosit auf den kleinen Michael!«
Alle bis auf Anton, der die Serviette auf den Tisch warf, taten es ihm nach.

»Mehr fällt dir dazu nicht ein?« Antons Augen verengten sich, und seine Stimme zitterte vor Wut.
»O doch«, antwortete Bernhard freundlich, aber mit süffisantem Unterton. »Ich denke, dies wird erst der Anfang sein. Wenn die Briten weiterhin um jeden Preis an einem Ausgleich mit Deutschland festhalten und auch Frankreich und Russland stillhalten, wird der Anschluss hingenommen. Und wir können die Uhr danach stellen, wann Hitler nach der Tschechoslowakei greift.«
»Genau«, bekräftigte Anton, musterte Bernhard aber misstrauisch.
Felicitas lächelte in sich hinein. Um Elisabeths willen musste er an einem Tisch mit seinem Halbbruder sitzen, den er verabscheute und der ihn obendrein unablässig daran erinnerte, dass er selbst nicht der Arier war, der er zu sein vorgab. Fast konnte er einem leid tun.
Das Gespräch erstarb und wich angespannter Beklemmung, die sich erst verlor, als der Nachtisch – Rote Grütze mit Vanillesoße – serviert wurde. Langsam kam die Unterhaltung wieder in Gang, sorgsam die Untiefen der Politik meidend. Nach dem anschließenden Kaffee wurde Michael, der die Stunden im Kaffeehaus ebenso selig verschlafen hatte wie zuvor die Taufzeremonie im Bremer Dom, in den brandneuen Kinderwagen aus lackiertem Korb mit karierter Paspelierung gelegt und windfest zugedeckt, damit er sich auf dem Spazierweg durch den Bürgerpark zurück in die Villa an der Parkallee nicht erkältete.
»Wer hatte bloß diese Idee, zu Fuß zu gehen?«, maulte Helen, mit beiden Händen den zierlichen Hut mit der Fasanenfeder, die der Wind arg zerzauste, festhaltend.
»Ich«, bekannte Felicitas. »Warum bist du nicht mit Elisabeth und Carl gefahren?«

»Weil ich mit dir reden wollte.«
Felicitas sah ihre Mutter misstrauisch von der Seite an und kam nicht umhin, zuzugeben, dass Helen nicht nur im schummrigen Licht des Kaffeehauses, sondern auch im unbarmherzigen Tageslicht für ihr Alter ziemlich gut aussah. Die Linien um den Mund und die aquamarinblauen Augen hatten sich gemildert, die Wangen wirkten fülliger. Das Leben auf dem Gut in Sorau und die Ehe mit dem stillen, gutmütigen Martin bekamen ihr ganz offensichtlich.
»Aber ich will nicht«, sagte sie mit fester Stimme.
Helen schüttelte missbilligend den Kopf. »Deine Laune ist wirklich zum Fürchten. Gestatte mir nur eine Bemerkung. Mir ist aufgefallen, dass Teresa sich immer mehr in sich zurückzieht.«
»Das kommt dir nur so vor, weil du sie so selten siehst.«
»Nein, daran liegt es nicht«, beharrte Helen und suchte Felicitas' Blick. »Sie wirkt unglücklich und viel zu erwachsen für ihr Alter. Ihr fehlen Gesas gesunder Egoismus und Clemens' Leichtigkeit.«
»Leichtfertigkeit trifft es wohl besser«, gab Felicitas ironisch zurück. Einen Moment schwiegen sie und beobachteten Clemens, den Kinderwagen schiebend, und Christian, die sich mit Dora und Gesa unterhielten. Teresa lief ein wenig abseits vom Weg und hielt ihr Gesicht der fahlen Märzsonne entgegen.
Schließlich nahm Helen das Gespräch wieder auf. »Vielleicht solltest du dich mehr um sie kümmern. Du könntest sie doch einmal auf eine deiner Reisen mitnehmen.«
»Wenn ich deinen Rat brauche, lasse ich es dich wissen.« Felicitas' Stimme troff vor Sarkasmus. Abrupt wandte sie sich von ihrer Mutter ab, blieb stehen und wartete auf Bernhard, der, die Hände in den Taschen seines Kutscher-

mantels, lächelnd hinter der Familie herspazierte, als würde er eine amüsante Salonkomödie verfolgen.

»Danke für die Einladung«, sagte er und bot ihr seinen Arm. »Falls du allerdings hoffst, dass du mich auf diese Weise herumkriegst, etwas preiszugeben, muss ich dich enttäuschen.« Sein Ton war hart, härter, als er je zu ihr gesprochen hatte, und sie begriff, dass sie nichts von dem erfahren würde, was sie so brennend interessierte. Er vertraut mir nicht, erkannte sie, ließ es aber nicht zu, dass er ihre Bestürzung bemerkte.

»Schon gut«, erwiderte sie leichthin. Das Zwielicht blendete sie, und sie schirmte ihre Augen mit einer Hand ab. Erstes zartes Grün hatte sich wie ein leises Versprechen auf bessere Zeiten über Bäume und Büsche des Parks gelegt. Am Ufer des Emmasees tollten unter der Aufsicht einer älteren, ganz in Schwarz gekleideten Frau fünf kleine Mädchen in blauen Sonntagskleidern umher und bewarfen die zutraulich heranschwimmenden Entenpaare so eifrig wie ungeschickt mit Brotresten. Die Szene erinnerte Felicitas an ihre Spaziergänge mit Steffen durch den St. James' Park, und sie fragte sich, wie ihr Leben aussehen würde, wenn sie mit ihm nach London gegangen wäre. Einfacher? Wohl kaum. Liebevoller vielleicht. Nicht so einsam wie jetzt, da sie sich gelegentlich zwei Glas Rotwein verordnete, um die Kälte des Alleinseins in den Nächten zu überstehen. Vielleicht, nur vielleicht. Denn, so schoss es ihr durch den Kopf, die Einsamkeit, die wir in uns tragen, kann ein anderer nicht von uns nehmen. Wer das erwartet, missbraucht die Liebe.

»Bist du wirklich der Meinung, dass wir auf einem Pulverfass sitzen?«, fragte sie nach einer Weile in gedämpftem Ton.

»Da kannst du sicher sein«, antwortete Bernhard.

Und er behielt recht.
Wenige Wochen später wurde Gauleiter Bürckel beauftragt, eine Abstimmung in Österreich vorzunehmen, und neunundneunzig Prozent der Bevölkerung stimmten für Hitler. Tausende politische Gegner wurden verhaftet, jüdische Bürger, darunter Max Reinhardt und Stefan Zweig, wurden vertrieben oder begingen Selbstmord. Ungehindert verleibte sich das Reich den Reichtum des kleinen Nachbarn ein – neunzigtausend Kilogramm an gemünztem und ungemünztem Gold, Valuten und Devisen im Wert von fast sechzig Millionen Schilling wurden an die Reichsbank Berlin transferiert, eintausendneunhundertneun Lokomotiven, zweihundertneunundvierzig elektrische Triebfahrzeuge und die gesamten staatlichen Betriebe gingen in deutschen Besitz über, und Hermann Göring ließ verlauten, dass die deutsche Aufrüstung ohne den Anschluss nicht so reibungslos verlaufen wäre.
Im September forderte Hitler die Abtretung der sudetendeutschen Gebiete der Tschechoslowakei an das Deutsche Reich und drohte offen mit Gewalt. Um den bedrohten Frieden zu retten, beschloss die Münchner Konferenz, an die die Menschen in Frankreich, Italien und Großbritannien große Hoffnungen geknüpft hatten, am 29. September, Hitler nichts in den Weg zu legen. Der Preis war hoch. Die Tschechoslowakei verlor wirtschaftlich und strategisch bedeutende Gebiete, wichtige Industriezweige, Lagerstätten für Erze, hochwertige Braunkohlevorkommen und Holzvorräte, über die nun Deutschland verfügte. Darüber hinaus vermochte Berlin in Ruhe abzuwarten, bis der verbliebene Rumpfstaat aus Slowakei und Karpato-Ukraine, der aus eigener wirtschaftlicher Kraft nicht mehr lebensfähig war, heim ins Reich geholt werden

konnte. Die Tage höchster Anspannung, die über Europa lagen und viele an den Sommer 1914 erinnerten, wichen trügerischer Erleichterung.
Dann kam der 7. November 1938.
Der siebzehnjährige deutsch-polnische Jude Herschel Grynszpan, verzweifelt über das Schicksal seiner Eltern, die mit siebzehntausend Leidensgenossen von der Gestapo zur deutsch-polnischen Grenze gebracht worden waren, wo sie, von den polnischen Behörden zurückgewiesen, ein erbärmliches Dasein im Niemandsland fristen mussten, verübte ein Attentat auf den deutschen Legationssekretär Ernst vom Rath in Paris. Ein Akt hilfloser Rache, der als Vorwand genutzt wurde, eine Welle der Gewalt gegen Juden übers Land zu jagen. Angeheizt von Goebbels antisemitischer Hetzrede und seiner Bemerkung, Pogromaktionen nicht zu behindern, setzten die Gauleiter SA-Trupps in der Nacht vom 9. auf den 10. November in Marsch.
Das Pogrom ließ das Blut in den Adern derjenigen gefrieren, die noch nicht verlernt hatten hinzuschauen. Synagogen waren in Brand gesteckt, jüdische Geschäfte zerstört, Wohnungen und Häuser verwüstet worden. Fast hundert Juden waren hingemetzelt, an die dreißigtausend jüdische Männer verhaftet und in Konzentrationslager verschleppt worden.
Die Zeitungen stellten die mörderische, menschenverachtende Hatz als notwendige Maßnahme gegen den »ewigen Juden« dar. Auch die *Weser Nachrichten*, nach Steffens Weggang unter neuer, stramm parteikonformer Leitung, feierten die Ausschreitungen als konsequente Wehrhaftigkeit.
»Die Synagoge an der Garstenstraße ist nur noch eine Ruine«, sagte Teresa tonlos beim Frühstück. »Das jüdische Gemeindehaus und das Rosenakhaus haben sie verwüstet

und den jüdischen Fahrradhändler in der Neustadt umgebracht. Die anderen Bremer Juden wurden in der Nacht aus den Wohnungen geholt und im Hof des Alten Gymnasiums zusammengetrieben. Die Frauen wurden anderntags entlassen, während die Männer im Zuchthaus Oslebshausen und von dort im Konzentrationslager Sachsenhausen interniert wurden.« Ihre Stimme kippte, und sie warf ihrer Mutter einen hilflosen Blick zu. »Was sollen wir denn jetzt nur tun?«
»Ich weiß es nicht«, erwiderte Felicitas wahrheitsgemäß. In der Tat schien es nichts zu geben, was man dem Terror entgegensetzen konnte, ohne das eigene Leben und das der Familie zu gefährden. Es galt, einen Weg zu finden, der ein Minimum an Courage mit größtmöglicher Sicherheit verband, vielleicht eine Art innerer Widerstand, der die persönliche Integrität bewahrte und die Seele schützte.
»Schon klar, dass wir nicht auch nach Spanien marschieren können«, sagte Teresa mit einem schiefen Lächeln, und bei diesen Worten erkannte Felicitas, dass sie wenigstens für ihre Tochter etwas tun konnte, etwas, und dies konstatierte sie mit grimmiger Genugtuung, das sogar Helen zufriedenstellen würde.
Die Frage war nur noch, wie sie, Felicitas, das bewerkstelligen sollte.

19

Wie idyllisch sich die kleinen Häuser auf dem alten Terrassensporn aneinandergeschmiegt hatten und sich von den Bächen Anhangabaú und Tamanduateí hatten

umarmen lassen. Die romantische Kulisse, so trügerisch sie sich auch erwiesen hatte, hatte so perfekt zu einer Hochzeitsreise gepasst, ihrer Hochzeitsreise. Verschwitzt, noch ein wenig müde von der langen Schiffsreise, aber glücklich hatte sie neben Heinrich gesessen, die exotischen Eindrücke aufgesogen wie ein Schwamm, überzeugt, geradewegs in ein Leben voller Liebe und Harmonie zu fahren. Paolo hatte den schwarz glänzenden Mercedes wild gestikulierend und laut schimpfend durch die Menschenmenge manövriert.
Felicitas lächelte, als sie an ihren ersten Besuch in São Paulo vor zweiunddreißig Jahren dachte.
Die Romantik war längst dahin, genau wie ihre Illusionen. Eisenbahnlinien und strahlenförmig in die Hochebene führende Straßen zerlegten São Paulo in ein wildes Schnittmuster, der alte Stadtkern hatte moderner Architektur weichen müssen, und große Gebäude prägten das Antlitz der schnell wachsenden Stadt. Allein das Martinelli-Hochhaus, vor zehn Jahren erbaut, verfügte über dreißig Stockwerke. Nur das Völkergemisch – Italiener, Japaner, Libanesen, Türken, Koreaner, Juden und Spanier – wogte wie eh und je durch die Straßen, Sambarhythmen tönten aus Bars und Restaurants und mischten sich mit dem Lärm des Autoverkehrs.
Mit großen Augen verfolgte Teresa das Treiben und lehnte sich so weit aus dem offenen Wagen, dass der Fahrer, ein junger Portugiese, unentwegt in den Rückspiegel sah und so besorgt wie vergeblich »Señorita, atenção!« rief. Doch Teresa nahm seine Worte gar nicht wahr. Fasziniert glitten ihre Augen bald hierhin, bald dorthin, sie schienen gleichsam jedes Detail festhalten zu wollen. Der Fotoapparat lag vergessen auf ihrem Schoß.

»Anton würde umkommen vor Wut, wenn er das hier sehen könnte. Kein sogenannter Arier weit und breit«, bemerkte Teresa begeistert. Ihre blauen Augen blitzten vor übermütigem Schalk, und Felicitas lachte.
»Der Bürgermeister sicherlich auch. Dabei war er doch der Meinung, dieses Land sei uns Deutschen näher, als wir ahnen.«
»Wie kommt er denn auf die Idee? Nichts ist vom Gleichschritt der Braunhemden weiter entfernt als diese überschäumende Lebensfreude.«
»Na ja, er meinte wohl weniger die Mentalität der Menschen als vielmehr die Staatsform, und ganz unrecht hat er damit wohl auch nicht«, erwiderte Felicitas. »Vor zehn Jahren war Brasilien bis unter den Zuckerhut verschuldet und produzierte wie verrückt Kaffee, um das Defizit auszugleichen. In der Wirtschaftskrise stürzte der Preis jedoch ins Bodenlose, was zum wirtschaftlichen Zusammenbruch des Landes führte.« Felicitas war nicht sicher, ob ihre Tochter ihr überhaupt zuhörte, fuhr aber dennoch fort: »Getulio Vargas machte sich die Gunst der Stunde zunutze und errichtete eine Diktatur. Seit zwei Jahren sind andere Parteien in Brasilien verboten. Vargas' Wort gilt und niemandes sonst.«
Sie machte eine Pause. Ihr Blick fiel auf zwei ältere Männer in schwarzen Mänteln und mit gedrehten Bartlocken. Sie unterhielten sich angeregt mit einer jungen Frau mit gelb gefärbtem Haar und einem bunt gestreiften Tuch, das sie so über Schultern, Rücken und Bauch verknotet hatte, dass ihr winziges Baby bequem an ihrer Brust schlummern konnte. Die nackten Beinchen bewegten sich nicht, nur die krausen schwarzen Löckchen wippten mit jeder vehementen Geste, mit der die Frau ihre Worte unter-

strich. Als zwei untersetzte Polizisten um die Straßenecke bogen, verabschiedeten sich die Männer hastig und gingen in entgegengesetzter Richtung davon.

»Es wird gemunkelt, der Staatspräsident unterhalte enge Beziehungen zur NSDAP«, fügte Felicitas gedankenverloren hinzu und ärgerte sich sogleich, dass ihr diese Bemerkung entschlüpft war, denn Teresa wandte sich ihr sofort und mit einem Ausdruck gespannter Konzentration zu.

»Willst du mir nicht endlich sagen, wie es wirklich war, Mama?«

»Ach, Liebes«, entgegnete Felicitas leichthin, »wie oft willst du mich noch damit löchern? Ich habe es dir doch gesagt. Ich habe Röhmcker so lange zugesetzt, bis er nachgegeben hat.«

»Das ist fast unmöglich«, erwiderte Teresa und sah ihre Mutter prüfend an, doch Felicitas lächelte nur. Ganz gewiss würde sie ihnen beiden die Reise nicht damit verderben, dass sie Teresa schilderte, mit welchen Mitteln sie den Bürgermeister davon zu überzeugen versucht hatte, dass sie sich um ihre Geschäfte in Brasilien kümmern musste, dringend und persönlich. Paolo Manero, ihr Kontaktmann in Terra Roxa, zuständig für Felicitas' berühmten Schattenkaffee, sei spurlos verschwunden, und alles gehe drunter und drüber und mache ihre Anwesenheit erforderlich, so sie drohende Verluste ihres Unternehmens abwenden wolle – das hatte sie Röhmcker weisgemacht. Argwöhnisch hatte er ihre Argumente jedoch in Zweifel gezogen und ihr unterstellt, sich aller Schwierigkeiten entledigen und dem Reich den Rücken kehren zu wollen.

»Ich habe seit eineinhalb Jahren nichts mehr von meinem

Mann gehört, kein Brief, kein Anruf, nichts. Ich weiß nicht, ob er überhaupt noch lebt, und wenn ja, wo«, hatte Felicitas mit gesenktem Blick bemerkt. »Diese ... meine Liaison mit Herrn Servatius hat mein Leben ... ziemlich durcheinandergebracht, und daran trage ich weiß Gott genug. Aber«, sie hob den Kopf und schenkte Röhmcker einen glasklaren Blick mit einem Anflug verzweifelter Tapferkeit, »es gibt keinen Grund, mich überwachen zu lassen, geschweige denn anzunehmen, ich wolle Deutschland verlassen. Glauben Sie, ich hätte diese ganze anstrengende Olympia-Aufgabe auf mich genommen, wenn mein Herz nicht für dieses Land schlüge?« Felicitas steigerte sich so in die Rolle hinein, von der sie hoffte, sie würde Röhmcker erweichen, dass es ihr wahrhaftig gelang, zwei Tränen zustande zu bringen, die sich äußerst wirkungsvoll von ihren Wimpern lösten und sacht ihre Wangen hinunterrollten. Röhmcker hatte sich geräuspert, und schließlich hatte Felicitas ihren letzten Trumpf ausgespielt und ihm mit leiser Stimme die Firma als Faustpfand versprochen, sollten sich seine Befürchtungen bewahrheiten. Ihr wurde jetzt noch übel, als sie sich in Erinnerung rief, wie sich seine dünnen Lippen zu einem väterlichen Lächeln verzogen hatten.
»Warum wenden Sie sich nicht an Ihren Schwager? Immerhin verfügt er als rechte Hand des Gauleiters Weser-Ems über erheblichen Einfluss.«
»Eben deshalb«, hatte Felicitas entgegnet. »Würde ich Antons Stellung ausnutzen, käme das doch einem Schuldeingeständnis gleich. Nein, ich habe ein gutes Gewissen. Deshalb trage ich Ihnen mein Anliegen vor.« Sie hoffte inständig, dass Röhmcker nicht über drei Ecken zu Ohren gekommen war, dass Anton sich geweigert hatte, sich

um seiner Schwägerin willen in die Angelegenheiten der Gestapo einzumischen, aus gutem, sehr eigennützigem Grund, wie Felicitas wusste.
Röhmcker räusperte sich erneut, und Felicitas meinte schon zu spüren, dass ihr Auftritt, so demütigend, erniedrigend und im Grunde widerlich opportunistisch sie ihn selbst empfand, sich gelohnt hatte, als sein väterliches Lächeln plötzlich unverhohlener Genugtuung wich. Der Bürgermeister schürzte die Lippen und nickte bedächtig.
»Wie aufschlussreich zu erleben, wie viel schauspielerisches Talent Sie doch von Ihren Eltern geerbt haben, verehrte Frau Hoffmann. Ich habe es sehr genossen, in der Tat, zumal Sie mir in der Vergangenheit nicht gerade mit besonderer Aufmerksamkeit begegnet sind.« Felicitas öffnete den Mund, doch Röhmcker ließ sie nicht zu Wort kommen. »Sie hätten sich die Mühe jedoch sparen können. Fahren Sie nur, und kommen Sie gesund und erholt zurück.«
Verblüfft hatte Felicitas sich verabschiedet.
Als sie Bernhard wenig später von dem Gespräch erzählte, hatte er nur genickt und sie besorgt angesehen.
»Es heißt, dass Vargas mit der Gestapo kooperiert und seine politische Polizei mit ihrer Hilfe ausbilden lässt. Nicht offiziell natürlich, weil er seine guten Beziehungen zu den USA und seinen Ruf als Mann des Volkes und Vater der Armen nicht aufs Spiel setzen will. Aber ich möchte wetten, dass man in Santos bereits Gewehr bei Fuß steht, um deine Überwachung zu gewährleisten. Du musst sehr vorsichtig sein, Felicitas.«
Zornig hatte sie ihn angeblitzt. »Das heißt, Röhmcker hat sich einen Spaß daraus gemacht, mich zappeln zu lassen. Und die Gestapo bin ich auch nicht los.« Sie hatte leise

geseufzt und den Kopf geschüttelt. »Und ich war mir so verdammt schlau vorgekommen.«
Der Fahrer bremste abrupt und ließ eine Schulklasse die Straße überqueren, was Felicitas aus ihren Gedanken riss.
»Denk nicht darüber nach«, sagte sie zu Teresa. »Alles, was zählt, ist das Jetzt.«

Sie erreichten die Fazenda in Terra Roxa am frühen Nachmittag. Das Weiß der hohen getünchten Mauer, die das stolze Anwesen begrenzte, strahlte über die rote Erde.
Kaum hatte der Wagen die Auffahrt erreicht, erschien Doña Isabella auf der Veranda. Sie war ganz in Schwarz gekleidet, und ihr herzliches Lächeln war mit Wehmut vermischt.
»Don Alfredo?«, fragte Felicitas behutsam, und Isabella nickte.
»Vor einer Woche haben wir ihn begraben müssen. Ein grauenhaftes Fieber …« Ihre schwarzen Augen füllten sich mit Tränen, und Felicitas drückte ihre Hände.
»Es tut mir so leid«, sagte sie leise. »Unter diesen Umständen ist es wohl besser, wir reisen wieder ab. Sicherlich können Sie jetzt keine Gäste gebrauchen.«
»Im Gegenteil, ich bin froh darüber.« Isabellas Blick glitt zu Teresa, und ein seltsamer Ausdruck zwischen Anerkennung und leisem Misstrauen zeigte sich auf ihrem Gesicht, der so schnell wieder verschwand, dass Felicitas meinte, sich getäuscht zu haben. »So schön wie die Mutter«, bemerkte Isabella. Dann seufzte sie tief und nahm mit einer dramatischen Geste beide Frauen in die Arme.
»Ich bestehe darauf, dass Sie bleiben. Manuel wird sich auch freuen, nicht mehr jeden Abend mit einer alten, ge-

schwätzigen Frau verbringen und ihr Taschentücher reichen zu müssen.«
»Wer ist Manuel?«
Aufmerksam betrachtete Felicitas den jungen portugiesischen Fahrer, der sich darangemacht hatte, ihr umfangreiches Gepäck in die Fazenda zu tragen.
»Jorge haben Sie ja schon kennengelernt«, erwiderte Isabella, ohne auf Felicitas' Frage einzugehen. »Nach Paolos Beförderung durch Andreesen-Kaffee mussten wir ja für Ersatz sorgen, was sich als viel schwieriger erwies, als wir gedacht hatten. Jorge ist bestimmt der zehnte oder elfte Kandidat. Seine Vorgänger waren allesamt faul oder unzuverlässig oder beides. Nun ja, Jorge ist seit einem halben Jahr bei uns und macht sich bisher ganz gut. Mal sehen, wie lange seine Energie reicht.«
Da Isabella nichts hinzufügte, um ihre Bemerkung über Manuel zu ergänzen, fragte Felicitas: »Wie geht es Paolo?«
Sie und Teresa folgten Doña Isabella ins Haus, dessen Ambiente, wie Felicitas mit einem Blick feststellte, nicht verändert worden war. Seit zweiunddreißig Jahren luden helle Peddigrohrmöbel ein, die neue Welt in Übersee gemütlich zu erobern, ihr mit Muße zu begegnen statt mit preußischer Disziplin und europäischem Hochmut. Die wenigen Teppiche mit aztekisch anmutenden Mustern auf dem honigfarbenen Holzfußboden, zwei mächtige Palmen in Tongefäßen, so groß wie Weinfässer, und ausgesuchtes brasilianisches Kunsthandwerk verliehen dem weitläufigen Wohnraum jenes koloniale Gepräge, das angetan war, dem Tag, geschützt vor der sengenden Sonne und eingebettet in das Gefühl aristokratischer Gelassenheit, bei Kaffee und Zitronenlikör beim Dahingehen Gesellschaft zu leisten. Doch Felicitas wusste nur allzu gut,

dass die Leichtigkeit des Lebens bloß eine Seite von Terra Roxa war. Die andere, das war die harte Arbeit der unzähligen Kaffeepflücker, der karge Lohn, den sie erhielten, und die unerbittliche Hand, mit der Don Alfredo seine Geschäfte geführt hatte.

»Ich habe ihn zwar lange nicht zu Gesicht bekommen, aber Anaiza erzählte, es gehe ihm gut«, antwortete Doña Isabella, während sie durch den Wohnraum zu den Gästezimmern im hinteren Flügel der Fazenda gingen. »Anaiza ist ihm nach wie vor ein bisschen unheimlich, und die Tatsache, dass nur Frauen den Schattenkaffee pflücken, hat ihm wohl in der ersten Zeit überhaupt nicht gepasst. Aber er erledigt seine Arbeit gewissenhaft.« Sie grinste breit. »Inzwischen hat er sich sogar ein Haus am Rande des Dschungels gebaut. Eines Tages werden die beiden noch heiraten.«

»Wollte er nicht seine Familie aus Portugal nachkommen lassen?«

»Soweit ich weiß, war seine Frau es leid, darauf zu warten, und hat sich längst einen anderen genommen.« Sie zuckte mit den Schultern. »Er ist zwar nicht mehr jung, aber das Haus und seine Stellung wirken anziehend auf arme Mädchen. Irgendeine wird sich finden.«

Sie stieß die Tür zu einem der geräumigen Gästezimmer auf, das, ähnlich eingerichtet wie der Wohnraum, hell und einladend wirkte. Es verfügte über ein Bad, zwei Himmelbetten und einen Salon, von dem aus man auf die Veranda gelangte, die um die ganze Fazenda führte.

Felicitas staunte über Doña Isabellas Feinfühligkeit. Ohne die Umstände zu kennen, hatte sie Steffens Abwesenheit richtig gedeutet und ihr ein anderes Zimmer gegeben als vor zehn Jahren, da sie mit Steffen und Niklas hier gewe-

sen war, um den Dokumentarfilm über die Plantage zu drehen. Damals waren Steffen und sie sich nähergekommen, und wenn die Erinnerungen sie auch auf Schritt und Tritt sowohl an Heinrich als auch an Steffen verfolgten, war es doch ein wenig leichter, nicht auch noch im selben Bett liegen zu müssen wie einst.
»Um sieben Uhr wird das Essen serviert. Es gibt gebratenes Hühnchen und Salat. Ich dachte, etwas Leichtes ist nach der Reise am besten. Und danach trinken wir Zitronenlikör und erzählen vom Leben.« Sie nickte Mutter und Tochter zu und verschwand.
Felicitas nahm Teresa in die Arme. »Nun, ist es so, wie du es dir erträumt hast?«
»Mehr als das, es ist überwältigend. Ich kann es kaum erwarten, über das Land zu reiten und den Dschungel zu sehen.« Teresa strahlte, dann legte sich fast unmerklich ein Schatten über ihr Gesicht. »Ich habe nur den Eindruck, Doña Isabella wäre es lieber gewesen, du wärst alleine gekommen.«
»Aber nein, sie ist nur traurig und mitgenommen vom Tod ihres Mannes und hat versucht, so gut es ging ihre Gefühle zu überspielen. Du bist ihr noch fremd, das ist alles.«

Wie eine reife Orange, schwer und müde, hing die Sonne am Horizont, als die Gäste aus Deutschland mit ihrer Gastgeberin und dem jungen Mann, den Isabella als Manuel vorstellte, auf der Westseite der Veranda Platz nahmen. Das Silber der Terrinen und des fein ziselierten Bestecks schimmerte im Licht elfenbeinfarbener Kerzen, und die Blüten einer üppigen Orchidee verströmten einen süßen, betäubenden Duft, der sich auf die Brust legte und die Sinne benebelte.

Feierlich erhob Doña Isabella das Glas mit dem leichten, perlenden Rosé.
»Auf Don Alfredo, Gott hab ihn selig, und auf Manuel ...«, sie machte eine kleine Pause, »... unseren Sohn.«
Verwundert prostete Felicitas ihr zu. Doña Isabella und Don Alfredo hatten keinen gemeinsamen Sohn, so viel stand fest. Das hätte sie gewusst. Hatte sich Doña Isabella am Ende einen jungen Liebhaber ins Haus geholt und tarnte ihn als Sohn, so wie ältere Männer ihre jüngeren Gespielinnen gern als Nichte präsentierten? Nun, Doña Isabella, um vieles jünger als ihr verstorbener Mann, hatte sich gut gehalten. Ihre aristokratischen Züge waren zwar ein wenig schlaff ums Kinn geworden, und die Taille hatte an Umfang gewonnen, doch ihr lebendiges Wesen und die blitzenden schwarzen Augen ließen fast vergessen, dass sie mehr als sechzig Jahre zählte. Andererseits schien Manuel gerade halb so alt zu sein und machte nicht den Eindruck, als hätte er es nötig, sich einer verwitweten Kaffeebaronin an den Hals zu werfen. Er sah umwerfend aus, seine milchkaffeebraune Haut schimmerte, er hatte wie Don Alfredo ebenmäßige Züge mit hohen Wangenknochen und einer etwas zu spitzen Nase, doch das Bestechende lag in seiner Ausstrahlung, mit der er Felicitas fesselte, ohne dass sie hätte sagen können, warum. Teresa schien es ähnlich zu gehen. Ihre Tochter nahm kleine Schlucke von dem Rosé und wich Manuels Augen, die gelegentlich auf ihr ruhten, nicht aus, sondern erwiderte seinen Blick mit dem ihr eigenen zurückhaltenden, gleichwohl faszinierten Ausdruck.
Schnell fuhr Doña Isabella fort: »Ich bin so froh, dass Manuel bei mir ist. Diese Zeit hätte ich ohne ihn nicht überstanden. Nachbarn und Freunde meinen es ja gut, aber das eigene Fleisch und Blut können sie nicht ersetzen.«

Welches Geheimnis Manuel auch immer umgeben mochte, Doña Isabella hatte offenkundig nicht vor, es zu lüften. Sie öffnete die silberne Schüssel, fächelte sich mit einer Hand genießerisch den Duft des Hühnchens zu und nickte zufrieden. »Seit Ewigkeiten habe ich nicht mehr selbst gekocht. Don Alfredo mochte es nicht, wenn ich mich zu freundschaftlich mit dem Personal stellte. Nun, heute habe ich sein Gesetz gebrochen, und ich muss sagen, ich habe nichts verlernt.«

Während des Essens, das tatsächlich vorzüglich geraten war, floss die Unterhaltung dahin. Felicitas erzählte von den Schwierigkeiten, den Kunstpark trotz der rigiden Kulturpolitik des Reiches mit interessanten Künstlerinnen zu besetzen, dass Elisabeth Andreesen noch immer rüstig und im Besitz ihrer geistigen Kräfte war und dass Clemens und seine Frau einen hübschen, gesunden Sohn bekommen hatten. Den Altersunterschied der beiden verschwieg sie und warf Teresa einen warnenden Blick zu. Als sie das Essen beendet und zum Zitronenlikör übergegangen waren, traute sich Felicitas endlich, nach Don Alfredos plötzlichem Tod zu fragen, und sofort ergriff Manuel das Wort.

»Ist es Ihnen, Frau Hoffmann, und dir, Isabella, recht, wenn Teresa und ich ein wenig spazieren gehen? Vielleicht möchtest du jetzt allein mit Frau Hoffmann reden ...«

Doña Isabella nickte und tätschelte ihm die Hand, und Manuel stand auf und strahlte Teresa an. »Interessieren Sie sich für Pferde?«

»Wenn ich nach diesem Essen nicht reiten muss, schon«, erwiderte sie lakonisch. »Es war wirklich köstlich, Doña Isabella. Und reichlich!«

Manuel lachte, und gemeinsam verließen sie die Veranda.

Doña Isabella sah ihnen nach. »Er ist sehr feinfühlig«, sagte sie und schenkte ihnen von dem Zitronenlikör nach. Eine Weile schwiegen sie, bis Doña Isabella unvermittelt ausstieß: »Es war kein Fieber. Alfredo ist qualvoll an Syphilis zugrunde gegangen.« Sie stockte und starrte in die Dunkelheit. »Wir sind alt genug, Felicitas, um uns gegenseitig nichts vorzumachen. Alles, was Sie über Alfredo gedacht haben, war richtig. Er war ein Raubtier, ein Lump, der Menschen, ganz gleich ob seine Frau oder seine Arbeiter, als Besitz betrachtete und meinte, sie deshalb schlecht behandeln zu dürfen. Aber ich habe ihn geliebt. Mein Gott, ich habe ihn so sehr geliebt.« Sie hielt erneut inne, den Blick auf ihre kleinen fleischigen Hände mit den Eheringen, die sie zusammen am Ringfinger der linken Hand trug, gesenkt. »Vor zehn Jahren brach die Krankheit aus, sein Körper war übersät mit hellen Flecken, und gelegentlich verließ ihn sein Gedächtnis. Was glauben Sie, warum er damals so schnell nachgab, als Sie ihn baten, Anaizas Schattenkaffee zu tolerieren?« Sie lachte leise und wehmütig. »Da begannen seine Kräfte schon nachzulassen ...«
»Den Eindruck hatte ich ehrlich gesagt nicht«, erwiderte Felicitas. Sie erinnerte sich noch genau, wie aufgebracht Don Alfredo reagiert hatte, als sie ihm angedroht hatte, ihn wegen des Missbrauchs einer blutjungen Kaffeepflückerin vor Gericht zu bringen, falls er sich weigern sollte, Anaizas bescheidenen Kaffeeanbau im Innern des Dschungels zu unterstützen.
»Doch er hat Ihnen seine Hilfe zugesichert, nicht wahr?«
»Ja, das stimmt. Und er hat Wort gehalten ...«
»Unmittelbar nachdem Sie, Steffen und Niklas abgereist waren, besuchte er Anaiza. Die Ärzte in São Paulo hatten

ihm keine Hoffnung gemacht, je wieder gesund zu werden, und so beschloss er, sich ihrer Heilkunst anzuvertrauen. Deshalb hat er zugesagt, Ihnen und Anaiza keine Steine in den Weg zu legen. Er dachte, eine Hand wäscht die andere. Er lässt sie gewähren, und sie macht ihn dafür gesund.«

»Und sie hat sich darauf eingelassen, obwohl …?«

»Sie wusste genau, was für ein Mensch Alfredo war, aber sie ist eine Heilerin. Wer Hilfe braucht, wird nicht abgewiesen.«

»Aber gegen die Syphilis war auch sie machtlos.«

»Nicht ganz. Mit ihren Kräutern hat sie es geschafft, dass er länger lebte, als die Ärzte es für möglich gehalten haben. Die letzten Wochen konnte er zwar nur mehr im Bett liegen, doch ich empfand es als ein Wunder und eine große Gnade, dass er noch bei mir war.« Doña Isabella seufzte schwer. »Und dann brach der Tag an, an dem Alfredo starb. Anaiza wusste es, und sie stand in aller Herrgottsfrühe vor der Fazenda, den schönsten jungen Mann an der Seite, den ich je gesehen habe – Manuel. Sie wuschen und salbten seinen Körper mit heiligen Ölen, und als es zu Ende ging, nahm Anaiza Manuels Hände und legte sie in Alfredos. Dein Sohn, sagte sie zu ihm, du lebst in ihm weiter. Fürchte dich nicht. Als Alfredo die Augen schloss, begann sie zu Preto Velho, dem Geist der alten afrikanischen Sklaven, zu beten.«

Die Nachtluft strich über Felicitas' nackte Arme. Stille senkte sich über die Veranda, begleitet vom leisen Zirpen der Grillen. Felicitas war beeindruckt von Doña Isabellas Offenheit und zugleich irritiert über die verrückte Geschichte, die ihrer Ansicht nach mehr Fragen aufwarf als beantwortete.

»Ahnen Sie es nicht, Felicitas? Gott rückt die Dinge immer wieder an ihren Platz, und was gestern hoffnungslos und verloren erschien, ist morgen die Lösung unserer Probleme.« Sie hielt kurz inne. »Manuel ist der Sohn der Frau, die Alfredo vor zweiunddreißig Jahren vergewaltigt hat. Ja, Felicitas, er hat sie nicht nur geschlagen, auch wenn er Stein und Bein geschworen hat. Und jetzt ist es meine Aufgabe, Manuel das zu geben, was ihm zusteht.«
»Ich verstehe.«
Isabella lachte leise. »Nein, Sie verstehen gar nichts. Aber das kommt noch. Lernen Sie Manuel kennen, dann werden Sie verstehen. So«, sie klatschte in die Hände und beugte sich nach vorn, »und nun sind Sie an der Reihe. Was ist passiert in deiner Seele, Felicitas?«
Die unvermittelte Frage und die vertrauliche, liebevolle Anrede überrumpelten Felicitas. Tränen schossen ihr in die Augen, der vertraute Widerwille, sich zu öffnen, regte sich, doch er hatte keine Chance, dieses Mal nicht. Felicitas begann zu erzählen, von den anonymen Briefen, ihrer jagenden Angst, von Steffens Flucht und ihrer Sorge um ihn, von der Gestapo, die sie hier wie dort überwachte, und der Maskerade, die sie mit Bernhard spielte und die, und sie erschrak, als ihr diese Worte über die Lippen kamen, ihre Gefühle verwirrte.
Sie stockte. Und plötzlich breitete sich die Erkenntnis in ihrem Innern aus, die so lange darauf gewartet hatte, sich zu verströmen.
Ich liebe ihn. Ich liebe Bernhard.
Die Hände im Schoß, saß sie da und wusste nichts mehr zu sagen.
Doña Isabella nickte bedächtig.

Unter Doña Isabellas sanfter Regie verbrachten sie die Tage in heiterer Unaufgeregtheit. Sie schliefen lange, frühstückten ausgiebig und mit wachsendem Appetit, lasen und ritten jeden Abend, wenn die Hitze ein wenig nachließ, hinaus hinter die Felder, am Rand des Dschungels entlang. Sie sprachen wenig, überließen sich in stillem Einvernehmen der Freiheit, die das weite Land ihnen schenkte. Was das Leben in Bremen so schwer und deprimierend machte, löste sich in der flirrenden Luft und der Geruhsamkeit auf, die über der Plantage lag. Die Kaffeepflücker kümmerten sich nicht weiter um die Gäste, und außer dem Personal, Doña Isabella und Manuel bekamen sie keinen Menschen zu Gesicht.

Nach kurzer Zeit wirkte Felicitas erholt, sie hatte ein wenig zugenommen, was ihrem Gesicht das Spitze, Strenge nahm und ihr ausgezeichnet stand, und Doña Isabella hielt es einige Tage nach ihrer Ankunft für an der Zeit, ihre Lebensgeister zu erfrischen und einen Einkaufsbummel in São Paulo zu unternehmen.

Teresa winkte den beiden Frauen zu, als sie nach dem Frühstück aufbrachen.

»Bist du sicher, dass du lieber hierbleiben möchtest?«, rief Felicitas noch aus dem Wagen, und Teresa nickte. Die Frage hatte sie schon mehr als einmal bejaht, denn sie verspürte nicht die geringste Lust, sich in den Trubel der lauten, hektischen Millionenstadt zu stürzen, um Kleider zu kaufen, die sie nicht brauchte. Alles, was sie brauchte, war hier.

Von klein auf hatte sie Bücher über Brasilien verschlungen und ihre Mutter wieder und wieder gelöchert, ihr von Terra Roxa zu erzählen, weil sie es liebte zu fühlen, wie der Gleichmut, mit dem sie ihrem stillen Leben begegne-

te, dann von ihr wich und einem Licht und einer Freude Platz machte, die sie stets für sich behalten und wie einen Schatz gehütet hatte. Oft hatte sie darüber nachgedacht, was es mit dem Licht und der Freude auf sich haben könnte, ob ein Stück Erde, aus welchen Gründen auch immer, diesen Funken in einem Menschen entzünden konnte oder ob diese Vorstellung nur ihrem Bedürfnis entsprach, zu sich selbst zu finden, war aber zu keinem Schluss gekommen. Doch jetzt, da sie hier war, wirklich und wahrhaftig hier, wusste sie mit der sicheren Intuition, die ihr zu eigen war, dass dieses Land ihr das Licht und die Freude für immer zum Geschenk machen würde, wenn sie klug genug wäre, es zu erkennen.
Ziellos schlenderte sie an den Feldern entlang und beobachtete die Kaffeepflücker, die mit geübter Hand und gelassener Miene die roten Kirschen vom Strauch holten und in die Kiepen auf ihren Rücken schnippten. Dann und wann blieb Teresa stehen und nahm einen Schluck Wasser aus der Feldflasche. Gern hätte sie sich ein wenig unterhalten, doch ihr Portugiesisch war mäßig, und sie wollte den Arbeitern auch nicht lästig fallen oder gar daran schuld sein, dass sie ihr Pensum nicht schafften. Als sie sich unbeobachtet fühlte, berührte sie die dunkel glänzenden Blätter und strich sanft über eine der fünfzackigen weißen Sternblüten, die in leuchtend weißen Trauben an den Kaffeepflanzen hingen und ihren jasminähnlichen Duft verströmten.
»Zwischen Blüte und Frucht liegen neun Monate, wie bei einem Menschenkind.«
Wie aus dem Boden gewachsen stand Manuel plötzlich neben ihr. Als hätte sie damit gerechnet, wandte Teresa sich ihm lächelnd zu, und wie er es stets tat, begann er

unvermittelt zu erzählen, die üblichen Floskeln, die ein Gespräch einleiteten, wie Teresa es kannte, außer Acht lassend.
»Ein Baum ist wie ein geschlossener Kreislauf. Er blüht und trägt grüne Früchte, die Blüten vergehen, die Kirschen werden rot und reif, und gleichzeitig beginnt eine neue Blütezeit, und neue Früchte wachsen. Es hört niemals auf. Für den Pflanzer bedeutet das, mehrmals im Jahr ernten zu können, für den, der schaut, ist es einfach ein Wunder.« Mit einer Handbewegung forderte er sie auf, mit ihm zu gehen. Sie folgten einem schmalen Pfad zwischen den Pflanzen, auf dem nur wenige Pflücker arbeiteten, an denen sie sich vorbeischieben mussten. »Die meisten Europäer halten diese Arbeitsweise für altmodisch und unproduktiv«, bemerkte er, »aber das Pflücken gelingt nun einmal am besten von Hand. Eine einzige unreife Kirsche, noch gelblich oder orangefarben, wird im Röster niemals dunkel genug und kann den Geschmack jedes Kaffees beeinträchtigen, in dem nur ein Partikel davon enthalten ist. Auch überreife schwärzliche Früchte verderben die ganze Partie.«
»Meine Mutter hat mir erzählt, dass es Maschinen gibt, die mit Bürsten ausgerüstet sind und durch die Reihen fahren und Kirschen, Blätter und Zweige zu Boden reißen, die dann wieder geharkt und sortiert werden müssen. Das klingt zwar modern, aber produktiv scheint mir das auch nicht zu sein, wenn man hinterher mühsam alles wieder sortieren muss«, erwiderte Teresa. Sie hob eine rote Kirsche auf, die zu Boden gefallen war, und rollte sie in der Hand hin und her. Sie fühlte sich fest und zart zugleich an.
Manuel sah ihr aufmerksam zu. »Bis vor kurzem ...« Er

zögerte, fuhr dann aber mit fester Stimme fort: »Don Alfredo hat die Arbeiter nach der Stripping-Methode ernten lassen. Ähnlich wie die Maschine reißen die Hände alles herunter, um später die reifen Kirschen mit einer Harke von den unreifen zu trennen. Ich bin froh, dass Doña Isabella eingewilligt hat, dass wir nun auf traditionelle Art pflücken. Das geht langsamer, ist aber schonender. Das Herz des Kaffees schlägt in Brasilien, aber es stirbt, wenn man die Pflanzen lieblos behandelt.« Er machte eine kurze Pause. »Willst du sehen, wie sie gezogen werden?«

Teresa errötete bei der vertraulichen Anrede, und kleine Schmetterlinge tanzten ihr durch Herz und Blut. Sie nickte und folgte ihm zu einem umfriedeten Garten, in dem mächtige Bananenstauden wuchsen, deren Blätter zartgrüne Setzlinge beschatteten. Teresa wusste aus ihren Büchern und von ihrer Mutter, dass ein Kaffeebaum aus einer Bohne entstand, die noch umgeben von einer Pergamenthülle knapp unterhalb der Oberfläche in ein gut drainiertes sandiges Beet eingepflanzt wurde. An der Unterseite der Bohne tat sich nach einer Weile ein Riss auf, aus dem ein winziger Trieb spross, der sich im Boden verankerte und die Bohne nach oben drückte. Sobald sich das erste Blattpaar gebildet hatte, fiel die leere Schale zu Boden. Doch sie hatte nicht geahnt, wie überwältigend der Anblick von Tausenden dieser Pflänzchen war.

»Hier ist Doña Isabellas Kaffeebaumschule«, sagte Manuel mit leuchtenden Augen. »Siehst du dort hinten die Bretterverschläge?«

»Ja. Was ist das?«

»Nun, die winzigen Sämlinge werden eingetopft und vier Jahre lang genährt und vor der Sonne und dem Regen geschützt. Nach und nach werden die Bretter entfernt, um die Pflanzen an das Wetter zu gewöhnen. Mit einem Jahr kommen sie hier ins Freibeet unter den Schutz der Bananenstauden. Bei guter Pflege können sie fünfundzwanzig Jahre alt werden.«

Er kniete sich hin und begann die Blätter eines Pflänzchens zu streicheln, das etwas mickriger aussah als die anderen.

»Unsere weise Mutter sagt, die Pflanzen wissen, wer ihnen Gutes will, und belohnen ihn mit besonderer Ernte. Weißt du, was Caracolito sind?«

Teresa schüttelte den Kopf, obwohl sie es wusste, denn sie wollte nicht, dass er aufhörte zu reden. Sie mochte die Art, wie er das »r« rollte, sie mochte die Worte, die er für die Kaffeepflanzen fand, und wie er sie, Teresa, dabei ansah, Leidenschaft für das, was er hier tat, in den schwarzen Augen.

»Perlenförmige Bohnen von Kirschen, die nur eine Bohne statt des üblichen Paares enthalten«, fuhr er fort. »Die Perle ist rundlicher und kleiner und gibt einen exzellenten Kaffee. Unsere weise Mutter Anaiza erntet sehr viele Caracolitos ...«

Anaiza. Ihr Wissen in seinen Augen. Seine schwarzen Augen. Seine Hingabe an das Land, die sie berührte. Die sengende Sonne. Der Duft von Jasmin. Seine Hände, die so behutsam die kleine Pflanze hielten. Irgendwo weit entfernt kreischte ein Hyazinthenpapagei, und Jabirus erhoben sich in die Lüfte.

Das Kaleidoskop in ihrem Innern bündelte sich und wurde zu dem Licht und der Freude, die ihr so vertraut waren. Und mit einem Mal wusste Teresa, was es damit auf sich hatte.

Am späten Nachmittag kehrten Doña Isabella und Felicitas aus São Paulo zurück, im Gepäck einen Haufen bunter Sommerkleider, ebenso bunte Basttaschen, Parfum, Süßigkeiten, Wein, würziges Gebäck und einen Plan, der Teresa den Atem raubte.
»Wir fahren ins Pantanal«, sagte Doña Isabella beim Abendessen ganz nebenbei, so als wäre es bereits beschlossene Sache. »Manuel, traust du es dir zu, die Plantage ein paar Tage allein zu leiten?«
»Natürlich«, erwiderte Manuel, fragte dann jedoch: »Aber meinst du nicht, dass es besser wäre, einen männlichen Begleiter zu haben? Die Zeiten sind unruhig ...«
Doña Isabella wiegte den Kopf, während ihr Blick schnell von ihm zu Teresa ging. »Nun ja, Paolo könnte in der Zeit unserer Abwesenheit die Stellung halten. Er kennt die Fazenda wie seine Westentasche. Ich werde mit ihm sprechen.«
»Du bist wirklich fest entschlossen«, sagte Felicitas amüsiert. »Eigentlich wollte ich morgen Anaiza besuchen.«
»Ach, wir sind doch nur zehn Tage fort. Schau, Felicitas, ich habe mehr als dreißig Jahre meines Lebens keinen Fuß von Terra Roxa bewegt, und außer São Paulo und Rio kenne ich keinen Quadratzentimeter dieses Landes. Nein, es wird höchste Zeit für mich. Und wenn ich es jetzt nicht tue ...« Sie brach ab, ihr Blick, schmerzerfüllt, glitt in die Weite.
»Was meinst du, Teresa?«, fragte Felicitas. »Wir haben noch fast drei Wochen Zeit, bis unser Schiff ablegt.«
Teresa nickte überwältigt. Ihre Sehnsucht malte Wasserläufe, die im Atlantik endeten, Regenwälder, Steppen und Sümpfe in den wolkenlosen Himmel. Das Pantanal! Eines der größten Sumpfgebiete der Erde und Heimat für Jagu-

are, Wölfe und Papageienschwärme, Ringstörche, die Jabirus, Riesenottern, Wildschweine und Kaimane.
»Es ist gar keine so große Sache«, sagte Doña Isabella abwinkend, als sie Teresas entrückte Miene bemerkte. »Wir fliegen von São Paulo nach Campo Grande und fahren von dort zu meiner Schwester. Sie besitzt eine Fazenda, arbeitet als Wildhüterin und führt Reisende durch die Sümpfe. Ein kerniges Weib, ihr werdet sehen.« Sie lachte. »O Gott, ich habe sie seit einer Ewigkeit nicht gesehen. Ich hoffe, wir erkennen uns überhaupt wieder.«

20

Der Flug nach Campo Grande und die Fahrt zu Doña Inez' Fazenda war beschwerlicher und gefährlicher, als Doña Isabella ihnen in Aussicht gestellt hatte, und Felicitas wurde das Gefühl nicht los, dass ihre Gastgeberin absichtlich gelogen hatte, um sie zu dieser gemeinsamen Reise zu bewegen. Doch das Pantanal, das sie nach zwei Tagen endlich und trotz eines verrückten Piloten, der den Steuerknüppel anscheinend mit einer Sambatrommel verwechselte, unversehrt erreichten, entschädigte für alle Strapazen. Überall grünte und blühte es so verschwenderisch, dass Felicitas meinte schwindlig zu werden.
Die weiße Fazenda ruhte auf einem sanften Hügel, in sicherer Entfernung der Überschwemmung, die die Ebene des Pantanal einmal im Jahr in ein Meer verwandelte, doch nahe genug am Rio Negro und den zahlreichen Seen und Tümpeln, die die ablaufenden Wasser im Sommer

hinterließen und Jaguaren, Pumas und Jabirus damit ihr Überleben sicherten. Vor dem flachen Gebäude standen zwei mit Schlamm bespritzte, ziemlich klapprige Geländewagen, an denen sich einige Männer in weißen Hemden und olivfarbenen Hosen zu schaffen machten, die Strohhüte gelegentlich mit einer Geste, die Ratlosigkeit ausdrückte, in den Nacken schiebend.
»Die verfluchten Dinger haben mal wieder ihren Geist aufgegeben«, knurrte eine kleine, drahtige Frau mit wettergegerbtem Gesicht und schien ansonsten von ihrer Ankunft wenig Notiz zu nehmen. Als Doña Isabella als Letzte aus dem Kübelwagen stieg, der sie die kurvenreiche Strecke vom Flugplatz in Campo Grande mehr schlecht als recht in die Hochebene gebracht hatte, nickte die Frau ihr zu.
»Isabella«, sagte sie ohne jede Sentimentalität und fügte mit rustikaler Herzlichkeit hinzu: »Na, das wurde ja auch Zeit.«
»Komm her, Inez, altes Raubein«, murmelte Doña Isabella und drückte ihre Schwester, die sie um mehr als einen Kopf überragte, an ihren großen Busen.
Linkisch und ein wenig unwirsch machte sich Doña Inez von ihr los, betrachtete ihre Gäste, als würde sie deren Tauglichkeit für das vorgesehene touristische Programm prüfen, und wies schließlich kurz und bündig an, beizeiten schlafen zu gehen, weil sie pünktlich um sieben Uhr aufbrechen würde.
»Wer verschläft, bleibt hier«, verkündete sie, nickte ihnen zu und verschwand, den Arbeitern etwas zurufend, das Felicitas nicht verstand.
»So ist sie halt«, sagte Doña Isabella entschuldigend zu Felicitas, Teresa und Manuel, die sich das Lachen verbei-

ßen mussten. »Deshalb hat sie auch nie heiraten wollen. ›Was soll mir ein Mann bringen, was ich nicht selber tun kann?‹, hat sie mich einmal gefragt, und in gewisser Weise hat sie ja nicht unrecht. Wenn die Liebe einen nicht gerade packt …«
»Mach dir keine Gedanken, Isabella«, erwiderte Felicitas. »Wir werden mit Inez schon zurechtkommen.«
Am nächsten Morgen standen zehn gesattelte, mit Wasserflaschen ausgerüstete Pferde und außer den Neuankömmlingen noch zwei Ehepaare in Kakikleidung vor der Fazenda, die ihnen beim Abendessen als Mr. und Mrs. Carmichael und Mr. und Mrs. Taylor vorgestellt worden waren.
Fehlt nur noch, dass wir einschließlich der Pferde strammstehen, dachte Felicitas amüsiert, als Doña Inez die Reihe entlangging, hier eine Trense befühlte, dort einen Gurt straff zog und währenddessen erläuterte, worauf sie beim Ritt hinunter zu den Wasserstellen zu achten hatten.
»Wir werden so viel Lärm machen, dass sich die Riesenotter rasch aus dem Staub machen wird. Falls nicht, verhalten Sie sich ruhig. Vor allem die Damen« – sie betonte das Wort, als würde es sich um eine ansteckende Krankheit handeln – »müssen sich ihre spitzen Schreie verkneifen. Beißen Sie notfalls in den Sattelknauf, aber um Himmels willen schreien Sie nicht. Das scheucht die Pferde auf, die ungeübten Reiter unter Ihnen werden abgeworfen, und – zack! – haben wir den Schlamassel. Die Otter ist weg, Ihr Bein ist gebrochen, und ich kann sehen, wie ich Sie nach Hause schaffe.«
»Eine Unverschämtheit«, murmelte Mrs. Carmichael.
»Liebchen, sie ist die Beste«, entgegnete ihr Mann, ein dickleibiger gutmütig dreinschauender Mittvierziger.

»Vor ihr kuschen angeblich sogar Jaguare, erzählt man sich, und sie soll die Tiere sieben Meilen gegen den Wind wittern.«
Doña Inez saß auf, wartete, bis alle es ihr nachgetan hatten, und ritt in langsamem Tempo voran, einer der Arbeiter, ein wenig Proviant im Gepäck, bildete die Nachhut. Über schmale Pfade erreichten sie nach einer Stunde die Ebene, doch statt direkt auf die Wasserstelle zuzureiten, wandte Doña Inez ihr Pferd nach links und begann einen großen Bogen zu schlagen, bis sie zu einem dicht bewachsenen Hügel kamen. Sie saßen ab, banden die Pferde an und folgten Doña Inez, die voranmarschierte, vorsichtig das Dickicht mit der Machete teilend, bis die kleine Gruppe schließlich eine Lichtung erreichte – und stumm vor Bewunderung stehen blieb. Der Blick auf die nahe Wasserstelle glich einem Blick ins Paradies.
Als hätte Gott eine Handvoll Diamanten vom Himmel heruntergeworfen, glitzerten und funkelten sanfte Wellen, tanzten über den See, leckten an den sandigen Ufern und schienen mit den Sumpfhirschen zu spielen, die, ein wenig breitbeinig, den mächtigen Kopf gebeugt, in scheinbarer Gemütsruhe tranken. In sicherer Entfernung von ihnen pirschte sich ein Puma heran und verschwand wieder, als er seinen Durst gestillt hatte. Seinen Platz nahmen bald darauf einige Tapire ein, und von links näherten sich fünf Jabirus, zwei Meter große majestätische Ringstörche, die mit ihren dünnen Beinen graziös durchs seichte Wasser staksten.
Plötzlich hob ein Tier nach dem anderen den Kopf, bis alle die fremde Witterung aufgenommen hatten und das Weite suchten.
»Die sehen wir so schnell nicht wieder, der verdammte

Wind hat gedreht«, sagte Doña Inez enttäuscht. Sie schnupperte und fixierte die Frauen. »Wäre besser, wenn es morgen ohne Parfum ginge. Die Kaimane ...« Ohne den Satz zu beenden, wandte sie sich an den Arbeiter, und gemeinsam machten sie sich daran, eine Decke auszubreiten und das bescheidene Picknick – Brot, scharfe Würstchen, Obst und eine Art Sandkuchen – auszupacken.
»Warum sind Sie Wildhüterin geworden?«, fragte Teresa und knabberte vorsichtig an einem der Würstchen, die, wie sie von ihrer Mutter wusste, wie die Hölle brannten.
»Mir ist nichts Besseres eingefallen«, antwortete Doña Inez und zuckte mit den Schultern. »Außerdem weiß ich bei Tieren immer, woran ich mit ihnen bin. Sie mögen gefährlich und wild sein, aber sie sind niemals falsch.«
»Das ist ja eine menschenfreundliche Einstellung«, warf Felicitas ein.
»Ich bin lieber mit einem Jaguar im Busch als mit zehn Menschen in einem Raum.«
»Sehr charmant«, sagte Mr. Taylor. »Wenigstens dürfen wir dazu beitragen, dass Sie Ihr Geld verdienen.«
Doña Inez lachte laut auf und setzte zu einer Erwiderung an, als Manuel ihr zuvorkam.
»Danke für den schönen Tag«, sagte er schlicht und ohne jede Ironie. »Und dafür, dass Sie uns trotz Ihrer Vorbehalte an Ihrer Kenntnis teilhaben lassen.«
Seine freundlichen Worte hingen in der Luft, und niemand wagte sie zu vertreiben. Doña Inez brummte und begann die Essensreste zusammenzupacken.
Auf dem Rückweg überließ Teresa sich ihren Gedanken, von den Bewegungen des Pferdes sanft in eine angenehme Müdigkeit geschaukelt.

»Sie ist eine verletzte Seele«, bemerkte Manuel, der neben ihr ritt, nach einer Weile leise.
»Aber andere zu verletzen macht sie auch nicht gesund«, erwiderte Teresa. »Bis auf die eine Frau sind wir alle freundlich zu ihr. Wir haben nichts getan, was so ein Verhalten rechtfertigt.«
»Darum geht es nicht.«
»Worum dann? Es gibt doch ein paar Höflichkeitsregeln.«
»Wir sollten ihren Schmerz annehmen.«
Fragend sah Teresa ihn an. Seine Worte schlugen eine Saite tief in ihrem Innern an, nur ihr Verstand weigerte sich, den Sinn zu erfassen. Sie wünschte, er würde fortfahren, doch Manuel wandte sich Felicitas und Doña Isabella zu, deren Gesichtsfarbe ein beängstigendes Knallrot angenommen hatte.
»Ich bin völlig am Ende«, keuchte sie und wischte sich die schweißnasse Stirn mit einem schwarzen Spitzentüchlein ab. »Weiß der Himmel, welcher Teufel mich geritten hat, an so einer Strapaze teilzunehmen.«
»Die Abenteuerlust«, bemerkte Felicitas süffisant. »›Ich habe dreißig Jahre meines Lebens keinen Fuß von Terra Roxa bewegt‹ – deine Worte!«
»›Es ist gar keine so große Sache‹«, zitierte Manuel sie gutmütig lächelnd, und Doña Isabella drohte ihnen mit ausgestrecktem Zeigefinger.
»Macht euch nur lustig! Mir reicht es. Morgen bleibe ich auf der Fazenda.«
»Du willst dir die Bootsfahrt entgehen lassen? Das ist nicht dein Ernst. Du sitzt doch bloß auf deinen vier Buchstaben und lässt dich durch die Gegend rudern.« Felicitas' aquamarinblaue Augen funkelten mutwillig.

»Ich bleibe daheim, das ist mein letztes Wort. Ich habe genug von Sumpfhirschen und Tapiren.«
Tatsächlich war Doña Isabella auch am nächsten Morgen nicht bereit, an dem Ausflug teilzunehmen, und Felicitas beschloss, ihr auf der Fazenda Gesellschaft zu leisten und den Tag im Schatten eines Jacarandabaums lesend und Zitronentee trinkend zu vertrödeln. Ihr Interesse an Fauna und Flora war ohnehin begrenzt, genau genommen hatte sie die Reise nur gemacht, weil sie wusste, wie sehr Teresa sich darüber freute. Doch ihre Tochter war schließlich in guten Händen, so dass sie, Felicitas, sich einen faulen Tag gönnen konnte. Einen Tag, an dem sie es vielleicht wagen würde, sich Gedanken um die Zukunft zu machen, was sie bislang vermieden hatte. Die Unberechenbarkeit ihrer Gefühle machte ihr zu schaffen. Sie schalt sich, den einen nicht halten zu können und den anderen nicht wirklich zu wollen, denn wenn es nicht so wäre, hätte sie dann so lange gebraucht zu erkennen, dass sie ihn, Bernhard, liebte? Und dann, was sollte sie mit dieser Erkenntnis eigentlich anfangen? Ach übrigens, Bernhard, ich liebe dich. Deshalb bin ich dir jahrelang aus dem Weg gegangen. Darauf wartete er bestimmt sehnsüchtig. Ausgerechnet er, dieser Pirat, der von einer Eroberung zur anderen geeilt war.
Eine feine, leise Stimme hielt dagegen: Du weißt, dass er dich liebt.
Sie vernahm die Stimme durchaus, sie berauschte sich sogar daran, doch am Ende war es wie stets – sie fürchtete sich vor der Liebe, und um vor ihr zu fliehen, war der letzte Winkel Gottes gerade richtig. Seufzend streckte sie sich auf der Liege unter dem Jacarandabaum aus und starrte blicklos in den klaren blauen Himmel. Doña Isa-

bella hatte es sich etwas weiter entfernt bequem gemacht, und Felicitas war dankbar, dass sie sie mit ihren Gedanken allein ließ.
Von weitem hörte sie die Rufe des Arbeiters, der die Pferde vor die Fazenda trieb. Hell klang Teresas Lachen zu ihr herüber.

Der Rio Negro schob sich träge an breiten Flussufern und Böschungen vorbei, ideale Verstecke für Anakondas, Kaimane und Riesenottern. Lautlos glitten die drei Boote durch das Wasser, und dann und wann stob ein Papageienschwarm laut schimpfend auf. Mit einer eleganten Bewegung und ohne jedes Geräusch tauchte Doña Inez das Paddel ins Wasser. Aufmerksam glitt ihr Blick vom Ufer zum Wasser und zurück, keine Mücke entging diesen wachen dunklen Augen.
»Ein Kaiman«, flüsterte sie einmal, hob das Paddel an und deutete in die Mitte des Flusses. Gespannt verfolgte Teresa die sachten Wellen, doch nichts geschah. Nach einer Weile drehte sie sich um und sah, wie ein riesiger Kaiman zwanzig Meter hinter ihnen auftauchte und sich ans Ufer schleppte. Doña Inez hatte sich nicht getäuscht. »Er hatte wohl keinen Appetit auf uns.« Doña Inez zuckte mit den Schultern und paddelte weiter. »Vielleicht sind die nächsten ja etwas hungriger.«
Teresa warf Manuel einen Blick zu, in dem Empörung und Ratlosigkeit lagen, den er mit einem aufmunternden Lächeln erwiderte.
Sobald sich die Gelegenheit bot, würde sie ihn auf seine gestrige Bemerkung ansprechen, nahm Teresa sich vor. Doña Inez' beständige Unfreundlichkeit fing an, ihr auf die Nerven zu fallen, mehr noch, mit einer Reiseleiterin

unterwegs zu sein, die Menschen zu verachten schien, jagte ihr Angst ein. Was, wenn es ihr plötzlich einfiel, sie alle im Stich zu lassen? Und sei es nur kurz, für einen Augenblick zynischen Vergnügens?
Plötzlich wirkte der Fluss bedrohlich, das undurchdringliche Dickicht der Böschungen schien auf sie zuzugleiten. Teresas Herz begann zu pochen, und kalter Schweiß brach ihr aus.
Manuel, der ihre Bedrängnis spürte, nahm ihre Hand und streichelte sie sanft.
»Du musst atmen«, murmelte er. »Atme und denke dabei nur ans Atmen. Ein ... aus ... ein ... aus ...«
Nach einer Weile hatte Teresa sich etwas beruhigt, ließ aber Manuels Hand nicht los. Die Berührung seiner warmen, muskulösen Hand tat ihr gut, es schien, als ob eine unsichtbare Kraft von ihm zu ihr hinüberfließen würde.
»Da vorne halten wir«, befahl Doña Inez und begann, das Boot zum linken Ufer zu dirigieren, dorthin, wo ein schmaler hochbeiniger Steg ins Wasser ragte. Die beiden Boote mit den Ehepaaren und den Arbeitern folgten. Geschickt kletterte Doña Inez auf den Steg und vertäute die Boote mit energischen Bewegungen, wobei sie kurze Informationen ausstieß, dass dieser Liegeplatz seinerzeit von der Regierung für die Wildhüter gebaut und mit einem mannshohen Zaun umgeben worden war, damit sie auf ihren Streifzügen durch den Sumpf einigermaßen geschützt Rast machen konnten.
Die Arbeiter reichten ihr eine Kiste mit Proviant und mehrere Angeln. Mrs. Carmichael, sichtlich erschöpft und verängstigt, nahm auf einer der ausgebreiteten Decken Platz und rührte keinen Finger. Sie schien nur einen

einzigen Wunsch zu haben, nämlich den, diese Fahrt möge möglichst bald ihr Ende finden.

»Soll der alte Drachen sich doch wundern«, murmelte Mrs. Taylor ihr grinsend zu und nestelte an ihrer Angel herum, um einen fedrigen Blinker zu befestigen. »Sie weiß nicht, dass ich Bezirksmeisterin im Friedfisch-Angeln war. Das ist zwar einige Jahre her, aber Fisch ist Fisch, und für einen Piranha wird's schon noch reichen.«

Ihr Mann lachte, und gemeinsam suchten sie sich einen Platz am Ufer, nicht weit entfernt von den anderen, aber weit genug, dass Doña Inez die Stirn runzelte. »Stellen Sie sich auf den Steg, das bekommt Ihren Beinen besser.«

Das Ehepaar ignorierte die Bemerkung und blieb, wo es war.

Teresa hatte keine Lust zu angeln und schichtete mit Mr. Carmichael, der seiner Frau hin und wieder besorgte Blicke zuwarf, Holzscheite auf und beobachtete ihrerseits Manuel, der sich leise mit Doña Inez unterhielt.

Als der erste Fisch anbiss, stürzte Doña Inez auf Mr. Taylor zu. »Ein Bosaki. Vergessen Sie's.« Behutsam nahm sie den kleinen gelben Fisch vom Haken und warf ihn zurück ins Wasser. So ging es weiter. Fisch für Fisch landete wieder im Wasser. Erst als ein grüngoldener, länglicher Fisch an Mrs. Carmichaels Angel zappelte, flog ein Leuchten über Doña Inez' faltiges Gesicht. »Gut gemacht!«, rief sie und hieb den Fisch kraftvoll auf einen Stein. »Branderra! Daraus werden wir eine Suppe kochen, bei der euch Hören und Sehen vergehen wird.«

Als fünf Branderras, anmutig und so würdevoll im Tod, dass Teresa der Anblick ins Herz schnitt, in der Sonne lagen, begann Doña Inez ihr Werk, schnippelte und würzte, schmeckte ab und nickte schließlich zufrieden. Ein aromatischer, verführerischer Duft hing in der Luft, und selbst Mrs. Carmichael kostete nach kurzem Zögern von der Suppe, um dann lustvoll aufzuseufzen.

»Das bringt ein Pferd wieder auf die Beine«, stellte sie fest, und Doña Inez nickte voller Genugtuung, als sie in die Runde blickte und sah, dass es ausnahmslos allen schmeckte.

Manuel zwinkerte Teresa zu. Siehst du, was ich meine? schienen seine Augen zu fragen, doch Teresa schüttelte unmerklich den Kopf. Nein, das genügte nicht als Erklärung. Als die Teller abgeräumt waren und sich eine schläfrige, satte Stimmung ausbreitete, der alle, bis auf Manuel, Teresa und Doña Inez, die sich, ein Gewehr unter den Arm geklemmt, zurückgezogen hatte, gerne nachgaben, so dass man hier und da einen leisen Schnarcher vernahm, war die Gelegenheit gekommen, auf die Teresa gewartet hatte. Manuel saß auf dem Steg, die Beine angezogen, die Knie mit den Händen umfasst, und schaute auf das Wasser. Leise, um die anderen nicht zu wecken, schlich Teresa zu ihm und ließ sich neben ihm nieder.

Unvermittelt wie stets begann er zu sprechen. »Die weise Mutter hat mich geheilt von meiner Wut und meinem Zorn auf einen Vater, der keiner war. Jetzt kann ich Doña Isabella in ihrem Schmerz helfen.«

»Aber wie geht das, ich meine, wie soll man das machen?«

»Wenn dich ein Mensch ärgert, wirst du wütend. Du willst ihn genauso verletzen, wie er dich verletzt hat, du willst dich rächen und denkst dir aus, wie du das tun könntest.« Er machte eine kurze Pause. »Es ist, als ob dein Haus in Flammen stehen würde, und du würdest dem Brandstifter hinterherrennen, statt die Flammen zu löschen.«

»Ich verstehe«, erwiderte Teresa mit gerunzelter Stirn.
»Und wie lösche ich die Flammen?«
»Indem du ganz bei dir bleibst, in deinem Innern. Atmen und schauen, atmen und wahrnehmen, was ist. Ganz gegenwärtig sein. Nicht ans Gestern denken, nicht ans Morgen, nicht an den anderen Menschen. Nur atmen und dich fühlen. Deinen Körper fühlen, deine Haut, die vom Wind gestreichelt wird, deine Ohren, die den Ruf eines Vogels aufnehmen.«
»Dann bin ich trotzdem noch wütend.«
»Ja, aber deine Wut wird sich verändern«, erwiderte Manuel lächelnd. »Nach einer Weile erkennst du, dass die Wut des anderen durch seine Tat in dir ist. Aber du wirst wissen, dass die Saat der Wut nur dann aufgehen kann, wenn sie auf fruchtbaren Boden fällt, auf deinen fruchtbaren Boden. Wenn du das akzeptieren kannst, wenn du fühlst, dass die Wut ein kleiner Teil von dir ist, kannst du sie umarmen. Liebe deine Wut, und sie vergeht.« Seine Augen ruhten auf ihr, die Intensität seines Blicks berührte Teresa so tief, dass sie die Augen senkte. Mit ruhiger Stimme fuhr Manuel fort: »Irgendwann erkennst du, dass die Wut des anderen seiner Angst und seinen Verletzungen entspringt, die andere ihm zugefügt haben, bewusst oder unbewusst. Und dann wird in dir der Wunsch wach, ihn zu heilen. Du fragst dich nicht mehr, wie du dich rächen kannst, sondern wie du ihm helfen kannst.«
Seine Worte verwirrten Teresa, kamen ihr aber zugleich seltsam vertraut vor. War es nicht ungefähr das, was sie empfand, wenn sie sich nicht einmischte, wenn sie versuchte, Streitigkeiten zu schlichten, und sich fernhielt von aggressiven Menschen? Und suchte sie nicht immer den Beweggrund für das Verhalten der anderen herauszufin-

den? Wie oft hatte sie Gesas Launen über sich ergehen lassen, wissend, dass ihre Schwester im Grunde ihres Herzens nicht böse zu ihr sein wollte, aber aus vielerlei Gründen – der Tod ihres Vaters war gewiss einer davon – nicht anders zu handeln vermochte. Dennoch, die andere Wange hinzuhalten, wie es in der Bibel stand, konnte auch nicht der Weisheit letzter Schluss sein. Sie, Teresa, neigte jedenfalls seit einiger Zeit immer mehr dazu, sich zurückzuziehen. Die Schwierigkeiten ihrer Mutter mit Steffen und der Gestapo, Antons unselige Entwicklung, Gesas selbstzerstörerisches Verhalten, all dies schuf eine seltsame, bedrohliche Atmosphäre in der Villa, der sie nicht mit Mitgefühl und Verständnis begegnen konnte.
»Ich habe Angst«, flüsterte Teresa und starrte in das dunkle Wasser.
»Du musst dich schützen«, erwiderte Manuel. »Es geht ganz leicht, und ich werde es dir zeigen. Aber nicht hier und nicht jetzt. Und zuvor muss ich um Erlaubnis bitten, denn das ist Curandero-Wissen, schamanisches Wissen von unserer weisen Mutter.«
Schweigen legte sich zwischen sie, und Teresa überließ sich ihren Gedanken. Ein Mensch wie Manuel war ihr noch nie begegnet, und mochten seine Worte für andere vielleicht verrückt klingen, ihr kamen sie einer Offenbarung gleich, als würden sie eine Tür in ihrem tiefsten Innern öffnen, die zu ihrem wahren Wesen führte. Das hier ist das eigentliche Abenteuer, dachte sie versonnen. Jenseits des Busches. Sie brannte darauf, mehr zu erfahren.
Ein Geräusch ließ sie herumfahren.
»Das war ein Schuss!« Manuel sprang auf. Die entsetzten Blicke der anderen Expeditionsteilnehmer konzentrierten

sich auf ihn, als hätten sie im stillen Einvernehmen ihn in diesem Moment zu ihrem Anführer erklärt.
»Mr. Taylor, Sie kommen mit mir, Mr. Carmichael und Juan, Sie bleiben hier bei den Frauen«, sagte er leise und wandte sich nach Westen. Das Dickicht schlug fast lautlos hinter ihm zusammen, und im Bruchteil einer Sekunde entschied Teresa, ihm zu folgen. Mr. Carmichael versuchte sie am Arm festzuhalten, aber geschmeidig wie eine Katze entwand sie sich seinem Griff.
Nach wenigen Metern und mit mehr Glück als Verstand hatte sie Manuel und Mr. Taylor eingeholt. Erschrocken bedeutete Manuel ihr umzukehren, doch sie schüttelte den Kopf. Manuel schloss die Augen und vollführte eine seltsame Bewegung mit beiden Händen. Mr. Taylor starrte ihn mit hochgezogenen Brauen an. Dann gingen sie weiter, Teresa dicht an Manuels Seite. Trotz ihrer Furcht nahm sie seinen Duft so intensiv wahr wie nie zuvor, eine herbe Mischung aus Schweiß und etwas Ähnlichem wie Sandelholz. Ihr Herz machte einen Sprung, und ihr Schoß stand in Flammen. Mit hochrotem Kopf und gesenktem Blick marschierte sie weiter. Nach etwa zehn Minuten hielt Manuel inne.
»Hier muss es sein.«
Er lauschte in die Stille. Dann hörten sie es. Ein leises, unterdrücktes Schluchzen. Vorsichtig teilte Manuel das Dickicht, und da sahen sie Doña Inez. Die alte Frau kniete auf der Erde, die Hände vors Gesicht geschlagen, ihren Oberkörper hin- und herwiegend wie eine Mutter, die ihr Kind beruhigen will. Vor ihr, lang ausgestreckt, lag ein Jaguar, einen Pfeil im linken Hinterlauf. Mit einem unterdrückten Schrei riss Doña Inez den Pfeil aus seinem Fleisch und schleuderte ihn fort.

»Wilderer«, flüsterte Manuel. »Sie schießen mit vergifteten Pfeilen, doch das Curare wirkt oft nicht schnell genug, und die Tiere verenden qualvoll. Doña Inez hat ihn mit einem Schuss erlöst.«
Der Anblick des toten Tieres und der verzweifelten Doña Inez erschütterte Teresa. Tränen liefen ihr über die Wangen.
»Siehst du jetzt, was ich meine, Teresa?«, flüsterte Manuel dicht an ihrem Ohr. »Sie trägt die Liebe und das Mitgefühl in sich. Indem du ihre Liebe nährst, hilfst du ihr. Nähre ihren Zorn, und weder dir noch ihr ist geholfen.«
Dann wandte er sich an Mr. Taylor. »Ich denke, wir sind uns darüber einig, dass Doña Inez lediglich einen Warnschuss abgegeben hat. So ist es doch, Mr. Taylor?«
Mr. Taylor nickte bedächtig. »Ich denke, Sie haben recht. Ein Warnschuss, nichts weiter.«
Leise zogen sie sich zurück.

Zwei Tage später verließen sie das Pantanal und kehrten nach Terra Roxa zurück.
Insgeheim war Felicitas erleichtert, der Muße und den damit verbundenen sich im Kreis drehenden Gedanken den Rücken kehren und sich auf die Arbeit konzentrieren zu können, die sie nun endlich in Angriff nehmen wollte. Es wurde Zeit, mit Doña Isabella und Manuel über die Entwicklung des Kaffeehandels und die Konsequenzen für Andreesen-Kaffee zu sprechen, denn Brasilien, das auf den internationalen Preisverfall des Kaffees bislang damit reagiert hatte, die Bohnen ins Meer zu schütten, um das Angebot knapp zu halten und so den Preis in die Höhe zu treiben, war inzwischen dazu übergegangen, den Kaffeeberg zu Instantkaffee zu verarbeiten. Die Nachfrage in vielen

Ländern der Dritten Welt war enorm, und es galt, einen Weg zu finden, an dieser Einnahmequelle teilzuhaben. Vielleicht sahen die beiden eine Möglichkeit, wie sie das gemeinsam bewerkstelligen konnten. Doch zunächst wollte sie Anaiza besuchen und sich mit eigenen Augen ein Bild von der Entwicklung ihres Schattenkaffees machen.

Als Felicitas am Morgen nach ihrer Rückkehr zu den Stallungen schlenderte, stand Paolo schon mit gesattelten Pferden bereit.

»Darauf ich haben gewartet! Sie und ich reiten – das ist Geschmack von gestern auf Zunge«, rief er ihr in seinem absurd-poetischen Deutsch zu und strahlte über das runde braune Gesicht. Er war schlanker, als sie ihn in Erinnerung hatte, aber temperamentvoll wie eh und je. Unablässig redend und gestikulierend half er ihr auf die sanft dreinblickende hellbraune Stute und bestieg selbst einen mächtigen Rappen, der unruhig tänzelte, mit den Augen rollte und nicht sehr vertrauenerweckend wirkte, doch, wie sie von Doña Isabella wusste, Paolos ganzer Stolz war.

»Hast du meine Tochter gesehen, Paolo? Ich wollte sie fragen, ob sie mich begleiten möchte, aber ...«

»Oh, sie ist schon fort«, entgegnete Paolo gleichmütig und wies mit dem Kopf in Richtung Dschungel. »Sie ist mit Manuel geritten.«

Überrascht sah sie Paolo an. Das war so gar nicht Teresas Art, einfach zu verschwinden und nicht Bescheid zu sagen. Felicitas runzelte die Stirn.

»Nicht böse sein, Señora«, gurrte Paolo mit einem vielsagenden Blick. »Die beiden sind jung ...« Er machte eine Pause und schaute traurig in die Ferne. »Ich wünschte, mir würde auch begegnen die Liebe ...«

Eine hitzige Bemerkung lag Felicitas auf der Zunge, doch sie schluckte sie hinunter. Paolo sehnte sich offenkundig so sehr nach einer Frau und einer Familie, dass er in einem gemeinsamen Ausritt eines jungen Mädchens und eines Mannes gleich eine Liebesaffäre vermutete.
»Ich weiß, was passiert ist, Paolo, und es tut mir leid«, erwiderte Felicitas mit weicher Stimme.
Paolo nickte dankbar und ließ sein Pferd in einen geruhsamen Trab fallen.
Nach einer Stunde erreichten sie den Rand des Dschungels und die Stelle, wo einst Anaizas Holzhütte gestanden hatte und sie sich zum ersten Mal begegnet waren. Machtvoll drängten die Erinnerungen heran, doch Felicitas schüttelte sie ab. Die Gegenwart war es, was zählte, und sie freute sich darauf, die alte Frau wiederzusehen, die ihr Leben entscheidend beeinflusst hatte.
Der alte Pfad in den Dschungel, dereinst schmal und schwer zu finden, war ausgebaut worden, schnurgerade und breit genug für die Transporter, die Anaizas Kaffeekirschen nach Terra Roxa und von dort zum Hafen von Santos brachten.
»Der Fortschritt«, sagte Paolo stolz, warf sich in die Brust und Felicitas einen Blick zu, der Anerkennung erwartete.
»Praktisch«, erwiderte Felicitas gedehnt und fügte in Gedanken hinzu: Doch die mystische Idylle ist dahin, der Zauber, der dich gefangen nimmt, sobald du in das dichte Grün eintauchst und die Welt, wie du sie kennst, hinter dir lässt.
Eine seltsame Trauer überfiel sie.
»Anaiza stur wie tausend Maultiere«, meinte Paolo jedoch dann mürrisch und sackte wieder zusammen. »Wir wollen Weg bis zur Plantage, aber sie sagen, Weg darf nur

zweihundert Meter in den Dschungel, dann Schluss. Von Plantage die Säcke werden mit Maultieren transportiert wie vor hundert Jahren.« Er schüttelte den Kopf. »Sie dagegen etwas tun, no, Señora?«

»Nein«, antwortete Felicitas. »Anaiza ist der Boss, sie entscheidet.« Sie lächelte, als sie das Ende des ausgebauten Wegs erreichten und den schmalen, dicht bewucherten Pfad, der sich von dort aus weiter in den Dschungel schlängelte. Manche Dinge änderten sich nie, und Anaizas Respekt vor der Natur gehörte zum Glück dazu.

Sie saßen ab und führten die Pferde, bis der Pfad auf die vertraute Lichtung stieß, an deren südlichem Ende Anaizas Haus stand. Die Heilerin erwartete sie bereits. Paolo nickte ihr kurz zu und brachte die Tiere zu einer hölzernen Tränke.

»Du spät.« Anaiza sah sie mit diesem Blick an, der direkt in die Seele schaute und Ausflüchte sinnlos machte.

»Du sprichst unsere Sprache.« Verblüfft starrte Felicitas sie an, und Anaiza grinste.

»Un poco. Manuel …« Dann wiederholte sie: »Du spät.«

Felicitas nickte. »Ich hatte Angst vor dem, was du sehen könntest. Es ist so viel passiert …«

»Sim.« Anaiza trat auf sie zu, legte ihr die linke Hand in die Mitte des Oberkörpers, wo es sogleich warm wurde und kribbelte, und umarmte sie dann. Eine Weile standen sie still da. Felicitas schloss die Augen und gab sich dem wunderbaren Gefühl hin, geborgen und willkommen zu sein. Ein sanfter Wind streichelte die Blätter der mächtigen Bäume, sie wisperten und raschelten, als würden sie Geschichten in einer unbekannten Sprache erzählen, leises Gelächter und Gesänge näherten sich von ferne.

Schließlich lösten sie sich voneinander. Anaiza nahm

Felicitas bei der Hand, und gemeinsam gingen sie hinüber zum Haupthaus, das von vielen kleineren Hütten umringt war. Dahinter begann das Reich des Kaffees. Unendlich viele Kaffeepflanzen wuchsen in diesem Teil des Dschungels, der lichter war als der übrige und so viel Sonne durchließ, dass die Pflanzen gediehen, jedoch genügend Schatten spendete, so dass die ausnahmslos weiblichen Pflücker ihre Arbeit nicht in sengender Hitze, sondern unter angenehmeren, menschenwürdigen Bedingungen verrichten konnten. Die Kirschen reiften hier zwar langsamer als auf den Feldern von Terra Roxa, doch genau das war es, was ihnen ein einzigartiges Aroma verlieh.

In Felicitas' Augen war das, was Anaiza hier zustande gebracht hatte, ein kleines Wunder. Ein Wunder, das jeder Kaffeepflanzer, jeder Röster, dem Felicitas je davon erzählt hatte, als Märchen abgetan hatte, als Hirngespinst einer romantischen Frau oder, schlimmer, als raffinierten Werbetrick einer mit allen Wassern gewaschenen Geschäftsfrau. Kaffeepflanzen, die in der feuchten Hitze des Dschungels wuchsen! So etwas gab es nicht, basta. Felicitas lächelte in sich hinein. Man musste es in der Tat schon mit eigenen Augen gesehen haben, um es zu glauben.

Sie setzten sich auf die bunten Decken, die vor dem Haupthaus lagen. In der Glut eines Feuers stand ein verbeulter Metalltopf, dessen dunkelbrauner Inhalt leise brodelte. Melonengroße, in einem Kreis angeordnete Steine und sorgfältig nach den Himmelsrichtungen in die Erde gepiekste Federn verbreiteten eine archaische Stimmung, so als würde jederzeit ein rituelles Fest beginnen.

»Viele Caracolitos?«, fragte Felicitas. Anaiza nickte, doch ein Schatten flog über ihr Gesicht. Sie griff in die tiefe Ta-

sche ihres dunkelroten Kattunrocks, und nachdem sie gefunden hatte, was sie gesucht hatte, hielt sie Felicitas ihre ausgestreckte Hand mit einer Kaffeekirsche hin. Rot und rund leuchtete die Frucht auf ihrem breiten, von erstaunlich wenigen Linien durchzogenen Handteller. Sie zuckte mit den Schultern.
»Kaffee sim, pero ...« Sie sackte in sich zusammen und tat so, als schliefe sie.
Felicitas hob die Augenbrauen. Wollte Anaiza ihr mitteilen, dass sie zu alt war für das Kaffeegeschäft, zu müde, um sich weiter darum zu kümmern? Das konnte nicht sein. Die Jahre waren fast spurlos an der vielleicht Fünfundsiebzigjährigen – so genau kannte niemand ihr Alter – vorübergegangen, und sie wirkte heute wie damals entschlossen und stark.
Hilfe suchend wandte sie sich an Paolo, der näher gekommen und vor dem Steinkreis stehen geblieben war.
»Du musst übersetzen, Paolo«, sagte Felicitas und deutete auf den Platz neben sich, doch Paolo schüttelte den Kopf.
»Dürfen nur Frauen«, murmelte er und drehte verlegen seinen Hut in der Hand.
Felicitas begriff. Offensichtlich lag sie so falsch mit ihrem Eindruck nicht, und dieses Lager vor dem Haus hatte eine besondere, vielleicht sogar heilige Bedeutung.
»Frage Anaiza, was es mit dieser Kirsche auf sich hat.«
Nach einigem Hin und Her zwischen Paolo und Anaiza hatte Felicitas ein ungefähres Bild dessen gewonnen, was Anaiza Sorgen bereitete. Anscheinend hatte sie mehrere Kaffeebäume entdeckt, die schmächtiger wuchsen als die anderen, und die geernteten Früchte beiseite getan, geröstet und daraus Kaffee bereitet, einen Kaffee mit feinstem,

leicht nussigem Aroma, der jedoch keinerlei belebende Wirkung zeigte.
»Kaffee ohne Koffein?«
»Sim«, sagte Paolo, und Anaiza nickte.
»Anaiza haben Angst, dass Kaffeepflanzen krank und andere anstecken. Sie alles versucht, Kräuter, Gesänge, Zauber, aber nichts haben geholfen.«
»Sind denn tatsächlich andere Kaffeepflanzen nun auch davon betroffen?«, fragte Felicitas. Eine Kaffeekrankheit hatte in ihrem unruhigen Leben, wo ohnehin nichts am richtigen Platz war, gerade noch gefehlt.
»No.«
Und wenn es …? Ein flüchtiger, atemberaubender Gedanke schob sich in ihr Bewusstsein.
»Wir nehmen eine Pflanze mit nach Bremen«, sagte sie entschlossen. »Mein Laborleiter wird der Sache auf den Grund gehen und ein Gegenmittel erfinden. Wenn es notwendig ist, kommen wir wieder.« Aufmunternd sah sie Anaiza in die Augen, doch statt Furcht, die sie erwartet hatte, las sie seltsamerweise Schalk und einen Hauch von Genugtuung. Der Eindruck verflüchtigte sich sofort, als Anaiza freudig in die Hände klatschte. Ihre Augen leuchteten wieder warm und wissend.
»Es beginnt nachher ein kleines Fest«, übersetzte Paolo. »Ihnen zu Ehren, aber auch, um den Toten der letzten Monde ein fröhliches Geleit zu geben. Bis es so weit ist, sollen Sie im Haus ausruhen.«
Der Rhythmus der Trommeln und das leise Gekicher zweier Mädchen, die sie vom Fenster aus beobachteten, weckten Felicitas. Sie hatte tief und fester geschlafen als sonst, traumlos, was sie ein wenig enttäuscht sein ließ, weil sie insgeheim damit gerechnet hatte, dass ihr hier, in

dieser besonderen Atmosphäre, im Schlaf der richtige Weg in die Zukunft gewiesen wurde. Als sie sich aufsetzte, fiel ihr Blick auf ein fließendes Gewand, das, feuerrot bis hellblau schimmernd, neben ihrem Lager aus Blättern und Decken lag. Sie hatte nicht bemerkt, wer es dort hingelegt hatte noch wann, doch ganz offensichtlich war es für sie bestimmt. Nach kurzem Zögern und einem strengen Blick zu den Mädchen, die sogleich ihre Köpfe zurückzogen und kichernd verschwanden, zog sie ihre beige Baumwollhose und die weiße Bluse aus, schlüpfte in das ärmellose Gewand und schloss es in der Taille mit einem Gürtel, der ganz und gar aus feinen roten und grünen Federn bestand.

Ein wenig unsicher trat sie vor das Haus. Mit ausgebreiteten Armen kam Anaiza, die ein ähnliches Gewand trug und einen hohen Kopfschmuck aus Federn, Schlangenhaut und Steinen, die wie dunkles Gold schimmerten, auf sie zu und führte Felicitas in die Mitte des Kreises, wo bereits drei ältere Frauen saßen und ihr ernst und feierlich zunickten, ihren leisen Gesang nicht unterbrechend.

Mehr als zwanzig Trommlerinnen in kurzen Röcken, die blanke Brust mit Federketten spärlich verhüllt, standen am Rand der Lichtung, die sie mit ihrer stolzen Haltung und dem hypnotischen Rhythmus, den sie den Instrumenten entlockten, gegen den Rest der Welt abzuschirmen schienen. Zumindest kam es Felicitas so vor. Suchend sah sie sich um, war aber nicht überrascht, Paolo nirgendwo ausmachen zu können. Vermutlich hatte er, dem Anaizas Heilkunst zutiefst suspekt war, das Weite gesucht und wartete am Ende des Wegs auf sie.

Nun, dann muss er wohl etwas länger warten, dachte Felicitas amüsiert. Dies hier schien ein richtiges Fest zu werden, vier Feuer, exakt nach den Himmelsrichtungen angeordnet, loderten bereits, verführerische Düfte von gewürztem, gebratenem Fleisch und frisch gebackenem Brot hingen in der Luft, und nach und nach strömten Frauen, Männer und Kinder, festlich herausgeputzt, auf die Lichtung, um zu feiern, zu essen, zu lachen. Felicitas ließ sich von der heiteren Stimmung anstecken, und obwohl sie kaum ein Wort verstand, fühlte sie sich ausgesprochen wohl. Zwei Frauen zeigten ihr, wie sie das in Palmblätter gewickelte und in Wasser gegarte klein gehackte Gemüse essen musste, ohne dass es ihr aufs Kleid kleckerte, und wie sie die scharfen Würstchen genießen konnte, ohne wiederbeatmet werden zu müssen – Luft anhalten, abbeißen, kauen und im Hinunterschlucken wieder einatmen. Der erste Versuch misslang, beim zweiten hustete sie, und lachend winkte sie schließlich ab.

»Mama!«

»Teresa!« Felicitas verschluckte sich fast noch einmal. »Wie siehst du denn aus?«

»Das ist ein Gewand, das die Anwärterinnen tragen. Ich durfte es mir ausleihen.«

»Die Anwärterinnen«, wiederholte Felicitas und betrachtete verständnislos das fließende grüne Kleid, das die zarte Figur ihrer Tochter fast ätherisch wirken ließ.

»Die Schülerinnen, die bei Anaiza die Heilkunst erlernen«, erklärte Manuel, der mit einem gewinnenden, aber unverkennbar verlegenen Lächeln auf Felicitas zukam. Auch er trug statt des Kakianzugs einen ledernen Schurz und einen federgeschmückten Umhang. »Ihr Gewand, Señora, gehört dagegen einer Meisterin. Anaiza. Es ist eine große Ehre, dass sie es Ihnen überlassen hat.«

Mit gerunzelter Stirn flog ihr Blick von ihm zu Teresa, und Paolos Worte kamen ihr wieder in den Sinn.
»Verzeihen Sie, ich habe versäumt, Sie um Erlaubnis zu bitten, Teresa hierherzubringen«, sagte Manuel höflich, dem Felicitas' Verstimmung nicht entgangen war.
»In der Tat«, gab Felicitas kühl zurück. Sie wusste nicht, was sie davon halten sollte, und einem ersten Impuls nachgebend, griff sie nach Teresas Arm.
»Ach, Mama, sei doch nicht so förmlich«, sagte Teresa und bedeckte die Hand ihrer Mutter mit ihrer kleinen, schmalen. »Ich bin so glücklich hier, alles ist so aufregend und so ... anders ...« Mit leuchtenden Augen sah sie sich um.
Plötzlich verstummten die Trommeln.
Anaiza erhob sich, die Arme gen Himmel gestreckt, die Handflächen wie eine Schale haltend.
»Sie heißt alle willkommen«, übersetzte Manuel leise. »Und dankt ihnen, dass sie Ihnen, Señora, zu Ehren von nah und fern gekommen sind.« Anaiza warf sich auf die Erde und begann eine eigentümlich bezirzende Melodie zu singen. Manuel fuhr fort: »Jetzt beschwört sie die Geister, den Toten auf ihrer Reise zu helfen.«
Nach einer Weile setzten die Trommeln wieder ein, und nach und nach fingen die Frauen an, im Kreis zu tanzen, stampfend und zugleich schwerelos, graziös und archaisch, mit den Gegensätzen spielend, als könnte die Kraft dieses Tanzes die Dualität des Lebens außer Kraft setzen. Fasziniert sah Teresa den Tänzerinnen zu. Nach einer Weile löste sie sich von ihrer Mutter, ging auf den Kreis zu und ließ sich hineingleiten in den hypnotisierenden Rhythmus, dem ihre Füße wie von selbst folgten.
»Entschuldigen Sie mich«, sagte Manuel und begab sich zu Teresa.

Ein eigenartiger junger Mann, dachte Felicitas. Still und in sich gekehrt, beteiligte er sich selten an Gesprächen, und wenn er gelegentlich doch ein paar Worte beisteuerte, waren sie von einem sanften Mitgefühl getragen, das man vielleicht einem schwächlichen Charakter, der stets den bequemen Weg suchte, hätte zuschreiben können, wenn nicht diese Kraft von Manuel ausginge, die vermutlich von derselben Quelle gespeist wurde, die Anaizas Wissen und Klugheit nährte.
Von Isabella wusste sie, dass er nach dem Tod seiner Mutter vor zwölf Jahren der Dschungelplantage den Rücken gekehrt hatte, um erst eine Schule in Rio und schließlich die Universität zu besuchen und Betriebswirtschaft zu studieren. Das Geld dafür hatte Anaiza ihm gegeben. Doch nach dem Studium war er zurückgekehrt, um für immer zu bleiben. »Bis auf Anaiza hat es wohl niemand verstanden«, hatte Isabella gesagt. »Er sieht aus wie ein Filmschauspieler, ist intelligent, und alle Wege stehen ihm offen, aber er ist der Überzeugung, sein Glück hier zu finden. Und ich bin sehr glücklich, dass er so denkt. Eines Tages wird er heiraten, und auf meiner Fazenda wird das Leben wieder erwachen.«
Felicitas schüttelte die Erinnerung an Isabellas Worte ab. Was reimte sie sich in ihrer mütterlichen Sorge hier eigentlich zusammen? Das war ja lächerlich.
Abrupt wandte sie sich ab, um sich etwas zu trinken zu holen, als Anaiza sich ihr in den Weg stellte. Sie legte Felicitas die Hand auf die Mitte der Brust. Dann sagte sie ein paar Worte und wies mit einer leichten Kopfbewegung zu den Tanzenden hinüber. Als Felicitas sich widerwillig umdrehte, deutete Anaiza auf Manuel und Teresa, die miteinander tanzten, als wären sie allein auf der Welt.

Anaizas Gesten waren unmissverständlich.
»Nein«, sagte Felicitas und sah Anaiza in die Augen. »Meine Tochter wird nicht hierbleiben.«
Anaiza lächelte mitfühlend.
Trotz der Hitze fröstelte Felicitas. Es wurde Zeit, zur Fazenda zurückzukehren.

Das Frühstück am nächsten Morgen verlief in ungewohntem Schweigen. Teresa kaute auf ihrem Brötchen herum, als wäre es aus Sägemehl gebacken, und mied den Blick ihrer Mutter. Doña Isabella hatte die Ellbogen auf den Tisch gestützt, hielt ihre Tasse mit beiden Händen umfasst und trank ihren Kaffee in kleinen Schlucken, die Stirn gerunzelt, die Augen ohne Glanz. Nur Manuel aß wie stets langsam und konzentriert, sah gelegentlich von seinem Teller auf, lächelte kurz, um sich dann wieder seinem Essen zu widmen.
Genau wie Anaiza, dachte Felicitas bissig. Wahrscheinlich soll selbst das Frühstück ein heiliges Ritual darstellen.
Zorn und Sorge hatten sie gestern Abend überflutet, und ein unruhiger Schlaf hatte diese Gefühle nicht beruhigen können. Sie war erbost, umso mehr, da ihre Überlegungen, was nun zu tun sei, zu nichts geführt hatten. Was war schon groß passiert? Ihre Tochter war ohne um Erlaubnis zu fragen auf ein Fest gegangen. Mein Gott, sie stand kurz vor ihrem einundzwanzigsten Geburtstag. Sie, Felicitas, hatte in diesem Alter schon mehr als einen Tabubruch hinter sich, abgesehen davon, dass sie mit siebzehn geheiratet hatte. Sollte sie ihrer Tochter jetzt etwa ins Gewissen reden? Oder Manuel? Ich möchte nicht, dass Teresa der Kopf verdreht wird, sie ist ohnehin eine Träumerin, zu gut für diese Welt. Und, fügte Felicitas selbstironisch hin-

zu, sie soll mein Erbe antreten, mein Werk fortsetzen, weshalb ihr Platz in Deutschland ist und gewiss nicht in Brasilien auf einer gottverlassenen Plantage am Ende der Welt, ganz gleich, was Anaiza darüber denkt.
Doña Isabella räusperte sich. »Felicitas, Teresa, ich muss euch leider etwas mitteilen, was ihr schon eher hättet wissen müssen, doch die Post und mit ihr auch die Zeitungen erreichen die Plantage mitunter mit Verzögerung.« Sie seufzte, erhob sich schwerfällig und ging hinüber zu einem zierlichen Sekretär, öffnete die mittlere Schublade und kehrte mit einigen Ausgaben der *São Paulo Nazionale* zurück, die sie auf den Tisch legte und mit ihren kleinen fleischigen Händen glatt strich, unnötigerweise, denn sie waren nicht zerknittert.
»Gestern erklärten Großbritannien und Frankreich dem Deutschen Reich den Krieg. Diese Reaktion auf Hitlers Überfall auf Polen am 1. September erfolgte rascher, als politische Beobachter der bisherigen Appeasement-Politik Chamberlains zugetraut hätten …« Mit leiser, aber fester Stimme las sie weiter, nur ihre Hände zitterten.
Während sie las, kroch langsam, ganz langsam die Angst in Felicitas' Blut. Ihre Augen weiteten sich, ihr Herz raste. Teresa schien es ähnlich zu gehen, sie presste eine Hand auf den Mund, als würde sie einen Schrei unterdrücken, und sah Hilfe suchend zu Manuel, der jedoch die Augen geschlossen hatte, die Hände gefaltet wie zum Gebet.
Isabellas Stimme erstarb. Keiner sagte ein Wort.
»Komm, Teresa«, meinte Felicitas schließlich und stand auf. »Wir müssen packen. Es werden bald nicht mehr so viele Schiffe nach Deutschland fahren.«

Teil II
1939–1948

21

Auch wenn sie stets die beneidenswerte Fähigkeit besessen hatte, sich auf das für sie Wesentliche zu konzentrieren und Ereignisse, die nicht unmittelbar mit ihren Zielen zusammenhingen, auszublenden, kam Felicitas im Oktober 1939 nicht umhin zu bemerken, dass ihr Leben und das aller im Begriff stand, auf eine Katastrophe zuzusteuern, die der des Ersten Weltkriegs mindestens glich, wenn sie sie nicht sogar überstieg.
Denn anders als 1914 zeigte der Krieg sein hässliches Gesicht, indem er Narben in ihre Heimatstadt schlug, noch bevor eine einzige Bombe der Alliierten das tat. Überall wurden Deckungsgräben ausgehoben, zur Vorsicht, wie es hieß, was viele Menschen in ihrem Vertrauen in ein Regime, das dieses Vertrauen nicht verdiente, für bare Münze nahmen. Auf dem Gaswerk, dem Überseemuseum und anderen Gebäuden wurden Flakgeschütze aufgestellt und junge Männer und Mädchen, den Kinderschuhen gerade entwachsen, darin unterwiesen, sie zu bedienen. Das Wahrzeichen Bremens, der stolze Roland, war mit einer starken, mit Sand gefüllten Holzverschalung ummantelt, das Rathaus mit Stützen versehen und die Säulen der Arkaden, die seinen Balkon trugen, waren mit Ziegelsteinen

ummauert worden, damit sie dem Druck von Bomben standhielten. Vor allem jedoch ängstigte Felicitas die Tatsache, dass es nicht ein schwacher Kaiser war, der einen Krieg nicht verhinderte, sondern ein einziger Mensch eine ganze Nation in den Rassenfanatismus und in einen Krieg trieb, kalkuliert und von menschenverachtender Effizienz. Keine Sekunde hatte sie an das Märchen geglaubt, der Feldzug gegen Polen wäre nur eine Reaktion auf wiederholte Übergriffe des Nachbarn im Osten. Elisabeth und sie waren sich in der Einschätzung der Lage einig, und auch darin, diese Auffassung, die, sofern sie ruchbar würde, Schutzhaft, Folter und Tod bedeutete, mit niemandem, nicht einmal mit Teresa, zu teilen. Darüber hinaus hatten sie einen Plan gefasst. So schnell wie möglich sollte ein Teil ihres Privatvermögens mit Bernhards Hilfe ins Ausland transferiert werden. Sollte es Anzeichen dafür geben, dass der Krieg sich zu dem Flächenbrand entwickelte, den sie befürchteten, würde die Familie emigrieren. Voraussetzung für das Gelingen dieses Unternehmens war jedoch, dass Felicitas es schaffte, sich aus der Schusslinie der Gestapo zu bringen, die nach ihrer Rückkehr aus Brasilien die Überwachung fortgesetzt hatte.
Der leichte Nieselregen wurde stärker, und Felicitas beschleunigte ihre Schritte. Ihr Magen knurrte, da sie nicht gefrühstückt hatte, doch sie wusste, dass ihr Appetit erst dann zurückkehren würde, wenn sie die Unterredung hinter sich gebracht hatte.
Sie betrat das Rathaus, klappte den Regenschirm zu und sah sich suchend um. Überall hingen Hakenkreuzfahnen, und es wimmelte von Uniformierten, die selbstbewusst durch das altehrwürdige Gebäude stolzierten, und Menschen unterschiedlichen Alters und Geschlechts, die die

Treppen hinauf- und hinuntergingen. Türen klappten, Stiefel knallten, Absätze klapperten.
»Da hinten«, meinte eine mollige Blondine und wies, während sie an Felicitas vorbeiging und sie neugierig musterte, auf einen Schirmständer in einer Ecke neben der in den ersten Stock führenden Treppe.
»Danke«, sagte Felicitas. Dem Eindruck der souveränen Gelassenheit und generösen Kooperationshaltung, die sie zu zeigen vorhatte, wäre ein triefender Schirm nicht unbedingt zuträglich gewesen. Sie strich ihre aschblonden halblangen gewellten Haare glatt, rückte das weinrot gemusterte seidene Halstuch, das einen reizvollen Kontrast zu dem streng geschnittenen silbergrauen Schneiderkostüm bildete, zurecht, holte unauffällig tief Luft und erklomm die Stufen.
Vor dem Büro des Bürgermeisters blieb sie stehen und nannte ihren Namen und ihr Anliegen. Ein junger Mann mit weichen Gesichtszügen und einer lustigen Stupsnase, die seinem Gesicht einen arglosen Ausdruck verlieh, schüttelte entschuldigend den Kopf.
»Der Bürgermeister befindet sich in einer Sitzung.«
»Aber ich habe einen Termin«, wandte Felicitas ein und biss sich auf die Lippe.
Der junge Mann sah sie an, als wäre sie von allen guten Geistern verlassen. Schließlich sagte er: »Sie können warten.« Dann vertiefte er sich wieder in ein Schriftstück, das vor ihm auf dem gewaltigen Nussbaumschreibtisch lag.
»Danke«, sagte Felicitas freundlich. Sie wusste, wie wichtig es war, sich angemessen ehrerbietig zu zeigen, selbst wenn sie sich am liebsten auf den Tisch erbrochen hätte.
Zwei Stunden ließ der Bürgermeister sie warten. Dann wurde die Tür zu seinem Büro geöffnet. Leutselig verab-

schiedete Röhmcker sich von zwei Herren mittleren Alters in dunklen Anzügen, und Felicitas erhob sich von dem unbequemen Holzstuhl. Huldvoll lächelnd schritt sie auf den Bürgermeister zu und hielt ihm die Hand hin, die er nach kurzem Zögern ergriff.
»Bitte«, sagte er knapp, ließ Felicitas vorangehen und schloss nach einem Blick auf den jungen Mann und einer Geste, als sähe er auf seine Armbanduhr, die Tür.
»Was führt Sie zu mir, Frau Hoffmann?« Sein Ton war höflich, doch Felicitas entging die Ungeduld in seiner Stimme nicht.
»Um es kurz zu machen, Herr Bürgermeister, ich möchte Ihnen ein Angebot unterbreiten. Das heißt, dem Dritten Reich.«
Röhmcker hob die Augenbrauen, und Felicitas fuhr fort. Ihr Puls raste, denn was sie zu sagen beabsichtigte, war tollkühn.
»Mein Unternehmen entwickelt derzeit vielversprechende Produkte, die von großem Nutzen für Deutschland sein werden. Neben der Kaffeeproduktion, die zurzeit auf besseren Ersatzkaffee umgestellt wird, als es je gegeben hat, bereiten wir eine kalorienreiche Substituternährung vor, die der Logistik des Frontnachschubs zum Vorteil gereichen könnte. Das bedeutet ein Maximum an Ernährung für die deutschen Soldaten bei einem Minimum an Transportvolumen.« Sie machte eine kleine Pause. »Jedoch sehe ich mich nicht länger in der Lage, dieses Vorhaben weiter voranzutreiben. Meine nervliche Verfassung ist aufgrund der beständigen, und ich muss betonen, nicht gerechtfertigten Überwachung nicht die beste ...«
»Aber Ihr Laborleiter wird sich der Dinge doch annehmen können, nicht wahr?«, erwiderte Röhmcker süffi-

sant, und Felicitas schoss die Bemerkung durch den Kopf, die sie vor einiger Zeit während eines Empfangs im Schütting aufgeschnappt hatte: Weil der Bürgermeister vor seiner Amtszeit und lange vor der Machtergreifung der NSDAP für die Partei tätig war und bei SA-Einsätzen stets Latten aus Zäunen herausbrach und damit auf andere Menschen losging, um sie zu verprügeln, wurde er im Volksmund Latten-Heini genannt. Ein Witz bei seiner feisten Figur – wie ein Mehlsack thronte er hinter dem Schreibtisch –, und so ernst die Situation auch war, musste Felicitas sich doch ein Grinsen verkneifen.
»Nein. Meine Kenntnisse verdanke ich internationalen Kontakten, und sie bleiben deshalb auch bei mir. Meine Mitarbeiter erhalten nur Teilinformationen. Darüber hinaus«, fuhr Felicitas ungerührt fort, »möchte ich einen Beitrag zum deutschen Gemeinwesen leisten. Das Dritte Reich erhält die Hälfte des Firmenumsatzes, wenn ich unbehelligt meinen Entwicklungen nachgehen kann. Und der Vermittler, in dem Fall Sie, bekommt eine prozentuale Beteiligung an dem Geschäft.«
Scheinbar gelassen spielte Röhmcker mit seinem Füllfederhalter. »Man könne das auch Erpressung nennen, Frau Hoffmann.«
»Da wir unter uns sind, Herr Röhmcker, muss ich Ihnen sagen, dass es mir ganz gleich ist, wie Sie es nennen. Wenn Sie sich weigern, mein Angebot nach Berlin weiterzuleiten, werde ich dafür sorgen, dass man es dort erfährt.« Sie beugte sich ein wenig nach vorn und fuhr leise und mit Eiseskälte in der Stimme fort: »Ich werde Himmel und Hölle in Bewegung setzen, das schwöre ich Ihnen. Sie haben vor nicht allzu langer Zeit ein Spiel mit mir getrieben und gewonnen. Jetzt bin ich am Zug.« Elegant erhob sie

sich. »Sie sollten darüber nachdenken.« Sie hielt inne, als wollte sie dem etwas Versöhnliches hinzufügen, ganz so, wie er es mit ihr getan hatte, vor einem Jahr, als sie seine Hilfe benötigt hatte. »Und wir vergessen beide, dass Ihre Frau nichts von Ihrer Geliebten weiß, und die Gestapo nichts davon, dass sie Jüdin ist.« Sie nickte ihm zu und verließ das Büro. Ihre Knie zitterten, als sie die Treppe hinunterging.
Eine kühle Oktobersonne hatte den hartnäckigen Regen vertrieben, die bleigraue Wolkendecke aufgerissen, und die Menschen, die an diesem Mittag über den Marktplatz hasteten, klappten ihre Schirme zu und gingen gemächlicheren Schrittes weiter. Am Eingang zur Böttcherstraße stand mit dem Rücken zu ihr ein hochgewachsener Mann mit schwarzen Haaren, die Schläfen leicht ergraut, und nestelte ungeduldig an seinem Kragen herum. Felicitas' Herz machte einen Sprung. Sie eilte dem Mann entgegen, doch im Näherkommen bemerkte sie ihren Irrtum. Der Mann sah sie irritiert an, und Felicitas bog in die Marktstraße ab.
Ich benehme mich wirklich wie ein Backfisch, dachte sie, wildfremden Männern hinterherzulaufen, nur weil eine Bewegung sie an Bernhard erinnerte.
Um ihr klopfendes Herz zu beruhigen, rief sie sich in Erinnerung, welchen Entschluss sie auf der Fahrt von Brasilien gefasst hatte, einsam an Deck stehend, mit den Sternen und einer bewegten See als Zeugen. Die Familie ging vor und musste in Sicherheit gebracht werden, dann würde sie versuchen, Steffen ausfindig zu machen. Sie würde nicht wieder Jahre darauf verwenden, zu hoffen und zu warten, wie sie es damals getan hatte, als Heinrich im Ersten Weltkrieg von einer Sondermission an der Somme

nicht zurückgekehrt und als vermisst gemeldet worden war. Jahre, in denen sie kein Leben und keine Liebe in sich verspüren konnte. Verlorene Jahre. Nein, dieses Mal würde es anders werden. Sie würde Steffen finden. Wäre er tot, würde sie ihren Frieden mit ihm machen. Wäre er noch am Leben, könnte sie die Dinge mit ihm klären. Das war sie Steffen schuldig.
Erst dann wäre sie frei, an Bernhard zu denken, an eine Zukunft mit ihm.
Und wie in der Vergangenheit vernahm sie die leise Stimme in ihrem Innern nicht, die sie daran erinnerte, dass die Zeit kostbar ist – und begrenzt.

Ein malzig-herber, leicht bitterer Duft empfing sie, als sie das Kontorhaus am Wall betrat, und statt direkt in ihr Büro zu gehen, konnte sie der Versuchung nicht widerstehen, bei Elias Frantz reinzuschauen. Eine Tasse Kaffee wäre jetzt genau das Richtige, und in seinem Labor brodelte stets eine Kanne frisch gebrühter eigener Mischung auf dem Ofen.
Gut gelaunt winkte Frantz ihr zu, einen seiner blau gepunkteten Becher in der Hand und auf einem Schluck Kaffee herumkauend wie auf einem Stück Brot. Werner Briskow lehnte an einem Regal mit Büchern, zerfledderten Notizbüchern, Reagenzgläsern und Glasphiolen und sprang in Habtachtstellung, als er Felicitas erblickte.
»Wir verkosten gerade«, sagte er eilfertig und wies auf eine Anzahl Becher, die in Reih und Glied auf einem halbhohen Arbeitstisch standen, alle mit dampfender brauner Flüssigkeit gefüllt und mit einem weißen Zettel beklebt.
»Und?«, fragte Felicitas, nahm einen der Becher in die Hand und rümpfte die Nase, als sie an dem Inhalt roch.

»Bitte nichts durcheinanderbringen«, sagte Elias Frantz mit strenger Miene und stellte den Becher zurück in die Reihe. »Dies ist eine aus dem 17. Jahrhundert bekannte Mischung aus Kastanien, Nüssen und Bohnen. Sie wird wohl nicht in die engere Wahl kommen ...«

»Und dies«, schaltete sich Werner Briskow ein, »haben wir aus Erbsen, Getreide, Brot und Reis hergestellt. Dem Aroma fehlt allerdings auch der letzte Pfiff.«

»Aber wenn wir Eicheln, Bucheckern, Mandeln, Kichererbsen, Kräuter, Beeren, Feigen und Datteln hinzufügen, könnte es etwas werden«, ergänzte Frantz und grinste über das ganze breite sympathische Gesicht.

Felicitas lachte. »Schmeckt denn überhaupt etwas davon so lecker, wie es im ganzen Haus duftet?«

»Doch, gewiss«, erwiderte der Laborleiter und hielt ihr einen anderen Becher hin.

»Ziemlich dünn«, meinte Felicitas.

»Das ist eine französische Variante, mit Tonerde gestreckter Bohnenkaffee – Muckefuck«, erklärte Frantz und sah seinen Assistenten aufmunternd an.

»Das Wort leitet sich ab von Mocca faux, was so viel heißt wie falscher Kaffee«, nahm Werner Briskow das Stichwort schnell und ein wenig naseweis auf, wie Felicitas fand. Er wurde rot, als sie ihn ansah, und sie fragte sich, wie in aller Welt sie jemals vor ihm Angst gehabt haben konnte, mager und schüchtern, wie er war.

»Wir haben mehr als genug Möglichkeiten, einen schmackhaften Ersatzkaffee zu entwickeln«, unterbrach Frantz ihre Gedanken. »Nur das Mischungsverhältnis der einzelnen Ingredienzien bereitet uns noch Kopfzerbrechen. Der Zichorienkaffee wird aber aller Voraussicht nach die Grundlage bilden.«

Felicitas verzog das Gesicht. Die gerösteten und im Mörser zerstoßenen Wurzeln der Wegwarte, einer Verwandten des Chicorée, lieferten das braune Zichorienpulver, das geröstet ein bitteres Aroma entwickelte, das man nur mit viel gutem Willen als kaffeeähnlich bezeichnen konnte, das jedoch in Zeiten, da der Bohnenkaffee knapp wurde, stets wieder Einzug in die Küchen Europas gefunden hatte. Wie im Ersten Weltkrieg. Felicitas hatte dieses Gebräu gehasst und sich geschworen, nie wieder einen Schluck davon zu nehmen, eher würde sie Wasser trinken.
»Zichorien regen die Leber- und Gallenfunktion an und fördern damit die Eiweiß- und Fettverdauung in Magen und Darm«, erklärte Werner Briskow mit schuldbewusstem Gesichtsausdruck, als wäre er für den gewöhnungsbedürftigen Geschmack verantwortlich.
»Keine Sorge«, sagte Elias Frantz zu Felicitas gewandt. »Wir mischen mit geröstetem Gerstenmalz. Und gesund ist das Zeug auch. Wurde schon den Burgfräulein im Mittelalter gegen Magenbeschwerden, Appetitlosigkeit, Verdauungsprobleme, Husten und Fieber verabreicht.«
»Appetitlosigkeit«, stöhnte Felicitas. »Damit können wir im Krieg ja vortrefflich werben.«
»Allerdings hätten wir da noch etwas anderes zu bieten«, sagte Elias Frantz gedehnt und zwinkerte Werner Briskow zu, der sofort aufsprang, zum Ofen hinüberging und behutsam, fast zärtlich, einen Becher mit dem Inhalt aus der Kanne füllte und Felicitas reichte.
»Das ist köstlich«, sagte Felicitas und fügte ironisch hinzu: »Was ist das? Zerstoßener Thymian mit einem Hauch Mohn?«
Elias Frantz lachte. »Das ist astreiner Bohnenkaffee.« Er

blickte Felicitas mit funkelnden Augen an. »Gewonnen aus einer Kaffeepflanze, die es eigentlich gar nicht gibt.«
»Um Himmels willen, bitte sprechen Sie nicht in Rätseln!«
Der Laborleiter hob beschwichtigend die Hände. »Schon gut, schon gut. Was Sie gerade mit Genuss verkostet haben, ist das Ergebnis eines Kultivierungsexperiments, das Briskow und ich gewagt haben. Die vermeintlich kranke Kaffeepflanze, die Sie aus Brasilien mitgebracht haben, ist im Gegenteil eine äußerst robuste, bislang unbekannte Sorte, die im Gewächshaus gedeiht, und das sogar schneller als die herkömmlichen Sorten. Ihr einziger Schönheitsfehler ist in der Tat der vollständige Mangel an Koffein.«
»Sie meinen, mit dem Anbau dieser Pflanze besäßen wir einen natürlichen koffeinfreien Kaffee und wären damit der Konkurrenz um mehrere Nasenlängen voraus?«
Elias Frantz nickte. »Ganz genau. Darüber hinaus enthält diese Pflanze noch einen anderen Stoff, der mit nichts zu vergleichen ist, was wir kennen, aber seine Wirkung ist ähnlich wie Koffein äußerst belebend und überdies förderlich für Magen und Darm. Hier ist unser Bericht.«
Felicitas nahm das Schriftstück entgegen und begann in den Seiten zu blättern. »Das ist phantastisch«, murmelte sie. Irgendetwas in diesen Papieren ließ sie stutzen, sie wandte die Blätter hin und her, doch was immer es war, wollte sich partout nicht ins Licht ihres Bewusstseins locken lassen, und schließlich schob sie die kurze Irritation auf die Überraschung und die damit verbundenen elektrisierenden Perspektiven für das Unternehmen.
»Gute Arbeit«, lobte sie den Laborleiter. »Es wird im Moment allerdings ziemlich schwierig sein, die erforder-

lichen Flächen für die Gewächshäuser zu erwerben. Wenn dieser Kaffee so einschlägt, wie ich es mir vorstelle, brauchen wir eine Menge Land ...«
»Zuvor sollten wir uns aber die Rechte sichern«, warf Frantz ein.
»Die gehören Anaiza«, erwiderte Felicitas. In Gedanken kehrte sie in den Dschungel zurück und sah Anaiza vor sich, wie sie ihrer Sorge über die seltsamen Kaffeekirschen vehement Ausdruck verlieh, doch sich dann, als Felicitas zugesichert hatte, sich darum zu kümmern und gegebenenfalls einen ihrer Angestellten mit einem Gegenmittel zu ihr zu schicken, eine Mischung aus Schalk und Berechnung in ihre Züge schlich, die sich Felicitas nicht hatte erklären können. Jetzt begriff sie. Anaiza hatte mitnichten an eine Krankheit der Pflanze geglaubt; sie wusste, um welchen Schatz es sich bei ihrer Entdeckung handelte, und auch, dass Felicitas alles daransetzen würde, die Rechte für ihr Unternehmen zu sichern.
Eisiger Schrecken durchfuhr sie. Was würde Anaizas Preis sein? Teresa?
Felicitas weigerte sich, den Gedanken zu Ende zu führen. Niemals würde ihre alte Weggefährtin, der sie so viel verdankte, das Schicksal zwingen wollen. Niemals. Aber andererseits, was wusste sie eigentlich wirklich von ihr? Wenn der gute Geist von Preto Velho aus ihr sprach, war es dann nicht ebenso gut möglich, dass ein anderer, nicht so freundlicher Götze in ihr lebte und ihre Handlungen dominierte? Energisch rief sie sich zur Ordnung. Sie begann ja selbst schon Gespenster zu sehen.
»Ich werde mich darum kümmern«, sagte sie vage und fuhr mit geschäftsmäßiger Miene fort: »Leider müssen wir uns auch mit der Produktion von Kriegsgütern be-

schäftigen, Pappe, Wellblech, Trockengemüse, das Übliche. Darüber hinaus müssen wir ein neues Lebensmittel entwickeln.« In kurzen Worten setzte sie Elias Frantz und Werner Briskow ins Bild, wobei sie vorgab, den Auftrag unter dem Siegel absoluter Verschwiegenheit vom Bürgermeister erhalten zu haben. Denn die Geschichte, die sie Röhmcker aufgetischt hatte, war nur ein Bluff, ebenso ihre Andeutung, sie wisse von seiner jüdischen Geliebten, die allerdings auf Elisabeths Konto ging. Frau van der Laaken hatte so etwas läuten hören und Elisabeth brühwarm und im Brustton aufrichtiger Empörung davon erzählt.
Elias Frantz sah unbehaglich drein. »Das wird nicht einfach werden.«
»Versuchen Sie's«, gab Felicitas betont munter zurück.

22

Der Laufstall, der Teresa wie jeder seiner Art mehr an eine Behausung für Kaninchen als für kleine Kinder gemahnte, war dem zweijährigen Michael längst zu klein geworden, und sobald die Aufmerksamkeit der Erwachsenen ein wenig nachgab, versuchte er das Hindernis, das sich zwischen ihm und seinen Bauklötzen, die seinen Forschungsdrang schon lange nicht mehr befriedigten, und der ungleich faszinierenderen Welt befand, zu überwinden.
Fast wäre es ihm dieses Mal gelungen, doch Teresa war schneller und fing ihren Neffen gerade noch rechtzeitig

ab. Lachend nahm sie ihn auf den Arm und drehte sich einmal um die eigene Achse.
»Na, du kleiner Schatz, was hältst du davon, wenn wir deine Eltern abholen?«
Michael nickte gewichtig. »Tata.« So nannte er seinen Vater, der dem Kleinen jeden Morgen die ersten Takte von Beethovens *Neunter* vorsang, genauer, schmetterte, was Dora inzwischen so auf die Nerven ging, dass sie Clemens dringend um eine Erweiterung des Repertoires gebeten hatte.
»Tatatata«, trällerte Teresa und marschierte mit Michael zur Garderobe. Trotz der recht milden Frühlingsluft entschied sie sich, ihm zur Vorsicht eine gefütterte Jacke anzuziehen und eine von Marie gestrickte bunt geringelte Mütze aufzusetzen. Sie selbst entschied sich für einen leichten dunkelroten Wollmantel mit schwarzem Seidenbesatz an Kragen und Ärmeln.
Während sie, die Sportkarre vor sich herschiebend, die Parkallee entlangschritt, die nach der Rückkehr der Legion Condor aus dem Spanischen Bürgerkrieg in Franco-Allee umbenannt worden war, atmete sie tief ein, als wollte sie die Winterluft mit aller Macht aus jeder Pore ihres Körpers vertreiben. Ihre aquamarinblauen Augen glänzten, ein leichter Wind wirbelte ihr aschblondes Haar, das in Wellen bis auf die Schultern fiel, anmutig durcheinander, und ihr Gang, in der Vergangenheit stets verhalten, fast linkisch, hatte nun etwas Federndes und zugleich Forderndes, als liefe Teresa dem Leben energisch entgegen.
Sie lachte in sich hinein, als sie dessen gewahr wurde. »Es ist gut, ein Ziel zu haben, Michael«, sagte sie, überzeugt, dass er, wenn schon nicht jedes Wort, so doch den Sinn

verstand. »Auch wenn du lange vergeblich danach suchst und schon ganz verzweifelt bist, darfst du nicht aufgeben. Irgendwann gibt das Schicksal dir einen Wink, und plötzlich begreifst du, wo es langgeht.«

Sie überholte zwei junge Frauen in BDM-Uniform, und siedend heiß fiel ihr ein, dass sie an diesem Nachmittag zum Arbeitsdienst hätte erscheinen müssen. Es hatte vergangene Woche mächtigen Ärger gegeben, weil Teresa wieder einmal geschwänzt hatte. Der Vater ihrer Klassenkameradin Manuela war bei Felicitas vorstellig geworden. Die Familie wohnte zwei Häuser weiter und pflegte mit den Andreesens seit Jahren gute nachbarschaftliche Beziehungen, so dass er es wagte, offen zu sprechen. »Meine Tochter ist so fanatisch, dass sie es fertigbringt, Teresa anzuzeigen«, hatte er Felicitas gewarnt, woraufhin sie ihrer Mutter in die Hand versprochen hatte, den wöchentlichen Dienst ab sofort pflichtgemäß zu absolvieren. »Eine Anzeige hat uns gerade noch gefehlt«, hatte Felicitas gemeint, und Teresa hatte zerknirscht genickt.

Vielleicht kann ich Professor Becker überreden, mir ein Attest auszustellen, überlegte sie, als sie den Bürgerpark erreichte. Rückenschmerzen, Unwohlsein, irgendetwas wird sich doch wohl finden.

Entschlossen, sich nicht die gute Laune verderben zu lassen, schob sie den Gedanken an den Arbeitsdienst und ihr schlechtes Gewissen fort und begann ihrem Neffen, der mit wachen Augen und sehr konzentriert seine Umgebung musterte, ein Lied vorzusummen.

Ein Jahr noch, vielleicht eineinhalb, und dies alles läge hinter ihr. Ihre Mutter hatte hocherfreut zugestimmt, als Teresa sie gefragt hatte, ob sie nach bestandenem Abitur in die Firma eintreten könne, um das Kaffeegeschäft von der Pike

auf zu erlernen. Da nicht zu befürchten war, dass sie als eine der Besten ihres Jahrgangs die Prüfung nicht bestehen würde, waren sie übereingekommen, dass Teresa am 1. Juni, in gut zwei Wochen also, mit der Ausbildung beginnen sollte. Was sie ihrer Mutter allerdings verschwiegen hatte – sobald der Krieg vorüber und ihre Ausbildung beendet sein würde, würde sie ihre Koffer packen und nach Brasilien zurückkehren. Nach Terra Roxa – zu Manuel.
Mit ihren Kenntnissen würde sie ihm und Doña Isabella helfen, die Plantage zu leiten, und er und Anaiza würden sie in der Kunst unterweisen, das Leben auf eine Art zu sehen und zu führen, die über alles hinausging, was Teresa je für möglich gehalten hatte.
»Die Liebe wird dich leiten, wenn du es willst«, hatte Manuel ihr zum Abschied gesagt und sie sanft geküsst. »Aber überfordere dich nicht, hör auf deine innere Stimme. So einfach ändert man sein Leben nicht. Wir leben anders als die meisten Menschen, und das könnte nicht immer einfach für dich sein.«
Teresa hatte gelächelt und nichts erwidert.
In der Vergangenheit hatte sie, ohne dies je irgendjemandem anzuvertrauen, unter einem vagen Gefühl der Unzulänglichkeit gelitten, als wäre ihr Wesen irgendwie zu lau temperiert. Nichts von der Entschlossenheit und dem Esprit ihrer Mutter schien ihr zu eigen, und das Leben in Reichtum und Wohlstand war nicht dazu angetan, diese Eigenschaften zu wecken. Nie hatte sie um etwas kämpfen müssen.
Aber jetzt hatte diese Leidenschaft von ihr Besitz ergriffen. Sie wusste, was sie wollte, endlich, und dieses Wissen um ihre Bestimmung verlieh ihr eine nie gekannte Kraft, einen Weg jenseits des bekannten zu erkennen und ihn

beherzt einzuschlagen. Mitunter konnte sie, bis zu ihrer schicksalhaften Begegnung mit Manuel seelisch und körperlich jungfräulich, es kaum glauben, wie sehr die Liebe den innersten Kern ihres Wesens berührte und in Schwingung versetzte, und weil dieses Gefühl mit jedem Tag stärker und tiefer wurde, wuchs Teresas Glaube, nichts, absolut nichts würde sie daran hindern können, ihren Plan in die Tat umzusetzen, weder die Sorge ihrer Mutter noch die Tatsache, dass im Reich die Verbindung einer Deutschen zu einem dunkelhäutigen Brasilianer als Rassenschande verteufelt wurde.

Der Himmel bewölkte sich, und Teresa beschleunigte ihre Schritte, was Michael für ein tolles Spiel hielt. Er lachte fröhlich und schwang seine kleine rote Rassel. Als die ersten dicken Tropfen fielen, erreichten sie den Eingang des Kunstparks und wenig später den pagodenförmigen Bau der Theaterschule, unter deren weit geschwungenem Dach sich zahlreiche Besucher drängten, um auf das Ende des Schauers zu warten.

Schwungvoll wuchtete Teresa die Karre mit Michael die drei Stufen empor.

Das Haus, in dem es in der Regel lustig und laut zuging, in dem gesungen und rezitiert wurde, empfing sie mit ungewohnter Stille. Zögernd ging Teresa an Doras Büro und den Garderoben vorbei zum Bühnenraum.

Sieben als Soldaten verkleidete Männer und sieben blondbezopfte Mädchen, in lange fließende weiße Gewänder gehüllt, standen mit bedrückten Mienen am seitlichen Rand der Bühne, in deren Mitte die Hauptdarstellerin hockte und leise weinte.

»Das darf einfach nicht wahr sein!«, schluchzte sie. »Ich habe Wochen für diese Rolle geübt!«

»Anna, so beruhige dich doch.« Dora drückte ihre Zigarette aus, schwang sich vom Regietisch, auf dem sie rittlings gesessen hatte, hinunter und stellte sich vor die Bühne, die Arme vor der Brust verschränkt. »Ihr habt alle engagiert gearbeitet, doch das ändert nichts daran, dass das Reichskulturministerium Aufführungen von *Lysistrate* zurzeit nicht gerne sieht. Da wir uns im Krieg befinden, hält man es an oberster Stelle nicht für sinnvoll, ein Stück zu geben, in dem die Frauen ihre Männer aus ihren Betten verbannen, um sie zum Frieden zu bewegen.«
»Aber man kann doch Aristophanes nicht den Mund verbieten! Einem Dichter, der seit zweitausenddreihundert Jahren auf den Bühnen dieser Welt geachtet und verehrt wird!«
»Doch, das geht«, schaltete sich Clemens ein und stellte sich neben seine Frau. »Und wir alle täten besser daran, dies einfach zu akzeptieren. Im Grunde tragen Dora und ich die Verantwortung für eure Enttäuschung, denn wir hätten von Anfang an damit rechnen müssen, dass genau dies geschieht.« Unsicher, ob die Schülerinnen ihm seine Haltung abnehmen würden, die nicht seiner wahren Gesinnung entsprach – viel lieber hätte er die Mädchen in ihrer Wut angestachelt und zum Sturm gegen Berlin aufgerufen –, fügte er hinzu: »Wir werden ein neues Stück einstudieren. Eine Komödie, vielleicht ein Commedia-dell'Arte-Stück, für das wir auch den meisten Teil eurer Kostüme verwenden können.«
Dora zündete sich eine neue Zigarette an. »In zwei Tagen treffen wir uns hier wieder. Bis dahin haben Clemens und ich uns Gedanken gemacht und werden mit euch unsere Vorschläge diskutieren.«
»Kann man *Lysistrate* nicht ein wenig umschreiben?«,

fragte ein Mädchen listig. »Statt den Männern den Krieg auszutreiben, könnten die Frauen sie doch von ihrer Trunksucht heilen wollen ...«
Clemens nickte anerkennend. »Gute Idee, aber ich fürchte, auch diesen Trick wird man uns nicht durchgehen lassen. Nein, es bleibt dabei. Wir dürfen kein Risiko eingehen. Ihr wollt doch nicht, dass die Schule geschlossen wird, oder?«
Die Mädchen, auch Anna, nickten und trotteten von der Bühne.
»Bist du sicher, dass du nicht doch lieber ans Theater willst, statt in Kaffee zu machen?«, neckte Clemens seine Schwester, die lachend abwehrte.
»O nein, vielen Dank. Die kleinen Dramen im Büro, die mich erwarten, reichen mir völlig, und Diskussionen mit dem Reichskulturministerium locken mich auch nicht besonders.«
Michael streckte die Ärmchen nach seinem Vater aus, und mit Schwung hob Clemens ihn auf die Bühne, wo er sogleich begann, sich an liegen gebliebenen Requisiten, Lanzen aus Pappe, Kerzenhalter aus Ton und einigen Reisigbündeln zu schaffen zu machen.
»Es sieht ganz so aus, als ob wenigstens unser Junior eines Tages das künstlerische Familienerbe fortführen würde«, sagte Clemens schmunzelnd.
Dora schüttelte nachsichtig den Kopf. »Nicht jeder Pups ist Ausdruck theatralischer Begabung.«
»Es tut mir leid um eure Premiere«, unterbrach Teresa das Geplänkel. »Ihr habt so viel Zeit und Mühe investiert. Glaubt das Reichskulturministerium wirklich, dass eine Komödie, die vielleicht von ein paar hundert Menschen besucht wird, deren Kriegsmoral untergräbt? Überhaupt

– Kriegsmoral. Das ist doch ein Widerspruch in sich. Entweder man führt Krieg, oder man denkt an die Moral. Beides zusammen geht nicht.«
»Sehr weise, kleine Schwester. Aber mit diesem Gedanken wirst du dir kaum Freunde machen. Solange Hitler gewinnt, denkt kaum jemand an ethische Fragen.«
Teresa nickte betrübt. In der Tat schien es nichts und niemanden zu geben, der dem Reichskanzler Einhalt zu gebieten vermochte. Polen war binnen weniger Wochen nach dem Überfall der Deutschen besiegt und zwischen dem Reich und seinem russischen Verbündeten aufgeteilt worden. Am 9. April hatte Hitler Dänemark und Norwegen angegriffen, um zu verhindern, dass die Briten von Skandinavien aus eine Wirtschaftsblockade gegen Deutschland errichten, und vor wenigen Tagen waren deutsche Truppen in die Niederlande, Luxemburg, Belgien und Frankreich einmarschiert. Angeblich sollten sich bereits 1,2 Millionen französische, britische, belgische und niederländische Soldaten in deutscher Kriegsgefangenschaft befinden.
»Nein, gewiss nicht«, sagte Dora hart. »Sie scheren sich einen Teufel darum, diese Verbrecher.« Ihre Augen füllten sich mit Tränen, und sie wandte sich ab.
Fragend suchte Teresa Clemens' Blick.
»Ich werd's schon irgendwie überstehen«, murmelte Clemens.
»Um Himmels willen, soll das bedeuten …?«
»Ja, gestern Morgen kam der Brief. In einer Woche darf ich mich zu den ruhmreichen Truppen des Dritten Reiches gesellen.« Er stand stramm und verzog das Gesicht zu einer Fratze.
»Und Christian?«

Clemens zuckte mit den Schultern. »Was glaubst du? Mein lieber Bruder hat sein Studium mit Glanz und Gloria abgeschlossen, und so eine medizinische Koryphäe wird man doch nicht als Kanonenfutter verschwenden.«
»Weiß Mutter es schon?«, fragte Teresa.
»Ja und nein. Ich meine, sie war dabei, als ich den Brief öffnete, aber ich hatte den Eindruck, der Inhalt erreichte sie nicht. Sie sah mich mit großen Augen an und verließ dann ohne ein weiteres Wort den Wintergarten.«
»Sie hat Angst«, sagte Dora leise. »Genau wie ich. Wir haben beide gesehen, was der Krieg aus den Menschen macht, wie er Leib und Seele zerstört.«
»Hör auf!«, bat Clemens seine Frau leise. »Ich will nicht darüber nachdenken.« Behutsam nahm er seinen Sohn, der es sich inzwischen auf Lysistrates Lager aus Stroh gemütlich gemacht hatte und selig auf einem Halm herumnuckelte, auf den Arm und gab ihm einen Kuss. »Kommt, lasst uns nach Hause gehen.«

23

Bei aller innigen Zuneigung zu seinem Sohn und zu seiner Frau war und blieb die größte Liebe in Clemens Andreesens Leben das Theater, und nachdem die Westoffensive der Deutschen am 10. Mai 1940 begonnen hatte, drei Fünftel Frankreichs von deutschen Truppen besetzt worden war und die Soldaten sich landauf, landab in Dörfern und Städten eingenistet hatten, überzeugte Clemens die Offiziere seiner Garnison nach einiger Zeit von der erbau-

enden Wirkung einer improvisierten Frontbühne. So vertrieb er sich und seinen Kameraden fortan jeden Abend das Heimweh in der Fremde mit Goethe, Schiller, Shakespeare und frivolen Couplets. Seine Beliebtheit wuchs bei Kameraden und Offizieren gleichermaßen, bis es einem Oberstleutnant zu bunt wurde. Er witterte, ganz zu Recht, volkszersetzende Ambitionen in Clemens' quecksilbrigem Wesen. Sein mephistophelischer Charme, mit dem er auf impertinente und geradezu unnatürliche Weise die Herzen seiner Kameraden gewann, war ihm zutiefst zuwider, und obschon er es nicht wagte, Clemens' Vorführungen zu verbieten, versuchte er, ihn an die Kandare zu nehmen.
Feldwebel Andreesen wurde den Kurieren zugeteilt, die sich täglich von Lorrison bei Orléans nach Paris durchschlugen, um Nachrichten und Dokumente ins deutsche Hauptquartier zu überbringen. Zwar hatte sich die Lage seit dem Waffenstillstand von Compiègne beruhigt, aber dennoch konnte kein deutscher Soldat sicher sein, den Forêt de Fontainebleau, einen dichten Hochwald aus Eichen, Birken und Buchen auf sandigen Hügeln, ungehindert zu passieren, und musste ständig gewahr sein, dass in den Schluchten und hinter den seltsam geformten Sandsteinfelsen französische Partisanen lauerten.
Clemens nahm den Befehl mit Gelassenheit zur Kenntnis. Das Schicksal war ihm bis dahin wohlgesinnt gewesen, und es gab keinen Grund, warum es das nicht weiterhin sein sollte. Außerdem lockte ihn die Aussicht ungemein, seinen Dienst mit einem verbotenen Bummel durch die Stadt des Savoir-vivre, der Mode, der Liebe und der Bohème abzurunden. Fast ein Jahr war er nun schon in Frankreich, ohne dass er und seine Kameraden einen Blick auf den Eiffelturm hatten werfen können. Clemens lechzte

nach Abwechslung und verdrängte jeden Gedanken an mögliche Konsequenzen. Wer würde schon die Stunden bis zu seiner Rückkehr zählen? Und falls es dem übereifrigen Oberstleutnant doch einfallen sollte, ihn nach dem Grund der Verzögerung zu fragen, so würde er ihm irgendein Märchen auftischen. Phantasie besaß Clemens schließlich im Überfluss und zudem die Geistesgegenwart, die richtige Geschichte zur richtigen Zeit an den Mann zu bringen.
Im April 1941 bot sich die Gelegenheit, die waghalsige Idee in die Tat umzusetzen. Nachdem Clemens mit dem Jeep die fünfzig Kilometer nach Paris unbehelligt zurückgelegt und zwei versiegelte Aktenordner dem zuständigen SS-Offizier überreicht hatte, entschied er, direkt zum Quai de Montebello zu fahren. Dort, wo die Bouquinisten Mengen an antiquarischen Schätzen anboten, war für einen von Kriegs wegen der Bücher entwöhnten Schauspieler der richtige Ort, um das Flair von Paris zu inhalieren. Er parkte den Wagen in einer Seitenstraße des nahe gelegenen Boulevard St-Michel.
Sein Herz klopfte schneller, als er sich des Risikos bewusst wurde, das es bedeutete, allein als deutscher und somit verhasster Soldat unterwegs zu sein. Sein Blick fiel auf die bescheidene Auslage eines Herrenausstatters, Thierry Henry – Pour Hommes, im Souterrain eines vierstöckigen Mietshauses, und nach kurzem Zögern betrat Clemens das Geschäft. Der Verkäufer, vermutlich Monsieur Henry selbst, wie Clemens nach einem kurzen Blick auf den untersetzten Mann Mitte sechzig mit blassem Gesicht, fleischiger Nase und glänzenden schwarzen Augen, die ihm das Aussehen einer gut genährten Feldmaus verliehen, meinte.

Monsieur Henry betrachtete Clemens misstrauisch und rang sich ein unfreundliches »Bonjour« ab.
»J'ai besoin d'un pantalon et d'une chemise blanche ou noire, s'il vous plaît, monsieur«, sagte Clemens freundlich, und die Miene des Mannes hellte sich ein wenig auf. Mit vorgeschobener Unterlippe und Kennerblick betrachtete er Clemens' Figur, nahm dann zwei Hemden, ein weißes und ein schwarzes, und drei Hosen in gedeckten Tönen aus den auf Hochglanz polierten Holzregalen und wies auf eine Umkleidekabine.
»Parfait«, murmelte er, als Clemens nach einer Weile den Vorhang zur Seite zog und sich im Spiegel betrachtete.
»C'est mieux, n'est-ce pas?«, fragte Clemens, und der Mann nickte unmerklich. In der Tat war es besser, weil ungefährlicher, wie ein Fanzose gekleidet zu sein.
Clemens bezahlte und wollte seine Uniform zusammenschnüren, als Monsieur Henry ihm ein Stück Packpapier hinhielt.
»C'est mieux aussi«, sagte er.
Clemens grinste, und der Franzose grinste zurück.
So viel zum Thema Erbfeind, dachte Clemens, nickte dem Mann zu und trat auf die Straße. Nach einem Blick auf die Uhr beschleunigte er seine Schritte. Zwei Stunden, mehr waren nicht drin, sonst würde ihn auch die beste Geschichte der Welt nicht retten.
Die Sonne brannte von einem wolkenlosen Frühlingshimmel. Die Bouquinisten saßen träge neben ihren Holzbuden, fächelten sich Luft zu und riefen, die Zigarette im Mundwinkel, ihren Kollegen dann und wann etwas zu. Ungestört und entzückt blätterte Clemens in prächtigen Folianten, französischen Übersetzungen der Werke von Thomas Mann und Stefan Zweig, in Originalausgaben

von Jean-Paul Sartre und Alexandre Dumas, und angesichts der wunderbaren Fülle überfordert, sich zu entscheiden, sah er hoch und ließ seinen Blick über die Bücher, die glitzernde, gemächlich dahinfließende Seine und die wenigen Menschen wandern, die an diesem frühen Nachmittag durch das Quartier Latin spazierten. Plötzlich hielt er inne. Der verhaltene Gang. Die Hand, die ungeduldig eine schwarze Haarsträhne aus der Stirn strich. War es möglich?
Behutsam, als gälte es, ein scheues Tier nur ja nicht zu erschrecken, legte Clemens die Bücher zurück und folgte dem dunkel gekleideten Mann, der in etwa fünfzig Metern Entfernung die Straße überquerte. Mit jedem Meter wuchs Clemens' Gewissheit, dass er sich nicht getäuscht hatte. Schließlich wagte er es, den Mann zu überholen und ihm ins Gesicht zu sehen.
»Steffen!«
Gehetzt sah Steffen ihn an, und Clemens spürte, dass er für den Bruchteil einer Sekunde versucht war, so zu tun, als wäre er, Steffen, ein anderer und Clemens habe ihn mit jemandem verwechselt.
»Steffen, um Himmels willen, was machst du hier?«, setzte Clemens deshalb nach und hielt ihn am Arm fest. »Wir sind alle in größter Sorge um dich. Mutter ist vor Angst wie betäubt, und du spazierst in aller Seelenruhe durch Paris.«
»Nicht hier«, zischte Steffen und schüttelte Clemens' Hand ab. »Komm mit.«
Ohne ein weiteres Wort bog Steffen in die Rue Dauphine ein und lief durch das Gewimmel von Gassen, bis er gegenüber von dem Geschäft, in dem Clemens das Hemd und die Hose gekauft hatte, war, und öffnete, nachdem er

sich aufmerksam umgesehen hatte, eine Holzpforte. Farne, Astilben, Alium und eine Kletterrose, die sich so verzweifelt wie unbeugsam zur Sonne emporstreckte, hatten sich auf den wenigen Quadratmetern zu einer verwilderten Sinfonie zusammengefunden. Nur ein Bistrotisch mit angeschlagener Marmorplatte, zwei verwitterte Holzstühle und eine vergessene Puppe mit blonden Zöpfen, die brav auf einer windschiefen Bank saß und auf ihre kleine Besitzerin zu warten schien, deuteten darauf hin, dass dieser Ort nicht immer so verlassen war. Steffen ließ sich auf einen Stuhl fallen.
»Ist das dein neues Zuhause?«, fragte Clemens sarkastischer, als er es beabsichtigt hatte. Sein Stiefvater war magerer, als er ihn in Erinnerung hatte, und seine Kleidung wirkte nachlässig, doch in seinen grünen Augen las Clemens Entschlossenheit.
»Eines von vielen«, antwortete Steffen vage. Nach kurzem Zögern fügte er hinzu: »Du kannst mir glauben, dass es mir nicht leichtgefallen ist, Felicitas und euch im Ungewissen zu lassen. Doch wenn ich Kontakt mit euch aufgenommen hätte, wärt ihr und ich und viele andere in größte Gefahr geraten.«
»Meinst du nicht, dass du deine Bedeutung ein wenig überschätzt?«
Steffen schüttelte stumm den Kopf.
Schweigen legte sich zwischen sie, ein unüberwindbarer Abgrund aus Vorwürfen und Schuldgefühlen, Unverständnis einerseits und dem aus der Vertrautheit des Zusammenlebens gespeisten Wissen, wie der andere denkt und reagiert, und ehe Clemens die Frage formuliert hatte, die ihm plötzlich durch den Kopf schoss, ahnte er ebenso bestürzt wie fasziniert die Antwort.

»Du gehörst zur Résistance«, sagte er. Denn was sollte die Andeutung seines Stiefvaters anderes bedeuten? Nach der Niederlage Frankreichs war General Charles de Gaulle in London an die Spitze des Freien Frankreichs getreten, hatte das französische Nationalkomitee gegründet und zur Fortsetzung des Kriegs aufgerufen. Seine Landsleute hatten auf ihre Weise reagiert. Die Widerstandsbewegung gegen die deutsche Besatzungsmacht und den mit ihr zusammenarbeitenden État Français von Marschall Pétain operierte aus dem Untergrund, das weit verzweigte Netz der Mitstreiter ermöglichte überraschende Überfälle und verheerende Sabotageakte und bereitete den deutschen Besatzern erhebliches Kopfzerbrechen.

Steffen stand auf. »Fahr zurück zu deinen Kameraden, überleb diesen verdammten Krieg, und kehr heim zu deiner Frau und deinem Kind. Vergiss das alles hier. Ich bitte dich.«

»Woher weißt du von Michael und Dora?«

»Von Dorothee und Pierre«, antwortete Steffen widerwillig. Unsicher blickte er sich um.

Mit zwei Schritten sprang Clemens auf seinen Stiefvater zu. »Du hast was getan? Du hast sie besucht? Hast du auch nur eine blasse Ahnung, was du damit anrichtest? Deine Frau und deine Familie werden von der Gestapo überwacht. Mutter kann keinen Schritt machen, ohne dass ein Ledermantel ihr auf den Fersen ist. Wenn herauskommt, dass du mit Dorothee und Pierre Kontakt hast, kann man die Uhr danach stellen, wann die Gestapo auch hier aufkreuzt.«

»Scht! Mach nicht so einen Lärm, Clemens.«

Entgeistert starrte Clemens Pierre an.

»Die Dinge liegen ein wenig anders«, sagte Pierre, trat

aber nicht näher, sondern blieb in der Tür stehen, deren Existenz durch eine geschickte Holzverschalung kaum auffiel. »Es tut mir leid, aber es ist nicht die Zeit noch der Ort, sie dir zu erläutern. Steffen hat recht. Fahr zurück. Bring dich und uns nicht unnötig in Gefahr.«
»Ich will wissen, was hier gespielt wird«, beharrte Clemens. »Meint ihr nicht, dass ich ein Recht darauf habe?«
»Nein, in diesem Fall nicht«, entgegnete Pierre ruhig. »Was wir tun, geht nur uns und das Freie Frankreich etwas an. Aber es ist der richtige Weg, der einzige, der für uns in Frage kommt.«
Hinter ihm schoben sich Sarah und Stefanie durch die Tür. Ehe Pierre sie zurückhalten konnte, stürzten sie auf Clemens zu. »Onkel Clemens, Onkel Clemens!«, riefen sie begeistert.
Entsetzt sah Clemens sie an. »Bonjour, meine Süßen«, sagte er, um einen heiteren Ton bemüht, und gab jeder einen Kuss auf die Wange. Kopfschüttelnd und wütend blickte er von Pierre zu Steffen.
»Sie sind die beste Tarnung, die wir haben«, erklärte Pierre. »Für die Nachbarn sind wir eine ganz normale französische Familie. Zwei süße Mädchen, eine hübsche Frau, ein französischer Jude, der nicht mehr an der Oper spielen darf, und sein Bruder Jean-Claude, ein verkrachter Dichter.« Mit einer knappen Handbewegung deutete er auf Steffen.
»Erzähl eine Geschichte!«, forderte Sarah Clemens strahlend auf.
»Nächstes Mal«, sagte Clemens und tätschelte ihr den Kopf. Zu Pierre und Steffen gewandt fügte er hinzu: »Ich bin als Kurier eingeteilt. Sobald ich wieder in Paris bin, komme ich zu euch.«

»Tu das nicht, Clemens, ich bitte dich!«
»Wer weiß, vielleicht kann ich euch einmal von Nutzen sein«, erwiderte er leichthin, denn sein angeborener Sinn für Dramatik und ein plötzlich keimender Wagemut arbeiteten in ihm und entwarfen ein furioses Szenario, wie er, Clemens Andreesen, die Wehrmacht zum Narren halten und seinem Widerwillen gegen das Dritte Reich und diesen verdammten Krieg Raum und Gestalt verleihen konnte. Ein deutscher Soldat in der Résistance! Gegen seine Natur, die nach sofortiger Offenbarung seiner spontanen Eingebung und anerkennender Bestätigung verlangte, verkniff sich Clemens jedoch jede weitere Erklärung, nickte den beiden Männern zu und wandte sich zur Tür.
»Bis dann!«
Als er die Tür öffnete, blickte er in die Mündung eines Maschinengewehrs.
Oberstleutnant Claußen lächelte Clemens voller Genugtuung an. »Hat mich mein Instinkt doch nicht getrogen. Bitte nach Ihnen, Monsieur«, sagte er ironisch, und als Clemens zögerte, versetzte er ihm einen Schubs. »Vite, vite, da geht's lang! Und nehmen Sie Haltung an, Mephisto, auch wenn Sie die Uniform abgelegt haben.«
Das Letzte, was Clemens wahrnahm, als er die kleine Gasse hinunterlief, sich angstvoll fragend, wie er das alles in Lorrison erklären sollte, war der Schmerz, der sich durch seinen Rücken fraß und sich irgendwann, als er zusammensackte und auf das Pflaster schlug, in ein helles, tröstliches Licht, Scheinwerfern auf einer Bühne gleich, verwandelte.
»Ein Deserteur, auf der Flucht erschossen. Wie bedauerlich«, bemerkte Oberstleutnant Claußen und nickte zwei Soldaten zu. »Die anderen beiden kommen mit.«

»Und die Kinder?«, wagte einer von ihnen, ein schmaler Rothaariger, zu fragen.
Oberstleutnant Claußen drehte sich zu Sarah und Stefanie um. »Na, wie wär's, wollt ihr mit dem Onkel mitgehen?«
Die Mädchen schüttelten die Köpfe und klammerten sich an ihren Vater.
»Bitte«, sagte Pierre, »es liegt doch nichts gegen uns vor. Clemens wollte nur ...«
»Mund halten«, fuhr ihn der Oberstleutnant an und fixierte Pierre und Steffen mit seinen hellbraunen Augen, deren beständig freundlicher Ausdruck verstörender wirkte, als es ein kalter, todesverachtender Blick vermocht hätte. »Das Gespräch zwischen Ihnen, dessen Zeuge wir sein durften, war überaus aufschlussreich, und in der Kommandantur wird man sich freuen, es fortzusetzen.«
Mit einer lässigen Handbewegung wies er auf die Mädchen. »Mitnehmen. Und den Rest dieses Kakerlaken-Nestes durchsuchen und ausräuchern.«

Pierre und Steffen wurden abgeführt und in den an der Straße geparkten Transporter gestoßen. Zwei Soldaten packten Clemens' Leichnam an Schultern und Füßen und wuchteten ihn hinauf, ein anderer trieb die verängstigten Mädchen vor sich her.
»O Gott, meine Kinder!«
Dorothee sprang auf, doch blitzschnell hielt Bernhard ihr den Mund zu und zerrte sie zurück in die Sicherheit des Souterrains.
»Lass mich!«, schrie Dorothee und schlug wild um sich, bis Bernhard sie ohrfeigte, um sie zur Besinnung zu bringen. Schluchzend sank sie an seine Brust.
»Les boches«, knurrte Monsieur Henry und reichte Bern-

hard eine Flasche Cognac, die er Dorothee an die Lippen zwang, bis sie zwei Schlucke getrunken hatte.
»Wir müssen verschwinden, Dorothee«, sagte er leise und eindringlich. »Du hilfst deiner Familie nicht, wenn wir auch noch entdeckt werden.« Er stand auf und zog sie mit sich. »Komm.« Er nickte Monsieur Henry zu. »Merci bien.«
Dieser hielt ihn am Ärmel fest. »Ich bin stolz, Sie bei mir zu haben, Monsieur«, sagte er auf Französisch. »Wir alle wissen zu schätzen, was Sie für Frankreich tun. Gott schütze Sie.«
Sie warteten, bis der Transporter um die Ecke gebogen war, öffneten die Hintertür des Ladens, die auf eine schmale Gasse führte, und liefen gerade so schnell an den Häusern entlang, dass es nach geschäftiger Eile und nicht nach Flucht aussah. Nach einer Viertelstunde erreichten sie den Quai d'Orsay.
»Lass uns einen Kaffee trinken«, schlug Bernhard vor und steuerte auf ein Bistro zu, dessen Tische im Schatten einer mächtigen Kastanie standen, doch Dorothee hielt ihn zurück.
»Ich kann jetzt nicht still sitzen, ich muss mich bewegen, sonst werde ich verrückt.«
»Na gut.« Mit einem bedauernden Blick zu dem Kellner, der an der Eingangstür lehnte und sich mit der Speisekarte Luft zufächelte, folgte Bernhard Dorothee.
»Warum bist du nicht hineingegangen?«, fragte Dorothee nach einer Weile. »Madame Celine hatte das Zeichen, dass die Luft rein ist, wie verabredet ins Kellerfenster des Vorderhauses gestellt.«
Bernhard zuckte mit den Schultern. »Ich weiß, ich habe den Kaktus von weitem erkannt, aber als ich aus der Rue Dauphine kam, kehrte sie gerade mit dem Fahrrad vom

Einkaufen zurück, und mir schoss durch den Kopf, dass sie möglicherweise nicht mitbekommen hat, wenn es Anlass zur Vorsicht gegeben hätte.«
»Madame Celine war immer zuverlässig.«
»Durchaus. Dennoch hatte ich ein seltsames Gefühl. Zum Glück. So konnte ich wenigstens dich aufhalten.«
Dorothee blickte starr geradeaus. »Es wäre besser gewesen, du hättest es nicht getan. Vielleicht hätten sie mir die Kinder gelassen ...«
»Oder du wärst jetzt tot.«
Sie erwiderte nichts, griff nur stumm nach Bernhards Hand.
Schweigend setzten sie ihren Weg fort. Von weitem glitzerte die Stahlkonstruktion des Eiffelturms in der Sonne, die sich langsam anschickte, der Dämmerung den Vortritt zu lassen.
In Gedanken kehrte Dorothee zurück in die Zeit vor vier Jahren, als sie und Pierre glücklich waren und die Hoffnung sich noch nähren ließ, dass sich ihre schlimmsten Befürchtungen schon nicht bestätigen würden. Dennoch hatte Pierre vorsichtshalber erste Kontakte zu einer jüdischen Organisation geknüpft, die für den Fall der Fälle Fluchtszenarien entwickelte und Verstecke vorbereitete. Dann tauchte aus heiterem Himmel Steffen am Boulevard St-Michel auf und bat sie, auf seinem Weg in den Spanischen Bürgerkrieg eine Nacht bei ihnen verbringen zu dürfen. Überfragt, wie sie darauf reagieren sollten, benachrichtigten sie die Organisation und baten um Hilfe. Es erschien zu ihrer größten Verblüffung Bernhard Servatius und offenbarte sich ihnen als Drahtzieher und Verbindungsmann der Organisation nach England. Ausgerechnet er, der allen als leicht-

fertig galt, als Bonvivant, dem nichts heilig schien außer dem eigenen Wohlergehen.
Er überredete Steffen, einstweilen in Paris zu bleiben, und besorgte ihm eine Anstellung in der Setzerei einer kleinen linksorientierten Zeitung. Dann war eins zum anderen gekommen. Die Deutschen hatten das nördliche Frankreich besetzt, Bernhard hatte begonnen, auch für die Résistance zu arbeiten, und Pierre, Steffen und sie hatten ihm zugearbeitet. Es hatte kein Zurück gegeben. Und jetzt war alles dahin. Ihre Kinder und ihr Mann auf dem sicheren Weg in ein Konzentrationslager, wenn die Folterer der Gestapo noch etwas von ihnen übrig ließen.
»Du gehst in den Untergrund«, sagte Bernhard. »Wir treffen uns um sechs mit Antoine im Deux Magots, er kann dich nach Loches mitnehmen. Der Besitzer des Guts arbeitet mit uns zusammen. Dort bist du erst einmal sicher. Der Mann gehört zu den bekanntesten burgundischen Weinbauern und beliefert die deutsche Führung mit exquisitem Rotwein, so dass so schnell kein Verdacht auf ihn fallen wird.«
»Und du? Was wirst du tun?«
»Ich weiß es nicht. Es wird nicht einfacher für mich, selbst wenn Pierre und Steffen nur meinen Decknamen preisgeben. Ein Wunder ohnehin, dass ich noch nicht aufgeflogen bin.« Sein Blick glitt über sie hinweg.
Doch Dorothee ließ sich nicht täuschen. »Und wenn die ganze Welt zusammenbrechen würde, du würdest Felicitas jetzt nicht allein lassen, nicht wahr? Du willst nach Deutschland, zu ihr.«
»Das scheint in eurer Familie zu liegen.«
»Was?«
»Menschen zu durchschauen, die alles daransetzen, eben

dies zu vermeiden.« Er schwieg einen Moment und musterte Dorothee eindringlich. »Hältst du es für möglich, dass du auch die schauspielerische Begabung geerbt hast?«

Zwei Tage später hasteten im Morgengrauen ein SS-Obersturmbannführer und eine resolut dreinblickende Krankenschwester die Stufen zur Kommandantur am Place de Tanreglise hinauf. Der wachhabende Soldat stand stramm und grüßte mit hoch erhobenem rechten Arm. »Wo sind die Gefangenen aus dem Quartier Latin?«, zischte Bernhard ihn an.
»Ich bin nicht befugt, Ihnen ...«
»Jetzt hören Sie mir gut zu«, unterbrach Bernhard ihn streng. »Wir kommen geradewegs aus Lorrison. Oberstleutnant Claußen ist gestern zusammengebrochen. Diphtherie. Eine Katastrophe! Das ganze Lager ist abgeriegelt. Alle Personen, die mit Claußen in den letzten Tagen Kontakt hatten, müssen in Quarantäne gebracht werden, und zwar schnell, bevor es niemanden mehr gibt, der diese gottverdammte Kommandantur am Laufen hält. Haben Sie mich verstanden, Mann?«
»Diphtherie hat eine Inkubationszeit von zwei Tagen«, fügte Dorothee grimmig hinzu. »Wer in dieser Zeit nicht geimpft wird, sieht die Radieschen in Kürze von unten.«
Das war natürlich völliger Blödsinn, verfehlte aber seine Wirkung nicht. Der Soldat riss die Augen auf und stammelte. »Nun, die Gefangenen, die Oberstleutnant Claußen hierher gebracht hat ...« Nervös blätterte er in einem Aktenordner. »Also, der eine wurde gestern nach Deutschland deportiert. Der andere ist noch hier. Und dann sind da noch zwei Kinder, Mädchen ...«

»Worauf warten Sie noch? Holen Sie die Gefangenen unverzüglich her!«

Der Soldat rannte los. Nach einer Viertelstunde kehrte er zurück, einen Unteroffizier im Schlepptau, der Steffen grob vor sich herstieß. Verängstigt klammerten sich Stefanie und Sarah aneinander, die Augen flehend auf die Krankenschwester gerichtet. Ein Funke des Erkennens glomm in Stefanies Augen auf, der Dorothee nicht entging. Sie reagierte prompt. »Keine Handschellen? Was sind das für Zustände hier? Ist man in dieser Kommandantur der Meinung, Kinder könnten nicht flüchten?« Sie drängte den Unteroffizier zur Seite, nahm die Mädchen an die Hand und rauschte grußlos davon. »Name?«, brüllte Bernhard seinen Freund an.

»Steffen Hoffmann.«

»Mitkommen.« Bernhard wedelte mit einer Pistole, und Steffen stolperte ihm voraus. An der Tür drehte Bernhard sich um und maß die beiden Soldaten mit einem abschätzigen Blick. »Wegtreten.«

Der Unteroffizier trat vor. »Entschuldigen Sie ...«

»Entschuldigen Sie, Obersturmbannführer, heißt das«, brüllte Bernhard. »Mann, Mann, Mann, wenn der Führer wüsste, welche laxen Sitten in Paris gepflegt werden ...«

»Entschuldigen Sie, Obersturmbannführer, aber Unteroffizier Schröder und ich, nun, wir hatten beide Kontakt zu den Gefangenen. Nehmen Sie uns nicht mit?«

»Für deutsche Soldaten ist das Krankenhaus Saintes Soeurs zuständig. Melden Sie sich unverzüglich dort! Haben Sie verstanden?«

Bernhard drehte sich um und ging schnell, aber nicht zu schnell zu dem Kübelwagen, am Steuer ein Feldwebel, der Gas gab, kaum dass Bernhard saß. Keiner von ihnen, nicht

einmal die Kinder, sagte ein Wort. Mit angespannter Aufmerksamkeit betrachteten sie die Straßen und Plätze der französischen Hauptstadt, an denen sie vorüberfuhren, bis der Fahrer mit einem Nicken zu verstehen gab, dass ihnen niemand auf den Fersen war. Der Wagen bog in den Boulevard Suchet ein und von dort in den Bois de Boulogne, fuhr langsam durch den nebelverhangenen Park bis zur Route de L'Hippodrome, einem Sandweg von nicht ganz zwei Metern Breite. Im Schutz einiger Linden wartete ein Lastwagen. Die Plane flatterte sachte im leisen Wind und gab den Blick frei auf die Ladung – bauchige Weinfässer mit ins Holz gebranntem Monogramm.
»Und los«, flüsterte Bernhard und nahm Dorothee am Arm. »Auf den Wagen, schnell. Aber seid leise!«
Sie huschten aus dem Kübelwagen. Ein Mann mit Baskenmütze und Lederjacke kam ihnen entgegen. »Das ist Monsieur Faubert«, sagte Bernhard, »der Gutsbesitzer. Er bringt euch nach Loches.«
»Bonjour«, murmelte Monsieur Faubert und tippte sich an die Mütze.
Er half Stefanie und Sarah auf die Ladefläche, Dorothee und Steffen folgten ihnen.
»Ihr müsst in die leeren Weinfässer klettern, ganz hinten«, flüsterte Bernhard. »Viel Glück! Und Dorothee, wir finden ihn.«
»Bernhard, sag Felicitas …«, begann Steffen, brach aber ab. »Lass mich mit dir gehen.«
»Bist du wahnsinnig! Sieh zu, dass du in dieses Weinfass kommst, wenn du deiner Frau in diesem Leben noch etwas sagen möchtest.«
Steffen zögerte, tat dann aber, wie ihm geheißen. »Danke für alles, mein Freund.«

Monsieur Faubert löste das Seil, mit dem er die Plane hochgezogen hatte.
»Bonne chance, Bernhard«, murmelte er. Dann startete er den Motor und fuhr mit seiner brisanten Ladung davon.
»Gute Arbeit«, sagte der Fahrer und riss die Uniformjacke auf. »Aber wenn ich die noch lange auf dem Leib habe, kriege ich die Krätze.«
Bernhard nickte. »Los, lass uns verschwinden.«

24

»Es ist nicht nötig, dass die Juniorchefin jeden Tag länger arbeitet als der Rest der Belegschaft.« Elias Frantz stand im Türrahmen und blickte Teresa mit gespieltem Ernst an. Als kleines Kind hatte sie auf seinen Knien gesessen und versonnen die Reagenzgläser in seinem Labor betrachtet, später hatte sie bei ihm Hilfe gesucht, wenn sie die verhassten Hausaufgaben in Mathematik wieder einmal nicht geschafft hatte. Das stille Mädchen mit den wissenden blauen Augen war Elias Frantz ans Herz gewachsen, und er beobachtete ihre Entwicklung mit gewisser Sorge. Nicht, dass es tatsächlich Anlass dafür gegeben hätte, aber er hatte noch gut in Erinnerung, wie schwer ihrem Vater, Heinrich Andreesen, damals die Rolle des Erben gefallen war, und tat nun, was er konnte, um Teresa den Start zu erleichtern.
»Lieber Onkel Elias« – Teresa war bei der kindlichen Anrede geblieben, weil sie ihn von Herzen mochte und eine Abkehr vom Vertrauten den gutmütigen Laborleiter ge-

kränkt hätte –, »ich bin jung und frisch und begierig, alles zu lernen.« Sie lächelte ihn gewinnend an.

Zwar war es vor allem natürlich ihre Mutter, die sie in den vergangenen Monaten umfassend und effizient in die Geheimnisse der Betriebsführung eingeweiht hatte und keine Gelegenheit verstreichen ließ, ihr ökonomische Strategien nahezubringen und höchst nützliche, am Rande der Legalität vorbeischrammende Taschenspielertricks, doch Elias Frantz eröffnete ihr die Welt, die sie eigentlich interessierte, die Welt des Kaffees und die der Entwicklung. Es faszinierte Teresa über die Maßen, wie aus einer Idee Schritt für Schritt ein Produkt geformt wurde, und die Konzentration, mit der sie die Informationen in sich aufnahm, überraschte sie selbst, beeindruckte Frantz und ließ Werner Briskow vor Bewunderung fast in die Knie gehen.

Kein Zweifel, ihre Entscheidung, in die Firma einzutreten, war richtig gewesen. Teresa liebte die Arbeit, die sie von morgens acht bis abends sieben, manchmal acht Uhr in Atem hielt, von den vielen süßen Momenten, in denen sie an Manuel dachte, einmal abgesehen. Gelegentlich nagten Schuldgefühle an ihr, verurteilte sie ihre wahren Zukunftspläne als eigennützig, was jedoch nicht dazu führte, von ihnen zu lassen.

Elias Frantz erwiderte ihr Lächeln, blieb aber unschlüssig in der Tür stehen. »Es ist zu gefährlich für dich, allein hier zu bleiben«, beharrte er. »Wenn ein Fliegerangriff ...«

»Diese Akte noch, und dann fahre ich nach Hause«, unterbrach sie ihn. »Versprochen.«

»Na schön, Teresa. Bis morgen dann.«

Als die schwere Eichentür des Kontors ins Schloss fiel, atmete Teresa auf. Sie schlug die Akte zu, nahm ihre

Handtasche und Maries Einkaufsbeutel und lief den Korridor entlang, vorbei an der Produktionshalle und den Labors, bis sie den Raum erreichte, in dem die aussortierten Prototypen des streng geheimen neuen Produkts und die Ingredienzien, die man zu seiner Herstellung benötigte, lagerten. Rasch stopfte sie die Taschen voll, nahm gerade so viel, dass es morgen nicht bemerkt werden würde, und hastete zum Hintereingang der Firma, wo sie ihren Wagen abgestellt hatte.

Die Stille hallte von den Häuserwänden wider, ein gespenstischer Gruß aus der Vergangenheit, der Teresa frösteln ließ. Vor wenigen Monaten hatten hier noch Rufe und Gelächter der sich in den Feierabend verabschiedenden Belegschaft von einem florierenden Unternehmen gezeugt, doch ein Arbeiter nach dem anderen war an die Front geschickt worden. Die wenigen, deren Alter oder körperliche Verfassung einen Kriegseinsatz nicht zuließen, gaben ihr Bestes, um die Produktion bei Andreesen-Kaffee in Gang zu halten – ein hoffnungsloses Unterfangen. Andere Firmen begegneten den Produktionsrückständen damit, sogenannte Fremdarbeiter einzustellen, ein Schritt, zu dem Felicitas sich zu Teresas grenzenloser Erleichterung bislang aber nicht hatte durchringen können. Denn die Rekrutierung der »Freiwilligen«, so munkelte man, geschah durch Razzien und Menschenjagden in den besetzten Gebieten. Wochenmärkte und ganze Dörfer wurden umstellt und alle Arbeitsfähigen zum Arbeitseinsatz ins Großdeutsche Reich abtransportiert, wo sie und die Kriegsgefangenen aus Ost und West in der Rüstungsindustrie, der Landwirtschaft, im Hafen und bei Aufräumarbeiten nach Luftangriffen arbeiten mussten. Sie durften keine öffentlichen Verkehrsmittel benutzen, nicht an Gottesdiensten teilnehmen, nach Einbruch der Dunkelheit das Lager nicht verlassen, keine Kontakte mit Deutschen knüpfen. Geschlechtsverkehr mit einer Deutschen wurde mit dem Tod bestraft. »Der Feind ist Feind!«, hatte es in den *Weser Nachrichten* geheißen, und so durften die Arbeiter nicht zusammen mit Deutschen in Luftschutzbunkern auf Entwarnung warten, obwohl sie die Gebäude errichtet hatten, lebten in überfüllten Baracken, wurden schlecht verpflegt und brutal behandelt. Die Funktionäre der Deutschen Arbeiter-Front redeten von bunten Abenden, die das Leben der Fremdarbeiter erquickten, aber daran glaubte Teresa nicht. Die Elendszüge entkräfteter Männer, die jeden Tag von den Lagern zu ihren Arbeitsstätten marschierten, sprachen für sich. Teresa bedauerte die Männer, die mager und hohläugig aussahen, traurig, verzweifelt und wütend wirkten, doch zugleich fürchtete sie sich vor ihnen und davor, was geschähe, wenn ihre Wut sich einmal Bahn brechen könnte.

Sie startete das weiße Cabrio, das ihre Mutter ihr überlassen hatte, und fuhr in ruhigem Tempo über die Adolf-Hitler-Brücke nach Huckelriede. In einer Seitenstraße parkte sie den Wagen, nahm die Taschen und sah sich angespannt um. Kein Mensch weit und breit. Irgendwo kläffte ein Hund.

Mit klopfendem Herzen nahm sie die Päckchen aus den Taschen und warf sie eins nach dem anderen über den mit Stacheldraht gesicherten zwei Meter hohen Bretterzaun. Die Riegel aus Haferflocken, Trockenfrüchten, Honig und einem Extrakt aus der Kaffeepflanze, die Elias Frantz entwickelt hatte, schmeckten zwar wie gepresstes Sägemehl, hatten aber so viele Kalorien, dass sie einen Menschen einen Tag länger am Leben halten konnten.

Wenn ich es hier für einen Fremden tue, dachte Teresa wie jedes Mal, tut es in Frankreich auch ein Mensch für Clemens.

Das letzte Lebenszeichen ihres Bruders hatten sie vor vier Wochen erhalten; eine Postkarte mit dem Eiffelturm und einigen ironischen Zeilen über das anhaltend schöne Wetter in der »unverhofften Sommerfrische«, und Teresa hatte ein ungutes Gefühl beschlichen. Sie hatte überlegt, was Manuel in dieser Situation tun würde, und war zu dem Schluss gekommen, dass er etwas Gutes gegen das Böse und die Angst setzen, ein Licht entzünden würde in der Dunkelheit. Und so hatte sie in Erfahrung gebracht, wo sich die Baracken für die vielen hundert Polen, Franzosen und Belgier befanden, um jeden Tag eine andere anzusteuern und Lebensmittel einzuschmuggeln, wenn es irgendwie möglich war. Teresa hatte Angst, tat aber trotzdem, was sie für die Pflicht des Herzens hielt.

Rasch wendete sie das Cabrio und fuhr nach Hause in die Parkallee, die für sie Parkallee bleiben würde, ganz gleich, wie viele Francos dagegen zu Felde ziehen mochten.

Milchiger Abendnebel dämpfte das strahlende Weiß der Villa und ließ sie wie eine mächtige, bizarr geformte Perle schimmern. In friedlichen Zeiten hatten die hell erleuchteten Fenster wie goldene Einsprengsel gewirkt, jetzt sorgten dreilagige Vorhänge für die vorgeschriebene Verdunkelung. Dennoch fürchtete Teresa sich bei jedem Luftangriff, dass die strahlende Fassade ein perfektes Ziel für die Bomben der Alliierten bildete, obschon es hieß, zivile Gebäude würden nicht angegriffen. Bremen galt als besonders stark gefährdet, waren doch hier viele kriegswichtige Industrien angesiedelt – auf den Werften wurden

U-Boote gebaut, bei Borgward Militärtransporter, Flugzeuge bei Focke-Wulf. Zudem lag die Weserstadt in der Einflugschneise für die Luftangriffe auf das Ruhrgebiet und die Reichshauptstadt Berlin, und seitdem in der Nacht zum 18. Mai 1940 die ersten Sprengbomben gefallen waren, sechzehn Menschen getötet und Häuser in der Bucht-, Bürger- und Sandstraße und das Diakonissen-Krankenhaus in der Nordstraße zerstört hatten, glaubte kaum noch jemand daran, dass die Alliierten die Bevölkerung verschonen würden.
Der Kies knirschte, als Teresa die Auffahrt zur Villa erreichte, um den Brunnen in deren Mitte herumfuhr und mit dem Kühler in Fahrtrichtung neben den Wagen von Herrn und Frau van der Laaken und des Gewürzhändlers Frank Middeldorf stehen blieb. Seufzend stieg sie aus. Ihr Interesse an der kleinen Abendgesellschaft, die ihre Mutter heute früh erwähnt hatte, tendierte gegen null, und während sie ihre Handtasche vom Beifahrersitz nahm und Maries Einkaufsbeutel darin verstaute, überlegte sie, wie sie unauffällig und ohne unhöflich zu sein darum herumkommen könnte. Ein leises Geräusch ließ sie innehalten.
»Teresa, nicht erschrecken.« Bernhards Stimme war kaum zu erkennen.
»Was machst du ...«
»Pscht.«
Zwei Fußgänger hasteten auf dem Bürgersteig an der Villa vorüber.
»Teresa«, fuhr Bernhard fort, als die Schritte verklungen waren, »geh ins Haus, lösch das Licht im hinteren Flur und öffne die Seitentür. Beeil dich!«
Teresa zögerte keine Sekunde, überzeugt, dass Bernhard

gute Gründe für sein seltsames Verhalten hatte. Leise schloss sie die Haustür auf und schlüpfte ins Haus.
Aus dem Wintergarten waren gedämpfte Stimmen und das Klirren von Gläsern, die aneinandergestoßen wurden, zu hören. Auf Zehenspitzen schlich Teresa durch die Halle in den hinteren Teil des Gebäudes, in dem sich Küche und Speisekammer, der Aufgang für das Personal, eine schmale Treppe zum Keller sowie eine Tür befanden, die in den Garten führte. Mit fliegenden Händen drehte sie den Schlüssel um, und Bernhard schlüpfte in den Korridor.
»Wo kann ich unbehelligt warten?«
Teresa begriff sofort. »Im Keller.«
»Gut.« Bernhard lächelte Teresa aufmunternd zu und schlich die Stiege hinunter.
Teresa konzentrierte sich auf ihren Atem, wie sie es von Manuel gelernt hatte. Als ihr wild pochendes Herz sich ein wenig beruhigt hatte, ging sie hinüber in den Wintergarten.
»Kind, du siehst angegriffen aus«, bemerkte Frau van der Laaken. »Muten Sie Ihrer Tochter nicht doch zu viel zu? Diese Arbeit im Kontor ist meiner Meinung nach eher für einen Mann geeignet.« Sie lachte und schlug die Hand vor den Mund. »Ach, entschuldigen Sie, es geht mich ja eigentlich nichts an ...«
Felicitas, die die konservative Einstellung ihrer Gäste hinlänglich kannte, erwiderte leichthin: »Ich kann ihr eben keinen Wunsch abschlagen.«
»Ich finde das sehr wacker«, schaltete sich der Gewürzhändler ein. »Solange eine junge Frau keine Familie hat, um die sie sich kümmern muss, soll sie ruhig auf diese Weise zum Gelingen der neuen Ordnung beitragen. Wenn sie nur darüber ihre eigentliche Aufgabe nicht vergisst.«

»Die Tochter unserer Nachbarn soll guter Hoffnung sein«, lenkte Frau van der Laaken das Gespräch auf ihr Lieblingsthema, den neuesten Klatsch aus der guten Gesellschaft Schwachhausens. »Dabei befindet sich ihr Ehemann an der Westfront und hatte seit Monaten keinen Heimaturlaub. Das ist wirklich eine Schande, nicht wahr?«
»Wo die Liebe hinfällt«, entgegnete Dora lächelnd. Sie wusste, dass ihre Verbindung mit Clemens allseits auf Empörung gestoßen war, und machte sich einen Spaß daraus, mit scheinbar harmlosen Bemerkungen zu verstehen zu geben, wie wenig sie das scherte.
Felicitas unterdrückte ein Grinsen, klingelte nach Marie und bat sie, Kaffee und Butterkuchen zu servieren, woraufhin die Unterhaltung sich auf die kulinarischen Vorzüge der Bremer Küche konzentrierte und ausgiebige Versicherungen, der Krieg werde gewiss nicht so lang dauern, dass es zu Engpässen in der Versorgung der Bevölkerung kommen werde.
Nervös nippte Teresa an ihrem Kaffee, mit den Gedanken bei Bernhard. Was mochte nur geschehen sein, dass er hier Zuflucht suchen musste, voller Sorge, entdeckt zu werden?
Endlich schlug die Uhr elf, und die Gäste verabschiedeten sich.
»Bernhard ist im Weinkeller«, flüsterte Teresa ihrer Mutter zu.
Felicitas sah sie scharf an. Dann reagierte sie, wie Teresa es gehofft hatte.
»Marie«, rief sie ihrer Angestellten zu, die das Geschirr hinaustrug. »Geh nur schon ins Bett. Das Geklapper des Geschirrs macht mich wahnsinnig. Ich habe rasende Kopfschmerzen.«

Marie brummte in sich hinein. Es passte ihr gar nicht, ihr Refugium im Chaos zu hinterlassen, aber mit einem Blick auf die Standuhr in der Halle nickte sie.
»Wie wäre es mit einem kleinen Absacker?«, schlug Dora vor.
Als Felicitas den Kopf schüttelte, zuckte sie mit den Schultern. »Dann gute Nacht allerseits. Kommst du mit, Elisabeth?«
»Gleich. Ich hole mir nur noch ein Glas Wasser.«
Teresa und Felicitas wechselten einen kurzen Blick.
»Das kann ich doch tun«, erwiderte Dora und war schon auf dem Weg in die Küche, als Elisabeths scharfer Ton sie innehalten ließ.
»Dora, ich will nicht wie eine senile alte Frau behandelt werden.«
»Schon gut. Also dann ...«
Dora ging die Treppe hinauf, und als die Tür im ersten Stock zufiel, wandte sich Elisabeth mit einem listigen Lächeln ihrer Schwiegertochter und ihrer Enkelin zu.
»So, und jetzt möchte ich wissen, was hier gespielt wird. Kopfschmerzen! Eine bessere Ausrede fiel dir wohl nicht ein!«

»Es gab keine Möglichkeit, es zu verhindern.«
Bernhard lehnte an einem Regal, das bis unter die Decke des Kellers mit Weinflaschen gefüllt war, Teresa kauerte auf den Terrazzofliesen, Elisabeth und Felicitas auf Holzkisten, die mit prächtigen Wappen verschiedener Weingüter aus Frankreich und Italien verziert waren. Teresa weinte leise. Felicitas und Elisabeth blickten stumm geradeaus. Es schien, als hätten Bernhards Worte sie nicht erreicht.

»Dora muss es wissen«, sagte Felicitas schließlich.
»Nein. Offiziell wird es heißen, Clemens sei im Kampf gefallen, und ihr müsst bei der Version bleiben. Zu viele Mitwisser, selbst wenn sie vertrauenswürdig erscheinen, sind eine Gefahr für uns. Auch wo Steffen, Dorothee und die Kinder sich aufhalten, muss unter uns bleiben.«
»Es wird Dora ja auch nicht trösten, wenn sie die wahren Umstände erfährt, im Gegenteil«, pflichtete Elisabeth Bernhard bei. Sie beugte sich vor und betrachtete ihn, als sähe sie ihn zum ersten Mal. »Meine Hochachtung, Bernhard.«
Bernhard winkte ab. »Es gehört nicht viel dazu zu erkennen, dass in diesen Zeiten jeder auf seine Weise etwas tun muss, um das Monster zur Strecke zu bringen. Ich verfüge über viele Kontakte, also nutze ich sie.« Er machte eine Pause und setzte mit leiser Ironie hinzu: »Außerdem entspricht es meiner Abenteuerlust.«
»Was wirst du jetzt tun?«, fragte Elisabeth.
»Ich muss für eine Weile untertauchen. Wenn sie Pierre zum Reden bringen, wird mich nicht mal mehr die Masche, die Gärten der Nazis anzulegen und Emmy Göring in den Hintern zu kriechen, vor dem KZ bewahren. Außerdem ... haben sie begonnen, die Juden systematisch zu töten.«
Elisabeth stand auf. Neue Kraft schien sie zu durchströmen. »Du bleibst hier.«
»Das ist unmöglich. Die Gestapo hat euch im Visier.«
»Eben deshalb«, entgegnete Elisabeth. »Wir bringen dich in der Abseite unter. Nicht einmal Dora ist die Trompel'œil-Malerei aufgefallen, mit denen mein Mann, Gott hab ihn selig, sie einst vor neugierigen Blicken verbarg. Wisst ihr nicht mehr, wie wir im Ersten Weltkrieg die Wertsa-

chen und selbst einige Möbel dort versteckt haben?« Voller Genugtuung suchte sie Felicitas' Blick, doch ihre Schwiegertochter nickte nur.
Die Trauer um ihren Sohn wühlte in ihrem Innern wie ein wildes Tier, das in seiner Gier nichts übrig lassen würde außer einem vagen Gedanken, der flüchtig in ihr Bewusstsein drang und sie beschämte. Steffen lebte, sie war es ihm schuldig, auf seine Rückkehr zu hoffen. Aber Bernhard würde hier sein, bei ihr.
Sie sah ihm in die Augen und las, dass er dasselbe dachte.

25

Die kleine Susanne zerrte sich die Gasmaske vom Gesicht.
»Das riecht eklig«, sagte die Sechsjährige bestimmt. Ihr Vater befand sich an der Westfront, und ihre Mutter war vor zwei Wochen spurlos verschwunden, und da sich trotz intensiver Nachforschungen keine Angehörigen fanden, die das Kind aufnehmen konnten, hatte Ella sie zu sich genommen.
»Ich weiß, das ist das Gummi«, erwiderte Ella seufzend. »Aber wir müssen das trotzdem üben. Die Maske kann euer Leben retten, das wisst ihr doch.«
Die Schülerinnen nickten.
»Müssen wir die Dinger denn wirklich mit nach Crimmitschau nehmen?«, fragte Wiebke.
»Ja, aber nur zur Vorsicht. In Sachsen kann euch nichts geschehen. Da ist es ruhig und schön. Es wird euch gefal-

len«, antwortete Ella munterer, als ihr zumute war. »Und eure Gasteltern werden nett zu euch sein.« Sie wusste, wie lahm das klang, aber beim besten Willen brachte sie es nicht fertig, der sogenannten Kinderlandverschickung etwas abzugewinnen. Warum sollten die Kinder im Osten Deutschlands sicherer aufgehoben sein als daheim? Gewiss, Bremen wurde inzwischen allzu häufig von Luftangriffen britischer Bomber heimgesucht, während die Ostfront fest in deutscher Hand lag. Die Rundfunkmeldungen überschlugen sich in ihren Schilderungen über den siegreichen Angriff auf die Sowjetunion, der im Juni 1941 begonnen hatte. Doch Ella fürchtete, dass es nur eine Frage der Zeit sein würde, wann die Russen zurückschlagen und sich für die erlittenen Verluste und die tiefe Demütigung rächen würden. Und dann wären die Kinder auch in Sachsen nicht mehr sicher.
»Und jetzt packen wir noch ein paar Leckereien ein.« Strahlend stand Delia in der Tür, die Arme voll mit Äpfeln, in Butterbrotpapier eingewickelten Broten und Sandkuchen, den Ella gestern Abend noch gebacken hatte.
»Warum kannst du nicht mit uns kommen?«, fragte Susanne mit vorgeschobener Unterlippe.
»Weil ich arbeiten muss, meine Süße, das weißt du doch«, antwortete Delia und begann, den Proviant auf die Koffer der Schülerinnen zu verteilen. Sie hasste den Kriegshilfsdienst, zu dem der Reichsarbeitsdienst die weibliche Jugend verdonnert hatte, umso mehr, da sie gestern die Nachricht erhalten hatte, dass ihr Einsatz um weitere sechs Monate verlängert worden war.
Doch sie ließ sich ihren Unmut nicht anmerken, wie Ella wieder einmal erfreut feststellte. Aus dem in tiefster Seele verletzten Mädchen war in den vergangenen vier Jahren

eine umsichtige, einfühlsame junge Frau geworden, die niemanden darunter leiden ließ, wie übel ihr das Schicksal mitgespielt hatte. Die unglückliche Liebe zu Clemens, seine Versprechungen und das doppelte Spiel, das er mit Dora und Delia getrieben hatte, hätte in dem jungen Mädchen den Keim des Zynismus, der Härte und Unversöhnlichkeit säen können. Doch das Gegenteil war der Fall gewesen. Die Arbeit mit den Kindern hatte Delias Direktheit die Schärfe genommen, und die Kühle ihrer nüchternen Intelligenz wurde durch eine soziale Kompetenz ergänzt, die niemand außer Ella ihr zugetraut hätte. Die Kleinen liebten Delia, bewunderten ihr tizianrotes Haar und versuchten ihre Sprechweise, die die Endungen der Wörter nicht verschluckte, wie es in Bremen üblich war, sondern betonte, zu imitieren. Die Größeren hatten sich erst daran gewöhnen müssen, dass Delia, nicht viel älter als sie selbst, ihre Hausaufgaben kontrollierte und Ausflüge, Unternehmungen und Arbeitsgemeinschaften organisierte, lernten ihre ruhige Gelassenheit aber nach kurzer Zeit zu schätzen. Als Felicitas ihnen vor vier Wochen von Clemens' Tod erzählt hatte, hatte Ella das Schlimmste befürchtet und Delia keine Minute aus den Augen gelassen, doch sie hatte sich erstaunlich schnell gefangen.

Wehmütig dachte Ella darüber nach, dass die Gemeinschaft ab morgen nicht mehr existieren würde. Aber nur für eine Weile, beruhigte sie sich. Ihre Schülerinnen würden ja nicht ewig in Sachsen bleiben.

»Fertig!«, rief Delia, und gemeinsam begannen sie das Gepäck in die Halle zu tragen.

Der Weg zum Hauptbahnhof führte am Wall und am Herdentor entlang und glich einer bizarren Möbel- und Accessoire-Ausstellung. Aus den von Bomben zerstörten

Häusern hatten die Menschen gerettet, was zu retten war, und es auf dem Bürgersteig gesammelt zum Abtransport in die Häuser und Wohnungen von Verwandten oder in die Unterkunft, die man ihnen zuweisen würde.
Ein röhrender Hirsch aus Porzellan reckte sich zwischen Glasflakons und dickbauchigen Vasen mit Blumendekors, ein Kochtopf stand verloren auf einer Frisierkommode, aus deren Schublade noch ein Lockenwickler am weißroten Gummiband baumelte, eine Sammeltasse mit goldenem Rand thronte auf einem bescheidenen Stapel Schellack-Schallplatten, irgendwo fächerte ein leiser Wind die Seiten eines abgegriffenen Exemplars von Hitlers *Mein Kampf* auf, bauschte zerfledderte Gardinen, deren Besitzer die Reichsverordnung offensichtlich nicht ernst genommen hatten, derzufolge Gardinen und Vorhänge abgenommen werden mussten, »um sie der Vernichtung durch Luftangriffe zu entziehen«, wie es hieß.
Gardine gerettet, Mensch tot, dachte Ella sarkastisch und fragte sich, wie viele dieser sinnentleerten Verordnungen man sich in Berlin noch ausdenken wollte.
Wussten die da oben nicht, dass immer neue, furchtbarere Waffen vom Himmel fielen? Splitterbomben, Phosphorbomben, Stabbrandbomben, Flüssigkeitsbrandbomben, Kautschukbomben. Brandbomben gefährdeten die Dachgeschosse, aber die ungleich größeren Sprengbomben zerstörten auch die oberen Etagen der Häuser. Doch am meisten gefürchtet waren die Luftminen, die beim Niedergehen einen entsetzlichen heulenden Ton hervorriefen und den Menschen, die in ihren Kellern Zuflucht suchten, keine Chance ließen. Luftminen durchschlugen sämtliche Geschosse und begruben jedes Leben unter Schutt und Asche.

Ohrenbetäubender Lärm schlug Ella und ihren Schützlingen entgegen, als sie den Hauptbahnhof erreichten und die Halle zu den Gleisen durchquerten. Der Zug nach Sachsen stand schon bereit. Eine Kapelle spielte *Maikäfer flieg*, Kinder lärmten, lachten oder weinten, Mütter und Großeltern trösteten, putzten Nasen, lächelten aufmunternd, drängten die eigenen Tränen zurück oder ließen ihnen freien Lauf.

Ella und Delia winkten, bis der Zug nicht mehr zu sehen war.

In Gedanken versunken gingen sie zurück zum Osterdeich. Beiden graute vor dem verlassenen Gebäude. Delia gab vor, in Ruhe lesen und früh zu Bett gehen zu wollen. Ella umarmte sie. »Wenn du die Stille nicht mehr aushältst, weißt du, wo du uns findest.«

»Ganz bestimmt werde ich euren ersten freien Abend seit Monaten stören«, erwiderte Delia, zwinkerte Ella zu und verschwand in ihrem Zimmer.

Langsam stieg Ella die Treppen empor. Aus Sicherheitsgründen wäre es wirklich an der Zeit, die Dachwohnung mit zwei Zimmern im Erdgeschoss zu tauschen. Doch sie konnte sich einfach nicht entschließen, die gemütlichen Räume mit dem atemberaubenden Blick über die Weser bis in die Neustadt zu räumen, und außerdem hatten sie im Parterre gar keinen Platz. Nachdem Fräulein Zinkes Haus am Peterswerder bei einem Luftangriff dem Erdboden gleich gemacht worden war, hatten sie mit vereinten Kräften einen Klassenraum renoviert und mit zusammengeliehenem Inventar so gut es ging hergerichtet, und es war ja wohl schlecht möglich, die alte Lehrerin, die sich im St.-Jürgen-Krankenhaus von dem Schock erholen musste, unters Dach zu verfrachten.

Als sie die Tür zu ihrer Wohnung öffnete, umfing Ella schmeichelnde Klaviermusik. Das Wohnzimmer, wegen Fräulein Zinkes Notstand von einigen Möbeln befreit, wirkte hell und luftig. In der Mitte lag eine karierte Wolldecke, darauf ein Tablett mit einer dekantierten Flasche Rotwein, zwei Gläsern, zwei weißen Tafelkerzen, einer silbernen Schale mit Cornichons, Käsewürfeln und einem Korb mit dünn geschnittenem hellem Brot. Neben dem Tablett lagen zwei Kissen.
Andi sprang wedelnd vor Freude um Ella herum.
»Komm zu mir, geliebtes Weib«, flüsterte Thomas grinsend. »Die Brut ist aus dem Haus, und Eros übernimmt die Regie ...«
»Wie?«, rief Ella in gespielter Empörung aus. »Hast du nichts zu tun? Alle Aufträge weggearbeitet?«
»Morgen Nachmittag bringe ich das letzte Bild zu Anton. Désirée ist von meinen Arbeiten entzückt, aber der Meinung, bis auf Weiteres hätten sie genug Gemälde. Und ich habe mir eine schöpferische Pause verdient«, erwiderte Thomas und fügte hinzu: »... die ich am Busen meiner Frau zu verbringen gedenke.« Zu dem Hund gewandt sagte er: »Das ist nicht jugendfrei, mein Junge. Geh auf deinen Platz.« Artig trottete Andi in die Küche und legte sich in sein Körbchen hinter der Tür, die Thomas rasch zuzog. »Geschafft! Wir sind allein.«
Ella lachte und schmiegte sich in seine Arme. »Ach, Thomas, was für ein Glück, dass wir uns haben.« Seit elf Jahren waren sie miteinander verheiratet, und wenn es auch für beide nicht die ganz große Liebe war, so verband sie doch die Gabe, sich liebevoll zu unterstützen und den anderen darin zu bestärken, seinen Weg zu gehen. Sie hielt ihm den Rücken frei, seiner künstlerischen Berufung zu

folgen, er lehrte sie, Vertrauen zu sich selbst zu entwickeln, und heiterte sie auf, wenn sie sich überfordert und mutlos fühlte. Wie jetzt.
Als der Käse verzehrt, der Wein getrunken und die Kerzen abgebrannt waren, schliefen sie eng umschlungen auf der Decke ein.
Um dreiundzwanzig Uhr sieben heulte die Sirene los. Fliegeralarm!
Sofort sprang Ella auf, schlüpfte in Rock und Pulli und zerrte die Reisetasche mit dem Nötigsten – Papiere und Dokumente, Schmuck, Thomas' Lieblingsskizzen und einige wenige Kleidungsstücke – aus dem Wohnzimmerschrank.
»Wo bleibst du?«, schrie sie Thomas hinterher, der in sein Atelier gelaufen war, und riss ihren und seinen Mantel von der Garderobe im Flur.
»Lauf zu Delia, ich komme sofort!«, rief er ihr zu. Sie hörte, wie er das für Anton und Désirée bestimmte, einsfünfzig mal einsfünfzig große Gemälde in dem barocken Rahmen zur Tür schleifte.
»Bist du wahnsinnig?« Ellas Stimme kippte vor Angst. Welcher Teufel war in ihn gefahren? Mehr als fünfzig Luftangriffe hatten sie schon überstanden, waren immer sofort und Hand in Hand aus dem Haus gerannt, nie hatte er eins der Gemälde mitgenommen.
»Lauf«, keuchte er. »Ich schaff das schon.«
Ella rannte die Treppe hinunter. Delia schoss aus ihrem Zimmer, kalkweiß im Gesicht. Sie drückte Ella ihre Tasche in die Hand. »Ich helfe ihm.« Und ohne auf Ellas Entsetzen zu achten, stürmte sie Thomas entgegen, der das Bild bereits in den ersten Stock gewuchtet hatte. Der Heulton der Sirenen schmerzte, am Osterdeich liefen die

Menschen in Todesangst zu den Bunkern, irgendwo zerbarsten Fenster, der Horizont loderte im Schein der Flammen.
»O Gott, lieber Gott, hilf uns«, stammelte Ella. Kalter Schweiß lief ihr über den Körper, ihre Knie zitterten, als sie die Taschen vor der Haustür absetzte. Angstvoll drehte sie sich um, da hatten Thomas und Delia den Flur erreicht und machten sich daran, das Bild in den Keller zu bringen.
»Verdammt noch mal«, stöhnte Ella und lief zu ihnen.
»Mach die Kellertür auf!«, schrie Thomas.
Ella rüttelte an der Tür. Verschlossen.
Sie rannte ins Büro. Welcher Schlüssel ist es? Welcher verdammte Schlüssel?
Endlich. Dieser musste es sein.
Mit fliegenden Fingern stieß sie den Schlüssel ins Schloss, und knarrend sprang die alte Holztür auf.
Morgen öle ich das Schloss, schoss es Ella durch den Kopf, und die Unsinnigkeit dieses Gedankens angesichts des Infernos, das um sie herum tobte, ließ sie hysterisch auflachen. Nach fünf Minuten, die Ella wie eine Ewigkeit vorkamen, standen Thomas und Delia wieder vor ihr.
»Mein wichtigstes Werk werde ich ganz bestimmt nicht Herrn Churchill opfern«, sagte Thomas lapidar und wischte sich die schweißnassen Hände an seiner grauen Tuchhose ab. »Kommt jetzt!«
Er nahm die Reisetaschen an sich, und gemeinsam liefen sie zur Pforte der Schule.
»Wo ist der Hund?« Wie angewurzelt blieb Thomas stehen und starrte Ella an. Dann drehte er sich um und lief zurück ins Haus. Die Schreie seiner Frau gingen im Lärm herabfallender Bomben unter.

»Ich schaute das Land an,
siehe, das war wüst und öde,
und den Himmel,
und er war finster.
Ich sah die Berge an,
und siehe, die bebten,
und alle Hügel zitterten.
Ich sah, und siehe, da war kein Mensch,
und alle Vögel unter dem Himmel waren weggeflogen.
Ich sah, und siehe, das Gefilde war eine Wüste,
und alle Städte darin waren zerbrochen.«

Die volle Stimme des Pastors trug die Worte des Propheten Jeremia über den Osterholzer Friedhof, wo sich eine kleine Trauergemeinde am Familiengrab der Andreesens eingefunden hatte, um Thomas Engelke zu Grabe zu tragen.
Ella nahm kaum etwas wahr, nicht die Hand ihrer Mutter, die die ihre festhielt, noch Felicitas, die sie von Zeit zu Zeit musterte, als würde sie fürchten, Ella könnte jeden Moment in Ohnmacht fallen. Die Gesichter ihrer Angehörigen und Freunde verschwammen im Strom ihrer Tränen, der nicht enden wollte. Nur für einen flüchtigen Augenblick registrierte sie, dass Anton Mühe hatte, die Fassung zu bewahren, und auch, dass er irritiert war von den Worten eines Künstlers, der Thomas' Werk würdigte, weil sie nicht zu den Bildern zu passen schienen, die er, Anton, daheim an den Wänden hängen hatte.
Ella fürchtete sich vor dem Moment, da der Eichensarg mit dem Gebinde lachsfarbener Rosen hinabgelassen wurde. Es graute ihr vor dem verstörenden Geräusch der kleinen Schaufel, die sich in die vom Regen schwere Erde

graben und sie auf das Holz hinabfallen lassen würde, immer und immer wieder.
»Komm, mein Kind«, sagte Elisabeth leise, nachdem der letzte Trauergast seine Pflicht erfüllt hatte. »Wir gehen nach Hause.«
Ella zuckte zusammen. Nach Hause. Wo sollte das sein? Eine einzige Luftmine hatte ihr alles genommen. Den Mann, die Schule, ihren Lebenstraum.

Während Ella mit Elisabeth die Allee zum Ausgang des Friedhofs entlangschritt, nahm Felicitas Delia zur Seite. »Ella wird in die Villa zurückkehren«, sagte sie ohne Umschweife, »es ist der einzige Ausweg, auch wenn sie das nicht wahrhaben will. Thomas' Eltern sind viel zu gebrechlich und mit ihrem eigenen Schmerz beschäftigt, um sich um ihre Schwiegertochter zu kümmern. Und im Hotel kann sie nicht ernsthaft bleiben wollen.« Sie zögerte. »Ich wollte dir anbieten, ebenfalls bei uns zu wohnen. Wir haben genügend Platz und ...«
»Ich gehe fort«, unterbrach Delia sie leise.
Mit gerunzelter Stirn sah Felicitas die junge Frau an. »Du weißt schon, dass Ella sehr an dir hängt, nicht wahr?« Und dass du ihr viel zu verdanken hast, fügte sie im Stillen hinzu.
Delia nickte, ihre Augen schwammen in Tränen. »Ich weiß, es klingt herzlos, aber ich habe schon länger darüber nachgedacht, Bremen zu verlassen. Es wird Zeit für mich, einen Beruf zu ergreifen und auf eigenen Füßen zu stehen. Ich kann doch nicht ewig an Ellas Tropf hängen.« Und nach einer kleinen Pause sagte sie mit fester Stimme: »Vielleicht ist dieser Augenblick, da sie selbst ganz von vorn beginnen muss, der richtige.«

»In Ordnung. Wenn es dir recht ist, werde ich es ihr sagen.«
»Nein, das tue ich selbst.«
Das Mädchen hat Format, dachte Felicitas und bedauerte, wie wenig Kontakt sie zu Ella und ihrem Schützling in den vergangenen Jahren gehabt hatte. Bis heute wusste sie nicht, was ihre Schwägerin so verärgert hatte, dass sie sich veranlasst sah, sich fast völlig aus dem Familiengeschehen zurückzuziehen. Aber das war jetzt nicht mehr wichtig.
»Wo wirst du hingehen?«
»Nach Berlin«, antwortete Delia. »Ich werde versuchen, eine Arbeit zu bekommen, irgendetwas, was mir eine Zukunft ermöglicht. Die Kinder haben mir zwar viel Freude bereitet, aber auf Dauer ...« Ihre melodiöse Stimme verlor sich.
»Mein Sohn Christian fährt heute Abend noch nach Berlin zurück. Er könnte dich doch mitnehmen«, schlug Felicitas vor.
Ein Schatten flog über Delias Gesicht.
»Du musst dich nicht schämen. Warum solltest du mit dem Zug fahren, wenn es günstiger und bequemer im Auto geht?«
Delia senkte den Kopf. »Nein, das geht nicht. Ich ... muss noch etwas erledigen.«
»Überleg es dir.« Sie winkte Dora zu, die am Ende der Allee stand und auf sie wartete. »Aber jetzt müssen wir erst einmal diese Kaffeetafel überstehen. Ella und meine Mutter werden sich gewiss schon wundern, wo wir bleiben.«

Um Mitternacht stand Felicitas auf, zog sich den Morgenmantel über und spähte auf den Flur der Galerie im ersten Stock, die vom Nachtlicht in der Halle sanft erhellt wurde. Der Likör, den sie bei der Kaffeetafel hatten reichen

lassen, und der Rotwein, auf den Elisabeth beim Abendessen bestanden hatte, entfalteten offenkundig die erhoffte Wirkung. Kein Laut störte die Stille des Hauses. Leise schloss sie die Tür hinter sich und schlich die Treppe hinunter. Im Wintergarten zog sie den Wandteppich mit der farbenprächtigen Darstellung eines türkischen Teehauses zur Seite und pochte sacht an die dahinter verborgene, mit reichlich Stuck so geschickt verkleidete Tür, dass niemand die hauchdünnen Einschnitte bemerken würde, zumal sich dasselbe Motiv mit exakt den gleichen Einschnitten dreifach in dem Raum wiederfand.
Geräuschlos glitt die Tür auf.
»Alles überstanden?«
Felicitas nickte. »Delia wird nicht bei uns wohnen«, sagte sie und blickte Bernhard erleichtert an. »Ella könnte jedoch ein Problem werden. Sie ist feinfühlig genug, um zu merken, dass irgendetwas nicht stimmt.« Sie seufzte leise. Es war ohnehin schwierig genug, seine Anwesenheit vor Dora und dem aufgeweckten, stets neugierigen Michael zu verbergen, ganz zu schweigen von Marie, die bereits des Öfteren kopfschüttelnd in der Speisekammer gestanden und sich vermutlich gefragt hatte, woher der immense Appetit der Damen herrühren mochte, die sich des Nachts über die Reste des Abendessens hermachten.
Wenn Felicitas darüber nachdachte, dass ihr Haus seit vier Wochen eine Keimzelle des Widerstands war, wurde ihr übel vor Angst, doch bei dem Gedanken, Bernhard könnte sie verlassen, schnürte eine ungleich größere Furcht ihr die Kehle zu. Sie liebte ihn mit einer Intensität, die ihr fast unheimlich war. Es schien, als hätte eine höhere Macht die Schleusen ihrer Seele geöffnet, die ihren Körper nun mit einer Süße fluteten, die ihr den Atem raubte und ihr zu-

gleich die Kraft zurückgab, die sie, zermürbt durch die Widrigkeiten der vergangenen Jahre, schon verloren geglaubt hatte.
Drei Tage hatte sie widerstanden, ihm nur das Essen gebracht, sich mit ihm unterhalten und fasziniert zugehört, wenn er sie einen Blick in sein anderes, riskantes Leben jenseits von Bars, Restaurants und Empfängen werfen ließ. In der vierten Nacht hatte eine innere Stimme zaghaft erst, dann immer drängender gefragt: Worauf wartest du? Hat nicht Steffen dich verlassen und damit jedes Recht auf dich und deine Treue verwirkt?
Als sie in dieser Nacht an die verborgene Tür pochte, hatten sie keine Worte gebraucht. Das Begehren formulierte auf seine Weise und übersetzte sehnsüchtige Wünsche in Flammen der Leidenschaft, die sie seitdem jede Nacht aufs Neue schürten. Für dieses Glück, das das Schicksal Felicitas zu einem Zeitpunkt schenkte, da sie aufgehört hatte, darauf zu hoffen, war sie jedes Risiko einzugehen bereit.
»Liebste«, flüsterte Bernhard rau und zog sie an sich. Augenblicklich pulste das Verlangen durch Felicitas' Adern, ihre aquamarinblauen Augen glänzten dunkel vor Lust, und sie hob ihm ihren Mund entgegen.
»Ich muss fort«, sagte er und zerstörte den Zauber. »Ich bringe euch nur in Gefahr, es ist unverantwortlich.«
»Unsinn«, erwiderte Felicitas und strich ihm zärtlich eine grauschwarze Strähne aus dem Gesicht. »Das haben wir doch schon alles besprochen.«
Sanft löste er sich von ihr, in seinen Augen die stumme Bitte um Verständnis.
»Felicitas, ich muss meine Aufgabe fortführen. So viele Menschen setzen auf mich, ich kann sie nicht enttäuschen

und mich hier wie ein Feigling verkriechen. Ich liebe dich über alles, aber die Situation ist unerträglich für mich.«
»Das ist nicht feige. Sie werden jeden Stein umdrehen, bis sie euch gefunden haben, und dann gnade euch Gott.«
»Du hast recht, ich weiß, aber wir müssen dem Nationalsozialismus die Stirn bieten, sonst hat diese Welt keine Zukunft. Willst du den Rest deiner Tage in einem Land leben, dessen Regime jedes Menschenrecht mit Füßen tritt, das unterjocht, foltert, mordet? Ich nicht. Und wenn ich auch nur den geringsten Teil dazu beitragen kann, diesen Schlächtern das Handwerk zu legen, so muss ich das tun.« Als sie nichts erwiderte, fügte er hinzu: »Bitte halte mich nicht zurück.«
Vor nicht allzu langer Zeit hätte Felicitas sich mit der Frage gequält, warum die Männer, die sie liebte, lieber die Gefahr suchten, statt das Leben mit ihr zu teilen. Doch was ihrem Sohn angetan worden war, hatte ihr ein für alle Male die Augen geöffnet, dass Hitler nicht nur einen Krieg gegen andere Nationen führte, sondern Krieg gegen das Leben selbst.
»Pass auf dich auf«, sagte sie, mühsam die aufsteigenden Tränen niederkämpfend.

26

Das Licht schien Gesa direkt ins Gesicht. Geblendet schloss sie die Augen. Sie lächelte, breitete die Arme aus und nahm den Applaus mit jeder Faser ihres Körpers auf. Filmpremieren gehörten zu den angenehmeren Seiten ihres Lebens, weil sie nur in diesen Momenten, wenn das Publikum klatschte, wirklich begriff, dass ihre Arbeit gefiel, dass die Menschen sie mochten und bisweilen sogar verehrten. Einen eindeutigeren Beweis für ihren Erfolg lieferten die Einspielergebnisse ihrer Filme und die ständig steigenden Gagen, aber Geld bedeutete Gesa nicht viel. Sie war in Reichtum groß geworden und würde eines Tages ein Vermögen erben, also gab es keinen Grund, sich darum zu sorgen.

Nein, der Applaus war es, der sie spüren ließ, dass sie alles richtig machte und sich nichts vorzuwerfen brauchte, ganz gleich, wie die selbst ernannten Intellektuellen darüber dachten, die in Kaffeehäusern herumsaßen und die Dialektik des Seins diskutierten, statt einen konkreten, praktischen Beitrag zu leisten, der den Menschen dieses Landes wirklich von Nutzen war.

Gesa war nicht ignorant genug zu glauben, ihre Filme hätten auch nur im Entferntesten etwas mit Kunst zu tun, wenngleich sie in den leichten Komödien wie *Die Hutmacherin* oder *Unverhofftes Glück* so hübsch sang und tanzte, dass sie Marika Rökk durchaus das Wasser reichen konnte. Aber Unterhaltung an sich war nichts Verwerfliches, auch dann und erst recht nicht, wenn sie für eineinhalb Stunden von diesem Krieg und seinen vielen Opfern ablenkte. Nur die Instrumentalisierung ihrer Person machte ihr zu schaffen. Solange sie noch nicht in der Liga einer Zarah Leander spielte, durfte sie sich dem Reichskulturministerium gegenüber keine Extravaganzen erlauben. Das bedeutete, sie musste ausnahmslos jeden dieser grässlichen Empfänge besuchen, auf denen Diana Landauer dann herumgereicht wurde wie ein prämiertes Hündchen und sich stets schön und bester Laune zu präsentieren hatte.

Bei dem Gedanken zerstob der Traum.
Gesa öffnete die Augen. Als sie erkannte, wo sie sich befand, schloss sie sie wieder und sank zurück in einen bleiernen Schlaf.
Durch das geschlossene zweiflüglige Fenster schickte eine barmherzige Märzsonne ihre Strahlen, als wäre sie nur dafür bestimmt, diesem verlorenen Wesen Wärme und Hoffnung zu schenken.
Es war der 13. März 1942. Gesa Andreesen alias Diana Landauer, das gefeierte Nachwuchstalent des deutschen Films, war gestern im Berliner UFA-Palast während der Premiere ihrer Komödie *Du kannst es nicht lassen* zusammengebrochen und in die Privatklinik Dr. Moldenhauer gebracht worden.

»Starke Schmerzmittel, Kokain, zu viel Sekt und mangelhafte Ernährung; das wirft auf Dauer auch Menschen mit robusterer Konstitution um.« Dr. Moldenhauer blickte Christian über den Rand seiner Hornbrille an. Buschige Brauen wölbten sich über vorstehende hellbraune Augen und dominierten die weichen Züge des Arztes.
»Körperlich wird sie in vier Wochen wieder auf dem Damm sein, aber die Psyche ... Sie wird Hilfe benötigen, um zu lernen, die Finger von Medikamenten und Drogen zu lassen und sich vernünftig zu ernähren. Ich werde mich ihrer persönlich annehmen, aber ich sage Ihnen ganz ehrlich, dass ich meine Zweifel hege, ob unsere Therapie auf fruchtbaren Boden fällt. Hat sie jemanden, der sich um sie kümmert?«
Christian zuckte mit den Schultern. »Meine Schwester und ich hatten in den vergangenen Jahren relativ wenig Kontakt, daher kenne ich ihren Freundeskreis nicht. Mei-

ne ... Verlobte kennt Gesa ganz gut, sie gehen gelegentlich miteinander aus, und dann ist da natürlich ihr Freund.«
»Niklas Fischer, dieser Regisseur, ich weiß.« Bedächtig wiegte der Arzt den Kopf.
»Kann ich sie jetzt sehen?«, fragte Christian.
Dr. Moldenhauer stand auf und begleitete ihn zu Gesas Zimmer, das am Ende eines langen Flurs lag, der mit Grünpflanzen und Aquarellbildern aufgelockert war.
»Und bitte, keine Vorwürfe! Damit erreichen Sie nichts, im Gegenteil.«
Christian nickte und öffnete leise die schwere weiß lackierte Tür.
Trotz der unnatürlichen Blässe hatte Gesas herzförmiges Gesicht nichts von seiner Strahlkraft verloren. Nur die Augen, die auf den Filmplakaten stets zu aquamarinblauen Seen retuschiert wurden, flackerten unruhig, umschattet von tiefen dunklen Ringen.
»Du schaust aus wie die Kameliendame«, begrüßte Christian seine Schwester, weil er wusste, dass sie sich über das Kompliment, gelogen oder nicht, freuen würde.
Müde winkte Gesa ab. »Vorhang auf für die ungeschminkte Wahrheit! Was tust du hier?«
»Niklas hat angerufen und erzählt, was gestern geschehen ist. Und da dachte ich mir, ich komme auf einen Sprung vorbei ...«
Gesa schüttelte sich ein Kissen zurecht, lehnte sich zurück und sah ihren Bruder spöttisch an. »Du bist ein schlechter Lügner, Christian Andreesen. Vielmehr wird es so gewesen sein, dass Niklas dich händeringend gebeten hat, das Kindermädchen zu spielen, bis er das Studio heute Abend verlassen kann.«

»Er macht sich Sorgen, das ist doch klar. Wir sind alle besorgt. Mutter und Teresa stehen in den Startlöchern ...«
»Um Himmels willen, Christian, tu mir einen Gefallen und halte mir die Familie vom Leib. Ich ertrage es nicht, Mutter die aufgeregte Glucke mimen zu sehen. Außerdem ist es wirklich nicht nötig. Ich bin überarbeitet und brauche Ruhe, weiter nichts.«
»Gesa ...«, hob er an, als sie ihn sofort unterbrach.
»Wir haben uns lange nicht gesehen.«
»Das kann man wohl sagen«, entgegnete er, und es war ihm unbehaglich zumute. Seit Niklas' Anruf machte er sich fortwährend Vorwürfe. Hätte er die Zeichen nicht erkennen müssen? Gewiss, ihre Begegnungen hatten sich auf gelegentliche Abendessen beschränkt, weder Gesa noch er hatten Zeit und Muße, geschwisterliche Bande zu pflegen, zumal sie sich im Grunde wenig zu sagen wussten. Aber dennoch – ihre Veränderung hätte ihm auffallen und er hätte darauf reagieren müssen. Er war doch Arzt! Obwohl, war er es wirklich – noch?
»Guck nicht wie ein ertappter Dieb«, meinte Gesa. »Das sollte doch kein Vorwurf sein. Ich schätze, dein aufreibendes Privatleben lässt dir wenig Zeit. Solveig ist eben eine harte Nummer ... Und was du da erforschst, will ich lieber gar nicht wissen.«
»Ja, besser nicht«, entgegnete er. Mit den Händen in den Hosentaschen stellte er sich ans Fenster und sah hinaus auf den weitläufigen Park. Ein Gärtner war damit beschäftigt, die mit geäderten weißen Steinen gepflasterten Wege, die sich anmutig zwischen mächtigen Platanen schlängelten, zu kehren. Eine junge Frau in einem weißen Bademantel ging barfuß und völlig in sich versunken über den Rasen, vom Haupthaus näherte sich Dr. Moldenhau-

er mit wehendem Arztkittel und wechselte einige Worte mit ihr, bis die Frau schließlich seinen Arm nahm und langsam mit ihm zurück ins Haus ging. Christian unterdrückte einen Seufzer.

Wie oft er seinen Entschluss bereut hatte, seinen Traum von einer eigenen Landpraxis aufzugeben für die lukrative Stelle in der Forschung, die er seit drei Jahren innehatte, vermochte er nicht zu sagen. Anfangs hatte es ihm geschmeichelt, dass man ihm, der keinerlei praktische Erfahrungen, nur einen herausragenden Universitätsabschluss vorzuweisen hatte, eine bedeutsame Aufgabe übertrug, und voller Elan hatte er sein Büro an Berlins Peripherie bezogen. Er wurde einem Team von fünf Medizinern zugeteilt, die gemeinsam daran arbeiteten, ein Gegenmittel gegen die katastrophalen Wirkungen chemischer Waffen auf den menschlichen Organismus zu entwickeln. Nach vielen Rückschlägen war es ihnen gelungen, doch die Befriedigung, die Christian angesichts der Tatsache empfand, mit seiner Arbeit dazu beizutragen, dass Menschenleben gerettet werden konnten, währte nicht lange. Zwei Tage später erhielt seine Gruppe den Befehl, ein Gegenmittel gegen das Gegenmittel zu finden. Den Grund erfuhren Christian und seine Kollegen nicht, doch es gehörte nicht viel dazu, sich auszurechnen, was die deutsche Rüstungsindustrie mit dem Ergebnis ihrer Forschungen anfangen würde. Sie würde ihre Waffen damit ergänzen, um dem Gegner die Chance zu nehmen, die Verletzten zu heilen.

Die ungeheuerliche, aber berechtigte Vermutung verbitterte Christian zutiefst, umso mehr, da er nicht den Mut fand, alles hinzuschmeißen. Und das alles um einer Frau willen, die ihn in Atem hielt. Solveig trieb ihn an, sie beschwor ihn, sein Talent nicht an den Durchschnitt zu verschwenden und gemeinsam mit ihr »Spuren zu hinterlassen in diesem Leben«, wie sie es nannte. Ihre Worte waren zu seinem eigenen Erstaunen auf fruchtbaren Boden gefallen, doch die Saat entwickelte sich anders als erhofft. Christian verbrachte immer öfter zehn Stunden und mehr im Labor, und wenn er abends müde und erschöpft in die Kantstraße zurückkehrte, erwarteten ihn entweder ein Haufen angetrunkener Filmleute, die Solveig gern um sich scharte, oder eine elektrisierte Solveig, die es kaum erwarten konnte, sich mit ihm ins Berliner Nachtleben zu stürzen. Die Abende, an denen sie allein blieben, sich unterhielten und einander nah waren, nicht nur körperlich, wurden immer seltener. Nichts war von dem Zauber der Zweisamkeit geblieben, auch wenn er sich einzureden versuchte, irgendwann würde sich alles zum Guten wenden.

Mit einem resignierten Lächeln wandte Christian sich seiner Schwester zu. »Gesa, du solltest dich einer Kur unterziehen. Du bist spindeldürr … Das Kokain …«

»Ohne Tabletten überstehe ich nicht einen einzigen Drehtag. Die Schmerzen machen mich wahnsinnig«, erwiderte sie tonlos.

»Sind es wirklich die Schmerzen, Gesa? Oder ist es nicht doch eher die Angst davor, sie könnten dich wieder quälen? Wartest du mit der Einnahme, bis du die Schmerzen verspürst, oder nimmst du die Tabletten sofort nach dem Aufwachen?«

Gesa schnaubte vernehmlich. »Soll ich warten, bis ich im Studio ohnmächtig werde, weil mein Bein sich anfühlt, als hätte sich ein Hai darin verbissen?« Mit leisem Zynismus fügte sie hinzu: »Weißt du, manchmal denke ich, es

wäre besser gewesen, in Bremen zu bleiben, einen netten Mann zu heiraten und einen Haufen Kinder in die Welt zu setzen.«
»Es ist doch nicht zu spät dafür. Du bist noch jung, und Niklas liebt dich!«
»Du weißt nicht, wovon du sprichst. Ich soll zurück in ein normales Leben? Ich wüsste gar nicht, wie ich das anfangen sollte. Frag doch Solveig. Sie hat es versucht – mit dir. Aber ...« Gesa biss sich auf die Lippe. Das hatte sie nicht sagen wollen. Verdammtes Kokain, das machte leichtsinnig, rücksichtslos.
Christian grinste schief. »Schon gut. Im Grunde weiß ich es längst.« Er stand auf und küsste sie auf die Wange. »Ich komme morgen wieder. Brauchst du irgendetwas?«
Betreten schüttelte Gesa den Kopf.
Nachdem Christian gegangen war, stand sie auf und trat zum Fenster. Die barfüßige Frau lief wieder über den Rasen, blieb gelegentlich stehen und zog den linken Fuß hoch, betrachtete ihn und setzte ihn vorsichtig, als wäre er aus Reispapier, wieder ab. Dann lachte sie und breitete die Arme aus.
Unangenehm berührt drehte Gesa sich um und ließ ihren Blick über das Interieur ihres Zimmers gleiten. Bis auf die Wandfarbe, die jetzt in einem frischen Gelb leuchtete, hatte sich nach ihrem letzten Aufenthalt vor einem Jahr kaum etwas verändert – die Seerosen von Monet hingen neben der Tür zu dem geräumigen Bad, der Buchenholzschrank roch nach Politur, und die Deckenlampe aus Messing spendete abends ein warmes Licht. Auf einem Marmortisch lagen Magazine und einige Bücher, daneben lud eine zierliche Chaiselongue zum Verdösen ganzer Tage ein, und ein dicker Wollteppich schluckte das Ge-

räusch ihrer Schritte. Wer nicht wusste, wo er sich befand, und das waren bei diesem Krankheitsbild nicht wenige Patienten, mochte sich in einem kleinen verschwiegenen teuren Hotel wähnen.

Nur der Zimmerservice stört das Bild ein wenig, dachte Gesa ironisch – kräftige weiß gekleidete Männer, die dich in null Komma nichts ans Bett schnallen, wenn du versuchst zu türmen.

Sie fröstelte, schlüpfte zurück unter die Decke und versuchte zu schlafen, doch ihr Geist ließ sich nicht in die erhoffte Bewusstlosigkeit drängen. Auch später, als sie das Abendessen verzehrt hatte und am offenen Fenster stand, darauf vertrauend, dass die frische, kalte Luft sie schon müde machen würde, hielt er sie eisern wach, bis endlich jene Fähigkeit in ihr lebendig wurde, die sie von ihrer Mutter und Großmutter geerbt hatte und die so lange unter Illusionen und Selbsttäuschungen verschüttet war – die Fähigkeit, den Dingen nüchtern ins Auge zu blicken.

Es hatte keinen Sinn mehr, sich etwas vorzumachen. Sie hatte ihr Ziel erreicht, aber das Leben aus den Augen verloren. Und es gab nur einen Ort, der ihr die Chance schenken würde, wieder ins Lot zu kommen.

Um von der Klinik am Wannsee zu seinem Arbeitsplatz nach Zepernick zu gelangen, steuerte Christian den dunkelblauen Opel über die Potsdamer Chaussee stadteinwärts. Kurz vor Friedenau überlegte er es sich plötzlich anders und bog rechts in die Albrechtstraße. Als er die Walsroder Straße erreichte, stellte er den Wagen ab und ging die wenigen Meter bis zum Haus Nummer 10 zu Fuß. Es war empfindlich kühl geworden, und er schlug

den Kragen seines grauen Tuchmantels hoch. Unschlüssig blieb er stehen. Die Namen auf dem verwitterten Türschild waren kaum zu entziffern, bis auf ihren. Akkurate steile Buchstaben, mit Tinte auf Pappe geschrieben. Schließlich drückte er auf den Klingelknopf.
Was war schon dabei? Außerdem hatte seine Mutter ihn gebeten, gelegentlich nach ihr zu sehen.
Der Summer surrte so unfreundlich kurz, als wäre man im vierten Stock nicht erfreut über Besucher, müsse jedoch seiner Pflicht genügen, falls der Blockwart seine Runde machte. Rasch drückte Christian die schwere Holztür mit dem abgesprungenen grauen Lack auf. Im Flur roch es nach gekochtem Kohl, die Deckenlampe war kaputt, der Aufzug verschlossen. Mit großen Schritten, zwei Stufen auf einmal nehmend, stieg Christian die knarzenden Treppen hinauf.
»Guten Tag, Delia.«
»Guten Tag.« Abweisend blieb Delia in der geöffneten Tür stehen und machte keine Anstalten, ihn hereinzubitten.
»Ich wollte dich fragen, ob du Lust hast, mit mir essen zu gehen. Ich war gerade in der Nähe ...«
»Nein ... Ich bin darauf nicht eingerichtet.« Mit einer knappen Handbewegung wies sie auf ihre weiten Hosen, an denen nichts auszusetzen war, wie Christian fand.
»Ich komme gerade aus der Klinik, meine Schwester ...«
»Ich weiß«, unterbrach Delia ihn erneut. »Alle Zeitungen sind voll davon.«
Ihre braunen Augen sahen ihn aufmerksam an und, wie es ihm schien, ein wenig ängstlich, als würde sie fürchten, er könnte ihr zu nahe treten.
»Entschuldige, ich wollte dich nicht belästigen«, sagte er deshalb und wich einen Schritt zurück, im Begriff, lässig

die Hand zu heben und sich mit einer freundlichen Floskel zu verabschieden. Doch er blieb stehen, nicht imstande, sich von ihren Augen zu lösen. »Ich habe niemanden, mit dem ich darüber reden kann«, sagte er und wusste in dem Moment, dass es die Wahrheit war.
»Das kann ich gut nachfühlen«, erwiderte Delia lakonisch und wandte sich kurz um, zögerte und griff schließlich nach ihrem Mantel, der an einem schmucklosen Haken auf dem winzigen Flur hing. »An der nächsten Ecke gibt es eine kleine Bierwirtschaft. Frikadellen und so. Nichts Besonderes, aber man kann es aushalten. Gehen wir.«
Das Lokal hieß »Zum Lindwurm«, womit offensichtlich der schmale, längliche Schnitt der drei ineinander übergehenden Räume gemeint war, die mit rustikalen Holztischen und Stühlen möbliert und kaum dekoriert waren. Über der Theke hing das Porträt einer lieblich lächelnden Magd, die von schnatternden Gänsen umringt wurde, auf dem Tresen standen benutzte Gläser und der einzige Gegenstand der Ausstattung, der ein bisschen was hermachte, ein sechsarmiger Messingleuchter, gesichert mit einer um den rechten Tresenpfeiler geschlungenen Kette mit Vorhängeschloss.
Sie entschieden sich für einen der Tische im vorderen Raum, wo außer ihnen nur noch zwei ältere Männer bei Korn und Bier saßen, und bestellten Bier, Frikadellen, Gewürzgurken und Brot.
»Schieß los«, sagte Delia.
Christian zögerte. Seine Empfindungen zu offenbaren war ungewohnt für ihn.
»In den Zeitungen schreiben sie, Diana Landauer sei völlig überarbeitet«, fügte Delia hinzu. »Aber wenn das alles wäre, würdest du nicht so blass um die Nase aussehen.«

»Gut erkannt«, erwiderte Christian seufzend und beschloss, ihr die Wahrheit zu sagen, statt sie auf einen Nervenzusammenbruch zu reduzieren, um Gesa nicht zu kompromittieren. Denn welchen Sinn hätte dieses Gespräch dann? Es gab weiß Gott genug Konflikte in seinem Leben, die er beständig unter den Teppich kehrte, und er hatte es satt, zu lügen und zu beschönigen. Außerdem, wenn Delia nicht vertrauenswürdig wäre, hätte sie längst die Geschichte von Gesas Reitunfall vor einigen Jahren und andere Details aus ihrem Familienleben an die Presse verkauft. Das Geld hätte sie, den Anschein hatte es zumindest, gut gebrauchen können. Ihre Kleidung war sauber, aber abgetragen, und freiwillig wohnte gewiss niemand in diesem heruntergekommenen Mietshaus. Christians Menschenkenntnis war zwar nicht sehr ausgeprägt, aber Delias Gelassenheit, ja sogar ihre Reserviertheit, die von Solveigs kapriziöser Theatralik so weit entfernt war wie die Weser von der Seine, weckten in ihm das Gefühl, sich auf sicherem Boden zu bewegen.

»Du denkst also, du hättest dich mehr um deine Schwester kümmern müssen«, bemerkte Delia, nachdem Christian die Situation geschildert hatte. »Ich glaube nicht, dass das etwas geändert hätte. Jeder muss seine eigenen Erfahrungen machen.«

»Mag sein, aber was macht das Leben für einen Sinn, wenn man die Nöte eines nahestehenden Menschen nicht zu erkennen vermag?«

»Das sagt der Arzt in dir. Der Mensch Christian Andreesen hatte offensichtlich anderes im Kopf, und das ist normal. Begreifen wir nicht alle erst dann, was wesentlich ist, wenn es fast zu spät ist?«

Der Wirt servierte die Frikadellen, knallte einen blumen-

topfgroßen Henkelkrug mit Senf auf den Tisch und wünschte: »Juten Hunger, wa!« Delia grinste, löffelte sich ein wenig Senf auf den Teller und tunkte den braun gebratenen, noch warmen Hackfleischklops hinein.
»Die sind wirklich gut hier«, sagte sie aufmunternd, da Christian keine Anstalten machte, mit dem Essen zu beginnen.
»Ich sehe dir gern zu«, erwiderte Christian lächelnd. »Nichts ist langweiliger als eine Frau, die wie ein Vögelchen an einem Salatblatt knabbert. Dein Appetit ist ansteckend.«
Für einen Moment verdüsterte sich Delias Miene, und Christian fürchtete, dass sie ihren Entschluss schon bereute, mit ihm hierher gegangen zu sein. Kein Wunder, wenn wir die ganze Zeit nur über meine Malaise reden, dachte er. Als ob sie nicht genügend eigene Sorgen hätte, allein in der Großstadt, ohne Geld, ohne Freunde, geschweige denn Angehörige.
»Was macht deine Suche nach einer Arbeit?«, beeilte er sich, sie aus der Reserve zu locken, doch Delia schwieg beharrlich.
»Ich muss gehen«, sagte sie nach einer Weile und stand auf. »Vielen Dank für das Essen.« Ohne ein weiteres Wort verließ sie das Lokal.
Christian kam sich wie ein Trottel vor, bezahlte und fuhr nach Hause in die Kantstraße. Eine Woche später schrieb er Delia einen Brief, entschuldigte sich für sein egoistisches Verhalten, erklärte, dass es ihm fern liege, sie zu bedrängen, und lud sie »in aller Freundschaft« zu einem Spaziergang in den Botanischen Garten und ein Abendessen ein, um seinen Fauxpas wiedergutzumachen. »Ich werde am Sonntag um 15 Uhr vor deinem Haus auf dich warten.«

Sie erschien um fünf Minuten vor sechzehn Uhr.
»Wäre es dir lieber gewesen, wenn ich fortgefahren wäre?«
»Ja.«
Christian zuckte zusammen. »Du bist wenigstens ehrlich«, sagte er und fügte ironisch hinzu: »Noch fünf Minuten Geduld, und du wärst mich los gewesen.«
Sie machte einen zaghaften Schritt auf ihn zu. »Christian ...«
»Ist schon gut. Du musst dich nicht entschuldigen.«
Unverwandt und mit einem flehenden Ausdruck ruhten ihre braunen Augen auf ihm, schienen ihn abzutasten und in sein Innerstes vorzudringen.
»Es gibt da etwas, was du wissen solltest«, sagte sie leise.

27

Die Tropfen aus Pflanzenextrakten, die Gesa seit sechs Wochen dreimal täglich einnahm, hielten die Schmerzen in ihrem Bein in Grenzen. Doch das Leben ohne Tabletten fühlte sich seltsam an, so als wäre ein Teil ihres Bewusstseins für immer verloren gegangen und hätte nur eine wispernde große schwarze Leere hinterlassen, die sie magisch anzog, sich ihr zu nähern. Gesa hatte sich angewöhnt, mit der Leere auf ihre eigene Art fertigzuwerden. Ein gezischtes »Halt die Klappe!« bannte die Versuchung eher, als sich ständig mit den eigenen Träumen und deren Bedeutung zu befassen, um auf diese Weise der Ursache für ihre Abhängigkeit auf die Spur zu kommen. Sie träumte wenig, erinnerte sich selten, und irgendwann hatte sie dem Psychoanalytiker einfach ein paar Märchen aufgetischt, die der Mann begierig aufgegriffen und seziert hatte. Seinen Ausführungen hatte sie nur mit halbem Ohr gelauscht, denn sie brauchte keinen Seelenarzt, um zu wissen, was mit ihr los war.

Sie bestach einen Pfleger und verließ in der Nacht zum 4. Mai unbemerkt die Klinik von Dr. Moldenhauer. Angetan mit einer schwarzen Kurzhaarperücke und einer Sonnenbrille bestieg sie das Taxi, das ohne Licht und mit laufendem Motor auf der Straße wartete. Der Fahrer, ein hagerer Mann Mitte fünfzig, machte große Augen, als sie ihn fragte, ob es ihm möglich sei, sie nach Bremen zu fahren, und nachdem sie sich auf einen Preis geeinigt hatten, ließ Gesa sich in die schwarzen Polster im Fond des Mercedes fallen. Einige Male setzte der Fahrer an, seinen Gast in ein Gespräch zu verwickeln, doch da Gesa nur einsilbig und widerwillig antwortete, gab er es schließlich auf.

In Schwerin machten sie kurz Rast. Während der Fahrer tankte, kaufte Gesa in einem kleinen Lebensmittelgeschäft Mettwurst, Käse, Brötchen und Milch. Die Aussicht, mit einem Wildfremden zu picknicken, der nicht wusste, welchen prominenten Namen sein Fahrgast trug, amüsierte sie. Und sie hatte Hunger, brüllenden Hunger auf etwas Deftiges. An einer wenig befahrenen Allee hielten sie an, setzten sich in das taufeuchte Gras und machten sich über den Imbiss her.

»Morjen hat mein Enkel Jeburtstach«, nuschelte der Fahrer kauend und nestelte aus der Hosentasche ein Foto, das eine junge Frau mit einem Baby auf dem Arm und einen freundlich dreinblickenden Offizier zeigte.

»Hübsch«, murmelte Gesa.
»Is'n altet Bild. Der Kleene wird schon fünf und wünscht sich 'n Fahrrad mit Hakenkreuzfahne.« Der Fahrer seufzte schwer und starrte auf das Foto. »Ick weeß nich. Mein Sohn liecht in Dünkirchen, und wir koofen dat Kind 'ne Hakenkreuzfahne. Macht doch keenen Sinn.«
»Sie dürfen so etwas nicht sagen«, erwiderte Gesa sanft. »Sie wissen doch gar nicht, wer ich bin.«
»Nee, aber dat Se was zu verberjen ham, sieht 'n Blinder mit Krückstock. Die Brille!« Er lächelte flüchtig. »Und det Haar. Na, jeht mich ja nüscht an.«
»Mein Bruder ist gefallen«, sagte Gesa und nahm die Brille ab. »Der Mann meiner Tante ist von einer Luftmine zerfetzt worden, und zwei unserer Angehörigen werden seit einem Jahr vermisst. Und ich habe bis jetzt nicht einmal die Zeit gefunden, um sie zu weinen.«
Der Fahrer nickte. »Det kommt noch.«
Sie schwiegen eine Weile, dann packten sie die Reste des Essens zusammen und fuhren weiter.
Am Nachmittag erreichten sie die Hansestadt.
Marie schlug die Hände zusammen, als sie Gesa erkannte.
»Ach du liebe Güte! Dein schönes Haar! Hat der Herr Niklas dir das eingeredet? Für welche Rolle soll das denn gut sein?«
Gesa lachte laut und riss sich die Perücke vom Kopf. In langen Wellen floss ihr honigblondes Haar auf die Schultern. »Für die schöne blonde Geheimagentin, die die Reporter des Satans abhängen muss ...«
»Um Himmels willen, diese Meute! Standen in den letzten Wochen x-mal vor der Tür, um uns auszuhorchen. Vor zwei Wochen habe ich einen richtig am Schlafittchen gepackt. Er und seinesgleichen sollen sich hinter die Oh-

ren schreiben, dass du nicht hier bist und dass wir auch nix sagen, habe ich ihm eingeschärft. Seitdem hat sich keiner mehr hier blicken lassen.«
»Wo sind Großmutter und Teresa? Und Mutter?«
»Wenn sie geahnt hätten, dass du kommst, wären sie hier. Aber so? Teresa ist in der Firma, Frau Andreesen senior beim Bridge und deine Mutter unterwegs nach Königsberg. Und wo die Frau Dora mit dem Kleinen hin ist, weiß der Himmel.« Vorwurfsvoll blickte Marie Gesa an und schüttelte den Kopf. »Du hast immer schon deinen eigenen Kopf gehabt, mein liebes Kind, aber deiner Mutter zu verbieten, dich am Krankenbett zu besuchen, ist ein bisschen happig.«
Gesa wandte sich ab. »Hat sie das gesagt?«
»Das braucht sie nicht. Ich weiß auch so Bescheid.«
»Ach, hör auf zu grummeln, Marie. Ich bin müde und hungrig.«
Damit ließ sie Marie stehen, ergriff ihren Koffer und ging die Treppe hoch.
Mit klopfendem Herzen öffnete sie die Tür zu ihrem Mädchenzimmer und seufzte erleichtert auf. Insgeheim hatte sie befürchtet, nein, sie war überzeugt davon, dass ihre Mutter in den vier Jahren, die sie nicht mehr in Bremen gewesen war, längst einen maurischen Salon oder ein Schuhzimmer oder was auch immer daraus gemacht hatte, und die Tatsache, dass dem nicht so war, trieb ihr die Tränen in die Augen. Sie ließ sich auf das Bett fallen und starrte an die Decke, die mit einem aquarellierten Horoskoprad bemalt war. Als Fünfjährige hatte sie die Darstellung in einem Lexikon entdeckt und war so fasziniert davon, dass sie ihrem Vater so lange in den Ohren gelegen hatte, bis er nachgegeben und das Deckengemälde hatte

anfertigen lassen. In den Nächten, wenn die Trauer um ihn sich um die Brust schnürte wie ein eiserner Ring, hatte Gesa immer die Nachttischleuchte angeschaltet und oft stundenlang wach gelegen, den Blick unverwandt auf das Universum über ihr gerichtet, auf Venus und Pluto, die Fische und die Jungfrau und all die anderen Planeten und Tierkreiszeichen. Der ewige Kreislauf ohne Anfang und ohne Ende hatte damals etwas Tröstliches besessen und verfehlte auch heute seine Wirkung nicht.
Leise klopfte es an der Tür, und Gesa fuhr hoch.
»Mein liebes Kind!« Langsam und auf einen Stock gestützt kam ihre Großmutter näher. »Du hast geschlafen wie ein Murmeltier. Lass dich ansehen.« Wache mattgrüne Augen musterten Gesa von Kopf bis Fuß. »Filmstars! Magere Hühnchen seid ihr!«
»Ich habe in den letzten sechs Wochen immerhin drei Kilo zugenommen«, protestierte Gesa und blies ihre Wangen auf. »Die Kamera wird denken, sie hätte einen Mops vor sich.« Sie sprang vom Bett auf und umarmte Elisabeth stürmisch. Ihre Großmutter wirkte zerbrechlich, strahlte aber wie eh und je Stärke und Entschlossenheit aus.
»Oder Hermann Göring«, feixte Elisabeth.
»Tststs, Oma ... Hast du etwas gegen den Dicken?«
»Nenn mich nicht Oma!«
»Wie geht es dir, Grooooßmutter?«
»Allmählich bleibt es selbst mir nicht verborgen, dass ich nicht mehr zwanzig bin. Die Hundert nehme ich noch mit, dann werde ich mich langsam verabschieden.«
»Sag so etwas nicht.« Gesas Miene verdüsterte sich, und sie ließ sich zurück aufs Bett fallen. Sie war nach Hause zurückgekehrt, um sich das Gefühl der Sicherheit zu erkämpfen, das ihr abhanden gekommen war, und jeder Ge-

danke an schmerzliche Veränderungen, die das vertraute Gefüge bedrohen könnten, erschreckte sie.
Mit einem tiefen Seufzer setzte sich ihre Großmutter neben sie und nahm Gesas Hand in die ihre.
»Christian hat uns gesagt, was mit dir los ist. Du weißt, dass ich keine Freundin von beschönigendem Gerede bin. Andere Großmütter würden sich vermutlich ihrer Rolle entsprechend darauf beschränken, dir deine Rekonvaleszenz mit Gebäck und heiteren Anekdoten zu versüßen.« Sie machte eine Pause. Dann fuhr sie fort: »Wasch dir die Schminke ab und schau in den Spiegel. Du musst erkennen, wer du wirklich bist. Und dafür ist es nötig, dass du mit deiner Mutter deinen Frieden machst. Sie ist nicht schuld an deinem Unglück. «
»Das weiß ich«, erwiderte Gesa trotzig.
»Mag sein, dass dein Verstand es weiß, aber nicht dein Gefühl.« Elisabeth erhob sich schwerfällig. Ihre Hand, die sich auf Gesas Schulter stützte, zitterte leicht. »Und jetzt komm, der Tee wird kalt.«

In stillem Einvernehmen ging die Familie nach der ersten Wiedersehensfreude dazu über, Gesas Anwesenheit in der Villa als selbstverständlich und nicht weiter der Rede wert hinzunehmen. Weder ihr glamouröses Leben in Berlin noch der Grund für ihre Rückkehr nach Bremen waren Gegenstand der Unterhaltung. Jeder ging einfach seinen Dingen nach. Teresa arbeitete im Kontor, und Dora bereitete die Aufführung eines Kinderstücks vor, das sie selbst geschrieben und ihrem verstorbenen Mann gewidmet hatte. Ella hielt sich für gewöhnlich in ihrem Zimmer auf und malte, und Elisabeth spielte Bridge und verbrachte viel Zeit in ihrem geliebten Rosengarten. Abends aßen sie gemeinsam, spielten Karten oder lasen. Die Tage flossen im gleichförmigen Takt banaler Alltagsereignisse dahin, und die Wonnen des Gewöhnlichen besänftigten Gesas aufgepeitschtes Gemüt. Selbst die Luftangriffe, die sie in den zwei Wochen dreimal aus dem Bett und, weil Elisabeth sich weigerte, das Haus zu verlassen, in den Weinkeller statt in den Luftschutzbunker jagten, erschütterten Gesas zuversichtliche Stimmung nicht, im Gegenteil. Die Angst zu sterben fegte den Rest ihrer emotionalen Lethargie fort, jenen Dämon, der sie dazu gebracht hatte, sich so selbstzerstörerisch zu verhalten, wie sie es getan hatte.

Sie ahnte die Zusammenhänge mehr als sie zu begreifen, und manches Mal fragte sie sich, was Dr. Moldenhauer wohl dazu zu sagen hätte. Er hatte von Schuld gesprochen, davon, dass sie unbewusst ihre Mutter dafür strafen wollte, dass sie die Lücke, die der Tod ihres Vaters in ihr Leben gerissen hatte, mit einem anderen Mann gefüllt hatte. Und davon, dass sie, Gesa, sich so zutiefst verlassen fühlte, dass sie niemandem gestattete, ihr wirklich nahe zu kommen, nicht einmal sich selbst. Das Publikum erfülle lediglich eine Ersatzfunktion, die Illusion des Geliebtwerdens.

Doch sie schüttelte die Erinnerung an die Gespräche mit dem Arzt stets wieder ab. Dies war ein anderes Kapitel, dem sie sich erst dann stellen konnte, wenn sie wieder ganz bei Kräften sein würde.

Sie verließ das Anwesen nicht, sondern streifte stundenlang durch den Garten, striegelte und umsorgte die Pferde und überließ sich dem Rhythmus des Seins, das nichts von Schuld und Verstrickung, Erwartungen und Enttäuschungen wusste.

An einem späten Nachmittag drei Wochen nach ihrer Ankunft kam Teresa, in Kostüm und mit Aktenmappe unter dem Arm, in den Stall geschlendert.
»Er vermisst dich«, sagte sie und wies auf Apoll, der seine weichen Nüstern an Gesas Schulter rieb. »Nur Mutter reitet ihn gelegentlich, aber sie hat zu wenig Zeit, sich wirklich um ihn zu kümmern.«
»Du bist früh dran«, wich Gesa aus.
»Ja.« Teresa zögerte einen Moment, dann fügte sie hinzu: »Ich bin seit Ewigkeiten nicht mehr geritten. Wir könnten in den Bürgerpark reiten und am Emmasee picknicken, wie früher.«
Gesa nickte. Vielleicht war die Idee gar nicht so schlecht. Einmal wieder auf Apolls Rücken zu sitzen und sich mit dem Trauma ihres Unfalls zu konfrontieren, wäre gewiss in Dr. Moldenhauers Sinn. Die Panik kroch in ihr hoch, als sie Apolls Sattel aus der Reitkammer holte. Ihr Herz jagte, als sie die Trense in sein Maul schob und das Tier aus dem Stall führte.
»Alles in Ordnung?«, fragte Teresa leise, als sie wenig später umgekleidet und mit einem Rucksack in der Hand zurückkehrte.
»Alles bestens«, erwiderte Gesa mit gepresster Stimme und vermied Teresas Blick. »Nimmst du Tita?«
»Ja. Die beiden mögen sich, dann gibt es unterwegs keine Probleme.« Teresa verschwand im Stall und sattelte die hellbraune Stute.
»Es wäre mir lieb, wenn wir es langsam angehen könnten«, sagte Teresa und saß auf.
»Mir auch«, entgegnete Gesa, bemüht, sich ihre Beklommenheit nicht anmerken zu lassen, und saß ebenfalls auf, beherzt, aber mit Furcht im Nacken. Apoll spürte ihre

Ambivalenz, wieherte und tänzelte. Entsetzt unterdrückte Teresa einen Schrei. Gesa jedoch reagierte instinktiv und mit der Sicherheit der erfahrenen Reiterin. Als der Hengst schließlich gehorsam in einen leichten Trab fiel, durchströmte sie ein Gefühl unendlichen Glücks.
Fast zwei Stunden durchstreiften sie die grüne Oase inmitten der Stadt, die Bremer Kaufleute lange vor Ende des 19. Jahrhunderts mit Brücken und Seen, Pavillons und Alleen, Wiesen und Wegen zu einem gartenarchitektonischen Kunstwerk für die Allgemeinheit hatten anlegen lassen. Verschwitzt und außer Atem erreichten sie den Emmasee, banden die Pferde an einen jungen Ahorn und ließen sich am Ufer ins Gras fallen. Gesa lauschte dem Glück in sich nach und gab sich dem Frieden hin, der so trügerisch wie bezaubernd über diesem Ort lag. Eine leichte Brise kräuselte die Oberfläche des Wassers, das in der Sonne glitzerte wie flüssiges Silber, einige rot und grün lackierte Ruderboote trieben an ihnen vorbei, irgendwo quakte ein Frosch, eine Clique junger Mädchen auf Fahrrädern nahm Kurs auf das Kaffeehaus am See, das den Andreesens gehörte.
»Und du hast deine Begeisterung für die Firma entdeckt«, bemerkte Gesa nach einer Weile.
»Hm«, machte Teresa. Dann richtete sie sich auf, sammelte ein paar kleine Steine und warf sie nacheinander ins Wasser, wo sie mit leisem Glucksen untergingen. »Es ist nicht nur der Kaffee«, sagte sie zögernd und begann von Manuel zu erzählen, von seiner Einstellung zum Leben, die sie so sehr berührt hatte, und von der tiefen Liebe, die sie für ihn empfand. »Das Wissen, dass es ihn gibt und dass ich eines Tages zu ihm zurückkehre, hilft mir über alles hinweg. Auch über Clemens' Tod.«

»Woher willst du wissen, dass er auf dich wartet?«, wandte Gesa ein. »Ihr habt euch seit drei Jahren nicht gesehen.«
»Das ändert nichts. Es ist, als berührten sich unsere Seelen ...«
»Ich beneide dich«, stellte Gesa sachlich fest.
»Aber du hast doch Niklas«, wandte Teresa vorsichtig ein.
Gesa schüttelte den Kopf. »Ich habe ihn nicht gut behandelt. Wahrscheinlich hat er die Nase gestrichen voll von mir, und ich kann es ihm nicht einmal verdenken.«
Teresa öffnete den Rucksack. »Hast du Hunger?«
»Und wie«, sagte Gesa lachend und nahm eines der Päckchen entgegen, die ihre Schwester ihr reichte.
»Was ist das?«, fragte sie und biss vorsichtig in den nach Honig duftenden Riegel.
»Das hat Elias Frantz entwickelt. Eine Art konzentriertes Lebensmittel für die Soldaten. Damit will Mutter Hitler ködern und sich die Gestapo vom Hals schaffen, aber der Bürgermeister, dieser Idiot, lässt sie am ausgestreckten Arm verhungern.«
Gesa kaute mit gerunzelter Stirn. »Schmeckt ganz gut. Kein Kaviar, aber immer noch besser als tagaus, tagein Bohnen. Könnt ihr denn genug davon produzieren?«
»Im Moment noch nicht. Wir brauchen mehr Korn und Honig. Aber bevor wir entsprechende Mengen einkaufen, braucht Mutter die Gewissheit, dass die Wehrmacht ihr die Riegel auch abnimmt.«
»Da beißt sich die Katze in den Schwanz«, sagte Gesa ironisch. Sie schwieg einen Moment, dann grinste sie ihre Schwester an, und ihre Augen blitzten. »Man könnte die Dinge ja ein wenig beschleunigen. Was meinst du wohl, was passiert, wenn ich den richtigen Leuten auf die Nase

binde, dass eine grandiose Erfindung zum Segen der Soldaten in Bremen schmort, während der Bürgermeister Däumchen dreht?«
Überrascht erwiderte Teresa: »Das würdest du tun?«
»Mit Vergnügen. Gib mir ein paar von diesen Riegeln mit, irgendeiner der hohen Herren wird schon anbeißen. Aber sag nichts zu Mutter, bis ich etwas erreicht habe.«
»Du willst doch aber noch nicht abreisen!«
»Es wird Zeit. In drei Wochen ist Drehbeginn für meinen neuen Film, und zuvor habe ich haufenweise Termine für Kostümproben, Standfotos, Make-up, Frisuren et cetera pp.«
»Gesa, das ist zu früh! Du hast gerade einen Nervenzusammenbruch hinter dir!«
»Nennen wir die Dinge doch beim Namen, Schwesterherz«, erwiderte Gesa gelassen. »Ich war süchtig und wahrscheinlich bin ich es noch, jedenfalls hier.« Sie tippte sich an die Schläfe. »Aber es hat keinen Sinn, sich vom Rest der Welt abzuschotten. Wenn ich der Versuchung nicht widerstehen kann, ist es völlig unerheblich, wo ich mich aufhalte, in Bremen oder im Studio.«
»Das glaube ich nicht. Ich denke, es macht durchaus einen Unterschied, ob du bei deiner Familie bist oder genau in dem Umfeld, wo du dir angewöhnt hast ... dieses Zeug zu nehmen.«
»Wahrscheinlich hast du recht. Aber wenn ich nicht stark genug bin, holt mich die Sucht ohnehin früher oder später ein.« Leise fügte sie hinzu: »Ich will auch wegen Niklas zurück nach Berlin. Wir haben beide für den Erfolg gekämpft, und er setzt auf mich. Dieser Film ist ihm so wichtig. Ich kann ihn nicht im Stich lassen. Außerdem muss ich mir endlich klar werden, was ich für ihn empfinde.«

»Willst du nicht wenigstens warten, bis Mutter wieder zu Hause ist? Du solltest dich mit ihr aussprechen«, wandte Teresa behutsam ein.
»Ich weiß, und das werde ich auch. Aber nicht jetzt. Ich muss erst mein Leben in den Griff bekommen.«
Sie erhob sich und klopfte sich die Krümel von der Reithose. In einigen Metern Entfernung standen die Mädchen, die vorhin an Gesa und Teresa vorbeigefahren waren, und beobachteten sie, kichernd die einen, mit großen Augen die anderen. Schließlich löste sich eins aus der Gruppe und kam langsam näher.
»Entschuldigen Sie bitte, aber sind Sie nicht Diana Landauer?«
Als Gesa nickte, ging ein leises Raunen durch die Reihe. Aufgeregt stürzte das Mädchen zu seinen Freundinnen zurück, und alle begannen hastig in ihren Rucksäcken zu kramen.
»Siehst du«, sagte Gesa leise zu Teresa gewandt, »es macht keinen Sinn, sich zu verstecken.«
Und als sie begann, ihren Namenszug auf Zettel und in Oktavheftchen zu schreiben, öffneten sich ihre Züge zu jenem Diana-Landauer-Strahlen, das die Kamera so sehr liebte.

28

Entnervt legte Felicitas die Zeitung weg. Das Propagandageschreibsel höriger Journalisten war nicht das Papier wert, auf dem es gedruckt wurde. Keiner wagte zu formulieren, was niemandem verborgen bleiben konnte – dass die blühenden Landschaften Deutschlands mehr und mehr einer pockennarbigen Ödnis ähnelten, die Städte in Schutt und Asche versanken und die Illusion, der Reichskanzler führe sein Volk zum sicheren Sieg und zur Herrschaft über ganz Europa, wenn nicht sogar der Welt, spätestens nach dem Ende der »Blitzkriege« allmählich der Ahnung hätte weichen müssen, dass das Tausendjährige Reich im Begriff stand, möglicherweise nicht einmal das zwölfte Jahr seiner Existenz zu erleben. Doch die Propaganda-Maschinerie funktionierte reibungslos und hielt weite Teile der Bevölkerung nach wie vor bei der Stange. Am 7. November 1942 landeten starke alliierte Verbände in Marokko und Algerien, und nachdem die 6. Armee nach zermürbendem, furchtbarem Kampf in Stalingrad kapituliert hatte, rief Joseph Goebbels am 18. Februar 1943 den »totalen Krieg« aus. Eine hysterische Phrase, und dennoch jubelten ihm die Massen beharrlich weiter zu, ungeachtet der Tatsachen, dass am 13. Mai deutsche und italienische Streitkräfte in Nordafrika die Waffen streckten und amerikanische und britische Bomber dazu übergingen, ihre Angriffe auch tagsüber zu fliegen und die Flächenbombardements auf ganz Deutschland auszudehnen. Im Juli ging die Rote Armee in die Offensive und gewann bis Jahresende Smolensk und Kiew zurück. Italien kapitulierte, nachdem die Alliierten im Süden gelandet waren, und die neue Regierung erklärte Deutschland sogleich den Krieg. Am 6. Juni 1944 passierte das, was nach Auffassung der Nationalsozialisten undenkbar war: Die Alliierten landeten in der Normandie. Die Amerikaner durchbrachen den Westteil der deutschen Front und zwangen die deutschen Truppen, sich auf eine improvisierte neue Linie zurückzuziehen, die belgisch-niederlän-

dische Grenze westlich Elsass-Lothringens. Hitler, dem Attentat im Führerhauptquartier um Schnurrbartbreite entronnen, hatte ihnen nichts entgegenzusetzen außer dem Wahn, im letzten Moment könnte die »Wunderwaffe« – was immer das sein sollte – das Ruder herumreißen. Felicitas' Blick fiel auf die Standuhr, die ihren Dienst trotz ihres Alters immer noch zuverlässig versah. Kurz nach siebzehn Uhr. Zeit, sich umzukleiden. Was die BBC zu den neuesten Entwicklungen zu sagen hatte, würde sie nach ihrer Rückkehr erfahren, dann, wenn sich die ganze Familie wie jeden Abend zu später Stunde vor dem Volksempfänger versammeln und mit klopfenden Herzen auf das Bummbummbummbum warten würde, jene vier dumpfen Töne, die inzwischen fast jedes deutsche Kind dem britischen Sender zuordnen konnte. Natürlich war es verboten, BBC zu hören, und mancher Bürger war schon in »Schutzhaft« gelandet, weil ein linientreuer Nachbar sein Ohr an die Wand nach nebenan gepresst, die vier Töne erkannt und sogleich Meldung gemacht hatte. Doch immer mehr Menschen gingen dieses Risiko ein, weil es die einzige Möglichkeit war zu erfahren, was wirklich im Land vor sich ging – jenseits dessen, was Goebbels und seine Mannen die Bevölkerung glauben machen wollten.
Felicitas richtete sich sorgfältig her, pinselte mit einem Rest Wangenrot einen Hauch von Frische auf ihr angespanntes Gesicht und verließ die Villa.
Als sie den großen Saal des Rathauses betrat, segelte Bürgermeister Röhmcker jovial lächelnd sogleich auf sie zu, ergriff ihre Hand und hielt sie ein wenig zu lange fest. »Sie sehen hinreißend aus, wenn Sie mir diese Bemerkung gestatten, verehrte Frau Hoffmann!« Dann senkte er die Stimme: »Ich glaube, die Dinge stehen gut. Mir wurde si-

gnalisiert, dass man Ihr Angebot wohlwollend zu prüfen gedenkt.« Er machte eine Pause und sah Felicitas erwartungsvoll an.

»Das ist eine gute Neuigkeit«, erwiderte Felicitas verhalten. Sie wollte Röhmcker nicht verprellen, war aber auch nicht bereit, begeistert nach dem armseligen Wurstzipfel zu schnappen, den er ihr vor die Nase hielt. Oft genug hatte er in den letzten Jahren Andeutungen dieser Art fallen lassen, und oft genug war sie drauf und dran gewesen, die benötigten Rohstoffe einzukaufen, doch nie hatte sich auch nur der Ansatz eines Fortschritts abgezeichnet, und sie war es gründlich leid, umso mehr, da sie ihre Offerte nicht zurücknehmen konnte, selbst jetzt nicht, da es kein Korn und keinen Honig mehr gab. Man machte Hitler kein Angebot und widerrief es dann einfach, es sei denn, man war lebensmüde.

Doch zu ihrer Überraschung ließ es Röhmcker nicht bei seinen üblichen Versprechungen bewenden, sondern fügte hinzu: »Der Schachzug, Ihre Tochter ganz oben ein wenig Reklame für Ihr Produkt betreiben zu lassen, war nicht von schlechten Eltern.« Er schien die Verblüffung, die sich auf ihrem Gesicht ausbreitete, nicht zu bemerken, und zwinkerte ihr anerkennend zu. »Noch ein klein wenig Geduld, und das Geschäft wird unter Dach und Fach sein. Sie werden jedoch verstehen, dass in Berlin zunächst dringlichere Entscheidungen anstehen.«

»Immerhin gehöre ich nicht mehr zum Kreis der Verfemten, wie Ihre Einladung beweist, obwohl die Anwesenheit der Gestapo vor meinem Haus eine andere Sprache spricht«, erwiderte sie ironisch und machte Anstalten, sich zu den Gästen zu begeben, als Röhmcker sie zurückhielt.

»Ich habe mich erkundigt«, sagte er leise und eindringlich. »Sie werden nicht überwacht.«
Felicitas verzog das Gesicht. »Und wer sitzt dann Tag und Nacht in einem schwarzen Auto vor der Villa und vor dem Kontorhaus? Wer folgt mir auf Schritt und Tritt?«
»Die Gestapo jedenfalls nicht«, entgegnete er mit leisem Ärger in der Stimme. »Glauben Sie, ich hätte Ihrem Wunsch entsprochen und Ihr Angebot weitergeleitet, wenn Sie nicht über jeden Zweifel erhaben wären?« Entgeistert starrte Felicitas ihn an, das Blut wich aus ihren Zügen. »Es gab wohl eine Zeit, da man es für angebracht hielt, ein Auge auf Sie zu haben«, fuhr er fort, »aber das ist längst vorbei, genau genommen seit Beginn des Kriegs.« Er grinste. »Wenn man alle Ehefrauen überprüfen sollte, deren Männer etwas auf dem Kerbholz haben, hätten wir ja viel zu tun. Außerdem haben Sie Ihre aufrechte Gesinnung ja hinlänglich unter Beweis gestellt.«
Mit diesen Worten ließ er sie stehen und wandte sich den anderen Gästen zu – Kaufleute und Anwälte die meisten, außerdem zwei Pastoren, drei Mediziner und eine Handvoll SS-Offiziere, von denen zwei Felicitas vage bekannt vorkamen. Sie standen in kleinen Gruppen beieinander, plauderten und leerten ihre Sektgläser, die ein junges, sehr nervöses Mädchen in schwarzem Kleid, weißer Schürze und Häubchen auf einem für ihre grazile Gestalt viel zu großen und schweren Silbertablett balancierte und jetzt Felicitas mit einem fragenden Gesichtsausdruck hinhielt.
»Danke«, sagte Felicitas freundlich. Die Wut über Röhmckers Eröffnung verdrängte ihr Erstaunen über Gesas eigenmächtiges Verhalten. Wenn sie gewusst hätte, dass sie nicht im Fadenkreuz der Gestapo stand, hätte sie dem Mann, geschweige denn Hitler, niemals ein solches Ange-

bot unterbreitet. Aber wer zum Teufel spielte dann mit ihr Räuber und Gendarm? Wer besaß so viel sarkastische Energie, sie mit einem solch üblen Trick zu quälen – und vor allem, mit welchem Motiv? Geistesabwesend erwiderte sie die Grüße einiger Unternehmer und wechselte hier und da ein paar Worte, als ein Gong den Beginn des Festmahls ankündigte, mit dem man Hitlers rasche Genesung nach dem Attentat zu würdigen und zu feiern gedachte.

Mit einer geschmeidigen Bewegung glitt der Gewürzhändler Frank Middeldorf an ihre Seite. »Ich habe die Ehre, Ihr Tischherr sein zu dürfen«, näselte er und begleitete Felicitas in den Nebensaal, wo die Gäste an einem mit Damasttüchern, schimmerndem weißem Porzellan und funkelndem Silberbesteck gedeckten ovalen Tisch mit gewaltigen Ausmaßen Platz nahmen. Während der Gewürzhändler sein Lieblingsthema – die ungemein komplizierte, aber lohnende Entwicklung eines eigenen Gewürzes für die nordische Rasse – vor Felicitas auszuwalzen begann, bemühte sie sich, die Speisefolge zu entziffern, die auf einem Blatt cremeweißen Büttenpapiers auf jedem Teller lag, anmutig dekoriert mit einer gelben Schleife und einer gelben Teerose.

Mockturtelsuppe, dazu Sherry, las sie. Steinbutt mit holländischer Sauce, dazu 1937er Piesporter Grafenberg vom Weingut des Reichsgrafen von Kesselstadt, Mastente mit Erbsen und Bohnen, dazu 1926er Chateau St. Hilaire Portets, und als Dessert Weingelee, Kaffee und Likör.

Das Wasser lief ihr im Mund zusammen, doch zugleich stieg unbändiger Widerwille in ihr hoch. Wie viele Lebensmittelmarken sie dafür wohl aufgebracht haben, dachte sie empört. Auf den Straßen Bremens standen

Frauen stundenlang für einen Liter dünne Wurstbrühe an, in den Ruinen der Häuser spielten Kinder, die Beine und Arme so dünn wie Streichhölzer, alte Menschen, abgezehrt, ausgemergelt, die Köpfe Totenmasken gleich, konnten sich kaum noch auf den Beinen halten. Die Marken reichten hinten und vorne nicht, und der Schwarzmarkt gedieh. Wer Mumm besaß oder verzweifelt genug war, stellte sich in der Dämmerung an die einschlägigen Straßenecken und tauschte seine letzte Habe gegen ein Ei, ein Brot, ein Pfund Kaffee. Wer Pech hatte und erwischt wurde, konnte froh sein, nicht zum Tode verurteilt zu werden. Jeden Tag machten sich Hunderte Frauen auf den Weg zu Fuß oder per Rad und fielen in die Dörfer der Umgebung ein, um Lebensmittel zu hamstern, oft beschimpft, meistens übervorteilt von den Bäuerinnen, die ihnen den Speck nicht gönnten, aber auf den x-ten Messingleuchter, den Schmuck und die Teppiche auch nicht verzichten mochten, die ihnen dargereicht wurden. Zum Glück hatte Marie Verwandte in Syke, die mit Eiern, Milch und Gemüse nicht knauserten, und dennoch reichte es in der Villa gerade für das Nötigste.

Zornig blickte Felicitas an sich hinunter. Beinahe wäre sie zu spät gekommen, weil sie kein einziges Kleid gefunden hatte, das nicht um ihre mageren Kurven herumschlackerte wie ein Ein-Mann-Zelt im Wind, so dass sie gezwungen gewesen war, ihr hellblaues Taftkleid mit einer grauen Seidenschärpe auf Taille zu bringen. Und hier briet man Mastenten! Kein Wunder, dass der dicke Göring nach wie vor aus allen Nähten platzte.

»In der Suppe für Ostflüchtlinge soll sich das Fleisch einer im Tierpark Hagenbeck verendeten sechsundvierzigjährigen Elefantenkuh befunden haben«, raunte eine ver-

traute Stimme in ihr linkes Ohr, und Felicitas fuhr herum.
»Guten Abend«, sagte sie, jäh ihrer Schlagfertigkeit beraubt, und reichte Bernhard die Hand, in den aquamarinblauen Augen die stumme Frage: Was tust du hier, bist du wahnsinnig?
Gut gelaunt zwinkerte er ihr zu, grüßte nonchalant in die Runde und setzte sich auf den freien Platz zwischen sie und die Tochter des betagten Fabrikanten Gerber. Während der erste Gang serviert wurde, floss die Unterhaltung munter dahin. Bernhard brillierte wie eh und je mit kleinen Anekdoten, gab vor, sich für die ehrgeizigen Pläne von Frank Middeldorf zu interessieren, und antwortete freimütig auf neugierige Fragen, in welchen fremden Gefilden und für wen er in der letzten Zeit denn Gärten angelegt habe, man habe ihn ja so lange nicht zu Gesicht bekommen. Felicitas brachte kaum einen Bissen hinunter, seine Tollkühnheit schnürte ihr die Kehle zu, doch mit eiserner Selbstbeherrschung zwang sie die jagende Angst zurück und brachte es nach einer Weile fertig, sich mit kühlem Charme an den Gesprächen zu beteiligen. Verstohlen musterte sie ihn von der Seite. Sein Haar war fast weiß geworden in den zwei Jahren, da sie sich nicht gesehen hatten, doch es stand ihm verteufelt gut. Wenn er lächelte, legten sich feine Falten wie ein Strahlenkranz um seine Augenwinkel, und er lächelte viel an diesem Abend, wenn auch aus einem anderen Grund als der Rest der Gesellschaft, der lachte, aß und der Überzeugung zuprostete, so schlimm würde es schon nicht ausgehen mit dem Krieg.
Um zweiundzwanzig Uhr dreißig zerstörten die Sirenen jäh die aufgeräumte Stimmung. Einige Frauen stießen spitze Schreie aus, einige Männer erbleichten, andere taten

so, als ginge sie der Fliegeralarm nichts an. »Nur die Ruhe, meine Damen!«, tönte Bürgermeister Röhmcker. »Wir lassen uns doch von dem Gelump nicht das Dessert verderben, nicht wahr?« Er schnippte mit den Fingern, und die Kellnerinnen, blass und verängstigt, servierten das Weingelee. Schweigend begannen die Gäste zu löffeln, Blicke huschten hin und her, selbst die beiden Offiziere, die Felicitas gegenübersaßen, hatten erkennbar Mühe, zuversichtlich dreinzuschauen. Die Minuten zerrannen zäh wie selbst gekochte Seife. Die Sirenen heulten.

»So, jetzt noch ein Tässchen Kaffee und einen Cognac, und dann sollten wir uns ins Unvermeidliche schicken.« Selbstgefällig, die Spitzen seiner fleischigen Finger zu einem Dreieck aneinandergelegt, fixierte Röhmcker seine Gäste. Offenkundig bereitete es ihm höchstes Vergnügen, sie zappeln zu lassen. Die Kellnerinnen räumten die Dessertschalen ab und kehrten wenig später mit Kaffeekannen und zierlichen Etageren mit Pralinen und Gebäck zurück. Das junge Mädchen, das Felicitas zuvor den Sekt kredenzt hatte, zitterte so, dass sie die bauchige Kanne fallen ließ, gerade als sie Bernhards Tasse in die Hand nehmen wollte. Das Porzellan schlug auf dem Boden auf, zersprang in tausend Stücke, der kochend heiße Kaffee spritzte auf Bernhards rechten Smokingärmel und bedeckte Felicitas' Kleid vom Dekolleté bis zum Saum mit Flecken. Erschrocken fuhr Felicitas hoch. Hektisch stürzte das Mädchen zum Serviertisch und kam mit Damastservietten zurück.

»Lassen Sie nur«, sagte Felicitas lässig zu dem Mädchen und sah den Bürgermeister bedauernd an. »Wenn Sie mich dann bitte entschuldigen wollen. Mit dem Malheur auf dem Kleid kann ich unmöglich länger bleiben.«

»Aber selbstverständlich, gnädige Frau. Ich hoffe, Sie haben sich nicht verletzt.«
»Nein«, entgegnete Felicitas knapp, bedachte Bernhard mit einem vielsagenden Blick und rauschte davon.
Ihr Aufbruch brachte Bewegung in die Runde. Die meisten hatten ohnehin nur auf eine günstige Gelegenheit gewartet, sich elegant verdrücken zu können.
»Ich schließe mich an«, erklärte Frank Middeldorf. »Morgen früh erwartet mich ein wichtiger Termin. Gewürze ... Sie verstehen ...«
»Ich begleite Frau Hoffmann«, sagte Bernhard, was im allgemeinen Stimmengewirr jedoch unterging. Rasch holte er Felicitas ein, und sie liefen die Treppen hinunter und durch die Halle des Rathauses ins Freie, gefolgt von den Offizieren und Frank Middeldorf.
In Finsternis getaucht lag der Marktplatz mit dem verbarrikadierten Roland vor ihnen. Felicitas schlüpfte aus ihren hochhackigen Schuhen und rannte los.
»Mein Wagen steht in der Wachtstraße«, schrie Bernhard, doch seine Worte gingen im Lärm der nahenden Bomber unter. Blind vor Angst lief Felicitas weiter. Bernhard packte sie am Arm, stürzte auf den Wagen zu, riss die Türen auf und startete mit quietschenden Reifen.
18. August 1944, dreiundzwanzig Uhr sechsundfünfzig. Bremen stand im Begriff, den 132. Luftangriff und die schlimmste Bombennacht seit Beginn des Kriegs zu erleben. Während der nächsten Dreiviertelstunde sollten 500 Flugzeuge 68 Minenbomben, 2323 Sprengbomben, 10 800 Phosphorbomben und 108 000 Stabbrandbomben abwerfen und das Hafenquartier, den gesamten Westen der Stadt bis zum Waller Ring, 8248 Wohngebäude, 34 öffentliche Gebäude, 37 Industrieanlagen, 4

Kirchen, darunter die Stefaniekirche, und das Fockemuseum zerstören.
Die Hände um das Lenkrad gepresst, jagte Bernhard den roten Opel durch die Wachtstraße über den Wall Richtung Hauptbahnhof, das Inferno aus gierig züngelnden Flammen, zerberstendem Glas, detonierenden Bomben und dem enervierenden Gebrumm der angreifenden Maschinen kaltblütig ignorierend. Während Felicitas in stummem Entsetzen dem Untergang ihrer Heimat zusah, starben 1054 Männer, darunter Elias Frantz und Wilhelm van der Laaken und viele weitere Frauen und Kinder. 49 100 Menschen wurden obdachlos.
In halsbrecherischem Tempo raste Bernhard die Findorffstraße hinter dem Hauptbahnhof entlang, dann drosselte er die Geschwindigkeit und bog vom Weidedamm auf einen Waldweg in den Bürgerpark ein. »Hier bleiben wir.«
»Bist du verrückt? Ich will nach Hause! Sofort! Teresa ...«
»Du kannst nichts für sie tun.« Er nahm ihre Hände und hielt sie fest umklammert. »Wir warten, bis der Spuk vorbei ist, dann fahren wir rüber. Aber einstweilen sind wir hier sicherer. Wozu sollten sie den Park bombardieren?«
Bernhard machte den Motor aus, zündete zwei Zigaretten an und reichte Felicitas eine. Schweigend rauchten sie, den Blick unverwandt auf den Emmasee gerichtet, der wie ein feuchter Spiegel vor ihnen lag.
»Wieso bist du hier?«
»Dein Enthusiasmus ist ja kaum auszuhalten ...«
»Ach, du weißt doch, wie ich es meine«, erwiderte Felicitas ungeduldig. »Du tauchst nach zwei Jahren mir nichts, dir nichts im Rathaus auf, plauderst mit den SS-Leuten, als wären sie deine engsten Freunde, erzählst von irgendwelchen Gärten, die es wahrscheinlich gar nicht gibt ...«

»Scht«, machte er, nahm ihre Hand und küsste sie. »Nicht böse sein. Zur Tarnung habe ich in Paris mit den Deutschen zusammengearbeitet und ihnen haufenweise Konzepte für Parkanlagen verkauft, die, sobald der Krieg vorbei ist, angelegt werden sollen – schöner als Versailles. Kein Mensch hat je Verdacht geschöpft, ich könnte etwas mit der Résistance zu tun haben. Gewiss, ich gelte als ein wenig halbseiden, aber das ist auch alles. Als die Amerikaner Paris befreiten, beschloss ich zurückzukehren. Für die Deutschen ist es das perfekte Alibi – linientreuer Gartenarchitekt wieder daheim!« Als sie nichts entgegnete, nahm er ihr Kinn in die Hand und zwang sie, ihm in die Augen zu sehen. »Was ist los?«
»Du bist Halbjude«, flüsterte Felicitas.
Abrupt ließ er sie los. »Lass das bitte meine Sorge sein. Nur wenige wissen darum, und der Einzige, der gerne davon Gebrauch machen würde, ist Anton, und der wird sich hüten.«
Felicitas starrte ihn an. »Du hast dich nicht verändert, Bernhard«, sagte sie bitter. »Damals wie heute ist es dir völlig gleich, was die Menschen, die dir nahestehen, empfinden.« Es tat ihr weh, ihn zu verletzen, doch indem er sein Leben aufs Spiel setzte, zeigte er ihr mehr als deutlich, wie viel ihm ihre Liebe wert war.
Ein Schatten flog über sein Gesicht. »Dorothee und den Mädchen geht es gut«, sagte er schließlich. »Steffen … geht es auch gut.«
Die Art, wie er die Worte dehnte, passte nicht zu Bernhard, und Felicitas brauchte einen Moment, um zu begreifen, was er ihr damit schonend sagen wollte. Widersprüchliche Empfindungen kämpften in ihr, doch schließlich nickte sie.
»Es ist gut so. Dorothee braucht einen Mann an ihrer Seite,

der sie stützt … und die gleichen Ziele verfolgt. Hat er … ich meine, lässt er mir etwas ausrichten?«
»Er bittet dich um Vergebung. Und er wünscht uns alles Gute.«
»Was ist mit Pierre?«, fragte sie leise.
»Sie haben ihn nach Dachau gebracht.«
»Nach Dachau?«, wiederholte Felicitas tonlos.
»Das ist wenigstens nicht Auschwitz.«
»Gibt es irgendetwas, was wir für ihn tun können?«
»Nichts außer beten.«
»Ja.« Sie nickte und sah hinaus. Aus dem Rauch, der über der Stadt lag, stiegen die Erinnerungen an jene Zeiten auf, da sie den Kaiser vor der Toilette im Rathaus abgefangen und ihn charmant gezwungen hatte, ihren Plänen für einen Kunstpark zu lauschen. Und wie sie in der Bürgerschaft aufgestanden und ihren Widersacher, den Sozialdemokraten Nussbaum, mit wilder Empörung und vibrierender Entschlossenheit zum Schweigen gebracht hatte. Doch rasch schob sie die Gedanken beiseite. Es führte zu nichts, die Vergangenheit zu beschwören. Das hier waren andere Dimensionen, Dimensionen des Bösen, denen niemand mit Hoppla-jetzt-komm-ich-Attitüde beikam.
»Wirst du noch überwacht?«, fragte Bernhard leise, als würde er sich scheuen, das Thema anzusprechen.
Felicitas runzelte die Stirn. »Ich weiß es nicht. Das schwarze Auto folgt mir auf Schritt und Tritt, aber Röhmcker hat gesagt, die Gestapo wurde abgezogen.«
»Das kann ein Trick sein«, wandte Bernhard ein.
»Glaube ich nicht. Dafür ist Röhmcker zu blöd.«
»Du solltest ihn nicht unterschätzen. Aber es kann ja nicht schaden, wenn wir versuchen herauszufinden, wer dich beschattet.«

»Nein, das lässt du sein.« Mit funkelnden Augen wandte sie sich ihm zu. »Hör mir gut zu, Bernhard Servatius. Ich bin dein Hasardeurentum leid. Entweder du kommst jetzt mit mir und bleibst verdammt noch mal so lange in der Villa, bis dieser Krieg vorbei ist, oder du kannst dich dahin scheren, wo der Pfeffer wächst. Ich habe es satt, mich zu Tode zu ängstigen.«
»Täusche ich mich, oder war das gerade eine Liebeserklärung?«
»Ach, halt doch den Mund«, sagte sie ungnädig, ließ es aber zu, dass er sie an sich zog und küsste. In diesem Moment der Innigkeit bemerkten sie nicht, wie sich allmählich Stille über die Stadt senkte. Und auch nicht, dass sich eine Gestalt aus dem Schatten des Opel löste und geschützt von der Dunkelheit zu einem wartenden Auto schlich.

Als sie die Andreesen-Villa erreichten, entrang sich Felicitas' Brust ein Seufzer der Erleichterung. Bis auf einige geborstene Fensterscheiben und zahlreiche Einschusslöcher in der Fassade war das Haus unversehrt geblieben. Bernhard und Felicitas stürzten in die Halle.
»Gott sei Dank!«, rief Felicitas und umarmte Teresa, die weinend in ihre Arme flog.
»Die anderen sind noch im Keller«, stammelte ihre Tochter schluchzend. »Ella ist vor Angst fast wahnsinnig geworden und hat ohne Unterlass geschrien, bis Oma ihr ein paar Backpfeifen verabreicht hat. Und jetzt bewegt Oma sich nicht mehr und sagt keinen Ton.«
Sie eilten in den Weinkeller. Ella lehnte an der Wand, die Hände vors Gesicht geschlagen, ihr Oberkörper zuckte. Dora hockte auf dem Fußboden, wiegte Michael auf dem

Schoß, streichelte sein zerzaustes Haar und flüsterte ihm beruhigende Worte ins Ohr. »Bald geht es Oma wieder gut«, sagte sie. »Sie hat bestimmt nur einen Schreck gekriegt.« Hilfesuchend sah sie Felicitas und Bernhard an, dann glitt ihr Blick zu Elisabeth, die zusammengesunken auf zwei übereinandergestapelten Weinkisten saß, als wäre fast alles Leben aus ihrem Körper gewichen, bis auf einen Rest, der sie atmen ließ. Bei dem Anblick gefror Felicitas das Blut in den Adern.
»Dora, geh mit Michael nach oben«, ordnete Bernhard an.
»Wo ist Marie?«
»Als die Entwarnung kam, ist sie losgerannt, als wären die Russen hinter ihr her«, antwortete Dora.
»Hat sie gesagt, wohin sie will?«
»Nein.«
»Na schön. Teresa, koch du dann bitte Tee.«
»Wir haben keinen Tee mehr.«
»Dann mach heißes Wasser.« Behutsam nahm Bernhard Elisabeths Hand und fühlte nach ihrem Puls. »Ich vermute, sie hat einen Schock erlitten. Zudem ist sie unterkühlt, wir müssen sie wärmen.« Er fing Felicitas' skeptischen Blick auf. »Keine Sorge, in den letzten zwei Jahren habe ich mehr als einmal Erste Hilfe leisten müssen. Ich trage sie nach oben.«
Nachdem Felicitas Ella in ihr Zimmer geführt und ihr die letzten Schlaftabletten eingeflößt hatte, die sie im Bad hatte finden können, ging sie hinüber in Elisabeths Schlafzimmer, wo Teresa eilig ein Feuer im Kamin zu entzünden versuchte. Plötzlich klappte die Haustür geräuschvoll auf und wieder zu. Felicitas stürzte an die Balustrade.
»Marie!«
Schnaufend erklomm Marie die Treppe, den greisen Pro-

fessor Becker im Schlepptau. Der Arzt, der Felicitas' vier Kindern auf die Welt geholfen und jahrzehntelang die Krankheiten der Andreesens behandelt hatte, konnte sich selbst kaum auf den Beinen halten, machte sich aber unverzüglich daran, Elisabeth zu untersuchen.
»Ich hab bei den Beckers Sturm geklingelt«, flüsterte Marie Felicitas zu. »Und seine Frau hat aus dem Fenster gebrüllt, ich solle sie in Ruhe lassen, aber als ich zurückbrüllte, dass es um Elisabeth Andreesen geht, ist er sofort runtergekommen.«
»Danke, Marie«, sagte Felicitas. Die Treue der alten Frau zu der Familie trieb ihr die Tränen in die Augen.
Nachdem der Arzt Elisabeth untersucht hatte, erhob er sich mit einem tiefen Seufzer und drückte Felicitas die Hand. »Sie hat einen leichten Schlaganfall erlitten. Im Moment können wir nur hoffen, dass die Gnade ihres eisernen Willens ihr auch dieses Mal zuteil wird.«
»Ich fahre sie nach Hause«, sagte Bernhard, doch Professor Becker schüttelte den Kopf. »Lassen Sie nur, ich habe es ja nicht weit.« Er verabschiedete sich und ging leise die Treppe hinunter.
Elisabeth schlief, sachte wie ein Wimpernschlag hob und senkte sich das Federbett im Takt ihrer Atemzüge. Felicitas hatte sich den Ohrensessel, in dem ihre Schwiegermutter jeden Abend saß und ihren geliebten Mozart-Opern lauschte, näher ans Bett gerückt und starrte blicklos vor sich hin. Teresa schlief auf dem kleinen mit Chintz bezogenen Sofa und fuhr immer wieder hoch, wenn Bernhard neues Holz aufschichtete. Als der Morgen graute, schlug Elisabeth die Augen auf. Ihre Lippen bewegten sich, und Felicitas neigte sich über sie, um die Worte verstehen zu können. Dann lachte sie leise und schüttelte den Kopf.

»Was hat sie gesagt?« Aufgeregt kam Teresa näher.
»Sie hat gesagt: ›Jetzt dürft ihr mich Oma nennen.‹«
Die beißende Selbstironie, mit der Elisabeth Andreesen in den folgenden Tagen ihrer Erkrankung begegnete, täuschte jedoch niemanden, am wenigsten sie selbst, darüber hinweg, dass ihre Genesung keine wesentlichen Fortschritte machte. Sie verbrachte halbe Tage in oberflächlichem Schlaf. Auch gehorchten ihr Zunge und Lippen nur unzureichend, so dass die kurzen, giftigen Sätze, die sie gelegentlich von sich gab, kaum zu verstehen waren. Professor Becker mahnte zur Geduld und strikten Schonung der Patientin, doch instinktiv fühlte Felicitas, dass dies nicht die Therapie war, die ihre Schwiegermutter wieder auf die Beine brachte. So fasste sie einen einsamen Entschluss, den sie sogleich in die Tat umsetzte. Sie vergewisserte sich, dass Elisabeth allein in ihrem Zimmer war, und trat zu ihr ans Bett.
»Hör zu«, sagte Felicitas eindringlich. »Ich erinnere mich noch gut daran, wie du mir geholfen hast, damals, als Heinrich gestorben und jedes Leben in mir mit ihm dahingegangen war. Weißt du noch? Du hast nicht lockergelassen, mich angespornt und an mich geglaubt. Und das Gleiche mache ich jetzt mit dir. Ich lasse nicht zu, dass du dich aufgibst, hast du verstanden?«
Elisabeth nickte. Ein Funke glomm in ihren matten Augen auf, und Felicitas wusste, dass sie auf dem richtigen Weg war. »Wir werden ab sofort jeden Tag üben, bis du sitzen kannst. Wenn du sitzen kannst, üben wir, bis du stehen und schließlich wieder gehen kannst. Gemeinsam werden wir es schaffen, ganz gleich, was der Arzt sagt.«
Und so begannen sie dem Schicksal zu trotzen, jeden Tag aufs Neue, unermüdlich und mit jener Entschlossenheit, die den Andreesen-Frauen zu eigen war.

»Zäh wie Leder, hart wie Kruppstahl!« Lächelnd stand Bernhard eines Nachmittags in der Tür, als Elisabeth sich, gestützt von Felicitas, gerade zum ersten Mal anschickte, aufrecht sitzen zu bleiben. »Ich bin tief beeindruckt, meine Damen!«, rief er aus und deutete eine kleine Verbeugung an. Dann fügte er hinzu: »Marie hat Gott weiß wo ein Päckchen Tee aufgetrieben und lässt fragen, ob sie ihn hier servieren soll.«
»Das ist zu beschwerlich für sie«, sagte Felicitas. »Kannst du ihr das Tablett abnehmen?«
»Wollte ich, aber sie hat mir auf die Finger geklopft und gemeint, das käme gar nicht in Frage, dass Gäste sich selbst bedienen müssen.«
»Du liebe Zeit«, murmelte Felicitas. »Als ob wir keine anderen Sorgen hätten.« Behutsam ließ sie ihre Schwiegermutter wieder in die Kissen sinken und ging aus dem Zimmer. In der Halle fiel ihr Blick auf die Zeitung und das cremeweiße Kuvert, das in der Silberschale auf dem Tischchen neben der Garderobe lag. Ihr Herz schlug schneller. Obschon sie seit Kriegsbeginn keinen anonymen Brief mehr erhalten hatte, vermochte allein der Anblick des Büttenpapiers und die mit Maschine geschriebene Adresse die Angst von einst erneut zu wecken. Sie starrte den Brief an, dann riss sie ihn kurz entschlossen auf.
»Mein liebes Kind«, las sie, »unsere Situation ist verzweifelt. Der Russe wird bald hier sein, und Verena und Carl weigern sich, das Gut zu verlassen. Martin ist schwer erkrankt und Constanze kurz davor, den Verstand zu verlieren, weil Alexander sich nicht mehr meldet. Ich weiß, dass es ziemlich viel verlangt ist, und dennoch: Komm und hilf uns! Ohne dich werden wir es nicht schaffen. In

Liebe ...« Unterzeichnet waren die Zeilen mit einem hingehuschten H.
Langsam ließ Felicitas den Brief sinken, die Augen vor Schreck geweitet. Der Ton des Briefs, knapp, ohne jede elegante Eloquenz, auf die ihre Mutter noch nie völlig verzichtet hatte, ließ keinen Zweifel aufkommen: Helen, die stets kühl und diszipliniert auf die Anfordernisse, die das Leben an sie stellte, reagiert hatte, war zutiefst verstört und verängstigt. Furchtbares musste sich in Sorau seit Felicitas' letztem Besuch zugetragen haben, sonst würde ihre Mutter gewiss nicht auf den Gedanken verfallen, ihre Tochter im fernen Bremen um Hilfe zu bitten. Nun ja, dachte sie schuldbewusst, es sind immerhin zwei Jahre vergangen, eine lange Zeit, zu lang. Sie hätte es wissen müssen, dass die Sorauer erst in letzter Minute den Mund aufmachen würden, und sich deshalb nicht darauf einlassen dürfen, Helens Beteuerungen zu glauben, sie kämen schon zurecht. Hätte, hätte! Jetzt war es zu spät, sich Vorwürfe zu machen, jetzt galt es, die Suppe auszulöffeln, die die falsch verstandene Eitelkeit ihrer Mutter und das eigene Versäumnis ihr eingebrockt hatten.
Als Felicitas die getippten Zeilen erneut las, schob sich ein flüchtiger Gedanke in ihr Bewusstsein, zu flüchtig, um die Sorge und die jagenden Überlegungen zu verdrängen, was nun zu tun sei.
»Schlechte Nachrichten?«
Felicitas nickte und hielt Bernhard den Brief hin.
»Wie kann sie das von dir verlangen?«, sagte er, als er die Zeilen überflogen hatte. »Die Lage im Osten ist völlig aussichtslos, achtundzwanzig deutsche Divisionen sind vernichtet worden, und wer weiß, wie viele Soldaten tot oder in Gefangenschaft. In der deutschen Front klafft ein

gewaltiges Loch, der Weg ins Baltikum, nach Memel und nach Ostpreußen ist offen. Die Briten haben Königsberg bombardiert.« Und leise fügte er hinzu: »Du kannst ihnen nicht helfen, Felicitas.«
»Ich muss und ich werde fahren«, erwiderte Felicitas. »Noch nie hat meine Mutter mich um etwas gebeten, und jetzt, da sie in Not ist, werde ich sie nicht im Stich lassen.« Aufgebracht hieb sie mit der Faust auf die Wand ein. »Ich hätte schon viel eher etwas unternehmen müssen. Sie sind doch viel zu alt, um sich allein auf den Weg zu machen. Und bis auf die zwei betagten Fuhrknechte sind alle Arbeiter fort. Wer soll ihnen denn helfen?« Sie wehrte seine Hand ab, die er beruhigend auf ihre Schulter legen wollte. »Bernhard«, sagte sie tonlos, »ich würde es mir nie verzeihen, wenn ich es nicht tue. Es muss eine Möglichkeit geben, sie alle da rauszuholen, und bei Gott, ich werde sie finden.«
Bernhard grinste. »Wer ist jetzt eigentlich der Hasardeur von uns beiden?«

In der darauffolgenden Nacht verließen sie Bremen. Sie hatten nur das Nötigste für die Fahrt eingepackt, ein paar Kleidungsstücke und Proviant für unterwegs, einen Laib Maisbrot, Speck und eingelegte Gurken. Felicitas hatte ihrer Tochter und Dora eingeschärft, an ihrer Statt mit Elisabeth zu üben, konsequent und ohne Rücksicht auf den zu erwartenden Widerstand, den die alte Frau der Aussicht entgegensetzen würde, sich von ihrer Enkelin und der ungeliebten Mutter ihres Urenkels helfen zu lassen. Zu Elisabeth hatte sie gesagt: »Wenn wir zurück sind, will ich dich laufen sehen.« Was ihre Schwiegermutter mit einem feinen Lächeln und der geflüsterten Bemerkung

quittiert hatte: »Umgekehrt wird ein Schuh draus. Ich verspreche dir, wieder zu gehen, wenn du mir versprichst, gesund heimzukommen.« Anerkennung, aber vor allem Besorgnis spiegelten sich in ihren Augen, und rasch, bevor Wehmut und Verzagtheit ihr Herz erreichen konnten, hatte Felicitas sich verabschiedet. In der Halle hatten Teresa, Dora, Ella und Marie gewartet, um mit einer letzten Umarmung vielleicht doch noch das erreichen zu können, was Teresas Tränen, Doras sachliche Argumente, Ellas Panik und Maries Missbilligung nicht geschafft hatten – Felicitas von ihrem Entschluss abzubringen.
Im Schutz der Dunkelheit fuhren sie Richtung Hamburg los, nach Schwerin und von dort weiter nach Königsberg. Sie fuhren ohne Scheinwerfer, schmalen Straßen und Feldwegen folgend, die der dunkle Kübelwagen, den Bernhard Gott weiß wie und wo aufgetrieben hatte, schnurrend meisterte. Zwei Benzinfässer, fest vertäut auf der Ladefläche und unter einer Plane verborgen, vermittelten das beruhigende Gefühl, Sorau in jedem Fall zu erreichen – sofern sie nicht entdeckt und konfisziert werden würden. Um das zu verhindern, versteckten sie den Wagen am Tag hinter Hecken oder in verlassenen Ställen, fielen in einen oberflächlichen Schlaf und warteten Hand in Hand, bis das lichte Grau der Dämmerung ins Schwarz der Nacht überging.
Der Irrsinn dieses Unternehmens entfaltete eine eigenartige Wirkung. Mit jedem Kilometer ließ Felicitas ihre Welt hinter sich. Es gab nur noch sie und ihn, ein vollkommenes Miteinander jenseits aller Erwartungen, Ängste und Verletzungen, jenseits von Gestern und Morgen, ein Niemandsland des Seins, das sich zwischen sie und die Gefahr legte wie ein See aus flüssiger Hoffnung. Wenn ich jetzt

stürbe, könnte ich den Tod willkommen heißen, wenn er mir nur gestattete, Bernhards Hand zu halten, bis es vorbei ist, dachte Felicitas, als der achte Tag ihrer Reise sich neigte und sie ihren schlafenden Geliebten betrachtete. Zärtlich küsste sie ihn auf den Mund, er erwachte, und wie von selbst fanden ihre Körper noch einmal zueinander.
Im Morgengrauen des 14. September erreichten sie das Gut.
Totenstille lag über dem Anwesen. Sanft und golden wogte das Korn, das niemand mehr ernten würde. Die Ziegen und die Schar Gänse, die auf der Hauskoppel gemeckert und geschnattert hatten, waren fort. Die meisten Trakehner hatte Carl in der Annahme, die Tiere würden ohnehin von der Wehrmacht konfisziert, unmittelbar nachdem Hitler in Polen eingefallen war für einen guten Preis an den Nachbarn verkauft, einen Baron, der zwar verwundert, aber beherzt zugegriffen hatte. Doch selbst Matti und Flocke, ein betagter Hengst und seine Gefährtin, die Carl behalten hatte, weil seine Frau ihn unter Tränen darum gebeten hatte, konnte Felicitas nirgendwo entdecken. Ihr Blick glitt über die mächtigen Eichen, die die Zufahrt zum Haus säumten, und verlor sich in der Ferne der akkurat eingezäunten Felder, die ihr und ihren Cousinen, als sie Kinder waren, vortreffliche Verstecke gewesen waren, Orte verträumter Nachmittage unter einem weit gespannten Himmel. Auf dem Rücken liegend hatten Constanze, Dorothee und sie ihre Sehnsucht und ihre Hoffnungen auf die Reise geschickt und an eine verheißungsvolle Zukunft geglaubt, während das weiche Gras ihre Körper wärmte und in der Gewissheit wiegte, dass dieses Land ihnen auf immer Schutz und Heimstatt gewähren würde.

Felicitas fröstelte. Der Gedanke, dass, würde nicht ein Wunder geschehen, sich schon bald die Ketten russischer Panzer durch die Äcker und Wälder pflügen und alles zerstören würden, was in mühevoller Arbeit von Generationen aufgebaut worden war, schmerzte so sehr, dass ihr der Atem stockte. Dankbar, dass Bernhard sie ihren Erinnerungen und Gefühlen überließ, wandte sie sich ihm nach einer Weile zu.
»Vor einiger Zeit habe ich mit dem Nachbarn verhandelt, um ihm ein Stück Land abzuschwatzen«, sagte sie, bemüht, sich ihre Erschütterung nicht allzu sehr anmerken zu lassen. »Nach dem Krieg wollte ich versuchen, hier eine besondere Kaffeepflanze anzubauen.« Sie lächelte schief. »Wie gut, dass er abgelehnt hat.«
Die mächtige Eingangstür des Gutshauses öffnete sich einen Spalt breit, dann stürzte Constanze, im Morgenrock und mit entgeisterter Miene, aus dem Haus.
»Was wollt ihr denn hier?«
»Dreimal darfst du raten«, entgegnete Felicitas betont munter, griff nach ihrer Tasche und ging an ihrer Cousine vorbei ins Haus.
Wortlos folgte Constanze ihr in die Küche, füllte einen Kessel mit Wasser und trat zornig gegen die Herdklappe.
»Das Mistding ist schon wieder ausgegangen«, murmelte sie und machte sich mit gerunzelter Stirn daran, das Holz neu zu schichten.
»Lass nur«, sagte Felicitas. »Wir sollten ohnehin keine Zeit verlieren ...«
Fragend sah Constanze sie an, dann begriff sie. Ein dünnes Lächeln spielte um ihre Mundwinkel, als sie aufstand und sich den Staub von ihrem Morgenrock klopfte. »Den Weg hättest du dir sparen können.« Sie schnaufte verächtlich.

»Glaubst du allen Ernstes, einer von uns würde auch nur einen Jota weichen? Wir haben keine Angst vor der Roten Armee, im Gegenteil! Die Gräuelmärchen sind doch samt und sonders erstunken und erlogen!«

Die beiden Frauen maßen sich mit Blicken, die stille Fehde zweier starker, konträrer Charaktere, die nach der Mädchenzeit begonnen hatte, flammte erneut zwischen ihnen auf, und wütende Worte drängten sich Felicitas auf die Lippen, doch sie beherrschte sich. Dies war nicht der geeignete Moment, um eine Grundsatzdebatte über die Seele jenes Landes zu führen, in das ihre Cousine dem Mann ihres Herzens vor langer, langer Zeit so naiv wie entschlossen gefolgt war, um zwar die Menschen kennen- und lieben zu lernen, doch am Ende enttäuscht von der Liebe und desillusioniert vom Elend des stalinistischen Alltags nach Hause zurückzukehren. Ruhig entgegnete sie: »Constanze, niemand von uns behauptet, die Russen seien schlechte Menschen, aber was Hitler angerichtet hat, werden sie vergelten wollen. Sie werden morden und brandschatzen, ganz so, wie die Wehrmacht es vermutlich getan hat. Deshalb müssen wir fort von hier, besser heute als morgen.«

Plötzlich stand Helen in der Tür, das inzwischen fast weiße Haar zu einem Knoten geschlungen, die von feinen Falten durchzogenen, aber immer noch edlen Züge von einem erstaunten Lächeln erhellt. »Der Sinn für Dramaturgie ist dir nicht abhandengekommen, Felicitas. Was verschafft uns denn diese Überraschung?« Mit drei Schritten war sie bei ihrer Tochter und nahm sie kurz in den Arm. Dann wandte sie sich an Bernhard: »Für einen romantischen Ausflug hättet ihr euch ein lohnenderes Ziel aussuchen sollen. Und wie seht ihr überhaupt aus?« Amü-

siert musterte sie Felicitas' derbe Drillichhosen und die marineblaue Wolljacke, die schon bessere Zeiten gesehen hatte.
»Ein Schneiderkostüm würde schlecht zum Anlass ihrer Reise passen. Felicitas ist nämlich der Meinung, uns retten zu müssen«, sagte Constanze bissig.
Kopfschüttelnd musterte Helen ihre Tochter. »Das ehrt dich, aber daraus wird nichts. Verena und Carl sind entschlossen zu bleiben, und Martin ...«
Sie brach ab, und Constanze vollendete den Satz. »Das Herz ... Er würde die Strapazen einer Reise nicht überstehen.«
»Außerdem ist es verboten.« Verena war unbemerkt die Treppe heruntergekommen. Helens Schwägerin war noch schmaler geworden, die klein geblümte Kittelschürze hing wie ein Sack an ihr herunter. »Der Gauleiter hat ausdrücklich gesagt, dass es streng bestraft wird, wenn man versucht zu fliehen.«
Felicitas' Gedanken überschlugen sich. Natürlich war sie davon ausgegangen, dass ihre Hilfe willkommen sein würde, nicht, dass sie ihre Familie erst noch überzeugen musste zu tun, was das einzig Richtige war. Die Situation war tatsächlich völlig verfahren, schlimmer, als es der Brief ihrer Mutter hatte vermuten lassen. Offenkundig war nicht nur Constanzes Starrsinn das Problem, auch Verenas Mutlosigkeit musste ihre Mutter zu ihrem Hilferuf veranlasst haben, von dem sie, einen anderen Schluss ließen die Reaktionen ihrer Verwandten nicht zu, niemandem erzählt hatte. Warum aber ihre Mutter selbst jetzt noch so ahnungslos tat, blieb rätselhaft, doch Felicitas maß dem keine Bedeutung zu. Was immer Helen sich dabei denken mochte, änderte nichts an den Tatsachen.

Felicitas' Stimme gefror zu Eis. »Die Alliierten zerbomben die Städte, und ihre Waffen nehmen keine Rücksicht auf das Alter und die Gesinnung der Menschen. Wir haben Babys gesehen, die von den Flammen verkohlt auf der Straße lagen, alte Frauen, denen die Luftminen Arme und Beine abgetrennt haben. Was Hitler der Menschheit angetan hat, werden wir büßen müssen, jeder von uns. Das Einzige, was vielleicht noch zu retten ist, ist das nackte Leben. Das einzige Leben, das wir haben.«

»Ich werde die Fuhrwerke herrichten«, sagte Bernhard ruhig, als Felicitas ihren Worten nichts hinzufügte. »Eins werden wir mit Stroh und Decken zu einem Krankenlager für Martin und Carl herrichten, und ich werde es fahren. Das zweite übernimmst du, Constanze. Verena und eure Fuhrknechte werden euch begleiten. Felicitas und Helen nehmen den Wagen und das Gepäck. Jeder kann einen Koffer und eine Tasche mitnehmen. Keine Teppiche, keine Lampen, keine Gemälde. Wir fahren in Abständen voneinander und ausschließlich nachts.« Bernhard nickte Felicitas zu. »Wo habt ihr die Pferde versteckt?«

Sein Blick ging von Constanze zu Verena und Helen, die schließlich achselzuckend antwortete: »In der Waschküche.« Zögernd fügte sie hinzu: »So schlecht ist der Plan nicht ...«

Wütend verließ Constanze die Küche und lief Bernhard nach. »Das wollen wir doch mal sehen, wer hier Herr auf dem Gut ist!«

»Constanze, so beruhige dich doch!«, rief Verena ihr mit zitternder Stimme hinterher. Sie nestelte ein Taschentuch aus ihrer Schürze und fuhr sich über die Augen. »Das ist einfach zu viel für mich ...«

»Ach, Tantchen«, sagte Felicitas leise, »mach dir keine

Sorgen. Wir schaffen das schon.« Dann wandte sie sich ihrer Mutter zu: »Es tut mir leid, dass ich erst jetzt komme. Irgendwie habe ich immer noch daran glauben wollen, dass die Ostfront gehalten wird. Dein Brief hat mir Gott sei Dank die Augen geöffnet.«
»Welcher Brief?« Irritiert sah Helen ihre Tochter an.
»Dein Brief: ›Mein liebes Kind, unsere Situation ist verzweifelt‹«, zitierte Felicitas. »›Komm und hilf uns!‹«
Helen schüttelte den Kopf. »Seit wann rede ich dich mit ›Mein liebes Kind‹ an! Nein, ich habe dir keinen Brief geschrieben. Wie käme ich denn dazu, dich in solche Gefahr zu bringen!« Ihre Stimme wurde weich. »Aber ich bin sehr stolz auf dich, Felicitas. Und dein Vater wäre es auch. Die Natur hat dir das Beste von uns beiden mitgegeben.«
Felicitas' Mund wurde trocken, unentschlossen sah sie ihre Mutter an. Die Frage, die ihr seit Jahren auf der Seele brannte, rutschte ihr über die Lippen, ehe sie es verhindern konnte. »Kurz bevor Vater starb, vertraute er mir an, dass er fürchte, Martin könne mein Vater sein, nicht er. Ist das so?«
»Das ist typisch Max. Die ewigen Jagdgründe greifen schon nach ihm, aber er muss noch rasch einen Verdacht loswerden.« Verärgert runzelte Helen die Stirn. »Entschuldige, Felicitas, du kannst ja nichts dafür.« Sie versank in Schweigen.
»Ist das so?«, wiederholte Felicitas mit undurchdringlicher Miene.
Helen seufzte. »Die Wahrheit ist, ich weiß es nicht. Ich war mit Martin zusammen, bevor ich mich aus heiterem Himmel für deinen Vater entschied und mit ihm fortging, weg von Sorau. Drei Monate später stellte ich fest, dass

ich schwanger war. Rein biologisch könnte also jeder von ihnen dein Vater sein.« Ihr Ton wurde eindringlich. »Aber das ändert nichts an der Tatsache, dass du Max' Tochter bist. Er hat dich über alles geliebt.«
Das Geräusch quietschender Bremsen ließ sie zusammenzucken.
»Hände hoch! An die Wand!«, brüllte jemand.
Felicitas und Helen stürzten ans Fenster. Zwei Feldwebel, Gewehre im Anschlag, sprangen aus einem Kübelwagen und rannten auf Bernhard zu.
»Du willst dich wohl vom Acker machen, du feiger Verräter! Willst dich vorm Volkssturm drücken!«, schrie einer von den beiden und stieß ihm die Waffe in die Rippen. Der andere Soldat riss die Tür des Gutshauses auf. »Los, alle rauskommen. Zack, zack!«
»Schnell, lauf hinten hinaus zu Martin«, flüsterte Felicitas.
»Nein, ich bleibe bei dir.«
»Nun mach schon! Und nimm Verena mit!«, beharrte Felicitas. Dann straffte sie sich und ging dem Soldaten mit hoch erhobenem Kopf entgegen. »Kann ich Ihnen helfen?«, fragte sie so beherrscht und freundlich, wie es ihr möglich war.
»Wer ist noch im Haus?«
»Meine alte Mutter, meine alte Tante, mein bettlägeriger Onkel«, zählte sie auf und versuchte den Blick des jungen Soldaten festzuhalten, dessen sanfte braune Augen einen ängstlichen Ausdruck zeigten, der seinen barschen Ton Lügen strafte.
»Alle müssen raus. Und schnell«, wiederholte er und fuchtelte mit dem Gewehr herum.
»Sie können nicht laufen«, erwiderte Felicitas ruhig. »Ich sagte doch, sie sind alt und krank.«

Grob drängte er sie beiseite und stürmte die Treppe hinauf. Felicitas überlegte blitzschnell. Wenn es ihr gelang, den Soldaten, der Bernhard in Schach hielt, zu überwältigen, hätten sie eine Chance. Sie hatte keine Ahnung, was die beiden von ihnen wollten, aber das war jetzt auch unerheblich.
»Was hat mein Mann denn verbrochen?«, rief Felicitas dem Soldaten zu, als sie vor die Tür trat.
»Alle Männer sind aufgefordert, dem Feind entgegenzutreten«, antwortete er aufgebracht, »egal, ob jung oder alt. Wer seiner Pflicht nicht nachkommt, wird wie ein Fahnenflüchtiger behandelt.«
»Niemand von uns will fliehen«, entgegnete Felicitas. »Mein Mann kümmert sich doch nur um das Fuhrwerk, um unsere kranken Angehörigen nach Königsberg zu fahren. Sie benötigen dringend Hilfe. Nach seiner Rückkehr hätte er sich sofort gemeldet, nicht wahr, Liebling?« Unschuldig lächelte sie den Soldaten an und ging auf ihn zu. »Kann ich Ihnen etwas zu essen anbieten? Wir haben nicht viel, aber Sie und Ihr Kamerad brauchen es nötiger als wir.« Und mit ernster Miene fügte sie hinzu: »Wir wissen es zu schätzen, was der deutsche Soldat für die deutsche Bevölkerung tut, ja, wir beten jeden Abend für unsere tapfere Wehrmacht.«
»Danke«, sagte der Soldat, einen Hauch von Unsicherheit in den Augen. Für einen winzigen Moment wich die Spannung aus seinen Armen, das Gewehr senkte sich unmerklich, was Bernhard, der mit erhobenen Händen und mit dem Rücken zum Scheunentor stand, nicht entging. Mit einem Satz hechtete er nach vorn, drückte den Gewehrkolben nach oben, und der Soldat fiel hintenüber. Aus dem Augenwinkel sah Felicitas, wie der andere Sol-

dat aus dem Haus stürzte, sein Gewehr auf Bernhard gerichtet.
»Nein!«, schrie Felicitas und warf sich in Bernhards Arme, um ihn zu schützen.
Der Schuss drang durch den Rücken direkt in Felicitas' Herz.

29

Im Januar 1945 war Ostpreußen vom übrigen Deutschland abgeschnitten, von der Memel bis zu den Karpaten nahm die Rote Armee das Land des Feindes in Besitz. Eine einzige Woge aus Panzerketten pflügte Äcker, Felder und Wälder um, Schwärme von Granaten zerlegten Häuser und Dörfer in ihre Bestandteile. Wer bislang die Augen vor den Tatsachen verschlossen hatte, war nun gezwungen, sich ins Unvermeidliche zu schicken. Koffer wurden hastig gepackt, Teppiche zusammengerollt und mit Möbeln, Gemälden, Lampen und Bettwäsche auf Planwagen verstaut, bis die Ladung schwindelerregende Höhen annahm. Was partout nicht mehr hineinpassen wollte oder zu wertvoll war, es der Gefahr eines langen, unwägbaren Trecks auszusetzen, wurde im Garten der Gutshäuser vergraben, in der Hoffnung, den Schatz aus silbernen Bestecken, Leuchtern und Schmuck zu heben, sobald der Krieg vorüber war und man wieder in die Heimat zurückkehren würde. Doch mit dem letzten Blick auf die alten Eichen, von den Ururgroßeltern gepflanzt, die umfriedeten Hügel, die die Grabplatten der Familien trugen, die im Sommer kornblumengesprenkelten Wiesen, so saftig grün, als hätte der Atem der Schöpfung hier länger verweilt als anderswo, begann die Erkenntnis sich ins Gemüt zu schleichen, dass es nie wieder so sein würde wie einst. Viele ahnten es, kaum einer sprach es aus: Die Menschen verließen nicht nur die Heimat, sie verloren ihre Seele.

Quälend langsam schlichen die Trecks auf verstopften, tief verschneiten Landstraßen gen Westen dahin, ein ums andere Mal von flüchtenden deutschen Truppen von der Straße gedrängt oder von sowjetischen Einheiten buchstäblich überrollt. Junge Mädchen und Frauen schnitten sich die Haare ab und vermummten sich bis zur Unkenntlichkeit, um den Vergewaltigungen zu entgehen, mit denen russische Soldaten Vergeltung übten für fünfundzwanzig Millionen tote Landsleute. In den bitterkalten Nächten erfroren Alte, Kranke und Kinder, entkräftete Mütter, blind für das Unfassbare, trugen ihre toten Babys, bis sie ihnen einfach aus der Hand glitten und im Schnee liegen blieben, kleine Körper, weiß gefroren wie Puppen aus Porzellan.

Die Millionen Menschen, denen die Flucht über das Eis des Frischen Haffs gelang, wurden in Lagern aufgefangen und notdürftig versorgt, bis sie zu Verwandten weiterreisen konnten oder irgendwo einquartiert wurden, selten willkommen, häufig nur geduldet und misstrauisch beäugt von denen, die das wenige, was sie noch hatten, nun auch noch mit Fremden teilen sollten.

Bremen glich inzwischen einem zahnlosen Monster, ganze Straßenzüge existierten nicht mehr, nur die Betonbunker hielten dem fortwährenden Bombardement stand. Wie durch ein Wunder hatte die Villa Andreesen keine nennenswerten Schäden davongetragen. Die beiden Salons im Erdgeschoss, in denen Elisabeth einst ihre geliebte Teestunde nach britischer Manier mit feinstem Porzellan und Gurkensandwiches so dünn wie Oblaten zelebriert hatte, waren mit Matratzen und Decken und Pappe vor den zerbrochenen Fenstern zu Schlafzimmern hergerichtet worden, die allerdings noch ihrer Bestimmung harrten. Ella, die aus tiefster Depression allmählich zurück ins Leben drängte, hatte es sich in den Kopf gesetzt, ihre Waisen zurückzuholen und wenn schon nicht am Osterdeich, dann wenigstens hier um sich zu scharen. Doch ihr Vorhaben erwies sich als äußerst schwierig. Weder brachte sie in Erfahrung, ob und wann die Mädchen wieder in Bremen eingetroffen, noch, welchen Heimen und Behelfsheimen in Bremen und der Umgebung sie überstellt worden waren. Dennoch verbrachte sie Tag für Tag mit der Suche nach ihren Schützlingen, schrieb, telefonierte und hoffte. Dann und wann dachte sie an Delia, doch ebenso rasch glitten ihre Gedanken wieder fort und verloren sich.

Teresa war beständig damit beschäftigt, etwas Essbares zu organisieren, aber der Kampf ums Überleben vertrieb nicht die entsetzliche Angst um ihre Mutter und ihre Angehörigen. In der ersten Zeit hatten sie und Elisabeth sich gegenseitig versichert, dass es schwierig und langwierig sei, einen Treck zusammenzustellen und die unendlich vielen Kilometer über Land zu bewältigen, noch dazu mit dem kranken Martin und dem siechen Carl. Gesa telegrafierte, dass sie und Christian so oft es ihnen möglich war in den Flüchtlingslagern nachfragten, ob die Familie angekommen sei oder wenigstens jemand etwas über den Treck aus Sorau wisse. Doch mit jedem weiteren Tag wich die Zuversicht einer lähmenden Furcht.

Eines Nachmittags im Februar hielt ein schwarzer Mercedes auf der verschneiten Auffahrt. Marie, die eisern an hochherrschaftlicher Tradition festhielt, öffnete, nahm Hut und Mantel des Gastes mit undurchdringlicher Miene entgegen und beschied ihm reserviert, dass sie ihn bei der gnädigen Frau anmelde, und er möge so lange in der Halle warten.
»Was verschafft mir die Ehre?« Kühl und gelassen, ein Abbild ihrer Mutter, trat Teresa dem Bürgermeister entgegen und reichte ihm die Hand.
»Heil Hitler!«, knurrte er, missbilligend wie ein Oberlehrer, dem die Dummheit seiner Schüler, die das Einmaleins partout nicht begreifen wollten, auf die Nerven ging.
Mit einem feinen Lächeln ignorierte Teresa seinen Gruß.
»Ich fürchte, ich kann Ihnen gar nichts anbieten, wir sind nicht auf Besuch vorbereitet. Darf es eine Tasse Ersatzkaffee sein?«
Röhmcker schnaubte und schüttelte den Kopf. »Ihre Frau Mutter ...«
»... ist unterwegs.« Teresa zögerte. Obwohl der Grund für Felicitas' Abwesenheit nicht ehrenrührig sein mochte, würde der Bürgermeister das gewiss anders sehen, und so fügte sie nur vage hinzu: »Sie hat leider nicht gesagt, wann sie zurückkommt.«
»Wie bedauerlich«, erwiderte Röhmcker und versank für einen Moment in dumpfes Brüten. Schließlich öffnete er seine Aktenmappe und entnahm ihr ein Kuvert, auf dem ein Reichsadler prangte. »Nun gut, ich hätte die Angelegenheit gern mit ihr besprochen, meine Zeit ist jedoch begrenzt. Geben Sie ihr diesen Brief. Vergessen Sie es aber um Himmels willen nicht.«
Kaum hatte er die Villa verlassen, ging Marie hinüber zu

Teresa. »Der hatte es aber eilig«, sagte sie. »Und wenn ich keinen Knick in der Optik habe, habe ich zwei Koffer auf dem Rücksitz gesehen.«
»Du meinst, er will das sinkende Schiff verlassen?«
»Da wäre er wohl nicht der Erste.«
»Wenn er fliehen wollte, hätte er sich wohl kaum die Mühe gemacht, meiner Mutter diesen Brief zu bringen.« Sie nahm das Kuvert in die Hand, drehte es hin und her, dann erbrach sie das rote Wachssiegel auf der Rückseite, entfaltete den Bogen und erstarrte. Eine Million Riegel. Ebenso gut hätten sie ein Kalb mit drei Köpfen verlangen können.
Wieder und wieder las Teresa den Brief und schüttelte über die Ungeheuerlichkeit, ja, den Irrsinn seines Inhalts den Kopf, doch der Befehlston der knappen Zeilen ließ keinen Zweifel daran, dass es dem Reichskanzler bitter ernst war. Binnen zwei Wochen wurde Felicitas Hoffmann aufgefordert, ihrem Angebot nachzukommen und den Truppen des Deutschen Reiches »fürs Erste« eine Million Stärkungsriegel zur Verfügung zu stellen. Für weitere Instruktionen, wann, wo und wie die Ladung nach Berlin transportiert werden würde, sollte Felicitas binnen zwei Tagen in der Reichskanzlei vorstellig werden.
In heller Aufregung schlüpfte Teresa in ihren Mantel. Der Bürgermeister würde nicht erfreut sein, dass sie das Siegel erbrochen und den streng geheimen Inhalt gelesen hatte, doch das spielte jetzt keine Rolle. Er musste ihr helfen. Schließlich, so versuchte sie sich zu beruhigen, fiel es auf ihn zurück, wenn das mit seiner Hilfe eingefädelte Geschäft nicht zustande kommen würde. Als sie außer Atem im Rathaus eintraf, ließ man ihr nach einer Stunde mittei-

len, dass der Bürgermeister bis auf Weiteres nicht zu sprechen sei.
»Richten Sie ihm bitte aus, dass es wichtig ist«, beharrte Teresa.
»Ich sagte doch, er ist nicht hier«, wiederholte der Mann mit der Hakenkreuzbinde.
»Wann kommt er denn zurück? Verstehen Sie nicht, es ist wirklich wichtig!«
Mit gleichmütiger Miene wandte sich der Mann ab, und Teresa begriff, dass Marie mit ihrer Vermutung recht gehabt hatte.
Mit bleischweren Schritten verließ sie das Rathaus. Leichter Nieselregen fiel, der Himmel war von jenem lichten Grau, der einen glauben lassen konnte, bald würden sich die Wolken teilen und einer fahlen Sonne Platz machen, bis man am Ende des Tages feststellen musste, vergeblich auf Besserung gehofft zu haben. Die Tropfen, zu fein, um abzuperlen, durchnässten den Wollstoff ihres Mantels, doch sie achtete nicht darauf. Sie lief durch die Straßen, den Blick gesenkt. Es gab nur eins, was sie tun konnte, um ihre Familie zu retten.

30

Berlin bot ein weit schlimmeres Bild der Zerstörung als Bremen, und die Menschen hasteten mit leeren Gesichtern, aus denen Angst, Verzweiflung und Hoffnungslosigkeit jede Regung getilgt hatten, an ihr vorbei. Betäubender Lärm drang an ihre Ohren, die Kälte fraß sich

durch ihren weinroten Wollmantel, ihre Beine in den dünnen Strümpfen fühlten sich an, als wären sie aus Holz. Eine halbe Stunde wartete Teresa an Gleis 3, dann begann sie langsam und unablässig von einem Ende des Hauptbahnhofs zum anderen zu wandern. Schließlich gab sie es auf. Entweder hatte Gesa ihr Telegramm nicht erhalten, oder sie hatte keine Zeit, sie abzuholen. Selbst jetzt wurde doch wahrhaftig noch gedreht! Oder …? Eisiger Schrecken durchfuhr Teresa.
Ihr wird schon nichts passiert sein, versuchte sie sich zu beruhigen. Atmen, tief atmen und nur ans Atmen denken. Nach wie vor half Manuels Übung ihr in Momenten, da Panik und Ängste ihr den Mut nahmen, zur Ruhe. Freilich brauchte es in diesen Zeiten mehr, viel mehr als drei Atemzüge, um sich einige köstliche Sekunden lang vollkommen frei und heil zu fühlen, und immer öfter ertappte sie sich dabei, wie sie den heilenden Atem nur als eine Möglichkeit unter vielen abtat, sich in die Illusion von einer besseren Welt zu retten. Und doch hörte sie nicht damit auf. Das, so fürchtete sie, würde das Band zwischen ihr und Manuel beschädigen, das über die Jahre zwar ein wenig nachgegeben hatte, aber immer noch stark genug war, um Teresas Sehnsucht Nacht für Nacht übers Meer nach Brasilien zu ihm fliegen zu lassen. Dennoch musste sie sich eingestehen, dass sie bisweilen nicht mehr zu unterscheiden vermochte, ob die Liebe zu ihm wirklich noch so lebendig war oder ob sie sich daran klammerte, weil es das Einzige war, woran sie noch glaubte.
Sie schüttelte den Gedanken ab und begab sich zum Ausgang. Die spontane Idee, erst ihren Bruder aufzusuchen, verwarf sie sofort wieder. Was sie ihrer Schwester zu sagen hatte und worum sie sie bitten wollte, duldete keinen

Aufschub, und irgendwann würde sie ja gewiss daheim auftauchen. Teresa hatte keine blasse Ahnung, wohin sie sich wenden sollte, geschweige denn, ob eine Straßenbahn in der Nähe der Bernadottestraße hielt, die westlich vom Grunewald lag, wo ihre Schwester seit einem Jahr wohnte. Dreimal unternahm Teresa den Versuch, nach dem Weg zu fragen, erhielt jedoch statt einer Antwort nur ein Schulterzucken, bis ein Junge in Militärmantel und Stahlhelm ihr grinsend zurief: »Nach Babelsberg? Aus'm Hauptbahnhof raus und denn immer der Nase nach. Heil Hitler!« Er grüßte zackig, indem er den Reichskanzler nachahmte, dessen rechter Arm in der Regel zur Brust statt nach oben schnellte, als würde ihm ein zu kurzes und überdies unberechenbares Gummiband im Ellbogen fortwährend einen Streich spielen. Teresa sah dem Jungen nach, der viel zu klein für den riesigen Mantel war und ständig über den Saum stolperte. Es sah lächerlich und anrührend zugleich aus, doch die Schar Jungen, die ihm folgte, hatte dafür keinen Blick, sondern nur die eigene bedeutende Rolle vor Augen, die Goebbels ihnen mit seinem unsäglichen Befehl zum Volkssturm aufgehalst hatte.

Seufzend nahm Teresa ihren Koffer und marschierte los, vorbei an qualmenden Ruinen, Bombenkratern, Männern und Frauen, die, die Hände blutig zerschrammt, sich durch Schutt und Asche wühlten, in der Hoffnung, etwas Brauchbares zu retten, versprengten Soldatentrupps, die dem Chaos eisern in Reih und Glied begegneten, als würde es sie nichts angehen, und Kindern, die auf der Straße mit Bombensplittern spielten wie mit Bauklötzen. Nach drei Stunden bog sie in die Breite Straße ein, von der es angeblich nicht mehr weit bis zur Bernadottestraße sein

sollte. Hier waren nur noch wenige Menschen unterwegs, und für einen Moment hielt Teresa inne. Ihre Füße in den Pumps mit halbhohem Absatz schmerzten unerträglich, und vor Hunger stieg Übelkeit in ihr auf. Das Schneetreiben wurde dichter, und entschlossen ging sie weiter. Auf keinen Fall durfte sie sich jetzt noch verlaufen. Immer geradeaus, links, dann die zweite rechts, rief sie sich in Erinnerung, was ihr eine freundliche alte Frau an der Ecke Mecklenburger Straße eingeschärft hatte, und tatsächlich stand sie zehn Minuten später vor Gesas Haus – eine hübsche kleine Villa, weiß, im klassizistischen Stil gehalten, von einer unberührten Schneedecke sanft umrundet und von einem schmiedeeisernen, dicht mit Efeu berankten Zaun vor der Außenwelt abgeschirmt, wenn nicht das Tor sperrangelweit offen gestanden hätte.
Fast wie daheim in Bremen, dachte Teresa, als sie die Auffahrt entlangging. Sogar die Stufen der geschwungenen Treppe ähnelten denen, die zur Eingangstür der Villa Andreesen führten, und Teresa musste unwillkürlich schmunzeln. Offenkundig hing ihre Schwester mehr an ihrem Elternhaus, als sie, Teresa, gedacht hatte, doch Gesa würde diesen Gedanken vermutlich weit von sich schieben. Erleichtert, es endlich geschafft zu haben, sprang Teresa die Treppe hinauf und klingelte.
»Es ist niemand da«, sagte jemand hinter ihr, und Teresa fuhr herum.

Als die Dämmerung sich senkte, nahm die Dunkelheit von Teresa Besitz, als flösse sie in jede Pore ihres Körpers.
Mutter ist tot, erschossen ...
»Sie haben Bernhard, Martin und Carl mitgenommen. Im

Dezember hieß es, sie wären an Grippe gestorben«, fuhr Constanze tonlos fort. »Dann haben wir uns auf den Weg gemacht. Mit einem Fuhrwerk und zwei Gäulen immerhin. Wir hatten mehr Hafer als Brot mit«, fügte sie lakonisch hinzu und suchte Teresas Blick. Ihre Stimme wurde lebhafter, und in ihren Augen spiegelte sich ein Anflug von Bewunderung. »Deine Großmutter hätte es fast geschafft. Ich weiß nicht, wie und woher sie die Kraft genommen hat, aber irgendwie hat sie durchgehalten. Bis vor zwei Tagen. Plötzlich bekam sie Fieber und ...« Constanze stockte. »Kurz bevor sie das Bewusstsein verlor, hat sie gesagt: ›Der Brief, Teresa muss den Brief finden. Es ist wichtig.‹«
»Welchen Brief?«
»Ich weiß es nicht. Vielleicht war es nur das Fieber ...«
»Und ... deine Mutter?«, fragte Teresa mit tränenerstickter Stimme.
»Sie hatte nie Helens Konstitution ...« Constanzes Worte verloren sich, und eine Weile standen sie schweigend beieinander. »Komm«, sagte Constanze schließlich, »es hat keinen Sinn, noch länger zu warten. Wir sollten zusehen, einen Platz für die Nacht zu ergattern.« Mit einer energischen Bewegung schlang sie die Pferdedecke, die ihren Mantel ersetzte, fester um ihre mageren Schultern und ging vorsichtig die vereisten Stufen hinunter.
»Wir können zu Christian fahren«, meinte Teresa, doch Constanze schüttelte den Kopf.
»Da bin ich zuerst hin. In der Kantstraße ist niemand. Das heißt, eine ziemlich wütende Frau öffnete, und als ich sagte, wer ich bin, schlug sie mir die Tür vor der Nase zu.«
»Das war bestimmt Solveig«, entgegnete Teresa müde.

»Gesa hat einmal erwähnt, dass sie ein wenig schwierig sein soll.« Ihre Augen brannten, ein Gefühl schmerzhafter Leere hatte sich in ihr ausgebreitet, und dennoch war ihr Verstand in der Lage, auf die Erfordernisse zu reagieren.
»Vielleicht ist Delia daheim. Ich glaube, sie wohnt in der Walsroder Straße, irgendwo hinter Friedenau.«
Das Fuhrwerk hatte Constanze hinter der Villa abgestellt. Matti und Flocke, abgemagert und entkräftet, schnaubten leise, als sie näher kamen.
»Wir sollten die Tiere schonen«, sagte Constanze und nahm Flocke am Zügel. Mit bloßen Händen schaufelte Teresa den dicken, pappigen Schnee, der fast die Hälfte der Räder bedeckte, fort, und langsam setzten sich die Pferde in Bewegung.
Um Mitternacht erreichten sie die Walsroder Straße.
»Geh nur«, sagte Constanze. »Wir dürfen den Wagen nicht allein lassen.«
»Aber du musst dich hinlegen, du bist völlig erschöpft.«
»Jetzt schau halt erst, ob jemand daheim ist.« Ungeduldig wedelte Constanze mit der Hand, als müsste sie eine lästige Fliege verscheuchen, und Teresa schoss durch den Kopf, wie sehr sich ihre Mutter und deren Cousine in ihrer kurz angebundenen Art und ihrer Entschlossenheit, sich nicht unterkriegen zu lassen, doch ähnelten. Constanze wirkte mitgenommen, gewiss, doch ihre Trauer würde sie mit sich allein abmachen, ganz so, wie Felicitas es getan hätte. Vielleicht war es dieser vollständige Mangel an Selbstmitleid, der ihre Mutter überhaupt dazu befähigt hatte, ihre Pläne stets in die Tat umzusetzen, ganz gleich, wie aussichtslos oder verwegen sie scheinen mochten, und bei dem Gedanken daran, was sie, Teresa, in Berlin noch zu meistern hatte, hoffte sie inständig, einen

Funken von diesem kühlen Feuer in sich entzünden zu können.

»Wer bist du denn?«
Das kleine Mädchen steckte in einem blau-weiß geringelten Schlafanzug, blonde Locken kringelten sich an Schläfen und Ohren, Augen, klar und funkelnd wie Aquamarine, musterten die Besucherin aufmerksam, ob sie einer Antwort würdig sei.
»Antonia«, sagte sie schließlich sachlich.
»Gut, Antonia also«, entgegnete Teresa, bemüht, ihr Erstaunen über die ungewöhnliche Augenfarbe des Mädchens, die der eigenen so sehr glich, abzuschütteln. »Weißt du, ich suche eine Frau, die heißt Delia Nussbaum, und ich war der Meinung, sie wohnt hier.« Auf der Türklingel am Haus hatte zwar ihr Name gestanden, doch in diesen Zeiten bedeutete das nichts. Enttäuscht wandte sie sich ab.
»Das ist meine Mutter«, sagte das Mädchen. »Und wer sind Sie?«
Delias Tochter. Diese Augen. Mit einem Mal fügten sich die Puzzlestücke zu einem Bild zusammen. Ungläubig starrte Teresa das Kind an.
»Antonia, ich habe dir hundertmal verboten, die Tür zu öffnen, wenn ich im Keller bin«, rief Delia, die Treppen hinaufhastend. Als sie Teresa vor ihrer Wohnungstür erblickte, blieb sie abrupt stehen.
»Mama, wer ist das?«
Delia suchte Teresas Blick und las, was sie nicht anders erwartet hatte. Dann sagte sie mit fester Stimme: »Antonia, das ist deine Tante Teresa, die Schwester deines Vaters.«
Wenig später saßen sie in Delias kleinem Wohnzimmer.
»Als ich erfuhr, dass Dora ein Kind von Clemens erwar-

tet, wollte ich nichts als fort, egal wohin«, erzählte sie leise. »Ella hat mich erwischt, wie ich mich aus dem Haus stehlen wollte.« Sie zuckte mit den Schultern, ein leises Lächeln in den Mundwinkeln. »Sie ist sehr überzeugend, wenn es um Menschen geht, die sie gern hat.« Delia zögerte, dann fuhr sie fort: »Kurz und gut, sie hat so lange auf mich eingeredet, bis ich einwilligte, in Bremen zu bleiben und das Kind in ihrer Obhut zur Welt zu bringen. Damit die Mädchen keinen Verdacht schöpften, hat sie eine abenteuerliche Geschichte von meinem Liebsten erfunden, der leider einem tragischen Unfall zum Opfer fiel, bevor wir heiraten konnten. Nun ja, die Geschichte war traurig und romantisch genug, dass den Mädchen die kleinen Unstimmigkeiten nicht auffielen.« Sie lachte unfroh. »Nicht einmal die seltsame Tatsache, dass ich bis zur Entbindung das Haus nicht verlassen habe, hat sie gehindert, an das Märchen zu glauben.«
»Vielleicht wollten sie es glauben, um dich nicht zu kränken.«
»Mag sein.« Nachdenklich betrachtete Delia ihre Tochter, die im Schlafzimmer, das von einer Schiebetür vom Wohnzimmer abgetrennt werden konnte, jetzt aber geöffnet war, temperamentvoll auf zwei Teddys einredete, die in der Mitte des Bettes thronten und selbst gestrickte rosa Leibchen trugen.
»Hat Clemens es gewusst?«
»Nein. Einige Male hat er versucht, mit mir zu sprechen, aber Ella und Fräulein Zinke haben ihn abgewimmelt. Ella war furchtbar böse auf ihn. Nachdem er Dora geheiratet hatte und Michael geboren war, hat er es nie wieder probiert. Nun, er hätte auch ganz schön was von Ella zu hören bekommen.«

»Das war also der Grund, weshalb sie sich bei uns so rar gemacht hat.« Teresa schüttelte den Kopf. »Typisch. Tante Ella macht sich den Kampf der anderen so sehr zu eigen, dass sie alles andere aus den Augen verliert.«
»Immerhin hat sie dafür gesorgt, dass ich in der St.-Jürgen-Klinik entbinden konnte, ohne dass dumme Fragen gestellt wurden«, erwiderte Delia. »Ihr Bruder Anton hat seinen Einfluss spielen lassen.«
»Anton?« Teresa konnte es nicht fassen. Ausgerechnet das Enfant terrible der Familie, das braune Schaf, dem niemand, selbst die eigene Mutter nicht, über den Weg traute, spielte seiner Schwester zuliebe den guten Menschen. Unvorstellbar.
»Ja, ihm ist es auch zu verdanken, dass ich das Kind wiederbekommen habe. Erst hielt ich es für das Beste, Antonia bei Pflegeeltern aufwachsen zu lassen, weil ich ihr doch nicht einmal ein Zuhause bieten konnte. Aber irgendwann habe ich es nicht mehr ausgehalten, und ich wandte mich an Anton, weil er mir schon einmal geholfen hatte. Als ledige Mutter und noch dazu Tochter eines Sozialdemokraten hätte ich keine Chance gehabt, aber ich hätte alles darum gegeben, Antonia zu mir zu holen, selbst wenn das bedeutete, von einem Nazi Hilfe anzunehmen.«
Delia stand auf. »Ich mache uns einen Tee.«
Während Delia in der winzigen Küche Tee aufbrühte, ruhte Teresas Blick unablässig auf dem Kind, das völlig selbstvergessen damit beschäftigt war, sich zwei Schals wie einen Turban um die Locken zu winden. Als sie damit fertig war, paradierte sie vor den Teddys auf und ab, die Miene ernst, die Arme gewichtig vor der Brust verschränkt. Teresa lächelte traurig.
»Weißt du, das Haus am Osterdeich war mein Zuhause,

und Ella und Thomas haben mich wie ihre Tochter behandelt«, sagte Delia, als sie mit einem Tablett zurückkehrte, darauf zwei dampfende Teebecher. »Doch der Wunsch, ein neues Leben anzufangen, weit weg von Bremen und der Gefahr, Dora oder deiner Mutter über den Weg zu laufen, wurde irgendwann immer mächtiger. Als Thomas starb und das Haus zerstört war, hielt ich den richtigen Zeitpunkt für gekommen.«

»Bist du denn niemals auf die Idee verfallen, dass unsere Familie dich mit offenen Armen aufgenommen hätte?« Teresas Ton geriet vorwurfsvoller, als sie es beabsichtigt hatte, doch der Gedanke, dass ihr Bruder und ihre Mutter gestorben waren, ohne von Antonias Existenz zu wissen, verbitterte sie so sehr, wie Ellas unbegreifliche Verschwiegenheit sie erzürnte.

»Darüber habe ich nicht nachgedacht«, gestand Delia freimütig. »Ich wollte nur niemals mit Dora und ihrem Sohn zusammentreffen, geschweige denn unter einem Dach wohnen. Das hätte mein Stolz nicht zugelassen.«

»Ich verstehe«, erwiderte Teresa und meinte es auch so. Die Vorstellung, Manuel würde sie so hinters Licht führen, wie ihr Bruder Clemens es mit Delia getan hatte, jagte ihr einen Schauer über den Rücken. Leise fügte sie hinzu: »Du musst ihn gehasst haben.«

»O nein, ich habe ihn geliebt, obwohl ich wusste, dass er schwach ist, ein geborener Schauspieler, der Rolle und Wirklichkeit nicht auseinanderhalten kann ... Aber dennoch.« Mit beiden Händen umfasste sie den Becher, um sich die klammen Finger ein wenig zu wärmen. »Ich liebe ihn immer noch, aber anders, ich sehe in ihm vor allem den Vater meines Kindes. Nicht mehr, aber auch nicht weniger. Zumal ...« Sie zögerte und musterte Teresa, als würde sie

prüfen, wie viel sie ihr noch zumuten konnte, dann zuckte sie mit den Schultern. »Ach, irgendwann müsst ihr es ja doch erfahren. Christian und ich werden heiraten.«
Plötzlich wurde die Wohnungstür aufgerissen. Constanze blieb im Flur stehen und klopfte sich den Schnee von der Pferdedecke. Sie warf Teresa einen erbosten Blick zu. »Wenn Christian mich nicht erlöst hätte, wäre ich da draußen festgefroren.« Sie rieb die Hände aneinander. »Er kommt gleich nach«, sagte sie zu Delia, »bringt nur die Pferde in den Hinterhof zu irgendeinem Meier oder Müller, was weiß ich.« Ihr Blick glitt von Teresa zu Delia, wanderte durch den Raum und blieb schließlich an Antonia hängen. »Wusste Felicitas es?«
Teresa schüttelte den Kopf. Tränen schossen ihr in die Augen.

Am nächsten Morgen schlug Teresa die Augen auf und blickte direkt in die von Antonia, die im Schneidersitz vor der Couch saß. »Du hast meine Augen«, sagte das Mädchen ernst.
»Das sind meine Augen«, erwiderte Teresa, auf das Spiel ihrer Nichte eingehend. »Aber weißt du, eigentlich gehören sie deiner Großmutter Felicitas. Und die hat sie von ihrer Mutter Helen, deiner Urgroßmutter.«
»Hm«, machte Antonia, der die Namen nichts sagten. »Im Unterricht heißt es, blaue Augen gehören zur nordischen Rasse, aber trotzdem hänseln mich die anderen Mädchen, weil meine Mutter rote Haare und braune Augen hat. Hexenbastard rufen sie mir nach.«
»Sie sind wahrscheinlich bloß neidisch auf deine hellen Augen und darauf, dass deine Mutter schöner ist als ihre.«

»Glaub ich auch.« Antonia lächelte Teresa an. »Willst du frühstücken? Onkel Christian hat Maisbrot mitgebracht.«
»Später vielleicht«, erwiderte Teresa. Sie würde erst dann einen Bissen hinunterbekommen, wenn sie es hinter sich hatte. »Wo sind die anderen?«
»Mama macht die Wäsche für die Nachbarin. Die hat Verwandte auf dem Land und hat uns zwei Eier versprochen, wenn Mama ihr hilft. Onkel Christian ist zur Arbeit gegangen, und Tante Constanze schläft noch.« Antonia stand auf und verzog das Gesicht in gespielter Verzweiflung. »Und ich muss in die Schule!«
Ihre Schritte hallten durch den Treppenflur. Rasch zog Teresa sich an, schrieb »Bin spazieren gegangen, in einer Stunde zurück« auf einen Zettel und schob ihn durch die Schiebetür, damit sich Constanze keine Sorgen machte, wenn sie aufwachte. Dann ging sie zur Post und ließ sich mit dem Filmstudio verbinden, in dem sie Gesa vermutete, doch dort ließ man Teresa wissen, dass Fräulein Landauer Außenaufnahmen zu absolvieren habe und ganz gewiss nicht zu sprechen sei.
Teresa legte auf. Ihr würde nichts anderes übrig bleiben, als die Sache allein durchzufechten. Sie holte tief Luft und machte sich auf den Weg.
Kein Wind bauschte die länglichen roten Fahnen mit den Hakenkreuzen, die schlaff wie gewaltige Ochsenzungen, die zum Trocknen aufgehängt worden waren, vor der neuen Reichskanzlei baumelten. Das Gebäude an der Wilhelmstraße wirkte in seiner strengen Architektur bedrohlich, und Teresa verlangsamte ihre Schritte.
Mit klopfendem Herzen betrat sie die Halle, das Blut rauschte in ihren Ohren und dämpfte die Geräusche der Geschäftigkeit, klappende Türen, klingelnde Telefone,

klackende Absätze und laute Stimmen. Eine junge Frau, ungefähr in Teresas Alter, trug schwer an einem Pappkarton, aus dem eine Briefwaage und ein paar dünne Aktenordner lugten, und unwillkürlich fielen Teresa die sarkastischen Worte ihres Bruders wieder ein. Die Verbrecher werden sich in den Führerbunker verkriechen und in aller Seelenruhe abwarten, bis unser Land dem Erdboden gleichgemacht ist, hatte er gesagt. Dann hatte er seinen Mantel angezogen und die Wohnung verlassen. Besorgt hatten Teresa und Delia sich angesehen, aber keinen Versuch unternommen, ihn zurückzuhalten. Jeder musste auf seine Weise mit der Trauer fertigwerden.
»Entschuldigen Sie bitte«, sagte Teresa.
Freundliche braune Augen musterten sie mäßig interessiert, aber wachsam.
»Ja, bitte?«
»Ich habe einen Termin beim Reichskanzler.«
Die Augenbrauen der Frau schossen in die Höhe. Sie setzte den Pappkarton ab und erwiderte misstrauisch: »Das kann ich mir kaum vorstellen.«
»Ich habe eine Einladung erhalten, das heißt, meine Mutter hat sie bekommen«, sagte Teresa und reichte ihr das Kuvert mit dem erbrochenen Siegel.
»Das ist erst in einer Woche«, entgegnete die Frau, faltete den Brief wieder zusammen und hielt ihn Teresa hin, die jedoch nicht danach griff.
»Ich weiß. Es ist nur so, dass meine Mutter diesen Termin nicht wahrnehmen kann.«
Die junge Frau ließ den Brief sinken und runzelte die Stirn. »Das wird der Führer nicht gern hören ...«
»Meine Mutter ist tot.«
Einen Moment senkte die Frau den Blick, dann sah sie

Teresa mitfühlend an. »Das tut mir sehr leid, Fräulein Hoffmann.«
»Andreesen.«
»Fräulein Andreesen. Mein herzliches Beileid.«
»Danke schön.«
»Entschuldigen Sie, aber ich muss Sie das fragen: Gibt es schon jemanden, der die Angelegenheit, deretwegen Ihre Mutter hier vorstellig werden sollte, weiter verfolgen wird?«
»Nein«, schluchzte Teresa auf und nestelte ein Spitzentuch aus ihrer schwarzen Handtasche. »Unsere ganze Familie ist bei dem Treck ums Leben gekommen, nur meine Tante hat es geschafft, und meine Großmutter in Bremen ist todkrank. Und ich weiß auch nichts von irgendwelchen Riegeln. Unsere Speicher sind zerbombt, und der Laborleiter liegt im Krankenhaus ...«
»Schscht, Kindchen«, sagte die Frau und legte ihre Hand tröstend auf Teresas Arm. »Beruhigen Sie sich doch. Herr Hitler ist doch kein Unmensch. Ich bin eine seiner Sekretärinnen, ich werde ihm mitteilen, welche unglücklichen Umstände die Sache etwas hinauszögern, und Sie suchen die Unterlagen heraus, die von Nutzen sein könnten. Dann sehen wir weiter.« Sie nickte Teresa zu und wuchtete den Pappkarton wieder hoch. »Sie hören in Kürze von uns.«
»Danke, Sie sind sehr freundlich zu mir«, sagte Teresa mit tränenerstickter Stimme und verabschiedete sich, den Blick gesenkt, bis sie das Gebäude verlassen hatte und außer Sichtweite war. Dann hob sie den Kopf und zwinkerte dem Himmel zu. Eine bühnenreife Leistung, fand sie. Offensichtlich hatte nicht nur ihr Bruder das schauspielerische Talent ihrer Mutter und ihrer Großeltern geerbt.

Zwar hatte sie, Teresa, nur einen Aufschub bewirkt, aber wenn die Alliierten so weitermarschierten, hatte der Reichskanzler bestimmt andere Sorgen, als sich um Getreideriegel aus Bremen zu kümmern.

Am nächsten Tag fuhr Teresa mit dem Zug nach Bremen. Constanze hatte sich beharrlich geweigert, sie zu begleiten. Es sei ohnehin nur noch eine Frage der Zeit, bis die Waffen schweigen würden, und dann wolle sie sofort nach Sorau zurückkehren. Auch Christian war nicht zu bewegen gewesen, Berlin zu verlassen. Einerseits fürchtete er sich vor den Konsequenzen, sollte er seinen verhassten Dienst in der Forschungsabteilung einfach quittieren, andererseits hatte er damit begonnen, jeden Abend und in der Regel auch nachts in den Bunkern die Verwundeten zu behandeln, und fühlte sich moralisch verpflichtet, dies fortzuführen. Er, Delia und Antonia würden nachkommen. Wann, hatte Christian nicht gesagt.
Die Fahrt in dem hoffnungslos überfüllten Zug schien kein Ende zu nehmen. Teresa hatte einen Sitzplatz am Gang ergattert, links von ihr saß eine ältere Frau, die, die Arme fest an ihren korpulenten Körper gedrückt, einen himmelblauen Topflappen häkelte, rechts von ihr döste ein alter Mann. In den Gängen stapelten sich Koffer und verschnürte Pappkartons, unter den Bänken lagen gerollte Kleiderbündel, und es stand sogar der eine oder andere Käfig mit verschreckt dreinblickendem magerem Geflügel dort, das von unzähligen Augenpaaren hungrig und lauernd betrachtet wurde. Wer keinen Platz auf den Holzbänken bekommen hatte, machte es sich auf seinem Koffer bequem oder versuchte sich, so gut es ging, irgendwo anzulehnen. Einige Kinder lagen in den Gepäcknetzen

und schliefen. Zwei kleine Jungen beobachteten fasziniert, wie der kahle Kopf des alten Mannes immer wieder in den Nacken sank, bis sein Mund sperrangelweit offen stand und sich ein gewaltiger Schnarcher seinem Rachen entrang. Der Mann erschreckte jedes Mal und ließ den Kopf dann auf die Brust sinken, um das Schnarchen zu verhindern, doch die Bewegungen des Zugs zwangen seinen Kopf erneut nach hinten. Die Jungen kicherten. Einer zwirbelte einen Fetzen Papier zu einer Kugel und versuchte sie in den offenen Mund des alten Mannes zu schnippen, was ihm nicht gelang, ihm aber eine Ohrfeige seiner Mutter eintrug, die plötzlich wie eine Feder von der Holzbank schnellte. Gelegentlich hielt der Zug auf offener Strecke an und riss die Menschen aus ihrer Lethargie. Man stürzte an die Fenster, um den Grund für den Halt auszumachen, Mutmaßungen und aufgeregte Rufe flogen hin und her, bis es endlich weiterging.
Am frühen Abend lief der Zug in den Hauptbahnhof ein, und Menschen, Koffer und Käfige ergossen sich auf die Gleise. Noch ein Fußmarsch, dachte Teresa und nahm seufzend ihren Koffer. Sie hatte zwar telegrafiert, rechnete aber nicht damit, dass Dora oder Ella sie abholen würde, weil sie nur den Tag ihrer Abreise hatte nennen können, nicht, welchen Zug sie nehmen würden, da es Glückssache war, überhaupt einen Platz zu bekommen. Doch als sie das Gebäude verließ, wartete Dora unmittelbar davor, elegant am Kühler des alten Mercedes-Cabrios lehnend und eine Zigarette rauchend.
»Dafür«, sagte sie und deutete ironisch auf den sich kringelnden Rauch, »ist eine Erstausgabe von Goethes *Werther* draufgegangen.«
Teresa lachte. Doras unsentimentale Begrüßung war ge-

nau das, was sie jetzt brauchte. Was sie der Familie mitteilen musste, würde ohnehin allen das Herz schwermachen. Sie hatte es nicht über sich gebracht, ihnen die furchtbaren Neuigkeiten am Telefon mitzuteilen, zumal sie dies in der Post, in aller Öffentlichkeit also, hätte tun müssen, doch bei dem Gedanken, es nun gleich ihrer Großmutter sagen zu müssen, wurde ihr die Kehle eng. Und wie sie Ella begegnen sollte, ohne ihr direkt ins Gesicht zu springen, wusste sie auch noch nicht. Dora entging Teresas Verfassung nicht. Sie drückte die Zigarette aus und sagte aufmunternd: »Na komm, Marie hat Kürbisbrot gebacken, und Michael hat dir ein Willkommensbild gemalt.«
Als sie die Halle der Villa Andreesen betraten, war Ella damit beschäftigt, dickes Packpapier von mehreren Paketen zu entfernen.
»Gott sei Dank, Teresa! Du bist zurück!« Ella strahlte über das ganze runde Gesicht, dann fügte sie hinzu: »Anton hat mir einige von Thomas' Bildern zurückgegeben. Weil mir doch nichts von ihm geblieben ist.«
»Wie reizend«, murmelte Dora spöttisch. Sie zog den Mantel nicht aus. »Ich sehe nur schnell nach Michael. Er ist bestimmt wieder im Stall, obwohl ich es ihm verboten habe. Bis gleich.«
Teresa wandte sich Ella zu. Sie wusste nicht, was sie sagen sollte. Dem Anton, den sie kannte, sah diese mitfühlende Geste überhaupt nicht ähnlich, aber nach dem, was sie von Delia erfahren hatte, passte dies durchaus ins Bild. Andererseits, was Anton sich an List und Tücke und Intrige in der Vergangenheit hatte einfallen lassen, um ihrer Mutter zu schaden, konnte man schon als kriminelle Energie bezeichnen und machte es Teresa fast unmöglich, daran zu glauben, ihr Onkel Anton gehöre zu den Men-

schen, die es für nötig hielten, ihre weichen, sensiblen Seiten mit Härte und Bosheit zu kaschieren. Abgesehen davon war er ein Nationalsozialist von der ersten Stunde an, schon nach dem Ersten Weltkrieg hatte er Versammlungen rechter Gesinnungsgenossen unterstützt und sich Hitler angeschlossen, und allein deswegen schien es ihr ratsam, auf der Hut zu bleiben.
In Ellas Augen funkelte der Schalk, ein verschmitztes Lächeln erhellte ihre Züge. »Wenn der gute Anton wüsste, welchen Schatz er in seinem Haus beherbergt hat …«
Das eingerissene Packpapier ließ eine idyllische Waldszene erahnen, mit einem Zwölfender im Mittelpunkt. Der übliche Kitsch, fand Teresa, behielt ihre Meinung jedoch für sich. Ella, der Teresas Blick nicht entgangen war, vertiefte ihr Lächeln.
»Du wirst schon sehen«, sagte sie und fügte mit verschwörerischer Miene hinzu: »Später, wenn er fort ist.« Mit einer Kopfbewegung wies sie auf den Wintergarten, aus dem jetzt gedämpfte, aber zweifellos erregte Stimmen in die Halle drangen.
Fragend sah Teresa ihre Tante an, doch Ella zuckte mit den Schultern und widmete sich wieder den Bildern. Auf Zehenspitzen schlich Teresa zur Tür.
»Ich habe einen Anruf aus Berlin erhalten, und ich muss schon sagen, was deine geliebte Felicitas sich da erlaubt hat, ist nicht nur eine Beleidigung für das deutsche Volk, sondern eine Gefahr für die ganze Familie.«
O Gott! Vor Entsetzen schlug Teresa die Hand vor den Mund. Warum hatte sie nicht mit der Möglichkeit gerechnet, dass man in der Reichskanzlei zwei und zwei zusammenzuzählen imstande war und in Erfahrung brachte, dass Anton Andreesen, die rechte Hand des Gauleiters

Weser-Ems, etwas mit Andreesen-Kaffee zu tun hatte? Und ihn natürlich sofort alarmierte, damit diese wichtige Sache nicht einer unbedarften, von Schluchzern geschüttelten Tochter, als die sie sich präsentiert hatte, überlassen wurde. Unbändige Wut stieg in ihr auf, Wut auf ihn, am meisten aber auf sich selbst. Niemals hätte ihre Mutter sich so ungeschickt angestellt.
»Ach, du und deine Geschichten, Anton«, erwiderte Elisabeth leise und schleppend, Silben und Konsonanten tropften wie in Zeitlupe von ihren Lippen, und Teresas Herz zog sich zusammen. So krank, wie ihre Großmutter war, würde es ihr doch nicht einfallen, sich von ihrem Sohn für dumm verkaufen zu lassen.
»Offensichtlich hat Felicitas« – er spie ihren Namen geradezu aus – »allen vorgegaukelt, sie hätte eine Spezialnahrung für Soldaten entwickelt, und dem Führer – man stelle sich diese Unverfrorenheit vor! – ein Geschäft vorgeschlagen, was sie natürlich nicht einzuhalten gedachte. Ich habe sofort mit Werner Briskow Kontakt aufgenommen, und weißt du, was er mir gesagt hat? Da habe man in Berlin wohl etwas falsch verstanden, es handle sich um ganz normale Keksriegel, die man infolge der fehlenden Rohstoffe nun eben nicht herstellen könne. Kannst du mir mal sagen, wie ich das dem Führer erklären soll?«
Teresa hörte, wie Anton aufgebracht hin und her lief. Ihre Gedanken überschlugen sich.
Plötzlich blieb er stehen, holte geräuschvoll Luft und sagte mit gesenkter Stimme: »Sieh mal, mir tut es ja auch leid, dass sie tot ist, aber ich bitte dich inständig, übergib mir die Leitung der Firma. Ich bin mit der Parteimaschinerie vertraut, und in Berlin wird man mir vertrauen. Ich

werde den Karren aus dem Dreck holen, das verspreche ich dir, Mutter.«
Jetzt reichte es. Ganz gleich, wie mildtätig er sich Delia und Ella gegenüber gezeigt hatte und wie logisch und aufrichtig seine Worte in diesem Moment klingen mochten, war und blieb er doch ein Intrigant. In Wahrheit hatte er es nicht verwunden, dass seine Mutter Felicitas das Unternehmen nach Heinrichs Tod anvertraut hatte, und ihm war jedes Mittel recht, es endlich an sich zu bringen. Das durfte sie, Teresa, um ihrer Mutter willen nicht zulassen. Mit einem Ruck riss sie die Tür auf und starrte angewidert auf ihren uniformierten Onkel, der neben Elisabeth auf dem Sofa saß und ihre Hände hielt.
»Hör bloß auf, den Scheinheiligen zu spielen! Du willst doch nur die Reste der Firma und das Patent für den magenschonenden Kaffee verhökern und dich nach Südamerika absetzen!« Ihre Stimme durchschnitt die Luft wie ein Florett, ihre aquamarinblauen Augen hielten Antons Blick stand.
»Pass auf, was du sagst«, zischte er wütend, hatte sich jedoch sogleich wieder in der Gewalt und fügte in milderem Ton, aber eindringlich hinzu: »Ich bin der Einzige, der die Sache noch retten kann! Denkst du allen Ernstes, den Worten einer siebenundzwanzigjährigen Frau würde man mehr Glauben schenken als mir?«
»Nein«, antwortete Teresa kühl, und ehe sie die Worte zurückhalten konnte, fügte sie hinzu: »Aber wenn du dich nicht raushältst, lasse ich dich auffliegen.«
»Teresa!«, ächzte Elisabeth entsetzt, und Anton schoss wutentbrannt in die Höhe.
»Wie kannst du es wagen!«, schrie er.
»Hört auf, alle beide!« Elisabeths Stimme war nur mehr

ein Wispern. »Teresa, was du gesagt hast, ist unverzeihlich, und ich kann nur hoffen, dass du es nicht so gemeint hast. Was dich anbelangt, Anton, so habe ich dich von allen meinen Kindern am meisten geliebt«, fuhr sie mühsam fort. »Aber du hast mir so viel Kummer bereitet. Dieser braune Sumpf ... Nein, ich habe dir damals die Firma nicht überlassen, und ich werde es auch heute nicht tun.« Sie machte eine Pause. »Ich will nicht, dass unser guter Name besudelt wird.«
»Wie du meinst, Mutter.« Mit einer angedeuteten Verbeugung verabschiedete er sich von seiner Mutter, ignorierte seine Nichte und verließ den Wintergarten.
»Woher weißt du es?«, fragte Elisabeth tonlos.
»Es ist lange her, ich war fünf Jahre alt, da habt ihr euch eines Abends entsetzlich gestritten, du, Mutter und Anton. Marie hatte Ausgang, Fräulein Finkemann schlief tief und fest und ich lag in meinem Bett und ängstigte mich. Da bin ich hinuntergelaufen ... Seitdem weiß ich es.«
»Und hast nie darüber gesprochen ...« Voller Hochachtung sah Elisabeth ihre Enkelin an.
Teresa senkte den Kopf. »Was ich gesagt habe, tut mir leid. Aber ich musste ihm Einhalt gebieten.«
»Schon gut, mein Kind«, erwiderte Elisabeth.

31

»How are you?« Jack sah aus wie Elvis Presley, was ihm den Flirt mit den deutschen Fräuleins in der Regel ungemein erleichterte, und obschon Teresa nie mehr als ein amüsiertes Lächeln für ihn übrig hatte, war er gleichbleibend freundlich und machte sich in der Villa nützlich, sofern Captain Rodetzky es ihm gestattete. Jetzt war Jack damit beschäftigt, aus einem Louis-quinze-Stuhl, der eigentlich zu einem Sekretär im blauen Salon gehörte, und zwei Rädern, die er von einem Fahrrad mit völlig marodem Gestänge montiert hatte, einen Rollstuhl für Elisabeth zu bauen. Er hockte auf dem Rasen, neben sich Werkzeug und eine Colaflasche. Als Teresa an ihm vorüberging, blickte er hoch und strahlte sie an. Seine braun gebrannten schlanken Hände, mit denen er überaus geschickt hantierte, und seine sehnigen Unterarme, die das nachlässig hochgekrempelte Hemd erkennen ließ, weckten in ihr sanftes Begehren, und rasch wandte Teresa den Blick ab.

Obwohl sie Manuel seit sechs Jahren nicht gesehen hatte und Zweifel sie bedrängten, ob seine Liebe so viel Zeit überdauern würde, ja, sie manchmal sogar überzeugt war, sie selbst hinge lediglich einer Illusion nach, verspürte sie kein Interesse, eine Liaison mit einem Amerikaner anzufangen, ganz gleich, wie attraktiv und gutherzig er sein mochte und wie sehr ihr Körper danach verlangte. In der Villa Andreesen herrschte Friede, und sie würde ihn nicht gefährden, indem sie Eifersüchteleien zwischen den GIs schürte.

Seit einigen Wochen hatten die Amerikaner die von Bomben verschonte Villa besetzt, die geräumig genug war, um zwanzig Soldaten zu beherbergen, und deren klassizistische Architektur sie überdies an daheim, an Georgia, erinnerte, woher Captain Rodetzky und etliche seiner Männer stammten. Zunächst hatte er darauf bestanden, dass die Familie auszog, aber Teresa weigerte sich so vehement wie charmant, und als sie die gebrechliche Elisabeth ins Felde führte, der man einen Umzug nicht zumuten konnte, hatte der Captain schließlich nachgegeben. So richteten Teresa, Ella, Dora und Michael sich mit Sack und Pack in der obersten Etage ein, wo früher die Dienstboten und seit Kriegsbeginn nur noch Marie wohnte. Elisabeth durfte in ihrem Zimmer im ersten Stock bleiben, wo sie ihrem Protest gegen die Anwesenheit der Besatzer auf ihrem Grund und Boden lautstark mit Puccini, Rossini und Mozart Luft machte, bis der Plattenspieler seinen Geist aufgab. Jack reparierte das Gerät und schenkte Elisabeth eine Glenn-Miller-Platte, eine Geste, die die Stimmung in der Villa nachhaltig veränderte. Mit den ersten Tönen der *Moonlight Serenade,* die durchs Haus wehten, legte sich ein Hauch von Frieden auf die Gemüter. Die Amerikaner gingen ihren Aufgaben nach und die Familie den ihren. So paradox es Teresa und ihren Angehörigen vorkam, dass die Besatzer ihnen gelegentlich ein Päckchen Kaffee zukommen ließen, so deutlich führte es ihnen vor Augen, dass sie es schlechter hätten treffen können im Deutschland der Stunde null.

Der Kontrollrat der Alliierten rang in Berlin darum, wie die Zukunft der Menschen in diesem Land aussehen sollte, dem einstigen Feindesland, das nun in vier Besatzungszonen aufgeteilt worden war, eine sowjetische, französische, britische und amerikanische. Bremen besaß den Status einer amerikanisch besetzten Enklave, und dies stellte die Unabhängigkeit des Landes Bremen wieder her, und weil die Amerikaner überdies die Stadt an der Weser und Bremerhaven als Nachschubhäfen für ihre Truppen in Mitteleuropa nutzen wollten, hatten sie großes Interesse, die zerbombten Hafenanlagen zu reparieren, versenkte

Schiffe aus den Becken und die Minen zu heben, die dort vermutet wurden. Sie setzten Wilhelm Kaisen, den sozialdemokratischen Senator für das Wohlfahrtswesen von 1928 bis 1933, der die zwölf Jahre der braunen Diktatur auf einer Siedlerstelle am Rande Bremens als Kleinlandwirt überlebt hatte, am 6. Juni wieder in sein ehemaliges Amt ein, und nicht wenige rechneten damit, dass die amerikanische Militärregierung ihn schon bald zum Bürgermeister machen würde. Die Amerikaner brauchten seine Kompetenz, und dennoch rechneten ihnen viele Bremer, auch die Andreesens, diese Geste hoch an.
»Fine, thank you!«, rief Teresa ihm unverbindlich zu und beschleunigte ihre Schritte. Sie war spät dran, Ella und Dora waren gewiss schon längst am Wall, um das zu tun, was Millionen Menschen im ganzen Land versuchten – aus den Millionen Kubikmetern Trümmer, die die Städte bedeckten und Straßen und Schienen blockierten, Stein für Stein das Fundament für einen neuen Anfang zu sammeln. Bei einem der letzten Luftangriffe waren die Kaffeespeicher im Überseehafen vollständig zerstört und die Häuser am Wall stark beschädigt worden. Das Kontorgebäude und die Produktionshalle waren zwar so gut wie unversehrt, doch Tonnen von Schutt hatten Vorder- und Hintereingang versperrt. An den Kunstpark erinnerten nur mehr der Pagodenbau der Schauspielschule und das brasilianische Plantagenhaus, und die bange Frage, wie es weitergehen, wie all dies instand gesetzt und vor allem, wie das finanziert werden sollte, hatte Besitz von Teresa genommen. Sie stand mit der Frage auf und ging mit ihr schlafen, ohne einer Antwort auch nur ein Jota näherzukommen, im Gegenteil, je mehr sie sich den Kopf zermarterte, desto drängender wurde die Angst, diese Aufgabe

nicht zu bewältigen. Dazu kamen die verheerenden Nachrichten, welche Schuld die Deutschen auf sich geladen hatten, in welch unvorstellbarem Ausmaß sich Hitler und seine Schergen an der Menschheit vergangen hatten, so unvorstellbar, dass kaum jemand dafür Worte finden wollte und konnte, weder jetzt noch später.

Rasch reihte Teresa sich in eine der langen Schlangen von Frauen ein, die damit beschäftigt waren, alle noch gut erhaltenen Steine aus den Ruinen der Häuser am Wall zu bergen und den anhaftenden Mörtel mit Hämmern abzuklopfen. Suchend blickte sie sich um, konnte Ella und Dora unter den vielen gesenkten Köpfen mit den ums Haar geschlungenen bunten Tüchern jedoch nicht ausmachen. Um sich gegen den beißenden Mörtel- und Ziegelstaub zu schützen, zog sie ihr Kopftuch vor den Mund und begann mit der Arbeit. Die eintönige Tätigkeit und das gleichbleibende Pickpickpick der Hämmer beruhigten ihre Nerven. Gelegentlich blickte sie auf, wenn einer der Bauarbeiter, die sich durch den Schutt gruben, etwas fand, was sich noch verwenden ließ, einen Heizkessel, einen Herd, einen zerschrammten Stromzähler. War das Wetter so sommerlich wie heute, ruhte Teresas Blick häufig versonnen auf der nahen Weser, die wie eh und je munter Richtung Meer strömte, während an ihren Deichwiesen das Treibgut der Nachkriegszeit vorüberzog, zerlumpte Bürger mit Koffern und Säcken, aus der Gefangenschaft entlassene Soldaten, Obdachlose, Flüchtlinge, die nicht wussten, wohin, weil die Stadt hoffnungslos überfüllt war.

Das größte Problem war der Hunger, der mit jedem Tag unerträglicher wurde. Pro Woche und Nase wurden 1,7 Kilo Brot, 7/8 Liter Milch, 2,5 Kilogramm Kartoffeln, 15 Gramm Käse, 150 Gramm Fleisch, 100 Gramm

Fett, 200 Gramm Zucker, 100 Gramm Marmelade und 125 Gramm Sojaflocken ausgegeben, insgesamt 1206 Kalorien, zu viel, um zu sterben, und zu wenig, um zu Kräften zu kommen. Einmal in der Woche fuhren Dora und Marie aufs Land, nach Syke zu Maries Verwandten. Die Reichsbahn hatte Stehwaggons eingeführt; alle Sitze und Trennwände waren herausgerissen. Wo früher dreißig Reisende Platz fanden, zwängten sich nun zweihundertfünfzig zusammen, um in Bremens Umgebung zu hamstern, was die Rucksäcke fassen konnten. Doch die Hamsterfahrten waren verboten, denn was es auf dem Land gab, unterlag der Zwangsbewirtschaftung. Wer es trotzdem riskierte, musste mit Gefängnis rechnen. Nachdem Dora mit vierzig Zigaretten erwischt und zu einundzwanzig Tagen Haft verurteilt worden war, beschloss die Familie, eine Weile auf die Fahrten zu verzichten und das Beste aus dem wenigen zu machen. Marie griff deswegen auf Notrezepte zurück. Sie ließ einen Kopf Weißkohl weich kochen, drehte ihn mit einem halben Kilogramm gekochter Steckrüben durch den Fleischwolf, gab eine Tasse geriebenes Brot dazu (das ohnehin wegen des hohen Maismehlgehalts in der Regel schon auf dem Weg vom Bäcker nach Hause zerfiel), würzte die Masse, formte sie zu langen Laiben und briet sie an. Nachdem Captain Rodetzky eine der falschen Bratwürste gekostet hatte, fanden auf geheimnisvollen Wegen Bohnen, Ananas, Schokolade und Cornedbeef den Weg in Maries Speisekammer. Dennoch reichte es gerade für das Nötigste.
»Teresa?«
Teresa fuhr zusammen, als die junge Frau neben ihr, mit der sie schon häufiger einige Worte gewechselt hatte, sie ansprach.

»Wo bist du denn mit deinen Gedanken?«, fragte sie lächelnd und wies mit der Hand auf den Eingang des Kontorhauses. »Ich glaube, du kannst jetzt rein.«
Teresa ließ den Hammer und den Stein, den sie gerade bearbeitet hatte, fallen und kletterte vorsichtig über den Schuttberg, der zur Hälfte abgetragen worden war. Im Innern des Hauses roch es muffig. Durch die Erschütterungen, die die Bomben verursacht hatten, wiesen Wände und Decken Risse auf, Putzplacken und Deckenbalken waren herabgefallen und hatten Schreibtische, Lampen und vor allem die chemisch-technische Ausstattung der Labors und die Röstmaschinen in der Produktionshalle beschädigt. Etliche Spinnen hatten die Abwesenheit der Besitzer ausgenutzt und Netze von beachtlicher Größe gesponnen, die sich in Teresas Haar verfingen, als sie durch die Räume ging.
Es würde lange dauern, das Haus wieder in Schuss zu bekommen, aber unmöglich war es nicht. Sie brauchte ein paar helfende Hände, hundert Säcke Zement, Besen, Soda und Seife – und genügend Geld, um neue Maschinen zu kaufen. Da war sie wieder, die eine quälende Frage, die das Gedankenkarussell in Gang setzte, das sich stoisch und unverdrossen drehte, ohne Anfang, ohne Ende. Entnervt ließ sie sich auf Felicitas' Schreibtischstuhl fallen und starrte das Porträt von Hans Heinrich Andreesen an, der missbilligend auf sie herabzusehen schien, als würde er ihr ebenso wenig wie sie sich selbst zutrauen, die Nachfolge ihrer Mutter anzutreten. Um den nutzlosen Überlegungen zu entkommen, begann sie den Inhalt der Schreibtischschubladen zu inspizieren. Die Mittellade war verschlossen. Zu ungeduldig, um in dem Chaos nach einem kleinen Schlüssel zu suchen, nestelte Teresa eine Nadel

aus ihrer Hochfrisur und stocherte so lange damit in dem Schloss herum, bis es mit einem leisen Klicken nachgab.
Eine dünne Mappe lag in der Lade, sonst nichts. Mit wachsender Erregung blätterte sie die wenigen Seiten durch, fassungslos, dass ihre Mutter ihr so wenig vertraut hatte, dass sie es für nötig gehalten hatte, ihr diesen Bericht zu verheimlichen. Fassungslos auch, da sie mit einem Mal begriff, dass sie die Lösung für ihre Probleme in Händen hielt.
»Hier steckst du!« Dora lehnte in der Tür. »Ella und ich haben dich gesucht.«
»Du liebe Zeit, hier gibt es ja eine Menge zu tun«, seufzte Ella und wischte sich den Schweiß von der Stirn. Beide blickten Teresa irritiert an, die sie strahlend anlächelte, als wäre sie nicht ganz bei Verstand.

32

Im März 1946 verließ die *Eusebia* Bremerhaven. Die stampfenden Motoren, das Tuten des Nebelhorns, das leise Schmatzen der Wellen am Bug des Dampfers und das Kreischen aufgeregter Möwen bildeten eine Sinfonie, die nach Aufbruch und Abenteuer klang. Die Passagiere, in der Mehrzahl schlicht und zweckmäßig gekleidet, nicht wie einst, da auf den Kreuzfahrtschiffen große Roben und prächtige Pelze zur Schau getragen wurden, standen an der Reling und winkten Freunden und Angehörigen am Kai zu, die den Abschied mit gemischten Gefühlen betrachteten. Taschentücher wurden geschwenkt und an die

Augen gedrückt, Köpfe geschüttelt und Seufzer ausgestoßen. Doch die Menschen an Bord hatten sich für den Weg ins Ungewisse entschieden, ganz gleich, wie fremd und fern das Land sein mochte, versprach es ihnen doch einen neuen Anfang und neues Glück jenseits der Katastrophe, die sie gerade überlebt hatten. Seitdem man die deutschen Grenzen endlich wieder passieren durfte, hatten schon etliche tausend Emigranten diese Chance ergriffen.
Teresa lächelte Dora, Michael und Ella zu, obwohl die drei sie aus der Entfernung gewiss kaum erkannten, und sah zu, wie ihre Gestalten mit jedem Meter, den das Schiff zurücklegte, kleiner und kleiner wurden, bis sie mit dem Meer und dem bleigrauen Himmel zu einem trüben Horizont verschwammen. Je weiter das Schiff aufs offene Meer hinausfuhr, desto vehementer drängte die Sonne zwischen die Wolkengebirge, bis der Himmel endlich aufriss und sich blassblau über die Unendlichkeit spannte. Gemächlich schritt Teresa über das Deck, Runde um Runde, vorbei an verliebten Paaren, Familien und entschlossen wirkenden Männern, die ihr, der einzigen allein reisenden Frau, interessierte oder abschätzige Blicke zuwarfen, was Teresa aber überhaupt nicht wahrnahm. Wogen der Zuversicht durchfluteten sie und zwangen sowohl die Furcht zurück, ihr wunderbarer Plan könnte sich als Schimäre erweisen, als auch das Unbehagen, ganz auf sich allein gestellt zu sein.
Sie ging hinunter in ihre Kabine, um ihre Sachen auszupacken und sich ein Buch und eine leichte Decke zu holen. Zum Glück hatte sie eine Doppelkabine buchen können und musste sich den sechs Quadratmeter großen Raum nicht wie andere Passagiere mit drei Mitreisenden, sondern nur mit einem teilen, der sich zu ihrem Erschrecken

jedoch als Mann entpuppte. Behäbig thronte er auf dem unteren Bett und schraubte einen lederbezogenen Flachmann auf.

»Möge es nützen«, murmelte er, als Teresa die Kabine betrat. »Möchten Sie auch einen?«, fragte er und nahm, ohne Teresas Antwort abzuwarten, einen zierlichen silbernen Becher aus einem Picknickkorb. Als Teresa dankend ablehnte, streckte er ihr die Hand hin. »Hauke von Moorbusch. Ich hoffe, Sie haben nichts dagegen, wenn ich das untere Bett okkupiere, aber Sie sehen ja selbst, dass artistische Leistungen nicht zu meinen Fähigkeiten zählen.« Er grinste Teresa entwaffnend an, und unwillkürlich erwiderte sie das Lächeln. Zwar passte es ihr ganz und gar nicht, eine Woche mit einem fremden Mann auf engstem Raum zu verbringen, doch von diesem beleibten Mittfünfziger mittlerer Größe schien keinerlei Gefahr auszugehen. Freundliche hellbraune Augen musterten sie vergnügt, sein ovales Gesicht mit den Hängebäckchen glänzte wie ein polierter Apfel und erinnerte Teresa vage an ihren Großvater Gustav Andreesen, den sie nur von Fotos kannte. »Sagen Sie, kennen wir uns?«, fuhr er fort. »Ich vergesse niemals ein Gesicht, Namen schon eher, das heißt, eigentlich immer, was in meinem Beruf nicht von Vorteil ist, aber Gesichter erkenne ich noch nach Jahren wieder.«

»Nicht, dass ich wüsste.« Ihr Ton gefror, und augenblicklich revidierte sie ihren ersten Eindruck. Wenn er glaubte, sich mit dem ältesten Spruch der Welt in ihr Vertrauen schleichen zu können, war er schief gewickelt.

»Entschuldigen Sie, ich wollte Ihnen nicht zu nahe treten«, entgegnete er höflich und widmete sich wieder seinem Flachmann, während Teresa ihren Koffer auspackte. Nach einer Weile sagte er: »Tut mir leid, aber dies war der

letzte freie Platz an Bord, und um ihn zu bekommen, habe ich mein bescheidenes Reisebudget um einiges erleichtern müssen. Wenn es Ihnen lieber ist, können wir einige Regeln aufstellen. Ich verlasse die Kabine morgens als Erster, kehre nur zu einem Mittagsschläfchen zurück und gehe um Mitternacht schlafen. Sie stehen also unbeobachtet auf und gehen unbeobachtet zu Bett. Was halten Sie davon?«
Teresa nickte. »In Ordnung. Es hilft ja nichts.«
»Nein, da müssen wir durch. Alle. So oder so.« Er zögerte. »Was treibt Sie denn nach Brasilien, wenn ich fragen darf?«
»Oh, ich will Verwandte besuchen, die ich seit sechs Jahren nicht mehr gesehen habe«, antwortete Teresa leichthin. »Sie leben auf einer Fazenda nahe São Paulo.«
Damit klemmte sie ihr Buch unter den Arm und verließ die Kabine. Ganz gewiss würde sie weder ihm noch sonst jemandem erzählen, was sie vorhatte.
Am Abend nach ihrer Entdeckung in Felicitas' Büro hatte Teresa ihre Großmutter, Ella und Dora eingeweiht, erst zögernd, dann immer drängender, und je mehr Worte sie fand, desto wahrscheinlicher wurde das Gelingen ihres Plans. Nur die Finanzierung bereitete ihr erhebliches Kopfzerbrechen, denn Felicitas' und Elisabeths persönliches Vermögen lag in London fest. Mit einem breiten Grinsen hatte Ella schließlich eins von Thomas' Bildern herbeigeschleppt und behutsam ein wenig von der obersten Farbschicht abgelöst, bis das darunter befindliche Gemälde allmählich zum Vorschein kam – ein kubistisches Farbspektakel, das man in Hitler-Deutschland als entartet gebrandmarkt hätte. Um seine Bilder, die vor 1933 in der Kunstwelt Anerkennung und etliche Käufer gefunden hatten, vor den Nazis zu schützen, war Tho-

mas kurz nach der Machtergreifung Hitlers einfach dazu übergegangen, seine Werke mit idyllischen Landschaftsbildern und kitschigen Stillleben zu übermalen, um sie nach und nach Anton Andreesen unterzuschieben. Sicherer als bei einem Nazi konnten Thomas Engelkes Bilder nicht sein. »Ich habe bis jetzt keinen Versuch gemacht, sie zu verkaufen, weil man in den Geschäften ja ohnehin nichts Gescheites fürs Geld bekommt«, hatte Ella gemeint. »Aber ein Schiffsbillett ist natürlich etwas anderes.« Zunächst hatte Teresa sich gesträubt, dieses Opfer, als solches empfand sie Ellas Angebot, anzunehmen, doch Ella hatte abgewinkt. »Was soll ich mit all den Gemälden? Es wäre Thomas' Wunsch gewesen, sie als Zeugnis dieser schrecklichen Zeit, die hinter uns liegt, in die Welt zu bringen, und genau das werden wir jetzt tun.« Es gestaltete sich jedoch schwieriger als angenommen, einen solventen Käufer zu finden, bis Teresa sich schließlich an den *Bremer Kurier* wandte. Der Chefredakteur zeigte sich entzückt von Thomas' Cleverness und druckte die Geschichte. Kurz darauf wechselte das Gemälde den Besitzer.

Am selben Tag buchte Teresa die Passage von Bremerhaven nach Santos, freudig erregt und zugleich schuldbewusst. Sie brauchte Anaiza, um die Firma zu retten. Doch wenn Manuel sie immer noch wollte, würde es zweifelhaft sein, ob sie die Kraft aufbringen würde, dem Paradies jenseits des Atlantiks noch einmal den Rücken zu kehren, um das Werk ihrer Mutter fortzuführen.

Wie bei Teresas erstem Besuch in Brasilien empfing die Hafenstadt Santos die Passagiere mit jener Mischung aus überschäumender Lebensfreude und einem Fatalismus, der die Nerven der Einwohner schützte und ihrer Mentalität entsprach, die Neuankömmlinge jedoch schon bald irritieren würde. Das nordeuropäische Korsett aus Disziplin, Genauigkeit und unbedingtem Willen zur Leistung saß in der Regel zu stramm, als dass der betörende Rhythmus des »Was du heut nicht kannst besorgen, verschieb getrost auf übermorgen« es nachhaltig zu lockern vermochte. Doch einstweilen strömten sie alle von Bord, voller Hoffnungen und Erwartungen, den Traum vom besseren Leben vor Augen.

Muntere Sambaklänge, zuweilen etwas schräg, weil ein junger Gitarrist danebengriff, sobald er eine blonde Frau gesichtet hatte, und es waren viele blonde Frauen unter den Passagieren, empfing die Auswanderer. Die Luft roch nach Meer, verdorbenem Fisch und Benzin. Unzählige Lastkraftwagen standen am Pier, die Ladeflächen bis zum Rand mit Kaffeesäcken beladen. Die Fahrer hupten, entweder weil sie die Gäste ihres Landes begrüßen oder ihnen Beine machen wollten, damit sie ihre Ladung schneller loswerden konnten. Nach einem Blick auf einen der schwarzlockigen Fahrer, der ungeduldig mit der Faust aufs Lenkrad hieb, vermutete Teresa eher das Letztere. In der Vergangenheit hatten die europäischen Auswanderer vor allem Ärger gemacht, den Brasilianern die Arbeitsplätze weggeschnappt oder sich sogar zu Kaffeebaronen emporgearbeitet, die die Löhne niedrig hielten, wie einst der verstorbene Don Alfredo auf der Fazenda in Terra Roxa, der eigentlich Alfred geheißen hatte.

Verloren stand Teresa am Kai. In Bremen hatte sie es für eine gute Idee gehalten, Manuel und Doña Isabella zu überraschen, doch jetzt, inmitten der lärmenden Geschäftigkeit, die sie schwindlig machte, sank ihr Mut.

»Darf ich Sie nach Rio mitnehmen?« Hauke von Moorbusch stand schwer atmend ob der Hitze neben einem Mercedes mit laufendem Motor.
Höflich lächelnd schüttelte Teresa den Kopf. Die Zutraulichkeit dieses Mannes war ihr suspekt. Obwohl sie eisern bei ihrer stummen Reserviertheit blieb, hatte er sein ganzes Leben vor ihr ausgebreitet. Sie hatte erfahren, dass er aus Hamburg stammte und vor dem Krieg mit seinem inzwischen verstorbenen Bruder eine Firma für Vergnügungsparks unterhalten hatte, dann nach London ausgewandert und nun bestrebt war, das Geschäft allein und in großem Stil von Deutschland aus wieder anzukurbeln. Vom brasilianischen Karneval, der angeblich alles übertraf, was es weltweit an bunter Feierlaune zu sehen gab, erhoffte er sich Ideen und Inspirationen. Er wisse zwar noch nicht genau, erklärte er, wofür, und im Vertrauen, seine Finanzdecke reiche noch nicht einmal für die Eröffnung eines Flohzirkus, aber bei Gott, er werde es schaffen. Nur ohne Rolf sei es halt schwierig. Wenn man so lange gemeinsam gearbeitet und sich blind verstanden habe ... Überwältigt von der Erinnerung an bessere Zeiten war er verstummt, hatte sich geräuschvoll geschnäuzt und Teresa seine Karte aufgedrängt.
»Danke«, sagte sie noch, weil er sie gekränkt anblinzelte. »Es ist gewiss nicht so schwierig, ein Taxi zu bekommen. Ich will spätestens morgen in Terra Roxa eintreffen«, fügte sie erklärend hinzu, damit er sie nicht am Ende für ein leichtes Mädchen hielt, das ihr Glück an der Copacabana suchte.
Hauke von Moorbusch hielt kurz inne, dann glomm ein schwacher Funke des Erkennens in seinen freundlichen braunen Augen auf, und zufrieden wie ein Kater, der die

Maus doch noch erwischt hatte, ließ er sich in den Fond des Wagens fallen. »Auf bald«, sagte er mit einer eigentümlichen Betonung und zwinkerte ihr zu.
Während sie dem Wagen nachsah, hielt ein klappriges Taxi neben ihr. »Terra Roxa«, warf sie dem jungen Mann lässig hin, der sie daraufhin stumm ansah, bis ein breites Grinsen seine Züge aufhellte. Terra Roxa, das waren viele Kilometer, und das bedeutete viel Geld. Eifrig sprang er aus seinem Auto, wuchtete Teresas Gepäck in den Kofferraum und hielt ihr strahlend die Tür auf. Aufatmend sank Teresa in die nach Zigarettenrauch riechenden Polster und überließ sich dem Brummen des altersschwachen Motors.
Die wenigen Fotos, die Teresa vor sechs Jahren von Terra Roxa gemacht hatte, und ihre Erinnerungen an die zauberhaften Tage mit Manuel konnten der Wirklichkeit nicht standhalten. Die Jacarandabäume waren mächtiger, ihre Blätter grüner, die Wasserfälle und Bäche klarer, die verspielten Rufe der Papageien melodischer und lauter, und die weiße Fazenda leuchtete heller inmitten der roten Erde und der ausgedehnten Felder, auf denen wie eh und je Tausende von Kaffeepflanzen wuchsen. Und Manuel war schöner als in ihren berückendsten Träumen. Regungslos stand er auf der Veranda des Hauses, den Blick unentschlossen in die Ferne gerichtet, einer vagen Ahnung nachgebend, es könnte an diesem Tag etwas Wichtiges geschehen, wichtiger als die Geschäfte, denen er in der Regel am Nachmittag nachzukommen pflegte.
Ihr Blick umfasste ihn schon, als das Taxi noch Hunderte von Metern entfernt war, und ihr Herz begann zu klopfen, jagte unbändige Freude durch ihre Adern und zwang alle Befürchtungen, ihre Liebe könnte erloschen sein, in

den hintersten Winkel ihres Bewusstseins zurück. Sie bezahlte den Taxifahrer, der ihr Gepäck aus dem Kofferraum hievte und hupend davonfuhr, eine gewaltige rote Staubwolke aufwirbelnd wie ein wütender Drache. Der Staub rieselte sanft herab und bedeckte ihre aschblonden Haare, die sich aus dem nachlässig geschlungenen Knoten gelöst hatten, und ihr elfenbeinfarbenes Leinenkostüm mit dem schmalen Rock, der an ihren Beinen klebte, weil die Hitze ihren Körper in Schweiß badete. Ihre aquamarinblauen Augen funkelten mit dem Himmel um die Wette und tauchten in Manuels dunkle, fast schwarze, und für einen Moment schien es, als würde die Welt den Atem anhalten, um zwei Menschen Gelegenheit zu geben, einzig den Pulsschlag der Liebe wahrzunehmen und die verlorene Zeit nicht als solche zu empfinden.

Mit zwei Schritten war Manuel bei ihr und nahm Teresas Gesicht in seine Hände. »Dein Weg hat dich wieder zu mir geführt«, stellte er mit leisem Erstaunen in der Stimme fest. »Anaiza hat es gewusst, aber ich habe nicht gewagt, daran zu glauben.«

»Es hat immer nur dich gegeben«, flüsterte Teresa und schlang ihre Arme um seine Taille. So standen sie da, atmeten den Duft des anderen ein, bis das Begehren erwachte und jede Faser ihrer Körper um Erlösung bettelte.

»Teresa ...«, sagte Manuel rau und wich zurück, doch rasch legte sie ihm einen Finger auf den Mund.

»Nichts sagen.« Sie nahm ihn bei der Hand, und sie gingen ins Haus.

Von einem tiefen Gongschlag, der durch die Fazenda dröhnte, wurden sie am frühen Abend geweckt. »Hast du Hunger?«, murmelte Manuel dicht an ihrem Ohr, bevor er daran zu knabbern begann.

»Ja«, antwortete sie in einem Ton, der eindeutig Lebensmittel aller Art ausschloss, und schmiegte ihren nackten Körper eng an den seinen, bis sie erneut zueinanderfanden, zärtlicher dieses Mal, ohne die Hast des ersten leidenschaftlichen Verlangens. Die Stille des Danach deckte sie behutsam zu, bis geschäftige Stimmen aus dem Erdgeschoss sie zerriss.

»Wir sollten etwas essen«, sagte Manuel und erhob sich. Er ging hinüber zum Waschtisch und goss aus einem mit Orchideen bemalten Porzellankrug etwas Wasser in die Schüssel. Mit energischen, fast ärgerlichen Bewegungen wusch er sich, ohne darauf zu achten, den Holzboden vor Spritzern zu schützen.

Wie ein dunkelbrauner Seehund, dem es nicht passt, mit so wenig Wasser auskommen zu müssen, dachte Teresa belustigt und kicherte in sich hinein. In dem messingbeschlagenen Spiegel, der über dem Waschtisch hing, trafen sich ihre Blicke, glücklich der ihre, ernst der seine. Als er sich abgetrocknet hatte, drehte er sich zu ihr um.

»Du musst wissen, dass Isabella uns vor einiger Zeit verlassen hat«, sagte er tonlos. »Ein Verkehrsunfall. So gebrechlich, wie sie war, wollte sie partout zum Einkaufen nach São Paulo fahren, und Paolo und einer der jüngeren Fahrer haben sie begleitet.« Mit beiden Händen fuhr er sich durch das nasse schwarze Haar. »Auf der schnurgeraden Straße kurz vor der Stadt hat der Fahrer die Kontrolle über den Wagen verloren. Er und Paolo starben noch am Unfallort. Isabellas Leben haben sie eine Woche lang mit allen Mitteln zu retten versucht, doch auch für sie war es wohl an der Zeit zu gehen.« Er hielt inne, dann fügte er hinzu: »Du weißt, wie ich über den Tod denke, ein schreckliches Wort dafür, dass wir diese Welt verlassen,

um in einer anderen weiterzuleben. Anaiza hat ihnen das letzte Geleit gegeben und das wunderbarste Ritual gestaltet, das ich je erlebt habe. Gleichwohl vermisse ich Isabella sehr.«
»Es tut mir so leid«, flüsterte Teresa mit Tränen in den Augen. Das Glücksgefühl der ersten Stunden auf Terra Roxa verebbte, und Scham flutete heran, Manuel womöglich mit ihrer Lust überfahren zu haben.
»Teresa, nicht doch«, sagte er sanft. »Du hast keinen Grund, dir Vorwürfe zu machen. Woher solltest du wissen, was in den letzten Jahren hier geschehen ist?« Sein Blick glitt von ihr fort. »Da gibt es noch etwas ...«, begann er, als es wild an der Tür zu klopfen begann. »Komme gleich«, rief er, doch das Klopfen hörte nicht auf. »Ziehst du dir bitte etwas über?«, sagte er, und sein drängender Ton veranlasste Teresa, ohne nachzufragen rasch in Rock und Bluse zu schlüpfen und die Haare notdürftig zu glätten. Als sie fertig war, öffnete Manuel die Tür. Ein kleines dickes Mädchen mit einem gewaltigen Windelpaket unter seinem gelben Kleidchen stolperte ins Zimmer und geradewegs auf Teresa zu. »Das ist Esperanza«, sagte Manuel. »Meine Tochter.«
Ungläubig starrte Teresa die Kleine an.
»Entschuldige, Manuel, wir sind gerade zurückgekommen, und sie wollte unbedingt zu Papa ...« Eine hochgewachsene Frau, etwa dreißig, erschien hinter dem Kind, lehnte sich lässig an den Türrahmen und warf Teresa einen interessierten Blick aus halb geschlossenen Augen zu. Dann sagte sie: »Ich lege noch ein Gedeck mehr auf. Soll ich die Kleine mitnehmen?«
»Nein, Consuela, das ist nicht nötig. Wir kommen gleich nach.« Consuela nickte, wandte sich geschmeidig um, und

ihre Schritte verklangen. Manuel, die Hände in den Hosentaschen, den Kopf leicht gesenkt, als würde er eine saftige Ohrfeige erwarten, blieb mitten im Zimmer stehen. »Consuela kümmert sich um meine Tochter. Esperanzas Mutter ist vor zwei Jahren nach Rio gereist und nicht zurückgekommen. In einem Brief teilte sie mir mit, dass sie das Leben auf der Fazenda nicht aushalte ...«

Sosehr Teresa sich auch bemühte, ihre abgrundtiefe Enttäuschung in Mitgefühl und Verständnis zu verwandeln, es gelang ihr nicht.
Kurz und heftig sei ihre Liebe gewesen, hatte Manuel gesagt, eine schicksalhafte Begegnung, der er weder ausweichen wollte noch konnte, teils, weil er sich einsam fühlte und sich nach einer eigenen Familie sehnte und trotz Anaizas Prophezeiung, Teresa komme eines Tages zurück nach Terra Roxa, nicht wirklich daran glaubte, teils, weil er wie Anaiza überzeugt war, dass alles, was geschah, einer göttlichen Bestimmung folgte, in diesem Fall der Bestimmung, Esperanzas Seele in die Welt zu helfen, einer alten Seele, weise und mit der Begabung zu heilen und zu helfen beschenkt. »Ich weiß, dass du anders darüber denkst, dass du es als Verrat empfindest, was ich getan habe, und es tut mir in der Seele weh, für deinen Schmerz verantwortlich zu sein. Aber ich werde mich für Esperanza nicht entschuldigen.«
Seine Worte hallten in ihr wider, als sie am nächsten Morgen in der Früh und ohne Frühstück zu den Stallungen marschierte, sich das am freundlichsten dreinschauende Pferd aussuchte, sattelte und davontrabte, ziellos, entlang der ausgedehnten Felder, die im Süden an das Felsmassiv von Terra Roxa reichten und im Norden an das smaragd-

grüne Band des Dschungels. Manuel, dem die Fazenda nun gehörte, hatte sein Versprechen wahr gemacht und in regelmäßigen Abständen zwischen die Kaffeepflanzen Bäume setzen lassen, die in wenigen Jahren groß genug sein würden, um den Arbeitern bei ihrer schweißtreibenden Tätigkeit ein wenig Schatten zu spenden. Unter wirtschaftlichen Gesichtspunkten war diese Entscheidung unklug, denn im hart umkämpften Kaffeemarkt zählte jede Kaffeekirsche, doch das war Manuel offenkundig nicht so wichtig wie das Wohlergehen seiner Leute.

Ihr Herz flog ihm zu, und ein tiefer Seufzer entrang sich ihrer Brust. Enttäuschung und Wut kämpften in ihr, Wut auf ihn und die Selbstverständlichkeit, mit der er ihre Liebe hatte hintanstellen können, aber auch und vor allem auf sich selbst. Wie blauäugig musste man sein, anzunehmen, ein gut aussehender Mann wie Manuel würde mehr als sechs Jahre auf einen Traum vertrauen, statt sich dem Naheliegenden zuzuwenden, sobald es sich ihm bot! Man musste schon eine Heilige sein, um seine spirituelle Begründung für sein Verhalten nachvollziehen zu können, und das war sie ganz gewiss nicht. Ihre Kultur und ihre Erziehung machten es unmöglich, das Verständnis aufzubringen, das er von ihr erwartete. Ich bin nicht für dieses Leben gemacht, sagte sie sich, ich werde Manuels Einstellung nicht teilen können.

Und indem ihr lang gehüteter Wille, aus Bremen fortzugehen, nachgab, meldeten sich alle Bedenken, die sie stets verdrängt hatte, hämisch zu Wort: Du hast nicht die Kraft, in der Fremde zu leben, du sprichst ja noch nicht mal ordentlich Portugiesisch. Die Brasilianer werden dich nicht akzeptieren, du wirst für immer die weiße Frau aus Deutschland bleiben. Eure Kinder werden dich hassen,

weil du ihnen ein Leben zwischen den Welten aufzwingst. Du wirst die Kultur und die Sitten deiner Heimat vermissen, und wenn die Liebe verlischt, hast du nichts mehr.
Nein, es würde nicht funktionieren. Die Liebe zu ihm hatte ihre Vollkommenheit verloren und damit die Energie, ihr, Teresa, über alle Klippen hinwegzuhelfen.
Sie würde nur noch Anaiza um die Kaffeepflanzen bitten und dann von Terra Roxa verschwinden.
Nach einer halben Stunde und zu ihrer Überraschung ohne nennenswerte Orientierungsprobleme hatte sie den Weg am Rand des Dschungels erreicht, der zu der Lichtung und zu Anaizas Hütte führte. Und als hätte es nur darauf gewartet, sich endlich Bahn brechen zu können, überfiel sie wie einst das unbestimmte Gefühl, hier verwurzelt zu sein, mehr, viel mehr als in Bremen, doch sie drängte es fort.
Die ovale Lichtung lag noch im Schatten. In bunte Stoffe gehüllte Frauen waren damit beschäftigt, ein Feuer zu entzünden, und schenkten Teresa kaum Beachtung, im Gegensatz zu den halb nackten Kindern, die sie neugierig musterten. Teresa lächelte ihnen zu, ging hinüber zum Haupthaus und trat ein, zögernd, da sie nicht sicher war, ob Anaiza nicht vielleicht noch schlief. Doch die alte Frau erwartete sie bereits.
»Du bist gekommen«, sagte sie mit Genugtuung in der Stimme und legte die linke Hand erst auf ihre Brust, dann auf Teresas.
»Du sprichst unsere Sprache noch besser«, sagte Teresa erstaunt und erfreut, sich nun nicht mit in Sand gemalten Zeichen und Symbolen mühsam verständlich machen zu müssen.
»Manuel mir helfen. Meine Tochter soll verstehen mich«,

erwiderte Anaiza und musterte Teresa besorgt. »Ich weiß, Felicitas tot. Ihr Schlimmes erlebt. Ich machen dich frei. Komm.« Sie nahm Teresa behutsam am Arm und bedeutete ihr, sich auf dem Lager auszustrecken, den Kopf nach Norden, die Augen geschlossen.
Es kann ja nicht schaden, dachte Teresa und machte es sich bequem. Als sie die Augen schloss, überfiel sie augenblicklich eine erschöpfte Schläfrigkeit. Nur von fern drangen die Geräusche des Dschungels und Anaizas leises Murmeln zu ihr. Ihr Kopf fühlte sich an, als würden Schraubzwingen ihn zusammenpressen, dann ließ der Druck allmählich nach, und Farben schienen durch ihren Körper zu strömen, ein Grün, ein helles Blau, ein Sonnengelb, das unterhalb ihres Brustkorbs verweilte, bis es eine rötliche Färbung annahm, die sich warm, fast heiß ihren Weg bis zu den Fußspitzen bahnte und sich schließlich in einem strahlenden Weiß auflöste, dem Teresas Körper sich ergab wie ihrem lang vermissten Liebhaber. Dann wurde etwas, das sich wie ein glatter, leichter Stein anfühlte, fast unerträglich langsam über ihren Kopf, ihre Arme, Brust, Rumpf und Beine geführt, bis das Weiß zurückkehrte und Teresa in einen kurzen, aber tiefen, entspannten Schlaf fiel. Als sie erwachte, hockte Anaiza vor dem Lager, lächelte sie an und hielt feierlich das Ei hoch, mit dem sie Teresas Körper gestreichelt hatte. Sie klopfte die Schale behutsam auf und ließ Dotter und Eigelb auf einen flachen Stein gleiten und betrachtete das Ergebnis aufmerksam. Ein zufriedenes Lächeln umspielte ihre Mundwinkel.
»Muito bem. Nun alle Angst fort«, sagte sie, »Leben in dir kann wieder fließen.« Sie öffnete den Mund, um etwas hinzuzufügen, ließ es jedoch dabei bewenden.

»Das war wunderbar«, erwiderte Teresa. »Diese Farben … Was war das?«
»Geist von Esperanza«, antwortete Anaiza gleichmütig. »War mächtige Heilerin, Curandera. Deshalb Manuels Tochter auch Esperanza.« Sie nickte Teresa zu und ging nach nebenan. Nach einer Weile kehrte sie zurück und reichte ihr einen Becher mit einer dampfenden Flüssigkeit. Ein wenig benommen setzte Teresa sich auf und begann schweigend zu trinken. Das Gebräu schmeckte nur entfernt nach Kaffee, das erdige Aroma von Pilzen und Kräutern dominierte.
»Ist gut für …«, sagte Anaiza und rieb sich den Bauch.
»Für den Magen, meinst du«, erwiderte Teresa und lächelte mühsam, weil ihr Magen sich gerade heftig gegen die ungewohnte, wenig schmackhafte Mixtur zu wehren begann. Ohne dass sie es verhindern konnte, entfuhr ihr ein kräftiger Rülpser, und Anaiza lachte schallend. Teresa stimmte mit ein und beschloss, zur Sache zu kommen.
»Vielen Dank für deine … nun, Behandlung.« Ein anderes Wort fiel ihr für das, was ihr soeben widerfahren war, nicht ein. »Ich habe eine große Bitte. Erinnerst du dich an den Kaffee, den du mit Mutter einmal getrunken hast? Den ohne Koffein?« Sie legte beide Hände ans Ohr, um anzudeuten, was dem Kaffee angeblich fehlte, und tat dann so, als durchführe sie ein Stromstoß zum Zeichen, dass die Pflanze offensichtlich einen anderen Muntermacher enthielt. »Ich brauche diesen Kaffee für unsere Firma. Kannst du liefern?«
»Du nicht bleiben?« Die dunkelbraunen Augen weiteten sich, blankes Erstaunen mischte sich mit leiser Resignation. »Ich haben gewartet, bis du zurück. Ich erst kann gehen ins Reich der Geister, wenn sehen dich und Ma-

nuel zusammen, und eure Kinder. Wie Prophezeiungen es sagen.«
»Nein«, erwiderte Teresa leise. »Ich liebe ihn. Aber nein, ich kann nicht hierbleiben.«
Anaiza schnaufte spöttisch. »Weil er hat Kind!« Sie breitete die Arme aus und hob ihren Blick zum Himmel, als würde sie hoffen, die Götter würden herabsteigen und Teresa den Schleier gekränkter Eitelkeit von den Augen zu ziehen.
»Das ist es nicht allein. Schau, ich kann doch nicht tatenlos zusehen, wie die Firma sang- und klanglos dem ärgsten Widersacher meiner Mutter in die Hände fällt, und das wird sie, wenn ich nichts unternehme. Ich muss eine Möglichkeit finden, Andreesen-Kaffee wieder aufzubauen. Und den Kunstpark, der doch dazu da war, die Verständigung zwischen den Völkern zu fördern und den Frauen ein Forum …«
»War Felicitas' Traum«, fuhr Anaiza ihr energisch ins Wort. »Nicht richtig für dich.«
»Du verstehst das nicht, Anaiza. Alles, was ich brauche, ist dieser besondere Kaffee.«
Bekümmert schüttelte Anaiza den Kopf. »Ich dir nicht kann geben. Wird kein Glück bringen.«
»Das kann nicht dein Ernst sein!« Wütend und verzweifelt sah Teresa die alte Frau an. »Du kannst mich doch nicht zwingen hierzubleiben!«
Unbewegt erwiderte Anaiza ihren Blick. Dann erhob sie sich mühsam von ihrem Lager.
»Komm«, sagte sie schwer atmend und stützte sich auf Teresas Schulter. Mit schleppenden Schritten bewegte sie sich auf den Rand der Lichtung zu und tauchte hinein in das Dickicht aus Farnen und Schlingpflanzen. Nach einer

Weile ließ sie Teresa jäh los, bückte sich und riss eine Pflanze samt Wurzel aus dem Boden. »Hier«, sagte sie. »Und jetzt geh.«
Teresa starrte das zarte Pflänzchen in ihrer Hand an. »Wir brauchen Tausende davon! Und Felder, um sie anzubauen!«
»Du forderst Schicksal heraus. Nun du müssen selber sehen, wie geht.« Mit einem ebenso mitfühlenden wie besorgten Blick wandte Anaiza sich um und ließ Teresa stehen.

33

Während Teresa in Brasilien war, hatte Anton Andreesen der amerikanischen Militärregierung die rührselige Geschichte aufgetischt, er sei Halbjude und habe bei der ganzen Sache nur mitgemacht, um sich zu schützen. Elisabeth wurde befragt und bestätigte seine Geschichte, so dass seiner Entnazifizierung nichts im Wege stand, wie es bei vielen der sechseinhalb Millionen NSDAP-Mitglieder der Fall war. Denn die Amerikaner sahen sich vor dem Problem, wie ein demokratisches Gemeinwesen entstehen, wie eine Verwaltung aufgebaut werden sollte, wenn diejenigen, die das Wissen mitbringen, mehr oder weniger eng mit der Nazi-Herrschaft verstrickt waren. Über fünfundsechzig Prozent der Beamten und achtzig Prozent der Richter, vierhunderteinundneunzigtausend Lehrer, zweiundsiebzigtausend Ärzte und nahezu die gesamte deutsche Mittelschicht.
Andere stellten sich gegenseitig Persilscheine aus, redeten

von großer Zurückhaltung, mit der das Amt des Gauleiters oder Blockwarts ausgeübt worden war, von der Milde und Güte und so weiter und so weiter. Millionen Entlastungspapiere kursierten, die Entnazifizierung geriet zur Farce, bis die Amerikaner so hart durchgriffen, dass es Dörfer und Gemeinden gab, in denen kein Tierarzt und kein Anwalt mehr praktizieren, kein Beamter und kein Journalist zum Bleistift greifen durfte. Schließlich mussten die dreizehn Millionen in der US-Zone lebenden und über achtzehn Jahre alten Deutschen einen Fragebogen mit hundertachtundzwanzig Fragen ausfüllen, die Auskunft darüber geben sollten, ob jemand als Mitläufer oder gefährlicher Nazi einzustufen war.

Anton jedoch hatte leichtes Spiel, sein Argument war einfach unschlagbar und ersparte ihm zehn Jahre Arbeitslager. Umgehend hatte er einen Anwalt aufgesucht.

Der Brief erreichte Teresa am Morgen des 28. Mai im Büro. Er war an sie gerichtet, nicht an Elisabeth Andreesen, und darin forderte der Anwalt Baumann Teresa auf, die Leitung der Firma mit sofortiger Wirkung an Anton Andreesen abzugeben, andernfalls würde man sie verklagen.

Teresa zerriss das Schreiben. Solange Elisabeth lebte, konnte Anton Feuer spucken, wie er wollte. Elisabeth hatte sie, Teresa, zu Felicitas' Nachfolgerin erklärt, schriftlich und notariell beglaubigt und mit einem Attest versehen, das Elisabeths geistige Zurechnungsfähigkeit bestätigte, so dass man sich bei Gericht erst nach ihrem Tod mit Antons Ansprüchen würde auseinandersetzen müssen. Angesichts von Elisabeths biblischem Alter würde dies zwar nur eine Frage der Zeit sein, doch energisch schob Teresa den Gedanken beiseite. Endlich hatte sie zu einer Tatkraft und Entschlossenheit gefunden, die ihrer Mutter alle Ehre gemacht hätte, und sie war nicht bereit, sich ins Bockshorn jagen zu lassen. Hatte sie zuvor nur die dunkle Seite der Stunde null gesehen, sah sie jetzt die lichte, roch den frischen Wind, der durch das Land fegte, und spürte eine unbändige Lust zu leben. Und ihr Onkel würde ihr das nicht verderben.

Liebevoll betrachtete sie die zarten Stängel, die aus einer mit viel Sand vermischten Erde ans Licht drängten – unter einer Hundert-Watt-Birne, die die Strahlkraft der brasilianischen Sonne simulieren sollte. Die Kaffeepflanze, die Anaiza ihr in die Hand gedrückt hatte, hatte die Überfahrt nach Bremerhaven in einem mit Erde gefüllten Zahnputzbecher überlebt und wuchs und gedieh, und Werner Briskows behutsame Hände hatten ihr sogar schon eben jene zarte Triebe entlockt. Doch es würde Jahre und Jahre dauern, sie zu kultivieren und großflächig anzubauen, ganz zu schweigen von der Frage, wo sie das Land dafür hernehmen sollte, jetzt, da die Ländereien in Ostpreußen verloren waren. Mehr als einmal hatte sie eine Welle des Zorns auf Anaiza erfasst, als sie darüber nachdachte, dass sie mit diesem besonderen Kaffee das Haus Andreesen mit einem Schlag an die Spitze der norddeutschen Kaffeeröster hätte bringen können, doch sie musste den Tatsachen ins Auge sehen: Ihr ehrgeiziger Plan war fehlgeschlagen. Bis auf Weiteres würde sie auf den konventionellen Kaffeehandel angewiesen sein, der, da machte sie sich nichts vor, ihr keine herausragende Position in der Zukunft sichern würde. Es gab einfach zu viele andere Mitstreiter in Bremen und Hamburg, die am zaghaft erwachten Aufschwung teilhaben wollten. Neben dem militärischen Nachschub der Amerikaner wurden im

Bremer Hafen inzwischen auch Lebensmittel, Kohle, Erz und Wolle umgeschlagen – und Kaffee. In Kürze würde die fünfhunderttausendste Tonne aus Übersee erwartet und der wer weiß wievielte Konkurrent, der wie so viele um die Kaffeekirschen tanzte wie ums Goldene Kalb.
Sie sah auf die Uhr. »Bis morgen!«, rief sie Werner Briskow zu, der ihr jedoch keine Beachtung schenkte. Mit hochrotem Kopf war er über ein Mikroskop gebeugt, so konzentriert und selbstvergessen wie sein verstorbener Mentor Elias Frantz. Welches gnädige Schicksal Briskow den Kriegsdienst erspart hatte, wusste sie nicht, aber es tat gut, wenigstens einen bekannten Menschen um sich zu haben, wenngleich dieser auch ziemlich schüchtern und linkisch war und so gar nichts von der laut dröhnenden Fröhlichkeit verbreitete, mit der Frantz das Labor einst zum Mittelpunkt des Hauses am Wall gemacht hatte.
Rasch warf sie einen Blick in die Produktionshalle. Von hundert Röstmaschinen war gerade ein Drittel wieder gangbar gemacht worden, und die Frauen, die den Platz der im Krieg getöteten Arbeiter einnahmen, hatten noch erhebliche Mühe, mit der Mechanik zurechtzukommen und die Kirschen auf die Sekunde genau zu rösten. Aber schon zog der Duft frisch gerösteten Kaffees wieder durch die Halle und die Büros und erfüllte Teresa mit Zuversicht, die nur dadurch etwas getrübt wurde, dass ihre körperliche Verfassung zu wünschen übrig ließ. Captain Rodetzky und seine Männer versorgten sie und die Familie zwar mehr denn je mit Schokolade, Speck und sogar frischem Obst, aber dennoch fühlte sie sich häufig abgeschlagen und tonnenschwer, als zöge eine unsichtbare Macht sie in die Knie. Dass sie ihr Frühstück jeden Mor-

gen erbrach und ihre Regel seit einiger Zeit nicht mehr bekam, hatte ihr Verstand auf ihre Arbeitsbelastung geschoben, obwohl sie tief im Innern wusste, was tatsächlich mit ihr los war.

Doch es brauchte erst die Kompetenz des Arztes, der nun, zwei Stunden nachdem sie die Firma am Wall verlassen und sich widerwillig zu der Praxis ein paar Häuser weiter begeben und auf den Behandlungsstuhl gelegt hatte, gleichmütig verkündete, sie sei in anderen Umständen. Die Frage nach dem Vater verkniff er sich, warf Teresa nur einen besorgten Blick zu und ermahnte sie, regelmäßig zur Untersuchung zu erscheinen und sich ein wenig zu schonen.

Mit fliegenden Fingern kleidete Teresa sich wieder an.

In ihr wuchs das Leben. Die Gewissheit durchfuhr sie wie eine Mischung aus Sonnenstrahlen und Gewitterblitzen. Sie war sich nicht sicher, ob sie dieses Geschenk des Schicksals als Erinnerung an ihre große Liebe annehmen oder als deutlichen Hinweis begreifen sollte, dass ihre Entscheidung, Manuel zu verlassen, falsch war.

»Weder noch«, beschied ihre Großmutter ihr am selben Nachmittag mit der ihr eigenen weisen Nüchternheit. »Ich habe mich von derart sakralen Deutungen des Lebens nie beeindrucken noch mein Verhalten diktieren lassen, und du solltest das auch nicht tun. Es ist natürlich bedauerlich, dass du nicht heiraten willst, doch wie die Dinge stehen, ist das nicht zu ändern und im Grunde auch nicht wünschenswert. Wer soll denn wo leben? Du in Brasilien? Gott behüte! Manuel in Bremen? Der arme Mann. Nein, nein, es ist, wie es ist, basta. Dein Kind ist schließlich nicht das erste in unserer Familie, das ohne Vater aufwächst.« Aufmunternd sah sie ihre Enkelin an

und fügte listig hinzu: »Zur Taufe laden wir die ganze Familie ein. Ich will endlich meine Urenkelin Antonia kennenlernen.«
Als Jack Teresas immer runder werdenden Bauch zur Kenntnis nahm, schnappte er ein wie ein Karabinerhaken, bis er sich besann und ihr einen etwas formlosen Heiratsantrag machte, bei dem ihm vor Aufregung der Kaugummi aus dem Mund fluppte und vor Teresa auf dem Kies in der Auffahrt der Villa liegen blieb. Georgia würde ihr gut gefallen, meinte er treuherzig, akzeptierte ihr Nein jedoch mit einer gewissen Erleichterung.
Im Januar 1947 erblickte Luiza das Licht der Welt.

34

*G*ott, ist die winzig! Und so artig!«
Mit unkindlicher Gelassenheit in den aquamarinblauen Augen betrachtete Luiza das süß duftende Wesen, das sich über sie beugte und ihr die Sicht aus dem Kinderwagen mit einer Wolke honigblonder, gewellter Haare versperrte, und beherzt griff sie nach dem Zeigefinger mit dem dunkelrot lackierten Nagel und umklammerte ihn so fest sie konnte.
»Kraft für zwei«, bemerkte Gesa lächelnd und fügte lakonisch, aber mehr für sich hinzu: »Die wird sie auch brauchen.« Dann richtete sie sich auf, strich die Haare zurück und sah ihre Schwester stirnrunzelnd an. »Milchkaffeebraune Haut, schwarze Haare. Du bist dir hoffentlich im Klaren, dass du Probleme haben wirst. Sie ist entzückend,

aber die Menschen werden in erster Linie das Fremde sehen, den Mischling.«

Teresa zuckte zusammen, ließ sich aber nicht anmerken, wie sehr sie Gesas Worte kränkten, zumal sie leider ins Schwarze trafen. Von sechzig Einladungen war ein Viertel mit fadenscheinigen Begründungen ausgeschlagen worden.

Captain Rodetzky, der mit Jack und vier Offizieren ein wenig abseits stand, hatte Gesas letzte Bemerkung aufgeschnappt und trat näher. »In Amerika ist das fast schon normal, und auch die Deutschen werden sich irgendwann daran gewöhnen müssen, meinen Sie nicht?«

»Aber sicher«, erwiderte Gesa glatt. Sie öffnete ihre Handtasche aus grünem Krokodilleder und entnahm ihr ein in rosa Seidenstoff gewickeltes Päckchen. »Und bis es so weit ist, soll sie der heilige Christophorus beschützen.« Behutsam band sie dem Baby die zartgoldene Kette mit einem winzigen Medaillon um, das den Schutzheiligen der Reisenden zeigte. »Weil sie doch gewissermaßen zwischen den Welten lebt.«

»Sie ist Bremerin«, entgegnete Teresa energisch und funkelte ihre Schwester missbilligend an. »Im Übrigen braucht man keine braune Haut, um sich Probleme einzuhandeln, es genügt, wenn man allzu eifrig mit den Wölfen heult.« Damit wandte Teresa sich ab und überließ Gesa dem Captain, der höflich, aber mit unverhohlener Skepsis eine Unterhaltung begann. Wenig später dröhnte sein herzhaftes Lachen durch das Kaffeehaus am See, wo sich die Gäste nach der Taufe im Bremer Dom zu einem Mittagessen mit anschließender Kaffeetafel eingefunden hatten.

Teresa konnte sich ein Lächeln nicht verkneifen. Kein

Mann würde ihrer hübschen Schwester auf Dauer widerstehen, selbst dann nicht, wenn sie in den Propagandafilmen der Nazis eine nicht unbeträchtliche Rolle gespielt hatte und jetzt darum kämpfte, ein Engagement zu finden. Doch Teresa zweifelte nicht, dass es Gesa gelingen würde. Sie war immer noch etwas zu mager, aber das eng geschnittene taubenblaue Kostüm betonte ihre Sanduhr-Figur, und mit ihren rot geschminkten, vollen Lippen, dem blonden Haar und dem Blick einer schläfrigen Raubkatze entsprach sie genau dem Typ, der im Kino der Amerikaner Konjunktur hatte.

»Man merkt ihr nicht an, dass sie quasi arbeitslos ist«, sagte sie leise zu Niklas, der Gesa und den Captain aufmerksam beobachtete und bereits das dritte Glas Sekt in der Hand hielt.

»Hat sie es dir noch nicht erzählt? Die Italiener wollen sie haben. Eine blöde Klamotte um eine Meisterdiebin, die ihre Beute unter den Armen verteilt. Zum Kotzen.« Er fuhr sich mit der Hand durchs Haar und warf Teresa einen entschuldigenden Blick zu. »Tut mir leid.«

»Freust du dich denn gar nicht für sie?«

»Ehrlich gesagt, nein. Die Produktion ist zweitklassig, ach, was sage ich, drittklassig. Das hat eine Diana Landauer nicht nötig. Wenn sie einmal mit diesem Schund anfängt, wird sie es schwer haben, den Absprung zu finden. Ich hasse es, wenn Menschen ihr Talent vergeuden.« Er grinste. »Na gut, *Blumen für Nachtschwester Marion* war natürlich auch nicht gerade Shakespeare. Aber abgesehen davon hatten wir ... nun ja, wir hatten Pläne.«

Fragend sah Teresa ihn an.

»Dokumentarfilme«, fuhr er fort. »Wir wollten gemeinsam die Konzepte entwickeln. Sie meinte, es wäre nur gerecht, schließlich hätte ich zugunsten ihrer Karriere Spielfilme gedreht, jetzt sei es an der Zeit, sich zu revanchieren. Na ja, du kennst Gesa. Was interessiert mich mein Gerede von gestern!«

»Niklas, denk dir nur, Captain Rodetzkys Schwager ist auch Dokumentarfilmer, er besitzt sogar eine Produktionsfirma!« Strahlend kam Gesa auf ihn zu, den Captain im Schlepptau, dessen Hand sie nun fest drückte. »Lassen Sie sich von Niklas' schlechter Laune nicht die Ihre verderben.« Sie lachte und zog Teresa mit sich. »Er denkt, ich bleibe für immer in Italien, dieser Idiot«, raunte sie ihr zu.

»Kann man ihm nicht verdenken«, erwiderte Teresa leise. »Oder willst du wirklich ins ernste Fach wechseln?«

»Natürlich nicht, und das habe ich auch nie behauptet. Ich will einen Dokumentarfilm mit ihm drehen. Einen! Aber der Mann hört ja nie zu.«

»Ihr braucht das, nicht wahr? Ein bisschen Streit, ein wenig Theater und Dramatik ...«

Gesa zuckte mit den Schultern. »Wir sind immer noch zusammen. Irgendeine höhere Macht erlaubt es uns anscheinend nicht, ohne den anderen zu sein, egal, wie heftig unsere Differenzen sind.«

Ein Schatten flog über Teresas Gesicht, und Tränen stiegen ihr in die Augen.

»Mach dir bloß keine Vorwürfe«, sagte Gesa eindringlich. »Du hast das einzig Richtige getan. Mich wundert vielmehr, dass du diesen Kerl nicht in der Luft zerrissen hast. Schau, da kommen Christian und Delia.« Sie hielt inne. »Und Antonia. Du meine Güte, das Kind ist Mutter wie aus dem Gesicht geschnitten.«

Teresa wandte sich um, froh über die Unterbrechung, die

sie einer Antwort enthob, und ging den Dreien entgegen, die abwartend im Eingang zu dem großen Saal des Kaffeehauses standen. Delia trug ein elfenbeinfarbenes Kleid mit schwingendem Rock und schmalem Gürtel, das ihre tizianroten Haare reizvoll leuchten ließ, doch die Blässe ihres Gesichts betonte. Ohne Zweifel kostete es sie Überwindung, ihrer einstigen Rivalin Dora und der Familie Andreesen gegenüberzutreten, und auch Christian wirkte nervös. Gesa brach das Eis.
»Habt ihr es doch geschafft, euch vor dem Gottesdienst zu drücken!«, rief sie lachend und küsste ihren Bruder auf die Wange. Christian winkte ab.
»Von wegen. Der Zug hatte Verspätung ...«
»Wenn ihr mit Gesa und Niklas gefahren wärt«, schaltete Teresa sich ein, indem sie den leichten Ton ihrer Schwester aufgriff, »wäre das nicht passiert, aber ihr wolltet euch ja partout das Erlebnis durch die Lappen gehen lassen, mit der weltbesten Autofahrerin unterwegs zu sein.«
Gesa lachte gutmütig, wissend, dass ihre waghalsigen Fahrkünste schon immer Anlass zu kleinen Sticheleien gegeben hatten. Das Geplänkel wurde unterbrochen, als Dora, Ella und Elisabeth näher kamen. Elisabeth ließ den Arm ihrer Tochter los, auf den sie sich gestützt hatte, weil sie sich weigerte, den von Jack gezimmerten Rollstuhl außerhalb des Hauses zu benutzen, und lächelte Delia zu.
»Willkommen in der Familie, meine Liebe. Lang genug hat's gedauert, bis ihr euch nach Bremen bemüht habt, und die entsprechenden Vorhaltungen spare ich mir für später auf.« Damit warf sie Dora einen auffordernden und zugleich warnenden Blick zu. Die Nachricht, dass Clemens ein Verhältnis mit Delia gehabt hatte, hatte Dora

damals zur Kenntnis genommen, doch mit keinem Wort kommentiert, so dass weder Elisabeth noch Teresa oder Ella einzuschätzen vermochten, wie sie ihrer einstigen Rivalin begegnen würde. Doch Dora bewahrte Haltung und reichte Delia die Hand. Dann winkte sie Michael zu sich. Sofort unterbrach der Zehnjährige das Spiel mit Jack, der versuchte, ihm das Pokern beizubringen, und lief zu seiner Mutter hinüber. Er wusste, was ihn erwartete, und hatte Teresa heute Morgen gestanden, dass er zwar lieber einen Bruder hätte, es jedoch auch sehr aufregend finde, eine Schwester zu bekommen, »die schon fertig ist«, wie er es nannte.
»Michael, sag Delia und deiner Halbschwester Antonia guten Tag.«
»Tag.« Er deutete einen halben verlegenen Diener an und starrte Antonia an, als würde er prüfen, ob mit diesem großäugigen Wesen tatsächlich etwas anzufangen war. »Willst du mitpokern?«, fragte er schließlich lässig. »Jack zeigt mir gerade, wie man blufft.«
»Na schön«, erwiderte Antonia ein wenig von oben herab. Seite an Seite schlenderten sie hinüber zu dem Tisch am Fenster, an dem Jack saß und grinsend die Karten mischte. Sieben Augenpaare folgten den Kindern.
»Das wird schon«, bemerkte Ella. Dann wandte sie sich Delia und Christian zu. »Ich freue mich so für euch.« Vor Rührung stiegen ihr Tränen in die Augen. Umständlich nestelte sie ein Taschentuch aus dem Ärmel ihres geblümten Baumwollkleids. »Entschuldigt, ich habe seit damals ... etwas nah am Wasser gebaut.«
»Das ist doch kein Wunder«, entgegnete Delia einfühlsam und umarmte Ella.
»Morgen bestellen wir das Aufgebot«, sagte Christian.

»Wir wollen hier heiraten, damit du, Großmutter, dabei sein kannst.«
»Ich danke dir, das ist eine gute Nachricht«, erwiderte Elisabeth und fügte hoffnungsvoll hinzu: »Können wir dann davon ausgehen, dass ihr auch in Bremen wohnen werdet? Wenn Captain Rodetzky und seine Mannen uns eines Tages verlassen, wäre die Villa geräumig genug ...«
Christian sah drein, als hätte er sich vor dieser Frage gefürchtet. »Später vielleicht«, wich er aus. »Aber zunächst werden wir wohl in Potsdam wohnen. Ein Kollege, den ich aus der Forschungsabteilung kenne, hat mich gefragt, ob wir gemeinsam eine Praxis eröffnen wollen. Er besitzt ein großes Haus auf dem Land, es wäre ideal ...«
»Ach, Christian, wie schön«, sagte Teresa, obwohl die Neuigkeit sie enttäuschte. Wie ihre Großmutter hatte sie gehofft, dass die Familie, wenn sie schon so viele Tote zu verkraften hatte, wenigstens gemeinsam in Bremen leben würde.
»Aber in der Ostzone? Es heißt, die Russen wollen irgendwann die Grenze dichtmachen!«, warf Ella besorgt ein.
»Das ist doch nur dummes Gerede«, winkte Gesa ab. »Deutschland teilen? Warum sollten die Sowjets das tun? Sie profitieren letzten Endes nur vom Westen.« Sie hakte ihre Großmutter unter. »Kommt, ich habe einen Bärenhunger!«
Während die anderen vorausgingen, nahm Teresa Christian zur Seite.
»Wo ist Constanze?«
Er zuckte mit den Schultern. »Sie hat in letzter Minute abgesagt. Irgendeine Versammlung, die sie auf keinen Fall versäumen wollte.«

»Ist ja reizend«, erwiderte Teresa und schüttelte den Kopf.
»Nimm es ihr nicht übel. Sie tut zwar immer so robust, aber die Flucht hat sie nicht so gut weggesteckt, wie sie meint. Sie redet nur über die Ungerechtigkeit der Alliierten und trifft sich mit Menschen, die ihr Schicksal teilen, und jetzt hat sie sich die Idee in den Kopf gesetzt, einen Verein zu gründen, der dafür kämpfen soll, dass die vertriebenen Ostpreußen, Schlesier und Pommern wieder zurück in ihre Heimat dürfen.«
»Da hat sie sich ja etwas vorgenommen. Die polnische Regierung hat diese Gebiete doch schon vor zwei Jahren zu den ihren erklärt.«
»Du kennst sie doch. Herausforderungen hat sie ja noch nie gescheut. Jedenfalls lässt sie euch und Dorothee Grüße ausrichten. Habt ihr Nachricht von ihr?«
»Ja, vor einiger Zeit hat sie einen Brief an Mutter geschrieben«, sagte Teresa. »Es gefällt ihr in Frankreich, und sie will dort bleiben. Sie lebt auf einem kleinen Gut in Burgund. Stefanie und Sarah sind wohlauf und sprechen besser französisch als deutsch. Und sie ist nicht allein. Wer der Mann ist, hat sie aber nicht gesagt, nur, dass sie zu gegebener Zeit nach Bremen kommen wollen. Daraufhin habe ich ihr zurückgeschrieben und erzählt, was mit Mutter und Bernhard geschehen ist, und sie zur Taufe eingeladen, aber keine Antwort erhalten.«
»Vielleicht ist es ihr unangenehm, uns den Mann vorzustellen. So empfindsam, wie Dorothee ist, denkt sie gewiss, wir würden es ihr verübeln oder sie für leichtfertig halten, dass sie nicht ein Leben lang um ihren Pierre trauert.«
»Mag sein, aber eigentlich müsste sie uns doch besser kennen.«

Ein leises, aber nachdrückliches Hüsteln lenkte Teresas Aufmerksamkeit auf den Oberkellner, der sogleich herbeieilte. »Frau Andreesen, wir wären dann so weit.«
Nach dem bescheidenen Mittagessen – Mockturtle, Bratkartoffeln und falscher Hase – beschlossen die Gäste, sich bis zum Kaffee ein wenig die Beine zu vertreten. Während Gesa sich um Luiza und Elisabeth kümmerte und Christian und Ella mit den anderen zu einem kurzen Spaziergang um den Emmasee aufbrachen, schlenderte Teresa mit Delia und Antonia Richtung Stadtwald. An einer Weggabelung trafen sie Dora und Michael. Dora zögerte unmerklich, doch ihr Sohn hatte sich bereits in Bewegung gesetzt, um seiner Halbschwester sein Fahrtenmesser zu zeigen, mit dem er einen soeben gefundenen daumendicken glatten Ast in einen Zauberstab verwandeln wollte.
»Delia möchte zum Kunstpark«, rief Teresa ihr zu, froh über die zufällige Begegnung, die den beiden Frauen vielleicht helfen könnte, die Fremdheit zu überbrücken. An der steifen Festtagstafel würde das gewiss nicht gelingen. »Kommst du mit?«
Nach einem raschen Blick zu Delia nickte Dora.
Nach fünf Minuten erreichten sie das schmiedeeiserne Portal des Parks. Ein Flügel der Tür hatte sich aus der oberen Verankerung gelöst, so dass er wie betrunken an seiner anderen Hälfte hing. Wilder Wein wucherte über den filigranen Bogen mit dem Schriftzug des Parks, der sich stolz und unversehrt über dem Eingang wölbte, und die Backsteinmauer sah mit ihren Hunderten von Einschusslöchern wie ein Schweizer Käse aus, was der Stabilität aber offenkundig nichts anhaben konnte. Ließ dieser Anblick noch hoffen, deprimierten die nächsten Schritte zutiefst. Sooft Teresa schon durch die Anlage

gegangen war, so wenig vermochte sie sich an die Tatsache zu gewöhnen, dass nichts mehr vom Lebenswerk ihrer Mutter übrig geblieben war. Wo einst fünfzig Gebäude gestanden hatten, jedes in einem anderen Stil erbaut, klafften Ruinen, und einzig der Theaterpavillon und das brasilianische Plantagenhaus, die beschädigt worden waren, doch wieder instand gesetzt werden könnten, erinnerten an den Glanz vergangener Tage. Hier waren Choreographien entstanden und Gemälde, Skulpturen und Novellen, hier war geprobt und gerungen worden, gelebt und gelacht.
Schweigend liefen sie über die Wege, die nur noch zu erahnen waren. Immer wieder tauchte Michael ins hohe Gras, um nach einer Weile triumphierend zurückzukehren, einmal einen farbverschmierten eingetrockneten Pinsel in der Hand, ein anderes Mal ein Stück bunte Leinwand und einen halb verbrannten Ballettschuh.
»Es wäre mir lieb, wenn du das sein lassen würdest«, mahnte Dora ihren Sohn, doch schon war Michael wieder verschwunden, zu hingerissen von den Schätzen einer untergegangenen Welt.
»Willst du den Park wieder herrichten lassen?«, fragte Delia, Mitgefühl und Skepsis zugleich in den braunen Augen.
»Lieber heute als morgen, aber ich habe keine blasse Ahnung, wie ich das finanzieren soll. In der Bürgerschaft wurde das Thema letzte Woche auch diskutiert, mit dem Ergebnis, dass ich mich innerhalb der nächsten vier Wochen entscheiden soll, was ich will. Die sind vielleicht lustig ... In ein, zwei Jahren, wenn sich die Firma erholt hat, sähe die Sache anders aus. Aber jetzt?« Teresa blickte zu Boden. Die Worte Anaizas schossen ihr plötzlich

durch den Kopf. »Ich werde den Stadtpark zurückgeben müssen.«
»Ein Jammer«, sagte Delia und zögerte, dann fügte sie leise hinzu: »Versteh mich nicht falsch, aber manchmal ist es besser loszulassen.«
»Ich weiß«, erwiderte Teresa und straffte sich. »Kommt, Schluss mit den trüben Gedanken, heute ist Luizas Taufe, ein Glückstag.«
»Wo ist Antonia?«, rief Delia und sah sich suchend um.
»Sie wollte unbedingt zum Pavillon«, meinte Michael mürrisch. »Ich hab ihr gesagt, dass es da drinnen langweilig ist, aber sie wollte nicht auf mich hören.«
Sie gingen zum Pavillon, doch Antonia war nirgends zu sehen.
»Drinnen kann sie nicht sein, die Tür ist abgeschlossen«, sagte Teresa.
»Sie ist bestimmt durch das kaputte Fenster geklettert, das hätte ich auch gemacht«, rief Michael und schwang sich auf das Fensterbrett, ehe seine Mutter ihn daran hindern konnte. »Da passt doch ein Elefant durch!«
Strahlend und stolz öffnete er wenig später von drinnen das zweiflügige Fenster, und Teresa, Dora und Delia kletterten hindurch, kichernd, die engen Röcke bis zu den Schenkeln gerafft.
»Pscht, hört mal.« Dora legte den Zeigefinger an ihren gespitzten Mund und lauschte der melodischen, gedämpften Stimme. »Sie rezitiert Goethe!«, fügte Dora erstaunt hinzu und betrachtete Delia mit erwachtem Interesse. Leise schlichen sie vom Büro über den Flur zum Theatersaal und spähten hinein.
Antonia stand auf der Bühne. Durch ein Loch im Dach des Pavillons schien die Sonne und ließ ihr aschblondes

Haar wie eine Gloriole leuchten, und die aquamarinblauen Augen funkelten. Die letzten Worte verklangen. Völlig selbstvergessen starrte sie in den Zuschauerraum, dann breitete sie die Arme aus und verbeugte sich graziös.
Gebannt verfolgte Teresa die Bewegungen ihrer Nichte, die nicht einen Moment das für eine Zehnjährige typische linkisch-kokette Spiel mit dem imaginären Rampenlicht zeigten, sondern eine verblüffende souveräne Selbstverständlichkeit in sich trugen. Es war, als würde die Zeit einen Blick in das Gestern von Felicitas und Clemens gewähren, denen das Schicksal es verwehrt hatte, ihr Glück auf der Bühne zu finden. Vielleicht war es an Antonia, diesen Weg zu Ende zu gehen.
Dora hatte offensichtlich den gleichen Gedanken gehabt.
»Wir sollten wenigstens die Schauspielschule wieder eröffnen«, sagte sie energisch.
Delia pflichtete ihr bei: »Das ist eine gute Idee. Damit würde das Kernstück des Parks erhalten bleiben.«
Teresa schüttelte den Kopf und wandte sich ab. Ein Torso wäre gewiss das Letzte, was ihre Mutter gutgeheißen hätte.
Sie ging voraus zum Büro und setzte sich auf das Fensterbrett, entnervt von den ständig wiederkehrenden und so vergeblichen Überlegungen, wie sie das Ruder doch noch herumreißen könnte. Gleich morgen würde sie dem Bürgermeister ihren Entschluss mitteilen. Dieses Hin und Her führte zu nichts. Während sie ihre Blicke über das Gelände gleiten ließ, kämpfte sich ein kleiner dicker Mann, das Jackett salopp über die Schulter geworfen, durch das Dickicht, als würde ein überdimensionaler Ball langsam durch das Gras kullern. Es sah zu komisch aus. Von weitem winkte er ihr zu und kam schnaufend näher.

»Verzeihen Sie, dass ich Sie am heiligen Sonntag überfalle!«
»Herr von Moorbusch!« Perplex starrte Teresa ihn an.
»Genau, genau! Sie erinnern sich, das ist gut!« Immer noch schwer atmend reichte er ihr seine kleine fleischige Hand. Er strahlte über das ganze braun gebrannte Gesicht, und seine Knopfaugen blitzten. »Ich wusste bereits in Santos, woher ich Sie kenne, das heißt, Ihre Frau Mutter. Sie sind ihr sehr, sehr ähnlich, und wie schon gesagt, ich vergesse nie ein Gesicht. Und nachdem ich mir ein Bild gemacht habe, würde ich Ihnen nunmehr gern einen Vorschlag unterbreiten.«
»Ich muss zurück zum Emmasee«, wehrte Teresa ab. »Meine Gäste warten schon.«
Aber Hauke von Moorbusch war nicht bereit, sich kurz abfertigen zu lassen. »Wenn Sie gestatten, werde ich Sie begleiten«, erwiderte er höflich, doch mit einem Unterton, der den versierten Geschäftsmann verriet. »Es wäre für uns beide von Vorteil. Ich habe mir nämlich Folgendes gedacht ...«
Während sie zum Emmasee spazierten, lauschte Teresa seinen kurzatmigen, aber prägnanten Ausführungen, verwundert erst und ein wenig misstrauisch, dann immer aufgeregter, bis sie begriff, dass dieser kleine dicke Mann ihre Rettung bedeutete.

»Gesa, sei so nett und begleite mich auf die Terrasse.«
»Ist es nicht ein wenig zu kühl dafür?« Besorgt rückte Gesa ihrer Großmutter die altrosa Stola zurecht, die sie um die Schultern trug.
»Tu, was ich dir sage, mein Kind«, erwiderte Elisabeth ungeduldig und erhob sich ächzend. Christian sprang auf,

setzte sich jedoch sofort wieder, als ihn ein warnender Blick aus ihren wachen mattgrünen Augen traf.

»Du hast dich rar gemacht, Gesa«, sagte Elisabeth und sank vorsichtig auf einen Gartenstuhl am äußersten Ende der Terrasse. Als Gesa verstockt schwieg, wie sie es schon als Kind getan hatte, wenn etwas zur Sprache kam, was ihr nicht behagte, fügte Elisabeth behutsam, doch getragen von jener resoluten, fast gnadenlosen Direktheit, mit der sie Gespräche dieser Art stets führte, hinzu: »Ich vermute, es ist wegen deiner Mutter. Du hast so lange gewartet, dich mit ihr auszusöhnen, bis es zu spät war. Und das bedrückt dich so sehr, dass du dich weigerst, nach Hause zu kommen. Habe ich recht?«

»Ja. Ja und nein. Weißt du, ich kämpfe darum, überhaupt wieder ein Bein in die Tür zu bekommen, und in Berlin ...«

»Unsinn, erspar mir solche Ausflüchte. Wenn Marika Rökk wieder filmt, wird es dir auch gelingen. Du tust ja gerade so, als wärst du Mata Hari!« Elisabeth hustete und drückte die Hand auf ihre Brust. »Elender Katarrh. Dieser fürchterliche Winter hat mir doch sehr zugesetzt. Ich bin froh, dass der Frühling endlich da ist.« Ein leises Lächeln erhellte ihre runzligen Züge. Sie schloss kurz die Augen, um sich der Sonne hinzugeben. »Gesa, ich möchte, dass du weißt, wie sehr deine Mutter dich geliebt hat.«

»O nein, Teresa war immer ihr Liebling, mit mir hat sie sich vor allem gestritten.«

»Das beruhte auf Gegenseitigkeit. Du hast ihr schließlich auch nichts geschenkt. Aber das hat nichts mit der Liebe zu tun. Felicitas hat sich um dich gesorgt, sie fürchtete, du würdest den falschen Weg einschlagen, was sich ja leider auch bewahrheitet hat, und sie hat darunter gelitten, dir nicht helfen zu können.«

»Ja, so sehr hat sie darunter gelitten, dass sie sofort nach Bremen geeilt ist, als ich bei euch Zuflucht suchte.« Gesas Worte sollten ironisch klingen, doch die Bitterkeit, die in ihnen schwang, war nicht zu überhören.

»Ihr habt beide das gelebt, was euch wichtig war, mein Kind«, entgegnete Elisabeth. »Du musst deinen Frieden mit ihr machen. Wenn du es nicht tust, wirst du zeit deines Lebens darunter leiden, und ganz gleich, welchen Weg du einschlägst oder welche Entscheidungen du triffst, wird dich immer der Zweifel begleiten, ob du es um deinetwillen tust oder nur deshalb, weil es das Gegenteil von dem ist, was sie getan hätte. Viel zu viele Menschen führen einen inneren Rachefeldzug gegen die, die ihnen vermeintlich Unrecht getan haben, statt ihr Leben in die Hand zu nehmen. Denk an Anton.«

»Ich weiß.« Gesa seufzte verhalten. Der Unmut, sich dies alles sagen lassen zu müssen, spiegelte sich in ihren Zügen, bis ihr Sinn für Selbstironie gewann. »Du meine Güte, ich bin siebenunddreißig Jahre alt und hänge immer noch am Rockzipfel meiner Mutter? Kann ja nicht wahr sein.«

Elisabeth lächelte. »Eben. Und jetzt geh und amüsiere dich.«

Gesa hauchte einen Kuss in die Luft und schwebte davon. An der Tür drehte sie sich noch einmal um, doch Elisabeth hatte die Augen geschlossen und bot ihr Gesicht der Sonne dar.

Gelächter und leise Kaffeehausmusik wehten von ferne zu ihr herüber, doch Elisabeth schenkte dem keine Beachtung, noch begriff sie es als Aufforderung, sich der

Gesellschaft wieder anzuschließen. Besorgt kam ihr Enkel Christian alle naselang angeschlendert, um sich nach ihrem Befinden zu erkundigen und ihr noch eine Tasse Kaffee, ein Stück Butterkuchen oder einen Likör zu offerieren, doch sie lehnte jedes Mal ab und bat ihn schließlich mit kaum verhohlener Ungeduld in der Stimme, sie eine Weile allein zu lassen. Die vielen Leute machten sie nervös, und sie war zutiefst erschöpft. Es war viel angenehmer, hier draußen in der äußersten Ecke der auf einem Ponton gebauten Terrasse zu sitzen, beschattet von einer halbhohen Magnolie und von den Wellen, die in einem hypnotisierenden Rhythmus gegen die Planken des Pontons schlugen und ihn sacht in Schwingung versetzten, in eine schläfrige Gelassenheit geschaukelt zu werden.
Obschon es noch früh im Jahr war, gerade Anfang Mai, hatte die Natur die Wintermüdigkeit abgestreift wie eine ungeliebte Hülle, die das Knospen und Aufbrechen allzu lange verhindert hatte und nun mit Macht verdrängt werden sollte. Einige Tage zuvor hatte es noch geregnet, dicke Tropfen hatten von morgens bis nachts Beete und Rasenflächen unter Wasser gesetzt und auf kahlen Ästen und Zweigen balanciert wie Perlen auf einer Schnur. Rotkehlchen, Heckenbraunellen und Amseln waren im Rausch der Frühlingsgefühle aufgestiegen und übers Land geflogen auf der Suche nach geeigneten Nistplätzen und pudelnass und resigniert zu ihren angestammten Hecken zurückgekehrt. Doch vorgestern hatte ein kräftiger Wind von Westen eingesetzt, die Regenwolken gen Osten abgedrängt und Platz für die lang ersehnte Sonne gemacht, die sich über Deutschland legte wie eine Glucke aufs Ei und sich nicht fortrührte, bis neues Leben sich regte, das zag-

haft erst, dann ungestüm, fast wild die dunkle Kahlheit mit sattem Grün bedeckte.
Zufrieden mit der Entwicklung, zogen Entenpaare und Blesshühner ihre Kreise auf dem See, erste Hummeln machten sich über den Nektar der vielen hundert Narzissen her, die das Ufer säumten, junge Paare hatten Ruderboote gemietet und ließen sich forttreiben in die weit verzweigte Kanallandschaft des Bürgerparks, wo es immer ein stilles Plätzchen unter Brücken gab, das die Küsse und Liebkosungen den Blicken der Spaziergänger entzog.
Elisabeths Blick glitt über Bäume und Büsche. Die Beschaulichkeit sickerte warm in ihr Herz wie die Umarmung eines vertrauten Menschen, den man vielleicht nicht mehr leidenschaftlich liebt, doch um keinen Preis der Welt missen möchte.
Die Bäume waren höher, ihre Kronen stolzer und ausladender als damals, als sie Gustav Andreesens Ruderboot mit dem ihren gerammt hatte, um dem Schicksal ein wenig nachzuhelfen. Wenn sie es nicht getan hätte, wäre sie vielleicht glücklicher geworden, doch wer konnte das sagen? Vielleicht bemaß sich Glück vor allem darin, die Konsequenzen für eine Entscheidung zu tragen, die man einmal getroffen hatte, und Verantwortung für das eigene Tun zu übernehmen, statt sich als Opfer der Umstände zu betrachten.
So gesehen bin ich eine glückliche Frau, dachte Elisabeth und lächelte in sich hinein.
Aus dem Augenwinkel nahm sie eine Bewegung wahr, eine von vielen an diesem Nachmittag, doch irgendetwas veranlasste sie, dieses Mal den Kopf zu wenden.
Als sie den gedrungenen Mann mit dem runden, wie ein polierter Apfel glänzenden Gesicht erblickte, der sich ge-

rade von Teresa verabschiedete und stillvergnügt, die braune Aktenmappe schwenkend, begann, seines Weges zu gehen, durchfuhr sie eine seltsame, erschütternde Freude. Sie hob den rechten Arm, ihr Mund öffnete sich, doch kein Laut kam über ihre Lippen. Sie erhob sich leichtfüßig, ließ die Jahrzehnte ihres Lebens und die Mühsal des Alters in dem Gartenstuhl zurück wie einen zu klein gewordenen Mantel und folgte Gustav in das Licht, das immer heller und heller wurde, bis Elisabeth beseligt die Augen schloss.

Drei Tage später trug die Familie Elisabeth Andreesen auf dem Osterholzer Friedhof zu Grabe. Die Trauerfeier wurde so gestaltet, wie die Verstorbene es verfügt hatte, schlicht, ohne den liturgischen Bombast, der ihr so verhasst gewesen war, umrahmt von ihrem geliebten Mozart, dessen Requiem sie in voller Länge »zu hören wünsche«, wie sie es ausgedrückt hatte, und das die Friedhofsverwaltung zu einer Änderung ihres gewohnten Zeitplans, der Beerdigungen in der Regel eine Stunde zubilligte, zwang. Keine Maus passte mehr in die Kapelle, es schien, als ob das alte Bremen von sich selbst Abschied nehmen und einer Ära die letzte Ehre erweisen würde, die lange vor der Jahrhundertwende so pracht- und hoffnungsvoll begonnen und ihre historische Chance am Ende so kläglich vertan hatte.

Nur einen Tag, nachdem Anton Andreesen mit rot geränderten Augen, aber beherrschter Miene neben Teresa, Christian, Ella und Gesa gestanden und die Kondolenzbekundungen der mehr als vierhundert Trauergäste entgegengenommen hatte, erreichte Teresa der Brief, den sie, wenngleich nicht so pietätlos schnell, so doch erwartet

hatte. Anton beanspruchte die Leitung von Andreesen-Kaffee für sich und strebte eine entsprechende Klage gegen Teresa an.
Und mit hoher Wahrscheinlichkeit, so Lamprecht & Möller, die Anwälte der Familie, die Teresa, Christian und Gesa unverzüglich konsultierten, hätte dieses Ansinnen Aussicht auf Erfolg.
»Sie sind die Enkel, aber er ist Elisabeth Andreesens Sohn, seine Weste ist wieder rein, und er erfreut sich bester Gesundheit. Äußerst fraglich, ob das Gericht diese Tatsachen einfach beiseite schiebt«, sagte Dr. Lamprecht und zwirbelte gedankenverloren seinen mit der Brennschere nach oben gebogenen Bart, den er, siebzigjährig, trug wie einst Kaiser Wilhelm II.
»Wenn er den Richter aus guten alten Tagen kennt, dann gewiss nicht«, bemerkte Teresa sarkastisch. »Was ist mit dem Kunstpark? Kann er sich den auch unter den Nagel reißen?«
»Nein«, schaltete sich Dr. Möller, der jüngere Sozius, energisch ein. »Den hat Ihre Frau Mutter noch vor der Eröffnung von der Firma abgekoppelt.«
»Immerhin wird Herr Andreesen nicht darum herumkommen, sie alle am zu erwartenden Gewinn der Kaffeeproduktion zu beteiligen«, fügte Dr. Lamprecht hinzu und blickte aufmunternd in die Runde. »Sie werden also nicht mittellos dastehen, vorausgesetzt natürlich, Herr Andreesen reüssiert im Markt. Darüber hinaus werden Sie ja auch irgendwann über das Vermögen, das Felicitas Hoffmann in London festgelegt hat, verfügen können. Die Frage ist nur, wann dies der Fall sein wird.«
»Es geht ums Prinzip«, sagte Teresa düster. »Großmutter wollte mit allen Mitteln verhindern, dass Anton die Firma

bekommt. Diesen Wunsch darf ein Gericht doch nicht missachten!«
»Das wird es auch nicht. Dennoch können Sie nicht davon ausgehen, dass die Klage abgewiesen wird. Wir können höchstens versuchen, einen Kompromiss auszuhandeln.«
Gesa, Teresa und Christian wechselten einen Blick. »Tun Sie das«, sagte Christian.
Sie kehrten in die Villa zurück, und kurze Zeit später machten sich Gesa und Niklas, Christian, Delia und Antonia auf den Weg zurück nach Berlin.
»Es ist eine Schande, das mit Anton«, bemerkte Marie am nächsten Morgen, als sie und Teresa in der Küche standen und Pfannkuchen backten. Captain Rodetzky hatte gestern einen Sack Mehl und zwei Steigen frische Eier in die Speisekammer gezaubert, und Marie hatte aus gelagertem Kellerobst Apfelmus dazu gekocht. Ein köstlicher Duft zog durchs Haus, der selbst Luiza betörend ins Näschen stieg. Sie erwachte und brabbelte vergnügt vor sich hin, und ihre aquamarinblauen Augen blickten erwartungsvoll. Teresa nahm ihre Tochter aus dem Weidenkorb, der auf dem Küchentisch stand, und küsste sie voller Inbrunst. »Na, du kleiner Schatz«, flüsterte sie liebevoll. »Hast du gut geschlafen?«
»Bestimmt«, meinte Marie. »Ich hab nie ein zufriedeneres Baby erlebt. Weint nicht, quengelt nicht. Sie ist dir darin sehr ähnlich. Als hättest du gewusst, dass deine Mutter Ruhe brauchte, damals, als dein Vater nicht zurückgekommen war aus dem Krieg …« Sie brach ab, peinlich berührt, etwas geäußert zu haben, was alte Wunden aufreißen könnte und neue gleich dazu.
»Schon gut«, winkte Teresa ab. »Du hast ja recht. Die Par-

allelen sind nicht zu übersehen. Auch Luiza wächst ohne Vater auf. Und sie scheint zu ahnen, dass meine Nerven nicht die besten sind.« Sie verschwieg, was sie in manchen Nächten wach bleiben ließ, die bange Frage, ob sie ihrem Kind eine Bürde auferlegte, ob ihre, Teresas, innere Unruhe ihm womöglich die Lebensfreude raubte. Doch wenn Luiza in ihrem Bettchen lag und selig schlief oder hingebungsvoll das selbst gebastelte Mobile aus Sonne, Mond und Sternen beobachtete, das Jack ihr zur Taufe geschenkt hatte, schienen ihre Sorgen unbegründet. Obwohl der Zweifel beständig an ihr nagte, besonders dann, wenn sie spazieren ging und sich hin und wieder damit konfrontiert sah, dass Menschen, die sich wohlwollend über den Kinderwagen beugten, nur mühsam ihre Irritation verbargen. Rasch schob sie den Gedanken beiseite. »Ich bin zum Mittagessen zurück«, sagte sie zu Marie, bettete Luiza behutsam in ihr Körbchen und band sich die Schürze ab. »Viel Spaß euch beiden.«

Nachdem sie im Büro am Wall die Post gesichtet hatte, machte sich Teresa zu ihrem gewohnten Rundgang durch die Produktionshalle auf, der wie stets im Labor endete. Werner Briskow leistete gute Arbeit, und obschon sie aus dem schüchternen Mann nicht recht schlau wurde, schätzte sie seinen Sachverstand und die Hingabe, mit der er sich seinen Aufgaben widmete. Jeden Vormittag trank sie mit ihm eine Tasse Kaffee und ließ sich währenddessen auf den neuesten Stand bringen. Zurzeit galt es zwar in erster Linie, genügend Bohnenkaffee in altbewährter Mischung herzustellen, doch sobald der Markt Morgenluft wittern würde und die Menschen wieder über genügend Geld verfügten, wollte Teresa mit neuen Sorten die Nachfrage ankurbeln. An Ideen mangelte es Werner Briskow

nicht, aber die eine, zündende, die Andreesen-Kaffee von anderen Röstereien abheben würde, ließ noch auf sich warten.
»Allmählich wird es eng hier«, bemerkte Briskow und wies auf die vielen Kaffeepflanzen, die auf den Fensterbänken standen und sich dankbar der Sonne hingaben.
»Ich weiß«, erwiderte Teresa munter. »Und die Lösung des Problems liegt zum Greifen nahe.« Sie schürzte die Lippen und schaute drein wie die Sphinx. »Sie erfahren es als Erster«, fügte sie geheimnisvoll hinzu. »Es gibt einen überaus solventen Interessenten für die Pflanzen ...« Sie schämte sich ein bisschen, als sie sah, wie ehrlich erfreut Briskow auf die angebliche Entwicklung der Dinge reagierte. Natürlich hatte sie nicht vor, die Kaffeepflanzen zu verkaufen, nur, sie eines Nachts mit Doras und Jacks Hilfe verschwinden zu lassen. Jack wusste zwar noch nichts von seinem Glück, doch Teresa war überzeugt, dass er nicht zögern würde, ihr zu helfen, und ganz gewiss würde er in der Lage sein, im Park des Anwesens an der Parkallee ein Gewächshaus zu errichten. Mit Glasscheiben, die sie Gott weiß wo auftreiben würde, aber mit diesem Problem würde sie sich befassen, wenn es so weit war.
»Ich sehe mir noch einmal die Unterlagen an«, sagte Teresa und nahm den dicken Leitz-Ordner aus dem Regal neben der Tür, in dem eine Akte neben der anderen stand. Elias Frantz hatte seine Aufzeichnungen über die Jahre sorgfältig archiviert, und Werner Briskow tat es ihm nach.
»Also dann, bis morgen.« Sie nickte ihm zu und verließ das Labor. Zurück in ihrem Büro, schloss sie die Schreibtischlade auf, entnahm ihr die schmale Mappe mit dem Bericht über die koffeinfreie Kaffeepflanze und stopfte sie zusammen mit dem Ordner in ihre Aktentasche. Keinen

einzigen Hinweis auf die Sensation aus Brasilien würde Anton hier finden, und selbst wenn es ihr wider Erwarten nicht gelingen sollte, Briskow zum Schweigen zu verdonnern oder es sich zu erkaufen, wäre der Verbleib der Pflanzen dennoch ihr Geheimnis. Der Plan war zweifellos brüchig, aber ihre einzige Chance, nach Antons Firmenübernahme ein eigenes Unternehmen auf die Beine zu stellen. Die Pflanzen waren ihr Faustpfand für eine bessere Zukunft.
Und der Kunstpark! Sie lächelte versonnen. Wenn von Moorbusch Wort hielt, würde es in ein paar Jahren nicht nur in Bremen einen Kunstpark geben, sondern in London, Paris, vielleicht sogar in Tokio.
»Ich fungiere sozusagen als Agent«, hatte er ihr erklärt. »Ich mache meinen ausländischen Geschäftspartnern die Idee schmackhaft, was mir angesichts der Einzigartigkeit des Konzepts sicher nicht schwerfallen wird. Wenn die einmal Blut geleckt haben, werden sie mir die Lizenz für den detailgetreuen Nachbau abbetteln.«
»Und was haben Sie davon?«, hatte Teresa skeptisch gefragt.
»Ruhm und Ehre – und die Provision natürlich, die sich am Preis der Lizenz bemisst.« Seine Augen funkelten listig, als er hinzufügte: »Überdies werden sich Zulieferfirmen und Architekten darum reißen, an dem Projekt teilzuhaben, und mir gewiss die eine oder andere Zuwendung angedeihen lassen.«
Um das Bremer Original zu retten, wollte von Moorbusch die erste Lizenz so rasch wie möglich an den Mann bringen. »Mit dem Geld können Sie immerhin den Pavillon und das Plantagenhaus instand setzen lassen und dann Zug um Zug die anderen Gebäude neu errichten.«

»Die Frist läuft in drei Wochen aus«, hatte Teresa zu bedenken gegeben, doch von Moorbusch hatte abgewinkt.
»Fristen lassen sich verlängern. Besorgen Sie mir möglichst viele Unterlagen über den Park, vor allem Fotos, und eine Abschrift der Lizenz, und ich nehme in der Zwischenzeit Kontakt mit unserer potenziellen Kundschaft auf.«
Für morgen hatten sie einen Termin vereinbart. Teresa war sicher, die Unterlagen hier im Büro ihrer Mutter zu finden, das jetzt das ihre war, doch ihre Suche verlief ergebnislos. Nach dem Mittagessen stellte sie die Bibliothek in der Villa und Felicitas' Schreibtisch auf den Kopf. Vergeblich. Als sie auch in den geheimen Abseiten, die Bernhard vor langer Zeit als Versteck gedient hatten, nichts fand, begann leise Verzweiflung in ihr hochzukriechen, doch sie riss sich zusammen. Irgendwo mussten sie doch sein. Wehmütig dachte sie an ihre Großmutter, die gewiss Rat gewusst, wenn nicht sogar den Platz gekannt hätte, wo Felicitas wichtige Dinge verwahrt hatte.
Plötzlich schoss Teresa ein Gedanke durch den Kopf. Felicitas' Truhe! In dem mächtigen Möbel hatte ihre Mutter damals ihre Aufzeichnungen vor neugierigen Blicken versteckt, als noch niemand, nicht einmal ihr Vater, geschweige denn ihre Großmutter von ihren ehrgeizigen Kunstpark-Plänen Wind kriegen sollte. Obwohl es gewiss nicht Felicitas' Wesen entsprach, einer sentimentalen Regung folgend die Papiere an einem Ort zu belassen, der seine Funktion längst verloren hatte, war es einen Versuch wert.
Teresa lief die Treppe hinauf und klopfte an die Tür zu Felicitas' früherem Zimmer, in dem jetzt Captain Rodetzky lebte. Niemand antwortete, und Teresa trat ein. Der

Amerikaner hatte die Chaiselongue näher zum Kamin gerückt, einige Kleidungsstücke und Bücher lagen herum, doch ansonsten hatte er nichts an dem Interieur verändert, das Teresa mit seiner abenteuerlichen Mischung aus Theaterrequisiten und orientalischem Flair verzauberte, wie damals, als sie ein Kind war, auf dem kleinen Elefanten aus Ebenholz saß und gebannt den Erzählungen ihrer Mutter lauschte.

Rasch nahm sie den gestickten Tischläufer von der Truhe, die neben dem kleinen Sekretär stand, und hob den schweren Deckel an. Der Inhalt war mit Brokatstoff bedeckt. Als sie ihn vorsichtig anhob, beschlich sie eine vage Beklemmung, als hätte sie nicht das Recht, in das Privatleben ihrer Mutter einzudringen und Dinge zu betrachten, die nicht für ihre, Teresas, Augen bestimmt waren – in Seidenpapier gewickelte gepresste Rosen, der Schleier eines Hochzeitskleides, ein alter, zerliebter Teddy, ein Karton mit Fotos, Theaterprogramme, Kinderschühchen, ein aus Palmblättern gefertigtes Tagebuch, eine golden lackierte Südseemuschel und ein mit Sternen beklebter Schmuckkasten, in dem sich eine gehämmerte Silberkette zwischen Kinderringen und funkelnden bunten Talmibroschen schlängelte. Unter all diesen Schätzen, die ihrer Mutter offensichtlich viel bedeutet hatten, verbarg sich ein recht großer Pappkarton. Als sie ihn öffnete, seufzte sie erleichtert auf. Zuoberst lag eine detailgetreue Skizze der gesamten Anlage, darunter Grundrisse der fünfzig Häuser, Fotos und drei dicke Kladden mit Aufzeichnungen. Gleich morgen würde sie versuchen, jemanden ausfindig zu machen, der sich auf Abschriften verstand.

Teresa nahm den Pappkarton aus der Truhe und verstaute den Rest wieder. Als sie das Tagebuch in die Hand nahm,

rutschten mehrere Papiere heraus. Sie starrte sie an. Hin- und hergerissen zwischen schlechtem Gewissen und drängender Neugier, entfaltete sie schließlich zögernd eins der Blätter und begann zu lesen.
Helens Brief aus Ostpreußen.
Wie seltsam, dass ihre Mutter ihn aufgehoben hatte. Ein paar getippte Zeilen und ein hingehuschtes H. Andererseits wusste Teresa, dass beider Verhältnis schwierig gewesen war, stets überschattet von Helens Entschluss, ihren Mann und Felicitas' Vater zu verlassen, und geprägt von Helens kühler Verschlossenheit. Vielleicht bedeutete dieser Hilferuf Felicitas viel, zeigte er doch, wie verbunden sich Helen trotz allem ihrer Tochter fühlte.
Gedankenverloren nahm Teresa das nächste Blatt und warf einen kurzen Blick darauf.
Vor Entsetzen und Abscheu vergaß sie zu atmen. Anonyme Briefe. Eloquent, elegant und ekelerregend perfide. Wieder und wieder las sie die Worte. Weder begriff sie, warum jemand ihrer Mutter so etwas angetan hatte, noch, warum sie es der Familie verheimlicht hatte. Ihr Blick blieb an einem Wort hängen – Curare. Sie wusste, dass sie es schon einmal gehört hatte. Angestrengt dachte sie nach. Schließlich durchzuckte sie die Erkenntnis. Curare! So hatte Manuel das Gift bezeichnet, das den Leoparden getötet hatte.
Teresas Herz jagte. Was hatte das zu bedeuten? Doch nur eins – dass der Schreiber dieser Briefe sich entweder gut mit südamerikanischen Giften auskannte oder selber aus Südamerika stammte.
Mühsam zwang sie sich zur Ruhe und las jeden Brief noch einmal konzentriert durch. Und ganz von fern schlich sich etwas in ihr Bewusstsein, ein vages Erken-

nen, so als würde sie nach einem Namen suchen, der ihr auf den Lippen lag, sich aber partout nicht formen wollte. Entschlossen nahm sie die Briefe und den Pappkarton an sich, machte die Truhe wieder zu und verließ das Zimmer. Sie musste auf andere Gedanken kommen, diesen Schock verdauen und nachdenken. Ein strammer Spaziergang wäre genau das Richtige. Sie stürmte in die Halle und zur Haustür, ohne auf Marie zu achten, die Luiza gerade in ihren Kinderwagen bettete und ihr fragend nachsah.

Teresa ging schnellen Schrittes die Parkallee entlang, die Grüße der Nachbarn geistesabwesend nur mit einem Nicken quittierend. Als sie den Bürgerpark erreichte, verlangsamte sie das Tempo und blieb plötzlich wie vom Blitz getroffen stehen. Auf dem Absatz kehrtmachend, rannte sie den Weg zurück.

»Was ist denn mit dir los?«, fragte Marie, die ihr mit Luiza im Kinderwagen entgegenkam, kopfschüttelnd.

»Später«, rief Teresa und lief weiter.

Sie stürzte ins Haus und in die Bibliothek und riss mit fliegenden Fingern den Bericht über den koffeinfreien Kaffee aus ihrer Aktentasche und die Briefe aus der Schreibtischlade, in der sie sie vorhin verstaut hatte. Mit wachsender Erregung verglich sie die Schriftstücke.

Das war es also.

Die Briefe und der Bericht wiesen den gleichen Fehler auf, einen minimalen Fehler beim großen G und kleinen e, der kaum auffiel, aber dennoch prägnant genug war, um nur einen Schluss zuzulassen: Die anonymen Briefe, Helens Hilferuf und der Laborbericht mussten mit derselben Schreibmaschine geschrieben worden sein – der Schreibmaschine aus dem Labor.

Das bedeutete, dass nicht Helen den Brief geschrieben hatte, sondern ein anderer, der Felicitas nach Ostpreußen locken wollte. Das also hatte Helen mit ihren letzten Worten gemeint.
Und das bedeutete auch, dass nur jemand dafür verantwortlich sein konnte, der Zugang zum Labor hatte. Für Elias Frantz hätte Teresa ihre Hand ins Feuer gelegt, und außerdem war er zu dem Zeitpunkt, da Felicitas Helens Brief erhalten hatte, schon tot. Also blieb nur einer übrig – Werner Briskow.

»Warum?« Irritiert blickte Werner Briskow hoch.
Wie ein überreifer Kürbis hing die Sonne am Horizont, nicht bereit unterzugehen, bis sie ihre letzten goldenen Strahlen verschenkt hatte. Das Labor war in ein fast unwirkliches Licht getaucht, als Teresa es betrat, gefasst, aber entschlossen, Briskow zur Rede zu stellen, und zwar sofort. Die leise Furcht, die sie auf dem Weg ins Kontor beschlichen hatte, da ihr bewusst wurde, wie wenig sie Briskow kannte und dass hinter seiner schüchternen Fassade nicht nur kriminelle Energie gärte, sondern möglicherweise auch eine gefährliche Unberechenbarkeit, die ihr zum Verhängnis werden könnte, wenn sie ihn mit ihrem Verdacht konfrontierte, wurde von Teresas unbändigem Willen zur Wahrheit im Zaum gehalten.
Wenn er mich angreift, schreie ich so laut, dass sich die Röstmaschinen erschrecken, sagte sie sich und fing bei dieser Vorstellung zu kichern an, rief sich aber sofort zur Ordnung. Werd jetzt bloß nicht hysterisch. Bleib kühl und sachlich und zeig keine Angst.
»Entschuldigen Sie, aber was meinen Sie?« Briskow warf

dem Mikroskop einen bedauernden Blick zu. Offenkundig fühlte er sich bei einer überaus fesselnden Tätigkeit gestört.

»Muss ich das wirklich näher erläutern?«, fragte Teresa schneidend und warf die Briefe und den Bericht auf den Arbeitstisch, so dass mikroskopisch feiner Staub aufwirbelte und in den leuchtenden Sonnenstrahlen tanzte. »Niemand wäre Ihnen auf die Schliche gekommen, wenn Sie nicht so dumm gewesen wären, die Analyse der koffeinfreien Kaffeepflanze auf derselben Schreibmaschine zu verfassen wie die anonymen Briefe an meine Mutter und ...« Sie machte eine Pause und fügte mit kalter Verachtung hinzu: »... den Brief, der sie das Leben kostete.«

Angst flackerte in Briskows Augen auf. »Das habe ich nicht getan. Warum sollte ich?«

»Sie werden schon Ihre Gründe gehabt haben, und die Amerikaner werden Sie Ihnen mit Sicherheit aus der Nase ziehen.«

»Um Himmels willen, Frau Andreesen, Sie müssen mir glauben! Ich habe niemals einen anonymen Brief an Ihre Mutter geschrieben. Ich habe sie verehrt.«

Verärgert winkte Teresa ab. »Ach, hören Sie doch auf mit dem Schmus. Zu diesem Labor haben nur Sie, meine Mutter, ich und Elias Frantz Zugang gehabt – und ein Toter schreibt keine Briefe, ebenso wenig wie ich. Und jetzt behaupten Sie bloß noch, meine Mutter hätte sich selbst anonyme Briefe geschickt. Vielleicht war ihr ja langweilig ...« Teresas Stimme troff vor Sarkasmus. Ihre Augen fixierten Briskow, als wollten sie ihn auf dem Holzstuhl festnageln, auf den er sich hatte sinken lassen, kraftlos, die schmalen Schultern hochgezogen.

»Da war noch jemand«, sagte er schließlich, den Blick zu Boden gerichtet.
»Wer?«, zischte Teresa.
Briskow schluckte. Dann fasste er sich und sah Teresa in die Augen. »Ihr Onkel, Anton Andreesen.«
Teresa starrte ihn an, und Briskow begann zu erzählen. Wie Anton seine Bekanntschaft gesucht und ihn um den Gefallen gebeten hatte, ab und zu und spät am Abend, damit niemand es mitbekam, in die Halle und das Labor zu dürfen. »Er hat mir gesagt, wie sehr er darunter leidet, von seiner Familie geschnitten zu werden, und dass er wenigstens manchmal hier sein wollte, um der Erinnerungen willen.«
»Und das haben Sie ihm abgenommen?«
Briskow zuckte mit den Schultern. »Ich weiß, wie das ist, wenn man nicht akzeptiert wird, immer als Sündenbock herhalten muss. Meine Eltern ...« Er brach ab. »Ich überließ ihm den Schlüssel, damit er sich ein Duplikat anfertigen lassen konnte.«
»Ohne Gegenleistung? Was für eine rührende Geschichte!«, höhnte Teresa und hätte Briskow am liebsten mit voller Wucht das Selbstmitleid aus den weichen Zügen geschlagen.
»Er hat mir ein wenig Geld gegeben, nicht viel. Als der Krieg ausbrach, hat er dafür gesorgt, dass ich nicht eingezogen wurde. Er hat mir das Leben gerettet ...«
»Und meine Mutter auf dem Gewissen.« Teresa raffte die Briefe und den Bericht zusammen. »Geben Sie mir Ihren Schlüssel, Briskow, nehmen Sie Ihre Sachen, und verschwinden Sie.«
»Aber ...«
»Nichts aber.« Als sie die Verzweiflung in seinen Augen

las, hielt sie inne. Im Grunde war auch er nur ein Opfer von Antons Machenschaften. Wissend, dass Briskow ein Experte in der Toxikologie war, hatte Anton das Pfeilgift Curare nur ins Spiel gebracht, um Briskow in Verdacht geraten zu lassen, aus demselben Grund, aus dem er die Schreibmaschine aus dem Labor benutzt hatte. Briskow selbst tat gewiss keiner Fliege etwas zuleide. Dennoch, er hatte sich illoyal verhalten. Sie würde es nicht ertragen, dem Mann, der Mitschuld am Tod ihrer Mutter hatte und an den seelischen Belastungen, die sie hatte ertragen müssen, täglich im Labor zu begegnen.
»Tut mir leid«, sagte sie leise.

35

Im März 1948 wurde der Prozess gegen Anton Andreesen eröffnet. Schon nach wenigen Stunden zeichnete sich ab, dass dem Angeklagten der Mord an Felicitas Andreesen nicht nachzuweisen war. Constanze schilderte die Ereignisse, die sich im August 1944 in Sorau zugetragen hatten, doch wie es zu dem tödlichen Schuss kam, hatte sie nicht mit eigenen Augen gesehen und konnte nur wiedergeben, was Helen ihr erzählt hatte. Dr. Möller hatte nichts unversucht gelassen, den Soldaten ausfindig zu machen, der für Felicitas' Tod verantwortlich war, doch sowohl seine als auch die Spur seines Kameraden verloren sich irgendwo in der Weite des ehemaligen Ostpreußen. Überdies bestritt Anton vehement, die Briefe verfasst zu haben. Er gab lediglich zu, sich mit einem nachgemachten

Schlüssel Zugang zum Betrieb verschafft zu haben, und sein Rechtsanwalt Werner Baumann führte wortreich ins Feld, in welcher seelischen Zwangslage sein Mandant sich befunden hatte. »Von der Mutter belogen und missachtet und durch die politischen Umstände gezwungen, seine wahre Herkunft zu verleugnen. Ein furchtbarer Konflikt, der sich jedoch nicht grausam Bahn brach, um anderen zu schaden – im Gegenteil! Anton Andreesen nutzte seine Position, um zu helfen.«
Delia, Ella und Werner Briskow wurden in den Zeugenstand gerufen und schilderten wahrheitsgemäß, wie Anton sich ihnen gegenüber verhalten hatte. Dann wurde ein Sachverständiger gehört, der die sichergestellte Schreibmaschine, die Briefe und den Bericht untersucht hatte. Das Ergebnis war niederschmetternd. »Vieles deutet darauf hin, dass der Täter diese Schreibmaschine benutzt hat, aber mit hundertprozentiger Sicherheit lässt sich das nicht sagen. Das Fabrikat ist sehr verbreitet. Nach Angaben des Werks wurden von diesem Typ mehr als zehntausend verkauft, die zu einem Großteil auch noch in Gebrauch sein dürften.« Der Vorsitzende Richter schaute bedenklich drein und schürzte die Lippen.
Schließlich zog Rechtsanwalt Baumann seinen größten Trumpf aus dem Ärmel.
»Es wird Zeit, die ganze Sache aus einer anderen Perspektive zu betrachten. Wem würde es eigentlich nützen, wenn mein Mandant verurteilt würde?« Mit diesen Worten drehte er sich zu Teresa, Gesa und Christian um, die als Nebenkläger an Dr. Möllers Seite saßen, und wies theatralisch mit dem Finger auf Teresa. »Nur einer – Teresa Andreesen. Sie würde die Leitung der Firma behalten, die ihr Anton Andreesen zu Recht streitig macht. Der Pro-

zess ist anhängig. Sie allein ist die Nutznießerin dieser Farce, der mein Mandant hier ausgeliefert ist!«
Ein Raunen ging durch die Reihen der Zuschauer. Teresa wurde blass. Gesa sprang auf. »So eine Unverschämtheit! Seinetwegen wäre ich beinahe im Rollstuhl gelandet!«
Der Richter mahnte Ruhe an und vertagte die Sitzung auf den nächsten Tag.
Der Prozess wirbelte viel Staub auf, die Bremer Zeitungen berichteten spaltenlang, Gerüchte kursierten, und Mutmaßungen beherrschten die Unterhaltungen der Bremer.
Teresa und Gesa brannten vor Empörung.
»Es muss doch verdammt noch mal eine Möglichkeit geben, ihm seine Selbstgefälligkeit, diese widerliche Sicherheit, die er zur Schau stellt, auszutreiben«, presste Teresa hervor, als sie am selben Abend vor dem Kamin im Salon saßen.
»Wie ich diese neue Gerichtsbarkeit einschätze, würde denen noch nicht einmal ein Geständnis genügen!«, höhnte Constanze. »Beweise wollen sie haben!«
Captain Rodetzky hatte der Familie den behaglichen Raum zu Prozessbeginn wieder zur Verfügung gestellt, eine Geste, die sie, angespannt und nervös, kaum als solche wahrgenommen hatten, bis Gesa sich ihrer Manieren und des attraktiven Äußeren des Captain entsann und ihn soeben auf ein Glas Rotwein eingeladen hatte. Jetzt stand der Captain am Kamin und betrachtete Teresa so mitfühlend wie wachsam.
»In dubio pro reo. Im Zweifel für den Angeklagten«, bemerkte er. »Das ist der Grundsatz, den wir in Amerika beherzigen. Auch wenn es Sie schmerzt, ist diese Rechtsprechung gesünder als die, die sie gewohnt waren.«

Gesa schnaubte. »Schon klar. Das heißt nichts anderes als: Recht haben und recht bekommen sind zweierlei.«

»Von Désirée ist wohl keine Hilfe zu erwarten?«, fragte Christian.

»Ich glaube nicht. Sie hat die Aussage ja verweigert«, antwortete Teresa. Ihre Tante war ein Schatten ihrer selbst, die Blicke, die sie ihren Angehörigen im Gerichtssaal zuwarf, indifferent, als könnte sie sich zwischen Trotz und Hilflosigkeit nicht entscheiden.

»Ganz bestimmt nicht«, sagte Gesa wegwerfend. »Ihr ganzes Leben hat sich nur um Anton gedreht, und wenn sie ihm in den Rücken fällt, bleibt ihr nichts mehr. Menschen neigen nicht dazu, sich selbst in Frage zu stellen. Ich weiß, wovon ich rede«, fügte sie ironisch hinzu.

»Ich wette, dass Anton auch die Gestapo auf uns gehetzt hat«, sagte Teresa plötzlich. Fragend richteten sich aller Augen auf sie. »An dem Abend, bevor Mutter und Bernhard nach Sorau aufgebrochen sind, nahm sie mich beiseite und meinte, ich solle mir keine Sorgen machen, vor allem nicht wegen der Gestapo. Der Bürgermeister habe ihr da was Interessantes gesteckt, und wenn sich das bewahrheiten würde, wären wir die falsche Bande bald los. Falsche Bande – genau so hat sie sich ausgedrückt. Und tatsächlich, sie haben sich hier nie wieder blicken lassen. Das ist doch seltsam. Sie konnten schließlich nichts von der Reise wissen.«

Niemand sagte ein Wort, nur das Knistern der Flammen durchschnitt die Stille.

»Nun ja, ich schätze, die verfügten über genügend Mittel und Wege, um immer auf dem Laufenden zu sein ...«, sagte Christian, doch Teresa fiel ihm ins Wort und sah Captain Rodetzky eindringlich an.

»Wo ist Röhmcker jetzt?«
»Er hatte sich in der Nähe von ... wie heißt das, Worp... swede oder so ähnlich, in einem abgelegenen Haus versteckt. Glaubte, er fiele in der Einsamkeit niemandem auf. Soweit ich weiß, ist er zu zehn Jahren Zuchthaus verurteilt worden.«
Teresa hielt den Atem an. »Wäre es möglich, ihn zu befragen? Wenn Anton wirklich etwas damit zu tun hat, wird Röhmcker das vielleicht wissen ...«
Captain Rodetzky nickte langsam. »Das wäre zumindest einen Versuch wert.«

Der Richter hatte dem Antrag der Staatsanwaltschaft stattgegeben und den Prozess ausgesetzt, bis der Strafgefangene Röhmcker gehört werden konnte, was nicht so bald der Fall sein sollte, da der Zeuge an Grippe und hohem Fieber litt und weder vernehmungs- noch transportfähig war. Zwei Wochen später machten sich zwei Sicherheitsbeamte früh um vier auf den Weg von Berlin nach Bremen, um den seiner Leibesfülle beraubten, aber keineswegs geschwächten Röhmcker pünktlich um neun Uhr im Gerichtsgebäude am Richtweg abzuliefern. Auf halber Strecke klagte der Gefangene über Magendrücken. Als die Würgegeräusche, die aus der Sicherheitszelle des Transporters nach vorn drangen, zu asthmatisch klangen, um weiterhin ignoriert zu werden, hielt der Fahrer an einem Rastplatz. Sein Kollege stieg aus, öffnete die Hecktür und fragte Röhmcker mit vorgehaltener Pistole, was ihm fehle. Ob es die Morgennebel waren, die die Konturen allen Seins verschwimmen ließen, oder ob der Beamte übermüdet war und deshalb nicht schnell genug reagierte, entzog sich nachfolgenden Ermittlungen. Jeden-

falls überwältigte Röhmcker den verdutzten Beamten lautlos mit einem gezielten Hieb auf die rechte Schläfe und entkam wieselflink in der Unendlichkeit des bleiernen Graus.
Einen Tag später wurde Röhmckers Bremer Anwalt, der seinen Mandanten mit einer geschickten Verteidigung zwei Jahre zuvor vor lebenslanger Haft bewahrt hatte, beim Vorsitzenden Richter vorstellig und überreichte ihm ein beglaubigtes Protokoll, das als Beweismittel akzeptiert und bei Sitzungsbeginn verlesen wurde.
»Aus privatem Interesse habe ich Nachforschungen anstellen lassen bezüglich der Frage, warum Felicitas Hoffmann von der Geheimen Staatspolizei überwacht wurde. Wie mir der Leiter, Hauptmann Erich Schmidt, versicherte, wurde die Genannte nur von Juli 1936 bis September 1939 observiert. Warum die Genannte sich dennoch einer Überwachung ausgesetzt sah, entzieht sich meiner Kenntnis und, wie mir Schmidt sagte, auch der seinen. Es gab danach nie wieder eine Anordnung, Felicitas Hoffmann zu observieren.«
Ein feines Lächeln umspielte Antons Mund, als der Richter endete und mit undurchdringlicher Miene in die Runde blickte.
»Herr Verteidiger, Sie haben das Wort.«
»Vielen Dank, Herr Vorsitzender. Wie Sie wissen, wurden sämtliche Aufzeichnungen der Bremer Gestapo im April 1945 vernichtet, zum selben Zeitpunkt, da Erich Schmidt aus dem Leben schied. So bedauerlich es natürlich ist, dass Herr Röhmcker seine Aussage nicht persönlich zu machen imstande ist, gibt es definitiv keinen Grund, an seinen Worten zu zweifeln. Herr Röhmcker hat kein Motiv, die Unwahrheit zu sagen.«

»Ich glaub's ja wohl nicht!«, flüsterte Gesa wütend. »Ausgerechnet Röhmcker soll die Wahrheit sagen. Das ist doch einfach lächerlich!«

Resigniert schloss Teresa die Augen. Das war's. Anton würde davonkommen.

»Es war Anton!« Désirées Stimme war mehr ein Wispern, doch es schlug im Saal ein wie eine Bombe.

»Wollen Sie eine Aussage machen?«, fragte der Richter und beugte sich vor.

Désirée nickte.

»Einspruch!«, rief Antons Anwalt. »Herr Richter, die Beweisaufnahme ist mit der Verlesung des Protokolls abgeschlossen worden.«

»Abgelehnt.« Der Richter beugte sich erneut vor und musterte Désirée, die sich erhoben hatte, die Hände gefaltet, die schmalen Schultern nach oben gezogen, als würde sie frieren, dem Blick ihres Mannes ausweichend. Als sie in den Zeugenstand trat, wirkte sie, das Gesicht von Kummer gezeichnet, wie ein ängstliches kleines Mädchen, und Teresa fürchtete, sie würde in Ohnmacht fallen, bevor sie ihre Aussage auch nur beginnen konnte, doch schon mit den ersten Worten schien Désirée an Kraft zu gewinnen.

»Was Herr Röhmcker zu Protokoll gegeben hat, lässt den Schluss zu, meine Schwägerin habe sich das alles nur eingebildet. Aber dem ist nicht so. Mein Mann hat zwei Kameraden gedungen, Tag für Tag vor ihrem Haus zu stehen. Offiziell waren sie bei Anton in der Verwaltung des Gaus Weser-Ems angestellt, aber da haben sie nie gearbeitet.«

»Hat er Ihnen das erzählt?«, fragte Dr. Möller behutsam.

»Nicht sofort, er hat ja nie über seine Arbeit gesprochen.

Ich weiß es deshalb so genau, weil ich mit angehört habe, wie er mit den Männern gesprochen hat.«
»Wie konnten Sie das? Waren die Männer bei Ihnen daheim?«
Désirée schüttelte den Kopf. »Eines Morgens, es war kurz vor Weihnachten 1939, bin ich sehr früh losgegangen, um beim Bäcker Kürbisbrot, Klaben und Butterkuchen für Heiligabend zu bestellen. Aber ich hatte mein Portemonnaie vergessen, also bin ich wieder zurückgelaufen. Da ich glaubte, dass Anton noch schlief, habe ich die Tür ganz leise aufgeschlossen und bin in die Küche gehuscht. Als ich wieder zur Haustür schlich, hörte ich, wie er im Wohnzimmer telefonierte. ›Sie bleiben bis auf Weiteres auf Ihrem Posten in der Parkallee‹, hat er gesagt. ›Felicitas Hoffmann ist ein Volksschädling. Und wir werden das beweisen.‹«
»Was geschah dann?«
»Nun, ich war so aufgeregt, dass ich zitterte. Das Portemonnaie fiel mir aus der Hand und klatschte auf den Terrazzo, und das hat Anton gehört. Er legte auf und kam in den Flur.« Désirée stockte, und es schien, als würde sie gleich in Tränen ausbrechen, aber sie fasste sich wieder. »Er ohrfeigte mich. Dann entschuldigte er sich und sagte, wie gut es uns bald gehen würde und dass Felicitas nicht mehr lange durchhalten würde …«
»Hat er Ihnen von den anonymen Briefen erzählt?«
»Zunächst nicht. Später jedoch brüstete er sich damit, wie elegant und feinsinnig er sie formuliert habe.«
Dr. Möller trat näher an den Zeugenstand heran. »Warum war ihm das so wichtig?«
»Er meinte, je feiner das Florett sei, das er benutze, umso weniger würde Felicitas ihn verdächtigen, denn das durfte

sie auf keinen Fall. Er fürchtete, sie würde dann herumposaunen, dass er Halbjude ist.«
»Vielen Dank, Frau Andreesen. Keine weiteren Fragen.«
Er nickte Désirée zu, dann wandte er sich an Antons Verteidiger. »Ihre Zeugin.«
Baumann stand auf, spreizte seinen Talar wie ein hungriger Rabe sein Gefieder und betrachtete Désirée eine herausfordernde Weile schweigend, doch sie hielt seinem Blick stand.
»Erst verweigern Sie die Aussage. Dann tischen Sie uns ein Märchen auf, das nicht einmal mein kleiner Enkel Ihnen abnehmen würde.« Nach diesem Stakkato senkte er die Stimme. »Liege ich so falsch, wenn ich annehme, Sie missbrauchen das Gericht, um Ihre Eheprobleme auf Ihre Art zu beseitigen? Indem Sie sich an Ihrem Mann für etwas rächen, das mit diesem Prozess nichts, aber auch gar nichts zu tun hat?«
»Nein, ich meine ja.« Verunsichert sah Désirée zu Boden.
»Bitte?«, setzte Baumann lauernd nach, und Désirée straffte sich.
»Ich sage nur, was ich weiß.«
»Und warum erst jetzt? Sie hätten Ihre Schwägerin doch warnen können.«
»Felicitas war sehr impulsiv. Und entschlossen. Sie hätte Anton vielleicht wirklich verraten, und das konnte ich doch nicht riskieren.«
Der Verteidiger seufzte und breitete die Arme aus. »Wie rührend!«
»Nennen Sie es, wie Sie wollen«, zischte Désirée plötzlich. »Damals wäre Anton ins KZ gewandert. Und ich wahrscheinlich gleich mit.«

»Ich wiederhole meine Frage: Warum jetzt?«
»Weil ich es satt habe zu lügen. Erst entpuppte sich mein Mann als Spieler, der abends lieber zockte, als bei mir zu sein. Dann kam Hitler, und Anton zwang mich, dieses niederträchtige Spiel mitzuspielen, um ihn zu schützen. Ich habe mein ganzes Leben lang eine Lüge nach der anderen gelebt. Ich kann nicht mehr. Ich will nur, dass es vorbei ist.« Die letzten Worte schrie sie hinaus, dann brach ihre Stimme.
»Keine weiteren Fragen.«
Wenig später, nachdem Verteidigung und Staatsanwaltschaft ihre Plädoyers gehalten haben, zog sich das Gericht zur Beratung zurück.
»Ob das reicht?«, fragte Gesa Dr. Möller auf dem Weg in ein Büro im zweiten Stock des Gebäudes, wo sie auf das Urteil warten konnten, und zündete sich eine Zigarette an.
»Ich weiß es nicht. Der Staatsanwalt ist ja recht forsch vorgegangen, aber um einen Menschen für zwanzig Jahre in Haft zu schicken, braucht es mehr, fürchte ich«, antwortete der Anwalt und schlüpfte aus seinem Talar. »Die Indizien sind mager. Der Sattel ist nicht mehr da, der als Beweisstück für einen Mordanschlag hätte dienen können. Was die dunklen Andeutungen bezüglich des Giftes in dem einen Brief zu bedeuten haben, wusste wohl nur Ihre Mutter. Die Soldaten sind nicht ausfindig zu machen. Et cetera pp.« Dr. Möller seufzte. »Und der Auftritt von Frau Andreesen war gelinde gesagt nicht sehr überzeugend.«
»Für ihre Verhältnisse war sie mehr als tapfer«, bemerkte Teresa. Sie ging zum Fenster und sah auf den Richtweg hinunter. Feiner Nieselregen putzte das Kopfsteinpflaster

blank, schräg gegenüber spielten ein paar Kinder Hinkepinke.

Was, wenn Anton nicht verurteilt werden würde? Der Tod meiner Mutter würde nicht gesühnt. Und ich verliere die Firma. Nimm es als Zeichen, schoss es ihr plötzlich durch den Kopf. Wenn Anton davonkommt, hat Anaiza recht, und du gehörst zu Manuel. Erhält er jedoch seine gerechte Strafe, führst du fort, was du hier angefangen hast.

Ein Klopfen an der Tür riss sie aus ihren Gedanken. Der Gerichtsdiener meldete, dass man sich zur Urteilsverkündung nunmehr wieder in Saal I einzufinden habe.

Zuschauer, Anwälte, Zeugen, die Familie, der Angeklagte, alle erhoben sich, als der Richter und die Beisitzer zurückkehrten.

»Im Namen des Volkes ergeht folgendes Urteil: Der Angeklagte wird wegen Erpressung und fahrlässiger Körperverletzung in Tateinheit mit Amtsmissbrauch zu zehn Jahren Haft verurteilt.«

Zehn Jahre!

Teresa stöhnte leise auf. Das war nicht genug! Und schon gar kein Wink des Schicksals, sondern eine Strafe für die, die noch an die Gerechtigkeit glaubten.

Zusammengesunken nahm Anton den Urteilsspruch hin, keine Regung bewegte seine Miene, doch Teresa meinte in seinen Augen einen stillen Triumph zu erkennen. Unbändiger Hass durchströmte sie, als hätte ihr Innerstes darauf gewartet, eine dunkle Seite der Leidenschaft in ihr zu entfachen, weil die helle unter ihren verlorenen Träumen begraben lag und für immer dahin schien. Sie erschrak, als sie sich dessen bewusst wurde, doch sie war außerstande, einen anderen Gedanken zuzulassen außer dem, Anton so

lange zu verfolgen, bis seine Schuld bewiesen war. Ihr Herz verschloss sich.
Sie reichte Dr. Möller die Hand und schritt hoch erhobenen Hauptes aus dem Saal, ohne auf ihre Familie zu warten und ohne Désirée eines Blickes zu würdigen.

36

Ungläubig standen die Bremer und Millionen Menschen von Kiel bis Garmisch vor den Schaufenstern der Geschäfte, die sich scheinbar über Nacht gefüllt hatten mit dem, was man nur noch vom Hörensagen kannte – Toaster und Tapeten, Couchtische und Rasierapparate, elektrische Küchenmaschinen und moderne Hüte und Mäntel, feinstes Porzellan und bunt gemusterte Tischdecken. Es war der 20. Juni 1948, der Tag der Währungsreform, die deutlicher als die Staatsgründung ein Jahr später den Beginn einer neuen Zeit markieren sollte. Das Wirtschaftswunder nahm seinen Lauf, spülte vierzig Deutsche Mark in die Tasche eines jeden und forderte ihn auf, daran teilzuhaben, wie immer es seine Phantasie, seine Beharrlichkeit, sein Können und Charakter zuließen.
In Teresas Fall bedeutete das, mehr Kaffee zu importieren und mehr Instantkaffee zu produzieren. Die praktische Handhabung dieser Variante des Kaffeekochens würde sich, so meinte sie, zu einem Renner entwickeln, sollte sich die soziale Marktwirtschaft tatsächlich als das Erfolgsrezept erweisen, wie von Ludwig Erhard vielfach beschworen. Würde es wieder brummen in den Büros und

Hallen, würde die Zeit knapp, um Kaffee aufzubrühen, aber nicht, um rasch eine Tasse löslichen Kaffee zu trinken. Eine unelegante, ganz und gar unkultivierte Kaffeezubereitung, gewiss, doch eine satte Chance für das Unternehmen. Während Marie sich um Luiza kümmerte, verbrachte Teresa ganze Tage und halbe Nächte am Wall, verhandelte mit Röstmaschinenherstellern, trieb den neu eingestellten Chemiker an, geschmackliche Verbesserungen zu entwickeln, und brütete über einer Werbekampagne, die finanzierbar war und dem Instantkaffee ein frischeres, junges Image verleihen sollte. Sie arbeitete konzentriert und hasste es, unterbrochen zu werden. Doch da sie zum Frühstück nur ein halbes Brötchen hinuntergewürgt und das Mittagessen vergessen hatte, kamen Hauke von Moorbuschs Anruf und seine Einladung zum Essen gerade richtig.

»Meine liebe Teresa!« Geräuschvoll faltete er den *Bremer Kurier* zusammen und blitzte sie voller Genugtuung an. Sie saß kaum, als er herausplatzte: »Ich will ohne Umschweife zur Sache kommen. Das Urteil behagt Ihnen nicht, und Sie können mir glauben, wie gut ich das nachvollziehen kann. Aber für unsere Sache ist es dennoch ein Gewinn, ein Trumpf!« Er nahm einen großen Schluck Kaffee und sah sich ungeduldig nach dem Kellner um, der am Eingang zur Küche stand und leise mit seiner Kollegin schwatzte, bis sie ihn auf die Handzeichen des Gastes aufmerksam machte. Eilfertig kam der junge Mann an ihren Tisch am Fenster, und Teresa bedachte ihn mit einem kühlen Blick. Sie waren nicht die einzigen Gäste in Andreesens Kaffeehaus am Marktplatz an diesem Nachmittag, doch die Nachlässigkeit ihres Angestellten gefiel ihr nicht.

»Entschuldigen Sie die Unaufmerksamkeit, Frau An-

dreesen, aber meine Frau«, er errötete bis unter die Haarwurzeln, »kommt heute nieder.«
»Schon gut«, entgegnete Teresa reserviert. »Noch ein Kännchen Kaffee, Herr von Moorbusch?«
»Ja, und einen Cognac bitte.«
»Für mich eine Tasse Kaffee und ein Stück Wickelkuchen.«
Von Moorbusch senkte die Stimme. »Sie wissen, auf welche Schwierigkeiten ich gestoßen bin. Von den drei Investoren, die ich habe kontaktieren können, war bislang keiner daran interessiert, die Lizenz für den Park zu erwerben. Das Argument war stets dasselbe: Einer Deutschen würde ich nicht einmal den Stein der Weisen abkaufen.«
Teresa konnte ihre Ungeduld nur schlecht verbergen und wollte es auch gar nicht. Das alles hatte er, ihr einstiger Hoffnungsträger, schon mehrmals erläutert, sie konnte seine Formulierungen inzwischen auswendig mitsingen. Sie war es leid, denn die Frist, die ihr die Bürgerschaft eingeräumt und wieder und wieder verlängert hatte, war nun endgültig verstrichen. Wilhelm Kaisen, der hochmotivierte und kompetente Bürgermeister der Freien Hansestadt Bremen, hatte ihr sein Bedauern ausgesprochen, gleichwohl darauf hingewiesen, dass die Entscheidung nunmehr endgültig war. Man musste vorankommen in der Stadt, und das war nicht möglich, wenn man die Dinge auf die lange Bank schob. Immerhin hatte Teresa es geschafft, ihm das Recht abzutrotzen, den Pavillon und das Plantagenhaus zu bewirtschaften, doch der Kunstpark, das heißt, das, was der Krieg davon übrig gelassen hatte, war verloren. Von Moorbuschs Versprechungen hatten sich als Worthülsen entpuppt, und sie ärgerte sich, dass sie eingewilligt hatte, ihn zu treffen.

Ihr Unwille entging ihm nicht, und so beeilte sich von Moorbusch, zum Kern zu kommen. »Ich habe das Pferd nunmehr anders aufgezäumt. Das Urteil rückt Ihre selige Frau Mutter in ein neues Licht. Sie ist ein unglückliches Opfer, eine Märtyrerin, wenn Sie mir diese Wendung gestatten – und das nötigt den Leuten Respekt ab.« Er hüstelte und sah Teresa erwartungsvoll an. Als sie nichts erwiderte, fuhr er fort: »Um meine Theorie zu testen, habe ich gleich nach der Urteilsverkündung ein wenig telefoniert. Und was soll ich Ihnen sagen: Es gibt einen ernsthaften Interessenten.«
»Ihr Wort in Gottes Ohr«, bemerkte Teresa lakonisch.
Schlagfertig gab von Moorbusch zurück: »Ich werde es Ihm ausrichten.«
Überrascht musterte sie ihn. Ihre trockene Art, seinen hochfliegenden Plänen zu begegnen, hatte er in der Vergangenheit meist mit kindlicher Gekränktheit quittiert. Seine Siegesgewissheit war neu und vielleicht ein Indiz für einen möglichen Erfolg. Vielleicht, vielleicht aber auch nicht, dachte sie gereizt. Doch eine Alternative hatte sie schließlich nicht. Sie nickte ihm zu. »Sie haben freie Hand.«
»Auch wenn in Deutscher Mark bezahlt würde?«, fragte er, schwenkte lässig das Cognacglas und verfolgte konzentriert, wie die goldene Flüssigkeit sanfte Kreise zog, als würde er darin bereits Teresas Antwort lesen.
Mit spöttischem Lächeln sagte Teresa: »Wer immer es ist, er glaubt vermutlich, auf diese Art günstiger davonzukommen.« Sie hielt inne. »In Ordnung, unter der Voraussetzung, dass wir die Lizenz nicht für ein Butterbrot verscherbeln.«
Von Moorbusch strahlte. »Es ist eine Sie«, sagte er ge-

dehnt. »Emiglia Contessa Venarisci aus Facciabella bei Rom, eine begnadete Landschaftsmalerin, die am liebsten selbst eine Weile im Kunstpark gelebt und gearbeitet hätte, ihre Werke aber nicht für gut genug befand und überdies ein Bambino nach dem anderen in die Welt gesetzt und deshalb nie mit Ihrer Mutter Kontakt aufgenommen hat.«
Verblüfft sah Teresa ihn an. »Woher kennen Sie die Dame?«
Er schürzte die Lippen. »Nun, ich habe ein wenig im Notizbuch meines Bruders geblättert. Ich wusste, dass er schon damals, nachdem wir Ihrer Mutter vorgestellt wurden, mit der Contessa darüber gesprochen hatte. Sie waren ... eng befreundet, wenn Sie wissen, was ich meine.«
»Und sie besitzt genügend Geld? Ich meine, die Lizenz kostet ja nicht die Welt, aber ...«
»Ich schwöre Ihnen«, unterbrach von Moorbusch sie genüsslich, »Sie werden in Kürze mehr Butterbrote kaufen können, als Sie essen können. Wie klingt zum Beispiel die Zahl fünftausend in Ihren Ohren?«
Teresa starrte ihn an, als wäre er nicht ganz bei Trost. Von Moorbusch lachte dröhnend und rief nach der Rechnung. »Bin etwas in Eile«, sagte er entschuldigend. »Ihr Einverständnis voraussetzend habe ich nämlich in zehn Minuten einen Termin bei Dr. Möller. Ich hoffe, er spricht Italienisch«, fügte er großspurig hinzu.
Sie verließen das Kaffeehaus, und Teresa begleitete von Moorbusch zur Knochenhauerstraße, wo er seinen Wagen, einen ziemlich in Mitleidenschaft gezogenen, verbeulten und mit Einschusslöchern garnierten Opel abgestellt hatte. Argwöhnisch betrachtete Teresa das Gefährt, dem sie nicht zutraute, mehr als einen Kilometer zu überleben.

»Sieht klappriger aus, als er ist«, bemerkte von Moorbusch, dem ihr Blick nicht entgangen war, »und bewahrt mich vor Diebstahl. Jeder glaubt, die Rostlaube tut's nicht mehr. Aber sie fährt! Und wie! Darf ich Sie irgendwo hinbringen?«
»Vielen Dank, aber ich gehe die paar Schritte zu Fuß. Der Tag verspricht schön zu werden.«
»Nicht wahr?« Er reichte ihr die Hand und hielt sie fest. Der Schalk, der dem kleinen dicken Mann stets im Nacken saß, und die fast naive Begeisterung, die er irritierenderweise beständig an den Tag legte, wichen für einen Moment väterlicher Besorgnis. »Haben Sie ein wenig Vertrauen ins Leben, Teresa.« Es schien, als wollte er diesen Worten etwas hinzufügen, doch er besann sich. »Auf Wiedersehen. Sie hören von mir.«
Er hupte und fuhr davon. Teresa sah dem Wagen nach, bis er um die Ecke gebogen war, dann drehte sie sich um und begann Richtung Sögestraße zu schlendern, das Gefühl genießend, welches diese unerwartete Wendung der Ereignisse mit sich brachte. Fünftausend Mark! Das bedeutete drei Röstmaschinen und vielleicht ein paar neue Kleider. Sie beschloss, Dora zu besuchen, den einzigen Menschen, mit dem sie die Freude teilen konnte. Ella war schon lange nicht mehr sie selbst und Luiza noch zu klein. Und Freunde und Freundinnen hatte sie nicht.

»*Faust* mit Gustaf Gründgens? Ist er denn noch politisch opportun?« Teresa hatte die Entwicklung des deutschen Theaters in den letzten Jahren zwar nur mäßig interessiert verfolgt, doch Gründgens' Verstrickungen mit dem NS-Regime waren ihr nicht verborgen geblieben. Seine Darstellung des Mephisto in Goethes *Faust* war ebenso legen-

där wie Görings Vorliebe für den Mimen unumstritten, was man dem genialen Schauspieler heute zur Last legte. Energisch trieb Dora einen Tapeziernagel, viel zu zierlich für den salzgurkengroßen Hammerkopf, in die Wand und trat einen Schritt zurück, um das Ergebnis zu betrachten.
»Das vielleicht nicht gerade, aber an seiner künstlerischen Größe gibt es nichts zu deuten. Er ist einer der Besten. Und in dieser Schauspiel- und Ballettschule wird man das zu würdigen wissen, das schwöre ich dir!«
Teresa lächelte. Nachdem sie Dora den Vorschlag unterbreitet hatte, die Schule zu übernehmen, hatte sie sich mit beeindruckendem Engagement dieser Aufgabe gewidmet, die Schulen abgeklappert und das Einverständnis der Rektoren eingeholt, Informationsabende für Eltern abhalten zu dürfen, und den Intendanten des Theaters am Ostertor, das auf der Ruine des Schauspielhauses errichtet worden war, um Unterstützung gebeten. Das Interesse war dürftig, doch Dora dachte nicht daran aufzugeben, im Gegenteil, sie war fest davon überzeugt, dass, waren die Mägen erst einmal gefüllt, die Einsicht reifen würde, wie bedeutsam es für den Standort Bremen sein könnte, wenn man den schauspielerischen Nachwuchs fördern würde. Die größte Hürde stellten die Aufräumarbeiten dar, und vieles musste sie allein, nur mit Hilfe einiger Halbwüchsiger, denen sie kostenlose Kurse versprochen hatte, bewältigen. Das Ergebnis konnte sich dennoch sehen lassen. Die Fenster waren repariert, der Bühnenboden instand gesetzt und alte Theaterplakate aus Doras persönlicher Sammlung schmückten die Wände des Flurs. Es fehlte zwar noch an Mobiliar, aber das machte Dora nichts aus.
»Wir brauchen eine Bühne«, sagte sie leichthin, als Teresa

sie darauf hinwies, und entrollte das nächste Plakat. »Mehr nicht.«

»Stühle für den Zuschauerraum, ein Schreibtisch, Vorhangstoff, ein neues Klosett vielleicht?« Gern hätte Teresa das Spiel noch etwas hingezogen, doch sie hielt es nicht länger aus und setzte Dora rasch ins Bild. »Wenn alles gut geht«, schloss sie, »unterzeichnen wir in Kürze den Vertrag.«

»Herzlichen Glückwunsch! Oh, wie wunderbar! Dann steht der Eröffnung ja bald nichts mehr im Wege. Und ich werde alles einladen, was nicht bei drei auf den Bäumen ist«, sagte sie gut gelaunt. »Bevor du fragst, ja, einschließlich Delia und Antonia. Die Kleine ist so unglaublich begabt. Clemens wäre vernarrt in seine Tochter.« Dora nahm den Hammer wieder hoch, ein letzter Hieb, und auch Jennifer O'Rourke, die schönste Manon Lescaut, die man im Londoner Covent Garden je gehört und gesehen hatte, hing an der Wand und tat den Dienst, den alle Plakate hier verrichteten – die beschädigten, eingerissenen Tapeten zu überdecken, die zu ersetzen es an Material gefehlt hatte. Dann nahm sie ein gerahmtes Bild von Clemens hoch und hielt es neben das der Londoner Heroine.

Sie schwiegen einen Moment. Jede hing ihren Gedanken nach an die, die nicht mehr waren. Schließlich ging Teresa hinüber zum Fenster im Büro und sah hinaus.

»Was machen wir bloß mit dem Plantagenhaus?«, sagte sie mit einem resignierten Unterton. Die Löcher in den Palmholzwänden hatte sie mit eigenhändig auf Latten geschraubten Weidenzweigen verdeckt, die jedoch kurze Zeit darauf ebenso wie der Holzfußboden von Plünderern herausgerissen und vermutlich verheizt worden waren. Doch das allein war nicht das Problem. »Früher at-

mete das Haus den Geist meiner Mutter, heute wirkt es leblos, eine leere Hülle ...«
Dora kam näher und legte Teresa eine Hand auf die Schulter. »Es ist an dir, es mit neuem Leben zu füllen.«
»Das ist leicht gesagt. Meine Phantasie ist reichlich begrenzt.«
»Du machst es dir zu schwer, Teresa«, erwiderte Dora. »Niemand zwingt dich, einen großen Wurf hinzulegen. Die Vision deiner Mutter war sicher einzigartig, aber du erreichst nichts, wenn du dich dadurch unter Druck setzen lässt. Denk doch einfach mal an das Naheliegende. Hier wird eine Theaterschule eröffnet, Kinder werden kommen und Besucher ...«
»... die ein paar Schritte weiter gern eine Tasse Kaffee oder eine Erdbeermilch trinken würden«, ergänzte Teresa ironisch.
»Zum Beispiel.« Dora sah auf ihre Armbanduhr. »Himmel, ich muss mich beeilen. Michael muss zum Zahnarzt.« Sie warf den Hammer hin, griff nach ihrer Tasche und kramte den Schlüssel für die Schule hervor. »Hier, fang. Vergiss bitte nicht abzuschließen. Bis nachher. Und denk dran: Du hast Zitronen bekommen, jetzt mach Limonade draus.« Sie winkte Teresa zu und lief hinaus, trotz ihrer einundfünfzig Jahre elastisch und wie stets so entschlossen, als gälte es, dem Leben jeden Tag aufs Neue zu beweisen, dass es gar nicht erst zu versuchen brauchte, Dora Andreesen unterzukriegen. Teresa war nicht entgangen, wie sehr Dora nach wie vor unter Clemens' grausamem Tod litt und an seinem Verrat, und dennoch ließ sie nicht zu, dass die Trauer und die Verletzung sie beherrschten. Ihre betonte Munterkeit und ihr beständiger Drang, sich zu beschäftigen, waren ihre Art, damit zurechtzukom-

men. Doch gelegentlich schoss sie auch übers Ziel hinaus, fand Teresa. Wie gerade eben.
Auch wenn Dora es sicherlich gut meinte, noch ein Kaffeehaus zu eröffnen war wirklich eine blöde Idee. Sie besaßen bereits zwei, die mehr schlecht als recht liefen, ein drittes machte überhaupt keinen Sinn. Teresa runzelte die Stirn und betrachtete das Plantagenhaus unwillig.
Und wie ein Echo aus der Vergangenheit hallte mit einem Mal Manuels Stimme in ihr wider: »Das Herz des Kaffees schlägt in Brasilien ...«

37

Acht Jahre später

Das Haus lag in nachtschwerer, vollkommener Stille, die Schatten der Vergangenheit zogen sich zurück, bis auf die, denen Teresa sich noch zu stellen hatte. Sie stand auf und schlich leise die Treppe hinauf. Aus Ellas Zimmer drang dumpf eine Kindermelodie auf den Flur. Teresa horchte einen Moment, dann verlor sich Ellas Stimme. Anfangs hatten sie erschrocken auf Ellas Veränderung reagiert, die kein Arzt und kein Psychiater in den Griff bekam, doch inzwischen hatten sie sich daran gewöhnt, dass die alte Frau nicht mehr ganz bei sich war, in der Nacht sang und am Tag blicklos umherging und stundenlang vor Thomas' Gemälden verharrte, die Teresa in der Halle hatte aufhängen lassen. Teresa schlich weiter zu Luizas Zimmer. Kein Laut war zu hören, und um ihre Tochter nicht zu wecken, unterdrückte sie den Impuls, hineinzugehen und sie sacht zu küssen, das zerzauste schwarze Haar zu berühren und die milchkaffeebraune Haut zu streicheln. In ihrem Schlafzimmer, das so spartanisch eingerichtet war, dass es einer Nonne zur Ehre gereicht hätte, ließ Teresa sich aufs Bett sinken. Wie hatte sie nur annehmen können, das alles würde sie nicht eines Tages wieder einholen?

»Das Herz des Kaffees ...«, sagte Teresa leise und seufzte. Niemand, am wenigsten sie selbst, hatte sich damals vorstellen können, was sich daraus entwickeln sollte. O Coracão de Café – Das Herz des Kaffees – hatte Teresa ihre brasilianischen Kaffeehäuser genannt, die es inzwischen in zwanzig westdeutschen Städten gab. Ihr Konzept, internationale Kaffee- und Kuchenrezepte in südamerikanischem Ambiente zu servieren, hatte den Nerv der Menschen getroffen, die sich nach Jahren ertragener Tristesse dem Fernweh und der Sehnsucht nach Exotik in die Arme warfen. Auf Servietten gedruckt gab es die Rezepte und eine Handvoll portugiesischer Worte gratis dazu, die Wände jedes Plantagenhauses waren geschmückt mit Gemälden und Masken, und in mit Palmblättern verzierten Vitrinen warteten kleine und größere Reproduktionen der Figur, die Anaiza einst Felicitas geschenkt hatte, auf Käufer. Von jeder Mark, die der Verkauf der Werke in die Kassen spülte, floss ein Zehntel in die O-Coracão-Stiftung, die bedürftige Frauen und Kinder in Deutschland und Brasilien unterstützte. Teresa galt als mutige, beherzte Unternehmerin, und natürlich ahnte niemand, wie sehr sie unter ihrer grandiosen Idee litt. Als sie das Bremer Plantagenhaus 1949 eröffnete, hatte sie gemeint, die Zeit würde die Erinnerungen an Brasilien und Manuel verblassen lassen, doch mit jeder neuen Filiale wuchs der Schmerz, als würde ihr das Schicksal die Heilung verweigern. Sie stürzte sich in die Arbeit und ließ Gewächshäuser für die koffeinfreien Kaffeepflanzen errichten, die vor einem Jahr zum ersten Mal Früchte getragen hatten. Zu wenig, um daraus eine eigene Marke zu produzieren, aber genug, um an dem Vorhaben festzuhalten. Die wenige freie Zeit, die ihr blieb, verbrachte sie mit Luiza, Dora und Michael, und einmal wöchentlich traf sie sich mit den beiden Privatdetektiven, die, bislang vergeblich, Beweise für Antons Schuld finden sollten.

Wenn Teresa die Angespanntheit ihres Alltags und die Enge ihrer Welt gründlich satt hatte, reiste sie mit Hauke von Moorbusch nach Facciabella, um die Arbeiten am Kunstpark zu begutachten und sich von der Gastfreundschaft der Contessa und dem Charme ihres Sohnes bezaubern zu lassen; sie besuchte Amsterdam, Paris und Helsinki, um den Verkauf der Lizenzen anzukurbeln, und ergab sich gelegentlich den Forderungen ihres Körpers und der Sehnsucht ihrer Seele, eine Heimat für ihr Herz zu finden. Doch kein Mann, so geistreich, attraktiv und bemüht er auch war, brachte ihr Innerstes zum Klingen.

Aber hatte sie deswegen das Recht, ihrer Tochter die Wahrheit vorzuenthalten? Diesem kleinen Mädchen, das Manuels Haarfarbe und ihre, Teresas, Augen besaß, das zwei Kulturen miteinander vereinte, aber nicht wusste, wie sein Vater aussah, und das Teresa jeden Tag daran erinnerte, dass sie die Liebe ihres Lebens verloren – aber auch nicht um sie gekämpft hatte?

Und wie das zartrosa Leuchten eines Sonnenaufgangs zeigte sich plötzlich ein Gedanke am Horizont, dort, wo

Unbewusstes zu einer Ahnung aufsteigen und sich zu Wissen verdichten kann, und ihr Körper straffte sich wie der eines Vogels, der sich nach langer kalter Nacht anschickt, die Schwingen auszubreiten, um sich den Lüften anzuvertrauen, die ihn zu dem Licht und der Freude emportragen werden.

Als der Morgen dämmerte, griff Teresa zum Telefon. »Kapitän da Silva, bitte.«

Sie musste eine Weile warten, dann tönte seine tiefe Stimme durch den Hörer, angenehm überrascht.

»Ich würde mich sehr freuen, wenn Sie uns heute besuchen kommen. Bringen Sie unbedingt Ihre entzückende Tochter …«

»Kapitän da Silva«, unterbrach Teresa ihn und fühlte, wie ihr Herz schneller schlug. »Ist auf der *Brasilia* noch Platz für zwei Passagiere?«

Und als die Frage heraus war, atmete sie dreimal tief durch.

* * *

Alle Ereignisse, mit Ausnahme der historischen Gegebenheiten, und alle im Roman auftretenden Personen entspringen der Phantasie der Autorin.
Ähnlichkeiten mit lebenden Personen sind nicht beabsichtigt und wären rein zufällig.

Karin Engel
Die Kaffeeprinzessin

Roman

Bremen Anfang des 20. Jahrhunderts: Für die schöne und kapriziöse Schauspielerin Felicitas geht ein Traum in Erfüllung, als sie in die vornehme Familie Andreesen einheiratet, die ihren Reichtum dem Kaffee verdankt. Doch zunächst ist es nicht leicht für die temperamentvolle und eigenwillige Frau, sich ihren Platz in dieser Welt zu erobern. Vor allem ihre Schwiegermutter Elisabeth beäugt die Fremde mit Misstrauen. Felicitas muss viel Mut und Erfindungsreichtum aufbringen, um sich durchzusetzen. Als sie ihren Mann verliert, scheint sie völlig alleine dazustehen. Und dann ist es ausgerechnet Elisabeth, die ihr neuen Lebensmut gibt ...

»Intelligent geschrieben und herrlich unterhaltend.«
Mindener Tageblatt

Knaur Taschenbuch Verlag